南京师范大学研究生核心课程
江苏省优秀研究生课程建设成果

欧美文学评论选

(20 世纪)

汪介之　杨莉馨　丛书主编

图书在版编目（CIP）数据

欧美文学评论选.20世纪/汪介之，杨莉馨主编.—北京：北京大学出版社，2011.9
 ISBN 978-7-301-19100-2

Ⅰ.①欧… Ⅱ.①汪… ②杨… Ⅲ.①文学评论-欧洲-高等学校-教材②文学评论-美洲-高等学校-教材 Ⅳ.①I106

中国版本图书馆CIP数据核字（2011）第119069号

书　　　名：	欧美文学评论选（20世纪）
著作责任者：	汪介之　杨莉馨　主编
组稿编辑：	张　冰
责任编辑：	梁　雪
标准书号：	ISBN 978-7-301-19100-2/I·2357
出版发行：	北京大学出版社
地　　址：	北京市海淀区成府路205号　100871
网　　址：	http://www.pup.com
电子邮箱：	zpup@pup.pku.edu.cn
电　　话：	邮购部 62752015　发行部 62750672　编辑部 62754382
	出版部 62754962
印刷者：	三河市博文印刷厂
经销者：	新华书店

890毫米×1240毫米　A5　12.5印张　400千字
2011年9月第1版　2012年11月第2次印刷

定　　价：32.00元

未经许可，不得以任何方式复制或抄袭本书之部分或全部内容。
版权所有，侵权必究　举报电话：010-62752024
　　　　　　　　　　　电子邮箱：fd@pup.pku.edu.cn

本卷主持编选：杨莉馨

汪介之

本书(全三卷)学术顾问

智 量　刘意青　钱林森

编辑委员会

王志耕　卢　婧　齐宏伟

刘亚丁　华　明　汪介之

杨莉馨　陈瑞红　张　冰

张德明　聂珍钊　董　晓

（以姓氏笔画为序）

编选说明

本书是为高等院校"中国语言文学"一级学科所含的比较文学与世界文学专业、"外国语言文学"一级学科所含的各国别（语种）文学专业研究生，以及中文系、外文系本科学生提供的一部学习外国文学史和经典作家作品的辅助教材和教学参考书。

本书选文，包括关于欧美文学经典作家、经典作品的评论，关于文学思潮和流派的研究，关于特定文学——思想文化运动和文学精神的评说等，以经典作家作品的评论为主。各类选文，均为有一定代表性、一定影响或一定特色的论文或专题著作的片断。

全部选文，根据各篇研究和评论文字所涉及的对象，按照时代、国别和作家生年的顺序排列，分为三卷，第 1 卷为古代至 18 世纪，第 2 卷为 19 世纪，第 3 卷为 20 世纪。

为有别于"西方文论选"或"西方文艺理论名著选编"类的书籍，凡不属于研究具体作家作品的文学理论著述，本书一般不予收录。这是由于本书的着眼点在于文学批评，在于为广大学生和读者提高文学评论的写作能力、提高文学研究的水平，提供可资借鉴的具体切实的参照。

书中所选各篇文字中的外国作家姓名、作品名称、作品中的人物姓名及地名等，均尽量按《中国大百科全书》的标准译法作了统一处理。为了保持体例上的统一，所有选文的注释一律调整为脚注；出于节省篇幅的考虑，略去了少数篇幅过长的或一般常识性的注释。但由于各篇选文（及译文）分别发表于不同年代，其注释体例千差万别，相关信息并非都很完整，因此在收入本书时，尽管编选者努力做了调整，仍然难以完全统一。各篇选文的标题，基本上保持原样，仅对个别标题作了微调；选自专题著作的片断文字，凡原先只有序号而无小标题的，则由编者加列标题。

本书的编选，由北京大学英美文学专家刘意青教授、华东师范大学俄罗斯文学专家王智量教授、南京大学法国文学及中法文学关系研究专家钱林森教授担任学术顾问。参加编选工作的,有南京大学、南开大学、浙江大学、四川大学、北京师范大学、华中师范大学、南京师范大学等国内高校长期从事比较文学与世界文学教学和研究的专业教师。编选者谨在此向各篇选文的作者、译者表示由衷的感谢!

本书作为江苏省优秀研究生课程、南京师范大学研究生核心课程建设的成果之一,从创意、编选到出版,都得到了江苏省教育厅、南京师范大学研究生部、南京师范大学文学院领导的支持和关心,编选者也向他们一并致谢!

2010 年 7 月

目 录

劳伦斯
  毕冰宾　D·H·劳伦斯:"第二自我"的成长……………（1）

康拉德
  殷企平　《黑暗的心脏》解读中的四个误区 ………（19）

乔伊斯
  戴从容　乔伊斯与形式 ……………………………（32）

T·S·艾略特
  黄宗英　艾略特《荒原》中的动物话语 ……………（49）

伍尔夫
  瞿世镜　伍尔夫·意识流·综合艺术 ………………（68）

贝克特
  蓝仁哲　感受荒诞人生　见证反戏剧手法
    ——《等待戈多》剧中的人及其处境 ……（94）

福尔斯
  盛　宁　文本的虚构性与历史的重构
    ——从《法国中尉的女人》的删节谈起 ………（104）

罗曼·罗兰
  柳鸣九　不朽的《约翰·克利斯朵夫》………………（116）

加缪
  郭宏安　加缪与小说艺术（节选）……………………（126）

杜拉斯
  齐宏伟　一对素未谋面的文坛"姐妹"
    ——阐释和对话中的玛·杜拉斯与张爱玲……（136）

托马斯·曼
  黄燎宇　《布登勃洛克一家》:市民阶级的心灵史 ………（147）

卡夫卡
  谢莹莹 卡夫卡《城堡》中的权力形态 …………………（159）
茨威格
  张玉书 论茨威格的反战小说……………………………（170）
黑 塞
  张佩芬 关于《荒原狼》…………………………………（178）
海明威
  于冬云 20世纪20年代美国商业消费文化与现代性的悖论
     ——重读海明威的《太阳照样升起》…………（186）
福克纳
  陶 洁 《喧哗与骚动》新探 ……………………………（201）
曼斯菲尔德
  申 丹 深层对表层的颠覆和反讽对象的置换
     ——曼斯菲尔德《启示》之重新阐释……………（214）
厄普代克
  金衡山 道德、真实、神学：厄普代克小说中的宗教………（230）
海 勒
  钱满素 海勒的神话
     ——评《第二十二条军规》………………………（245）
索尔·贝娄
  刘象愚 试论索尔·贝娄的创作（节选）…………………（262）
辛 格
  傅晓微 辛格"民族忧煎情结"探析………………………（275）
托妮·莫里森
  王守仁 吴新云 保持"手中之鸟"的生命活力（节选）
     ——托妮·莫里森的小说对传统的超越…………（287）
高尔基
  汪介之 从"生活的散文"中提取"生活的诗"
     ——高尔基中期创作的艺术特色…………………（295）
布 宁
  汪介之 对已逝年华的深情回望
     ——读布宁的《阿尔谢尼耶夫的一生》…………（305）

帕斯捷尔纳克
  董　晓　《日瓦戈医生》：我心目中的经典 …………………（321）
肖洛霍夫
  刘亚丁　《静静的顿河》：成人童话的消解 ………………（329）
布罗茨基
  刘文飞　论布罗茨基的诗 …………………………………（335）
加西亚·马尔克斯
  陈众议　《百年孤独》及其艺术形态 ………………………（348）
米兰·昆德拉
  许　钧　流亡之梦与回归之幻
     ——论昆德拉的新作《无知》 …………………（360）
卡尔维诺
  吕同六　历史·童话·现实
     ——卡尔维诺小说剖示 …………………………（372）

后　记 ……………………………………………………………（388）

劳伦斯

D·H·劳伦斯:"第二自我"的成长

毕冰宾

一

劳伦斯(1885—1930)痛恨理性,推崇"血性的信仰和肉体的信仰",声称"理智不过是一具枷锁",并颇有诗意地将这种信仰形象化:"我相信人的肉体是一种火焰,如同燃烧的蜡烛一样,永远向上升腾又向下流淌,而人的智力不过是火光照亮的周围其他的东西。"①他甚至说:"理智不过是开败的花,是死胡同。"②

"血的意识"(blood – consciousness)③与"理性意识"(cerebral – consciousness)④的对立成为劳伦斯揭示"西方文化中唯意志论与唯理智论之斗争"⑤的个人语型。对于劳伦斯,"血的意识"具有其独特的内涵,即"头脑的前导,冥冥中感知的强大生命流,本能,直觉"⑥,它最终演变成"费勒斯阳具意识"⑦。

综观劳伦斯的主要理论著作《美国经典文学研究》和《精神分析与无意识·无意识断想》(与其说是理论不如说是他的社会与文学思想的癫狂道白)和他的书信及日常言论,我们有理由认为他在性爱理论上最

---

① 1913 年 1 月 17 日,致 E·柯林斯信。阿尔都斯·赫胥黎编《劳伦斯书信集》,伦敦:海尼曼,1937 年。
② D·H·劳伦斯:《精神分析与无意识》,伦敦:海盗书社,1972 年,第 74 页。
③ 同上书,第 202 页。
④ 1928 年 3 月 15 日,致 C·布朗信。阿尔都斯·赫胥黎编《劳伦斯书信集》,伦敦:海尼曼,1937 年。
⑤ 菲利浦·里夫:《精神分析与无意识》序言。
⑥ D·H·劳伦斯:《美国经典文学研究》,企鹅,1983 年,第 90 页。
⑦ 《劳伦斯书信集》1928 年 3 月 15 日,致 C·布朗。

终走向了对"费勒斯阳具意识"的崇拜。

但是,从他的言论的发表时序上看,考察其"费勒斯崇拜"旨趣情结的发生与衍变是困难的,甚至难以确定这种情结的形态。

倒是在创作上,笔者发现,劳伦斯的五部(或六部)性爱题材作品——《白孔雀》、《儿子与情人》、《虹》、《恋爱中的女人》和《查特莱夫人的情人》——所逐渐体现的审美旨趣与劳氏的言论之间存在着必然的契合。从《白孔雀》到《查特莱夫人的情夫》,即从第一部长篇小说到最后一部长篇小说,完成了对"费勒斯"的礼赞。

但必须指出,我们只能把这种审美意识归属于作者的"第二自我"①。布斯很明确地指出:作者的"第二自我"只是"隐含的作者",绝不可与作者等同。"第二自我"是作者的一个"理想的、文字的、创造出来的替身"②。

还有评论家指出:"一个艺术家最透彻的传记是他的艺术之传记。"③我想,这即是让人们把注意力投向作品和作品的叙述者——作家的"第二自我"。

综观劳伦斯的这五部小说从时序上渐现出的此种意识,我们有充分理由认为这五部作品背后的叙述者分别是劳伦斯的"第二自我"的不同发展阶段。研究一下这五部作品的叙述者是如何成长为一个人的完整的"第二自我"是很有意义的,也是在给劳伦斯作一小小的"艺术之传记"。

问题的复杂性在于,劳伦斯作品(尤其是前期作品)的自传性过强,而后期作品的主题又往往与他当时的一些言论的主旨相契合,也就是说作者与其"第二自我"过于重合了。

如果说有些小说家的写作就是"发现和创造他们自己"④,劳伦斯即是这类人——"无论劳伦斯写什么,他首先并且总是写他自己。"⑤他像福克纳一样"用近千种方式……讲述着自己的故事。"这些作品成了作者"变形的传记"⑥。注意,是"变形"。我想这个词与罗斯说的"艺

---

① ② W·布斯:《小说修辞学》,北京大学出版社,1987年,第77—97页。
③ 查理斯·罗斯:《恋爱中的女人》,企鹅,1989年,序言。
④ 参看布斯:《小说修辞学》,第77—97页。
⑤ 菲利浦·里夫:《精神分析与无意识》序言。
⑥ 朱迪斯·布里昂特:《福克纳:变形传记》,内布拉斯加大学出版社,1982年,序言。

之传记"是同义语。

毫无疑问,劳伦斯的"第二自我"绝不是作者本身的简单变形而已。他"首先并且总是写他自己",我们可以沿用一个古旧的用语说这些作品的叙述者和不少人物是作者的"化身"。问题在于这个化身是艺术的产物。一旦生活的真实进入文本后,文本作为真实、虚构和想象的三重组合已经成为另一种艺术的真实①。也就是说,写作是一种"虚构行为"(Fictionalizing Act)。作者对于现实的选择是出自一种"偏爱",偏爱的选择与想象重新整合,使现实的因素失去原有的意义而在本文中构成新的意义——"再现的现实指向一种现实之外的'现实'。"因此,本文的世界只是"现实"的"相似"结构②。或许就是在这个意义上,布斯说作者是"他自己选择的东西的总和"③。但这种选择和选择的东西的总和造就的仍然不是作者,而是他的"第二自我"。因此,我们说劳伦斯与其"第二自我"的关系是一种相似。

以往的劳伦斯研究常常忽视劳伦斯这种虚构过程而把生活真实与作品人物对比,以期达到对作品的自传性解读。如用"西利尔—劳伦斯","伯金—劳伦斯"等解释人物,给人的印象似乎是劳氏的创作只是"写自己"而已。这样虽然解释了他的部分创作动机和背景,却没有解决什么是虚构后的艺术真实、这种虚构是怎样进行的这些问题。因此这些研究无法对劳伦斯作品的艺术方面做出充分的昭示(往往把他的艺术局限在节奏、用词、意象、象征等技巧方面)。

我想唯有通过对作者的"第二自我"的揭示即作家的"艺术之传记"才能较充分地解读其作品,至于"技巧"应是第二位的,至少对劳氏来说是这样。

二

《儿子与情人》无疑是劳伦斯的成名作,因其强烈的自传性受到人们普遍重视。但它并非劳氏的长篇处女作。探讨他的"第二自我",起

---

① 参见王逢振:《今日西方文学批评理论》(漓江出版社,1988年)中关于伊泽尔部分,第82—84页。
② 同上书,第86—87页。
③ 《小说修辞学》,第77—97页。

点应该是《白孔雀》这部处女作,孕育了劳伦斯"第二自我"的胚胎。可以不夸张地说,劳伦斯的"第二自我"从来没有完全摆脱《白孔雀》的雏形。以后的发展,不过是不断地修改《白孔雀》的过程。如同一个成年人,或许表面上已与儿时判若两人,其实其内核——性格与基本精神仍然可追溯到童年,15年后劳伦斯重读《白孔雀》,觉得它像是"别的什么人写的,奇怪而又遥远,但他仍然承认:'我在风格和形式上虽然变了,但我从根上说绝没有变。'"①

《白孔雀》这部浪漫加写实的传统小说给人的印象是哈代式的"威塞克斯"手法绘出的旧英国农村风俗画。书中大量华美但又有些做作的自然景物描写证明劳伦斯是现代英国作家中"了解英国乡村和英国土地之美的最后一个作家"②。不少评论家都精心地将作品中的景物和人物与作者的故乡和作者生活中的人物一一做了对比,说明作品的自传性;亦有评论家指出其现实主义意义,云:"这部小说更主要的是展示了作家透过田园牧歌式的外表感觉到戏剧冲突的危机的能力。"③

笔者在此感兴趣的是《白孔雀》中的自传成分被选择进入本文后如何导向新的真实。

在不少人看来,书中描写的那些景物是他故乡伊斯特伍德附近风景的翻版,但它们一旦进入文本,就不再仅仅是景物而已,"它是小说的一个积极参与者。它是人物活动的背景,亦是其评论者,时而又是优于人物生活的某种道德(或非道德的)力量。"④在《白孔雀》中,自然描写与人物的命运交织在一起,指向一个新的真实即劳伦斯式主题:摧残自然与复归自然。经过虚构后的真实,"尽管以劳伦斯的故乡伊斯特伍德为蓝本,其景物却变得陌生了"⑤,变得连劳伦斯的父亲都认不出⑥。

小说中的中产阶级女子莱蒂与农家小子乔治真心相爱,可最终她却弃乔治而高攀富家弟子莱斯利。在此劳伦斯绝不是在重复传统小说中通俗的三角恋或讲述一个虚荣女子攀富弃贫的爱情故事。这里"戏

---

① 转引自约翰·沃森:《白孔雀》,企鹅,1984年,序言,第32页。
② 福克斯:《小说与人民》,何家槐译,作家出版社,1957年,第105页。
③ 毕冰宾译:《论D·H·劳伦斯》(米哈尔斯卡娅著),《文艺理论研究》1988年1期。
④ 见约翰·沃森《白孔雀》序言,第13页。
⑤ 同上书,序言第14页。
⑥ 同上书,序言第17页。

剧冲突"已不再是乔治·艾略特或早期哈代式的。格拉汉姆·休指出,在此劳伦斯"想把他认为重要的东西付诸表达或象征",从而开始发展他的形而上学①。人们注意到,劳伦斯甚至在写作他的处女作时已发现,他必须"使用某种'形而上学'作为启发性手段",否则"便别无其他出路"②。这种通过象征达到的形而上学意义即是"人挣扎于文明和自然之间"这样一个"根本的神话"③。

于是,在几易其稿后,劳伦斯创造了安纳贝尔这个人物。"这里非有他不可……只有他能够造就一种平衡,否则小说就太单一了。"④安纳贝尔是"自然与文明之间的第三种力量"⑤。小说的叙述者西利尔(人们认为少年劳伦斯是其原型)几乎为这个人物着迷,即使当他沉迷于乔治的肌体时仍然想到了安纳贝尔——"我凝视着他(乔治)肩膀上发达的肌肉……想起了安纳贝尔的事儿。"⑥这个人物"成长"为劳伦斯最后的也是最有争议的男主人公梅勒斯(《查特莱夫人的情人》)看来是很自然的了。

如同乔治一样,安纳贝尔也是被女人毁了的男人;像乔治一样,安纳贝尔是自然之子,属于大地,纯朴而充满生命力。而女人在《白》中代表着知识,是苍白、虚伪的,是文明的怪物。

不同于乔治的是,安纳贝尔是一个"重返自然"的绅士(梅勒斯亦然),他在剑桥读过书,厌倦了文明世界。只有这样的人才能成为文明与自然之间的第三种力量,才能奏响复归自然的音符。也因此成为阐明劳伦斯式主题的劳伦斯式人物。

《白孔雀》以强烈的自传性始,终于发展到"非有"安纳贝尔不可,即虚构后的真实与想象整合终于导向另一个崭新的真实并成为劳伦斯主题的端倪。这就是艺术的过程。与此同时,作为劳伦斯的"第二自我"的叙述者西利尔的审判旨趣也就变得一览无余。"他"崇拜乔治和安纳贝尔这样的阳具意识的象征人物,谴责以女性为代表的文明对自

---

① 参看克默德:《劳伦斯》,北京:生活·读书·新知三联书店,1987年,第11页。
② 同上书。
③ 同上书,第12页。
④ 同上书。
⑤ 同上书。
⑥ 劳伦斯:《白孔雀》,企鹅,1984年,第294页。

然的摧残,同时向往着复归自然——"当个好动物,相信你自己的动物本能。"①"一切文明不过是在腐朽的东西上涂脂抹粉。"②

从此,劳伦斯的作品中不断发展着《白》的意象,到《查特莱夫人的情人》发展到极致。这正如韦勒克和沃伦在《文学理论》中指出的那样:"一个作家早期作品中的"道具"往往转变成他后期作品中的'象征'。"③在本文结束时我们会看到这一理论对评述劳伦斯的创作是十分中肯的。

作为向《儿子与情人》的过渡,《逾矩的罪人》为我们研究劳伦斯的"第二自我"提供了不可多得的质朴的坦白陈述。这部小说取材于他的密友海伦·霍克的悲伤经历④,一经劳伦斯的虚构和富于想象的整合,表现的却是一个崭新的主题:在小说中,代表文明的女人在精神上摧毁了代表野性的男人。"叙述者"不无悲伤地谴责这种对男性的"阉割"。

《逾矩的罪人》中的莱蒂和海伦娜不过是《儿子与情人》中的母亲葛都德的雏形,而葛都德的原型是劳伦斯的母亲("父亲"的原型是他的父亲)。

劳伦斯后来终于承认他改变了对父母的看法。"父亲"在《儿子与情人》中的所作所为与生活中劳氏的父亲很贴近。但劳伦斯后来不再谴责父亲。错的是母亲——"母亲"。"父亲"毛瑞尔这个代表着自然生命和神赐野性力量的活生生存在,竟被清教徒式的精神恶魔——"母亲"所贬毁,沦为醉鬼。肉体的与意识的、血液的与精神的对立,正表现为父亲与母亲的对立。劳伦斯后来承认:"不是字词造就了肉体,而是肉体造就了字词。字词源自肉体,而字词是有限的,如同一件木器,是有限的。而肉体是无限的,没有结束。"⑤尽管父亲(肉体意识的象征)一时被母亲(精神的化身)所战胜,可是"父亲笑在最后,但笑得最久。"⑥其实,即使在《儿子与情人》中,劳伦斯以谴责的口吻描写父亲,但"劳伦斯仍然潜意识地对他那位强健朴实的父亲表示了同情,笔调是

---

① 克默德:《劳伦斯》,第9页。
② 同上书。
③ 韦勒克·沃伦:《文学理论》,北京:生活·读书·新知三联书店,1984年,第204页。
④ 莫尔·罗伯特:《D·H·劳伦斯》,泰晤士与哈德逊出版公司,1988年,第20—21页。
⑤ 《〈儿子与情人〉前言》,1913年1月,载《劳伦斯书信集》。
⑥ 《美国经典文学研究》,第92页。

温和的,甚至是善意和喜剧性的。"①足见潜意识中对于"血性的信仰和肉体的信仰"不仅造就了《白孔雀》和《逾矩的罪人》的叙述者的态度,又使《儿子与情人》的叙述者也无法摆脱对"父亲"的欣赏和同情:

> 那年毛雷尔27岁,体格健壮挺拔,十分帅气。一头卷发油黑发亮,从未刮过的黑胡子浓密茂实。他红脸膛,嘴唇也是红润的,很引人注目,因为他总爱开怀大笑,那笑声十分爽朗,洪钟似的。葛都德盯着他,不禁心驰神往。他是那么光采照人、生机勃勃的一个人,诙谐幽默,跟谁都能一见如故,友好相处。②
>
> 平常他总是围上个围脖儿就出门。可这会子却梳洗打扮起来。他兴致勃勃地一边洗脸一边擤着鼻子,然后又蹦蹦颠颠地跑进厨房去照镜子。镜子太低,他不得不弯下腰来照,一边照一边认认真真地分着湿漉漉的黑发……③

正是这种潜在的信仰使《儿子与情人》超越了进入文本的那些自传成分。

萨戈先生指出:"只要劳伦斯能够从生活中取材,他就不觉得有必要再发明什么……劳伦斯除了'改编生活'的方法以外再也没有别的方法来创造人物。通常情况下,他不承认他笔下的人物是'画像',只强调某些一眼即可辨认出的人物虽然是真人,可他们的内在意义与真实生活中他对他们的评价都相去甚远。"④杰茜·钱伯斯(《儿子与情人》中米丽安的原型)也承认劳伦斯惯用的这种"改编生活"的方式。《儿子与情人》中的米丽安其实是生活中三四位女性的重新整合。⑤萨戈继续指出:劳伦斯最终要创作的是艺术,而不是生活,这意味着不拘泥于个人经历,而是试图(在个人经历上)引出更广阔的意义。说它自传性强,是因为它直面真实,毫不掩饰;说它是艺术,是因为它写得"有节制"和"超越个人",为整个一代年轻人说话。

---

① 莫尔·罗伯特:《D·H·劳伦斯》,第37页。
② 《儿子与情人》(企鹅,1981英文版),第44页。
③ 同上书,第54页。
④ 基恩·萨戈:《儿子与情人》序言,企鹅,1981年。
⑤ 同上书。

这种超越个人生活的更广阔的意义之一,即是小说开了弗洛伊德主义在文学表现上的先河——揭示"恋母情结"(俄狄浦斯情结)。同时通过潜意识与"父亲"代表的被精神"阉割"的肉体与血性的认同而使作品成为现代"恋母情结"的挽歌。

需要一再解释的是,劳伦斯是在写完这部小说后才从德国妻子弗丽达那里听说弗洛伊德的理论,并在妻子的建议下将原书名《保罗·莫瑞尔》改为《儿子与情人》,从而一目了然地点明了主题。① 这表明了他对弗氏"俄狄浦斯情结"理论的某种认同。

同时必须说明的是,劳伦斯了解了弗洛伊德的全部学说后,毅然写了《精神分析与无意识·无意识断想》一书,从根本上否定弗洛伊德。劳伦斯认为弗洛伊德把人的一切行为都归结为性冲动和性压抑是片面的,尽管弗洛伊德的观点"对了一半"。"对了一半总比一点不对要好,"劳伦斯说,但他指出:"性并不是一切。不应把性的动机指向一切人类的行为。"他还说,性动机与宗教是"如同男人和女人、父与子,是不可分的"②。在劳伦斯看来,只有宗教地看待性才是最健康的性态度,而不是像弗洛伊德那样科学地分析其"因果关系"。为此,他说:"宗教是正确的,而科学是错的。"精神分析的最大错误是它对人的性冲动和性心理持科学态度,通过理性地揭示其因果关系,以期达到治愈病人的目的。③而在劳伦斯看来,一切的变态都是文明和理性所致。一切罪恶都是"罪恶感"所致。他形象地指出:亚当和夏娃本是在黑暗中靠"血的意识、直觉和本能"相感知,可吃了禁果就有了意淫(sex in the head),从此开始了有了罪恶感。此后,人知错而为错。"罪恶并非是因为破了神规,而是自身完整性的崩溃。"④在劳伦斯看来,弗洛伊德的科学分析无疑是有害的理性主义(劳伦斯用的是 idealism 这个词)。他批驳说:"各种情结绝非变态。它们是正常的无意识中的一部分。唯一的变态行为就是试图把它们提到意识层面上来(即让人认知——笔者注)。"⑤

不过,《儿子与情人》中对男主人公"恋母情结"的揭示,是与弗洛

---

① 基思·萨戈:《儿子与情人》序言。
② 劳伦斯:《精神分析与无意识》,第 146 页。
③ 同上书,第 15 页。
④ 劳伦斯:《美国经典文学研究》,第 90—91 页,第 108 页。
⑤ 劳伦斯:《精神分析与无意识》,第 9 页。

伊德的有关理论相吻合的,男主人公保罗的性心理的形成符合精神分析理论的描述,我们便可用弗洛伊德主义分析之:保罗的性准备期的童年阶段,对母亲产生了强烈的依恋。这本是人的性力发展的正常阶段中的正常现象。但是,畸形的家庭关系(父母的严重不合)加剧了他对母亲的依恋和对父亲的仇视,他无法在性成熟的"移位"阶段超越这种"恋母情结",它变成一种"固恋",使得保罗无法找到一位异性来"替代"母亲的恋人地位。加之母亲又是那样仇视他的女友米丽安,总在与米丽安争夺儿子的感情,这样更加剧了保罗对母亲的依恋,使他无法像个真正的男人那样去爱母亲以外的女人。

就这样,至此为止,劳伦斯的三部自传成分很大的小说,几乎都在表现"女人毁了男人"这个"阉割"主题。可与此同时,我们又看到了"阉割"的另一面(潜含着的)是对"费勒斯阳具意识"的推崇。《白孔雀》的"友谊的诗篇"一章中西利尔之沉醉于萨克斯顿的肌体,《逾矩的罪人》中西格蒙德的强烈的性冲动,《儿子与情人》中叙述者不自觉地使用的那种男性的"饱含着肉体温存的语言"①,无不是在小说的"主流"之下涌动着的费勒斯意识的潜流。

是的,这些小说中的男性都是失败者,他们代表着血的意识和肉体意识,但他们均被女人毁了——被理性毁了。正如克默德评论《儿子与情人》中失败的"父亲"时所说:"他的失败不仅仅是俄狄浦斯意义上的失败,同时也是黑暗中养育的阳刚之气的失败,是不知何为羞怯、自由自在的男性魅力和力量的失败,是根植于泥土中的美的失败。"②

同时我们看到了主人公保罗为端正自己的性角色位置而进行的挣扎。正如克默德指出的那样,他拒绝了精神型、修女型的米丽安,其实亦是拒绝了母亲——因为米丽安在精神上是他母亲的近亲。他与对性关系持自由态度的已婚女人克拉拉同居,因为他认为克拉拉这样的人人格低下,不配做他的"母亲"。但正是在克拉拉那里,他克服了把女人当成母亲的心理障碍,"费勒斯意识"得到恢复。这正如与《儿子与情

---

① 《儿子与情人》中"父亲"毛雷尔使用的是德比郡—诺丁汉郡一带的男性矿工们特有的方言和土话,尤其在谈论到女人时和在女人调情时这种粗俗的泥土气息更浓,性信息得到了充分的传达。克默德认为这是一种"饱含着肉体温存的语言",笔者表示赞同。见克默德《劳伦斯》,第17页。

② 克默德:《劳伦斯》,第19页。

人》同时发表的弗洛伊德的一篇重要论文(《性生活中最为广泛的堕落形式》)不谋而合:"任何希望在情爱生活中得到自由和幸福的人,必须克服对女人的尊重。"同时弗洛伊德坚信,有些人是需要"较低一级的性爱对象"才能得到性爱的满足。①

足见保罗这个人物性格代表着文明理性"阉割"自然后的产物。无论劳伦斯本人如何反对弗洛伊德主义,保罗终于成为弗洛伊德主义的文学标本。《儿子与情人》源于生活真实,而通过虚构成为艺术——揭示文明症的心智原型。而其自传性之真切(对环境的再现,方言的自然运用),又使小说成为英国"唯一一部有价值的工人阶级小说"②。有人甚至认为,劳伦斯"写英国中部的矿工生活,比哪一位左派作家都真切"③。看来,在劳伦斯的小说中,生活和艺术是十分接近的。但正是这种"接近",使不少人仅仅注意到了其"真实性"的一面而不承认其艺术价值,从而导致以下两种态度:一是认为《儿子与情人》是一部较好的现实主义小说或"发展小说"④;二是认为作者的病态心理妨碍了他在更深的层面上开掘现实生活⑤。这些观点不能不说是误入歧途的。

《儿子与情人》叙述方法上的崭新之处在于,它已经开始摆脱班奈特、威尔斯和高尔斯华绥等为代表的传统的"物质主义",不再在"情节"和"逼真"上费大力气,这种力气甚至被认为是"用错了地方,以至于遮蔽了思想的光芒。"小说不再"被炮制得恰到好处"⑥,而是走向情节和人物外在条件的淡化,注重人的内心。伍尔夫注意到了这点,指出《儿子与情人》"似乎把各种情景都凝聚、缩略、削减到最简单明了的地步,让人物直截了当地、赤裸裸地闪现在我们面前。我们观看的时间不能超过一秒钟,我们必须匆忙地前进。"⑦早在20世纪30年代,我国也有学者注意到了这一点,指出:"(劳伦斯)只用经济的笔法勾勒出人物

---

① 转引自克默德:《劳伦斯》,第23—25页。
② 毕冰宾:《畸形的爱,心灵的悲剧》,《外国文学评论》1987年3期。
③ 孙晋三:《劳伦斯》,《清华周刊》,42卷,9/10期,第129页。
④ 见侯维瑞:《现代英国小说史》,上海外语教育出版社,1985年,第207页。
⑤ 毕冰宾译:《论D·H·劳伦斯》,米哈尔斯卡娅著,《文艺理论研究》,1988年,第1期。
⑥ 弗吉尼亚·伍尔夫:《论小说与小说家》,上海译文出版社,1986年,第4—7页。
⑦ 同上书,第110页。

大概的轮廓,以后,人物的心思,实在是他的不自觉。所以劳伦斯的人物似乎都有些反常……结果就产生了新的感情,新的心境,我们虽是不承认,却又觉得也许是有的。这是劳伦斯崭新性的基础。"①

三

《儿子与情人》的完成,结束了劳伦斯"自传性"艺术的悲剧三部曲,他的艺术真实所依赖的"现实"开始扩展,其作品的形而上意义更加明确也更加深远。

从某种意义上说,母亲的逝世,对于把劳伦斯从强大的"恋母情结"中解脱出来并从此反思自己与父亲认同的美学意义(这种认同是"费勒斯崇拜"这一审美态度的基础)是一个决定性的契机。《儿子与情人》是"俄狄浦斯"情结的挽歌。现在,劳伦斯终于悟出自己从前的作品其实是无意识地反对以母亲—女人为代表的理性,而他要认同的是以父亲为代表的直觉、非知识、自然和激情。他在一封信中写到:"我真想写另一本《儿子与情人》了,我母亲是不对的……"②

他开始写《姐妹们》(后分为《虹》与《恋爱中的女人》)。从此,他的创作出现了决定性的转折。从主题上说,"阉割"——"血的意识"、"费勒斯意识"这些形而上的意义得到更强烈的昭示;从叙述方式上说,则是摒弃了人物的营造和情节的设置而转向"无英雄",转向原型,转向情结。而与此同时,小说的现实主义意义竟得到了更进一步的深化。"真实"、"虚构"和"想象"三者如此和谐地统一起来,其"第二自我"也随之渐渐成熟起来。

奥尔丁顿指出,在《虹》中,"人物性格的分析退回到普通的因素上,以至很难分辨和记住书中的人物"③。是的,这正是《虹》的反传统之处。它写的"是每个人而非传统的英国小说中的英雄"④。

劳伦斯对1913年以前的生活和创作进行了反思,有了崭新的觉悟。他声言从此要超越以前,创作一部不同凡响的新作,这就是《虹》。

---

① 孙晋三:《劳伦斯》,《清华周刊》42卷,9/10期,第129页。
② K·萨戈:《劳伦斯的一生》,麦修恩,1982年,第23页。
③ 理查德·奥尔丁顿:《一个天才的画像,但是……》,冰宾等译,天津人民出版社,1989年,第191页。
④ 马克·斯皮尔卡编:《D·H·劳伦斯》,普林梯斯—霍尔出版公司,1963年,第38页。

他在此"试图刺破人物意识的表面,触到下面血的关系,摒弃表面的'人格',为的是揭示原型的自我。"他要"创造一种新的普通的生命,一种根植于我们内心深处完整的生命"①。他指出:"你别指望在我的小说中寻到人物旧的稳固自我。还有另一种自我,照这个自我行事的人让你无法认得清……"②

这"另一种自我"表现在那些让人"难以分辨彼此"的三代布朗温家的男人身上。这是男性的"原型"。米哈尔斯卡娅批评《虹》的不确定性,是站在捍卫传统现实主义的立场上批评劳伦斯把几代布朗温家的男人写得分不清彼此。③ 但持这类观点的人恰恰忘了,《虹》昭示的是几代布朗温男性的原型,属于"另一种自我"。认不清这种自我,当然无法从表面上分辨他们。

其实《虹》的现实主义意义是极其深远的,透过三代人的婚姻关系的变化,可以感受到时代的变迁。不过劳伦斯没有直接地勾勒时代的特征和全景,而是忠实地揭示时代的变幻给普通人的性心理和婚姻关系带来的影响。这不能不说是对现实主义的新贡献。因为对普通人来说,生命毕竟是个体的体验,每个人是从自己的生命方式去感知时代的变幻的。而在于劳伦斯来说,生命的体验从根本上说是性的体验。或许是在这个意义上,马克思说:"男女之间的关系是人与人之间的直接的、自然的、必然的关系……根据这种关系就可以判断出人的整个文明程度。"④而《虹》所着重反映的是一种文明与另一种文明(农业文明与工业文明)交替时期、社会处在大变动时期的家庭婚姻(以性关系为基点)的转化。因此,利维斯称之为"对现代文明的研究"⑤。

但《虹》的革命性,即使劳伦斯成为现代小说家的革命品质还不在于《虹》的写作方式,而是在于其内在的现代意识:随着技术时代的到来,小生产的宗法制度下农业家庭中那种旧式人与人关系让位给新型的社会关系,现代婚姻中的男性失去了旧式婚姻中的统治地位。可他

---

① 克里斯特弗·海伍德编:《D·H·劳伦斯新研究》,麦克米伦,1987年,第126页。
② 转引自克里斯特弗·海伍德编:《D·H·劳伦斯新研究》,麦克米伦,1987年,第126页。
③ 参见毕冰宾译:《论D·H·劳伦斯》(米哈尔斯卡娅著)。
④ 马克思:《1844年经济学—哲学手稿》北京:人民出版社,1979年,第72页。
⑤ 参见毕冰宾:《时代与<虹>》,《外国文学研究》,1985年4期。

们仍陷在旧的光环中不能自拔,因此他们把希望过分地寄托在性满足上,因为这是维系男性力量的唯一标志。

于是我们在《虹》中看到的是男性神话的解体以及男性为抗拒被"阉割"所进行的努力——冥冥中强烈的肉欲冲动,这是最根本的男性的原型。只从表面上要分清几代男人当然是不可能的。他们之不可分清,是因为他们都在为同一个自我进行着抗争。因此"我们在《虹》和《恋爱中的女人》中再也看不到有清晰可辨的完整的活人,看不到我们习惯了的从菲尔丁到福斯特到毛姆的传统英国小说叙述方式中命运相互关联的人物了。"① 劳伦斯在时代的巨大变化面前,对"真实"进行了偏爱的选择,即选择了性作为主题,表现男性神话在以女性为象征的文明的冲击下的解体。至此,在《虹》中"阉割"的母题与工业文明的社会历史现实有机地结合了起来,使作品具有更开放的品质,不仅给作品的解读带来困难,也使作品的解读更加多样化,提供了开放性的多元审美角度。

但是作为劳伦斯主义的内核——文明对自然的摧残,其具象化的标志是女性对男性原始自然力量的阉割,这一点在《虹》和《恋爱中的女人》中不仅没改变,而且得到了进一步的表现。在劳伦斯的作品中,家庭与社会背景这些外在的东西与人物性格(如果说还有性格的话)是有机地融合在一起的。《虹》中老汤姆·布朗温是旧的宗法制度下农民的典型:他的情感生活是与自然的节奏相吻合的,浑沌的美与自然的美是相呼应的。他和别的男人一样劳作,生息,欲望的冲动完全是自然的、不受文明污染的,他的行为全是受着某种下意识的驱使,善与美与真完整地集于一身。《虹》在老汤姆身上不惜花费近三分之一的笔墨,景物的描写和心理的昭示都富有诗意,被不少人称为"诗化小说"。劳伦斯的偏爱老汤姆,艺术地体现了他的"第二自我"——对男性神话的抒情诗般的赞美,这种沉醉的情感在工业文明的危机来临的20世纪第一个十年无不是一种对过去的"乡恋",除了恋旧就是无奈。但《虹》中的这种恋旧被发挥到了诗化的极致,算是劳伦斯常常自称的那种"意愿的满足"(wish-fulfillment)吧。

---

① 见柯林·克拉克:《〈虹〉与恋爱中的女人》,麦克米伦,1969年,序言:《D·H·劳伦斯》。

到了第二代,老汤姆的继女嫁给了他的侄子威尔。威尔的确与老汤姆十分近似,在本质上没什么两样。但他的男性力量却遭到了妻子安娜的挑战,他的男权地位动摇了。安娜像布朗温家的所有女人一样是"内刚外柔"的,向往着文明。而威尔依旧生活在浑沌的激情与欲望中。最后是"安娜胜利了"(一章的标题)。威尔只有在"文明"面前的惶惑、焦虑和无言的愤懑。小说中威尔沉迷于教堂建筑,沉迷于彩窗上的"羔羊",受到安娜的耻笑。其实这羔羊是一种象征。他迷恋宗教,迷恋耶稣的化身"羔羊",是因为《圣经》强调了男人创造了女人,男性的肉体是人类的根本。而耶稣那滴血的肉体正是男性牺牲的崇高体现。威尔在用神话抵抗着现实中代表文明的女性对男性的打击。

而第三代人中的斯克里宾斯基则是现代社会中彻底失败的男人。厄秀拉作为新时代的女性渴望着体验一个更为强壮的男人世界——新女性的强壮要求更为强壮的男性作为性关系的平衡条件。可是斯克里宾斯基却是个太软弱的男人——一个精神上的阉人(他象征着现代社会的价值萎缩)。在此,劳伦斯的"第二自我"转到厄秀拉身上,这个"第二自我"并非是在塑造新女性的形象,而是站在女性的角度谴责这个失去真正强壮的男性的现代世界。她认为斯克里宾斯基毫无主心骨,奴性极强,甘当大英帝国的炮灰还自以为高尚。这是一个男性堕落的时代。

你以为印度人比我们笨,所以你就要去统治人家,以此为乐。你还以为你统治他们是为他们好呢。你算老几,也配统治他们去?你这样做对在哪儿?简直让人恶心。你去能统治出什么好来?只能把那边弄得跟这边一样死气沉沉、一样卑贱!

这之中孕育着死亡的种子。每接触一次,她都无法得到自己要得到的,这种欲望越是强烈,她的爱就越无望。每接触一次,他就比原先更依赖她,他越来越感到自己在她面前挺不起腰杆来,没有足够的力量去对付她。他感到自己成了她的附庸。

他的头奇怪地摇晃着,嘴撇了几撇,就开始抽抽搭搭地哽咽起来。他的脸都哭歪了,仍在没完没了地哭,真像丢了魂一样。①

因此有评论家认为:"没有一本英国小说能在如此复杂的环境里将社会主题与个人主题这样完美地结合起来。"②这种结合点,正是文明使男性神话破灭。这是《虹》的最终形而上意义。而在这个最终意义上的思考,必须与《虹》的续篇(尽管相对独立)《恋爱中的女人》相联系。《恋爱中的女人》不仅在时序上继续了《虹》的主题,而且也在时序上必然地成为劳伦斯"第二自我"的进一步的发展阶段。

四

与其说是"发展",不如说是"变奏"或"曲折"。《恋爱中的女人》中,"阉割"的主题发展为"死亡"。而劳伦斯的"第二自我"则表现在厄秀拉、伯金和杰拉德身上,是一种总和效应。这几个人物其实都是为一个主题和一个声音所设置的。而厄秀拉和杰拉德则是作为伯金的补充而存在的。

毫无疑问,与《虹》一样,《恋》的现实主义意义是通过人与人的性关系来得到折射的,但透过小说形而上的主题,我们仍可实在地触到英国社会的脉搏。小说中的知识分子群是取材于实人实事的,是英国上流知识分子群的真实写照。小说中杰拉德的形象,是20世纪初英国工业巨头的真实再现——"工业拿破仑",小说的气氛是典型的一次大战前后的"荒原"氛围。这些通过劳伦斯的虚构和富有想象力的创造,成为塑造他"第二自我"的绝好本文——爱的死亡。我们说这小说是小说中的"荒原"正是这个意思。

主人公伯金其实是处在一个"三角恋"环境中的:一方面是厄秀拉,另一方面是杰拉德。厄秀拉无疑在此成为歌颂男性力量的人,她深恋着伯金,渴望与伯金一起体验两性关系的完美极致,她把伯金当成十足的男子汉苦恋着,伯金的每一块肌肉都唤起她对费勒斯的崇拜。此时劳伦斯的"第二自我"是厄秀拉无疑。可伯金却向往着比他强壮、男子

---

① 引自《虹》(企鹅版,1949)第467、468、472—473页。
② 阿拉斯塔尔·尼文:《D·H·劳伦斯的小说》,转引自侯维瑞:《现代英国小说史》,上海外语教育出版社,1985年,第208页。

气十足的工业巨子杰拉德。两人之间的同性恋爱感情在小说中虽写得相当节制并升华为某种"血谊兄弟",但依然很明显。

值得注意的是,伯金在某种程度上与杰拉德是一个人物的两个方面,都是被"阉割"的现代男性。

在《恋》中,伯金既无法全身心地爱女人,又无法充分表达他对杰拉德的同性爱,这是"堕落时代的不可避免的征兆。"他仅仅把杰拉德看成自己欲望的肉体对象而非精神伙伴,这是维多利亚时期和爱德华时期同性恋之学的典型意识[①]。

但是在劳伦斯的笔下,伯金被处理成面对工业文明造成的心灵荒原的宿命论者,而杰拉德成为机器化的精神空虚的灵之阉人,这就使小说具有了崭新的意义。正如《虹》一样,《恋》也因此把个人主题与社会主题统一了起来。

伯金在精神型的贵妇赫麦妮那里体验到的只是男性力量的彻底被"阉割",他无法爱也无法征服女人——文明的畸形化身。而厄秀拉则与他保持着一种"平等",这仍然对他的男性沙文主义是一种污辱。他要求的是一种女性完全的服从[②]。而后来他降求其次,欲保持男女之间的"双星平衡"。这种选择仍无法使他得到性的满足,他必须寻求杰拉德的同性爱作为一种真正平衡的力量[③]。

而杰拉德这个"工业拿破仑"虽然有一具美男子的躯壳,却在操纵机器、把工人当成机器对待的同时自己也异化成为机器,精神上毫无寄托,毫无生气。他把爱当成一种寄托,而自己并不能全身心地投入,因此被恋人戈珍拒绝。戈珍看不起他那种精神上的空虚,厌恶他的机器世界,终于弃他而去。一个堂堂的工业巨子得不到自己所爱的女人甚至不明白为什么(戈珍爱上别人后他茫然重复:"我不知道。我不知道。"),又无法理解和接受伯金的爱,心灰意冷,终于死在阿尔卑斯山的雪谷里。

伯金面对杰拉德的死,感到的是自己的死,因为他把与杰拉德的感情看成是对抗女性破坏力量(赫麦妮和厄秀拉)的一种生命本能。他只

[①] 查理斯·罗斯:《恋爱中的女人》序。
[②] 同上书。
[③] 同上书。

能哀叹:"他应该爱我……就不会是这样的下场!"他相信"那死去的和正在死去的仍然可以爱……"

劳伦斯的"第二自我"发展到《恋》似乎走入了绝境,无论对现实的取材还是虚构和想象后的文本指向,都从《白孔雀》开始的阳具意识的崇拜走向阳具意识的死亡。足见"现实"对虚构和想象的巨大制约力量。

但是,另一种现实为他提供了使阳具意识复活的可能,为他虚构现实、发挥想象、创造新的艺术现实并最终完成自己的"第二自我"提供了现实的依据。这些来自他的美洲之行(1922—1925 年)。美洲的经验与他对世界所抱的"积极厌世"①态度,最终使他写出了《查特莱夫人的情人》这一"复活费勒斯意识"②、集"温柔与美"③于费勒斯之源的名著。

五

劳伦斯的美洲之行是他最重要的出游。这里粗犷的地貌和印第安人强烈的生命节奏都给劳伦斯以巨大的情感冲击。他发现可以在此找到复活现代文明荒原的象征和希望。他开始深信:欧洲是一场历史循环的结束,而美洲则是另一场循环的开端④。这时期劳伦斯满怀宗教激情写下了不少长、中、短篇小说和散文,作品充满着对美洲象征的"费勒斯意识"的崇拜。其中《公主》和《骑马出走的女人》及《墨西哥的早晨》最能代表这种历史循环论,其焦点是原始主义⑤。

这种原始主义情结在《查特莱夫人的情人》中发展到极致。在此,我们看到的是劳伦斯的"第二自我"找到了阳具意识复活的途径,一个劳伦斯作品中从未出现的"英雄"梅勒斯出现了。这是一个受过教育的人,一个自我流放回归自然的"文明人",当然不是变成野人。重要的是这种复归的形而上意义。小木屋,野林子,一个复归自然的男人给一个

---

① 郁达夫:《读劳伦斯的小说〈查特莱夫人的爱人〉》,《人间世》14 期,第 36 页。
② 1928 年 3 月 15 日,致哈里特·莫诺尔。见《劳伦斯书信集》。
③ 同上书。
④ 参见詹姆斯·柯文:《D·H·劳伦斯的美洲之行》,克利夫兰:凯斯西保留地大学出版社,1970 年,第 1—5 页。
⑤ 毕冰宾:《死的诱惑与局外人的象征》,《名作欣赏》,1986 年 5 期。

寻找自然的贵妇人注入崭新的生命。在此,性描写构成了形而上的"性宗教"。《白孔雀》中的一些稚嫩的描写和场景,在《恰》中发展成了象征(如本文开始指出的那样)。"小说中每一样东西都具有象征意义",直至"最后整个小说本身变成了一个巨大的象征。"①

《查》不是一本淫书,甚至根本算不上一本性小说。奥尔丁顿指出这本书其实"是关于性的说教……是一种'精神恋爱'"②,表现的是与后现代主义的性解放截然相反的旨趣。用林语堂的话说:"在于劳伦斯,性交是含蓄一种主义的。"③正因此,劳伦斯被认为对性持一种清教徒的观点——"他之所以常常被称作清教徒,就是因为他认为性是生命和精神再生的钥匙,也因为他认为这是极为严肃的事情。"④很明显,这种含蓄着主义的"费勒斯意识"是向野蛮复归的文明审美态度,这构成了一种性宗教。梅勒斯不仅是自我流放的文明人,他还具备两套语言:一种是理性状态下有教养的中产阶级语言,而另一种则是全身心投入性交时自然归化的村野语言。原来劳伦斯的"第二自我"并不像他本人那样推崇毫无文明的"自然人",从安纳贝尔到梅勒斯,都是文明的野蛮人,是介与文明与野蛮中的第三种力量。

需要指出的是,即使是这部以想象的艺术真实取胜的小说,也是扎根在丰厚的生活——生命土壤中的。书中的自然社会背景依旧是劳伦斯的故乡在一次世界大战后的情景,梅勒斯使用的德比郡方言(劳伦斯父亲所讲的那种阳物语言)是劳氏作品中最为集中、淋漓尽致地得到展示的一次。或许我们可以猜测,这是劳伦斯即将离开文明世界、丧失性功能时⑤通过他的"第二自我",第一次毫无顾忌地使用自己生长于斯的那块土地上的活生生的语言。他因此而获得再生和永生。

选自黄梅主编:《现代主义浪潮下》
北京:中国社会科学出版社,1995年

---

① 马克·肖尔:《现代英国小说》,转引自侯维瑞:《现代英国小说史》,1985年版,第236页。
② 理查德·奥尔丁顿:《一个天才的画像,但是……》,第426页。
③ 林语堂:《谈劳伦斯》,《人间世》,19期第34页。
④ 克莫德:《劳伦斯》,第207页。
⑤ 莫尔·罗伯特:《D·H·劳伦斯》,第97页。

康拉德

《黑暗的心脏》解读中的四个误区

殷企平

康拉德发表《黑暗的心脏》以来，评论文章和著作可谓汗牛充栋，可是在对以下几个关键问题的回答上，评论家们的分歧之大，几乎达到了不可调和的程度。如：

《黑暗的心脏》这一书名的含义是什么？

马洛的非洲腹地之旅的实质是什么？

库尔茨临死前的呼喊——"可怕呀！可怕呀！"——究竟是什么意思？

康拉德是个种族主义者吗？等等。

究其原因，笔者以为在解读《黑暗的心脏》中存在着若干个认识的误区。本文举四例，就教于方家。

误区一：抽象地谈论人性

在评论《黑暗的心脏》时，许多中外学者都认同了一个观点，即马洛/库尔茨的非洲之行是探索人类本质的历程。

王佐良先生主编的《英国20世纪文学史》就曾这样写道："库尔茨的非洲之行实质上是对人类的本质的探寻……从马洛这个角度进行叙述惟妙惟肖地体现了这个时期在康拉德创作思想中占主导地位的怀疑主义，反映了他对人的本质的揣测和疑问。"①

郁青也坚持认为，《黑暗的心脏》是"对自我精神和潜意识世界的探索"，而"主人公马洛的刚果之行，不仅是进入非洲腹地的航程，同时也是一个探索自我，发现人内心黑暗世界的历程"。②

---

① 王佐良、周珏良：《英国20世纪文学史》，北京：外语教学与研究出版社，1994年，第209—210页。

② 郁青：《〈雨王汗德森〉与〈黑暗的心〉》，《外国文学评论》1997年第3期，第93页。

赖辉在不久前的一篇文章中老调重弹："他（马洛）叙述的重点在于从库尔茨的堕落上找到对人类灵魂深处黑暗本质的认识。"①

彼得·蔡尔茨（Peter Childs）最近的一段评论也颇具代表性："康拉德……精心讲述的故事意在指明人类探索自我的行程，指明人类发现自我的心理历程。就像弗洛伊德当年所做的一样，康拉德也通过自己的故事向维多利亚时期的读者传递了这样一个信息：狂暴的欲望构成了每个文明人的核心——黑暗的心脏里跳动着狂暴的欲望。"②

以上四段引文里的"人类的本质"、"人内心黑暗世界"、"人类灵魂深处黑暗本质"和"每个文明人的核心——黑暗的心脏"等说法都有欠确切，因为这里所说的"人"都只是抽象意义上的人，好像真有为全人类所共有的永恒人性似的。

上述评论家是在讨论康拉德作品的象征意义时提出自己的观点的。值得注意的是，在文艺评论中，有一种抽象地谈论作品的象征意义的倾向，即置作品所描写的大量有关历史、地理、社会和政治的细节不顾，却对作品的意义作出了结论。这种倾向恰恰助长了抽象人性论的蔓延。

看来，问题的关键是怎样分析《黑暗的心脏》的象征意义。我们认为，任何作品的象征意义都必须有两个基本前提：1）抽象必须以具体为基础；2）作品细节本身的意义不应该受到忽视。正如劳·坡林所说："象征意味着既是它所说的同时又超过它所说。"③也就是说，象征必须首先是它所说的，然后才能超过它所说的。

因此，我们有必要先对《黑暗的心脏》中的细节加以分析。

首先，这些细节是对西方殖民主义的揭露。马洛从非洲之行的开头到结尾，看到的都是欧洲殖民主义者对非洲土著的欺压、掠夺、奴役，乃至残害。作品中，这类细节比比皆是。甚至连马洛成行的先决条件也跟殖民主义者的"光荣业绩"有关：原来的白人船长因毒打土著而遭到后者的反抗，最终在冲突中丧了命，所以马洛才得到了船长的头衔。

---

① 赖辉：《论〈黑暗的心〉的叙述者、叙述接受者和"陌生化"》，《外国文学研究》，人大报刊复印资料，1999年第10期，第25页。

② Peter Childs, *Post-Colomal Theory and English Literature*, Edinburgh University Press, 1999, p. 189.

③ 劳·坡林：《诗的象征》，载《世界文学》1981年第5期，第56页。

在启程之后,他看到了无数类似于下文引用的种种情形:瘦骨嶙峋的黑人劳工脖子上套着锁链(其中有的还是孩子),被无情地驱使着,直至"在生病丧失工作能力以后,才被允许爬离工作场地,慢慢地死去"①。这类惨象在马洛快要结束整个航程时还有增无减:他惊讶地发现库尔茨窗前的立柱上放着一颗颗人头——土著在惨遭杀戮之后,其人头还要遭受凌辱。所有这些细节揭露的对象不首先是殖民主义,又能是什么呢?

其次,这些细节是对殖民主义者内心世界的揭露。它们象征着有关人物内心的贪婪、傲慢和残暴,象征着他们内心的黑暗世界,但这决不是所有人——或像蔡尔茨所说的"每个文明人"——的内心世界,而是在特定环境下特定人物的内心世界,即以库尔茨为代表的殖民主义者的内心世界。

以上观点可以由书中两类细节得到印证。

第一类有助于区别土著黑人和入侵白人(外来移民)。在康拉德的笔下,那些外来移民大都面目可憎。且不说嗜血成性的库尔茨,即使其他许多外来移民,也都像马洛遇到的埃尔多拉多探险队队员们那样,其"唯一的欲望便是从这块土地里抢走所有的宝藏"②。他们不仅对黑人如凶神恶煞,而且彼此之间也尔虞我诈,勾心斗角。相形之下,那些黑人的形象要可爱得多。仅以划桨的黑人为例:他们"像沿着他们的海岸激起的浪涛一样自然、真实……看着他们真使人感到莫大的安慰",而且马洛只有跟他们在一起时才"觉得自己仍然属于一个让人感到踏实的世界"③。显然,马洛褒谁贬谁,爱谁恨谁,已经不容争辩了。

第二类有助于区别马洛和库尔茨。不少学者认为,马洛在发现库尔茨的同时,也发现了另一个自我,即"人类本质"(这也是马洛非洲之行被说成"对自我精神和潜意识世界的探索"的主要论据)。诚然,马、库二人先后遵循了同一条线路,去了同一个地方"探险"。然而,库尔茨的初衷是征服和掠夺,而马洛的初衷却是旅游和观光。库尔茨把土著

---

① Joseph Conrad, *Heart of Darkness*, London: Pengnin Books, 1994, pp. 22 – 25.
② Ibid., p. 44.
③ Ibid., p. 20.

当成"畜生",并叫嚣要"把这些畜生统统消灭掉"①,而马洛则用激烈的言辞表明了截然相反的立场和态度:"苍天作证!这些拿人——我说的是人——当牲畜一般使唤的恶人,都是些强大的、贪婪的、红眼睛的魔鬼。"②库尔茨最终让贪欲的黑色浊流吞噬了自己的灵魂,只剩下了一个"空心的身子"③,而马洛则以一个带有大慈大悲含义的姿势告别了自己的探险经历——当他讲完自己的那段经历以后,他看上去"像一尊正在打坐的菩萨"④。还有一个细节不容忽视:马洛曾经用鲜明的态度向那位俄国水手表明"库尔茨先生并不是我的崇拜偶像"⑤。

如果我们对这两类细节给予足够的重视,就不可能简单地说马洛的非洲腹地之旅的实质是探索所谓的人类的共同本质,而应该说是探索殖民主义者的罪恶本质。换言之,马洛探索了人的精神世界不假,但是这里的"人"绝不是抽象意义上的人。

误区二:过分突出作品的语言层面

过分突出作品的语言/叙事层面,把社会、政治和历史等层面贬至次要或从属的地位,这是《黑暗的心脏》解读中的另一个误区。

这方面的主要代表有米勒(J. Hillis Miller)和彼得·布鲁克斯(Peter Brooks)。根他们的观点,马洛的非洲之行的实质是对语言指涉功能的探索,《黑暗的心脏》的真实含义是语言或叙事作品在揭示真实/意义方面的失败,因而该书书名中的"黑暗"实指叙事层面上的黑暗(narratological darkness)——语言无法照亮现实或作品的意义。

米勒大做文章的主要基础是小说第一叙述者"我"的一段话:

> 海员们信口诌成的故事,都是那样直截了当,简单明了,其中的寓言就包含在打开的外壳之中。不过,马洛却属例外(如果把他喜欢讲故事的癖好除外的话)。在他看来,一个故事的含义,并不像果仁那样藏在外壳里面,而是在故事本身之外,围在故事的外

---

① Joseph Conrad, *Heart of Darkness*, London: Pengnin Books, 1994, p. 72.
② Ibid., p. 23.
③ Ibid., p. 83.
④ Ibid., p. 111.
⑤ Ibid., p. 84.

层,让故事像白热的光所放出的辉雾一般显现出它的含义来,那情景倒有点像人们在月夜的幽光之下,偶尔看到的一种雾蒙蒙的月晕。①

在米勒看来,上面这段话的中心思想和德里达解读索绪尔语言学理论时提出的观点如出一辙。按照德里达对索绪尔理论的解释,一个符号的意义不在于符号内部,而在于符号外部,在于它所属的整个符号/能指系统。巧得很,"故事的含义,并不像果仁那样藏在外壳里面"这一句似乎也表达了同一种思想。米勒把康拉德的作品跟传统的寓言故事(the parable)作了比较:传统寓言中故事和意义之间的关系就像外壳和内核,故事犹如"不能食用的外壳,必须被层层剥离,以便故事的含义被读者吸收"②;在马洛讲述的故事里,米勒却找不到像果仁那样简单明了的寓意。因此,米勒把马洛的非洲之行比作"圣杯不在场的探索"(grilless quest)——我们知道,对传统叙事作品的解读常常被喻为"圣杯的探索"(grail quest),因为只要这些作品的读者锲而不舍,最后总能豁然开朗,犹如圣杯闪现在圣洁骑士加拉哈面前一般。米勒认为,我们跟随马洛经历了千辛万苦,一心指望在库尔茨身上找到一个对全部事件的圆满答案,可是库尔茨只给我们留下了两句临死前令人纳闷的呼喊:"可怕呀!可怕呀!"这两句呼喊的所指究竟何在?它们似乎维系着故事的全部意义,可是它们却像一团谜始终被笼罩在黑暗之中。总之,米勒认为我们只是跟随马洛进行了一场圣杯不在场的探索,就像德里达笔下"所指不在场"的文字游戏探索一样。这就是米勒颇为得意的结论。

布鲁克斯也曾经发表过跟米勒极为相似的观点。他认为马洛的叙述实质上是对库尔茨故事的一种复述,然而马洛最终未能成功地再现有关库尔茨的真实故事,因此整部作品充其量意味着"语言的失落"③。

我们必须承认,米勒和布鲁克斯并非毫无道理。康拉德确实在作

---

① Joseph Conrad, *Heart of Darkness*, London: Pengnin Books, 1994, p. 8.
② J. Hillis Miller, "Heart of Darkness levisited", *Heart of Darkness: A Case 5tmtv in Contemporara Critic sm*, ed. R. Muffin, New York: 6 Martin's Press, 1989, pp. 211-212.
③ Peter Brooks, *Reading for the Plot: Design and Intention in Narratms*, New York: Vintage, 1985, p. 252.

品中用了一些渲染神秘气氛的语句。除了前文中有关果仁和故事含义的那段话以外,他还使用了不少诸如:"深不可测的奥秘"、"不可名状的仪式"和"不可思议的秘密"之类的词语。然而,如本文第一小节所述,书中更多的是控诉殖民主义罪行、刻画库尔茨那扭曲灵魂的生动细节描写。这些细节构成的意义不言自明,而决不是"语言的失落"。

即便是库尔茨临死前发出的那两句呼喊也并非深不可测。虽然库尔茨本人没有道破"可怕"的实际含义,但是我们只要结合上下文的具体描述,就不难窥见那闪光的"圣杯"。就在库尔茨发出叫喊之前,马洛在他脸上"看见一种由忧郁的傲慢、无情的权势、怯懦的恐怖———一种强烈的无可奈何的绝望——所构成的复杂表情"①。库尔茨死后,马洛紧接着有一句评论:"他对自己的灵魂在这个地球上所从事的冒险事业作出了结论。"②在相隔一页左右的地方,马洛又作了更为详细的评论:"他作出了总结——他作出了判断,'真可怕呀!'……无论怎么说,这话表达了他的某种深信不疑的认识。在他临终时所发出的耳语般的声音里,含有坦白、坚信、颤动的反抗语气。它现出了真相被窥破后的狰狞面目——一种贪婪和痛恨的奇特的混合。"③至此,让库尔茨感到可怕的原因已经十分明白:贪婪和绝望交织而成的痛苦是他一生冒险事业带给他的唯一收获,这怎能不让他感到恐惧?

如果我们把视线推得更远一些,就会发现库尔茨的叫喊还暗示着一种更加可怕的图景:库尔茨之流不仅把殖民地的人民推入了苦难的深渊,而且还把宗主国本土的许多人投入了可怕的精神状态——许多不明真相者不但不痛恨那些血债累累的罪人,反而把他们当成英雄来崇拜。库尔茨的未婚妻就是如此。当马洛去看望她时,她急切地想知道库尔茨的临终遗言,以便"有点东西伴着"她"活下去"④。为了让她免遭幻想破灭之苦,马洛撒谎说库尔茨最后喊的是她的名字,因此引起了她"一声欢喜若狂的可怕的喊叫"⑤。这一声喊叫确实可怕,因为它意味着她将继续对殖民主义者盲目崇拜下去。这一声喊叫与库尔茨临

---

① Joseph Conrad, *Heart of Darkness*, London: Pengnin Books, p. 99.
② Ibid., p. 100.
③ Ibid., p. 101.
④ Ibid., p. 110.
⑤ Ibid., p. 111.

终前的喊叫形成了呼应:确实,再没有什么比殖民主义对人的肉体和精神的双重奴役更为可怕的了。

简而言之,《黑暗的心脏》的语言至少清楚地指明了两大寓意:一是殖民主义扩张行为,二是殖民主义思想对人的灵魂的侵蚀。这些寓意也就是该书书名的基本含义。利维斯曾经对库尔茨临死前状态的细节描写——尤其是他那骷髅般的身躯在草地上爬行的丑态——大加赞赏,认为这些细节"成功地揭示了库尔茨的怙恶不悛以及他那怪诞而可怕的灵魂"①。这就是说,利维斯也肯定康拉德的语言对故事寓意的指涉作用。不过,利维斯同时批评康拉德犯了画蛇添足的忌讳——后者坚持使用"深不可测的奥秘"等词语,这实际上"削弱了库尔茨临终前那呼喊的效果"②。

借助利维斯的启示,我们可以发现康拉德的一个自相矛盾之处:一方面,他巧妙地通过生动的细节本身传递了作品的寓意;另一方面,他又多此一举地故弄玄虚。米勒等人只看到了这一矛盾中的后一个方面,因此作出了让人啼笑皆非的结论。对我们来说,康拉德的作品固然有自相矛盾之处,但是那些成功地揭示故事寓意的语言毕竟是主要方面。换言之,《黑暗的心脏》虽然在某些地方凸显了语言的自我关涉层面,但是它在更多的情况下超越了这一层面,出色地指向了真实。

误区三:生搬后殖民主义批评

从后殖民主义批评的角度切入,是近年来解读《黑暗的心脏》的时髦做法。

后殖民主义批评的一个主要观点是,许多西方小说家在文化层面上对殖民地国家和地区的历史重新建构,而其实质是剥夺、歪曲或篡改这些国家和地区的文化。在所有后殖民主义批评家中,创始人赛义德(Edward W. Said)倒算是对康拉德最公允的一个——他承认《黑暗的心脏》的主题是"欧洲人在非洲实施帝国主义统治,推行帝国主义的意志"③,这至少没有让康拉德背上篡改殖民地国家文化的罪名。尽管如

---

① F. R. Leavis, *The Great Tradition*, New York: Doubleday and Company, In. 1954, p. 218.
② Ibid., p. 220.
③ Edward Said, *Culture and Imperialism*, London: Vintage, 1994, p. 25.

此,赛义德还是一口咬定"马洛是帝国主义宗主国话语的代表"①。至于其他一些后殖民主义批评家,则把康拉德说成故意歪曲非洲人民形象的罪人。持这类观点的典型代表有阿齐贝(Chinua Achebe)和布兰特林格(Patrick Brantlinger)。

阿齐贝干脆把康拉德叫作"该死的种族主义者",其理由是他在《黑暗的心脏》中"突出了作为'他者世界'的非洲形象;非洲成了欧洲以及文明的对立面,成了人在兽性的嘲弄下斯文扫地的地方"②。

布兰特林格跟阿齐贝的观点相呼应,认为康拉德虽然"描写了帝国主义道德的崩溃",但是其手法却是"把欧洲人的动机和行为等同于非洲人的偶像崇拜和野蛮,在他的笔下,非洲和库尔茨同样被抹了黑"③。据此,布兰特林格得出了这样的结论:"阿齐贝把康拉德对非洲人的描写说成种族主义的产物,这是完全正确的。"④

康拉德真的是个种族主义者吗?他真的是把非洲人民跟库尔茨之流一同抹了黑吗?

本文第一小节已经指出,《黑暗的心脏》的许多细节都足以证明土著黑人与白人之间的区别。我们不妨重复一下马洛的一段肺腑之言:"苍天作证!这些拿人——我说的是人——当牲畜一般使唤的恶人,都是些强大的、贪婪的、红眼睛的魔鬼。"这里,马洛明明白白地把那些黑人说成真正的人,而欺压他们的白人侵略者才是恶人,甚至是魔鬼。马洛的——更不用说是康拉德的——是非观念在此是不容置疑的。假若阿齐贝的话还有一些合理的成分,那是因为在当时的非洲,人的尊严确实受到了兽性的嘲弄和践踏,但是这些兽性并非来自那些被当成牲畜的非洲人,而恰恰是来自那些"文明的"欧洲人。

布兰特林格批评康拉德把非洲人民与库尔茨等量齐观的主要论据有二。

其一,当地土著把库尔茨奉为偶像,就像库尔茨"崇拜自己那没有

---

① Edward Said, *Culture and Imperialism*, London: Vintage, 1994, p. 32.
② Chinua Achebe, "Viewpoint", *Times Literary Supplement*, Feb. 1, 1980, p. 113.
③ Patrick Brantlinger, "Kurt's 'Darkness' And Heart of Darkness", *Post-Colonial Theory and English Literature: A Reader*, ed. Peter Childs, Edinburg: Edinburg University Press, 1999, p. 197.
④ Ibid., p. 197.

约束的权力和欲望"一样。①

其二,"康拉德把同类相食描绘成刚果人民的日常习俗"②。

上述第一个论据一点不假:书中确实有一些土著对库尔茨顶礼膜拜,甚至跟着他打家劫舍,滥杀无辜。然而,我们是否能换一个角度来看一下这一事实呢?它是否正好说明了西方殖民主义者对非洲人民在精神上的侵略、压迫和麻痹呢?此外,书中并非所有的土著都愚昧地对库尔茨敬若神灵。前文提到,库尔茨窗前的立柱上摆着一颗颗人头;根据书中那位俄国水手的介绍,"这些都是叛乱分子的人头"③。这恰恰说明:有许多勇敢的土著不惜以生命为代价来反抗殖民主义统治;他们才是非洲土著的真正代表。可见,康拉德笔下的非洲人及其心灵并非一团漆黑。

至于那第二个论据的真假,我们最好先来看一下马洛本人对那些所谓的"食人生番"的评价:"汽艇曾不止一次地搁浅,全靠二十个食人生番溅着水花推动它前进。这一路上,我们从他们中间录用了一些作为水手。真是些好人——那些食人生番们——一个个都规规矩矩。他们都是些可以共事的人,我对他们心存感激。更何况,我毕竟没有亲眼看见过他们谁把谁生吃掉了。"④这番话明白无误地告诉人们,所谓的"食人生番"只不过是道听途说罢了,马洛的所见所闻所说正好提供了反面的证词。布兰特林格等人对这样一个重要的细节居然视而不见,大概不仅仅是粗心大意的缘故吧?

以上分析表明,谁简单地把马洛/康拉德看成帝国主义宗主国话语的代表,谁就是青红不分,皂白不辨。《黑暗的心脏》的可贵之处恰恰在于它超越了当时占主流地位的宗主国话语体系。抹杀了这一点,也就抹杀了该作品的基本价值。

误区四:硬套女权主义批评

一些中外学者从女权主义批评的立场出发,"发现"《黑暗的心脏》

---

① Patrick Brantlinger, "Kurt's 'Darkness' And Heart of Darkness", *Post-Colonial Theory and English Literature: A Reader*, ed. Peter Childs, Edinburg: Edinburg University Press, 1999, p. 197.

② Ibid., p. 198.

③ Joseph Conrad, *Heart of Darkness*, London: Pengnin Books, p. 84.

④ Ibid., pp. 49—50.

充满了男权意识,进而断定马洛的非洲之行是对女性的殖民过程,而小说名字本身则象征着女性世界。

在我国,杜维平是这一观点的典型代表。他在《非洲、黑色与女人》一文中提出:"小说的叙述者马洛的非洲腹地之旅,实质上无异于一次性经历探索。通过他对这一航程的叙述,我们可以发现其中潜埋的浓厚的男权意识和他无意识中对女性历史的记录——女性无历史。"[1]

在西方,斯特劳斯(Nina Pelican Straus)可以被看作这方面的典型代表。她批评康拉德把性别问题排除在叙事问题之外,并且把康拉德看成了马洛(在排斥女性方面)的同谋:"在《黑暗的心脏》中,马洛虽然也谈论女人,但是他的话语对象是其他男人。没有任何迹象表明女人也可以被包括在他的听众之内,也没有迹象表明他所赖以生存的'人类'包括了女性。康拉德在故事的外围故意增添了一层框架,以便把读者也包括在马洛的听众之内。正是这一框架泄露了全书叙事话语那秘而不宣的实质——康拉德似乎跟马洛共同密谋了一段排斥女性的叙事话语。《黑暗的心脏》出奇的晦涩艰深,其原因很可能在于它把历史极端地男性化,在于它坚持把女性排除在读者圈之外。"[2]

对《黑暗的心脏》作女权主义批评者大都有这样一个共同点:专拣有利于自己的观点的细节加以阐发,而把与自己意见相左的细节忽略不计。

杜维平似乎也未能例外。他的论据之一是马洛的下面这一段话:

> 女人!什么?我刚才提到女人了吗?哦,她和这个没有关系,一点儿关系也没有。她们——我是说女人们——都和这事无关,——不应该参与这事。我们必须帮助她们,让她们停留在自己美丽的世界中,免得她们把我们的世界变得更糟。[3]

杜维平认为上面这段话反映了马洛的男权意识,说明马洛是"不想

---

[1] 杜维平:《非洲、黑色与女人——〈黑暗的中心〉的叙事话语批判》,《外国文学评论》,1988年第4期,第34页。

[2] Nina P. Straus, "The Exclusion of the Intended from Secret Sharing", *Joseph Conrad*, ed. Elain Jordan, London Macmillan, 1996, p. 50.

[3] 杜维平《非洲、黑色与女人——〈黑暗的中心〉的叙事话语批判》,《外国文学评论》,1988年第4期,第35页。

让女人进他的故事"①。

马洛究竟是不想让女人进入他的故事,还是不想让她们卷进殖民主义者的罪恶勾当呢?

我们只消看一下马洛那段话的上下文,就会得出跟杜维平不同的结论。马洛是在提及库尔茨的未婚妻时说那段话的。他在那段话之前承认自己"用一句谎言驱散了库尔茨的'鬼魂'(指隐瞒库尔茨临终前叫喊真相一事)",然后在那段话之后紧接着说:"你们真应该知道,她那时完完全全跟这事儿不沾边儿。"②显而易见的是,马洛是在强调库尔茨的未婚妻与库尔茨本人的罪行无关,同时也强调不应该让妇女们受到牵连。库尔茨之流干了太多的坏事,假如再牵连他们的妻女,那世界可就会变得更糟,这恐怕是马洛的真实意思。顺便提一下,杜维平的误读跟他对原文的误译有关:"should be out of it"(杜译:"不应该参与这事")应该译为"不应该受到牵连",而"lest ours gets worse(杜译"免得她们把我们的世界变得更糟")应该译为"以免我们的世界变得更糟"。

常被女权主义批评家们用作例子的还有库尔茨在刚果的那个情妇。在这一方面,杜维平的评论依然具有代表性:"女人无论如何不能离开家庭,否则,她就会从天使堕落为魔鬼。库尔茨的情人野女人就是离开家庭的女人。正因为她没有待在家里,所以她为马洛和他所代表的男权观念所不齿。"③

诚然,马洛笔下的这位女子有着狂野的形象。马洛至少有三次用了"凶猛"和"凶蛮"等词语来修饰她,但是我们从马洛的叙述中更多地看到了她的悲伤和痛苦。当马洛首次与她相遇时,"她的脸上有一种悲伤而凶猛的表情,内中显示出狂野的悲愤和无告的痛苦"④。当马洛的汽艇最后载着行将就木的库尔茨离去时,她又"悲伤地张开赤裸的双臂跟在我们的后面"⑤。

---

① 杜维平:《非洲、黑色与女人——〈黑暗的中心〉的叙事话语批判》,《外国文学评论》,1988 年第 4 期,第 35 页。
② Joseph Conrad, *Heart of Darkness*, London: Pengnin Books, p. 69.
③ 杜维平:《非洲、黑色与女人——〈黑暗的中心〉的叙事话语批判》,《外国文学评论》,1988 年第 4 期,第 36 页。
④ Joseph Conrad, *Heart of Darkness*, London: Pengnin Books, 1994, p. 87.
⑤ Ibid., p. 97.

她的悲伤从何而来呢?

从上下文中我们得知,库尔茨只是把她当成了一种商品(杜文也承认这一点);库尔茨占有了她,却又在宗主国有着一个未婚妻,这不可能不引起她的怨恨(我们从另一个人物的口中得知,她曾经跟库尔茨"大吵大闹了一场"①);当库尔茨最终离她而去时,竟然没有一丝一毫对她表示牵挂的反应。从所有这些细节中我们看到的分明是一个殖民主义者一手制造的对殖民地的女人始乱终弃的悲剧。恰恰跟杜文的结论相反,马洛的笔端蘸满了对那位备受欺凌的弱女子的同情。假如她真的为马洛所不齿,马洛怎么会对她那痛苦的表情和姿态表现出那种挥之不去的关切呢?

马洛对库尔茨的未婚妻撒谎一事也是女权主义批评的热点之一。让我们再来看一下杜维平先生的评论:"通过撒谎,马洛把库尔茨未婚妻的名字和库尔茨临死前的最后一句话'可怕呀!可怕呀'联系到了一起。这样,我们就可以从他的叙事语法中得到这样一个结论:女性是可怕的。根深蒂固的男权意识使马洛好像得了厌女症一般对女性望而生畏。"②对此我们实在无法苟同。假如马洛真的得了厌女症,那么他为什么还要不辞辛苦地看望库尔茨的未婚妻呢?假如他真的厌恶后者,他完全可以告诉她真相,又何必动恻隐之心,情愿委屈了自己(如杜文所说,马洛一向痛恨谎言),而不愿看到她遭受精神上的打击呢?

当然,我们并不能完全排除康拉德受男权意识影响的可能。诚如杜文所说,马洛叙述中提到的几个女子都处在故事边缘"他者"的位置上,他甚至没有告诉我们其中任何一个女性的名字。亦如斯特劳斯所说,马洛当时的听众是清一色的男性。

然而,造成上述现象的是两个显而易见的原因。

首先,康拉德本人不可避免地受到了时代和他个人生活经历的限制。在他所处的时代,女性的自觉意识远远没有今天这样强烈。指望他用当今的标准来反映女性问题,这显然是一种苛求。而且,他多年生活在清一色的男性水手中间,自然对女性知之甚少,因此他在刻画人物

---

① Joseph Conrad, *Heart of Darkness*, London: Pengnin Books, 1994, p. 88.
② 杜维平:《非洲、黑色与女人——〈黑暗的中心〉的叙事话语批判》,《外国文学评论》,1988 年第 4 期,第 36 页。

方面扬长避短,这也是势所难免,情有可原。

其次,故事的题材本身决定了男性要唱主角。当时从事殖民主义侵略活动的主要是男人,这是不争的历史事实。至于马洛的听众的性别问题,那就更在情理之中:讲故事的场所是在内利号巡航艇上;当时在恶劣的自然环境下冒险远航的都是男性,即使有女性,那也是绝少的,如果硬要往他们中间塞一两个女子,那只能会使故事的真实性受损。此外,马洛的听众的性别跟康拉德的读者的性别之间没有必然的联系——斯特劳斯硬要在两者之间划等号,除了她的主观臆想之外,实在看不出还有什么理由。

即便康拉德受到了男权意识的影响,我们也不能以偏概全。如前文所述,《黑暗的心脏》中占压倒多数的细节都指向了殖民主义者在非洲犯下的罪行,指向了既殃及女人又殃及男人的黑暗势力。假如非要把马洛的非洲之行说成是对女性的殖民过程,那至少是冲淡了康拉德对殖民主义的控诉。

选自《外国文学评论》,2001年第2期

乔伊斯

乔伊斯与形式

戴从容

作为现代派最杰出的文学家之一,詹姆斯·乔伊斯(1882—1941)的才华主要体现在精致娴熟的叙述技巧和形式方面的实验与革新。他突破传统语言规范,在英语文学中奠定了意识流小说的地位,使现代小说获得了新的表现形式。

在《都柏林人》漫长的出版过程中,从自然主义的角度分析文本的主题一度是评论的主要方向,以至人们很长时间都没有注意到小说的象征手法。但是随着《一个青年艺术家的画像》(以下简称《画像》)的出版,特别是《尤利西斯》采用了连弗吉尼亚·伍尔夫也感到困惑的形式后,乔伊斯在形式实验方面的成就越来越引起评论界的注意。《画像》中的自由间接引语、内心独白和顿悟(epiphany)手法是评论者把该书归入现代主义的重要依据。《尤利西斯》的评论一开始就集中考证文本的引语和暗示,研究人物的"反英雄"形象,但同时,艾略特对神话手法的分析和拉波提出的"内心独白"都在当时引起了强烈反响。他们的分析对《尤利西斯》在文学史上地位的确立起到了不可忽视的作用。当代评论关注最多的是《尤利西斯》在叙述上的实验与创新,如自由间接引语、内心独白等,还有些评论者把《尤利西斯》视为质疑语言的后现代作品。至于《芬尼根的守灵夜》(以下简称《守灵夜》),在1929年贝克特就提出了"形式即内容,内容即形式"[①]的著名论断。不论是否承认《守灵夜》的意义在于形式,至少解开文本那迷雾般的叙述至今仍是读者阅读《守灵夜》必须完成的主要乃至首要工作。应该说,乔伊斯在《守灵夜》中基本完成了文本重心从材料向形式的转移:1984年在法兰克福召开的第九届国际乔伊斯研讨会标志着乔学领域的扩大。由此,乔

[①] Samuel Beckett, et al., *Our Examination Round His For Incarnation of Work In Progress*, Northampyon: John Dickens & Conner Ltd., 1962, p. 14.

伊斯对语言的关注得到了文学新理论的支持。虽然也有一些评论从女权主义、西方马克思主义等角度分析乔伊斯作品中的女性形象、爱尔兰形象或历史、身份等问题，但这类分析有一个共同前提，即首先认定了乔伊斯文本的经典地位，他们的分析只是为文本开拓新的解读空间，同时也用《尤利西斯》这样的经典文本为自己的理论提供支柱。

一

乔伊斯曾声称人们要读懂《守灵夜》，至少需要三百年，《守灵夜》也确实被视为欧洲文学史上的几部天书之一。乔伊斯为什么要在《守灵夜》中采用如此超常的形式，这始终是读者关心的问题，乔伊斯在各种场合的回答都是，夜晚的内容必须用夜晚的语言来表达，"每个人的大部分经历是在另一种状态中度过的，这种状态无法用清醒的语言、规范的语法和连贯的情节传递出来"①。"描写夜晚的时候，我确实不能，我觉得，按常规的方式使用词语。否则，词语无法传递出在夜间、在另一个舞台上的事物的面貌——意识、然后半意识，然后无意识。我发现按习惯搭配使用词语无法取得这一效果。"②在《守灵夜》面对众多的困惑和指责，其奇诡的形式被不少人视作故弄玄虚的时候，乔伊斯却只用这么简单的几句来解释，显然，这几句话表面轻描淡写，实际暗含深意，它们包含着乔伊斯的重要美学立场——形式的真实与表意功能。

"形式"是一个令人困扰的术语，从柏拉图到现在，人们下了太多的定义，"这些定义根本就互相冲突，让人觉得最好不用"③。乔伊斯倒很少用"形式"这个概念，在阐述美学问题时，他通常用"形式"指一般所谓的体裁，比如他认为艺术可以分为三种形式：抒情的形式、史诗的形式、戏剧的形式等。④ 乔伊斯的论述中更值得注意的是他对节奏的定义："节奏……是任何美的整体中部分与部分之间、或美的整体与它的

---

① Richard Ellmann ed., *Selected Letters of James Joyce*, London: Faber and Faber, 1975, p. 318.
② Robert H. Deming, ed., *James Joyce: The Critical Heritage*, London: Routledge, 1997, p. 417.
③ 雷内·韦勒克：《批评的概念》，张今言译，北京：中国美术学院出版社，1999年，第50页。
④ James Joyce, *A Portrait of the Artist as a Young Man*, London: Triad/Panther Books, 1977, p. 193.

某一部分或所有部分之间、或构成美的整体的任一部分与美的整体之间首要的形式上的美学关系"①,"节奏是被这样限定了的词语的感觉、价值和关系的美学结果"②。英国评论家克莱夫·贝尔在分析视觉艺术的美感来源时曾提出,视觉艺术用以激发观者审美情感的因素不是其所表现的主题,而是线条和色彩的独特结合方式,他称之为"有意义的形体"。接下来他指出,"有的人对美的判断更精确透彻,不是把这些激发审美情感的形体组合和排列称作'有意义的形体',而是称之为'有意义的形体联系'。随后,他们把这些联系称为'节奏'……我所谓的'有意义的形体'就是以某种特定方式打动我们的排列和组合。"③在这里,乔伊斯和克莱夫·贝尔都把节奏理解为艺术品的组成方式,并视之为艺术美感的首要(乔伊斯)或唯一(贝尔)来源。

由此出发,乔伊斯把艺术定义为"人对智力或情感的内容所做的以美为目的的处置(disposition)"④。材料本身可以带有智力的或情感的意图,但它们之所以能够成为艺术品乃是由于艺术家对它们的加工——变形、拆分、排列、组合。不是材料的所指,而是它们的关系实现了艺术品的意图。乔伊斯这里对艺术的看法有些类似俄国形式主义的"材料—程序"艺术观,"处置"一词与俄国形式主义的"程序"也很相似。俄国形式主义理论家把材料和程序视为构成艺术品的一对范畴,材料是艺术的物质载体,艺术则是根据特定程序对这些载体所做的"处置"⑤。把艺术作品的组成方式或各部分的关系,而不是艺术品的题材或主题视为美感的来源,出发点之一便是反叛"把'形式'当作只是注进现成'内容'的容器"的观点⑥。俄国形式主义的这一形式观可以一直

---

① James Joyce, *A Portrait of the Artist as a Young Man*, London: Triad/Panther Books, 1977, p. 187.

② James Joyce, *Stephen Hero*, New York: Directions Books, 1944, p. 25.

③ 克莱夫·贝尔:《审美的假设》,见弗兰西斯·弗兰契娜、查尔斯·哈里森编《现代艺术和现代主义》,张坚等译,上海人民美术出版社,1996年,第107—108页

④ James Joyce, *Stephen Hero*, New York: Directions Books, 1944, p77.

⑤ 用什克洛夫斯基的话说,"我们所指的艺术性的作品,就其狭义而言,乃是指那些用特殊程序创作出来的作品,而这些程序的目的就是要使作品尽可能被感受为艺术作品。"引用方珊《形式主义文论选》,济南:山东教育出版社,1999年,第46页。

⑥ 雷内·韦勒克:《批评的概念》,张今言译,北京:中国美术学院出版社,1999年,第61页。

追溯到亚里士多德,即亚里士多德哲学里与材料构成一对基本范畴的形式因。在形式和材料的关系上,亚里士多德把形式放在第一位,称"所谓本体,与其认之为物质,毋宁是通式与通式和物质的组合。而通式与物质的组合是可以暂予搁置的,它的本性分明后于通式。物质在这一含义上也显然为'后于'"①。这里所译的通式即形式。显然在亚里士多德这里,形式并不是倾倒内容的容器,而是"其他一切事物所由成其为事物之怎是"②,它就是本质,是事物的最终理由。

贝克特称《守灵夜》的"形式即内容,内容即形式"。而在传统上,只有内容才是文本意义的主要来源,贝克特把乔伊斯文本的形式等同于传统的内容,显然认为《守灵夜》的形式在文本中担负着表意的功能。乔伊斯确实视形式为文本意义的基础,用他的话说,"重要的不是我们写了什么,而是我们怎么写"③。《画像》中的儿童语体、《尤利西斯》中《埃奥洛》的报刊体、《塞壬》的音乐旋律、《守灵夜》杂乱跳跃的结构等都是形式的表意功能在文本中的具体体现。

不过,虽然乔伊斯与贝尔等人一样,都偏重艺术品的构成方式,但他与形式主义者有一个本质的区别,即他在重视形式的同时,同样重视作品的生活感和真实性。在许多论述中,乔伊斯都把"真"作为艺术的基本准则,主张"追溯到生活真相的最底层"④。"真"是乔伊斯美学的核心,被视为审美的前提,乔伊斯称"美是审美者的天堂,但真拥有一个更可触及的、更真实的领域。真将是美之殿堂的唯一门槛。"⑤早在现实主义那里,"真"就被奉为艺术的首要原则,而乔伊斯真实观的最独特之处在于他把真实原则推到了词语、叙述、风格等形式领域。他认为"语言的更高等级,风格、句法、诗、演说、修辞,从哪个角度看,都同样在证明和阐释真"⑥。乔伊斯对这些形式因素的真实性的要求就是与材料相

---

① 亚里士多德:《形而上学》,吴寿彭译,北京:商务印书馆,1996年,第128页。
② 同上书,第18页。
③ Arther Power, *Conversations with James Joyce*, Chicago: The University of Chicago Press, 1974, p. 95.
④ Ibid. , p. 36,
⑤ Ellsworth Mason and Richard Ellmann, eds. , *The Critical Writing of James Joyce*, London: Faber and Faber, 1959, pp. 43 – 44.
⑥ Ibid. , p. 27.

符,从而使风格、修辞等过去认为纯装饰性的外在因素同样忠实于生活和精神的存在和运动形式,用斯图亚特·吉尔伯特的话说,乔伊斯"探索语言的各种可能性以使形式和内容彻底和谐"①。为了表现意识和无意识活动,乔伊斯创造了"意识流文体";为了表现半梦半醒的精神状态,他通过词语变形,使《守灵夜》在形式上获得梦幻的色彩。在乔伊斯的作品中,有一个后来被不少人采纳了的形式上的改进,那就是用破折号代替引号,乔伊斯之所以做这样的变动,用他的话说,"英语对话中使用的引号最不美观,而且给人不真实的印象"②。

对乔伊斯这种既坚持真实、又强调形式的立场,乔伊斯的追随者托马斯·麦克格里维说得非常精确,他在谈到《守灵夜》看似非写实的风格时提出,这一风格"并非是对现实主义的反叛,而是把现实主义推到了从理智变为狂想的地步,推到了语言物质的领域,这一领域虽然现实主义者尚不知晓,却包括在现实主义里"③。托马斯·麦克格里维的这篇文章收在《我们对他制作〈正在进行中的作品〉的化身的检验》一书中,该书实际是在乔伊斯的授意和指导下完成的,虽然不能说就是乔伊斯本人的观点,至少经过了乔伊斯的认可,有时甚至受他启发。

早在青年时代,乔伊斯就非常注意寻找与主旨和谐的形式。他与叶芝初次晤面,就告诉叶芝他在寻找一种可以"对应精神的运动"④的形式,即后来的意识流文体。乔伊斯形式上的一切创新,包括在《守灵夜》中自造词语,都是为了获得形式的真实。阿瑟·保尔曾问他为什么要从事形式实验,乔伊斯回答说那并非实验,而是"把现代生活如所见的样子表现出来必需的。生活改变后,表现它的风格也必须随之改变"⑤。乔伊斯后期对契诃夫的戏剧形式特别推崇,认为它完全合乎日常生活的形态。契诃夫的戏剧没有开头、发展和结局,也缺少高潮,就

---

① Samuel Beckett, et al., *Our Examination Round His For Incarnation of Work In Progress*, Northampyon: John Dickens& Conner Ltd., 1962, p. 56.

② Stuart Gibert, ed., *Letters of James Joyce*, London: Faber and Faber, 1966, p. 75.

③ Samuel Beckett, et al., *Our Examination Round His For Incarnation of Work In Progress*, Northampyon: John Dickens& Conner Ltd., 1962, p. 119.

④ E. H. Mikhail, ed., *James Joyce: Interviews and Recollections*, New York: St. Martin's Press, 1990, p. 16.

⑤ Arther Power, *Conversations with James Joyce*, Chicago: The University of Chicago Press, 1974, p. 79.

像生活一样永不停息地向前奔流;契诃夫的人物活动在自己的天地中,相互很少接触,像现实中的人一样孤独隔阂;契诃夫的故事没有明晰的界限,无数小事件出现又消失,不像传统小说那样一味追求情节的紧凑……总之,契诃夫的成就在于创造了真正逼肖日常生活的形式。①

美国文学批评家马克·肖勒在《技巧的探讨》一文中对这种形式观有非常精辟的论述,在这篇文章中,他把我们这里所说的形式或程式称为"技巧"②,认为"技巧是作家用以发现、探索和发展题材的唯一手段,也是作家用以揭示题材的意义,并最终对它作出评价的唯一手段。"③肖勒认为,现代小说对技巧的苛求起因于现代生活和现代精神的错综复杂,现代意识所包含的远比过去隐蔽而难以把握的成分不是那种表面技巧可以应付的。乔伊斯本人有段话与肖勒的这一看法非常接近,称"都柏林那既乏味又闪光的氛围,它的幻影般的雾气、碎片般的混乱、酒吧里的气氛、停滞的社会——这一切只能通过我使用的词语的肌质(texture)传递出来。思想和情节并不像某些人说的那么重要"④。在现代小说家中,肖勒也特别推崇乔伊斯,认为乔伊斯文本中对经验的价值和性质的评定依靠的不是标签式的道德术语,而是"风格的内在结构"⑤,并称"如果我们觉得《尤利西斯》比本世纪的任何一部小说都更加令人满意的话,那是因为作者对技巧的态度所致,他对题材所作的技术性解析,使他能够把我们的经验最大限度地、有条不紊地组织在一部作品之中"⑥。

---

① Arther Power, *Conversations with James Joyce*, Chicago: The University of Chicago Press, 1974, pp. 57 – 58.
② 马克·肖勒把技巧定义为"内容(或经验)与完成的内容(或艺术)之间的差距",这种技巧观与俄国形式主义者对"程式"的定义非常近似,而且肖勒在文章中也明确将他的"技巧"等同于既是诗人又是新批评理论家 T·S·艾略特所说的"程式"。见马克·肖勒《技巧的探讨》,盛宁译,《世界文学》,1982 年第 1 期,第 270/272 页。
③ 马克·肖勒《技巧的探讨》,第 270 页。
④ Arther Power, *Conversations with James Joyce*, Chicago: The University of Chicago Press, 1974, p. 98.
⑤ 马克·肖勒:《技巧的探讨》,第 282 页。
⑥ 同上书,第 284 页。

二

在乔伊斯的时代,欧洲社会经历了两次世界大战,包括犹太人在内的多数欧洲人生活都受到冲击,价值观念在两次战争中发生了极大转变。无论从历史、生活还是心理角度看,世界大战都是值得表现的题材。在爱尔兰,民族独立运动风起云涌,以叶芝为首的一大批爱尔兰文学家正致力于民族文化的建设。在这样一个充满戏剧性因素的时代,乔伊斯却把作品的背景退到19世末20世纪初,只是在《常青藤日》、《画像》的家庭聚餐和学生聚会、《尤利西斯》的"市民"狂热褊狭的言辞中,爱尔兰民族解放运动才作为都柏林生活的一个必不可少的部分反映出来。与乔伊斯在各种报告中对爱尔兰民族独立运动的关注相比,这一题材在他小说中所占的比重并不大。显然,题材的时代意义不是乔伊斯的小说所关心的,更不是乔伊斯小说的魅力所在。

在《批评的剖析》中,弗莱列举了《尤利西斯》给读者印象最深的四个方面,"第一,对都柏林景致、声音、趣味生动而清晰的描述,丰满的人物刻画,自然的对话。第二,书中故事与人物对原型英雄模式的反讽模仿,特别是对《奥德赛》的反讽模仿,两者形成对比。第三,探索性地以'意识流'手法描述人物和事件。第四,其写作手法和话题总倾向于百科全书式的博学和透彻,以很高的知识化术语来看待这两个方面。"① 弗莱这里所说的印象最深的方面实际也即弗莱认为《尤利西斯》的精华所在。不同文学作品的魅力并不一样,而且很少有作品能同时具备所有要素,多数以某一或某几方面见长,思想的深刻、生活的广博、人性的丰满、艺术的完美等都影响着作品的价值。乔伊斯的作品虽然在许多方面都很出色,而且正是众多领域的成就共同构成了乔伊斯作品丰富的审美层次,但比较而言,形式所起的作用最大。把握形式是理解乔伊斯作品的意义和感受其艺术魅力的关键。

生活感确实是乔伊斯的作品给予读者的第一印象。乔伊斯的主要评论者之一哈里·列文称乔伊斯"通过展示如此广阔同时又如此乏味

---

① 弗莱:《批评的剖析》,陈慧等译,天津:百花文艺出版社,1998年,第414页。

的生活横切面,在自然主义的领域超过了自然主义者"①。从大学生到总督的各都市阶层,从买报纸到聚饮的各生活层面,从社会活动到心理领域,都被乔伊斯用工笔细描式的笔触一一展现出来。没有曲折的故事,却更逼近日常平淡的生活。把众多日常生活素材堆积在一起,这种非戏剧性的表现方式使乔伊斯作品中的常态生活与早期自然主义作品中的病态生活在对生活真实的理解上呈现出质的差异。② 不过乔伊斯作品独特的生活感不仅来自对生活的不同理解,更来自表现方式的改变。传统的自然主义作品,包括左拉的作品,都把对生活的再现建立在故事情节之上,用乔伊斯追随者的话说,"文学仍未自由,因为对许多人而言,它仍与讲故事这一观念联系在一起"③。故事往往意味着变故或冒险,追求故事性也即追求情节的不同"寻常",而"寻常"(commonplace)却是评论者描述《尤利西斯》中的生活时常用的一个词。乔伊斯在第一部小说集《都柏林人》中便已把人物的性格、心理及生活的细节放在故事之上,用庞德的话说,乔伊斯"不受烦琐的成规的制约,这种成规认为任何生活,如果要让人感兴趣,就必须被置于传统的'故事'形式之中。自莫泊桑之后,那么多人努力编'故事',展示生活的人却如此少。"④乔伊斯的几乎所有小说都没有复杂的情节,戏剧性冲突也很少。那类具有戏剧潜质的材料(如偷情)被乔伊斯用暗示手法,在情节层面以一种非故事方式"寻常化"了。平淡的情节和乏味的对话使乔伊斯的作品更接近生活的本真状态,冲突与转折只存在于人物的精神领域。对素材的不同处理是乔伊斯作品的生活感不同于19世纪自然主义的一个主要原因。

20世纪40年代的评论也常分析乔伊斯文本的哲学思想,其中斯图亚特·吉尔伯特的《詹姆斯·乔伊斯的〈尤利西斯〉》最具代表性,影响

---

① Harry Levin, James Joyce: A Critical Introduction, Norfolk: New Directions Books, 1941, p. 219.

② 比如左拉常把笔下的人物作为精神病理研究的案例来对待,他称《卢贡—马卡尔家族史》中卢贡—马卡尔家族之所以充满种种道德和罪恶,都是因为他们是精神病的慢性继承人,称这个病是在这个家族机体第一次受到损伤之后患上的,并随着环境的不同,决定着这个家族各成员的感情、欲望、情欲,以及天然和本能的人性流露。

③ Samuel Beckett, et al., *Our Examination Round His For Incarnation of Work In Progress*, Northampyon: John Dickens & Conner Ltd., 1962, p. 107.

④ Robert H. Deming, ed., *James Joyce: The Critical Heritage*, London: Routledge, 1997, p. 67.

也最大。一般认为这本书也是在乔伊斯的授意下写的,相当于乔伊斯本人的作品。吉尔伯特在该书中列数了《尤利西斯》的四个主题:灵魂的转生,宇宙蕴涵于每一存在之中(由万物的这种联系又推及因果报应),肚脐作为神启智慧的所在,精神之父。吉尔伯特将前三个主题都归源于东方神秘主义哲学,最后一个同样来自东方,即《圣经》中的圣父圣子观。《守灵夜》出版之初,评论者也曾探讨该书的哲学内涵,这就是把《守灵夜》与维柯在《新科学》中提出的历史循环论联系在一起。除《〈守灵夜〉的万能钥匙》一类解释性著作外,这种分析方式在 30 和 40 年代《守灵夜》评论中最流行。应该说,这类神秘主义思想在当时的确有较大市场,比如后期象征主义诗歌便追求建立在哲学或宗教之上的神秘性。在这一文化背景下,乔伊斯强调其文本的哲学深意也就不难理解了。与这类分析相反,艾略特认为与《都柏林人》和《画像》相比,乔伊斯的后期作品越来越显得"什么也没说"[①];有的评论甚至称《守灵夜》的怪诞形式只是"遮掩作者已无话可说这一真相的伎俩"[②]。应该说,无论吉尔伯特所列举的哲学主题还是维柯的历史循环论,在乔伊斯的时代并不新鲜,乔伊斯也未能做出更深刻或更细致的阐发,因此,乔伊斯作品中的哲学主题实际更接近老生常谈。这就无怪 50 年代乔伊斯研究再次兴起的时候,这些哲学主题已经很少引起评论者的兴趣。

在《批评的剖析》中,弗莱还谈到乔伊斯作品百科全书式的博学与透彻。确实,借助自由联想的跳跃松散的结构,《尤利西斯》获得了原本为散文特有的自由随意、无所不谈的特性。斯蒂芬的思辨与布卢姆的常识的结合,更使《尤利西斯》涵盖了人类精神各领域。自由联想的一个特点是点到即止,这种思考方式与学术研究的完整深刻并不相同。实际上,乔伊斯对作品中的理论正确与否并不十分关心。《尤利西斯》中,斯蒂芬在图书馆发表关于莎士比亚的长篇大论,内心却并不相信自己所说的一切。有时,作家的确会用文学形式阐述他对某一问题的看

[①] Robert H. Deming, ed., *James Joyce: The Critical Heritage*, London: Routledge, 1997, p. 22.

[②] E. H. Mikhail, ed., *James Joyce: Interviews and Recollections*, New York: St. Martin's Press, 1990, p. 120.

法或对某一知识的研究。托马斯·曼在《魔山》中加入天文、医学等自然科学领域的论文，对鲸的专业研究也在麦尔维尔的《白鲸》中占相当比例。但从学术角度说，文学中的学术知识无论深度还是科研价值都非常有限，这类题材更多是对传统的故事模式进行颠覆。当然应该承认，在《尤利西斯》和《守灵夜》中，由于乔伊斯采用了包容而非筛选的写作方式①，两部作品确实获得了百科全书的丰富性。同时，由于乔伊斯非常善于运用双关语和复义，常使简短的句子包含丰富的内涵与暗示，这就使他的后期作品散发出意味深远的迷人魅力。

20世纪初，俄国形式主义还提出了另外一个评判文学作品的标准，即表现方式的陌生化。陌生化既指文学语言不同于日常语言的艺术性，也指超越已形成接受惯性的表现方式。弗莱所举的第二和第三点基本属于这个范围。如果比较宽泛地看，《尤利西斯》的生活感和百科全书式的博学同样来自表现方式的陌生化——非故事的叙述和自由联想的结构是《尤利西斯》的生活感和博学的主要原因。不过，形式在乔伊斯文本中的意义与俄国形式主义的陌生化理论并不完全契合，这就是乔伊斯文本中的"形式的表意功能"。吉尔伯特曾明确提出，"《尤利西斯》……包含着意义，而不仅仅是'生活横切面'的实录，远非如此。不应通过分析主人公的行动或人物的思想结构来获取意义，意义更大程度上暗含在各章的技巧、语言的细微差异及字里行间无穷无尽的对应和暗指之中"②。吉尔伯特这里说的意义不是俄国形式主义关心的阅读感受，而是文本作为能指所包含的所指，从吉尔伯特列举的主题看，是对世界和人的看法。

此外还有一种观点认为乔伊斯作品的价值在于动摇了英国中产阶级根深蒂固的礼仪观念。这种观点提出，乔伊斯不仅大胆地描写"肮脏"的事物，而且通过把人类行为中"高雅"与"卑俗"的因素交织在一起，向人们指出高雅正来自卑俗，两者间没有不可逾越的鸿沟。的确，与劳伦斯、亨利·米勒一样，乔伊斯改变了英语文学的价值观念，进而

---

① 《画像》是在对《斯蒂芬英雄》加上提炼的基础上产生的。一般认为精炼是这部小说较《斯蒂芬英雄》更成功的原因。但写作《尤利西斯》和《守灵夜》时，乔伊斯却采用了不断向已成稿中添加新材料的作法，《守灵夜》尤其如此。

② Stuart Gilbert, *James Joyce's Ulysses*, New York: Alfred A. Knope, 1952, p. 22

改变了社会的行为方式。乔伊斯作品的"非道德"在20年代确实带给读者巨大的震撼,《尤利西斯》出版时遇到重重困难,以及很多人不惜高价购买,主要原因就在于它是一本"淫书"。推进社会的价值观念和行为方式是文学的功能之一,能够使社会观念发生质的改变的作品应该在文学史上占有一席之地。但是,被乔伊斯用来锻造爱尔兰民族良心的《都柏林人》最终得以出版时,由于读者早已接触了不少类似的描写,多数被出版商认为必须删除的内容已经丧失了冲击力。至于《尤利西斯》中的偷情和性描写,它对社会道德的影响并不比同时期的劳伦斯的作品大。对传统道德的颠覆在乔伊斯作品的传播上起过作用,但乔伊斯具有那个时代只有卡夫卡能与之媲美的巨大影响力,却并非因为他推进了社会道德。

三

乔伊斯曾称自己的作品"从《都柏林人》开始,沿着一条直线不断发展。(《尤利西斯》和《守灵夜》的)差别几乎难以分辨,只在表现范围和写作技巧上有提高"[①]。确实,除诗歌和戏剧外,从《都柏林人》经《画像》、《尤利西斯》到《守灵夜》,题材的范围不断扩大,涉及的问题却没有质的变化,家庭关系(夫妻间的忠诚及青年一代寻找自我等)、原罪、背叛、友情、生死、流亡、艺术等始终是乔伊斯探讨的内容。另一方面,在艺术上,乔伊斯却表现出执著的探索和创新精神:《都柏林人》在自然主义手法中加入象征;《画像》不仅大量运用象征,而且采用更具现代色彩的自由间接引语,并插入儿童语体、日记体等;《尤利西斯》中,意识流语体达到成熟,戏拟及各章文体的大幅度跳跃使《尤利西斯》呈现出前所未有的自由和宏大特征;到《守灵夜》,"好像整个语言的理性和逻辑结构都崩溃了"[②],显示出冲破传统形式束缚的强烈渴望。总之,在艺术手法上,乔伊斯的每部作品都明显表现出对前一部作品的超越。

[①] Willard Potts, ed., *Portraits of the Artist in Exile: Recollections of James Joyce by Europeans*, Seattle: University of Washington Press, 1979, p. 131. *Work in Progress*(《正在进行中的作品》)是乔伊斯创作《芬尼根的守灵夜》时,对这部作品的称呼,直到作品完成,他才正式公布《芬尼根的守灵夜》这个名称。

[②] Robert H. Deming, ed., *James Joyce: The Critical Heritage*, London: Routledge, 1997, p. 689.

需要说明的是,问题的单一并不等于主题缺乏变化,用乔伊斯自己的话说,"《画像》是我的精神自我的写照。《尤利西斯》把个人的印象和情感加以变形,使其获得普遍意义。《正在进行中的作品》的含义彻底脱离具体存在,超越人物、事件和场景,进入纯抽象的领域。"[1]这里从小我到大我变化的主题是乔伊斯文本魅力的一个重要方面。主题是题材的客观意义与主观阐发的共同结果,既受题材本身的影响,也受制于作者阐释题材的角度和理解的深度。既然乔伊斯并不关心题材本身的社会意义,文本也基本围绕家庭关系展开,那么乔伊斯作品中真正发生变化的只是作者的阐释,也即作者从什么角度看待材料并以何种方式表现。按照俄国形式主义的观点,此即文本的形式。

虽然不能由此论定形式就是乔伊斯的创作重心,至少可以看出乔伊斯越到后期越把注意力放到形式上。这一点从乔伊斯本人的谈话中也可看出。在信件和谈话中,乔伊斯谈得最多的便是表现手法和遣词造句:《尤利西斯》中词语的选择[2]、技巧的难度、章节的安排、[3]变化的视角和风格[4]等。对于《守灵夜》,乔伊斯虽然常在书信中解释词语和符号的含义,但对作品的主题涉及不多,谈得更多的是文本的喜剧性[5]、"正方形轮子"的构架及其世界象征[6]、为表现夜晚的心灵而采用的特殊形式[7]。乔伊斯曾称自己技巧过多而缺乏思维[8],他这样说不仅是表

---

[1] Willard Potts, ed., *Portraits of the Artist in Exile:Recollections of James Joyce by Europeans*, Seattle:University of Washington Press,1979, p. 132.

[2] Arther Power, *Conversations with James Joyce*, Chicago:The University of Chicago Press, 1974, p. 98.

[3] Stuart Gibert, ed., *Letters of James Joyce*, London:Faber and Faber, 1966, pp. 145 – 145.

[4] Richard Ellmann ed., *Selected Letters of James Joyce*, London:Faber and Faber, 1975, p. 284.

[5] Stuart Gibert, ed., *Letters of James Joyce*, London:Faber and Faber, 1966, p. 354.

[6] 在给韦弗女士的信中,乔伊斯把《守灵夜》描写的世界比喻为一个轮子,而且是一个方形的轮子。乔伊斯没有解释这个比喻,从《守灵夜》的文本看,"轮子"指作品表现的历史循环,"方形"的所指比较多,其中之一是维柯所说的四个阶段。见 Richard Ellmann, ed., *Selected Letters of James Joyce*, p. 321.

[7] Richard Ellmann ed., *Selected Letters of James Joyce*, London:Faber and Faber, 1975, p. 318.

[8] Willard Potts, ed., *Portraits of the Artist in Exile:Recollections of James Joyce by Europeans*, Seattle:University of Washington Press,1979, pp. 226 – 227.

明自己的艺术直感,也是强调技巧在其艺术中所占的比重。创作初期由于受古典主义影响,乔伊斯的确把锻造爱尔兰民族的良心作为出发点。但到后来,乔伊斯的美学观逐渐改变,越来越关注形式的表意作用,把自己的创新也称作"新的思考和写作方式"[1]。

乔伊斯创作《都柏林人》时,主要遵循易卜生的社会问题剧传统,着眼于批判都柏林人瘫痪的精神状态,为爱尔兰"谱写一章道德史"[2]。从这一现实意图出发,《都柏林人》着力塑造各种典型人物,选取本身具有揭示性的题材,并按自然主义的客观化原则尽可能淡化作者的声音,通过情节的裁剪和人物的安排表现社会批判的主题。乔伊斯在《画像》中所说的"艺术家如创世主一样,始终呆在他的作品之内、之后、之上或之外,别人看不到,他超越存在,漠不关心,修着指甲"[3],指的正是《都柏林人》的叙述手法。评论者之所以直到40年代才看出《都柏林人》中的象征因素,也正因为《都柏林人》的这一特点。象征是艺术家对客观世界的主观阐释,艺术家可以围绕象征组织材料,也可以使象征意象尽可能地融入情节,两者的区别便是艺术手法与材料之间的主次比重。《都柏林人》时期的乔伊斯显然属于后者。传统的叙述方式使形式在《都柏林人》中接近透明,唯有冲突的缺乏暗示出文本形式的独特,这便是乔伊斯自己所说的"顿悟",即属于心理而非情节层面的突转。

借助特殊的形式突出形式在文本中的功能,这种现代手法直到《画像》才出现。儿童语体、自由间接引语、印象手法等的使用,使《画像》显出不同于传统成长小说的特征,而且这一不同直接影响着作为成长小说核心的主人公形象。在歌德的《威廉·迈斯特》或罗曼·罗兰的《约翰·克利斯朵夫》中,成长的主人公是事件的核心,积极参与并影响着周围的事件,情节围绕主人公戏剧性的遭遇展开。而《画像》中的自由间接引语和印象手法则赋予斯蒂芬观察者而非行动者的身份。斯蒂芬或者被动地接受来自外界的印象,或者在叙述上与叙述对象保持距离。

---

[1] Arther Power, *Conversations with James Joyce*, Chicago: The University of Chicago Press, 1974, p. 54.

[2] Richard Ellmann ed., *Selected Letters of James Joyce*, London: Faber and Faber, 1975, p. 83.

[3] James Joyce, *A Portrait of the Artist as a Young Man*, London: Triad/Panther Books, 1977, pp. 194 - 195.

"现实主义力图把人与他的环境融合,现代主义世界观则建立在作为分离点的个人批判意识之上。个人意识处于现代主义语义世界的中心,努力使自己不受外界的影响,以便从独立的立场观察世界"①。观察者作为主人公是现代主义的特征,《画像》不同于传统的表现形式使斯蒂芬成为一个具有独立意识的旁观者,与周围保持一定的距离,在他身上显出"感知、疏离和观察"②这三个现代主义文学的重要语义因素。亨利·詹姆斯的小说中也有这类旁观者,不过多属配角,传统叙述对情节的依赖使这类人物很难在詹姆斯的作品中作为主人公带动事件发展。《画像》中斯蒂芬的现代精神气质虽然是乔伊斯本人独特气质的反映,但也与文本的现代表现形式密不可分。

《尤利西斯》则可以说成了乔伊斯尽情进行形式实验的场所,内心独白、自由联想、蒙太奇、反讽、戏拟、新闻体、戏剧体、教义问答体、词语变形、句式变化等,"一切学问、文体和手法应有尽有,在驾驭所有可表现对象的过程中,没有遗漏任何表现方式"③。而且通过背离传统的叙述模式,形式在《尤利西斯》中最终得以从隐蔽走向前台。在材料上,《尤利西斯》最大限度地遵循自然主义方向。生活中最琐碎的细节、心理上最隐蔽的空间都巨细无遗地呈现在文本中;但在形式上,《尤利西斯》却更近似形式的"陌生化"。这个陌生化了的形式用乔伊斯自己的话说是"使用了一种新颖的文体"④,英国审查者则视之为"一种尚未为人所知的文学"⑤。《尤利西斯》令人困惑、难以理解的形式增加了读者感受形式的难度和时间,从而增加了形式在阅读感受中的比重。不过,《尤利西斯》中形式的作用不止于此。《尤利西斯》各章的文体大幅度转换,几乎没有过渡,打破了古典主义的整一原则,同时文体整体的丰富和差异也赋予《尤利西斯》类似生活本身的包罗万象色彩。意识流语

---

① Douwe Fokkema & Elrud Ibsch, *Modernist Conjectures: A Mainstram in Europe Literature*, 1910—1940, London: C. Hurst & Co. Ltd. ,1987, p. 43.

② Ibid. , p. 44.

③ Robert H. Deming, ed. , *James Joyce: The Critical Heritage*, London: Routledge, 1997, p. 454.

④ Arther Power, *Conversations with James Joyce*, Chicago: The University of Chicago Press, 1974, p. 95.

⑤ Willard Potts, ed. , *Portraits of the Artist in Exile: Recollections of James Joyce by Europeans*, Seattle: University of Washington Press, 1979, p. 56.

体、反讽、戏拟等手法同样不是单纯的技巧实验。拿反讽和戏拟来说,它们实际为文本的现代精神提供立足点:《独眼巨人》的意义不在叙述者"我"所叙述的褊狭的民族主义,而是由叙述方式对显示的这一立场的反讽;《瑙西卡》的价值内涵也不是充当叙述视角的格蒂那感伤造作的维多利亚观念,而是在文体戏拟中暗含的现实精神和批判精神。值得注意的是,乔伊斯并未用统一的情节将这些分散的因素整合在一起,相反,他借用了一个完全脱离情节的外部骨架,即《奥德修纪》。这个结构既非源自塑造人物的需要,也不能为人物的活动提供语境,其作用是容纳文本中万花筒般的艺术手法和材料,并为文本提供另一个空间。形式在《尤利西斯》中既获得了独立性,也成为文本意义不可或缺的一环。

到《守灵夜》,艰涩的形式几乎掩盖了材料本身的意义,以至有评论者斥之为"掩盖作者已经无话可说这一真相的伎俩"[1]。这种看法一方面反映了读者对《守灵夜》形式的不适应,另一方面也从反面说明《守灵夜》中形式的比重已经大大超过传统的情节。至少对初读者来说,要阅读《守灵夜》首先就必须解读作者自造的词语,克服障碍的需要几乎超过对文本意图的把握。而且,破解《守灵夜》的词语与一般的词语解释不同,用贝克特的话说,《守灵夜》的词语"并不只是中性的符号……它们有自己的生命。它们挤进页面,发光、燃烧、渐渐熄灭、消失"[2]。《守灵夜》词语的"联想、暗示和唤起"[3]功能超出原来的指物功能,词语自身的意义甚至超出了该词传统的内涵和外延。拿已公认的《守灵夜》词语的复义和不确定性来说,变形了的词语不仅是所有构成该词语的含义的组合,词义的复义和不确定本身也唤起一个不确定的杂糅世界。以第59页的"etychologist"这个词为例,《(守灵夜)的万能钥匙》认为该词同时包括四层含义:希腊文的"偶然遇到"、英文的"昆虫学",因此可以解释为"一个偶然遇到的、精通存在科学的对话者",或"一个精通昆

---

[1] E. H. Mikhail, ed. , *James Joyce: Interviews and Recollections*, New York: St. Martin's Press, 1990, p. 120.

[2] Samuel Beckett, et al. , *Our Examination Round His For Incarnation of Work In Progress*, Northampyon: John Dickens& Conner Ltd. ,1962, pp. 15 – 16.

[3] Robert H. Deming, ed. , *James Joyce: The Critical Heritage*, London: Routledge, 1997, p. 408.

虫学的人",以此暗示主人公叶尔委克既是一只昆虫,也是一个存在①。《〈守灵夜〉导读》则认为这个词由三个英文词组成:昆虫学、语源学家和心理学家②,因此暗示《守灵夜》既是昆虫的故事,也是词语的故事,又是精神(梦)的故事。应该说从《守灵夜》一书看两种解释都有根据,很难说哪种解释更合理。燕卜荪通过《复义七型》确立了词语复义的合理性,但燕卜荪的复义仍然是确定的,词义不论如何繁多,只要读者具备足够的背景知识和分析能力,仍然能够作出正确的解释,造成矛盾和无法判断的复义在燕卜荪看来属于语病。而《守灵夜》由于变化过于复杂、上下文缺少限定,使词义变成"游移的"③,用艾尔曼的话说是"巧合性在语言上的标志"④。《守灵夜》中这类变化不只一两个,而是甚至一句中就可能有一半以上类似的自造词。无穷的变化使词义缺乏最终定论,不确定的意义形成了《守灵夜》不确定的世界,用文中的话说,"在那里可能的未必可能,不可能的无法避免"⑤。除了改变词语外,乔伊斯在《守灵夜》中还颠覆传统的叙述模式,彻底消解故事。与词语一样,叙述模式的极度变形产生的结果已无法简单地用陌生化原则来解释。形式的违反常规和不断变换对阅读构成直接障碍,解读而非单纯感受这一反常形式成为阅读《守灵夜》的前提⑥,换言之,形式在《守灵夜》中已成为本身需要解读的内容,或用贝克特的话说,《守灵夜》"不是关于某件事,它就是这件事本身"⑦。直到现在,读者对《守灵夜》还存在着截然相反的评价。对那些坚持传统情节和性格理论的人来说,认可《守灵

---

① See Joseph Campbell&Henry Morton Robinson, *A Skeleton Key to Finnegans Wake*, New York:Harcout, Brace ad Cop. ,1944, pp. 70 – 71.

② See William York Tindall, *A Reader's Guide to Finnegans Wake*, New York:Farrar, Straus and Giroux,1996, p. 73

③ Robert H. Deming, ed. , *James Joyce: The Critical Heritage*, London: Routledge, 1997, p. 390.

④ Richard Ellmann, *The Consciousness of Joyce*, London:Faber&Faber,1977, p. 95.

⑤ James Joyce, *Finnegans Wake*, New York:the Viking Press,1964, p. 110.

⑥ 辛德尼·保尔同样认为,对于《守灵夜》的读者来说,"他的注意力不断地被独特的写作方式所吸引,而不是小说中叙述的事件。"见 Sydeny Bolt, *A Preface to James Joyce*, New York: Longman Inc. ,1981, p. 167.

⑦ Samuel Beckett, et al. , *Our Examination Round His For Incarnation of Work In Progress*, Northampyon:John Dickens& Conner Ltd. ,1962, p. 14.

夜》的魅力确实很难,因为阅读《守灵夜》"不要希望获得什么教益或听到什么故事,而应准备接受一种新的氛围,几乎全新的风尚"①。《守灵夜》也许没有传统小说惯常提供的事件或含义,但通过刻意设计的表现方式,《守灵夜》传递出一种新的世界和美学观念。在这个世界里,高级与通俗、梦与游戏、不确定与复义、现实与超现实、词语与实在都以狂欢的方式杂糅在一起。正是这一点使《守灵夜》被一些学者称为后现代主义开端的标志。②

选自《外国文学评论》,2002 年第 4 期

---

① Douwe Fokkema & Elrud Ibsch, *Modernist Conjectures: A Mainstram in Europe Literature, 1910—1940*, London: C. Hurst & Co. Ltd. ,1987, p. 71.
② Ibid. , p. 68.

T·S·艾略特

艾略特《荒原》中的动物话语

黄宗英

英国诗人 W·B·叶芝曾经说过,虽然每一位诗人"总是在描写自己的生活",但他"从不直截了当"。"他(的诗)绝不是一种偶然的巧合,也不像人们用早餐时一席漫不经心的胡话,而是一种再生的思想,有其预期的目的,有其完整的意义。"①T·S·艾略特也认为诗歌源于个人的情感,但他又反对这种情感介入。他认为"诗歌的作用不仅在于可以使大多数人所经历过的情感与感情更加明晰,而且能使本来只存在于思想中的意识进入人们的情感与感觉世界。诗歌在纷繁复杂的世界中创造出了一个情感统一;一个动作统一……;一个声音与意义的统一……;而这种统一在经验中仍是支离破碎的"②。在诗歌创作中,艾略特总是通过丰富的对话、不同的角色、种种假面具的掩饰以及多语手法的合用,来淡化诗人的主体形象,以反对那种只注重表现诗人主体情感意识的浪漫主义创作手法。诗人"不能有个性",但是他是在不断地创造某个(游离于诗人自我的)他者。③ 诗人总是在"不断地表现自我,但又从不和盘托出"④。与浪漫派诗人表现个人情感、张扬个性立场不同,艾略特强调历史的作用,提倡"非个性化的"理论。他认为"诗不是放纵情感,而是逃避情感;不是表现个性,而是逃避个性"⑤。因此,诗歌虽然源于创作主体的某一经历,但它是对这一主体的一种完善,而不是将诗人的自我意识完全曝光。也许,这能说明艾略特为什么在创作中不肯定自我而是将他的自我"非个性化"的原因。也许,这能说明为什么艾

---

① W. B. Yeats, *Essays and Introductions*, London: Macmillan, 1969, p. 509.
② R. Schucharded. ed., *The Varieties of Metaphysical Poetry By T. S. Eliot*. New York: Harcourt Brace & Company, 1993, p. 51.
③ Robert Gittingsed. ed. *Letters of John Keats*, London: OUP, 1970, p. 157.
④ T. S. Eliot, *On Poetry and Poets*. London: Faber & Faber, 1957, p. 122.
⑤ Hazard Adamsed, ed., *Critical Theory Since Plato*. HBJ, 1971, p. 787.

略特在诗歌创作中不是企图超越个性,而是设法让个性脱离自我。

利用各种动物话语(discourse of animality)来淡化诗歌中的主体意识可谓艾略特一种有效的"非个性化"创作尝试。古往今来,无数作家曾运用千姿百态的动物形象来塑造各种人物形象,再现人类丰富多彩的内心世界。艾略特当然也不例外,但是,他似乎打开了一个新的视角。艾略特的动物话语常常玄奥地表现了现代人的精神苦境。众所周知,现代英美文学中一个常见的主题是表现第一次世界大战后西方世界的精神孤独。几乎所有的西方作家都记录了战后这一人心枯竭的痛苦现实。艾略特于1922年发表了他的杰作《荒原》。《荒原》表达了西方战后一代人的精神幻灭,刻画了整个欧洲的衰变,是所谓"迷惘一代"精神生活的真实写照。就像司各特·菲茨杰拉德在他的第一部长篇小说《人间天堂》(1920)的结尾里描写的那样,这一代人"成熟了,(他们)发现所有的上帝都死了,所有的战争都打完了,人们所有的信仰都破灭了"①。他们最关心的只有两件事:"害怕贫穷和崇拜成功"②。尽管"美国(在第一次世界大战后)将经历它历史上最伟大、最辉煌的时代"③,许多年轻的美国人却终日无所事事。他们必须克服精神上的空虚。在艾略特的早期作品中,人们可以看到诗人利用丰富的动物话语,生动地刻画了人类精神枯竭的苦境。

1939年,艾略特曾出版过一本题为《老负鼠的实用猫手册》的诗集④。这是一本魅力无穷的儿童读物。诗集中充满了对猫的各种描写,形象新颖,语言生动。然而,也有批评家认为这本诗集是"艾略特所有作品的一个不可缺少的部分,是解开艾略特其人其诗之谜的一把钥匙"⑤。然而,综观艾略特的诗歌创作,有趣的是艾略特通过丰富的动物话语,再现了一幅人心枯竭、虽生犹死的现代荒原景象,而其中的戏剧性奥妙真是令人回味无穷。首先,让我们一起看看《阿尔弗瑞德·普鲁弗洛克的情歌》一诗第15—22行中一只猫的形象:

---

① F. Scott Fitzgerald, *This Side of Paradise*. New York, 1920, p. 255.
② Ibid.
③ Ibid.
④ T. S. Eliot, *The Complete Poems and Plays (1909—1950)*. New York, 1971, pp. 149 – 170, 52.
⑤ Mariane Thormahlen, *Eliot's Animals*, CWK Gleerup, 1984, p. 40.

> 黄色的雾在窗玻璃上擦着它的背,
> 黄色的烟在窗玻璃上探着它的嘴,
> 把它的舌头舐进黄昏的角落,
> 徘徊在阴沟里的污水上,
> 让跌下烟囱的烟灰落在它的背上,
> 溜下台阶,忽地纵身跳跃,
> 看到这是一个温柔的十月的夜晚,
> 于是便在房子附近蜷伏起来安睡。①

诗中人普鲁弗洛克爱上了一位年轻的女子。他有追求幸福与爱情的强烈愿望,却始终没有勇气吐露自己的真情,因而陷入自设的魔圈。艾略特用一玄妙的比喻开篇,将"暮色"比作一位"病人(被)麻醉在手术台上"。这一黄昏景象与诗中人行动迟缓、性格阴郁、心情压抑、自我封闭等个性特征是吻合的。然而,更加令人回味无穷的当推以上这一节诗中那只昏昏欲睡的家猫形象。暮色的黄烟被赋予了猫的属性:"擦着它的背"、"探着它的嘴"、"舐"、"徘徊"、"溜下"、"忽地纵身跳跃",似乎要有什么举动,但很快又"蜷伏起来安睡"。用这只家猫那呆若木鸡的动作形象来衬托普鲁弗洛克那优柔寡断、犹豫不决的人物性格真可谓惟妙惟肖了。当诗中那浓浓的黄雾被比作迟钝的家猫时,主人公心中的强烈愿望也就失去了行动的意义。此外,艾略特在此还利用声音的效果来强化主人公被"麻醉"的精神状态。首先,那黄烟弥漫的"夜晚"在一连串重压头韵的英文单词中得到了强调("fog"…"fall upon"…"falls from"…and"fell asleep")。其次,这 8 行英文原诗中,发[s, ts, z]音的多达 23 次,生动地烘托了一种百无聊赖的气氛。此外,这一节较之下一个诗节,其诗行也显得冗长。② 这也进一步将那只家猫的迁延动作戏剧化了。因此,暮色黄烟的降临以及那只家猫的蜷伏安睡都从意象上铺垫了下文的主题:"呵,确实地,总会有时间。"显然,这里说的"总

---

① 《情歌》,见查良铮《英国现代诗选》,长沙:湖南人民出版社,1985 年。
② 第 15—22 行中大多数是比较规则的七音步抑扬格诗行,而第 23—34 中的大部分诗行则为五音步抑扬格。

会有时间"与诗中人犹豫不决的心境是相互照应的。诗境至此,不禁让人想起我国唐人绝句:"劝君莫惜金缕衣,劝君惜取少年时。花开堪折只须折,莫待无花空折枝。"①不难看出,艾略特通过一幅黄烟暮色睡猫图,生动地刻画了普鲁弗洛克有欲无胆的性格弱点。

此外,在《阿尔弗瑞德·普鲁弗洛克的情歌》中,诗人还刻画了诗中人有如一只被人钉在墙上、生路渺茫的小昆虫。这种感觉可谓普鲁弗洛克将自己看成一个下等人物在一个"文明"社会中所遭受的那种焦虑万分却又无能为力的失落之感:

> 而且我已熟悉那些眼睛,熟悉了一切——
> 那些用一句公式化的成语把你盯住的眼睛,
> 当我被公式化了,在钉针下趴伏,
> 当我被钉着在墙壁上挣扎,
> 那我怎么开始吐出
> 我的生活和习惯的全部剩烟头?
> 我又怎么敢提出?

但是,《阿尔弗瑞德·普鲁弗洛克的情歌》中最引人注目的动物意象当推以下诗行中那对"钳爪":

> 是否我说,我在黄昏时走过窄小的街,
> 看到孤独的男子只穿着衬衫
> 倚在窗口,烟斗里冒着袅袅的烟?……
> 那我就该会成为一对破钳爪
> 匆匆掠过沉默的海底。

诗人仅用"钳爪"与"掠过"两个词,就生动地勾勒出一只螃蟹的形象。艾略特在此之所以笔墨较淡,是为了烘托诗中人心中一种将自己的生活简化到最简单的动物生存的强烈愿望。普鲁弗洛克已经别无所求,只希望能够逃脱眼前这个逼着他满足种种社会标准的现实世界。

---

① 杜秋娘:《金缕衣》,见《唐诗三百首》,武汉:湖北人民出版社,1993年,第174页。

正如斯密斯先生所指出的那样："(普鲁弗洛克)需要并且盼望着与人们沟通……，但是他的愿望屡屡遭到挫败，因此只能导致无端的痛苦，并希望能更远地逃离现实。"① 普鲁弗洛克似乎已走投无路，只能将自己想忘却过去的愿望倾诉于这两行诗中，以表现他自认为能够驾驭的唯一的一种心态。此外，"匆匆掠过沉默的海底"这一行英文原文中充满了"咝咝声"②。在那"沉默的海底"，这"咝咝声"仿佛是他唯一能够听到的声音，头上漂过的波浪回荡着他的心声，字里行间律动着他不安的心思。这只螃蟹的属性让读者窥视到了普鲁弗洛克对周围环境下意识的态度。他在眼前"文明"社会中表现出的无能为力恰好给这对"钳爪"披上了一层讽刺色彩，因为螃蟹的"钳爪"不但用于自卫而且用于进攻。然而，在普鲁弗洛克的人物性格上，我们看不到半点"钳爪"般的好战情节。这对"钳爪"的意象是全诗中唯一可以让人联想起好战情节的地方，但是这一联想还没有充分展开就很快又被"我就该会成为"等字眼吞没了。此外，诗人用"破"(ragged)字修饰"钳爪"增强了相同的讽刺对照效果。性情温和的普鲁弗洛克因其秃顶的脑袋与衰老的外表而变得委婉可怜，格外注意装出一副体面的模样。最后，"掠过"的英文原文为"scunttle"，在古英语中意指"逃离某物"③。艾略特的这两行诗表达了诗中人一种逃往某一未名的地方的强烈愿望。逃向何方并不重要，关键是要逃离。这对"破钳爪"的爬动给人最深的印象应该是迅速地逃离某一危险的经历。因此，螃蟹的意象不仅表现了一个举棋不定而又急于逃离"文明"现实的人物性格，而且象征着一种追求远离尘嚣的孤独人生的期盼。当然，这首诗告诉人们这种愿望是无法实现的，而且普鲁弗洛克终将毫无目的、毫无依靠地生活在现实生活中，不断受到挫折。

艾略特《情歌》一诗中表现动物意象的暗喻法，在《荒原》中随着诗中主人公的消失，似乎表现为一种以淡化自我意识为目的的崭新的动物话语。《荒原》一诗一直被批评界认为是"一个零碎的整体"④，可以

---

① Kristian Smidt, *Poetry and Belief in the Work of T. S. Eliot.* London, 1961, p. 141.
② 这一行的英文原文为："Scuttling across the floors of silent seas."
③ 英文意为：running away from something.
④ 英文为：a fragmentary wholeness.

有多种解读。艾略特认为诗歌"解读是一种永无止境的过程"①。《荒原》主要表现为一个语言结构。它将人们的注意力从词汇的意义引向意义的意义,从一种终极解读引向一个解读过程。《荒原》也因此成了一个高度自我折射的文本。与艾略特同时代的一些诗人常常通过相关的内容来证实自己的诗歌言语,将自己的诗歌语言看成是窥见现实的桥梁,而艾略特恰恰相反,他用自己的诗歌创造了一种崭新的诗歌语言。艾略特诗歌中唯一的事件仿佛就是当词汇迸发出意思时那种语言本身的变化。对艾略特来说,没有不可言传的现实。"在《荒原》中,词汇强迫自身成为唯一的存在。我们所作出的反应是对词汇存在的反应。"②词汇不是用于表达情感,而是因为词汇本身已赋有的情感才被诗人用之。这种语言是一种有高度意识的语言。《荒原》也因此成为一个有高度自我意识的文本。它的一个重要主题就是"语言的偶然性"③。艾略特在一次接受记者采访时说:"创作《荒原》时,我根本就不考虑自己在说些什么。"④《荒原》之所以晦涩,是因为作者"省略了一些读者习惯去寻找的东西;结果读者虽然不知所云,但是仍然绞尽脑汁,寻找诗人省去的部分,揣想那些文本中所不存在、作家也没有暗示的意义"⑤。通过观察动物话语来解读《荒原》也许算得上是在寻找那种文中所不存在的内涵,但是那些动物意象似乎在读者的脑子里不断膨胀,且寓意也变得不断深刻;它们不仅表现了诗中人个性消失的戏剧化艺术效果,而且也表现了这个"零碎整体"中动物话语的特殊艺术表现力。

《荒原》可谓一首通过"破碎意象"寻求完整意义的现代抒情史诗。它再现了现代西方社会的精神"荒原"。诗中的"荒原"可指被闪电击打后的荒漠,或是一块"荒废的土地",也可指炮火焚烧过的无人废墟,或是颗粒无收的荒凉山庄。它可以是耶路撒冷、亚历山大、或者伦

---

① J. S. Brooker & Bentley, J., *Reading The Waste Land*. University of Massachusetts Press, 1990, p. 6.

② A. D. Moody, ed., *The Waste Land in Different Voices*. London: Edward Arnold, 1974, p. 201.

③ J. S. Brooker & Bentley, J., *Reading The Waste Land*. University of Massachusetts Press, 1990, p. 6.

④ George. Plimpton ed., *Writers at Work: The Paris Review Interviews*. Penguin, 1977, p. 105.

⑤ T. S., Eliot, *The Use of Poetry and the Use of Criticism*. London: Faber & Faber, 1933.

敦——任何一个遭受过掠夺的、精神幻灭的现代文明中心。诗中充满了现代城市文明中的种种不文明现象:"空瓶子,夹肉面包的薄纸,/绸手绢,硬的纸皮匣子,烟蒂……"(177—178行)。虽然读者不容易悟出诗中律动的主旋律,但是艾略特将城市与人体捏合在一起,并通过类比的手法把社会与个人融为一体,使这首开一代诗风的经典之作不但具有抨击社会的史诗意义,而且也道出了诗人所谓"满腹牢骚"的抒情内容。诗中描述的人流、失修的手指甲、难以入眼的牙齿、"女人的味道"等等不堪入诗的字眼不仅表现了现代社会的道德与文化的沦丧,而且也体现了西方社会人们物质生活的沦丧。艾略特的"满腹牢骚"也因此表现为现代人的精神落魄。

朱莉亚·克里斯蒂瓦(Julia Kristeva)曾在《恐怖的力量:论落魄》一文中指出,引起"落魄"的原因主要有"侵犯个性,反对体制和秩序"以及"不尊重界线、地位和规则"①。这种精神落魄集中表现为与"我"的绝对对立,是一种"居中的、模棱两可的、相对的"②精神状态。《荒原》中的"我"根本谈不上是一个主人公,读者也很难感觉出诗中有个中心思想。《情歌》中聚焦于普鲁弗洛克心目中那个"压倒一切的问题"在《荒原》已听不到回音。《荒原》中的"我"似乎从一个人物滑向另一个人物,从一个文本跳进另一个文本,于是将历史断成"一堆破碎的意象"。然而,艾略特在他的《荒原》注释中声称帖瑞西士(Tiresias)使诗中漂浮不定的声音稳定了下来:

> 帖瑞西士虽然只是个旁观者,而并非一个真正的"人物",却是诗中最重要的一个角色,联络全诗。正如那个独眼商人和那个卖小葡萄干的一起化入了那个腓尼基水手,而后者与那不勒斯的福迪能王子也并非完全不同。因此所有的女人只是一个女人,而两性在贴瑞西士身上融合为一体。帖瑞西士所看见的,实际就是这首诗的本体。③

---

① Julia Kristeva, *Power of Horror: An Essay on Abjection*, New York, p. 4.
② Ibid.
③ T. S. Eliot, *The Complete Poems and Plays*(1909—1950). New York, 1971, pp. 149 – 170, 52.

这里我们看到了帖瑞西士的原型,一个并非真正的人物,但他"联络全诗",是"诗中最重要的一个角色"。艾略特之所以选用帖瑞西士是因为他具有两性人的属性。根据法兰克·吉士德斯·弥勒氏的英译《变形记》第三卷,帖瑞西士有一次因为手杖打了一下,触怒了正在树林里交媾的两条大蟒。突然,他由男子一变而为女人,而且一过就是七年光景。到了第八年,他又看见这两条蟒蛇,就说:"我打了你们之后,竟有魔力改变了我的本性,那么我再打你们一下。"说着,他又打了大蟒,自己又变回他出生时的原形。因此,帖瑞西士既经历过男人的生活又有女人的经历,在《荒原》中成了"在两种生命中颤抖"(第218行)的角色。然而,正因为他有独特的经历,当主神朱庇特与天后朱诺嬉争有关在爱情中男人还是女人获得的乐趣更大时,他们决定去求教聪明的帖瑞西士,请他做个裁决。当他同意主神的意见,认为女人得到的乐趣更大时,朱诺惩罚帖瑞西士,让他终生双目失明。但是,万能的主神又赐予他预知未来的能力。从帖瑞西士这个人物中,我们不但可以窥见人物性别的混淆,而且可以看到一个美好的往日,一个漆黑的现在和一个可望不可及的未来。① 如果艾略特是用帖瑞西士的形象将自己标榜为一位冷眼旁观的诗人,那么《荒原》的意义就永远超出了诗人所谓的"满腹牢骚"。

帖瑞西士的原形是通过荒原中一系列死亡意象来加以表现的。他构成了诗中两种生命和两种死亡的对照:毫无意义的生意味着死,而牺牲虽然献出生命,但意味着呼唤新的生命。首先,通过那"助人遗忘的雪",《荒原》的第一章《死者葬仪》再现了一个人们逃避的、浮夸的世界。荒原上的人们似乎经历了一个懒洋洋的、不情愿的,甚至是愤懑不平的苏醒过程。四月本是大地复苏、鸟语花香的春天时节,却被作者写成"是最残忍的一个月"。人们不愿生活在现实之中,似乎不喜欢从那虽生犹死的梦幻中被惊醒。他们在酒吧咖啡厅里谈论着一些无聊的话题,对生活不抱任何希望。那是一个乱石堆成的世界:

> 人子啊,
> 你说不出,也猜不到,因为你只知道
> 一堆破碎的偶像,承受着太阳的鞭打

---

① 黄宗英:《艾略特——不灭的诗魂》,长春出版社,1997年,第138页。

>　　枯死的树没有遮荫。蟋蟀的声音也不使人放心，
>　　礁石间没有流水的声音。①

　　传统的"太阳"、"树林"、"石头"、"水"等意象在荒原中给人类带来的不是生机而是死亡；而且诗中看不到拯救荒原的一线希望。此外，艾略特又通过诗中一个主要动物意象的特写，使那个"并无实体的城"成了一幅虽生犹死的现代荒原图：

>　　并无实体的城，
>　　在冬日破晓的黄雾下，
>　　一群人鱼贯地流过伦敦桥，人数是那么多，
>　　我没想到死亡毁坏了这许多人。
>　　叹息，短促而稀少，吐了出来，
>　　人人的眼睛都盯住在自己的脚前。
>　　流上山，流下威廉王大街，
>　　直到圣马利吴尔诺斯教堂，那里报时的钟声
>　　敲着最后的第九下，阴沉的一声。
>　　在那里我看见一个熟人，拦住他叫道："斯代真！
>　　你从前在迈里的船上是和我在一起的！
>　　去年你种在你花园里的尸首，
>　　它发芽了吗？今年会开花吗？
>　　还是忽来严霜捣坏了它的花床？
>　　叫这只狗走远吧，它是人们的朋友，
>　　不然它会用它的爪子再把它挖掘出来！
>　　你！虚伪的读者！——我的同类——我的兄弟！"

　　在这一节中，"并无实体的城"的声音显得十分响亮，但读者已经感觉不到强烈的自我意识。"那个不起眼的'我'既不支配整个情景，也不

---

①　艾略特：《荒原》，见《中国翻译名家自选集（赵萝蕤卷）》，北京：中国工人出版社，1994年。

创造这个场面,而是完完全全地被用来表现一个句法上的从属关系。"①这一富有戏剧性的艺术效果来自庞德的艺术加工,因为在艾略特的原稿中,这个"我"是支配一切的:

> 并无实体的城,我有时已经看见且还能看见
> 在你那冬日破晓的黄雾下,
> 一群人鱼贯地流过伦敦桥,人数是那么多,
> 我没想到死亡毁坏了这许多人。②

艾略特在第一行中重复使用"看见"一词,表示诗中的"我"不但过去见过,而且现在仍然可以看见。但是,经过庞德的艺术处理,在发表的《荒原》文本中,读者就很难感觉出艾略特原稿中那种语法结构上的清晰度。它似乎给读者一个模糊的印象:那"并无实体的城"、那"冬日破晓的黄雾"和那"一群人"好像谁也不从属于谁一样,各自随着读者注意力的聚焦而变得不断膨胀。原稿中"我有时已经看见且还能看见"一句中的主体意识已经荡然无存,那"城",那"雾"和那"人群"也因此都有了自己的生命。特别是原稿中的"我"不再是那个看到"一群人……流过伦敦桥"的"我",而是"一群人(自己)鱼贯地流过伦敦桥"。他们独立于任何主体意识之外,而且与前一行中那"冬日破晓的黄雾"也仅保持着一个宽松的句法联系。通过在前三行中淡化"我"的主体意识,庞德让读者的心里产生一种期待,急切地希望看到一个中心意识的出现。于是,庞德又在第四行的开头起用了一个给人以突如其来的感觉的"我",既强化了中心意识,又创造了一个新的承上启下、纲举目张的情感中心。如果说庞德在此淡化主体意识的手法强化了《荒原》中虽生犹死的自我形象,那么艾略特在第 74 行中调用狗的意象,则使诗中的动物话语更富戏剧性艺术效应。这一行的解读多种多样,但不论怎么说都离不开狗的象征意义。比如,但丁在《地狱篇》中将狗看成是即将到来的救世主;但是《神曲》中充满着许多不讨人喜欢的野狗。神话传

---

① Hugh Kenner, *The Invisible Poet: T. S. Eliot*, rpt London: Methuen, 1965, p. 49.
② Eliot Valerie, ed, *The Waste Land: A Facsimile and Transcript of the Original Drafts Including the Annotations of Ezra Pound*, New York, 1971, pp. 8 – 9.

说中狗既可以与神仙相伴,也可以与魔鬼为友。《圣经·旧约》中狗的形象更是丰富多彩,有肮脏丑恶的肉食动物,也有忠实的看门狗。玛乔里·顿克(Marjorie Donker)将这一行中的狗与狗熊星相联系,看到了《伊尼德》与《荒原》之间的相同之处:

> 《荒原》中狗(Dog)字的大写字母表示艾略特指的是狗熊星(Dog-Star Sirius),古代不育和死亡的象征,同时也是航行者的向导,"人类的朋友"。在《伊尼德》中,有关那只狗所引起的联想特别适合于《荒原》。当特洛伊人遭到瘟疫袭击时;当大地干枯,寸草不长,地荒人死时,一派荒原景象便与那狗熊星的意象紧密相连。①

因此,狗熊星可以引起人们美好的想象,也可以导致不快的联想。此外,在考察《死者葬仪》一章的意义时,我们还必须考虑一个至关重要的问题:艾略特为什么将原稿中"仇敌"(foe)一词用"朋友"(friend)替换。② 这个问题可以从几个方面考虑。首先,艾略特在第74行里写道:"叫这狗走远吧,它是人们的朋友。"因为狗可以看成人类最亲密的朋友,因此这一行就不无讽刺意味。既然狗是人的朋友,为什么又让它走远呢? 其次,艾略特在注释里提醒读者联系英国剧作家魏布斯特(Webster,1580? —1625?)《白魔鬼》(A Dirge)中的挽歌:

> 叫上那些个知更和鹪鹩,
> 它们在葱郁的丛林里徘徊,
> 让那些叶与花一同遮盖
> 那一具具未曾埋葬的尸体。
> 把蚂蚁、田鼠和鼹鼠
> 叫去分享他葬礼的悲哀,
> 给他造起些小丘,使他温暖,
> 在坟墓被盗窃时也不受灾难;

---

① Marjorie Donker,"The Waste Land and Aeneid." *PMLA* 89.1(Jan. 1974),p.167.
② Eliot Valerie ed. ,*The Waste Land:A Facsimile and Transcript of the Original Drafts Including the Annotations of Ezra Pound*,New York,1971,p,9

叫豺狼走远些,它是人类的仇敌,
不然它会用爪子又把他们掘起。①

显然,艾略特在《荒原》第 74 行中是影射魏布斯特挽歌中的"那一具具未曾埋葬的孤独尸体",然而,这一影射意蕴无穷。《荒原》中的"我"在一个寒冬重雾的黎明看到了伦敦桥上拥挤上班的人群,他联想到了但丁《神曲》地狱间遍地尸首的景象。从眼前这些现代人那忙碌单调却毫无意义的动作中,他看到的不是生命的力量,而是死亡的恐怖。狗熊星传说是使尼罗河两岸肥沃的星宿。因此,埋葬肥沃之神的仪式让人们坚信神的力量如同大自然的力量一样定将复活。然而,《死者葬仪》没有让人们看到拯救荒原的一线希望。魏布斯特笔下的挽歌本该是一个恐怖的景象:尸首满地,且孤零零地留给"蚂蚁、田鼠和鼹鼠";但是,这一切在魏氏的诗中却丝毫没给人们留下恐怖的感觉。即使人们在挽歌中看到了"豺狼",但是大自然对人类的友好足以"叫豺狼走远些,(因为)它是人类的仇敌,/不然它会用爪子又把他们掘起"。然而,魏氏笔下的美好景象在艾略特笔下却变成了一幅虽生犹死的城市游人图。一种恐怖之感油然而生。这种恐怖仿佛来自"驯化"的结果,人们看到的不是野性的自然,而是一个郊外的花园,不是那"孤独的尸体",而是"你种在花园里的尸首";不是那与人为敌的"豺狼",而是那一条家养的豺狼,那只出于纯粹的友谊会将尸首从地下挖起的狗。艾略特在此将"豺狼"改为"狗",将"仇敌"改为"朋友",其用意在于通过动物话语来"驯服"自然,以掩盖世俗世界的恐怖真相。

---

①   A Dirge
Call for the robin-redbreast and the wren,
Since o'er shady groves they hover,
And with leaves and flowers do cover
The friendless bodies of unburied men.
Call unto his funeral dole
The ant, the field-mouse, and the mole,
To rear him hillocks that shall keep him warm,
And, when gay tombs are robbed, sustain no harm;
But keep the wolf far thence, that's foe to men,
For with his nails he'll dig them up again.

《荒原》的第二章很像是一幅三联雕刻。读者首先看到了一幅好像是以文艺复兴时期贵族家庭为背景的一位神经衰弱的妇女形象;接着听见了现代社会中一对中上等阶层夫妇的对话;最后又听到了两位普通妇女在酒吧里一段谈话。虽然形式不同,但这三个片断有着一个共同的主题:人生的失望、性爱的失败以及不同程度的幽闭恐怖症。它们表现出了不同时代、不同阶级的失望人生。第一个片断(第77—110行)再现了一幅像似富丽辉煌却让人感到愁惨迷惘的图画。屋里陈设着"黄金的小爱神"、"七枝光烛台"、"镶板的屋顶"、"雕刻的海豚"以及那幅古典的翡绿眉拉(Philomel)的画像等等,给人留下了一个深刻的古典时期甚至是巴洛克时期建筑的韵调。尽管这些都是装饰品,但是艾略特在《对弈》一章中选用它们绝非偶然。"雕刻的海豚"的讽刺意义在于它常常象征肥沃。哈格罗夫在她的力作中强调诗人之所以在那间闺房里放置了一只人工的海豚,是因为他要扭曲地表现荒原中人们性生活的不育结果①。然而,海豚也常被用作古希腊夫妇间爱情的象征②。因此,屋里富丽辉煌的表面装饰与诗中人内心流露出对生活厌恶的感觉形成了鲜明的对照,一种尖刻的讽刺之感便跃然纸上。此外,翡绿眉拉变形为一只夜莺也通过以下模糊的动物话语传达给了读者:

> 那古老的壁炉架上摆放着一幅
> 犹如开窗所见的田野景物,
> 那是翡绿眉拉变了形,遭到了野蛮国王的
> 强暴:但是在那里那头夜莺
> 她那不容玷辱的声音充塞了整个沙漠,
> 她还在叫唤着,世界也还在追逐着,
> "唧唧"唱给脏耳朵听。

读者在此首先看到的是一个暴君和一个受害女子的形象。这幅画与其说是挂在墙上的一幅装饰品,不如说是对残忍暴行的真实写照。然而,当我们读到"田野景物"这一词组时,一种讽刺意义便悄悄地溜进

---

① Nancy D, Hargrove *Landscape as Symbol in the Poetry of T. S. Eliot*. p. 71.
② Mariane, Thormahlen *Eliot's Animals*, CWK Gleerup, 1984, p. 142.

了诗行,因为艾略特在注释中指出那"田野景物"影射弥尔顿《失乐园》中描写乐园尚未丢失以前的情景。然后,诗人笔锋一转,似乎从现实人物的刻画转向描写幻想中的一种既强劲又难以明辨的"不容玷辱的声音"。那只夜莺唱出的"唧唧"声顿时"充塞了整个沙漠":"她还在叫唤着,世界也还在追逐着,'唧唧'唱给肮脏的耳朵听。"夜莺的叫唤道出了翡绿眉拉的心声。而那些"肮脏的耳朵"自然对它的呼叫没有反应。尽管那"不容玷辱的声音"仍然回荡于整个田野,充满了那间屋子,洋溢在整个"世界",然而,这声音在这一现代情景中却毫无意义。艾略特也许就是通过这一动物话语再一次戏剧性地奏响了现代荒原中一曲虽生犹死的主旋律。

谈到艾略特诗歌中动物话语,人们自然会注意到《荒原》中老鼠的形象。从传统的意义上说,老鼠象征着死亡与腐朽。《荒原》一诗中至少有两个地方提到老鼠,且每每象征着精神与肉体的死亡。首先,我们可以考察一下那对现代中上等阶层夫妇的一席对话:

"今晚上我精神很坏。是的,坏。陪着我。
"跟我说话。为什么总不说话。说啊。
"你在想什么? 想什么? 什么?
"我从来不知道你在想什么。想。"
我想我们是在老鼠窝里,
在那里死人连自己的尸骨都丢得精光。
"这是什么声音?"
风在门下面。
"这又是什么声音? 风在做什么?"
没有,没有什么。
"你
你什么都不知道? 什么都没有看见? 什么都不记得?"
我记得
那些珍珠是他的眼睛。
"你是活的还是死的? 你的脑子里竟没有什么?"
……
"我现在该做些什么? 我该做些什么?

我就照现在这样跑出去,走在街上
披散着头发,就这样。我们明天该做些什么?
我们究竟该做些什么?"

这段对话立刻将读者带入一个紧张的情感世界。前四行中流露出那位神经质的妇女那种急切而又担忧的神态。她催促诗中的男人表达自己内心的思想,甚至就想让他想。然而,他那无言的答语却不无警句格言般的魅力:"我想我们是在老鼠窝里,在那里死人连自己的尸骨都丢得精光。"显然,这对男女之间无法交流,也没有或看不到任何自我解脱或超越的可能,因为他们是孤立的,被囚禁在自我的脑筋里。在艾略特的原稿中可以看出,这位男人和女人与《死者葬仪》中那位风信子姑娘以及她的恋人是密切联系的。① 诗中那位女子对那位男人所提出的一连串问题淋漓尽致地表现为那位风信子姑娘情人的一段独白:

我说不出
话,眼睛看不见,我既不是
活的,也未曾死,我什么都不知道

诗中这对男女与风信子姑娘及其情人的联系使场面进入了高潮。艾略特原稿中那位男人对这位女人的反应是:"我想我们初次相见于老鼠窝里。"② 将"我们初次相见于"改为"我们是在"老鼠窝里,艾略特将过去与现在合二为一,表达了诗中那位男人是在解释他们的那一段历史,而他的解释又将他们眼前的孤独带回到了对风信子花园的回忆。他似乎在说他们是在老鼠窝里,而且一直就躲在那里,因为那里是他们初次见面的地方。这就将风信子花园变成了一个老鼠窝。躲在老鼠窝里也就像被困在一个过道出入口。这个出入口只通往一个方向,那就是灭亡。这是个连死者的尸骨都要腐烂的地方。这位男人如同普鲁弗

---

① 原稿中写道:"I remember /The hyacinth garden. Those are pearls that were his eyes, yes!"

② Eliot Valerie ed. ,*The Waste Land*:*A Facsimile and Transcript of the Original Drafts Including the Annotations of Ezra Pound*,New York,1971,p. 17.

洛克一样，总在想着什么，但其结果总是孤独、失去感觉、瘫痪和死亡。

在《火诫》一章里，那"老鼠窝"的意象被一只活生生的老鼠所代替：

> 可爱的泰晤士，轻轻地流，等我唱完了歌。
> 可爱的泰晤士，轻轻地流，我说话的声音不会大，也
> 不会多。
> 可是在我身后的冷风里我听见
> 白骨碰白骨的声音，嚣笑从耳旁传开去。
> 一头老鼠轻轻地爬过草地
> 在岸上拖着它那粘湿的肚皮
> 而我却在某个冬夜，在一家煤气厂背后
> 在死水里垂钓
> 想到国王我那兄弟的沉舟
> 又想到在他之前的国王，我父亲的死亡。
> 白身躯赤裸裸地在低湿的地上
> 白骨被抛在一个矮小而干燥的阁楼上，
> 只有老鼠脚在那里踢来踢去，年复一年。
> 但是在我背后我时常听见
> 喇叭和汽车的声音，……

不论是第187行中那只"在岸上拖着它那粘湿的肚皮"、"轻轻爬过草地"的老鼠，还是第195行中的那只在一个矮小而干燥的阁楼上的白骨堆里"年复一年"地"踢来踢去"的老鼠，都让人们联想到安德鲁·马维尔（1621—1678）在《致他的娇羞的女友》一诗中对他女友的恳求。马维尔的这首诗是17世纪一首以及时行乐（carpediem）为主题的、运用三段论演绎法（syllogism）写成的名篇。诗中第一段告诫他的女友，要是他们能享用人类的全部时间，那么她的羞涩就不算什么过失。诗中第二段通过一系列死亡意象来提醒他的女友，他们的生命之光正在飞逝。诗中第三段是全诗的结论："因此"他们应该不负年华，乘着充满明媚阳光的青春，及时行乐。这首诗歌的第二部分是这么开头的：

> 但是在我背后我总听到
> 时间的战车插翅飞奔,逼近了;
> 而在那前方,在我们面前,却展现
> 一片永恒的沙漠,寥廓、无限。①

艾略特在此影射马维尔的《致他的娇羞的女友》,并将死亡的意象分解为白骨、老鼠以及那低湿地上的赤裸裸的"白身躯"。马维尔诗中的"汉白玉的寝宫"成了"一个矮小而干燥的阁楼"。但两个诗人的用意完全不同。《致他的娇羞的女友》一诗中对死亡的沉思是诗人演绎推论的一部分,有它明确的目的。马维尔用死亡的威胁以达到他明确、直接地说服一位女子与他相爱的目的。相反,艾略特诗中对死亡的冥想却显得无从可谈,既没有目的也没有说服力。实际上,《火诫》一章重写了一连串激烈可又毫无结果的性爱。诗中提到了现代"仙女们"、"还有她们的朋友,最后几个城里老板们的后代"等,但先后紧跟着薛维尼与妓女博尔特太太、夜莺抨击通奸的歌声、商人尤吉尼地、那位打字员、伊丽莎白与莱斯特,还有那些泰晤士河的女儿们等等,所有这一切最终体现在圣奥古斯丁的"一大锅不圣洁的爱情"。因此,贯穿其中的老鼠形象大大增强了诗中那"不圣洁的爱情"的孤独之感。

如果说艾略特在《对弈》一章中通过夜莺的歌声,让读者从远古的恐怖中感受到现代荒原生活的废墟,那么,在《荒原》的最后一章里,艾略特笔下的那只"蜂雀类的画眉鸟"却不像是一个不祥的征兆。它那无人听见的歌声在一位语无伦次的沙漠游人看来,要比沙漠中各种蝉在干草中发出的声音更为响亮:

> 只要有水
> 而没有岩石
> 若是有岩石
> 也有水
> 有水
> 有泉

---

① 杨周翰译,见王佐良主编《英国诗选》,上海译文出版社,1988年,第132页。

> 岩石间有小水潭
> 若是只有水的响声
> 不是知了
> 和枯草同唱
> 而是水的声音在岩石上
> 那里有蜂雀类的画眉在松树里歌唱
> 点滴点滴滴滴滴
> 可是没有水

艾略特在第357行的注释中指出,那只蜂雀类的画眉鸟的声音常常被喻为"滴水声"。在这行诗中,人们看不到画眉鸟,却能听见它那仿佛是滴在石面上的滴水般清脆的歌声。因此,这一节再现了诗中人的一个心理过程:从盼水的期望到盼望听到水的声音,最后到盼望能够感觉到滴水声音的存在。诗中人盼水的痛苦似乎产生了一些听觉幻觉,而不是视觉意象。他看不到任何事物,但那滴水般的鸟啼声成了他心中的期盼。他那充满焦虑的心有如一颗干枯的心灵,向往着真理、向往着滋润荒原大地的雨露。即使找不到水或者听不到水的声音,画眉鸟的歌声也就满足了。他希望自己沉湎于哪怕是一时的信念:水近在咫尺。然而,在大地苦旱、人心枯竭的荒原里,"没有水"。这不禁让我们想起在《死者葬仪》一章中,那"人子"只懂得在那烈日暴晒的土地上,有一堆"破碎的偶像"。在那里,"枯死的树没有遮荫。蟋蟀的声音也不使人放心/礁石间没有流水的声音"。这里可能影射摩西通过敲打岩石给荒地带来水。尽管人们听不见那只难以捉摸的画眉鸟的歌声,但那歌声将人们一种身临绝境的感觉与一种可望不可及的救世风度结合起来。那画眉与它的歌声并没有表现为传奇般过去与肮脏现代的对照,而是表现为痛苦的精神与拯救的精神相互联系。

《荒原》中最后一段令人费解的动物话语,当推那只公鸡站在那座没有屋顶的、空荡荡的教堂屋脊上的啼叫:

> 在山间那个坏损的洞里
> 在幽黯的月光下,草儿在倒塌的
> 坟墓上唱歌,至于教堂

则是有一个空的教堂,仅仅是风的家。
它没有窗户,门是摆动着的,
枯骨害不了人。
只有一只公鸡站在屋脊上
咯咯喔喔咯咯喔喔
刷地来了一炷闪电。然后是一阵湿风
带来了雨

在这一段中,我们不是去揣想那只画眉鸟的歌声,而是通过"山间那个坏损的洞",来到了一座空荡的教堂。所有的幻觉都消失了,眼前出现了一个现实的空间:"在幽黯的月光下,草儿在倒塌的/坟墓上唱歌"。这一段充满着抒情的意味。原文的音乐效应将一个人从超现实的世界带到了现实中来。这一节中各行多以描述为主,但有两行值得细心体味:那教堂"仅仅是风的家",而且那"枯骨害不了人"。假如这座教堂指的是圣杯故事中的"凶险教堂",那么,它却毫无危险,看不到在珀西瓦尔(Perceval)去寻找渔王的路途中所经受的种种考验。没有磨难,就无所谓英雄珀西瓦尔的历险,那么渔王也就没有希望恢复元气,荒原就不可能获得甘露,得以拯救。① 珀西瓦尔的历险停止了,所有的神都走了,死者的葬仪也因此结束了。最终,公鸡的啼叫声作了最后的肯定:没有妖魔鬼怪,只是一阵风在吹着。那公鸡的啼叫声是提醒妖魔离去的信号。然而,这里不存在任何妖魔。随着这最后驱魔的咒语,诗中期盼已久的雨终于来了。

由此可见,艾略特笔下的动物话语在表现"非个人化"的自我意识方面取得了很好的艺术效果。尽管《荒原》中充满了具有抒情特色的"满腹牢骚",但诗中丰富多彩的动物话语却使诗人的表现手法更加惟妙惟肖,而形形色色的动物意象则绘制了一幅神话般的现代荒原景象。艾略特的《荒原》一诗也因此有了史诗的意义。

选自汪义群主编:《英美文学研究论丛》第 2 辑
上海外语教育出版社,2001 年

---

① 黄宗英:《艾略特——不灭的诗魂》,长春出版社,1997 年,第 138 页。

伍尔夫

伍尔夫·意识流·综合艺术

瞿世镜

1. 创作活动的阶段性

人们往往把弗吉尼亚·伍尔夫看作一位意识流大师。实际上，意识流并不能包涵她的全部创作实践。她对于小说艺术的探索，大致上可以分四个阶段。

第一阶段：袭用传统的小说形式。《远航》和《夜与日》属于这一类型。它们都由作者本人担任全知全能的叙述者，都有一个围绕主人公的命运而展开的故事情节，都采用按照客观时间顺序的线性结构。这两部作品有点近乎简·奥斯丁的爱情小说，善于利用情景和对话来展开故事。然而，其中也蕴含着革新的萌芽：作者已经开始使一些普通的事物带上象征的意义，并且把书中人物的观点和视角融化到作者的叙述之中。

第二个阶段：开始试用意识流方法。短篇小说集《星期一或星期二》与长篇小说《雅各之室》属于这一类型。在这个阶段中，弗吉尼亚·伍尔夫已经尝试运用意识流的基本结构模式，即以客观事物的发展为轴心，人物的意识不断蔓延开去，再返回过来。但是，作者对于这种方法的使用，还不很熟练。那个短篇小说集中的某些作品，如《墙上的斑点》，局限于第一人称叙述者个人的意识流，结构还比较简单，因此能够比较顺利地把作者的全知叙述完全排除。《雅各之室》涉及几个人物的意识流，比较复杂。因此，那个全知全能的叙述者尚未完全退居幕后，偶尔还要出来做一些简短的描述和交代，借此保持作品的连贯性。

第三个阶段：炉火纯青的意识流小说。《达罗威夫人》和《到灯塔去》属于这个类型。在这两部作品中，弗吉尼亚·伍尔夫已经能够得心应手地运用内心独白、内部分析、感觉印象、时间转换等意识流技巧，尽管书中有时涉及好几个人物的意识流，她已能不露痕迹地从一个人物的意识流转换到另一个人物的意识流。因此，书中的一切皆由人物的意识来展现,不必借助于作者本人的全知叙述,作者可以完全退居幕后。虽然在《到灯塔去》的第二部中插入了散文诗,但是作品还是围绕中心人物来逐步展开,小说的成分远远地超过了诗的因素。

第四个阶段:综合化的艺术形式。弗吉尼亚·伍尔夫的后期作品属于这个类型。《海浪》是小说和诗的结合,然而诗的因素已经超过了小说的成分,象征化的人物和程式化的叙述结构几乎使小说的基础濒于崩溃。《岁月》具有较多的传统小说成分,散文诗和历史融化于小说之中。《幕间》是诗、散文、戏剧、历史、对话的混合物,意识流镶嵌于全知叙述之中,并且具有较强的象征意味。这些作品显然已经超出了纯粹的意识流小说的范围。

必须指出,伍尔夫不仅在创作技巧方面,而且在创作思想方面也表现出明显的阶段性。她早期的创作思想片面地追求一种超越物质世界的内在真实,兴趣的焦点在于"心理学暧昧不明的领域之中"[①]。她晚期的创作思想认为"自我与非我,外界与内心"这四个方面都应加以表现,以便寻求一种"更为丰富多彩的组合与均衡"[②]。

事实证明,弗吉尼亚·伍尔夫一生的创作活动,是从传统的现实主义小说出发,然后逐步确立了意识流小说的基本模式,最后又超越这种模式,创造出一种综合化的艺术形式。因此,我认为,与其把弗吉尼亚·伍尔夫称为意识流小说家,还不如把她看作一位崭新艺术形式的实验家和开拓者。

2. 意识流方法的比较

有不少人把意识流看作一种文学流派,实际上几位最著名的意识流大师意见并不一致,他们对于意识流方法的使用也各不相同。

弗吉尼亚·伍尔夫在她的日记中记载了她阅读乔伊斯的代表作《尤利西斯》的印象:

> 到现在为止,我读了二百页——还不到三分之一;开头两三章

---

① 弗·伍尔夫:《论现代小说》,发表于 1919 年。译文见《论小说与小说家》,上海译文出版社,1986 年。
② 《一位作家的日记》,第 35 页。

> 我读得津津有味,兴奋不已,如醉如痴——直到坟地那个场景的结尾,都是如此;随后我感到困惑、厌倦、不安……①
>
> 我读完了《尤利西斯》,认为这是一发没有击中目标的子弹。我想,它有才气,然而属于较次的等级。这本书冗长散漫。它是令人恶心的。它是矫揉造作的。它是粗鄙的,不仅从表面上看来如此,从文学上看来也是如此。②

看来她对《尤利西斯》印象不佳。托·斯·艾略特曾把《尤利西斯》与《战争与和平》相提并论。弗吉尼亚·伍尔夫却认为:"拿他与托尔斯泰相比,简直是荒谬。"③

弗吉尼亚·伍尔夫在她的论文中,对乔伊斯的评价也是一分为二的。一方面,她认为乔伊斯是一批更加接近于生活、更加真诚的青年作家中的佼佼者。她如此赞扬乔伊斯:

> 他不惜任何代价来揭示那种内心火焰的闪光,它所传递的信息在头脑中一闪而过,为了把它记载保存下来,乔伊斯先生鼓足勇气,把似乎是外来的偶然因素统统扬弃……④

另一方面,弗吉尼亚·伍尔夫又指责乔伊斯粗鄙不堪:

> 乔伊斯先生在《尤利西斯》中所表现出来的粗俗猥亵,似乎是一位绝望的男子汉有意识地、故意地安排的,他觉得为了呼吸空气,他必须打破窗子。⑤

弗吉尼亚·伍尔夫和乔伊斯都善于使用意识流,但是,他们的使用方法各有特色,并不雷同。

---

① 《一位作家的日记》,第47页。
② 同上书,第49页。
③ 同上书,第50页。
④ 弗·伍尔夫:《论现代小说》,发表于1919年。译文见《论小说与小说家》,上海译文出版社,1986年。
⑤ 《贝内特先生与布朗夫人》,译文见《论小说与小说家》,上海译文出版社,1986年。

首先,是对于内心独白的使用大不相同。

乔伊斯往往使用直接的内心独白,把一个人物在某个情景中的思想情绪、主观感受用一种不出声的、内心的自言自语方式叙述出来。这种独白使用第一人称,让人物的意识直接呈现于读者眼前。作者完全退居幕后,对这种独白不加控制和修饰,读者所看到的是人物原本状态的意识活动。这种活动涵盖了意识的全部领域,包括潜意识层次。

伍尔夫有时也使用直接的内心独白,但她惯常使用的是间接内心独白,它介乎直接的内心独白和内部分析之间,然而更接近于内部分析。这种独白不用第一人称而用第三人称。作者对人物的思想感受不作任何解释或评价,但是人物的意识流动已经过作者的审美处理,意识的展开过程受到作者暗中的控制,和它的原本状态有所不同,它包含意识和前意识层次,基本上不包括混乱的潜意识活动。

弗吉尼亚·伍尔夫的这种间接内心独白技巧,在《达罗威夫人》这部小说中已经频繁地使用。弗吉尼亚·伍尔夫的间接独白借助于两个独特的技巧。其一是人称代词的使用。她在间接独白中不使用第一人称的"我",而使用第三人称的"她"和不定人称代词"人家"。① 在弗吉尼亚·伍尔夫的笔下,人称代词"她"的含义介乎第一和第三人称之间,看上去似乎是作者在叙述,实际上叙述的内容是人物的意识流,作者本人的立场观点和分析评价并不介入。不定代词"人家",是一种特殊的笔法,其中既包含了对于人物意识的精细领悟,又便于作者随时调转笔锋,从一个人物的意识流转向另一个人物的意识流。乔伊斯使用第一人称代词"我",它的指称是固定的,因此他书中各个人物的意识流是独立的,《尤利西斯》中斯蒂芬、布鲁姆、莫莉的意识流是互相分离的。正因为伍尔夫使用了灵活的第三人称代词和不定人称代词,在《达罗威夫人》中,达罗威夫人和其他人物的意识流经常穿插转换,互相交织。同时,"人家"这个不定代词,既可以指某个人物的个人意识,又允许作者保持对于读者的指引。乔伊斯的方法是绝对的非个人化,他本人在书中并不露面。伍尔夫的叙述方法是相对的非个人化,她本人偶尔也在书中插话,但她不是以全知全能的叙述者的身份来发言,而是以一个疑

---

① 弗吉尼亚·伍尔夫小说中的英语不定代词"one",不应译作"某人",可译为"人家",它的指称是不确定的。

惑不解、犹豫不决的不确定人物的身份来插话,她对于书中的事件和人物,似乎知道得并不比任何其他人物更多一点。这种不同人物意识的转换,是弗吉尼亚·伍尔夫对于意识流小说的特殊贡献。因此,梅尔文·弗里德曼写道:

> 《达罗威夫人》的结构,在很大的程度上取决于作者有能力从一个人物的意识转换到另一个人物的意识而没有明显地改变她的风格与方法。这的确是弗吉尼亚·伍尔夫不愿服从在白日梦中必用第一人称代词"我"这个惯例的部分原因;她几乎完全依赖"她"与"人家"之间的不确定的代词。它的效果,是使得从内心意识到群体画面之间经常往复的转换并不打破风格的连续性。①

然而,弗里德曼忽略了弗吉尼亚·伍尔夫的另一个独特的技巧,那就是关联词"for"的使用。"for"在汉语中可以译作"因为"。然而,在英译中,问别人"为什么(Why)……?",别人回答"因为……",只能用"because"作关联词,不能用"for"。因为"for"是指推论演绎,不是指直接的因果关系。在弗吉尼亚·伍尔夫的笔下,"for"有一个特殊的作用,即表示语气转折,由外部的客观真实转向人物内心的独白。她把连词"for"和代词"one"搭配使用,就能非常灵活地由外部的客观事实转向人物的意识流,由一个人物的意识流转向另一个人物的意识流,或者作反方向的转换。在《达罗威夫人》的开头几页中,镜头在客观事实、达罗威夫人的意识、波维斯先生的意识这三者之间灵活地转换,在转换之处就使用了连词"因为"(for)和代词"人家"(one)。有了这种独特的标志,读者就比较容易把客观事实和人物的意识流区别开来。

其次,是语法、修辞手段的差异。

由于乔伊斯强调直接再现人物意识的原本状态和潜意识的混乱思绪,他往往打破语法规范,使用残缺不全、颠三倒四的句子,有时任意杜撰新词,有时整段文字不用标点符号,并且使用重复、矛盾、省略、插音、插字、插语等修辞手段,来突出深层意识流动的无序性。

---

① 梅尔文·弗里德曼:《意识流:一种文学方法的研究》,耶鲁大学出版社,1955年,第197页。

弗吉尼亚·伍尔夫笔下的意识流是经过作者审美处理的,而且较少涉及潜意识层次,因此她的文字是清晰而合乎语法规范的。但是,为了表示一段意识流没有中断,她喜欢写极长的句子,句法结构又很复杂,再加上她掌握的词汇量很大,因此,英语修养稍差的读者,对她的作品也望而却步。

再次,是比喻意象的用法不同。

弗吉尼亚·伍尔夫对于比喻意象的运用带有印象主义色彩。她用比喻性的意象来表示直接的感受,这是一种曲折变形的个人印象,它的内涵扩大了,表达了对于一件更为复杂事物的情绪态度。例如,在《到灯塔去》这部小说中,拉姆齐夫人的小儿子把他的母亲想象为一股喷泉,把他的父亲想象为拼命吮吸这泉水的贪婪的鸟儿。母亲富于同情心,因此詹姆斯把她看作化育万物的甘霖。父亲缺乏同情心,却拼命要求别人同情他,因此詹姆斯把他比作贪得无厌的鸟儿。在这两个意象的扩大了的含义之中,包含着詹姆斯依恋母亲、厌恶父亲的复杂的情绪态度。我们看到这两个意象,通过我们自己的想象力,就可以推测到詹姆斯对他父母的印象,以及其中所隐含着的恋母忌父的复杂情绪。

乔伊斯对于意象的运用直接借助于意象本身的象征性,而不是通过曲折变形的个人印象。这种意象直接暗示对于观察到的事物的带有个人情绪的估价,通过象征的方式来领悟和扩展其意义。例如,在《一位青年画家的肖像》中,斯蒂芬母亲临终时的意象,先后在斯蒂芬的梦中或想象之中出现了八次。这个意象并未曲折变形,它的反复出现直接象征着斯蒂芬潜意识中对于母亲的内疚情绪,我们可以领悟到其中包含的意义,是由于斯蒂芬没有按照母亲的遗命去照顾妹妹、皈依宗教,因而感到悔恨。乔伊斯如此运用象征意象,接近于一个自然主义的目的,即把他所掌握的人物意识的材料确切地再现出来。

弗吉尼亚·伍尔夫受普鲁斯特的影响比受乔伊斯的影响更大。她在日记中写道:

> 这段时间里,我是否有所收获?没有,没有一点东西可与普鲁斯特相比。现在我读他的书,读得入了迷,……我觉得,他正在对我产生影响,迫使我用更加严厉的批判眼光来看待我所写下的每

一个字句。①

弗吉尼亚·伍尔夫指出,在普鲁斯特那儿,我们沿着一条观察的线索生活,它总是出入于这个和那个人物的心灵之中。"意识是被千百种微小的、不相关的意念所扰动着,这些意念中充斥着五光十色的信息。"②我们只要把这个论点和她在《论现代小说》中关于"不计其数的原子在不停地簇射"的论述相比较,就可以看出伍尔夫受普鲁斯特的影响有多么深。

她认为,普鲁斯特的小说是一种透明柔韧、富于弹性、便于适应、可以伸展的"封套"。"它的功用不是去加强一种观点,而是去容纳一个世界。"③这也就是她在《论现代小说》中所提倡的那种艺术形式。

她在普鲁斯特的小说中,发现了小说透视方法的重大变化。传统的小说家站在一种全知全能的角度,给我们一幅客观世界的图象。这是表现客观真实的透视方法。普鲁斯特给我们一种客观世界在人物意识屏幕上的投影,这不是一幅直接的图象,而是一种内心的记忆或印象,一种折光或反射。这是表现主观真实的透视方法。通过透视方法的变化,伍尔夫觉察到一种主观真实和客观真实相分离的趋向,发现了关于同一事物之不同观点这种"双重眼光"或"复视"现象。伍尔夫写道:

> 这种双重眼光,使得普鲁斯特小说中那些伟大的人物形象,以及他们从而产生的世界,更像一个球体,它的另一面总是隐蔽着,而不是像一片直截了当地呈现在我们眼前的平面景象,我们只要短暂的一瞥,即可将其全景尽收眼底。④

伍尔夫与普鲁斯特的确有不少相似之处。从艺术形式来说,伍尔夫本人的小说也是一个涵盖一切的"封套",而且比普鲁斯特的更为透

---

① 《一位作家的日记》,第72页。
② 弗吉尼亚·伍尔夫:《小说概论》第四章"论心理小说家",见《论小说与小说家》,上海译文出版社,1986年。
③ 同上书。
④ 同上书。

明而富于弹性。从透视法来说,伍尔夫也偏重于客观世界在人物意识屏幕上的投影。她和普鲁斯特一样,在如何表现"心理时间"方面做了不少尝试。她和普鲁斯特相同,重视某些特殊瞬间的价值,试图在瞬间之中寻找永恒性。此外,他们的作品主题比较单薄,但是撑得很开,而且都试图表现一种内在的、超验的、形而上的真实。

伍尔夫与普鲁斯特也有许多不同之处。普鲁斯特喜欢用第一人称的回忆性独白,伍尔夫喜欢用第三人称的间接独白。伍尔夫常用曲折变形的意象,对于这种幻觉她不作任何解释,让读者自己去领悟其中所包含的象征意义。普鲁斯特却对于他书中出现的意象和内在含义不断地加以解释和澄清。普鲁斯特通过他的联想和回忆,把沉睡在遥远的记忆之中的客观现实挖掘出来。伍尔夫却对客观现实保持着一段距离。她把客观真实和主观真实并列于读者的眼前,让读者自己去观照、对比。

有一点必须向读者指出,伍尔夫阅读《尤利西斯》是在1922年,她在日记中提到普鲁斯特对她的影响是1925年,《小说概论》发表于1929年,而伍尔夫的第一个意识流短篇《墙上的斑点》在1917年就发表了。因此,伍尔夫使用的意识流方法,是她本人的艺术创造,并非机械地搬用他人的手法。

3. 小说的诗化、戏剧化、非个人化

伍尔夫的小说"诗化"理论与克莱夫·贝尔[①]的艺术"简化"概念有相通之处,其中隐含着一种删除无意味的微观细节之后的宏观透视方法。所谓诗小说,并不局限于个别人物的悲欢离合,而着眼于对人类命运的哲理思考、对大自然之美的赞叹,以及对于梦幻与理想的追求。这种超脱的题材和视野,可以说原来是属于诗歌的特征。而这种宏观的题材,是以现代西方人复杂的心灵为模式来加以表现的。《海浪》就是伍尔夫依据这种理论上的设想制作出来的一个"诗小说"的标本,在这部小说中,人与自然、人与命运的关系,以及人类的想象和梦幻,通过六面形的心灵的棱镜折射出来,放出斑斓的光彩。

---

① 克莱夫·贝尔(1881—1966),英国著名艺术评论家。他是布卢姆斯伯里最早的成员之一,又是弗吉尼亚·伍尔夫的姐夫,著作有《论艺术》等。

除了宏观的题材和视野,小说的诗化还包含着其他方面。人物的内心独白,就好比是一种无韵之诗。它接近于诗的抒情性而不同于一般散文的逻辑性,思绪的跳跃和情绪的变化,也与诗歌相仿佛。

弗吉尼亚·伍尔夫的中、后期作品,一般不用作者本人的全知叙述。但是,有一些过渡性交代和背景描绘,还是难以避免的。于是,她就在小说中插入整段的散文诗,使作者叙述和人物的独白在文体上区分开来。《到灯塔去》的第二部分《岁月流逝》,以及《海浪》、《岁月》各章前面的散文诗,都是具体的例证。这种方法完全是伍尔夫独创的。

此外,弗吉尼亚·伍尔夫特别注意语言的韵律节奏的变化和匀称,她的优秀作品总是具有一种优美而抒情的诗的气氛和意境[①]。爱·摩·福斯特认为伍尔夫在本质上是诗人而不是小说家,这是深中肯綮的。

而且,弗吉尼亚·伍尔夫小说中的诗,不是一般的诗而是象征的诗。她对于内在真实的追求和象征意象的使用,都使人想起象征派的诗歌。弗吉尼亚·伍尔夫使用特殊的意象来暗示人物内心的复杂情绪,使我们想起马拉美所说的意象与意象之间的"类推",托·斯·艾略特所说的寻找思想的"客观对应物"和艾兹拉·庞德所说的建立"情绪"对等式。

内心独白不仅与小说的诗化有关系,而且与小说的戏剧化密切相关。独白的始作俑者,是伊丽莎白时代的诗剧。意识流小说的内心独白,不过是把戏剧的有声独白化为无声的独白罢了。在莎士比亚的戏剧中,独白已经是一种非常重要的艺术手段。哈姆雷特感到有自我分析和内省的需要之时,就使用独白,其基调和气氛与上下文迥异,具有更快的节奏、更亢奋的情绪、更丰富的想象。这是一种白昼梦幻式的内心意识流露。弗吉尼亚·伍尔夫毫无疑问是从这里受到了启发。

伍尔夫所提倡的小说的戏剧化必须通过"非个人化"的途径,而她的"非个人化"可分为两个层次。

第一个层次是作者的非个人化叙述。他要像戏剧家或导演一样退到幕后,让人物在台上独白。我曾经把传统小说中的作者全知全能的个人化叙述比作我们在电视机前面看足球赛时电视台讲解员的画外

[①] 伍尔夫认为,小说中的诗不是"语言的诗",而是"情境的诗",它构成了一些令人回味的场景。请参阅《花岗岩与彩虹》,第 136—137 页,1958 年。

音。我始终觉得,这个讲解员的声音是多余的。因为我们不是盲人,既非电视机出了故障,比赛的过程我们都能看得清清楚楚;我们也不是白痴,足球比赛的规则我们也都明白。但是,在意识流小说中,我们是面对着人物的意识屏幕,屏幕上显现的不是足球比赛,而是复杂微妙的意识流动。把讲解员撤销之后,有些读者就会误解他所看到的意识图象。韦恩·布思以为,这是非个人化叙述所付出的代价。[①] 其实,伍尔夫也充分考虑到这一点,因此她在作品中用不确定的代词和连词设立标志,使她的非个人化叙述比较清晰而易为读者所接受。

第二个层次是书中人物的非个人化。弗吉尼亚·伍尔夫的中期作品《达罗威夫人》和《到灯塔去》中的人物还是具体的、个人化的。后期作品《海浪》和《幕间》中的人物已经非个人化了,他们已不是具体的个人,而是人类精神生活某一方面的象征。伍尔夫通过这些人物,把小我溶化到大我和宇宙之中,透过个人的经验而表现普遍的真理。

我国的司空图在《诗品》中说:"海之波澜,山之嶙峋,俱似大道,妙契同尘。"换言之,自然即道,天人合一,诗中有道。法国现象学派的杜夫海纳说:"(作者)的语言越不明说,即越缄默、越小心、越非个人化,其自我表现越佳。他说什么?他说世界。我们由他所说的世界认识他,而这世界是各种不同世界中的一个可能的类型。"[②]《海浪》和《幕间》就是诗中有道的作品,就是不说个人而说世界的作品。它们属于较高的审美层次。然而,其曲弥高,和之者寡。这样的作品,既有审美层次较高的优点,又有脱离一般群众的缺点。

4. 多种艺术因素的综合

弗吉尼亚·伍尔夫在论文《狭窄的艺术之桥》中提出了未来小说的艺术形式是综合性的这一论点,并且在她自己的作品——特别是后期作品——中作各种综合性的实验。她把诗、戏剧、散文、对话、历史都融化到小说中去,大大地拓宽了小说这种体裁的容量和内涵,这是有目共睹的事实。

但是,人们往往忽视了另外一个方面,即她不但把各种文学的因素

---

① 韦恩·布恩:《小说修辞学》,芝加哥大学出版社,1961年,第333页。
② 杜夫海纳:《语言与哲学》,英文本,布路明香,1963年。

融化到小说中去,也把非文学的艺术因素灌注到小说之中。

音乐对于伍尔夫小说的影响是多方面的。

第一个影响是主导意象的运用。伍尔夫小说中的主导意象脱胎于瓦格纳歌剧中的主导动机(或译作主导旋律)。瓦格纳用一个特定的、反复出现的旋律来表现某个事物或人物的特征,伍尔夫则用特定的意象来表示人物、事物、思想、情绪的特征。例如,灯塔的光芒和喷泉就是伍尔夫用来象征拉姆齐夫人性格的主导意象,它们在《到灯塔去》这部小说中反复出现。伍尔夫的小说经常从一个人物的意识过渡到另一个人物的意识,视角不断地转换,主导意象起了一种暗示线索和标题式联想的作用,一方面可把多角度的不同人物的独白交织贯串,另一方面又把它们加以区别,不致混淆。

第二个影响是叙事的复调性。音乐有单音音乐、主调音乐、复调音乐之分。单音音乐的乐曲由单一的旋律线构成,以打击乐作伴奏,中国和印度的古典音乐是单音音乐的标本。自从海顿、莫扎特、贝多芬以来的奏鸣曲、交响曲等器乐作品,多数是主调音乐,它以一条主要的旋律线伴以和弦来构成。在传统的现实主义小说中,作家本人全知全能的叙述构成一条主要的旋律线,书中许多人物的声音,不过是附属于这条旋律线的和弦而已。古典作曲家中的巴赫,是最后一位复调音乐大师。他的乐曲使用对位法,由两条(或更多)独立对等的旋律线构成,两条旋律线以反向进行或斜行进行的方式同时进展,互相交织成一个整体。这就要求欣赏者集中注意力,同时抓住几条旋律线的变化。弗吉尼亚·伍尔夫在小说中所使用的多角度的叙述方法,或许是受到了复调音乐的启发。这种复调叙述的多音性,在其多方位、多层次的变化之中,保持着统一的强度和气氛,有利于表现人物多层次复合的性格整体。

第三个影响表现在结构方面。意识流小说家往往采取赋格曲或奏鸣曲的结构。按照曲式学来说,这两种结构都是由 A——B——A 三段体衍化而来。其不同之处,在于赋格曲以模仿、对位为基础,奏鸣曲以对比、变奏为基础。乔伊斯的《尤利西斯》中叙述海妖的那一段,是按照赋格曲式来构成的。《到灯塔去》采用奏鸣曲式的结构,《海浪》和《幕间》的结构都近乎多乐章的交响曲。

第四个影响,是小说中语言的节奏变化和韵律之美,与音乐很有关系。我在前面说过,伍尔夫小说中的诗不是一般的诗而是象征的诗。象征主义的诗受到音乐的影响是众所周知的事实。象征主义的诗比较忽视节奏而重视旋律。在伍尔夫的小说语言中,旋律的变化也比节奏的变化更为重要。人物的内心独白,就是一条飘浮不定、朦朦胧胧的旋律线。她的语言的起伏跌宕,也和人物内心情绪的变化相吻合。

几位重要的意识流小说家都受到音乐的影响,伍尔夫除了音乐之外,还受到绘画的影响。因为,她的姐姐文尼莎是画家,姐夫克莱夫·贝尔是美学家,她的挚友罗杰·弗赖伊是画家、美术评论家,而印象派之后的绘画,又是布卢姆斯伯里集团经常讨论的题目。

印象派的绘画对于伍尔夫小说的第一个影响,是致力于捕捉瞬间印象。印象派画家善于描绘天光云影的瞬息变幻、空气和水光的自然颤动,借此表现一种稍纵即逝的艺术意境。瓦尔特·赫斯认为,在印象派画家手中,"绘画艺术好像发现了一个完全新的世界,在这新的世界里,迄今束缚在物体上的色彩,不受阻地喷射它们的放光的力量。颜色被分解成一堆极细微的分子,愈来愈纯,愈加接近于'视光分析',相互间增强着价值。画面形成一个织物,一个飘荡着的、彩色面的光幕。这'幕'基本上不是由物体的诸特征,而是由'颜色分子'做成的。它是一种流动着的、消逝着的美,在飞动中被捉住;犹如现象之流里一个闪耀的波,它的颜色的反光;一个被体验到的世界,刹那翻译成一自由的颜色织品。这一偶然性的自然断面、生活零片,形成一个艺术的统一体,主要是通过各种颜色分子自身之间细致的关系。"①弗吉尼亚·伍尔夫的意识流小说与印象派的画有一个奇特的相似之处。印象派画家通过视光分析,将颜色分解成分子,构成一个飘荡的光幕。伍尔夫是通过内心分析,将意识分解成原子,构成一个意识的屏幕。在这屏幕之上映现出来的,也是一种流动着的、消逝着的美,也是由生活中的偶然碎片构成的一个艺术整体。在现实生活中捕捉具有特殊艺术意味的"典型瞬间",是伍尔夫的小说与印象派的绘画相通之处,两者的区别在于艺术的类型不同,因而构成这种瞬间的分子和原子也不相同。

印象派绘画对于伍尔夫的第二个影响,是感觉的灵敏细腻。印象派画家的视觉对于色彩的分析、对于光色变幻的洞察,是十分精细的。

---

① 瓦尔特·赫斯:《欧州现代画派画论选》,北京:人民美术出版社,1980年,第9页。

由于欣赏过象征派的诗、印象派的画和现代的音乐,伍尔夫的各种感觉——不仅仅是视觉——变得极其敏锐细密,这种精细入微的感觉在她的小说中处处表现出来。因此,爱·摩·福斯特说:"她看到了各种画面,闻到了花的香气,听到了巴赫的音乐,她的感觉既精细入微又包罗万象,给她带来了关于外部世界的第一手消息。我们应该感谢她,……她提醒了我们感觉的重要性。"①

布卢姆斯伯里集团开始受到人们注意,是由于罗杰·弗赖伊举办的后印象派画展。他们是后印象派绘画在英国的推广者、解说者。伍尔夫和罗杰·弗赖伊的关系非常密切,他们的美学观念是相同的。伍尔夫还是罗杰·弗赖伊传记的作者。因此,伍尔夫的小说受到后印象派绘画的影响更深。这种影响首先表现在根本的艺术观上,即对于一种内在真实的追求。什么是后印象派艺术家所提倡的内在真实?我觉得罗杰·弗赖伊把这个问题表述得相当清楚:

> 这些艺术家……所追求的,并非仅仅给事物的确切外表提供一种苍白的反映,而是要唤起关于一种崭新而限定的真实之信念。他们所追求的,并非模仿形式,而是创造形式,并非模仿人生,而是寻找一种人生的对等物。换言之,我的意思是说,他们想要塑造出这样的形象,通过它们清晰的逻辑结构和紧密的纹理组织,它们将会同样生动活泼地诉诸于我们无私欲的、沉思冥想的想象力,正如现实生活中的各种事物诉诸于我们实际的活动。事实上,他们的目的不在于幻想,而在于真实。②

> 一幅绘画的真实性要强得多,如果观察者不是出于错觉回过头去参考一种可能的客观真实(它显得更强烈、更真实),而是纯粹出于整体的需要和强度,把它包涵于艺术创造的真实之中。③

罗杰·弗赖伊认为,必须创造出一种新的真实,这种真实不是通过

---

① 爱·摩·福斯特:《弗吉尼亚·伍尔夫》,剑桥大学出版社,1941年。
② 弗吉尼亚·伍尔夫:《罗杰·弗赖伊传》,霍加思出版社,1940年,第177—178页;罗杰·弗赖伊为1912年第二次后印象派画展作品目录所写的说明书。
③ 丹尼斯·萨顿主编:《罗杰·弗赖伊书信集》,查多与温特斯出版社,1972年,第1卷,第364页;罗杰·弗赖伊1913年给水彩画家P·J·阿特金斯的信。

"照相式的再现"而是通过"被它所需要的形式"而创造出来,这是存在的各种状况所提出的一种需要。①

综上所述,所谓艺术的真实或内在的真实,不是人生和自然的摹写或复制,而是艺术家通过有意味的形式,通过这形式的逻辑结构和纹理组织,构成一个整体性的艺术世界,这个世界是与自然、人生对等的、平行的。弗吉尼亚·伍尔夫的小说和后印象派的绘画,都是属于这个由艺术家的观摩、想象和灵感造成的艺术世界。不了解这一点,就无从把握伍尔夫的艺术观、小说观,根本不可能去欣赏她的小说艺术。

后印象派艺术观和伍尔夫艺术观的另一个相通之处,是强调艺术创作的非个人化。伍尔夫的非个人化观点,我已经作过论述。塞尚的观点也是如此。他认为,艺术创作是一个"实现过程",艺术家主观的自我,应该排除在这过程之外。他把创作过程看作一种构造性的沉思默想,这个过程只认识色彩的各种感觉和它们的"逻辑的"结晶化。他认为,"艺术家只是一个吸收的器官,一个对感觉印象登记的器具,但是一个好的、很复杂的器具。……假使他(艺术家作为主观的意识)插手进去,假使他这个可怜的人——有意地干预这个翻译的过程,他就只会带着他的卑微的小我进入到里面,作品将会减低价值。"②

后印象派的绘画不仅影响了伍尔夫的艺术观,而且在艺术手段方面也给她以启示。

首先是简化原则的运用。所谓简化,"是将一事物的艺术形象的结构特征的数目尽量减少",以便把握其意味,揭示其本质。在印象派之后的艺术作品中,事物的形象被简化为最基本的结构骨架,现实主义的装饰和曲折变化都删除了,代之以简单的几何图形。塞尚作画之时,不是机械地记录他所观察到的景象,而是通过他创作思想的筛孔,将素材加以过滤。伍尔夫的小说创作,也通过相似的审美处理过程,来排除一切外部的杂质。这种简化手段的使用在伍尔夫的后期作品中特别明显。《海浪》用六个象征性的人物来概括人生的经历和人类的命运,《幕间》用英国文学史上的几个时期来象征性地代表整个民族的历史,都是

---

① 丹尼斯·萨顿主编:《罗杰·弗赖伊书信集》,查多与温特斯出版社,1972年,第1卷,第364页;罗杰·弗赖伊1913年给水彩画这P·J·阿特金斯的信。
② 瓦尔特·赫斯:《欧洲现代画派画论选》,北京:人民美术出版社,1980年,第21页。

这方面的例证。苏联的米哈尔斯卡娅批评伍尔夫的后期作品,认为写得太过抽象①。这恰恰说明她没有把握伍尔夫小说的艺术特征。

其次,是打破了传统的透视方法。传统的西方绘画艺术,通过投影手段,把三度空间的世界转化为平面的图形,通过定点直线透视,改变了客观事物原来的比例,更动了物体的相对位置。由文艺复兴时代的画家达·芬奇奠定基础的这些绘画法则被人们沿袭使用,直到19世纪后期。后印象派的塞尚终于打破了这种陈规旧习。他作画的时候,眼睛不再固定于一个焦点,在同一个画面上可以包含几个焦点的多种透视。为了使所画的静物不至于被前面的物体遮住,他可以使画上的桌面向前倾斜。原来那种传统的三度空间结构,在无形之中被破坏了。弗吉尼亚·伍尔夫把这种多焦点的透视运用到她的小说创作之中。在她的论文中,不用亨利·詹姆斯的"视点"、"视角"等术语,而是出现了一种"新的透视方法"。换言之,她是把传统的全知叙述当作一种定点透视。亨利·詹姆斯不过是在理论上提出了视角转换问题,真正在创作实践中得心应手地灵活转换视角的,是弗吉尼亚·伍尔夫。这是她对于小说艺术的一种贡献,而这种贡献与塞尚的绘画艺术不无关系。

再次,是形象的变形处理。在古今中外的绘画之中,莫不存在着一定的变形。阿恩海姆指出,即使是现实主义绘画的投影和透视,实际上也是一种变形②,后印象派的艺术,就更加强调变形。所谓变形,就是将艺术的想象虚构加诸于自然的形象。例如,凡高所绘的向日葵和龙柏,都由于他的艺术虚构而扭曲变形,宛若跃动的火焰。这种富于表现力的变形处理,揭示艺术家在自然形象中所把握到的特殊意义。我在前面已经说过,伍尔夫的小说中经常出现变形的意象。现在我们开始领悟到,这种变形意象是伍尔夫借鉴后印象派绘画艺术的结果。

最后,是绘画构图原理的应用。按照克莱夫·贝尔的说法,所谓构图,是在删除多余的信息之后,将剩留部分组织成一个有意味的整体。现代西方画家在构图方面各有独到之处。例如,新印象派的修拉,对于

---

① 米哈尔斯卡亚:《弗吉尼亚·伍尔夫》;《20世纪20—30年代英国小说发展的道路》,莫斯科,1966年。译文见《伍尔夫研究》,上海文艺出版社,1987年。

② 鲁道夫·阿恩海姆:《艺术与视知觉》,北京:中国社会科学出版社,1984年,第158页。

画面的结构设计极为重视，他把线条和景物的层次安排得富于节奏感和装饰性，使物体之间的相互关系形成一种几何形的美，通过调子、线条、色彩的对比与和谐，构成无穷的变化，综合成一个总的韵律。后印象派的塞尚把客观对象的各个部分重新安排，使其相互补充，形成简洁严密而平衡的构图。康定斯基《关于艺术精神》一书中，曾把塞尚的《大沐浴图》的构图称为"神秘的三角形"。在《到灯塔去》中，女画家莉丽向班克斯先生解释她所画的拉姆齐夫人母子图，也把画面的构图设想为一个神秘的三角形。这决非偶然巧合，这说明伍尔夫是精通此中诀窍的。《灯塔》、《海浪》、《幕间》等作品，通过各部分之间的对比与和谐，形成一个有序的整体，达到一种总体平衡的艺术效果，这都是符合绘画的构图原理的。

弗吉尼亚·伍尔夫不仅是捕捉人物一刹那意识流动的能手，而且善于把瞬间的印象构成具有独特意味的画面。我在这儿随手举几个例子：

> 她的目光悄悄地从水潭上方扫过，停留在波光粼粼的海空相交之处，凝视着那条波动的地平线和那些树干，轮船喷出的烟雾使那些树干在地平线上摇晃颤动，海浪汹涌澎湃地席卷而来，又不可避免地退了回去，她像被催眠似的着了迷，大海的广袤和水潭的渺小（它又缩小了）这两种感觉在其中交织，使她觉得她的躯体、她的生命、世界上一切人的生命，都无限渺小，永远化为乌有……

这是《到灯塔去》中的一个场景，拉姆齐夫人的女儿南希在海边的沙滩上掘了一个小水潭，从水潭上方遥望远处的大海，天光水色和轮船喷出的烟雾使整个画画有一种颤动的感觉，就像我们在莫奈的画中所看到的景色。

> 此刻她的目光如此清澈，似乎不费吹灰之力，就能环顾餐桌，揭开每一个人的面纱，洞察他们内心的思想和感情，她的目光就像一束悄悄潜入水下的灯光，照亮了水面的涟漪和芦苇，照亮了在水中平衡它们躯体的鲽鱼和突然静止不动的鳟鱼，它们悬浮在水中，颤动不已。就像如此，她看见他们，她听到他们；不论他们说什么，

都带有这种性质:他们所说的话,就像一条鳟鱼在游动,同时她又能看到水面的涟漪和水底的砂砾,看到右方和左方的一些东西,而所有这一切,都结合在一起,构成了一个整体。

这是拉姆齐夫人在宴会上的一段间接内心独白。她把自己的目光比作一束灯光,可以看到水面、水中、水底的情景,这象征着她能够洞察意识的三个层次。这一段独白的意境,接近于后印象派的绘画。

她一直在无意识地留心看守着那盘水果,希望谁也别去碰它。她的目光一直出没于那些水果弯曲的线条和阴影之间,在葡萄浓艳的紫色和贝壳的角质脊埂上逗留,让黄色和紫色相互衬托,曲线和圆形相互对比,她不知道自己为什么要这样做,也不明白为什么她每一次凝视这盘水果,就觉得越来越宁静安详,心平如镜……

读了上面这一段文字,我们几乎会感到这不是拉姆齐夫人在观察水果,而是我们在面对着一幅塞尚所绘的静物!伍尔夫的眼光"看到的尽是一块块翠玉和珊瑚,好像整个世界都是宝石镶成的"。这是因为她的眼光不是一般小说家的眼光,而是印象派、后印象派画家的眼光。各种各样优美而奇特的画面,在她的小说中俯拾即是。例如《邱园记事》这个短篇,使我想起了修拉的名作《大碗岛的一个星期日下午》,在结尾部分那种丰富而绚丽的色彩对比,构成一个灿烂斑驳的画面,充分显示了作者在绘画艺术方面深厚的修养。

音乐是诉诸听觉的艺术,绘画是诉诸视觉的艺术,1890年出现的无声电影,也是一种诉诸视觉的艺术。在本世纪20年代,出现了视、听混合的有声电影,这种综合性的艺术逐渐普及,成为一种大众化的文艺形式。诗歌、戏剧、音乐、绘画和芭蕾舞都是布卢姆斯伯里的文人雅士们深感兴趣的话题,然而电影却得不到他们的青睐。因为早期的电影在艺术上太过粗糙,而且这种现代工业技术产品中的商品因素似乎大大地超过了艺术因素,它虽然受到一般民众的欢迎,但是"出身高贵的英国人是绝对不光顾电影院的"①。在一篇题为《"电影"小说》②的书评中,弗吉尼亚·伍尔夫把康普顿·麦肯齐的一部小说称为"电影书",认为它就像电影一样粗俗肤浅。可见她当时对于电影毫无好感。

随着电影艺术的日趋成熟,弗吉尼亚·伍尔夫对电影也开始刮目相看。《电影与真实》③一文的发表,证明她对电影的看法已经有所改变。在这篇论文中,她认为电影诉诸于眼睛的视觉,小说诉诸于头脑的想象,因此改编成电影的《安娜·卡列尼娜》与托尔斯泰的原作是不可相提并论的:"头脑所理解的安娜,几乎完全是她的内心——她的魅力、她的情欲、她的绝望心情。电影则把全部重点放在她的牙齿、她的珍珠和她的丝绒衣服上。"换言之,小说表达了内在真实,而电影仅仅抓住了外在真实。这是因为小说是一种语言的艺术,而语言形象所具有的丰富内涵,是视觉形象所不能比拟的:"即使是这样一个简单的比喻:'我的爱人像一朵红红的玫瑰,六月里迎风初开',也能在我们心中唤起晶莹欲滴、温润凝滑、鲜艳的殷红、柔软的花瓣等多种多样又浑然一体的印象,而把这些印象串连在一起的那种节奏自身,既是热恋的呼声,又含有爱情的羞怯。所有这一切,都是语言能够——也只有语言才能够达到的;电影则必须避免去表达这样的内容。"尽管如此,弗吉尼亚·伍尔夫仍然注意到电影艺术自有它本身独特的优越性:"过去的事情可以展现,距离可以消除,使小说脱节的缺口(例如,当托尔斯泰不得不从列文跳到安娜时,结果便使故事突然中断,发生扭曲,抑制了我们的同情心),可以通过使用同一背景、重复某些场面,来加以填平。"

显然,弗吉尼亚·伍尔夫所论述的电影艺术的优越性,也就是指电影的"蒙太奇"剪辑手法,即用"淡"、"化"、"划"、"切"等技巧来处理镜头的联结和段落的转换,按一定的创作构思把分散的画面和镜头有机地组织起来,形成完整的片段、场面、影片,从而产生连贯、呼应、悬念、对比、暗示、联想等作用,使整部影片结构严整、展现生动、节奏鲜明,有助于揭示画面的内涵,增强整部作品的艺术感染力。弗吉尼亚·伍尔夫正是在她小说中借鉴了这种电影剪辑手法,把外在世界和人物内

---

① 弗朗索瓦·特吕弗:《希区柯克》,1967年,第89页。
② 此文载于1918年8月29日《泰晤士报文学副刊》。当时有声电影尚未问世。
③ 此文于1926年8月4日发表于《新共和》第47卷。

心的各种画面与镜头衔接、组合,达到了一种整体性的艺术效果。由于弗吉尼亚·伍尔夫在她的小说中使用了这种电影的剪辑手法,她的叙述和描绘就好像是一架不断地交换拍摄角度的电影摄影机的镜头,它"不时地扫过人群,然后定焦在一个人或一批人身上,时而给一个小场面来个特写,时而对准天空……"①。

  弗吉尼亚·伍尔夫所使用的"蒙太奇"手法可以分为两大类。一类是"时间蒙太奇",即空间画面不变,而人物的内心独白在时间上自由流动,脱离了当前的客观时间而跃向遥远的过去或渺茫的未来。她时常使用这种手法来展现人物过去的经历。例如,在《达罗威夫人》的开头几页,作者使用了"切入切出"、"淡入淡出"、"化入化出"等手法,导入了许多"闪回"镜头。小说一开始,女主人公克拉丽莎在想即将到来的晚宴;接着,她的思绪回到了眼前的现实,清晨的新鲜空气触发了她的联想,摄像机的镜头就"闪回"到二十年前布尔顿乡间的情景;这时出现了一个特写镜头,克拉丽莎回想起她和彼得·沃尔什一次谈话的细节;接着,克拉丽莎想到彼得即将返回伦敦,她的思绪又飘向未来。在克拉丽莎准备穿越马路之际,摄影机的镜头转换了方向,插入了邻居波维斯先生对克拉丽莎的观察和评价。接下来摄影机的镜头又对准了克拉丽莎的意识流,这时她正在心中捉摸她对于西敏斯特地区的特殊感情;那些多愁善感的镜头渐渐隐去("淡出"),她想到了前一天晚上人们在纷纷议论,说战争已经结束;接着,作者又一次使用了"淡出"手法,克拉丽莎的思绪又回到眼前的现实,为伦敦街头的节日气氛感到欢欣鼓舞;接下来作者运用了"切割"手法,展现了克拉丽莎和休·惠特布雷德谈话的镜头;接着这个镜头"淡出",摄影机又对准了克拉丽莎的意识流,她想到了休·惠特布雷德这个人物的许多不同的方面。在这几段文字中,时间在不断地迅速跃动。从过去跃到现在,从现在跃向不久的将来,又回复到遥远的过去……虽然时间的跳跃、镜头的变换十分频繁,但是整个叙述是有条不紊、一气呵成的,作者显得从容自如而毫无捉襟见肘之感。弗尼尼亚·伍尔夫是经过了长时期的艰苦摸索,才达到这种炉火纯青的境界的。她在日记中写道:

---

 ① 桃乐赛·布鲁斯特:《弗吉尼亚·伍尔夫》,1963年,第101页。

今天我写出了(《达罗威夫人》的)第100页。当然,我一直在摸索着前进——直到去年八月。我摸索了一年,才发现了我所说的隧道开掘法,即在我需要追溯往事之时,就采用把许多分散的回忆逐步积累起来的方法。迄今为止,这是我最大的发现:我花了这么长的时间才发现了这个方法,我想,这个事实证明了珀西·卢鲍克的教条是错误的——据他说,你可以有意识地采用这种方法。人家是可怜巴巴地在暗中四处摸索,然后才偶然触及了暗藏的弹簧开关。①

另外一种"蒙太奇"被称为"空间蒙太奇",这是一种时间不变而空间元素改变的"蒙太奇",弗吉尼亚·伍尔夫时常用它来消除距离、填平缺口。在这种"蒙太奇"中,伍尔夫通过快速交叉切割来同时呈现出许多不同的视象,传达了不同人物在同一时间内对于某一事物的不同感受。伍尔夫发现,电影剪辑师往往使用一个相同的背景,来串连原来互不相干的画面和镜头,借此达到消除距离感的目的。她就在小说创作中充分运用这种方法。例如,在《雅各之室》第十三节雅各坠马的场景中,伍尔夫就用快速交叉切割的"空间蒙太奇",写出了不同的人物对于雅各坠马一事的不同反应。此时议院钟楼上的大钟正打五点。伍尔夫用大钟作为背景,把那些互不相同的空间实体串连在一起,借此表明各人的不同反应是在瞬息之间同时发生的。除了时钟之外,弗吉尼亚·伍尔夫还善于使用不同的物品或场面作为共同的背景,来串连分散的画面和镜头。例如,达罗威夫人在皮姆小姐的花店里买花,听到街上一辆汽车的轮胎突然爆炸,吃了一惊。这时,小说的叙述就像电影摄影机一样,迅速地从达罗威夫人"切"到皮姆小姐,再"切"到街上围观汽车的人群,镜头扫过各人的面庞,抓住了各种迷惘的表情,录下了各人的评语和内心独白。接下来人们的注意力又被天空中一架喷出烟雾的飞机所吸引,于是摄影机的镜头又一次扫过仰首观望的形形色色的人物,

---

① 《一位作家的日记》,第61页,1923年10月15日日记。"把分散的回忆逐步积累起来",是指不用冗长的大段落"闪回",而用交叉切割的办法,把许多短促的"闪"逐步积累起来,像挖隧道一般层层开掘。珀西·卢鲍克(187—1965),英国作家,他的专著《小说的技巧》在当时颇有影响。

把他们的不同反应记录下来,并且把塞普蒂默斯这个重要的配角自然而然地引进到达罗威夫人的故事中来。只要读者能够领悟并且接受这种摇动摄影机镜头来转换视角的技巧,他们就一点也不会觉得这种叙述方式变化突兀、线索零乱,他们就会像欣赏一部优秀的影片一般来欣赏意识流小说。由于弗吉尼亚·伍尔夫善于使用时钟、汽车、飞机这些共同的背景来串连分散的镜头,同时又善于使用不定连词和不定代词来标明不同人物意识流的转换,她的"空间蒙太奇"不仅镜头的交换流畅自如、十分连贯,而且逻辑严密、天衣无缝。在这方面,她可谓造诣超群、独树一帜。

总之,作为小说领域中的实验探索者,弗吉尼亚·伍尔夫的成就绝非仅仅局限于意识流技巧的运用。她借鉴了其他艺术类型的观念和方法,使小说成为一种更富于表现力的综合性的艺术形式。她在这方面的巨大贡献,是不可抹煞的。各种流派的作家都可以使用意识流技巧。海明威、索尔·贝娄、辛格、托马斯·曼、加西亚·马尔克斯的小说中,都使用过意识流。但是,他们并非意识流小说家。乔伊斯和伍尔夫之所以被人称为经典的意识流小说家,首先是因为他们有几部作品——绝非全部作品——完全是由人物的意识流构成的。其次是因为他们的这些作品融汇了戏剧化的叙述、诗的象征和音乐的结构。而在创造综合化的艺术形式方面,伍尔夫在理论上和实践上都比乔伊斯做出了更大的贡献。我们绝不能离开了她这方面的贡献,来讨论她的意识流技巧。我们不妨以画家来作比较。新印象派的修拉和西涅克创造了点彩技法。任何画家都可以使用这种技法,但是他们并不因此就属于新印象派。离开了修拉和西涅克独特的构图因素,单纯的点彩技法是没有什么意义的。我们必须记住,技巧和内容都是熔铸于伍尔夫的综合性艺术形式这个有机整体之中的。

5. 心理学与哲学的影响

国内外不少评论家都引述过弗吉尼亚·伍尔夫的论文《贝内特先生与布朗夫人》中的这句话:"大约在1910年12月左右,人性改变了。"他们往往把伍尔夫所说的"人性的改变"与后印象派的艺术联系起来。

后印象派在英国的第一次画展,的确于1910年11月在格莱夫顿画廊举行,由罗杰·弗赖伊主持。但是,与其说伍尔夫所说的"人性改变"是指后印象派艺术的影响,还不如说她是指一种更为一般化的倾向,指人与人之间的关系和其他关系的变化。因为,在这篇论文中,伍尔夫说得很清楚:

> 人与人之间的一切关系——主仆、夫妇、父子之间的一切关系——都已经发生了变化。而人与人之间的关系一旦发生了变化,信仰、行为、政治和文学也随之而发生变化。让我们大家同意把这些变化之一的发生时间规定为 1910 年左右吧。①

那么,弗吉尼亚·伍尔夫为什么要把变化发生的时间规定为 1910 年左右呢?我们可以从这篇论文原来的草稿中找到线索。

伍尔夫是一位严肃认真的作家,她的文章总是一再修改,而且她总是觉得没有达到她为自己规定的艺术标准。因此,她的许多文章都有好几份草稿。例如,论文集《飞蛾之死》序言,她就曾经反复改写,八易其稿,而且每一次修改都是写成一篇完整的文章。

西方的研究者福斯吉尔发现,在《贝内特先生与布朗夫人》这篇论文的草稿中,即未曾发表过的"僧舍手稿"②中,伍尔夫明确地把这种人与人之间关系的变化归诸于弗洛伊德的心理学观念:

> 如果你阅读弗洛伊德的著作,在十分钟之内,你就会了解到一些事实……或者至少是一些可能性……而我们的父母就没有可能自己猜测到这些(关于他们的同胞的各种雄心和动机的情况)。

然而,在这份草稿旁边的修改之处,弗吉尼亚·伍尔夫又写了一条批语,对于这样一个直接归功于弗洛伊德的说法表示怀疑:

> 那是一个大可争议的论点。究竟我们可以从科学获得多少属

---

① 《贝内特先生与布朗夫人》,译文见《论小说与小说家》,上海译文出版社,1986 年。
② 弗吉尼亚·伍尔夫于 1919 年夏天在苏塞克斯租下的乡村别墅名曰"僧舍","僧舍手稿"指她在这所别墅里写下的许多原稿。以下两段引文,请参阅彼得·福克纳主编的《现代主义的年代:1910—1930》,1977 年。

于我们自己的知识(?)

读者或许还能记得,在《墙上的斑点》这个短篇中,伍尔夫对考古学家的工作加以讽刺挖苦,而且希望出现一个没有学者教授的理想世界。伍尔夫生活在一个相对主义盛行的时代,她对于任何学者的独断论都表示怀疑。因此,在正式发表的论文中伍尔夫把关于弗洛伊德的这段话删去了,结果就引起了人们对于"人性改变"这个说法的真正含义的各种猜测,甚至联想到后印象派的画展。①

1910 年前后,弗洛伊德学说在英国的知识界流行起来。伍尔夫不但阅读了弗洛伊德的著作,而且在她和丈夫合办的霍加思出版社中,还出版了弗洛伊德著作最早的英译本。在伍尔夫本人的论文中,也有不少地方流露出弗洛伊德学说对她的影响。兹举数例,以资佐证:

弗洛伊德认为"黑暗、冷酷和丑恶的力量决定着人的命运"。残酷的战争使伍尔夫对这种观点产生了共鸣,认为这个世界不复是一个美丽的花园。她说:"罗曼史被扼杀了","人们看上去是如此丑恶——德国人、英国人、法国人——如此愚蠢。"②

弗洛伊德把人的意识结构分为三个层次,处于最上层的自觉意识不过是浮现于水面之上的冰山的尖端,而淹没于水面之下的绝大部分,是属于潜意识本能欲望的黑暗王国。伍尔夫惊呼道:"大自然让与人的主要本质迥然相异的本能欲望偷偷地爬了进来,结果我们成了变化多端、杂色斑驳的大杂烩……"伍尔夫认为,我们在任何特定场合所显示出来的身份,可能并非"真实的自我",它不过是我们"为了方便起见"把"我们的多样化的自我杂乱无章的各个平面"凑合到一起罢了。③

除了论文之外,弗吉尼亚·伍尔夫还在别的地方表达这种多元化、多层次的人性观念。例如,她在日记中曾经说过,她有二十个自我④;在小说《奥兰多》中,她说一个人可以有两千个自我。在我前面例举的拉

---

① 西方 20 世纪四五十年代出版的有关伍尔夫的专著,都把她对于人性改变的提法归因于后印象派画展。我国的陈焜同志也说,"伍尔夫这段话直接的意思可能是指这次展览。"请参阅陈焜的《西方现代派文学研究》,第 207 页。

② 弗吉尼亚·伍尔夫:《一间自己的房间》。

③ 《弗吉尼亚·伍尔夫文集》,第四卷,第 161 页。

④ 《一位作家的日记》,第 259 页。

姆齐夫人的间接独白中,她把夫人洞察别人心灵的目光比作一束投入水中的光线,可以照明水中的三个层次。这说明她和弗洛伊德一样,也把人的心灵看作一个多层结构。

从上述多方面的材料来印证,我们可以确定,伍尔夫所谓 1910 年 12 月左右"人性的改变"是和弗洛伊德学说有密切关系的。她并未接受弗氏的泛性论,她的小说总是避免性的描写。但她已经不再把人看作单一的存在,而是看作一个多方面、多层次的本体。如果脱离了对于人性的这种基本观念,她在小说中使用的多视角、多层次的透视方法和塑造人物的手段,就失去了理论上的依据。

在心理学方面,弗吉尼亚·伍尔夫主要是受到弗洛伊德精神分析学说的影响。在哲学方面,她所受的影响或许更为复杂一点。按照 M·查斯太恩的说法,英国的洛克、贝克莱和休谟的经验主义哲学传统,对弗吉尼亚·伍尔夫的小说创作发生了影响[1]。这是不足为奇的。因为,弗吉尼亚的父亲莱斯利·施蒂芬爵士是哲学家,经验主义哲学的经典著作,是弗吉尼亚在她父亲的图书室中涉猎的书籍中的一个部分。洛克对于感觉经验的强调,贝克莱的"存在即被感知"的命题,休谟的"客观事物即一簇印象、自我是一束知觉"等论点,她是十分熟悉的。然而,对她产生更为直接的影响的,是布卢姆斯伯里集团中的长者摩尔和罗素。[2]

当时自然科学已经取得了相当可观的进展,哲学由于缺乏可以证明的原理和可供实验检验的假说,被指责为"不结果实的花朵"。摩尔教授运用具有高度严格性的分析方法来研究哲学,因而受到剑桥大学青年学生们的尊敬。他领导了一场反对黑格尔主义的颇有声势的运动。按照罗素的说法,是摩尔领导了这场叛乱,而他以一种解放的感觉追随其后。现在让我们讨论一下摩尔的哲学思想对伍尔夫的影响。

摩尔首先强调普通常识的重要性,借此来反对神学的诡辩和形而上学复杂含混的独断论。他说:

---

[1]《译丛》,1981 年第二期,第 27 页。
[2] G·E·摩尔(1873—1958)英国哲学家,新实在论代表人物之一。著作有《伦理学原理》、《哲学研究论文集》等。

常识对于宇宙间确实存在着某些种类的东西,对于这些种类的东西彼此间联系的某些方式,是有很明确的观点。①

常识的观点认为,在宇宙间确乎有(1)空间存在的物质事物,和(2)在地球上的动物和人的意识活动……这些是我们知道在宇宙间存在的仅有的东西,但是还可能有其他我们不知道的东西。②

很难否认除此以外宇宙间至少肯定还有两种其他的东西……即空间和时间本身……它们既非物质事物也非意识活动。同样,除了空间和时间以外,宇宙间还可能有其他种我们所知道的既非物质事物也非意识活动的东西。③

按照罗素的看法,这种既非物质又非意识的东西,可以表现为柏拉图式的理念或共相,也可以是一种感觉材料。所谓感觉材料,是人从物质对象得到的刹那一瞥,这一瞥既非作为主体的人,亦非作为客体的物质对象。

摩尔和罗素这两位实在论哲学家拒斥了黑格尔的绝对理念,却把共相或感觉材料之类的概念来作为代替品。因此,美国哲学家怀特说:"实在论者是多元论者和哲学狐狸。"多元论和不确定性是渗透于摩尔的各种著作之中的。

弗吉尼亚·伍尔夫显然受到摩尔这些观点的影响。她在评论集《普通读者》的序言中指出,她依据普通读者的常识来决定诗坛的荣誉桂冠,对批评家、学者的判断不感兴趣。她抱一种多元论的宇宙观而对于独断论深恶痛疾。因此,她在小说中不采用全知全能的叙述而运用转换视角的方法,允许多种观点并存,她自己不作评论和判断。她强调事物的偶然性和不确定性,因此她并不根据逻辑的必然来安排情节,她在小说中提出各种问题,却无确定的结论。

弗吉尼亚·伍尔夫在她的小说中把过去、现在、将来的情景互相穿插、交织。另一方面,她又把时间像一把扇子似的打开或折拢,有时把一个下午的时间扩展到一百多页,有时又把十年的时间压缩到十几页。

---

① G·E·摩尔:《哲学的几个主要问题》,乔治·阿伦与乌文出版社,第一章,第2页。
② 同上书,第15—16页。
③ 同上书。

她的理论依据,就是存在着一种与客观的"时钟时间"相对立的主观的"内心时间"。人们注意到,伍尔夫的"内心时间"与柏格森的"绵延"十分相似。当时柏格森的学说在欧洲十分流行。所谓"绵延"或"绵延之流",是人格的内在真实贯穿于时间之中的流动。"我们的意识投射到由杂乱的听觉、嗅觉、视觉组成的当前的感觉印象上去,并且制约着这感觉印象,所有这一切互相交织,形成了高度流动的意识。"柏格森的这种描述,和伍尔夫"内心时间"中的意识流动状态是吻合的。

歇夫·库默在他的专著中指出,弗吉尼亚·伍尔夫并未直接阅读过柏格森的著作,她很可能是通过阅读普鲁斯特的小说而间接地受到了柏格森的影响[①]。我在弗吉尼亚·伍尔夫的日记和传记中,也未找到她阅读过柏格森著作的证据。

伍尔夫不仅受到摩尔的直接影响和柏格森的间接影响,她还形成了她自己的哲学观念。柏格森只有主观时间、客观时间两种时间概念,伍尔夫却有"时钟时间"、"内心时间"、"宇宙时间"三种时间概念。在她看来,个人是人类群体中的一个分子,因此可以用个人的经历来象征人类的命运;由于个人都是人类的分子,因此个人与个人有相通之处,彼此可以相互渗透;无限循环的宇宙时间也是由无数的分子构成的,因此取一个时间的片断,亦可象征这无穷的循环。在伍尔夫的小说中,充满着这样的哲学观念,而她所使用的艺术技巧,也是和这些哲学观念相吻合的。

如果我们仅仅从意识流技巧的角度来考虑问题,就不可能对伍尔夫的小说艺术作出恰当的判断。因为,她的方法技巧的发展是有阶段性的;她的意识流技巧是与众不同的;它是熔铸在一种诗化、戏剧化、非个人化、综合化的艺术形式之中的;它是以一种多元化的人性观、宇宙观为理论依据的。只有把这一切综合起来考察,我们才能全面地把握伍尔夫独特的小说艺术。

选自《当代文艺思潮》,1987 年第 5 期

---

① 歇夫·库默:《柏格森与意识流小说》,1962 年,第 22 页。

贝克特

感受荒诞人生　见证反戏剧手法
——《等待戈多》剧中的人及其处境

蓝仁哲

一、引言：从小说转向戏剧创作

　　塞缪尔·贝克特,爱尔兰籍小说家和剧作家,1969年荣获诺贝尔文学奖,是20世纪世界文坛公认的巨匠之一。他的文学生涯以小说创作开始,1938年他的处女作《墨菲》问世;在反法西斯的二战期间,尽管条件恶劣,仍坚持其第二部小说《瓦特》的创作;他在战后的第一个创作高潮期间陆续完成了小说三部曲:《莫洛依》(*Molley*,1951)、《马洛纳之死》(*Malone Dies*,1951)和《无可名状的人》(*Unnamable*,1953)。然而,从20世纪50年代初起,他的创作生涯出现了从小说到戏剧的转向。他说:"还在我写《瓦特》的时候,我就感到有必要营造一个更小的空间。在这个空间里我可以对人物所处地位或其活动的范围有所控制,尤其重要的是从某一个角度。于是我创作了《等待戈多》。"① 这出剧先以法文出版,次年(1953年)1月5日便在巴黎巴比伦剧场上演,引起轰动,创下了连演400多场的记录。接着被译成20多种文字,5年内又先后在瑞典、瑞士、芬兰、意大利、挪威、丹麦、荷兰、西班牙、比利时、土耳其、南斯拉夫、巴西、墨西哥、阿根廷、以色列、捷克、波兰、日本、德国、美国,甚至在爱尔兰的都柏林上演,获得类似的轰动效应,成为二战后西方戏剧的一大奇观,并奠定了一种崭新的戏剧——荒诞剧的文学地位。②

---

　　① Michael Morton, "Waiting for Godot and Endgame: Theatre as Text," in John Pilling, ed. *Cambridge Companion to Beckett*, Shanghai: Shanghai Foreign language and Education Press, 2000, pp. 68-69.
　　② Martin Esslin, The *Theatre of the Absurd*, Anchor Books, Garden City, NewYork, 1961, pp. 9-10.

但是,在贝克特看来,"《等待戈多》的早期成功出于根本的误解,评论家同公众一样,坚持对它进行讽喻或象征的阐释,而该剧却竭力在避免明确界定。"①为什么会出现这种误解?也许人们忽略了一个基本事实:在 20 世纪的戏剧语境里,《等待戈多》标志着一个从现代主义到后现代主义的转折点。这部剧作表明,贝克特不仅脱离了 20 世纪的英国—爱尔兰戏剧中以辛格(Synge)、王尔德、肖伯纳为代表的幽默讽刺的现实主义传统,避开了表现主义、超现实主义、梦幻主义等现代主义先锋派的各种实验原则,而且还大胆开创了一种全新的别具一格的反戏剧形式,以表达他对二战后欧洲各国的荒诞生存环境和人们的精神困境的理解。在贝克特的戏剧天地里,亚里士多德在《诗学》中谈论的希腊悲剧的"情节、性格、言词、思想、形象和歌曲"②等六大要素面目全非。以《等待戈多》为例,模仿"行动"、表现冲突与解决矛盾的情节荡然无存,"台上充满动作而实际上什么也没有发生……与亚里士多德给戏剧下的经典性定义'行动'相反,贝克特强调这里什么也没有发生"③;人物不是性格化而是概念化、非人化;语言变成了梦呓,无意义的重复、甚至干脆沉默不语;思想不再指征事物的真伪美丑,而是缺乏逻辑的非理性的表述。值得特别注意的是,六大要素中亚里士多德认为处于次要地位、一带而过的"形象"(Spectacle)和"歌曲"(Song)却翻了个儿,上升到头等重要的地位,成为荒诞剧最关键的表现手段。Spectacle 译为"形象"不太准确,实指舞台上能诉诸观众视觉的种种场景和场面,而"歌曲"则泛指舞台上能诉诸观众听觉的诸多音乐因素和所有音响效果。

凸显戏剧的"形象"和"歌曲"两要素,实质上要求观众全神贯注于自己的视觉和听觉,去看、去听舞台上出现的一切景象,发出的一切声音,去直接面对有限的舞台空间,去身临其境地感受"人物所处地位或其活动的范围"。与小说相比,戏剧这种文学形式恰好具有聚焦人物、

---

① Michael Morton,"Waiting for Godot and Endgame:Theatre as Text," in John Pilling, ed. *Cambridge Companion to Beckell*, Shanghai:Shanghai Foreign language and Education Press,2000, p. 68.
② 亚里士多德:《诗学》,罗念生译,北京:人民文学出版社,1962,第 20—21 页。
③ 朱虹:《前言:荒诞派戏剧的兴起》,见《荒诞派戏剧集》,上海译文出版社,1980 年,第 9 页。

控制空间的优势。这大概便是贝克特从小说创作转向戏剧的初衷吧。

1969年瑞典皇家学院颁给贝克特文学奖的颁奖词说得很对,这奖是因"他具有新奇形式的小说和戏剧作品使现代人从精神贫困中得到振奋",以及"他的戏剧具有希腊悲剧的净化作用"①。但是,要从贝克特的戏剧中"得到振奋"和"净化",最有效的途径不是对它进行传统的解读、分析和诠释,而特别需要关注的是其反戏剧的"新奇形式"。本文试图从视与听两方面直接去认识《等待戈多》中的反戏剧手法,感受贝克特通过该剧所表达的人文关怀。

二、荒诞的人类生存场景

《等待戈多》幕启,观众看见的整个场景唯有"一条乡间小道。一棵树。黄昏"②。这幅景象呈现的仅是构成生存环境的最最基本的时间和空间两要素,表明人类的生存环境已经恶化到了极为可悲的地步。时间的自然划分乃白昼与黑夜。场景的时间设定在"黄昏",黄昏处于白昼的末尾,黄昏之后紧连着黑夜,给人以紧迫感,令人仓皇不安。如果"白昼"是人类活着可以有所作为的光明时段,"黑夜"则是人类无所作为、存而不活的黑暗时刻。孩童自然地害怕黑暗,成人眼里黑暗隐喻死亡。第一幕以黄昏开始,以"光线突然暗淡。黑夜立即降临。月亮在后台升上天空,一动不动,灰白色的光线弥漫整个场景"(p.34)结束。自始至终,观众看见两个流浪汉笼罩在暗淡的黄昏里。第二幕的场景也在"同一时间。同一地点"(p.36)。整个场景没有变化,不同的只是"次日"。然而,时间无法确定,"今天是不是星期六,今天难道不可能是星期天!(略停)或者星期一?或者星期五!……或者星期四"(p.11)。既然前一日无法确定,可能是一个星期的任何一天,这"次日"就可能是任何的另一天。这样,时间失去了标记的意义,完全成了一个绝对的抽象概念,一种浑噩难捱的感觉。一天又一天,今天重复昨天,昨天重复今天。与此同时,观众也自始至终都罩在灰暗的黄昏里,感受到时间的凝重和压迫。

---

① 毛信德等编《诺贝尔文学奖颁奖演说集》,南昌,百花洲出版社,1995年,第544页。

② Samuel Beckett, *Waiting for Godot*, Grove Press, New York, p.27. 本文有关该剧的其他引文不再一一加注,只在文内标明页码。

表明空间的是"一条乡间的小道。一棵树。"这是什么地方的"乡间"？没有说明。"一条小道"最多暗示这是个有人来往的地方；可这地方贫瘠荒凉，只见一棵树，没有其他任何东西显露生机。而且，这棵树是不是"柳树"也说不准，因为它没有枝叶，是棵"枯树"，"看上去简直像灌木"。然而，这棵树旁边却是两个流浪汉等待戈多的地方。耐人寻味的是，连这个不像"地方"的地方，他们也不敢认定，"你肯定是这儿吗？"(p.10)这表明他们失去了确切的生存空间。当然，熟悉《圣经》的西方观众很可能想到这条路是"去以马忤斯的路"①，但是"两个人"显然不是在"往一个……名叫以马忤斯，离耶路撒冷约有二十五里"的村子②，而是在路旁等待。两个人在一棵树旁等待的意象，很容易令人联想到《圣经·创世纪》描绘的人类初始的伊甸园以及亚当和夏娃的故事。可是，眼前出现的是一幅两千多年后的荒原场景，与当年的伊甸园截然两样：这儿见不到当初悦人眼目的各样树木，那时树上的果子可以作为食物，地上有各样走兽，空中有各样飞鸟，有四条河从伊甸流出。人类的祖先不幸偷食了智慧树上的果实而被逐出伊甸园。今夕何夕，当年的智慧树竟退化成为一棵莫名的枯树！亚当夏娃的后代竟沦落到了流浪汉的地步！更令人沮丧的是，这两个人都是男性，甚至人类的繁衍都成了问题。

比起 T·S·艾略特在20世纪初《荒原》一诗里所描写的人类生存状况，贝克特在《等待戈多》一剧中呈现的人类境遇更加触目惊心。基督教文明经历两千多年后似乎已经到了尽头：日暮黄昏，人类流落在荒野，以等待一个不确定的拯救者为出路。

三、人物缩影："我们是人……全人类就是咱们"

《等待戈多》的登场人物一共五人：两个流浪汉——埃斯特拉贡和

---

① Walter Miller & Bonnie Nelson, *Samuel Beckett's Waiting For Godot and Other Works*, Monarch Press, New York, p. 38.

② 见《新约·路加福音》24:13—16。"正当那日，门徒中有两个人往一个村子去。这村子名叫以马忤斯，离耶路撒冷约有二十五里。他们彼此谈论所遇见的一切事。正谈论的时候，耶稣亲自走近他们，和他们同行，只是他们的眼睛迷糊了，不认识他……"这一段话不仅令人联想到剧中等在路旁的两个流浪汉，还让人联想到 Godot 暗指耶稣，甚至剧中出现 Pozzo。论者谈及 Godot 或 Pozzo 指谓的说法大抵与这一节"耶稣复活"中提到的情节有关。

弗拉第米尔,两个来往于路道的行人——波佐和幸运儿,还有一个孩童——等待戈多的信使。弗拉第米尔在剧中宣称:"我们是人……全人类就是咱们。"(p.51)乍一听来,这是在夸海口,自诩代表人类。其实,这可能是剧作家贝克特的本意,只不过借人物之口道出而已。

除了让人物在剧中清楚地暗示作者的意思,贝克特还以其他方式来暗示他们代表人类。首先,贝克特精心选择了四个人物的名字,以名字暗示他们属于不同种族和国家,还让人产生字义联想①。埃斯特拉贡(Estragon)是一个法兰西名字,简称Gogo(戈戈);这个简称在讲英语的观众听来意指不停地走动,有焦躁不安之意。弗拉第米尔(Vladimir)是俄罗斯人名,让人想起显赫的俄皇弗拉季米尔一世(956—1015),其简称Didi(第第)在讲法语的观众听来,与dis—dis的发音近似,含喋喋不休地讲话之意。巧合的是,这两个简称的发音对中国观众来说,则近似于"哥哥"与"弟弟",一对难兄难弟,暗指他们之间保护与被保护、指导与被指导的关系。波佐(Pozzo)是意大利、法兰西和西班牙人名,让人联想起法国科西嘉岛的贵族波茨措·迪·博尔哥伯爵(Pozzo di Borgo, 1768—1842),这个名字意指"水井",暗示他是个压榨者。幸运儿(Lucky)是个英语词,具有明显的反讽意味,受压迫的仆人反倒幸运。于是,出现在舞台上的几个人物具有多个种族和国籍,他们聚在一起就有了代表人类的意味,而他们的荒诞处境和遭遇自然便是人类——西方现代人——的写照。

其次,这几个人物以抽象概念方式呈现。他们合在一起代表人类,分开来看,又两两一组,可以表示不同类型的人物。戈戈和第第为一组,他们每天守在路旁,百无聊赖地等待戈多的到来,属于静态型的人。波佐和幸运儿为另一组,他们从一个地方赶往另一个地方,一直往来在路上,属于动态型的人。戈多的信使孩童和未出场的戈多,也可视为一组,是现实与超现实之间的神秘人物;戈多可谓超现实的存在,孩童可谓那个神秘世界派到现实世界的联络人。这几个人物的组合定型在观众的视觉里,可以形成如下图示:

---

① Walter Miller & Bonnie Nelson, *Samuel Beckell's Waking For Godot and Other Works*, Monarch Press, New York, pp. 46—47.

感受荒诞人生　见证反戏剧手法 | 99

左图:代表人类的四个人物用两条线连起来则彼此相交叉,构成了一个十字。十字在基督教文明里的意蕴十分明显——耶稣被钉在十字架上,表明人类的存在是一场苦难,无论是动态型或静态型的人都陷入了荒诞、可悲的生存环境,都正在经受着类似于耶稣当年被钉在十字架上时所受的肉体和精神的煎熬。右图:在世间人类受难境遇之上冥冥中有一个超然的存在——戈多,以戈戈和第第为代表的世人一直在企盼他的到来,可戈多高高在上,每当夜幕降临之际只派一个信使来传话:"他今天晚上不来啦⋯⋯可是明天他准来。"(p.33)可见,戈多这个超然存在只让人怀抱期望却迟迟不兑现自己的诺言。

把每组人物分开来看,他们之间的关系进一步折射出不同的含义。戈戈和第第表面上是两个人物,但与其说是两个个性化的人物,不如说是一个人物的两个分裂人格。从精神分析学的观点看,戈戈或可代表人的下意识 id,反映人的本能要求和非理性意识;第第则代表人的意识 ego,反映人的社会适应性、理性判断和自我抑制。若按世俗的观点,两个分裂人格其实代表一个人的肉体和心灵两部。仔细观察他俩的言谈举止,确实会发现他们身上存在着判然分明的肉与灵或 id 与 ego 的基本属性。作为肉体的戈戈,他有一个极富象征意味的脚和靴子的难题。剧一开场,他正在"脱靴子",反复用劲弄得"直喘气"、"精疲力竭";他开口的第一句话"毫无办法"便是针对脱靴的困难说的。第一幕结尾,他手里拿着靴子,打算把它留在等待戈多的路旁。前后两幕剧中都反复多次谈到靴子话题。为什么凸显这一话题?靴子是人与大地相接触的联系物,表明戈戈是与泥土密切相连的人。难怪他老在关注肉体的生存,总在嚷嚷有关吃与睡的问题。他不时索取萝卜、胡萝卜等蔬菜来啃,对波佐扔下的鸡骨头特别眼馋;他动不动就感到累,一有工夫就打瞌睡,转眼间便呼呼入睡做起梦来。他怕黑夜,天色晚了他便哼哼唧唧嚷着离开。他对超然的戈多没有兴趣,缺乏等待的耐心;对于第第谈论《圣经》、得救、正义感和同情心等话题没有反应。他靠第第获得安全感,指导他,给他讲解事理。这些都是他作为分裂人格 id 或人的肉体部分的典型特征。作为心灵部分的第第恰好相反,他的象征物是头和与之联系的帽子。他在舞台上老是玩弄帽子"他又脱下帽子,往帽子里瞧瞧,伸手进去摸摸,在帽子顶上敲敲,往帽子里吹吹,重新把帽子戴上"(p8)。他喜欢思考各种各样的问题,常常陷入沉思。他具有使命感,坚持"等待戈多";他富有同情心,当波佐变瞎、幸运儿变哑倒在地上,他主张去援助;他怀有社会正义感,不满波佐虐待幸运儿。戈戈和第第作为肉体和心灵两个部分,最明显不过的证据是,他们每天相见都要拥抱一次,每当两人夜晚分手之际,口里说着"咱们走吧"却"站着不动"。显然,经过一夜睡眠之后的拥抱所表明的正是肉体与心灵重新合而为一;声称分手却"站着不动",无疑是肉与灵难以分离的暗示。当然,两人也有配合默契的时刻。他们也正是在彼此默契一致的当儿才感到快乐,才达成妥协,才延续和维持着无可奈何的"等待戈多"的行动。

如果戈戈和第第作为肉与灵两部分可以合二为一、被视为一个自然的或本体的人,那么波佐和幸运儿之间的关系则可视为社会形态的人——主人与奴仆,或者经济形态的人——富有的压迫者与贫穷的被压迫者。他俩之间的这种关系,一上场就明明白白:波佐用绳子拴住幸运儿的脖子,赶着他在前头领路。波佐拥有周围的土地,一个自诩是大名鼎鼎的人物。他手里拿着一根鞭子,鞭子象征他拥有权力;嘴里叼着烟斗,烟斗象征他享受清闲;他戴一副眼镜,表明他很高贵,只因一时高兴才跟"同类交往",消磨片刻时光。他使唤幸运儿侍候这、侍候那,不断骂他是"猪"。尽管波佐承认,要不是有幸运儿,他的一切都将平淡无奇,可还是照样虐待他;幸运儿只有拾起扔在地上的鸡骨头来啃的份。幸运儿是个恭顺服帖人,波佐却在把他身上的精华抽干以后赶着他去市场卖掉他。波佐如此剥削欺压幸运儿,后者却逆来顺受,百呼百应。从心理学的角度讲,他俩之间的行为关系还可视为虐待狂与被虐待狂。

可以看出,世间的自然人与社会上的压迫者,对待超自然的存在——戈多的态度是不一样的。波佐认为戈戈和第第"等待戈多"的行为是"老实人"的举动,他对戈多不以为然,虽然他知道情况会每况愈下,知道自己将要受苦。从这里仿佛透露出一个信息:社会上有权有势的富人倾向于无知妄为,及时行乐,不顾一切后果;而普通的"老实人"对超自然的事物常怀敬畏之心,对未来常抱期待之情。"等待戈多"固然处境可悲,却不愧是同类的光荣;"等待戈多"成了他们宿命的"约会",成了他们应尽的"职责"。

四、每况愈下的趋势

传统戏剧的情节发展,呈现出一个金字塔的形迹。《等待戈多》却恰恰相反,剧里不见赋予情节的"行动",只见"等待"。等待的过程中,什么也没有发生,更谈不上发展、高潮和结局。全剧由两幕构成,两幕的开头与结尾几乎一样:戈戈和第第又一次会面,结尾时两人说走却纹丝不动。前后两幕剧中,人物、对话、消磨时光的方式,波佐和幸运儿的往来、孩童的出现等等,大体上彼此重复,给观众留下一个深刻的印象:时间的流动凝滞、生活的内容雷同、生存的模式往复循环。于是,与金字塔形截然不同,前后两幕呈现出的是两个相同的圆形。

然而,仔细观察,相同之中仍有差异,循环并不等同。"等待戈多"实际上是没有行动的行动;它发生在人类的现实生存环境而绝非在真空。今天类同昨天,但一天与另一天不是机械的重复,正如剧中戈戈说的:"一切东西都在慢慢流动……从这一秒钟到下一秒钟流出的绝不是同样的脓。"(p.39)观众注意到,尽管剧中的场景几乎没有变化,人的状况却急剧地恶化了。首先,从长度看,第二幕比第一幕略为短些。到了第二幕,视力一向非常好的波佐已经成了瞎子。他作为主人的威风一扫而光,控制幸运儿的"绳子短多了",他紧跟其后行走,往前举步就撞着他,一齐倒在地上,失去了先前一直往前赶的行动能力。他失去了昨天的记忆,承认瞎子没有时间观念,属于时间的一切东西都看不见了。他不仅丧失了空间里拥有的一切,也失去了与时间相联系的一切。他眼前一片黑暗,等待他的是死亡。幸运儿同样被绳子拴着,双手提着东西,一举步就摔倒;昨天还慷慨激昂地作过"长篇演说",现在成了哑巴,无声无息。相比之下,静态型的戈戈和第第每天守在路旁,虽然百无聊赖,消磨时光,至少从表面上看,他们身上还看不出明显的变化。

不过,在深层次上,戈戈和第第的变化也不小,尤其是戈戈。第二幕他后出场,第第要拥抱他,他叫"别碰我!"继而勉强拥抱完毕,第第松手后他却差点儿摔倒在地。看来,他的身体状况也在恶化。他兴致不高,悲哀地抱怨说自己不在,第第反而有兴致唱歌。发生在昨天的事他忘了,这会儿自己在什么地方也不明白。第第提醒他时,他竟突然暴怒:"认不出!有什么可认的!"他甚至说:"咱们要是分手,也许还更好些……最好的办法是把我杀了。"(p.40)这表明,随着时间推移,代表肉体部分的戈戈变得更虚弱了,他俩之间的关系也在疏远,配合默契的时刻越来越少,呆在一起等待戈多的行动越来越困难。观众在第二幕里会听见他一再叫累:"我累了,咱们走吧。"一有空当儿,他就睡着了。报信的孩童再次露面时他也在睡觉,什么也不知道。值得注意的是,孩童走后,戈戈说"我走啦",第第也回应说"我也走"。可见,连第第也开始有些灰心。"咱们明天还得回来"的理由,是害怕戈多"会惩罚咱们"。幕落之前,戈戈说:"要是分手呢?也许对咱俩都要好一些。"第第答道:"咱们明天上吊吧。(略停)除非戈多到来。"(p.60)显然,等待戈多的行动日益变得勉强,甚至露出了危机。戈戈和第第还会坚持等待多久?

五、"等待"的启示

《等待戈多》1952年先以法文写成,最初贝克特想把剧名定为《等待》(En attendant)而没有 Godot 一词,以便让观众和读者把注意力放在"等待"的过程而非剧中人物。后来该剧译为德文时剧名先译成了 Wir Warten ant Godot(《我们在等待戈多》),不用说,贝克特坚决要求删去 wir(我们)一词[①]。可见,贝克特一直强调,《等待戈多》一剧的重心和焦点在"等待"。

何谓"等待"?等待是一个过程,一个怀着某种企盼的守望过程。对任何一个生命体而言,生命的历程就是等待的过程,从其终极意义讲,就是等待死亡,因为生命周期便是从诞生到死亡的历程。人的一生也是一场等待,这场等待既可以分为一系列人生阶段,也可以细到更小的时段。一天,可谓漫长等待的一个切片。贝克特摄取两个切片纳入该剧成为其两幕,向20世纪的观众深刻地揭示了人生的真相:活着就是等待。当人的生存环境极度恶化,人生的荒诞性便暴露无遗。即便如此,人类还是必须等待。在等待的过程中,"在这场大混乱里,唯有一样东西是清楚的:咱们在等待戈多到来。"而等待本身已成了一种职责。

等待什么?等待戈多。戈多是谁?众所周知,当问及这个问题时,

---

① Michael Morton, "Waiting for Godot and Endgame: Theatre as Text," in John Pilling, ed. *Cambridge Companion to Beckell*, Shanghai: Shanghai Foreign language and Education Press, 2000, p.71.

贝克特有意回避正面回答:要是我知道,早就说明了。于是引发出种种猜测。评论家迈克尔·沃顿颇有见地地说,戈多"既是又不是我们所推想、指谓的东西;他是一个空缺的未知,可以解释为上帝、死亡、庄园主、慈善家,甚至是波佐。但是,戈多与其说是某种意义,不如说是一种功能。他代表着我们在人生中有所维系的生存之物;他是不可知的,代表在一个没有希望的时代里的希望。他可以是我们想象的任何虚构——只要它符合我们人生等待的需要。"①

该如何"等待"？等待需要执着的信念和耐性,而信念和耐性来自对人生的理解。也许,我们可以把人世间比做一座磨坊,把人比作拉磨的牛,把每天背负枷杠围绕磨盘转动比作人生的日课。一天又一天围着磨子原地转动的牛容易头昏眼花,失去耐性。牛只有戴上眼罩,才能目不旁骛,循规蹈矩地干活;只有明白转磨是磨坊的正道,才能默默无闻地干活。这不禁令人想起英国诗人弥尔顿咏叹失明的一首十四行诗,他在最后两行写道:

  这种想法也许就会领我走过虚幻的人间。
  双目失明,没有更好的向导,却心甘情愿。②

为什么不呢？试想,亿万年来,地球、别的星球乃至整个宇宙,不都一直在循着既定的轨道转动吗？更何况地球上的一个生命个体？

选自《外国文学评论》,2004 年第 3 期

---

① Michael Morton, "Waiting for Godot and Endgame: Theatre as Text," in John Pilling, ed. Cambridge Companion to Beckell, Shanghai: Shanghai Foreign language and Education Press, 2000, pp. 70 - 71.

② John Milton, seen in his sonnet "To Mr. Cyriack Skinner Upon His Blindness" (1655).

福尔斯

文本的虚构性与历史的重构

——从《法国中尉的女人》的删节谈起

盛 宁

手边这本约翰·福尔斯的《法国中尉的女人》中译本,是花城出版社于1985年5月出版的,时隔多年之后才对译本的删节说三道四,不啻是十足的"马后炮"。但转念一想,我所要发的一通议论,其主要目的还不在于讨论中译本的删节是否应该,而是要探讨与西方当代小说观念和小说形式有关的一些批评理论问题,心中也就坦然了许多。

中译本的编后话称:"基于对篇幅和影响的考虑,我们征得译者同意,将某些冗长的或不合乎我国风尚的段落做了些删节。"看来被删去的主要是两方面的内容。关于后一方面的内容,人所共知,在此不论。而前一类所谓"冗长的"篇幅,除小说每一章篇首的题记引文(主要是维多利亚时期的诗文摘引)以外,就是一部分作者本人介入小说叙述所发表论创作意图和手法的插话。试以第一章中被删的第三、第四两个段落为例:小说在描述了柯布防波堤宛如亨利·摩尔或米开朗琪罗的石雕之后,突然笔锋一转,冒出作者的自问自答:"我言过其实了?也许是的,但是我的话可以验证,因为柯布自我笔下所描述的那个年月以来,变化微乎其微;而莱姆镇却真的变了,如果您回头朝岸上看去,那我的话就不对了。"接下来的第四段也是一段作者与读者的对话,告诉读者如果他设想自己处于故事发生时的1867年,那他将看到怎样一幅景象。①

删节最集中处在第13章。在上一章中,女主人公萨拉独自溜进山林散步遐想,受到东家蒲尔特尼太太的严厉责骂,她回到自己房间暗自落泪。此刻,作者突然介入,告诉读者说他是不会让她跳楼自杀的,然

---

① 约翰·福尔斯:《法国中尉的女人》,新美国文库西奈特丛书,1969年,第10页。以下引文只注原书页码。

后又设问:"萨拉究竟是谁?她是从哪个黑暗的地方来到此地的?"并以此作为这一章的结束。接着,在第13章,作者对方才的设问回答说,"我不知道。"然后就完全撇下故事情节,径自发表了大约两千字关于自己的创作思想的议论。而在中译本中,这些约占全章三分之二篇幅的议论被统统删去了。关于这部小说,作者说道:

> 我此刻讲的故事纯属想象。我所创造的这些人物都从未存在于我头脑以外的世界。倘若我至今仍然声称对笔下人物的思想、甚至最隐秘的念头都了如指掌,那是因为我正以一种我的故事发生时人们普遍接受的惯例进行写作(譬如说,我采用了这种惯例的某些语汇和"语气"):小说家的地位仅次于上帝。他或许并不了解一切,但却要竭力表现出了解一切。不过,我生活在阿兰·罗伯-格里耶和罗兰·巴尔特的时代;倘若这是一部小说,它就不应该是一部现代意义上的小说……(第80页)

限于篇幅,不能将删节部分全文引出,但从以上的介绍我们已能对中译本的删节原则有一个大致的了解。编者显然认为,诸如此类的议论与故事情节、人物形象的塑造等毫无关系,读者的兴趣在于故事本身,他们不会有耐心去听作者这种关于小说作法的高头讲章。

一部文学作品移译成另一种语言文字,并为另一种文化传统接受的现象,向来属于比较文学的研究范畴。按照以往的翻译理论与实践,翻译时对原作作一定删节、解释,甚至增补,对文体和形式做一些改动,都是允许的。但这种做法现在已不太时兴,一般来说,翻译必须尽可能地忠实于原著的形式和内容,尽量用一种新的语言再现原作的风貌。但是,由于翻译是两种不同文化传统之间的交流,译作与原作恐怕总要存在这样那样的差异,这也是可以理解的。比较文学之所以对于翻译问题发生兴趣,乃是因为译作与原作之间的差异(明显的增删更不待言),往往恰好是作为接受一方文化心态的自然流溢,人们通过二者的对比,可以特别清晰地窥见不同文化传统的离合点,而在通常情况下,这些离合点却不易察觉。需要强调的是,这里所说的差异由于属于不同的文化范畴,因此也仅仅是文化差异而已,我们并不一定要以某一方文化传统中的价值观为标准,非道出其中的高下优劣。也正是基于这一原因,笔者无意对《法国中尉的女人》中译本所作的删节提出非议,而只想说明两个问题:一是从原作所处的英美小说传统的角度看,在中译本中被删节的部分,对于原作来说,非但不是可有可无的"闲笔",相反,正是这些间杂于故事叙述之中的议论和插话,赋予了这部小说以某种"旧瓶装新酒"的特色:在叙述形式上与18、19世纪的传统小说认同,亦即福尔斯所说的,按"故事发生时人们普遍接受的惯例进行写作",然而,小说所真正传达的主题思想却不折不扣地是20世纪的观念。第二,更为重要的一点,这些被删的议论和插话透露了一个非常重要的信息,这就是自二次大战以后,亦即作者所说的"阿兰·罗伯-格里耶和罗兰·巴尔特的时代",英美小说观念又发生了令人瞩目的变化。回顾近30年来英美乃至整个西方小说创作的态势,我们就会发现,福尔斯在这部小说中所发表的对"小说"的看法,应该说表现出了一种"先锋性"的姿态,而在这种新的小说观念指引下创作的《法国中尉的女人》,显然不属于一般意义上的畅销书的范畴,它在内容和形式上都有迥异于一般通俗小说的追求。

福尔斯说,他的这部小说"不应该是一部现代意义上的小说",读者往往会理解为这仍然是"传统"意义上的小说,可是,这显然又有悖于"阿兰·罗伯-格里耶和罗兰·巴尔特的时代"。那么,究竟应作何理解呢?福尔斯当时未予明说。而这正是我们今天要做的事。从他的小说观念,以及从他此后的小说创作实践来看,我们已可以有把握地说,《法国中尉的女人》是一部"后现代"意义上的小说文本[①]。其"后现代性"主要表现于他以虚构的文本对社会历史进行重构的自觉意识上。为说明这一点,我们似有必要先对西方小说观念的演变作一简要的回顾。

作为严格的文学类型或体裁意义上的西方小说(主要指长篇小说),发轫于18世纪。这一文学形式虽然是为适应有闲阶级(主要是市民)的消遣需要而产生的,但是,正如沃夫冈·伊塞尔指出的,它从出现

---

① 约翰·福尔斯小说的"后现代"性问题,西方已有许多批评家发表过论文论述。笔者所见最近的资料称,雷蒙德·J·威尔逊目前正在撰写专著,论述福尔斯与当代西方文学理论的关系,其中的一章《福尔斯的文学创造的寓言〈曼蒂萨〉与当代文论》,先行发表于《20世纪文学》1990年春季号。该文很有见地地分析了福尔斯的最新作《曼蒂萨》对西方后现代主义文学理论的讽喻。

之日起就比先前的文学形式更加直接地"关注社会和历史规范",更注重再现社会历史的真实;其他的文学形式让读者思索内含其中的意蕴,而小说则把读者自身环境中的各种问题抛掷于他的面前,并提出各种可能的解决办法供他选择。① 此时的读者也往往把小说当作理解和把握外部经验世界的最直接的借镜。一个非常有趣的现象是,在一些传统小说的插图中,都有主人公或叙述人照镜子的场面,这镜子的意象显然暗示,读者从小说中获得的印象,就是客观大千世界的众生相。② 但是,小说毕竟是一种文学虚构——在英语中,广义的小说与"虚构"(fiction)就是同一个词。随着当代文学批评(尤其是二战以后)对于这个问题的深入研究,已有愈来愈多的证据说明,无论是早期的小说家,例如菲尔丁、斯摩莱特等,还是19世纪那些被列为"写实主义"大师的萨克雷、狄更斯等,他们对于小说的虚构性(fictionality of fiction)的自觉意识,远比人们过去所认为的更强。菲尔丁在《汤姆·琼斯》(1749)的插话中就曾说过:"思想消遣的佳境,与其说包含于题材之中,毋宁说体现于作者如何将题材装束打扮起来的技巧之中。"③

但是,这种看法只是近几十年形成的。对于过去的大多数读者来说,文学的虚构性并没有被重视到今天的程度。为使虚构的文本被直接当作经验世界的现实看待,传统小说家们所惯用的种种障眼法还是十分行之有效的。例如在传统小说中,小说家往往把自己编织的故事(story)称为"历史"(history),因为这两个词的词源意义本来就相通;不少小说都声称所述故事为某人亲身经历,或按照某人的日记、通信等真实记录写成;这些小说的叙述人(作者的化身)一般都以一种上帝式的全知全能的姿态,不仅直接向读者叙述故事的始末,而且还为读者制定如何理解小说、如何进行价值判断的准则。自18世纪至19世纪的英语小说,大体上都遵循这样一种比较固定的模式,此时的读者对于这样的叙事结构和叙述模式也视其为自然,心甘情愿地把小说文本所虚构的影像当作客观经验世界的真实反映。这就是一般所说的传统小说时

---

① 参见沃夫冈·伊塞尔《隐含的读者》,1974年,第41页。
② 例如亨利·菲尔丁的《汤姆·琼斯》、威廉·萨克雷的《名利场》等。
③ 亨利·菲尔丁:《汤姆·琼斯的历史》,英国穆瑞出版公司,修道院文学,无出版年代,第32页。

期。这时,文本的虚构性问题没有被提上议事日程,文本世界与经验世界在读者心目中大体上是重合的。

到了19世纪后半期,随着西方资本主义经济的发展和科学技术的进步,社会矛盾和资本主义制度所固有的危机也日益尖锐深化,传统观念受到来自各方面的挑战,愈来愈分崩离析。"上帝死了"的呼声正是一个统一的、有序的世界影象彻底破碎的集中体现。就小说这种一向"关注社会和历史规范"的文学形式而言,早先那种由作者一手包办、强令读者将小说世界与现实世界认同的作法虽一时仍旧流行,但这种叙述形式的人为虚构性却愈来愈令人反感。既然上帝也无能为力向人们展现一个"真实"的世界,那么,"仅次于上帝的作家"还有什么资格对读者指手划脚!其实,暗中的变化早已开始。自福楼拜的《包法利夫人》(1857)以后,一种表现为作者从作品中完全隐退,由小说人物的言行自行显现事物因果关系的叙述方式就已成型。在英语小说史上,作者－读者关系率先出现松动的作品当属萨克雷的《名利场》(1847),但这只是"起于青萍之末"的微风,划时代的实质性变化,还有待于亨利·詹姆斯、詹姆斯·乔伊斯等小说大师将来自法国的影响吸收消化。进入20世纪之后,小说的叙事结构和叙述形式大变,衍化出"心理现实主义"、"意识流"等各种名目。此后,小说家为使自己的作品显得更加"真实",都把自己个人的声音收敛,尽量摆出一副纯客观展示的姿态,这就形成了20世纪上半叶在西方小说文坛上占垄断地位的现代主义的小说传统。现代主义小说传统的形成,反过来又大大拓展和深化了人们关于文本虚构世界与客观现实世界相互关系的认识。早先那种将文本视为对现实的直接摹仿(mimesis),因而把文本等同于现实的观点渐已过时,战后的小说理论越来越趋于认为,文本虚构至少应该以两种形式反映现实:一种是"再现式"(representational);另一种可称为"例证解说式"(illustrative)。① 前者仍是传统的摹仿论,旨在创造一个现实世界的复本;而后者则并不追求传达一个完整的真实世界的印象,而主要是希望从象征的层次上使人产生对真实世界的联想,在形而上的层次上让人感悟到这个世界的某种真谛。所谓现代主义的小说文本就是具有后一种功能的虚构。

---

① 参见罗·修尔斯和R·克劳格《叙述的本质》,1966年,第84页。

但现代主义的文学并不是铁板一块。文本与现实究竟是一种什么关系,即使是确立这一传统的早期现代派大师们,也存在着见仁见智的不同看法。大约从 50 年代中期开始,欧陆(主要是法国)和英美的小说文坛上,就相继出现了以"新小说"为主要代表的一些实验小说流派。这些"新"小说的主题内容和叙述形式,与鼎盛时期现代派小说也不相同。关于这方面的研究,已有许多专论,这里只想强调一点:即这一批新派小说家对文本与现实的关系的认识,与此前任何传统观念都不相同。过去的摹仿式文本和例证解说式文本,至少都承认社会历史现实和经验世界是一种客观的存在,文本的虚构或虚构的文本必须在总体上,或至少部分地与这种客观存在相吻合。然而,实验派的小说家却对这种存在的客观性产生了怀疑。在他们看来,现实世界的存在总是时过境迁、不可重复的,一切社会的、历史的存在只能通过文本、以文本的形式存在;既然是文本,它就必然包含着人的主观意识的介入,而一旦成为文本,它又形成某种独立的存在,能够自行产生新的意义。因此,一些欧美激进的文论家认定,这些年文化思潮的转变(主要指结构主义和后结构主义思潮的流行),"导致一项新的发现——一切关于我们经验的表述,一切关于'现实'的谈论,都具有虚构的本质"[1]。在他们看来,人们过去所说的"虚构"与"真实"的对立,其本身也是一种虚构。一些更为激进的实验小说家和后结构主义文论家,甚至还要把小说与现实的关系完全颠倒过来,在他们看来,不是客观现实决定小说,人们按照客观现实去创造小说;而是小说决定客观现实,人们按照小说去理解和构想客观现实。例如法国的实验小说家、《如是》杂志的创始人菲利普·索莱尔斯声称,"小说是我们这个社会用以自我表达的一种方式","我们的自我属性依赖于小说,别人如何看待我们,我们如何看待自己,我们的生活如何不知不觉地形成一个整体,都体现于此。试问,别人若不把我们当作某部小说中的一个人物,又如何认识我们?"[2] 显然,在诸如索莱尔斯这样的小说家看来,小说这种虚构的文本一旦形成,就具有一种能动的塑造力(shaping power),它将限定并影响人们对

---

[1] 参见杰拉尔德·格拉夫:《文学与自己作对》(芝加哥,1979),第 171 页。
[2] 菲利普·索莱尔斯:《逻辑》(1968),转引自乔纳森·卡勒《结构主义诗学》,1975 年,第 189 页。

于现实世界的认识,塑造出一个令人信以为真的"现实"。

与上述观点相比,福尔斯在《法国中尉的女人》中所发表的对文本虚构的看法,似乎还没有达到如此极端的程度,但就其基本倾向而言,尤其考虑到他的近作,则可看出他们并无本质的区别。在被删去的原作第13章中,福尔斯引用一位古希腊哲人的"虚构被编织进一切"的格言,以证明"想象"与"真实"并不是非此即彼、相互不可逾越的。他继而又以调侃的口吻对自己设想的读者说:

> 您甚至并不认为您自己的过去是完全真实的;您将它装扮起来,您为它镀金,或将它抹黑,您欲言又止,掺假乱真……一句话,您将它虚构化,然后搁置上架——这就成了您这本书,一本充满罗曼司的您的自传。我们都在逃避那真正的真实。这就是智人的基本定义。(第82页)

孤立地看,福尔斯的这番话确有故作惊人之语的嫌疑。然而,如果调换一个角度,跳出我们习以为常的思维定式,联系到小说创作时欧陆文化思潮的背景——福尔斯自己承认,他受法国文化的影响胜于英国,我们或许就会明白,他所说的并非指没有真实可言,而是指没有真实的文本可言。这也许会使人想起我国现代文学史上另一位哲人也曾有类似的说法:做梦是真的,但说梦就是假的了;人们说话大抵总要包裹上点什么,哪怕是一片树叶。

当然,我们对所谓"真实的文本"必须再加一点限定,它必须是文学的文本,而不能泛指一切文本,因为在具体的语境中,文本毕竟还有与事实吻合的一面,否则人们就无法交流。而如果我们同意局限在文学的范围内讨论问题,那么福尔斯的这番话就着实耐人寻味了。文学文本的虚构性是一个长期被忽视、因而误解远甚于理解的问题。我们太习惯于把眼睛盯住文本中所包含的"真实"了,太急于从"文本"跃入"真实"了。其结果,说得轻一点,我们在文学欣赏过程中必然会遗漏许多本应得到的愉悦;而说得重一点,这样所得到的"真实",究竟是否就一定是"真实"也未可知。

为了戳穿小说文本与"真实"等同的神话,福尔斯像抖落出魔术师的机关布景一样,将小说创作的背后所可能隐藏的各种动机列数了一遍:

小说家写作可以出于无数的原因:为钱,为名,为书评家,为父母,为朋友,为情人,为虚荣心,为自豪,为好奇心,为娱乐;恰如手艺高超的木匠爱做家具,酒鬼爱喝酒,法官爱仲裁,西西里岛人爱向敌手的脊背心扫尽一梭子弹一样。我可以在书中注入各种理由,它们可能都是真实的,但又都不是完全真实的。我们所共同接受的只有一条理由:*我们都希望创造与现实世界同样真实,却又不同于它的各种各样的世界*。(第81页)

　　福尔斯在这段话中以斜体字特别强调,小说世界应有自己的真实性,衡量小说世界真实与否的标准与现实世界是相同的,但是,小说世界毕竟又是与现实世界不同的各种各样的世界。这就是说,小说家的活动天地只能在文本一侧,他们所能做的,充其量只能是虚构出一个个堪与现实媲美的文本世界。也正是在这个意义上,福尔斯坚持他的《法国中尉的女人》"纯属想象",他所"创造的这些人物从未存在于头脑以外的世界"。

　　福尔斯如此强调小说文本的虚构性,那么,他的小说果真就是一部为虚构而虚构的游戏之作?他虚构的小说文本难道就真的像某些后结构主义批评家所断言的,仅仅是一堆"自我指涉"的符号,而与文本以外的世界不发生任何关系吗?看来也并不如此。读过《法国中尉的女人》的读者都知道,这部小说中引征的有案可稽的史实之多,有时简直令人怀疑它还究竟是不是一部小说。福尔斯在第13章的议论中就承认,"也许我正让您翻阅一部改头换面的论文集。也许我应该将每一章的标题改为'论存在的横截面','进化的幻想','小说形式发展史','自由的原因论','维多利亚时代某些被遗忘的侧面'等等"(第80—81页)。在这部小说中,马克思在伦敦大英博物馆撰写《资本论》,达尔文的《物种起源》在英国上流社会引起震动,前拉斐尔派画家但丁·加布里埃尔·罗塞蒂和他的妹妹、诗人克里斯蒂娜·罗塞蒂,甚至1835年的艾米尔·德·拉龙谢中尉冤案等真人真事,都被嵌入一个虚构的故事框架,而小说中的虚构人物又在这个貌似"真实"的社会历史背景上演出自己的故事。这样一种虚实交融、以虚化实的叙事结构,可谓这部小说的一大特色。面对如此众多的史实,读者在阅读过程中当然不会自始至终静观一个纯属想象的文本世界,而不产生有关维多利亚社会历史现实的联想。福尔斯称他的小说是"改头换面的论文集",这无异于暗示,他试图通过小说文本这种形式,对维多利亚时期的英国历史现实进行新的阐释,重构一种历史的文本。

所谓重构历史文本,当然不是无视历史事实的向壁虚构,而是在全面掌握史实的基础上,从现当代的角度对现存历史文本中史实的等级次序、史实间的因果关系等进行新的阐释,这种阐释无意改变历史事实本身,而是要引出迄今人们尚不曾这样理解的新的意义。历史事实是无法改变的,但由于意识形态的变化,人们对于这些历史事实的认识和阐释,亦即历史的文本,则永远处于不断的变化之中,一些被当时的意识形态压挤到"边缘"地位的历史事实,在历史文本的重构过程中,往往成为更受今人注意的焦点。

众所周知,当今西方的女权主义运动已经成为一种不可忽视的社会存在。关于这一运动的历史渊源和思想背景,女权主义者们正从一切可能的角度进行历史的重构,而且率先取得突破性成果的领域就是文学。如果联系这一背景阅读《法国中尉的女人》,我们就会发现,小说中萨拉这一虚构人物的最后思想归宿,她与"前拉斐尔兄弟会"以及著名女诗人克·罗塞蒂的接触交往,显然说明小说作者试图以文学虚构的方式对当今女权主义者们的努力作出呼应,读者可以通过萨拉这一虚构的小说人物,朦胧地窥见出早期女权主义者的精神气质和独立的人格意识。尽管我们谁也不会将萨拉等同于历史上某个确有其人的女权主义者,然而,一旦这个形象以文本的形式存在,它就会像索莱尔斯所说的那样,成为人们认识和观察现实的一种参照。

但是,福尔斯与索莱尔斯确实又有明显的不同,他并不希望读者在社会历史现实的世界中滞留。因此,在《法国中尉的女人》中,他不仅时不时地跃上前台,向读者直言陈告小说的虚构性,而且在具体故事的叙述中,想方设法让读者明白,此时此刻故事中所发生的事件、故事人物的思想言行,其实只是同时存在的无数可能性中的一种,仅仅是出于小说虚构的需要,作者不得不人为地选中了这一种而已。这样,故事情节的发展呈多种可能性齐头并进,就有效地将读者不断堵回到虚构的小说文本世界中。

最明显的例子或许就是小说的结尾。作者为我们安排了三个同样可能发生的结局,让读者自己去定夺。一种是"完全符合传统的结局"——主人公查尔斯给了濒临绝境的萨拉一笔钱,让她离开莱姆镇,去城里开始新的生活。从此以后,萨拉再也没有麻烦查尔斯;查尔斯与欧内斯廷娜结婚,并不幸福美满地度过余生。这个"符合传统的结局",当然是一个符合维多利亚传统道德观的结局。但是,既然这是一种虚构,那么为什么不可以按照现代人的价值观设想其他的可能性呢?于是,福尔斯继续把故事编下去,又为读者提供了另外两种选择:查尔斯堕入情网,不能自拔,主动解除与欧内斯廷娜的婚约,忍受了法庭对他的惩罚性判决,周游世界去寻找萨拉。经过很长时间,查尔斯终于与萨拉相会,然而这时的萨拉已是一位思想独立的女人。最后的结果,也许萨拉被查尔斯的诚意感动,同意与他结合;也许,查尔斯发现自己无法理解萨拉,一气离去,来到一条河边,默默地咀嚼着谜一样的人生。

面对这样三种(其实存在着无数种)可能同时存在的结局,文本世界对一个完整的现实世界的指涉被彻底阻断了,文学的虚构性彻底暴露在读者的面前。因为"真实"只能是一个,而虚构则有无数的可能。

看来,文学的虚构性问题,虽然牵涉到对于客观现实进行阐释,从中发掘出意义,但说到底,它主要还是一个文学形式的问题。客观现实不断作用于人的主观意识,形成各种各样的观念、看法,引发出各种各样的感情,然而,文学虚构则要求为这些属于观念形态层次上的一切赋予某种特定的形式。与任何其他艺术形式一样,属于文学的形式在数量上是有限的。小说作为一种文学体裁自18世纪形成以来,经过二百多年的发展,早已形成了自己的相对固定的程式。二战以后的几十年中,我们已经听够了所谓小说形式枯竭的哀叹。这种论调是否真有道理姑且不论,当代小说家在小说形式上已难以花样翻新却是有目共睹的事实。到20世纪60年代初,具有七八十年历史的西方现代主义文学艺术,也早已经典化、体制化而被现行的意识形态吸收,成为横亘于当代作家面前有待于超越的高峰。可是,二战以后却是一个空前缺乏艺术气质的时代,工业化、高科技、高消费带来表面的物质繁荣,却将艺术的独创性抹煞殆尽。迫于无奈,战后的一些西方小说家(当然也包括约翰·福尔斯)只好将目光投向现代主义发端之前的传统小说形式,做一些"谐谑模仿"(parody)或"拼盘杂烩"(pastiche)式的小文章,以期至少在形式上给人以耳目一新的感觉。

西方马克思主义批评家杰姆逊认为,这一现象是西方资本主义社会由"工业社会"发展到"消费社会"而出现的"后现代主义"文学的最重要的形式特征。所谓"拼盘杂烩",与通常所说的"谐谑模仿"大同小异,即对一种独特的风格进行模仿,套上某种风格的面具,采用某种早已过时的语言,区别则是这种模仿是中性的,没有谐谑模仿的旨在讽喻、逗笑的动机,并不想让人觉得被模仿的对象是滑稽可笑的。杰姆逊将"拼盘杂烩"式模仿称为"空白的谐谑模仿","失去幽默感的谐谑模仿"。① 以往有不少批评家把《法国中尉的女人》视为谐谑模仿之作,这一点福尔斯本人也不否认。但是,从今天的批评眼光来看,福尔斯在这部小说中故意采用维多利亚时期的小说惯例,包括叙事结构、叙述视角、语汇和语气等等,显然并不是为了嘲讽这种传统形式的可笑,而纯粹是一种中性的借用。从这个意义上说,《法国中尉的女人》应划入"后现代主义"小说的范畴。

事实上,从它所借用的现成的小说形式看,它们也的确构成了一种"拼盘杂烩":作者并不单单采用了维多利亚小说的惯例,他也借用了现代派小说某些最常见的叙述形式,并将它们有机地结合在一起。从总体上说,特别是主人公查尔斯一线,小说基本上采用的是一种全方位的叙述视角,叙述人以全知全能的面目出现,这是传统小说的惯例。然而,萨拉这一人物的塑造,作者却采用现代派小说所惯用的有限视角,或客观描述的叙述方式。试以介绍萨拉身世背景的第 6 章为例,萨拉的身世是经福赛特牧师之口间接转述的,牧师在转述从各种消息来源获得的信息时,就使用了一系列表示"估计、猜测"的字眼,这种几经倒手的不确切的叙述与叙述人对查尔斯的全知全能的描述形成强烈的反差。萨拉与查尔斯的会面也是这样:关于萨拉的叙述均经过查尔斯意识的过滤,读者所得到的萨拉的印象,其实只是查尔斯一厢情愿的阐释,是不可靠的。读者可以循着查尔斯的思路去揣度萨拉,但这种理解是否就是萨拉所想,却无从判断。这种一直持续到故事结束的有限视角的叙述,为作为叙述人的作者提供了一个可能,他可以随时把读者得到的萨拉的印象打碎,这样,萨拉这一人物便自始至终被包裹上一层薄

---

① 参见杰姆逊:《后现代主义与消费社会》一文,见 E·安·凯普兰编《后现代主义与各种相左的看法》,1989 年,第 16 页。

薄的面纱,给人以一种无法穿透的神秘感。从这一点我们也可明白另一层道理,萨拉这一人物之所以产生令人难以捉摸的魅力,主要是由于小说的形式所决定的。

现在,我们似乎应该再回到中译本对原作的删节上,试着从中引出些许可资借鉴的文化差异。中译本的编者将福尔斯的议论和插话视为"冗长"的累赘,至少表明当下中西文学观念有两点不同:我们更关心一个完整的故事情节,而西方的当代小说家恐怕对如何讲故事更有兴趣;我们的读者在阅读小说时往往希望它同时还是点别的什么,而西方当代的读者则觉得小说只不过是小说。究其原因,不同的文化传统使然,仅此而已。

选自陆建德主编:《现代主义之后:写实与实验》
北京:中国社会科学出版社,1997年

罗曼·罗兰

不朽的《约翰·克利斯朵夫》

柳鸣九

在中国,罗曼·罗兰曾受到格外的推崇,但同时又被厚厚地笼罩着意识形态的迷雾,在迷雾中,他的代表作异乎寻常地被亏待了,甚至受到了虐待。

作为一个诺贝尔文学奖获得者,他获奖一事就被人为地罩上了一层迷雾。

1916年11月,瑞典皇家学院正式通过罗曼·罗兰为1915年诺贝尔文学奖的获得者。对于这位作家来说,这是一份姗姗来迟的荣耀,本应在1915年度之内获得。其原因大致是这样的:

第一次世界大战爆发后不久,罗曼·罗兰于1914年9月,发表了一篇反对战争的政论《超乎混战之上》,此文大大触犯了法国民族主义情绪,招致了不少敌人与批评者,报刊舆论纷纷对他加以谴责,因此,当1915年瑞典皇家学院准备将该年度的诺贝尔文学奖颁发给罗曼·罗兰的时候,就遭到了法国政府的强烈反对。于是,此事搁置了下来,到1916年将近年终的时候,瑞典皇家学院才最后正式通过并予公布。

罗曼·罗兰是以什么文学成就而获此殊荣的?因为当时正值战争时期,也因为法国政府与一些舆论对罗曼·罗兰获奖持反对态度,加之正式宣布已经推迟到第二年的11月,所以,授奖仪式并未举行,当然也不存在对罗曼·罗兰的文学成就作出评价的授奖词。瑞典皇家学院授奖的理由与根据,仅仅在迟至1917年6月才发给罗曼·罗兰的获奖证书中有这样表述:"他文学创作中高度的理想主义以及他在描写各种不同人物典型时所表现出来的同情心与真实性。"①

为了对上述问题有准确的回答,首先有必要回顾一下,时至获诺贝

---

① 罗曼·罗兰1917年6月7日左右的日记《战争年代日记》第1224页,Albin Michel 版,1952年。

尔文学奖之时,罗曼·罗兰在文学上走过什么历程,做出了哪些功绩?

罗曼·罗兰生于1866年,二十岁时进入巴黎高等师范学校。从这著名的最高学府毕业后,又进一步深造,完成了博士论文,还当过中学教师,终于得以进入高等师范学校与巴黎大学讲授艺术史。这一段学术道路尽管相当漫长,走下来颇为不易,但他却很早就同时开始了文学创作。从大学时期起,经过了二十多年的笔耕,到获奖之时,他已在三个方面取得了令人瞩目的成就。

他是从戏剧创作开始的,在19世纪末、20世纪初,陆续写出了以"信仰悲剧"为总题的三个剧本:《圣路易》(1897年)、《艾尔特》(1898年)、《理性的胜利》(1899年),以大革命为题材的"革命剧"多种:《群狼》(1898年)、《丹东》(1900年)、《七月十四日》(1902年)。其次是在名人传记写作方面的成就,他于1903年发表了著名的《贝多芬传》,相继问世的又有:《米开朗琪罗传》(1906年)、《亨德尔传》(1910年)、《弥莱传》与《托尔斯泰传》(1911年)。最后,就是他的小说巨著《约翰·克利斯朵夫》了,小说开始创作于1902年,完成于1912年,在此期间,全文就已经陆续发表,至1912年,这部小说的巨大的成功已使罗曼·罗兰在文坛上名重一时。以上三个方面的这份"清单",展示了罗曼·罗兰获诺贝尔文学奖之前的精神创作,这就是他问鼎此荣耀的坚实基础与充足实力。

人们往往把罗曼·罗兰从开始从事创作到第一次世界大战概括为他的前期,1915年的诺贝尔文学奖实际上就是对他前期创作成就的总结与表彰。而在前期三个方面的创作中,戏剧成就相对较低,这些剧本颇受戏剧界的冷落,很少上演。名人传记的成就则比较显著,特别是《贝多芬传》在发表的当时就曾产生广泛的影响,是最早使罗曼·罗兰一举成名的力作。不过,这些传记在很大程度上属于学术文化、艺术评论的范畴,与纯粹意义上形象思维的文学创作还不尽相等。在罗曼·罗兰前期的文学活动中,小说巨著《约翰·克利斯朵夫》无疑要算是他最为杰出的成就,不论是从它沉甸的分量、它丰厚的现实内容、它高远脱俗的灵性、它高昂的人道主义精神力量,还是从它巨大的艺术规模、它广阔生动的图景、它鲜明的人物形象、它动人的艺术魅力,都堪称文学史中的巨制鸿篇。它在罗曼·罗兰的前期创作中像奇峰拔地而起,气象万千。显而易见,主要就是这部小说构成了1915年前罗曼·罗兰文学创作的最高成就,也正主要是这一成就,使罗曼·罗兰赢得了1915

年度的诺贝尔文学奖,就像马丹·杜迦尔是以《蒂博一家》、肖洛霍夫是以《静静的顿河》、帕斯特尔纳克是以《日瓦戈医生》成为诺贝尔文学奖的获得者一样。

本来,对这个明显的事实无需多加论证,但是,却偏偏有一种相当权威的论调,认为罗曼·罗兰获诺贝尔文学奖"并非像一般人所设想的是因为他写了小说《约翰·克利斯朵夫》,而实际上更重要的是由于他是《超乎混战之上》的作者",因此,我们不得不回顾罗曼·罗兰前期的历程与成就,也不得不再就这个问题稍微多加说明。《超乎混战之上》发表于1914年9月15日,这一篇政论对当时欧战双方死于战场上的青年表示了哀悼,对他们在大战中混战一团、互相残杀深感痛惜,并向西方各国进言,不要以战争的方式去解决它们在分配世界财富上的分歧,而主张成立国际仲裁机构来解决西方国家之间的矛盾以避免战祸。不可否认,罗曼·罗兰这种态度与主张当然会得到在当时欧洲战争中采取中立立场的瑞典官方的欣赏,也自然会遭到已经参加了战争的法国政府的反对,在罗曼·罗兰获诺贝尔奖一事上,瑞、法双方的分歧与矛盾即由此而来。这样一篇政论固然有助于罗曼·罗兰被瑞典皇家学院提名为候选人,但它显然不足以成为一个作家获此世界性荣耀的主要成就与主要根据,这不是什么深奥的问题,只不过是一种常识。把一篇内容不过如此、篇幅毕竟有限的政论竟然抬高到获世界文学大奖的主要成就的地位,不能不说是有违常理常情的,这在严肃的文学评论中极为罕见。这就在罗曼·罗兰获奖一事上制造了一层迷雾。这迷雾是意识形态的,其作用不外是掩盖《约翰·克利斯朵夫》这部杰作与获诺贝尔文学奖之间的当然联系,不外是贬低《约翰·克利斯朵夫》一书的价值与地位。当我们在这里把罗曼·罗兰作为一个诺贝尔奖的获得者来加以评说,把《约翰·克利斯朵夫》作为他获奖的主要成就与主要根据的时候,就不得不先把这一层迷雾拨开。

理论迷雾还不止上述一层。另外还有一种论调,也竭力贬低《约翰·克利斯朵夫》在罗曼·罗兰整个创作中的地位,而把罗曼·罗兰后期的《欣悦的灵魂》抬高到至尊的位置,把它评为罗曼·罗兰全部文学创作的代表作和最高成就。

这里,首先就涉及对罗曼·罗兰前期与后期的比较与评价问题。

所谓罗曼·罗兰的后期,是指从1914年第一次世界大战到他1944

年逝世。后期的起始是以他发表《超乎混战之上》为标志的。也有的研究者还将后期再分为两个阶段,即 1914 年至 1931 年与 1931 年至 1944 年,而把《向过去告别》一文的发表视为这两个阶段分界线的标志。如果这两个阶段的划分是必要的话,那么,从 1914 年至 1931 年这个阶段的大致情况是,罗曼·罗兰在思想上、政治上开始明显"左"倾,并积极从事社会政治活动,主要表现在同情支持苏联与反对法西斯主义在欧洲的兴起。而从 1931 年到他逝世的这个阶段,他在政治上则更进一步"左"倾,成为了苏联的忠实朋友,共产党的同路人,在思想上也更为激进,对自己过去的思想进行了反思与清算,主要表现在他的论文《向过去告别》、访问苏联以及与高尔基的关系,等等。总而言之,从 1914 年以后,不论是否再从 1931 年为界分为两个阶段,明显的事实是,罗曼·罗兰日渐从文学转向政治与社会活动,把 1914 年以后统称为他的后期,即是着眼于整个这一时期的共性。

如果说罗曼·罗兰后期的社会政治活动比前期大有增加,他作为一个向往社会主义的思想家、社会斗士的倾向明显形成、他与此相关的政治与杂文比前期多产的话,那么,他文学创作的势头却比前期较为减弱,创作量比前期有所减少。在戏剧创作方面,他现存的十二个剧本中,有七个写于前期,后期增加的仅五个:即"革命剧"中的《爱与死的搏斗》(1924 年)、《鲜花盛开的复活节》(1925 年)、《流星》(1927 年)、《罗伯斯比尔》(1939 年),以及《里吕里》(1919 年),而在他全部的戏剧作品中,前期的《丹东》、《七月十四日》与"信仰悲剧"系列,也比后期的剧作重要。在名人传记方面,他十多部传记中,前期的产品占一大半,而且最重要的几部代表作《贝多芬传》《米开朗琪罗传》《亨德尔传》与《托尔斯泰传》,都是出自前期,在小说创作方面,前期除有《约翰·克利斯朵夫》外,还有一部重要的作品,生气勃勃、充满了拉伯雷式乐观主义的《哥拉·布勒尼翁》,而后期,则除了《欣悦的灵魂》外,还有长篇《克莱朗博》与中篇《比哀吕丝》,这两篇小说都有鲜明的反战内容,却流于政论化与概念化。鉴此,如果不是着眼于罗曼·罗兰思想激进的程度、不是着眼于罗曼·罗兰在创作倾向上与已经成为现实的社会主义合拍的程度,而是着眼于创作本身的分量与水平;如果不是把罗曼·罗兰当作一个思想家、社会活动家、政论家,而是把他当作一个文学家、艺术家;如果不是从社会主义政治与思想影响的角度来看罗曼·罗兰,而是从文学史的角度来看罗曼·罗兰,那么,应该客观地承认,罗曼·罗兰前期的文学成就要比他的后期为高。

同样,对《欣悦的灵魂》也应作如此观。《欣悦的灵魂》写于1922年至1932年,正是罗曼·罗兰日益"左"倾、日益靠拢社会主义苏联的时期。小说以19世纪末到20世纪30年代的欧洲为历史背景,以安乃德·玛克两母子为主人公,写他们如何从个人主义发展到集体主义,如何从自由民主主义投向了社会主义浪潮,参加了革命,成为国际工运中的活动家。小说具有鲜明的社会主义倾向,因此被有的研究者认为是"社会主义现实主义的第一部杰作,是法国当代文学的里程碑"、"其重要性超过了《约翰·克利斯朵夫》,超过同时期一般的资产阶级小说",等等。这种论断其实是一种"惟政治思想内容"主义的评论,而不是文学的、艺术的评论。因为,从文学艺术的标准来看,《欣悦的灵魂》正是一部缺乏艺术魅力、缺乏丰满的现实生活形象而流于概念化的作品,其中的一些人物只不过是作者主观构想的产物,苍白无力,它远远不能构成一部杰作,更谈不上是法国当代文学的里程碑,其根本原因就在于罗曼·罗兰缺乏社会政治活动方面丰富的感性经验,他更多地只是根据他"左"倾的思想观念在进行创作。把这样一部作品抬高到《约翰·克利斯朵夫》之上,尊奉为罗曼·罗兰的代表作,显然是一种无实事求是之意的偏颇。

这就是多年来弥漫在罗曼·罗兰研究与评论的两层意识形态迷雾。于是,我们就看到了一种畸形的罗曼·罗兰评价,一方面竭力强调作为其后期起点标志的《超乎混战之上》的重要性、大力宣扬罗曼·罗兰后期思想"左"倾的重大意义。将《欣悦的灵魂》奉为里程碑式的杰作,从而尊罗曼·罗兰为20世纪法国甚至整个西方的文学发展中超乎"一般资产阶级作家"之上的第一流大师,大大抬高了、夸大了罗曼·罗兰在当代文学中的实际地位;另一方面则竭力贬低罗曼·罗兰真正的代表作《约翰·克利斯朵夫》的成就,无视它作为一部杰作的重要意义。在这种畸形的评价中,罗曼·罗兰就处于一种双向的失衡状态,一是在整个世界文学中的失衡,他仅仅以其后期的"左"倾就远远超优于那些因未与当代社会主义思潮合拍、未与苏联同路而被称为"资产阶级作家"、但实际文学成就确属世界第一流的作家之上;一是在他自己全部创作中的失衡,以他的《欣悦的灵魂》为其代表作,这种畸形评价的主要根由,就在于把作家思想"左"倾的程度、与社会主义合拍的程度、与苏联一致的程度,作为衡量作家成就高低的首要依据,在于首先以政治思想的标准作为文学评论的标准,在于首先不是把作家作为艺术家来要求,而是当作政治社会活动家来要求。

当然,对《约翰·克利斯朵夫》,远远不只是贬低而已。它是建国以后外国文学中不仅最不被善待、反而最受虐待的一部名著,对它的"严正批判"、"肃清流毒"、"清除污染",几乎从未中断。从1957年的"反右"开始,历经各次政治运动,它受到了一次又一次冲击。在它的头上,积淀下这样一些"政治定论"式的判调:"是资产阶级右派反动思想的根源","是一部宣扬个人主义的小说","在我国读者中间,引起了思想混乱,产生了不良效果","一股贼风邪气随着这部小说渐渐扩散,污染我们社会的健康气氛",等等。这些判词如果只是出自无知而狂想的"红卫兵"之口,那就不值得一提了,但它们偏偏出自研究者、评论者的手笔,因而不容人们无视其存在。这种情况正充分地说明了,《约翰·克利斯朵夫》在"左"的年代遭到的否定是多么彻底。严肃的学术研究与文学评论中竟出现这样粗暴的判决,既是"左"的政治路线、"左"的意识形态政策导致的结果,也是缺钙型文学研究乘风使势而自我膨胀、强梁肆虐的表现,而《约翰·克利斯朵夫》之所以屡次成为整肃清除的对象、批判分析的靶子,不过是因为它在中国读者、特别是青年读者中有巨大的、广泛的影响。要知道,在中国,凡是有文化教养的人,对《约翰·克利斯朵夫》这部作品,几乎无人不晓,其中相当大一部分人还是这部作品热烈的赞美者、崇拜者。

《约翰·克利斯朵夫》的译本建国后第一次出版是在1953年,仅仅三四年以后,它就遭到了难以摆脱的厄运,直到改革开放,情况才有好转。但是,由于意识形态领域中"左"的积淀没有彻底铲除,对这部作品的重新评价仍然是很不充分的。现在,当人们可以回顾根深蒂固的"左"曾带给我们国家、我们民族惨重危害的时候,颇有必要拨开弥漫在《约翰·克利斯朵夫》上一层层"左"的意识形态迷雾,现在该对《约翰·克利斯朵夫》这一部杰作的精神风采,有足够的认识,有由衷的赞赏了。

在这里,我想提到傅雷先生,他的译作卷帙浩繁、技艺精湛,是中国一两个世纪也难得出现的翻译巨匠,《约翰·克利斯朵夫》是他的翻译力作之一。仍值得我们注意的是,该书于 1937 年初版时,傅雷先生曾写过一篇《译者献辞》,1952 年重译本问世时,他又写过一篇介绍文字。此两文都是对罗曼·罗兰原著的评价与赞赏,篇幅虽然很短小,但比起那些长篇大论、令人难以卒读的"批判分析文章",要切实、中肯、精辟、富有启发得多,也正因为它们与后来"左"的高调诸多不合,故在译本再版时曾被删去。傅雷先生不仅政治上受到了极不公正的待遇,含屈而死,而且在翻译方面,也受到过恶意的攻击,为了表示对他的尊敬,也为了恢复对《约翰·克利斯朵夫》的真谛精华的评价,兹将两文引述如下。

这是 1937 年的《译者献辞》:

真正的光明绝不是永没有黑暗的时间,只是永不被黑暗所掩蔽罢了。真正的英雄绝不是永没有卑下的情操,只是永不被卑下的情操所屈服罢了。

所以在你要战胜外来的敌人之前,先得战胜你内在的敌人;你不必害怕沉沦堕落,只消你能不断地自拔与更新。

《约翰·克利斯朵夫》不是一部小说,——应当说:不止是一部小说,而是人类一部伟大的史诗。它所描绘歌咏的不是人类在物质方面而是在精神方面所经历的艰险,不是征服外界而是征服内界的战绩。它是千万生灵的一面镜子,是古今中外英雄圣哲的一部历险记,是贝多芬式的一阕大交响乐。愿读者以虔敬的心情来打开这部宝典罢!

这是 1952 年译者所作的简介:

《约翰·克利斯朵夫》的艺术形式,据作者自称,不是小说,不是诗,而有如一条河。以广博浩瀚的境界、兼收并蓄的内容而论,它的确像长江大河,而且在象征近代的西方文化的意味上,尤其像那条横贯欧洲的莱茵。

本书一方面描写一个强毅的性格怎样克服内心的敌人,反抗虚伪的社会,排斥病态的艺术;它不但成为主人翁克利斯朵夫的历险记,并且是一部音乐的史诗。另一方面,它反映 20 世纪初期那一代的斗争与热情,融和德、法、意三大民族精神的理想,用罗曼·

罗兰自己的话说,仿佛是一个时代的"精神的遗嘱"。

在法国文学中,"长河小说"并非一个赞语,仅指篇幅浩大的长篇小说,但以《约翰·克利斯朵夫》巨大的规模与恢宏的气势而言,它倒的确像一条浩荡的长江大河。面对着名山大川之类的宏伟自然景观,人们总会有千般万种不同的感受。谁能对无数世人种种不同的丰富感受一言以蔽之?谁能断言自己的感受、自己的所知足以概全?谁能说长江只是"晴川历历汉阳树,芳草萋萋鹦鹉洲",而不是"两岸猿声啼不住,轻舟已过万重山"?只有"潮平两岸阔,风正一帆悬"或者"山花如绣颊,江火似流萤"的画面,而无"猛风吹倒天门山,白浪高于瓦官阁"的声势?也何尝不会有新安江上"野旷天低树,江清月近人"的美景、黄河道上"欲穷千里目,更上一层楼"的常情?文学阅读、文学评论亦复如此。每部作品都是一个世界、一角天地,不论这天地是多么狭小,也容纳得下读者种种不同的审美发现与艺术感受,何况是如名山大川般宏伟壮观的巨著?文学欣赏、文学评价只不过是从各种各样立足点出发在审美上的各取所需、各取所好而已。

什么是《约翰·克利斯朵夫》?人们定会有种种不同的感受与回答。

我所见的《约翰·克利斯朵夫》,是一部发散出艺术圣殿气息的书。它的主人公就是一个音乐家,而且是以几个德国古典音乐家,特别是以伟大的贝多芬为蓝本塑造出来的音乐家形象。这里有着贝多芬式的眼睛与对现实的观察,有着音乐大师的体验与灵感,有着他们内心中那可以包容宇宙万物的奇妙的和声。这部书以语言文字的艺术,传达出音乐天地中的艺术,广泛涉及艺术史领域中一些重大的现象与重大的问题,它本身就构成一个音乐艺术的世界。读这本书,可以得到艺术对心灵的熏陶与洗礼。

我所见的《约翰·克利斯朵夫》,是一部有深广文化内涵的书。书中的主人公不仅是音乐家,也是思想探索者、文化研究者,他既上升到当代思想的顶峰作过巡礼,又在巴黎的文化集市上作过考察,他的经历本身就像一条思想文化的长廊,包容了当代的哲学、历史、社会学、文学艺术等各个领域的现状与课题以及对它们的见解与思考,这使小说居于高品位的层次,具有严肃深邃的风貌。读这本书,可以增添学识,有益心智。

　　这是一部昂扬着个人奋斗精神、人格力量的书。主人公是一个反抗、进取、超越的形象，他通过顽强的奋斗，冲出了贫穷的市民阶层的局狭，突破了德国小市民庸俗、虚荣、麻木、鄙陋氛围的窒息，排除了上流社会冷酷现实与金钱关系的束缚，超越了当代欧洲文化的传统与现状，而成为了世界的艺术大师。他是一切偶像、一切权威的挑战者，他是一切虚伪、低级、庸俗、保守、腐败、消极的社会现象与文化现象的不妥协的否定者。他不迎时尚，他敢抗潮流，他具有强悍的个性，铮铮的铁骨。他集英雄精神、行动意志与道德理想于一身，他提供了一个强人的范例，展示出一个超人的意境。读这本书，可以振奋精神，坚挺人格。

　　这是一部洋溢着人道主义精神的作品。作者让奥里维、安多纳德以及约翰·克利斯朵夫等好几个人物，从不同的角度、以不同的程度体现这种精神：对博爱人生观的宣扬、对结合着基督精神与一切正直思想的宽容的向往、对诚挚友爱的追求、对劳苦大众的同情、对济世方案的探讨、对缔造全新社会与全新文化的憧憬、对个性发展与社会义务相结合的重视，等等。正是这种人道主义精神，使作品中出现了不少温馨动人的篇章，也使整个作品具有一种高尚博大的风格。读这部作品，可以涤荡褊狭与狂热，可以开拓心胸。

　　这并不是一部充满了抽象观念与枯燥内容的作品，它的艺术气息、思想文化内涵、人格精神、人道主义热情，都是表现在十分丰满的生活形象与人物形象之中。它的生活图景，从德国到瑞士到意大利到法国，具有罕见的巨大规模；它的人物来自各个不同阶层，都有真实的性格，特别是主人公约翰·克利斯朵夫，既是一个超人，也是一个凡人，他有自己的情欲，有自己的过错，有内心中的矛盾、软弱与痛苦。由此，我们可以说，《约翰·克利斯朵夫》既是一部发散出浓烈的文化艺术气息、闪耀着智慧灵光的书，同时又是一幅生活的画卷，一组人物的雕塑。我个人更看重作品的前一种特质，因为凡有描写才能的一般作家，都可以使自己的作品具有一定程度的画卷与雕塑的性质，而只有像罗曼·罗兰这样学者型的作家、思想家型的作家，而且是像他这样对艺术史、文化史、思想史有广博学识与精深研究的作家，才能写出《约翰·克利斯朵夫》这样的巨著。

　　毫无疑问，《约翰·克利斯朵夫》中的思想文化内涵、艺术气息、人格力量、人道仁义,是历史长河中至今最良性的一部分积淀,是人类精神发展中最优秀的一部分积累。它们以自己的光辉对照出无知、愚昧、狭隘、偏激、狂热、暴虐、委琐、自私的阴暗性。它们的价值是永恒的,不会随制度、路线、政权、帝国、联盟的嬗变而转移。从这个意义上来说,《约翰·克利斯朵夫》这样一部作品,是世世代代的读者所需要的,它永远不会"破产",破产的倒正是那种乘风借势对《约翰·克利斯朵夫》的讨伐与批判。

选自柳鸣九:《法兰西文学大师十论》
上海:复旦大学出版社,2004年

加缪

加缪与小说艺术(节选)

郭宏安

20世纪的著名小说家中,有些人的名字是与某种"新技巧"、"新手法"或"新观念"联系在一起的,例如,普鲁斯特与意识流,卡夫卡与荒诞,赫胥黎与对位,福克纳与时空倒错,萨洛特与潜对话,西蒙与新小说,马尔克斯与魔幻,海勒与黑色幽默,等等。还有一些人的名字并无此类显赫的联系,但是这丝毫也不曾妨碍人们将其视为杰出的小说家,例如加缪。

当然,加缪也有"荒诞",然而创始者的光荣不属于他;他也有"怀疑",但其渊源更为久远;他也曾被归入海明威一派,但似乎并没有什么东西证明他们之间的联系;他也曾被人拉入新小说家一伙,但是他并没有感到特别的荣耀。其实,他从未想过发明什么,他也的确不曾发明什么,他只是不趋时,不媚俗,不以艰深文浅陋。在某些批评家看来,与20世纪所崇尚的"晦涩"、"繁复"相比,"简洁、明晰、纯净"的加缪简直就是"没有什么艺术性"。

然而加缪毕竟是有艺术性的,假使所谓"艺术性"不等于雕琢、华丽,标新立异或追逐时髦之类。加缪的艺术性在于"适度"。

"风格乃是人本身"

加缪是20世纪少有的自觉追求风格的作家。

说到风格,布封的名言尽人皆知,然其恒遭曲解却是知者寥寥。钱钟书先生曾指出:"吾国论者言及'文如其人',辄引 Buffon 语(Le style, c'est l'homme)为比附,亦不免耳食途说。Buffon 初无是意,其 Discours 仅谓学问乃身外物(hors de l'homme),遣词成章,炉锤各具,则本诸其人([de]l'hom-memême)。'文如其人',乃读者由文以知人;'文本诸人',乃作者本诸己以成文。"①考布封初衷,确谓知识、事实、发现等皆身外物,唯风格乃是人本身(Ces choses sont hors de l'homme, le style est l'homme même)。因此,风格乃是作者在其思想的表达上打上自己的印记,故"风格不会消失,不会转移,也不会变质"②。简言之,文以风格传世,而风格则以人为本。

　　加缪所追求的风格正是布封所论述的风格,然而又不止于此,他对"文本诸人"(即"风格乃是人本身")之"人"作了深入的探索和全新的解释。他指出:"艺术家对取之于现实的因素重新进行分配,并且通过言语手段,作出了修正,这种修正就叫作风格,它使再创造的世界具有统一性和一定限度。"③所谓"修正",就是艺术家根据人的内在的愿望对现实世界的一种"纠正",其表现之一就是艺术家所运用的小说这种文学样式。而人的内在愿望则是反抗世界的荒诞和寻求现时的幸福。因此,"这种修正是一切反抗的人都具有的"④。这样,加缪就把风格和反抗联系了起来,使之摆脱了纯形式的品格,浸透了人的天然的深刻要求。布封的名言在加缪的笔下,获得了更深厚的现实基础,同时也获得了更超绝的哲学层次。

　　加缪追求一种"高贵的风格",一种蕴含着人的尊严和骄傲的风格。他指出:"最高贵的艺术风格就在于表现最大程度的反抗。"⑤这种高贵的风格并不是纯粹形式的,倘若因一味讲究风格而损害了真实,则高贵的风格将不复存在。同时,"高贵的风格就是不露痕迹,血肉丰满的风格化"⑥,而风格化是既要求真实又要求适当的形式的。据此,加缪所谓"高贵的风格"可以归结为互为依存的三种要素:一,给予最大程度的反抗以适当的形式;二,通过纠正现实而获得真实;三,适度而含蓄的风格化。加缪不是那种盲目追求形式的作家,也不是那种单纯注重思想的作家,他始终要求内容与形式"保持经常不断的紧密联系"。无论是内容溢出形式,还是形式淹没内容,在他看来都会破坏艺术所创造的世界

---

① 钱钟书:《谈艺录》,中华书局,1984 年。
② 布封:《论风格》。
③ 加缪:《反抗的人》。
④ 同上书。
⑤ 同上书。
⑥ 同上书。

的统一性。而艺术,恰恰是"一种要把一切纳入某种形式的难以实现的苛求"①。因此,加缪说:"工作和创作了二十年之后,我仍然认为我的作品尚未开始。"②他一直把"真理和反映真理的艺术价值"看得高于一切。当然,加缪对于"真理"(或"真实")有他自己的看法。他曾经不止一次地申明,"现实主义是不可能的"③,他反对资产阶级现实主义,也反对社会主义现实主义,因为前者是一种"黑暗的"文学,后者是一种"教诲的"文学,这两种文学实际上都背离了真实。然而同时,他也不止一次地申明,"现实主义的抱负是合理的"④,艺术不能"服从现实",也不能"脱离现实",因为"在某种意义上说,艺术是对世界中流逝和未完成的东西的一种反抗:它只是想要给予一种现实以另一种形式,而它又必须保持这种现实,因为这种现实是它的激动的源泉"⑤。这种矛盾其实是一种表面的矛盾,其根源在于对现实主义这一概念理解上的分歧。例如,他认为现实主义就是"准确复制现实",就是"无止境地描写事物"、"无穷尽地列举事物"等等。而我们知道,现实主义完全可以有另一种定义。因此,以这种对现实主义的歧义或误解来探讨加缪对现实的态度,是没有多大意义的。我们只需指出,加缪的小说绝不缺少现实的内容,恰恰相反,真实是他的小说的生命,只不过如他所说,他的小说同时"给现实加上某种东西,使现实稍有变化",也就是:"小说的本质就在于永远纠正现实世界。"⑥无论是《局外人》对现实的承受,《鼠疫》对现实的解释,还是《堕落》对现实的逃避,都不曾离开人的现实,都是在人的世界中展示人对荒诞的觉醒和反抗。现实经过艺术家的"纠正"成为真实,而"纠正"就是风格化,它"包含了人的干预和艺术家在复制现实时进行纠正的意志"⑦。加缪认为,"风格化最好是含而不露",其本质在于"适度"。加缪的写作艺术的根本在于"恰到好处",甚至是宁不及而勿过。他在谈及自己的写作时,经常见诸笔端的是"限制"、"堤

---

① 加缪:《反抗的人》。
② 转引自莫旺·勒白斯克《加缪》。
③ 加缪:《艺术家及其时代》。
④ 同上书。
⑤ 同上书。
⑥ 加缪:《反抗的人》。
⑦ 同上书。

坝"、"秩序"、"适度"、"栅栏"等表示"不过分"的词。例如,他说:"我知道我本性中的无政府主义,所以我需要在艺术上为自己竖起一道栅栏。"①或者:"为了写作,在表达上宁不及而勿过。总之是勿饶舌。"②这种对于"度"的自觉,使加缪为文有一种挺拔瘦硬的风采。

总之,加缪是一位有风格的作家,其风格可以称为"高贵的风格"。

《局外人》与"含混"

《局外人》1942 年出版后,很快就得到萨特的好评。根据他的解释,《局外人》是对"荒诞"的证明和对资产阶级司法的讽刺。然而,后来的批评家纷纷越过了萨特的解释,他们发现了《局外人》的"含混"。

现代批评家普遍认为,"含混"是文学作品的本质特征之一。作家有意识地运用"含混",读者不固执地追求唯一的理解,则作品将变成一个含义深远的多面体。加缪曾经写道:"至少要为使沉默和创造都臻于极致而努力。"③沉默不是虚无,而是富于蕴含的情状,仿佛"此处无声胜有声";创造当然也不是基于虚无的创造,而是打开沉默的硬壳。沉默与创造之间的桥梁将由"含混"来架设。《局外人》呈现出一种多层次多侧面的"含混",其中沉默和创造都已臻于极致。

加缪自己谈到《局外人》时说:"《局外人》描写的是人裸露在荒诞面前。"④他也曾这样概括《局外人》:"在我们的社会里凡在母亲下葬时不哭者皆有被判处死刑之危险。"⑤看来,萨特的评论与作家的自述相去不远。但是,此后四十年间,局外人探索《局外人》的含义的努力一直没有间断。有的批评家从政治角度考察作者对阿拉伯人和法国殖民政策的态度,认为这部小说更应叫作《一个法国人在阿尔及利亚》,而阿拉伯人被杀则表明法国人"对一种历史负罪感的令人惶惑的供认";有的批评家从精神分析的理论出发,把默而索看作现代的俄狄浦斯;还有的批评家把默而索的经历看作是一种想象的心理历程,等等。这种主题的多义性来源于作者置于情节中的许多空白和人物行为的机械性。

---

① 加缪答加布里埃尔·多巴莱德问。
② 加缪:《手记》,第一卷。
③ 同上书。
④ 加缪:《手记》,第二卷。
⑤ 加缪:《局外人》美国版序。

人物行为的机械性很容易使浅尝的读者得出这样的印象：默而索是一个满足于基本生理需要的人，他对外界的反应是直接的、感性的、机械的，他的推理能力低于常人，他是一个不好不坏的化外之人，是一个希望远离社会而处于自然状态的人。然而事情似乎不这么简单。假使读者仔细阅读并且不放过作者似乎不经意的若干提示的话，他会发现默而索并不是一个生活在世外桃源中的人。他受过高等教育，推理的能力显然优于周围的人，而且当他"在苦难之门上短促地叩了四下"之后，立刻就明白了自己的处境。他的寡言，他的冷漠，直到他的愤怒，原来都是他对环境的自觉的反应。他不想装假，不想撒谎，不想言过其实，不想用社会的惯例来约束自己的言行，他是个"局外人"。然而何谓"局内"？何谓"局外"？这内与外以何为参照？批评家们曾经把他看作自然人、野蛮人、荒诞的人、精神低能的人，或者是理性的人、清醒的人、现代的人等等。就每一种人来说，默而索作为小说人物都是清晰的，然而就总体来说，这位小说主人公却又是含混的。不同的批评家都有充分的证据勾画出一个活生生的默而索来。因此，默而索的面目既是清晰的，又是模糊的，这中间的矛盾正说明这一文学形象的丰富性。

这种蕴含丰富的矛盾不难表现在人物性格上，小说的叙述角度更使批评家感到既惶惑又兴奋。他们提出了这样的问题：究竟谁在说话？是默而索还是作者？如果是默而索，那么他在何时何地说话？如果是作者，那么他是同情还是谴责默而索？或者，作者与默而索合一还是与叙述者合一？这些问题使《局外人》这部小说表面上极为清晰的语言变得模糊而含混。

小说的开始是这样一段话："今天，妈妈死了。"小说的结尾，则是默而索在狱中等待着处决的"那一天"，也许是第二天，也许是数日以后。小说从开始到结束，粗粗算起来，至少有一年多的时间。矛盾就出现在这里。如果确认是"今天"说的话，此后的事情皆属想象；如果确认默而索是在临刑的前夜回忆往事，那就不能说"今天，妈妈死了"一类的话。于是有的批评家根据小说第一部和第二部的文体的区别，认为第一部乃是日记，第二部才是完整的逻辑的叙述。也就是说，捕前的经历是逐日记载的，事件既无动机，彼此间也没有联系，直到"我"杀了人，才突然意识到叩开了"苦难之门"。捕后的经历则不同，"我"已完全明白了自己的处境，所述之事井然有序，推理过程也十分清晰。然而，这仅仅是对小说的时序颠倒的一种解释,批评家们还有其他多种解释,例如有论者以为默而索的独白乃是一种"伪独白",不可以正常的逻辑绳之;有的论者认为说话的并不是默而索,而是某个自称"我"的人在讲述一个叫默而索的人的故事;还有的论者认为,作者要使读者有亲睹亲历之感,于是扭曲时序而在所不惜,等等。无论如何,这种时序的扭曲使这部小说呈现出一种言简意深的风貌,仿佛冰山,所露甚小,所藏却极大。

《局外人》中具有象征意义的形象也是含混的,具有两重性,例如太阳。太阳这一形象如同大海、土地、鲜花等,在加缪的作品中象征着生命和幸福,是人人都可以享用的财富,取之不费分文。总之,太阳是一种善的象征。然而在《局外人》中,太阳的象征意义却非此一端。的确,太阳依然是美的、善的,当"天空是蓝色的、泛着金色"的时候,它可以让人感到舒适;它也可以把女友的脸"晒成棕色,好像朵花",让默而索看着喜欢;它也可以适度地炎热,让游泳的人"一心只去享受太阳晒在身上的舒服劲儿"。然而太阳有它的反面,不是阴影,而是超过了某种限度。它可以使"天空亮得晃眼",把默而索"弄得昏昏沉沉的";它可以是"火辣辣的",晒得土地"直打颤",既冷酷无情,又令人疲惫不堪;由于阳光过分地强烈,人"走得慢,会中暑;走得太快,又要出汗,到了教堂就会着凉",真是进退两难,没有"出路";它也可以"像一把把利剑劈过来",让人觉得刹那间"天门洞开,向下倾泻着大火";正是在这个时候,"大海呼出一口沉闷而炽热的气息",默而索抵抗不了这气息的力量,他失去了平衡,他也用枪声"打破了这一天的平衡,打破了海滩上不寻常的寂静"。于是,"一切都开始了",开始的首先是"苦难",其根源正是默而索酷爱的太阳,那使他感到幸福的太阳。

此外,默而索被捕前后呈现出两个世界,这两个世界的特点恰恰是含混和表里不一。捕前,默而索作为一名小职员生活在流水般的日常世界,他周围的人都有名有姓,有各自的工作。他们的忙碌和烦恼,他们的很少变化的单调生活,他们的许多毫无意义的言谈,无论如何总是构成了一个活跃的、真实的人的世界。人们有小小的痛苦,也有小小的幸福,至少有感官的愉悦。捕后,默而索却进入一个完全陌生的世界,那里的人只有职务而没有名姓,例如预审推事、检察官、律师、记者、神甫等等,这些人似乎并不是作为人而存在,他们是某种职务的代表,他们不是在生活,而是在扮演某种角色。这个表面上有条理、合乎逻辑的世界实际上是虚假的、做作的,是一个非人的世界。这时的默而索是个有逻辑的人,却又同时是个置身局外的人。

总之,上述种种含混,即主题、人物、象征、叙述方式和小说世界诸方面的含混,使《局外人》成为一个扑朔迷离、难以把握的整体,似乎有不可穷尽的意义,给各种历史条件下的读者都带来了探索的乐趣。

《局外人》曾经被认为是清晰的、简洁的、透明的,是现代古典主义的典范,然而它的有意的单调、枯燥和冷静却打破了这种直接的印象,随着阅读的深入而逐渐剥露出深刻而复杂的内涵,出人意料地展示出含混作为艺术手段所具有的功能。

可以说,《局外人》的艺术集中地体现为含混。

《鼠疫》与"神话"

《鼠疫》不称"小说",而曰"记事",从构思到成书,历时八年,1947年出版后一周,即获批评奖,两年内就再版八次,印行十六万册,迄今已有四百多万册书落入各阶层各年龄的读者手中。一部没有女主角的小说会有这样广大而持久的读者群,在文学史上是极为罕见的,非有震撼人们灵魂的力量才行。这种力量的产生,不能只靠触及时代的热点,还需要有某种更深刻、更久远的原因,这也许只有在神话中才能找到。

加缪在构思写作《鼠疫》时所悬的目标,正是神话。他要创造一个神话,他也要通过神话来表达他的思想。在这里,形式和内容是密不可分的整体。他在谈及自己的作品时说:"……一些不说谎的人,也就是非现实的人。他们并不在这世界上。这大概就是为什么我迄今仍非人们所理解的那种小说家,而是依据其激情和焦虑创造神话的艺术家。"[①]创造神话不是讲述故事,神话追求的是普遍性和超越性,不怕单调和重复,而故事追求的是曲折性和生动性,最忌枯燥和抽象,然而对于人的灵魂具有震撼力的却是神话而不是故事。加缪所赞赏的美国作家赫尔曼·梅尔维尔就是一位神话的创造者,亚哈追捕白鲸莫比·迪克的故事就是一个关于"人与恶搏斗",关于"促使人先是反抗造物及造物主,继而反抗同类和自己的那个不可抗拒的逻辑"的神话[②]。《鼠疫》

---

① 加缪:《手记》。
② 加缪:《赫尔曼·梅尔维尔》。

亦可作如是观。加缪在写作伊始就做了如下的表述:"我想通过鼠疫来表现我们所感到的窒息和我们所经历时的那种充满了威胁和流放的气氛。我也想就此将这种解释扩展至一般存在这一概念。"①一语破的,创造神话的意图朗然若揭。鼠疫已不仅仅是一种具体的传染病了,它成为象征,而且是多层面的象征,举凡纳粹、战争、人生的苦难(疾患、孤独、离别等)、死亡、恶都可以在这巨大的象征中占一层面。正如作者为这本书选择的题辞所言:"用另一种囚禁生活来描绘某一种囚禁生活,用虚构的故事来陈述真事,两者都可取。"(丹尼尔·笛福)加缪取了两种,冶于一炉,创造出一个人抵抗恶的神话。

既然是人抵抗恶,那就离不开人及其生存的世界。加缪十分注意耕耘神话的土壤,让象征在现实中扎根。他指出:"像最伟大的艺术家们一样,梅尔维尔把他的象征建立在具体之上,而不是在梦的质料之中。神话的创造者具有天才的特性,仅仅是因为他将神话置于厚实的现实之中,而不是置于想象的流云之中。"②于是,加缪也如同《白鲸》的作者一样,让他的《鼠疫》充满现实世界的无数准确逼真的细节,让日常生活的平淡的风在其间吹拂,从而更见出与恶相搏之惊心动魄:这是寻常百姓的英勇和尊严,有顶天立地之慨,而无叱咤风云之态。在加缪的笔下,病鼠的垂死挣扎,患者的痛苦煎熬,医生们的努力,卫生防疫组织的工作,以及封城之后市民的种种反应、咖啡馆、电影院、商店等场所的反常的热闹、黑市的猖獗等等,这一切都被以一种无可挑剔的现实主义手法,生动准确地呈现出来。有些场面,例如里厄医生与妻子在车站告别、格朗望着橱窗中的木刻玩具泪流满面等,都具有一种催人泪下的力量,的确是平淡之中涌动其激情,是日常生活中时时可以见到的。正是在这种厚重的现实的基础上,加缪构筑了一个"没有女人的世界"。这是某种抽象,某种升华。没有女人的世界是无法呼吸的世界,是恶肆虐的世界,是必须激励人们奋起抗争的世界。加缪就这样进入了神话世界,把对于鼠疫的解释"扩展至一般存在",即人生本相。在《鼠疫》中,现实与神话相互依存,缺一不可,现实是神话笼罩下的现实,神话是现实支撑着的神话,其结合是艺术生命力的源泉。加缪说:"艺术拒绝日

---

① 加缪:《手记》。
② 加缪:《赫尔曼·梅尔维尔》。

常的真实,就失去生命。然而这生命虽属必要,却并不充分。艺术家不能拒绝现实,是因为他必须给予现实以一种更高的证明。"① 神话的创造不就是对于现实人生的一种更高的证明吗?

《鼠疫》被称为"记事",其人物塑造也很少求助于想象,然而这也许正是神话人物的特点:真实但不求细腻,鲜明但不求独特,生动但不求丰满。批评家也许可以指责作者多少把人物当成了某种观念的载体,但他绝没有理由说这些人物是些苍白的概念和没有生气的木偶。加缪原本无意于塑造单个的典型,把人物搞得血肉丰富栩栩如生,因此也极少施笔墨于人物形体的刻画和音容笑貌的复制,然而他绝不放过人物精神活动曲线的每一个起伏或转折。这使他笔下的人物虽面目不清却跃然纸上,虽线条粗略却真实可信,并没有传声筒的毛病。一种深刻的历史感和强烈的现实感使这些人物很自然地进入读者的生活,只要人还需要与恶抗争,而这种抗争看来是永远需要的。这正是神话人物的特殊的魅力:人们只是相信其存在,而不必知其头发为棕色还是金黄,其眼睛是灰色抑或蓝色。例如医生里厄,他既能思想,又能行动,他以清醒的头脑和果决的毅力参加一场必须的战斗。他并不抱有任何幻想,也不自诩"为了人类的得救而工作",他只是履行医生的职责:"对人的健康感兴趣",做好"本分工作"。他的勇气是一个普通人的勇气,但我们知道,普通人的勇气在为了生命和正义而斗争的时候可以产生出多么惊人的力量。塔鲁则不同,他为了躲避精神上的鼠疫和追求"内心安宁"来到这座丑陋的城市,他的目标高得吓人,他要做一个"不信上帝的圣人",他需要某种非常的事件来显示和保持他精神上的卓越,因此他感到"做一个真正的人"更为困难。作者对他有着很深的敬意,然而并不把他推荐为可以仿效的榜样。格朗这位事业上和爱情上都未获成功的小职员,却以其正直甚至平凡赢得作者的同情甚至敬重,他那近乎可笑的对于完美的追求终于因意识到限度而未演化为愚蠢的虚妄,使他能够"一本正经地再不去想他的女骑士,专心致志地做他应该做的事情"。作者把"这位无足轻重和甘居人后的人物"推荐为"英雄的榜样或模范",这绝不是无谓的调侃,而是"使真理恢复其本来面目,使二加二等于四"。还有那位新闻记者朗贝尔,他因采访而滞留病城,一心

---

① 加缪:《艺术家在狱中》。

想着的是出城与情人相会,并不认为鼠疫与他有什么相干。他追求的是幸福,然而他终于认识到:"要是只顾一个人自己的幸福,那就会感到羞耻。"他加入了抵抗鼠疫的战斗。帕纳卢神甫开始时将鼠疫看作上帝对人类的"集体惩罚",号召信徒们谦卑地接受,因为他不相信"徒劳无功的人类科学",但是无辜的儿童的死使他受到震动,不得不重新审视自己的信仰。他因拒绝治疗而死于鼠疫,这无谓的死告诉人们,以顺从代替斗争会导致什么。然而,在这场人与鼠疫的殊死搏斗中,真正应该受到蔑视的只有那个形迹可疑的科塔尔,因为只有他是与鼠疫"合作"的。总之,《鼠疫》中的这些有名有姓有言语行为的人物代表了人在恶的面前所可能有的种种表现,他们使人抵抗恶这一古老的神话焕发出新的活力,在其中注入了人们经历过的或可以想象的生活真实。

《鼠疫》的语言朴素明快,从容不迫地记述了这一场灾难的兴衰起伏。口吻的平淡与事件的巨大之间形成强烈的反差,这是加缪向斯丹达尔等古典作家学习的结果,同时也是一切神话都具有的明显特征。没有故意制造的效果,没有耸人听闻的夸张,也没有精心编织的悬念,有的只是老老实实的见证和平平常常的思考,然而深刻的哲理恰恰蕴藏在这里。真理不在人迹罕至的高山上,也不在玄奥难解的说教里,真理就在人们生活的大地上,就在人们每日的烦恼和欢乐中。这也是那些伟大的神话早已告诉人们的东西。

选自郭宏安:《从蒙田到加缪:重建法国文学的阅读空间》
北京:生活·读书·新知三联书店,2007年

杜拉斯

一对素未谋面的文坛"姐妹"
——阐释和对话中的玛·杜拉斯与张爱玲

齐宏伟

同为女作家的玛·杜拉斯(Marguerite Duras,1914—1996)与张爱玲(Eileen Chang,1921—1995),出生时间相差仅7年,去世间隔不到6个月,几乎都是从二战的废墟和瓦砾上开始自己的文学探索。二人都在亚洲度过了不算幸运的童年,而后在大陆或茫茫大洋的另一端颠沛流离,声名鹊起之下是孤苦寂寥的心。她们都有意或无意地为了自己珍爱的文学而牺牲了为人妇、为人母的家室温暖。相似的"宿命"使她们成为文坛上素未谋面的"姐妹",虽相聚于近乎相同的世界文学命题下,但她们又是各自文化传统的忠实女儿。本文拟从三个方面入手,谈谈她们的作品在相互对照中给我们的一些新的思路和启发。

一、创作之钥:"荒凉"与"绝望"

能否各用一个词打开这两位女作家整个作品的武库?如果有,那么分属二人的创作之钥,张爱玲的应是"荒凉",而杜拉的应是"绝望"。

曾有学者敏锐地指出,张爱玲喜欢带有荒凉底色的意象——月亮(宜感)、镜子(宜怜)、玻璃(宜碎)等,是荒凉背景下的"怀远"与"深思"[①],所以,张的去世,"仿佛连她的死,月光也像魂魄了"[②]。而杜拉斯笔下总汹涌着欲望的海潮与急流,任何堤坝也无法阻挡,灼热的阳光下又使人如置身无边的荒漠,仿佛连她的死,房屋也像沙漠了。我们总忘不了《倾城之恋》中那堵墙和《太平洋大堤》中那条堤坝。沿着那堵墙走进去,呀,意识中总有着地老天荒的销魂,人永远怀着怅惘试图走进那永远走不进的古典;而杜拉斯的大堤却那么脆弱,一片洋海茫茫,人

---
① 水晶:《像忧亦忧,像喜亦喜》,载《中外文学》(台北),1972年第2期。
② 蒋勋:《花的鬼魂——悼张爱玲》,载《中国时报·人间》(台北),1995年9月10日。

们不得不背起背囊重新上路。二人作品给人的感觉便是:一个被时间永恒地放逐,另一个在空间无限地漂泊。

作品是作家命运的一面镜子。从镜子里我们反观作家,便发现分属两个作家的个人"宿命",一个是"走回去",另一个是"走出去"。张爱玲是往回走,走回过去和回忆,这可能主要和她少女时期惨痛的被囚经历有关。在《私语》中,张爱玲记述了少女时因和后母起冲突,被父亲拳脚相加,监禁在空房中,又生了沉重的痢疾,病了半年,差一点死了。"我也知道我父亲决不能把我弄死,不过关几年,等我放出来的时候已经不是我了。数星期内我已经老了许多年。"原先就有的日常生活回忆中"父亲的房间里永远是下午,在那里坐久了便觉得沉下去,沉下去"的古老的时间幽灵,和被囚时荒凉的月光意象终于猝合了——

> Beverley Nichols 有一句诗关于狂人的半明半昧:"在你的心中睡着月亮光",我读到它就想到我家楼板上的蓝色的月光,那静静的杀机。①

心中睡着的月亮光醒过来了,那个温暖的无忧无虑的童年梦境便被杀死了。人被从童年的伊甸园中放逐出来,在不再有亲情、不再有快乐的岁月中漂泊。也许,文学正是产生在这种返回家园的乡愁而又无法返回家园的隐痛之中?!

记忆是多么难堪的重负。张爱玲已经再也无法从囚禁她的屋子里走出来了,以后的生活只能一再地走回残酷、冰冷、感伤的过去。"他深深陷入事实的真相、现实的泥潭不能自拔,他是被毁了。"这是杜拉斯议论她被监禁14年又7个月的朋友乔治·菲贡的话,"释放对于他一无所用,也没有可能向没有进过监狱的人讲这种事,监狱,这种剥夺,就是这么一回事。菲贡从弗雷纳监狱出来,即陷入无法改变的孤独之中。②也许,张爱玲会明白这种心理,她的创作正是勘破温情后的孤独自由。

---

① 张爱玲:《私语》,见《张爱玲文集》第4卷,合肥:安徽文艺出版社,1992年,第106—108页。

② 玛·杜拉斯:《菲贡·乔治》,见《物质生活》,天津:百花文艺出版社,1997年,第106页。

杜拉斯不能接受这种人生。她说：

> 我是一个不会再回到故乡去的人了。因为与一定自然环境、气候有关，对小孩来说，那就是既成事实。这是无疑的。人一经长大，那一切就成为身外之物，不必让种种记忆永远和自己同在，就让它留在它所形成的地方吧。我本来就是诞生在无所有之地。①

令杜拉斯最激动的经历无疑是另一类，不断地走出去，从一具躯体流浪到另一具躯体，从一个城市流浪到另一个城市，正如一首歌中所唱——"醉在一个陌生的酒馆里，唱着一首不知名的歌"。在空间的转移中把对时间的记忆湮没了，又何必有过多沉重的回忆呢？我们是现代的城市浪子，重要的是抓住夜里遇到的最后一个顾客，疯狂做爱。在时间的长河中，没有亲情没有温热的张爱玲只能从回忆的琐屑中汲一瓢饮，但时间的恒动不息，只能使她不断被放逐；而在空间的版图上，杜拉斯不屑于把情感钉在一点上，不断地走出去，永远在空间漂泊。她们都没有自己的家乡。无所有之时，无所有之地。

再回到作品上来。张爱玲笔下的人物似乎永远背着时间的重负，因袭着历史的压力，摆脱不了回忆的阴影，这些人物活动的场景和他们巨大的时间焦灼感似乎永远如张自己的一首诗所写：

> 他的过去里没有我；/曲折的流年，/深深的庭院，/空房里晒着太阳，/已经成为古代的太阳了。/我要一直跑进去，大喊："我在这儿！我在这儿呀！②

《茉莉香片》中的聂传庆，就是在这样的庭院里体会着曲折流年的。当年母亲夭折的恋情像一把剪子不断在他心里绞着，他真恨不得跑回过去，替母亲把言子夜抢过来。自怨、自恋、自卑、自惜，使他才20岁，就有了老态。

---

① 玛·杜拉斯：《房屋》，见《物质生活》，天津：百花文艺出版社，1997年，第67页。
② 胡览乘：《张爱玲与左派》，见静思：《张爱玲与苏青》，合肥：安徽文艺出版社，1994年，第156页。

可贵的是,张爱玲独独写出了人物回忆历史和沉溺于过去的销魂境界。人自己就愿意无限地沉下去沉下去,"一点点小事便放在心上辗转,辗转,辗转思想着,在黄昏的窗前,在雨夜,在惨淡的黎明。呵,从前的人……呵,现在的人。"①《年青的时候》的沁西亚在自己的婚礼上捧着白蜡烛,独自制造一种奇异而苍白的美丽。"她一辈子就只这么一天,总是有点值得一记的,留到老年时去追想。"②《爱》中的"她","经过无数的惊险的风波,老了的时候她还记得从前那一回事,常常说起,在那春天的晚上,在后门的桃树下,那年青人"③。这也使张爱玲对笔下人物命运的观照独有一种不堪回首的沧桑之感、顾影自怜的身世之叹,幻想着"于千万年之中,时间的无涯的荒野里,没有早一步,也没有晚一年,刚巧赶上了"④。实际上,更经常的倒是:不是早一步(《创世纪》中匡潆珠和毛耀球),就是晚一步(《十八春》中曼桢和世钧),刚巧错过了,使人"感到一种凄凉的满足",就像《十八春》中曼桢和世钧这对恋人18年后的重见。根据《十八春》改成的《半生缘》中,曼桢还有这样一句话:"世钧,我们回不去了。"实际上这已经坠入了不堪回首、往事不再的老套子中去了。这是身为现代人的张爱玲抵挡不住的诱惑,也是我们古老文明借尸还魂,让人一味沉下去,沉下去,没有新生,没有行动,只有所谓回忆和销魂。

杜拉斯偏偏走了另一个极端,她笔下的人物却没有这种地老天荒、令人黯然的时间意识,那是一些似乎没有过去、没有历史的男男女女们,欲望延伸成无限绝望的大漠,他们偶然相遇,又复归于绝望,开始新的漂泊与流浪。《蓝眼睛黑头发》中的男女主人公,邂逅同居后,竟然谁也不知道对方的名字和过去,仅仅是两个都想死的人进行的一场死亡之前的游戏,借以逃避那无可逃避的孤独和忧伤。而在《洛尔·瓦·斯泰因的迷狂》中,在 S·塔拉举办的一次舞会上,斯泰因的未婚夫与安娜—玛丽·斯特雷特邂逅,二人一言未发,便在斯泰因的眼皮底下"私奔"而去。

摆脱了历史、记忆的纠缠,杜拉斯的人物就是这样,渴望走出去寻找新的情感历险。《太平洋大堤》在美国被拍成电影,但结尾改成了约

---

① 张爱玲:《茉莉香片》,见张爱玲:《传奇》,北京:人民文学出版社,1986年,第127页。
② 张爱玲:《年青的时候》,见张爱玲:《传奇》,北京:人民文学出版社,1986年,第307页。
③ 张爱玲:《爱》,见《张爱玲文集》第4卷,合肥:安徽文艺出版社,1992年,第78页。
④ 同上书。

瑟夫和苏珊娜兄妹二人留下来,没有走出太平洋边的那块租借地。为此,杜拉斯十分生气,又专门写了一个剧本《伊甸影院》(1977)以示反抗,结尾是约瑟夫对当地人说的一段话——

> 我们要把她(指约瑟夫的母亲——引者注)的尸体带到远离你们的地方。白人,她是白人。即使她爱你们,即使她的希望就是你们的希望,即使她为平原上的孩子们哭泣,她在你们的国家永远是一个外国人。在你们的国家我们是外国人。她将葬在西贡的殖民地墓地里。①

人被欲望挟裹,新的冒险伴随的也只不过是新的绝望。《直布罗陀海峡的水手》、《广岛之恋》、《如歌般的中板》、《副领事》等作品,其笼罩着的绝望意识是彻入骨髓里去的。

然而至此,被时间放逐的地老天荒的荒凉情绪和在空间漂泊的无可奈何的绝望意识分别作为二人的创作之钥,一下子激活了她们的作品精魂。在张爱玲那里,对人的存在状态的关注远远大于对存在的人的关注。她敏锐的体验是在时间性上,人在某一时刻的某一特定心境,使她能观照出人类的悲悯与脆弱,遗憾的是她常常一味销魂下去。而杜拉斯却彻底、洒脱得多,从生活方式到落笔为文,她非常希望把人还原成一具活的肉体,她对存在着的人的关注远远大于对人的存在状态的关注。但是,人无所谓过去也就是无所谓将来,没有历史感的生命也照样有其不能承受之轻,人虽然可以行动却只不过复归于平面爬行着的绝望而已。

二、世界文学命题下的重新思索

但二人给我们的思索仅止于此吗?刘小枫认为——

> 比较文化的对话中所追问的价值意义必然应该是普遍有效的,不能说它只关涉东方或西方,除非我们假定有一方根本就不是人,或者是另一种类的人,他们要求的是另一种类型的真理或价值意义。况且,真实的绝对价值不会是经验形态的东西,它只能是超

---

① Marguerite Duras. L'Eden Cinema[J]. Mercure de France (Paris),1977,p. 145.

验形态的真实。如果这种真实来自经验现实和历史形态，就根本无法确保其真实性。①

沿着作家经历和创作意象的经验层面追问下去，我们不能满足于她们作品中有什么，我们还必然关涉到她们作品中应该有却不一定十分明确的那一部分。沿着二人的思索继续思索下去，那么令人惊讶的倒是杜拉斯与张爱玲二人殊途同归，相遇于同一个世界文学命题下：人对于自己被抛在生活中消耗生命这一状况的无能为力。

下边分别是杜拉斯与张爱玲自己的话——

> ……问题并不涉及什么痛苦，而是确认自始即有、几乎童年时就出现的那种失望，可以说，确实，就像八岁时就有的自认无能为力的那种认识又突然浮现在眼前，面对种种事物、人，面对大海，面对生命，面对自身肉体的局限性，面对森林，不冒被杀死的危险就不能接受森林，面对定期邮船离去的永诀，面对哭父亲死去的母亲，那种伤痛明知幼稚但他毕竟是从我们这里被夺走了，就是面对这一切所产生的自知无能为力的那种认识。②

> 人生的结局总是一个悲剧。老了，一切都退化了，是个悲剧，壮年夭折，也是个悲剧，但人生下来，就要活下去，没有人愿意死的，生和死的选择，人当然是选择生。③

表面上看这只是两段悲观的体验性文字罢了。在时间的深渊中人又算得了什么呢？但与两个人的创作观联系起来看，这分明是两人自觉的思想，不仅是主观感叹，更是她们认为客观如此。或者说，这是杜拉斯和张爱玲眼中的那个世界。从她们的观念中，她们只能看到这样的世界。生命已经赐给我们了，我们却只能任由生命在生活中消耗下

---

① 刘小枫：《拯救与逍遥》，上海人民出版社，1988年，第20页。
② 玛·杜拉斯：《拉辛森林》，见玛·杜拉斯《物质生活》，天津：百花文艺出版社，1997年，第79页。
③ 殷允芃：《访张爱玲女士》，见陈子善《私语张爱玲》，杭州：浙江文艺出版社，1995年，第122页。

去,永远地消耗下去。人既然有了生命,那就不得不活下去。被抛入相对性的、局限性的生活中,人欲哭无泪,欲喊无声。张爱玲的名言——"长的是磨难,短的是人生"。反过来,是对自己无能为力、无可奈何的认识。这种感叹和认识被客观化了,所有的超越的努力和斗争的激情都显得苍白、可笑。不是古典式的或东方人的多愁善感,而是人的存在的客观境况原本如此。也许这才是这两段文字的深意所在。

或许可以说,研究只是一种解释。从这个前提出发,我们可以重新解释两人作品的深层意蕴。我们细读杜拉斯的《太平洋大堤》和张爱玲的《花凋》,便能体味到这是一种"绝对"的悲剧,是一种"存在"的悲剧,更是没有斗争、没有激情的"几乎无事的悲剧"。

> 很快母亲就睡着了。她摇晃着脑袋,嘴巴半张着,完全沉入睡梦之乡,清清白白地在梦乡漂浮着。再无法恨她了。她曾狂热地爱着生活,是她那不知疲倦的、不可救药的希望使她变成了一个希望的绝望者。这希望使她耗尽精力,把她毁了,以至于这使她得到休息的睡眠,甚至死亡似乎都无法超越它。①

母亲一次次地怀着激情投入生活,又一次次地被生活抛弃,人家租给她的是无法耕种的海边低地,她一再被蒙骗,她变得疯狂而麻木。生命,原来有激情、有希望、有梦想的生命变得越来越丑陋、衰老,最后发展到躺在旅馆床上昏睡、尿床,变得厚颜无耻又极其脆弱。杜拉斯说是社会不公使她愤然提笔创作②,但我们却发掘出母亲的悲剧并不单是社会不公造成的。生命如此地屈辱于残酷的生活法则下,被燃烧成烬成灰。她一次次地抗争又一次次失败,生活中每一个希望都注定变成绝望,她躺在床上,看着生命一点点缓慢地衰老下去。她的精神状态中被欺骗、被摧残、被抛弃状况已无可改变。其实,母亲并不仅仅是被社会和生活所欺骗、摧残、抛弃,更是被她自己的激情、希望和梦想所出卖,

---

① 玛·杜拉斯:《太平洋大堤》,见玛·杜拉斯:《第二性》,石家庄:河北教育出版社,1995年,第311页。

② 玛·杜拉斯《物质生活》"前言":"没有一篇文字完全反映我一般对所涉的问题进行思考的内容,因为一般来说,我并没有思考什么,除非是社会不公正这个问题,其他我没有思索什么。"见《物质生活》,天津:百花文艺出版社,1997年。

这些都荒唐可笑地虚掷于无所有之地,脆弱如抵挡太平洋的堤坝,一冲即垮。她不敢承认,她渴望燃烧但无从燃烧,她无法在生活中给生命以应有的地位和价值。这是人类的悲剧。

张爱玲的《花凋》讲的也是生命的悲剧:无法成为妻子的情人(郑川嫦)正郁郁死去,将成为妻子的恋人(余美增)正百般挑剔,已成为妻子的夫人(郑夫人)即使曾有的一丝恋意也早在生活中被磨损净尽了,剩下的只是对丈夫刻骨的怨与恨。总之,妻子(或丈夫)已经不爱对方了,却说对方不值得爱了。但问题是生命不就是这样在生活中蜕尽最后一丝温情的吗?所以,《花凋》所应有的深刻之处正在于虽分写了郑川嫦、余美增、郑夫人三个女人,实则是应该写一个女人一生的三个阶段"希望——失望——绝望"的三部曲。生命如一朵花,开了也就开了,但随即也就在生活中无可救药地败落、枯萎下去。"生命却是比死更可怕的,生命可以无限制地发展下去,变得更坏,更坏,比当初想象中最不堪的境界还要不堪。"①但遗憾的是张爱玲没有自觉地写出一个女人有抗争、有挣扎的这三个阶段,只是附设了一些虚浮的幻想和过多的对身世的怜惜感叹,没有从郑川嫦这一人物身上超越出去。所以傅雷在著名的《论张爱玲的小说》一文中说:"明知挣扎无益,便不挣扎了。执著也是徒然,便舍弃了。这是道地的东方精神,明哲与解脱;可同时是卑怯,懦弱,懒惰,虚无。"但同时也应看到,如果沿着张爱玲的思索继续下去,"卑怯、懦弱、懒惰、虚无",难道不正是人的本相吗?从孩子的幻想,到恋爱时的指责,到结婚后的怨恨,不正是对这一本相的进一步体认吗?生命无可救药地跌下去,跌下去,跌进无限的深渊里。《花凋》里的川嫦"无望了。以后预期着还有十年的美,十年的风头,二十年的荣华富贵,难道就此完了么?"生命因其华美而更加忧伤,生命因其可爱而倍加脆弱。所以,张爱玲如此感叹说:"总之,生命是残酷的。看到我们缩小又缩小的、怯怯的愿望,我总觉得有无限的惨伤。"②这是一种敏锐的生命体验,如果张爱玲不止于仅仅喟叹伤感的层次,她应能写出这并不是一个美丽女孩夭折的特殊悲剧,这本该是郑夫人的悲剧,是存在的悲剧。

存在的人的悲剧是,必须是存在着的有激情有欲望的人,而不是存

---

① 张爱玲:《十八春》,见《张爱玲文集》第3卷,合肥:安徽文艺出版社,1992年,第268页。
② 张爱玲:《我看苏青》,见《张爱玲文集》第4卷,合肥:安徽文艺出版社,1992年,第235页。

在的物。人的存在的悲剧是人必须存在，人不得不存在，人实在无法不活。这就是沿着杜拉斯与张爱玲的思索所引发出的世界命题。命题之所以是命题，就在于它是被命令的，被人类、被存在所命令的题目，是带有普遍性的。罗密欧与朱丽叶的悲剧换一个家族就可避免，于连的悲剧换一个时代也可避免，但母亲和郑夫人的悲剧却是所有女人、所有时代的悲剧，就是你与我的悲剧，是每天都上演的生命与生活冲突的悲剧，这是属于20世纪世界文学的命题。20世纪文学过多地来描写人性的丑陋、苍白，生活的无聊、空虚，生命的困惑和矛盾，其实只不过把人类的内心世界给外化了而已。二战后，人们很难相信外在境遇的改变和社会制度的改善能根本解决人类的存在问题。人，就其存在来说，是有意义的，还是无意义的呢？如果是有意义的，那为何人生的荒谬和无意义似乎更接受于真实呢？

三、我写故我在

这一世界文学命题呼唤着天才的作家。杜拉斯和张爱玲便是其中的两位。她们的眼光是世界性的，她们的思索又是具有现代性的。同时，这一命题又对她们提出了严格的要求。

首先，这一命题要和她们女性古老的生命意识结合在一起。对生命的关注，必然使张爱玲与杜拉斯关注自己作为女性的生命体验。张爱玲评自己的朋友苏青说："苏青最好的时候能够做到一种'天涯若比邻'的广大亲切，唤醒了往古来今无所不在的妻性母性的回忆，个个人都熟悉，而容易忽略的，实在是伟大的。她就是'女人'，'女人'就是她。"[①]其实，"唤醒"这个词用在张自己身上更适合。20岁刚出头的姑娘，猛不丁像红楼闺阁中的幽灵探头进现代都市，说出深得红楼真传的成熟、世故的话来，如果不是因着打通古今，唤醒了古老的女性生命潜意识中的成熟和智慧来，那就有点匪夷所思了。所以杜拉斯说："我不是有所为而写。我也不为女人写。我写女人是为了写我，写那个贯穿在多少世纪中的我自己。"[②]杜拉斯也早就把自己看成了历史上多少个

---

① 张爱玲：《我看苏青》，见《张爱玲文集》第4卷，合肥：安徽文艺出版社，1992年，第236页。
② 玛·杜拉斯：《房屋》，见玛·杜拉斯：《物质生活》，天津：百花文艺出版社，1997年，第53页。

女子的或苍凉或绝望的悲剧,认为女子是在万无可忍受的死亡的边缘线上跳舞。历史的舞台上,女性的悲剧并不纯然是男性给制造的,这里有女性自己的悲剧。这是张爱玲在《谈女人》一文中所关注的,可以说这是生命的普遍的悲剧,概因女性往往被看成是弱者,其生命体验又较为敏感、强烈,更拒绝社会、文化、时代等偶然因素的夹杂之故吧。她们的写作题材是围绕性爱/欲望着笔,反而因其在题材上的限制从而在主题上更为深入。这是限制,也是特长。生命的微弱呼吸借女性发出呼喊,落笔写女性也便写了生命。

其次,这一世界性文学命题也要与两位作家对生活的敏锐透视和悲悯关注结合起来。两位作家不约而同地对生活的琐碎、困窘、屈辱及社会低阶层人们的苦难有较深的体味和透视。这样的生活所制造的不是苦难,而是磨难。这里没有轰轰烈烈的搏斗和死亡,只有屈辱、苟且的生存。日常生活成为最大的敌人,把人一点一点地消耗、磨损下去。人不是在自觉地像英雄那样生活,而是被动地被生活生活,生命的情感和华彩一点点地消损殆尽。以至于人开始怀疑有没有一种更好的生活,人开始相信这就是本来的生活。张爱玲的《红玫瑰与白玫瑰》与杜拉斯的《如歌般的中板》(又译《琴声如诉》),正是这方面探索的杰作。作品深刻揭示了人与日常生活的紧张关系,恰如西绪福斯推动着巨石的命运!

最后,这一世界性文学命题也要求两位作家反观自己的世界观、人生观和创作观,从而对这一命题提供自己的价值判断和意义追求。根据笛卡尔提出的命题,杜拉斯和张爱玲也许可以这样说:我写故我在。她们都是天才的作家,带点自恋地喋喋不休,在文学的空间里有点疯狂地写,写,写。她们都喜欢写,都有想说的欲望,但这种欲望往往使她们来不及思考,甚至来不及生活。如何通过"我写"来探索"我在"的意义和价值呢?

对于张爱玲来说,"细节往往是和美畅快、引人入胜的,而主题永远悲观。一切对于人生的笼统观察都指向虚无。"[①]但是,"这'虚空的虚空,一切都是虚空'的感觉总像个新发现,并且就停留在这阶段。一个一个中国人看见花落水流,于是临风洒泪,对月长吁,感到生命之短暂,

---

① 张爱玲:《中国人的宗教》,见《张爱玲文集》第4卷,合肥:安徽文艺出版社,1992年,第111页。

但是他们就到这里为止,不往前想了。"①于是,张爱玲便马上转到使人"得到欢悦"的"物质的细节上"去了。所以,她的作品所揭示的精神困境往往退回到物质层面上去,承认生活的正当性和现实性,用生活规定生命,"不明不白,猥琐,难堪,失面子的屈服,然而到底还是凄凉的。"于是就中庸、妥协、苟且,无视应该有新价值的新生命的可能。可能再进一步问下去:一切都是虚空,那么"虚空"是不是也是虚空呢?"无聊"是不是也无聊呢?"无价值"是不是也无价值呢?"无意义"是不是也无意义呢?我记得韩少功的小说中有一组对话:"我把一切都看透了!"回答是:"但你没有把看透也看透!"

杜拉斯笔下的场景中总是缺少物质性的东西,迫使人去注意对话、独白和神秘的欲望潜流。和张爱玲截然相反,杜拉斯个人也总是反对将生活细节趣味化。她认为吃不过是吃,穿不过是穿,毫不重要。"我么,确实,没有必要把美丽的衣装穿在自己的身上,因为我在写作。"②所以,一件制服穿15年之久的杜拉斯,拒绝生活的情趣化,拒绝对生活妥协。但人盲目的激情和欲望负担不起与生活斗争的庄严使命,无法赋予生活以存在的目的、价值和意义。杜拉斯在《酗酒》一文中坦白承认,人们缺少一个上帝,而她自己拼命酗酒,也知道"酒不可能提供什么慰藉,它不能充实个体心理空间,它只能顶替上帝的缺失。"③但这只是一种虚幻的顶替而已。杜拉斯和她的"杜拉斯式"人物们,拒绝遁入物质的细节中去,同样拒绝站立在现实的大地上安身立命,也就只能在精神的沙漠中绝望地漂泊下去。

总之,杜拉斯和张爱玲都以极大的勇气透视了人类处境的真实状况,揭示了人在欲望深渊中的困惑和苦恼,对生命与生活的紧张关系,各自从自己的文化传统给予了可贵的关注。但遗憾的是,她们二人更多的是匠气,而缺少大师级的严肃、真诚的思考。也许,文学的目的应在文学之外,使我们能够安身立命,诗意地在大地上栖居吧!

选自《南京大学学报》(哲社类),2000年第2期

---

① 张爱玲:《中国人的宗教》,第111页。
② 玛·杜拉斯:《M·D·制服》,见《物质生活》,天津:百花文艺出版社,1997年,第74页。
③ 玛·杜拉斯:《酗酒》,见《物质生活》,天津:百花文艺出版社,1997年,第22页。

托马斯·曼

《布登勃洛克一家》:市民阶级的心灵史

黄燎宇

一

  1897年5月,出版商萨缪尔·费舍尔致信旅居意大利罗马的托马斯·曼:"如果您肯给我机会出版一部大型散文作品,哪怕是一本篇幅不那么大的长篇小说,我将非常地高兴。"①这位年仅22岁、只发表过几个短篇的文学青年欣然允诺。在随后的三年里,他从罗马写到慕尼黑,完成了一部以他的故乡——濒临波罗的海的吕贝克——为背景的长篇小说,取名《布登勃洛克一家》②。小说于1901年出版后反响甚大③,销量随之出现戏剧性攀升④。从马赛到哥本哈根,从阿姆斯特丹到柏林,都有读者发出惊叹:"和我们这里的情况一模一样。"⑤1929年11月,瑞典文学院宣布托马斯·曼获该年度诺贝尔文学奖,但保守的评委们对《魔山》这样的长篇杰作和《死于威尼斯》等优秀中篇视而不见,特别强调托马斯·曼获奖是因为他写出一本《布登勃洛克一家》⑥。时

---

  ① Donald Prater. *Thomas Mann. Deutscher und Weltbürger.* Deutscher Taschenbuch Verlag München 1998 S.39.
  ② 最初取名为《江河日下》。
  ③ 就连品味高雅的里尔克也很快(1902年4月)加入了赞扬者的行列。见:Jochen Vogt. *Thomas Mann:Buddenbrooks.* Wilhelm Fink Verlag München 1983. S. 148 ff.
  ④ 以下数据很说明问题:1903年出第二版,1910年出到第五十版,累计销售达五万册,1919年便出到第一百版,1930年累计销售达到一百万册。到20世纪80年代,累计销售已超过450万册。
  ⑤ Thomas Mann:*Über mich selbst.* Frankfurt am Main 1994. S.36.
  ⑥ 托马斯·曼对此不以为然。他在致纪德的一封信中写道:"一本《布登勃洛克一家》绝不会给我带来促使和推动文学院为我颁奖的声望。"见 Thomas Mann:*Briefe 1, 1889—1936*, Frankfurt am Main 1988,S.298.

至今日,《布登勃洛克一家》已成为名副其实的百年文学经典。初出茅庐便写出不朽的长篇,文学史上仿佛又增添了一个一不留神搞出伟大作品的奇迹。然而,托马斯·曼不相信奇迹。他在惊喜之余开始思考一个问题:起点不高、期望不大的《布登勃洛克一家》[①]凭什么打动世人?他冥思苦想,终于在年近半百之时豁然开朗:《布登勃洛克一家》是一部"市民阶级的心灵史",他的一生,其实只讲述了一个故事,那就是"市民变化的故事"[②]。

为概括《布登勃洛克一家》的"中心思想"而绞尽脑汁的外国读者,十有八九不会因为读到托马斯·曼这一高屋建瓴的自我总结而茅塞顿开,因为"市民"恰恰是一道阻碍外国读者进入托马斯·曼艺术世界的概念屏障。我们认为问题的根源在于德文词 Bürger。Bürger 源自 Burg(城堡),字面意思是"保护城堡的人",也就是"城堡居民"或者"城市居民",即"市民"。在西欧,市民自诞生之日起就是一个阶级,就存在对立面。一部欧洲近代史,就是市民阶级反对贵族阶级的历史,就是前者高举着自由、平等、知识以及劳动光荣的旗帜,与固守政权、固守旧有社会观念和社会秩序的后者进行对垒的历史。这场斗争在18、19世纪才尘埃落地,西欧各国的市民阶级相继登上历史的宝座,在政治、经济、文化各方面引领时代。然而,尽管有着相似的历史经历,德国市民阶级的自我意识却和他们的近邻有所不同。Bürger 一词便是例证。Bürger 的内涵意义不同于英语的 burgher(家道殷实、思想保守的中产阶级市民)或者 citizen(公民)或者二者之和,也不同于法语的 bourgeois(资产者)或者 citoyen(公民)或者二者之和,让英文和法文译者不胜烦恼[③]。与德

[①] 托马斯·曼回忆说,他拿新出炉的《布登勃洛克一家》选段把亲戚朋友逗得哈哈大笑,笑声过后众人一致认为该小说缺乏广阔的世界景观,拿来练笔或者自娱自乐倒是不错,当时他对这种看法表示认同。后来在斯德哥尔摩的宴会上他对瑞典女作家、1909年诺贝尔文学奖得主瑟尔玛·拉格洛夫的话又产生了共鸣,因为后者告诉他,她写《叶斯达·伯陵的故事》时,心里只有心爱的侄儿侄女们,压根儿没想到会因此一举成名。

[②] Thomas Mann: Über mich selbst. Frankfurt am Main 1994. S. 35 und S. 49.

[③] H. T. Lowe - Porter 在其《布登勃洛克一家》英译本中交替使用"burgher"和"citizen"。见 Buddenbrooks: Translated from the German by H. T. Lowe - Poneviéve York. May 1984. p. 148, p. 372。Geneviéve Blanquis 的法文译本用的是"bourgeois",但同时用脚注说明"Bttrger"囊括了"bourgeois"和"citoyen"的意思。见:Les Buddenbrook. Le déclin d'une famille。Roman traduit de l'Allemand par Geneviéve Blanquis. Librairie Arthème Fayard 1965. p. 458。

国人同文同种同历史的英国人和法国人尚且如此,中国读者的处境也就可想而知了。如果我们因为阅读托马斯·曼的作品查阅一本合格的现代德汉词典,我们有可能被 Bürger 词条搞得头晕目眩:市民,公民,市侩,中产阶级,资产阶级……我们习惯把"市民"看成"城市居民"或者"市井俗民"的缩写,既不理解德国"市民"的关系为何如此复杂,也不明白德汉词典中的解释怎么就没有一个百分之百地适合托马斯·曼的语境。① Bürger 的隐含意义如此丰富、如此驳杂,这多少反映出社会意识的历史变迁。这中间有两点值得注意:第一,从 18 世纪后期到 19 世纪的德国市民阶级(das Bürgertum),实际上是一个精英阶层,是由医生、律师、工厂主、大商人、高级公务员、作家、牧师、教授以及高级文科中学教员组成的中上层。相同或者相似的价值观念和生活方式是联系形形色色的阶级成员的纽带。尽管德国市民阶级都是殷实之家,我们所熟悉的政治话语也一直把他们统称为资产阶级,使人联想到这个阶级的本质特征是占有并崇拜财富,但是德国市民阶级很难接受单纯的资产阶级称号。个中原因在于,他们引以为豪的恰恰是财富和文化的水乳交融。约翰·沃尔夫冈·封·歌德(虽然他的姓名之间添了一个代表贵族身份的"封"字,他仍然被视为德国市民阶级的伟大代表)的一句箴言便充分表达出他们的文化精英意识:"若非市民家,何处有文化"②。第二,从 19 世纪开始,Bürger 这一概念便不断受到贬义化浪潮的冲击。德国浪漫派对市民阶级的社会理想和道德理想进行了讽刺和批判,把市民统统描绘成手持长矛的形象,使 Bürger 和 Spießbürger(市侩,小市民)③结下不解之缘;掀起"波希米亚革命"的艺术浪子们纷纷向吉普赛

---

① 中译者一般都在"市民"和"资产阶级"之间徘徊。譬如,傅惟慈译的《布登勃洛克一家》采用前者,刘德中等译《托马斯·曼中短篇小说集》则是采用后者。但是译者们没有加任何注释。

② 全诗为:"若非市民家,何处有文化,骑士会农夫,市民遭活剥"(Wo käm' die schönste Bildung her,/Und wenn sie nicht vom Bürger wär',/Wenn aber sich Ritter und Bauern verbinden,/Da werden sie freilich die Burger schinden.)。见:Goethe: *Zahme Xenien IX*. Züricher Gedenkausgabe [Artemis], hrsg. v. Ernst Beutler. Bd. II, S. 412.

③ Spießbtlrger 是对中世纪那些没有坐骑的矛(Spieß)卫士的蔑称。

人看齐①,浪迹天涯、无牵无挂的"波希米亚"让稳定而体面的"布尔乔亚"遭到严重的审美挫折;资本主义的蓬勃发展和 1848/1849 年的民主革命的失败,使无产阶级革命导师认清了德国市民阶级的本质,Bürger 不仅成为保守、软弱、缺乏革命性的化身,而且和来自法国的 Bourgeois(资产者)融为一体;20 世纪 60 年代,随着学生运动和新左派思潮的兴起,"市民"和"市民性"再次成为批判对象,市民阶级的文化优势也沦为笑柄,左派人士故意画蛇添足,张嘴就是 Bildungsbürger(文化市民)②。就这样,Bürger 从一个原本褒义的概念逐渐演变成为一个中性的、见仁见智的概念。

    托马斯·曼有着根深蒂固的阶级意识和阶级感情。和许多艺术家不同,他年纪轻轻就表达出强烈的阶级归属感。人们也许会因为中篇小说《托尼奥·克吕格尔》(1903)感人至深地刻画了市民的灵魂和艺术家的灵魂如何在他心中对峙和争吵而疑心他的阶级立场发生了动摇,但是这一顾虑将被他随后发表的《阁楼预言家》(1904)打消。在这篇小说中,他不仅把自己塑造成一个头戴礼帽、蓄着英式小胡子的中篇小说家(这是 19 世纪德国市民的标准形象),而且带着讥讽和怜悯描写在阁楼上面折腾的"波希米亚"。对于他,"市民"是一个值得骄傲的称号,市民阶级是一片孕育哲学、艺术和人道主义花朵的沃土,歌德和尼采都是在这块土壤上成长起来的文化巨人,所以他要保持市民阶级的特色,要捍卫市民阶级的尊严,他强调,"市民变化的故事"讲的只是市民如何变成艺术家,而非如何变成资产阶级或者马克思主义者。他也如愿以偿地被视为 20 世纪的歌德③,被视为德国传统市民文化的集大成者。

    必须指出的是,1900 年前后的托马斯·曼还没有系统地反思市民

---

  ① 巴黎的艺术浪子们之所以和波希米亚扯上关系,是因为法国人把他们崇拜的吉普赛人叫做"波希米亚人"(bohemiens),吉普赛人被称为"波希米亚人",则是因为法国人认为他们来自遥远而神秘的波希米亚。

  ② 如前所述,Barger 本身就有"文化人"的含义,Bildungsbtlrger 自然成为一个带有讽刺意味的冗词。

  ③ 至少有如下事实证明托马斯·曼有这种愿望:他把《托尼奥·克吕格尔》比作"20 世纪的《少年维特的烦恼》",把《魔山》纳入《威廉·麦斯特》开辟的成长小说,长篇演说《作为市民时代总代表的歌德》和长篇小说《绿蒂在魏玛》纯粹是夫子自道。

问题,也没有以市民阶级的总代表自居,所以他的《布登勃洛克一家》本能地把市民阶级划分为三六九等(这在第四部第三章描写的市民代表大会上可一览无余①),代表曼家的布登勃洛克一家(以下简称布家)属于高等市民。这不足为怪。这是社会存在决定社会意识的又一例证。我们知道,托马斯·曼生在吕贝克的一个城市贵族家庭。所谓城市贵族,也就是贵族化的市民,也就是那些虽然没有放弃本阶级的政治和道德理念,但在生活方式和生活情趣方面向贵族阶级看齐的上层富裕市民。市民贵族化,符合仓廪实而知礼仪的社会发展规律,所以这种现象并非19世纪或者晚期市民阶级所独有,而是贯穿着市民阶级的发展史。城市贵族的标志,则是考究的饮食和穿着,含蓄而得体的言谈举止,还有高雅的审美趣味。可是,当市民阶级进化到城市贵族的时候,也许麻烦就出来了。这正是《布登勃洛克一家》所触及的问题。

二

注意到《布登勃洛克一家》副标题"一个家庭的没落"的读者,将惊喜地发现,这本讲述家族没落的小说,竟见不着多少感伤情调,反倒通篇幽默,笑声不断。透过这笑声,我们首先望见了横亘在城市贵族与中下层大众之间那条阶级鸿沟,望见了高高在上、嘲笑一切的城市贵族。不言而喻,离贵族生活相距十万八千里的穷人或者说无产者是要受到嘲笑的。他们对不起贵族的听觉,因为他们一张嘴就是土话(在德国,不会说高地德语即德国普通话,是要遭人歧视的),就闹笑话(参加共和革命的工人斯摩尔特,当他被告知吕贝克本来就是一个共和国后,便说"那么就再要一个"②),就说出让人难堪的话(前来祝贺汉诺洗礼的格罗勃雷本大谈坟墓和棺材);他们也对不起贵族的嗅觉,因为他们身上散发着汗味(而非香水味)、烧酒味(而非葡萄酒或者白兰地味道)、烟草味(而非雪茄味);他们更对不起贵族的视觉,因为他们在参加布家的丧葬或者庆典活动时,走路像狗熊,说话之前总要咽口水或者吐口水,然后再提提裤子。格罗勃雷本的鼻尖上一年四季都摇晃着一根亮晶晶的鼻涕。严格讲,小说里所有的穷人都应取名格罗勃雷本——这是

---

① Thomas Mann:*Buddenbrooks*. Aufbau – Verlag Berlin und Weimar 1990. S. 167 ff,S. 176.
② Ibid.

Grobleben 的音译,意为"粗糙的生活"。尽管中产阶级和据称能够让"波希米亚"和"布尔乔亚"不再分家的"波—波族"已在当代中国闪亮登场,但是对革命导师的教导——"最干净的还是工人农民,尽管他们手是黑的,脚上有牛屎,还是比资产阶级和小资产阶级知识分子都干净"①——心存记忆的读者还是要问,写这些东西是否太 petit bourgois,是否太小资情调。令人宽慰的是,格罗勃雷本们并非《布登勃洛克一家》的主要嘲笑对象,因为高高在上的托马斯·曼对他们没有什么兴趣(除了《布登勃洛克一家》,他那卷帙浩繁的作品里几乎见不着格罗勃雷本们的踪影)。社会地位与布家相同或者相近的人受到了更多而且更尖刻的嘲笑,如布商本狄恩,酒商科本,裁缝施笃特,以及汉诺的教师。和布家联姻的佩尔曼内德和威恩申克,更是布家的大笑料。布家人不但要挑剔发音和穿着,挑剔坐相站相吃相。他们也看重知识和教养。谁要把《罗密欧和朱丽叶》说成席勒的剧本,或者只会欣赏静物画和裸体画,或者碰到盖尔达就问"您的小提琴好吗",谁就会遭受无言的蔑视。

《布登勃洛克一家》并非贵族趣味指南,托马斯·曼也不是一味沾沾自喜的城市贵族,而是一个能够超越阶级局限的艺术天才。这本小说在取笑粗俗外表和低级趣味的同时,也用讥讽的目光来审视外表华丽、格调高雅的城市贵族。布家的几桩婚事便将城市贵族的痼疾和偏见暴露得一清二楚。门当户对,金钱第一,这是城市贵族们雷打不动的嫁娶原则。老布登勃洛克的前后妻都是富商的女儿。他的两个儿子,一个循规蹈矩,娶了本城名门的千金,另一个则大逆不道,娶了自己所爱的小店主的女儿。这个家庭叛逆不仅受到父亲的经济制裁,似乎还得罪了老天,因为他的爱情的结晶只是三个嫁不出去的女儿。她们后来则化为希腊神话中的复仇女神格赖埃。叔伯亲戚家发生的事情,姐妹三个用一只眼睛观察,再用一张嘴巴评论。第三代的婚姻更有戏剧性。托马斯虽与本城花店姑娘安娜有过一阵暗恋,但他后来还是非常理智、非常风光地娶回了阿姆斯特丹百万富翁的掌上明珠;朝气蓬勃的大学生莫尔顿很讨冬妮的欢心,但他是总领港施瓦尔茨考甫的儿子,属于小市民阶层,所以他只好眼睁睁地看着冬妮被汉堡商人格仑利希娶

---

① 《毛泽东文艺论集》,北京:中央文献出版社,2002年4月,第53页。

走。不料这两桩婚姻都带来灾难性后果:格仑利希是骗子而且破了产(与汉堡商界有着密切往来的布登勃洛克参议员竟然对其真实情况一无所知,这也够蹊跷的了),冬妮被迫离婚。后来她嫁给慕尼黑商人佩尔曼内德,但是她忍受不了胸无大志的佩尔曼内德和与她的贵族观念格格不入的慕尼黑,所以她不久便以佩尔曼内德有越轨行为为理由离了婚,回到能够让她昂首挺胸的吕贝克。她的"第三次婚姻"——女儿的婚姻,则随着身为保险公司经理的女婿锒铛入狱而告终,布家为此蒙受了重大的经济和名誉损失。至于盖尔达,她有丰厚的陪嫁,不同凡响的美貌和情趣,但她也给布家带来孱弱的体质和危险的音乐激情(汉诺徒有布家的外貌),早早地让他们绝了希望,也绝了后。同情布家的读者也许会想:莫尔顿毕业后不是很体面地在布雷斯劳开起了医疗诊所吗,他不能让冬妮过上殷实而体面的生活吗?后来变成伊威尔逊太太的安娜明明是一个具有旺盛生育力的女人,她甚至在悄悄瞻仰托马斯遗容那一刻也带着身孕(掐指一算,此时的伊威尔逊太太怎么也年过40了),当初托马斯要娶了她,第四代布登勃洛克还会形单影只,弱不禁风吗?可是,囿于阶级偏见的布家必然要拒绝莫尔顿和安娜。他们哪里知道自己这一回拒绝了健康和善良,并断送了自家的未来?

布家的衰落,难道要归咎于他们结错了婚吗?不是的。布家的没落是一个十分复杂的过程,中间搀杂着各种破坏因素。除了事与愿违的婚姻,还有骗子、败家子、竞争对手,还有日趋下降的体质和日益脆弱的意志,还有命运的嘲弄和事情的不凑巧,所以这犹如一曲交织着天灾人祸、内因外因、必然与偶然的四面楚歌,吸引着一批又一批的读者和研究者,使这部百年文学名著有了层层叠叠的"副文本"和林林总总的阐述。但我们中国读者所熟悉的,似乎只有如下学说:是如狼似虎、不择手段的哈根施特罗姆一家(以下简称哈家),造成了恪守传统商业道德的布家的没落,哈家的胜利标志着资本主义从自由竞争到垄断阶段的过渡。这是前民主德国女学者英格·迪尔森1959年明确表述,又在1975年悄悄收回的观点,其思想源头则可追溯到马克思主义文论家卢卡契。是卢卡契率先在题为《寻找市民》(1948)的论文中把布家与哈家的对比和较量宣布为小说的一条思想红线。他还说,前者是"德国一度为之骄傲的市民文化的载体",后者标志着德国市民阶级由文化主宰转变为经济主宰,也就是资产阶级(他把这种变化命名为"哈根施特罗姆式转折")①。素养极高的卢卡契还不至于从庸俗社会学的角度去把哈家妖魔化,但他毕竟为前东德和前苏联的研究界定下了"美化布家,贬低哈家"的基调。这种将两家关系阶级斗争化的做法,既得不到托马斯·曼的首肯——他声称自己"在睡梦之中错过了德国市民阶级向资产阶级的转变"②,也得不到文本的支撑。通读小说,我们找不到哪怕一个能够说明哈家违背法律或者商业道德的事例。况且资本主义的商业道德是靠法律来约束的。保险公司经理威恩申克的下场,就说明在偏远的吕贝克也照样天网恢恢,疏而不漏。朝气蓬勃、与时俱进,这是哈家生意红火的主要原因;雄厚的财力加上"自由和宽容"天性,又使他们的政治和社会声望与日俱增:初来乍到的亨利希·哈根施特罗姆,还因为娶了一个西姆灵格③为妻而遭到具有排犹倾向的布登勃洛克们的疏远和冷遇,但是他的儿子亥尔曼已经可以在议员竞选中与托马斯·布登勃洛克进行较量,并险些获胜。他们当然有缺陷,有些还非常令人反感,如肥胖、塌鼻、说话咂舌、珠光宝气,对文物保护不感兴趣,等等。但是我们不能把他们的审美缺陷与道德污点混为一谈(如果读者的眼光被"布登勃洛克化",特别是"冬妮·布登勃洛克化",就很容易出现这个问题)。换言之,哈家的兴旺与布家的衰落,不能归咎于好人吃亏,坏人当道。他们充其量让人看到穷人富了没模样,富人穷了不走样。

三

布家没落的主要原因,无疑在于自身,在于其精神。作为一部心灵史,《布登勃洛克一家》的绝大部分篇幅都在描写布家后代内心变化所产生的后果。形象地说,精神涣散是这个商业望族没落的原因和标志。老布登勃洛克在充满刀光剑影的商业竞技场上全神贯注,出手果断,所以他频频得手。他的儿子和孙子上场之后,却是一个比一个分心,他们一边经商,一边思考与经商无关甚至与之相抵触的问题,所以他们节节败退。他的曾孙不仅拒绝踏入商业竞技场,而且早早地告别了人生战

---

① Ceorg Luklics: *Thomas Mann*. Berlin 1957, S. 17.

② Thomas Mann: *Betrachtungen eines Unpolitischen*. S. Fischer Wefiag Frankfurt am Main 1983. S.138

③ 这是典型的德国犹太人姓名。

场。小布登勃洛克们的问题,在于他们把心思分给了宗教、历史、哲学、艺术、道德,在于他们想得越来越多,说得越来越多,说话内容越来越离谱。让·布登勃洛克爱上了上帝,英式花园,还有记载家史的金边记事簿,他既为拉登坎普一家的没落惋惜,也担心灾祸落到自己家门。第三代托马斯的讲究穿着和卖弄文墨,已超出他的市民同类所习惯的限度,与此同时,他的头脑也越来越被怀疑主义所缠绕。他暗地里对商业产生了道德质疑,暗地里否定自己是合格的商人和市民。他好似一个兴趣索然的演员,勉强维持着老板派头和市民外表,所以当他沾满血污和泥污猝死街头的时候,很难说他是受到了命运的嘲弄还是得到了解脱。他的弟弟克里斯蒂安,不仅告别了目标明确、持之以恒、井然有序的市民生活,而且将含蓄、得体这类市民美德抛在九霄云外。他喜欢描述自己的身体感觉(必要时还可以把裤脚扯起来让众人看)和思想感受,他思无羁绊,口无遮拦,全然不顾什么阶级立场、家族立场、个人立场,所以他的话既发人深省又令人困惑,所以他一会儿让人低首害臊,一会儿令人捧腹大笑(他是书中最大的笑料供应商)。由于摆脱了个人欲望和各种利害关系,他已进入康德所定义的审美状态和叔本华所讴歌的认识状态,他已经化为"清亮的世界之眼"。难怪高深莫测、高不可攀的盖尔达——她欣赏的人不出三个,她说的话不出三句——要对他另眼相看,要说他比托马斯更不像市民①。可惜这天才的克里斯蒂安,最终进了疯人院。由于他,普灵斯亥姆牧师已经当众把布家宣布为没落的家庭。值得注意的是,也是因为不可救药的暴露癖而成为阶级异己的克里斯蒂安,却和托马斯一样害怕别人流露真情。不论嚎啕大哭的冬妮,还是戚然肃然的吊唁者,都叫他手足无措。事实上,害怕"裸情"的不仅仅是这两兄弟,整个布家都是这样。佩尔曼内德受到他暗中嘲笑,一个原因便是他表达感情太直率;当已有临终预感的托马斯畅谈起自己对高山和大海的形而上思索时,天真但又不乏阶级本能的冬妮也觉得不应该。发生在布家这种现象,反映了市民阶级的一个精神飞跃。想当初,譬如说从《布登勃洛克一家》倒退一百年,真情还是市民阶级手中的武器。他们讴歌真情,袒露真情,见谁都"敞开心扉"(德文叫 Herzensergieβungen),跟谁都恨不得兄弟姐妹(席勒的《欢乐颂》真是喊

---

① Thomas Mann: *Buddenbrooks*. Aufbau – Verlag Berlin und Weimar 1990. S. 414.

出了时代的心声);他们决意用一颗真诚、温暖、鲜活的心,来对抗贵族阶级的虚伪、冷漠、俗套。如今,他们不仅站到了贵族阶级的立场,而且大有后来居上之势:他们躲避真情,已从生活躲到艺术,所以把躲避真情提升为审美原则。托马斯·曼的中篇小说《托尼奥·克吕格尔》,还以一个对人"掏心"的商人和一个诗兴大发的军官为例,说明"健康而强烈的感情向来缺乏审美趣味"①。随着市民阶级审美趣味的贵族化,19世纪后期以来的一流长篇小说——这是道地的市民阶级的艺术——无不以反讽,以冷峻,以"酷"为首要特征。布家发展到第四代,其贵族趣味又上了一个台阶。汉诺自小就显得高贵而脆弱,就有一种不声不响的优越感。这种感觉一方面得益于他的身世,因为作为布家人,他不仅可以嘲笑学校教员的寒碜着装和举止,他还可以为这些充其量算中产阶级的讨厌鬼不能跟到宛若人间仙境、却又贵得要命的特拉夫门德去烦他而幸灾乐祸。他的优越感的另一根源,则是他沉湎其中的音乐。音乐,这可不是普普通通的艺术。同样从《布登勃洛克一家》倒退一百年,也就是在浪漫派运动风起云涌之时,音乐就被德意志的哲人和诗人异口同声地推举为艺术之王,成为最阳春白雪的艺术。音乐家的头顶上也随之浮现一轮神秘的光环。有趣的是,这一现象也见诸布家。通晓文学和绘画的托马斯,便因为不懂音乐而在盖尔达面前抬不起头,盖尔达则毫不掩饰她对乐盲的蔑视。如果没有这种蔑视,我们很难想象她怎么会公开与封·特洛塔少尉搞暧昧的二重奏。耐人寻味的是,已经进入最高艺术境界的汉诺,在生活中却是一个窝囊废。他比总不成器的克里斯蒂安叔叔还要窝囊:克里斯蒂安至少还声称自己能够干这干那,汉诺却永远对"长大了做什么"的问题保持沉默。他不单因为不能子承父业而辜负众望,他也没想过要成为——就像冬妮姑姑所说的——莫扎特或者梅耶比尔。对于他,音乐不是什么"事业",而只是精神鸦片和自慰的手段(描写他在 8 岁生日弹奏幻想曲那段文字可谓素面荦底)。更叫人绝望的是,除了音乐、海滨以及和凯伊的友谊之外,汉诺见不着别的人生乐趣和人生目的,所以他未及成年便撒手人寰。布家的香火熄灭了。牵挂布家命运的托马斯·曼,还在中篇小说《特利斯坦》(1902)中为他们写了一段亦庄亦谐的悼词:"一个古老的家族,它

---

① Thomas Mann: *Erzahlungen*. Fischer Taschenbuch Verlag Frankfurt am Main 1986, S. 326.

太疲惫,太高贵,它无所作为,无以面对生活,它行将就木。它的遗言化为艺术的鸣响,化为缕缕琴声,琴声浸透着临终者清醒的悲哀……"①

布家的衰落显然有点"横看成岭侧成峰"的意味。他们一方面体质越来越差,意志越来越弱,想法越来越务虚,社会形象越来越不体面,他们当然退化了,也非市民化了。另一方面,如果说德国市民阶级是文化精英,如果说通晓其时代的高雅文化是这个阶级的基本特征,那么,不读歌德和席勒,只会欣赏通俗风景画,只晓得在饭后茶余吹吹洛可可小调的老布登勃洛克,恐怕还算不得标准市民。他的后代要比他标准得多:托马斯读过海涅和叔本华,汉诺则陶醉于代表 19 世纪后期德国乃至欧洲最高文化成就的瓦格纳音乐。如是观之,从曾祖父到曾孙,布家经历的是一段进化史,一段市民化的历史。进化也罢,退化也罢,市民化也罢,非市民化也罢,反正《布登勃洛克一家》揭示了一种反比例关系:精神越发达,生存能力越低下。这是一条令人耳目一新的定律,但我们还不能叫它"布登勃洛克定律",因为这不是托马斯·曼的发明。早在《布登勃洛克一家》诞生之前,一向言必称希腊的欧洲思想家们似乎忘记了希腊的文人和哲人皆能掷铁饼扔标枪并且骁勇善战这一史实,纷纷宣告精神和肉体、思想和行动之间存在反比例关系:克莱斯特在《论木偶戏》中讲到一只任何击剑高手也奈何不得的狗熊,一剑刺去,它的前掌会化解你的进攻;若是佯攻,它会一动不动;叔本华则断言,没什么思维习惯的野蛮人更善于斗兽和射箭这类活动,他还说,智力越高,痛苦越大,天才最痛苦;尼采又把哈姆莱特之迟迟不肯下手归咎于知识妨碍乃至扼杀行动;在 19 世纪的后 30 年,由于相关书籍雨后春笋般地涌现(最具影响力的是意大利犯罪学家隆布罗索和德国精神病医生朗格—艾希鲍姆),天才与疯狂的关系在欧洲知识界几乎无人不晓……《布登勃洛克一家》证明托马斯·曼是一个善于把烂熟的思想果实酿成艺术美酒的天才。

有家族,就有兴衰。布家的兴衰也不足为怪。拉登坎普一家,布家,哈家先后入主孟街豪宅,便是三十年河东、三十年河西这一永恒真理的生动显现。在布登勃洛克一家的故事结束时,我们看到布家日薄西山,哈家如日中天。然而,一想到法学家莫里茨·哈根施特罗姆身体

---

① Thomas Mann:*Erzahlungen*. Fischer Taschenbuch Verlag Frankfurt am Main 1986, S.277.

虚弱而且产生了艺术细胞,我们就不得不为哈家的未来捏一把汗,我们有理由预言哈家的辉煌也持续不了几代。因此,与其说《布登勃洛克一家》的伟大在于它细致入微、引人入胜地刻画了一个家庭的衰败过程或者说一个阶级的内心变化过程,不如说它让我们经历了一场精神洗礼,使我们炼出一道透视家族兴衰的眼光。

选自《外国文学评论》,2004年第2期

卡夫卡

卡夫卡《城堡》中的权力形态

谢莹莹

卡夫卡于1922年1月开始写作《城堡》，同年9月却不得不中止，于是《城堡》和他的其他长篇小说一样，也成了一部未完成的小说。它是卡夫卡最后一部长篇小说，也是最长的一部小说。布罗德于1926年整理出版了《城堡》。为了让小说显得比较完整，布罗德将小说后面几章删除掉。1981年出版校勘本，许多未完成的章节收入书中，被改动的词语也恢复手稿原样。

当初出版小说时，布罗德就为《城堡》定了调子，认为城堡象征神的恩典，K追求的是绝对的拯救。此后的20年里，几乎没有人敢于突破布罗德神谕论的观点，大家都以神学观为出发点研究《城堡》，不过出现了不同的解释，例如城堡象征神，但是K的行径旨在反对既有秩序，想证明神并不存在；城堡如果代表神，那么他是躲藏起来的神，人是见不到他的；K处于基督教义的信与不信之间，代表无神可以依赖的人类的悲哀；K的处境是犹太教和犹太人处境，一切的努力在于获得非犹太世界的承认等等。后来有了心理学观点的批评，认为城堡是K自我意识的外在折射，是K内在真实的外在反映，K努力与下意识接触，以克服自我精神上的痛苦（我国作家残雪关于卡夫卡的解读在基本观点上与此不谋而合）。存在主义观的批评则认为城堡是荒诞世界的一种形式，K作为现代人被任意摆布而不能自主，他挣扎着，意欲追求自我和存在的自由，他徒劳的努力代表人类的生存状态。社会学观点的批评认为城堡中严重的官僚主义是奥匈帝国崩溃前社会的写照，人受官僚体制的钳制，无自由可言。结合作者生平的批评则认为K来城堡是为了找个安身立命的处所，但是没能够如愿。持政治观点的批评认为《城堡》是对后来法西斯统治的预言，表现了现代集权统治的症状，K是反叛者，他追求一种基于人道主义的社会集体。马克思主义文艺观的批评认为，K的恐惧来自于个人与物化了的外在世界之间的矛盾，小说将个人的困境普遍化为人类的困境,没有积极意义。另一种马克思主义文艺观的批评则持相反意见,认为《城堡》描写了历史的真实,这种描写对于社会主义社会也有现实意义,对当代人有启发意义。

随着后结构主义的兴起,近10多年来对《城堡》的研究比较集中于联系K的追求与卡夫卡的写作之间的关系,集中于书写、文字、意义、阐释等问题。评者认为,城堡或许有意义,但那是无法理解的意义,K受一种不可控制的力量的驱使,抛弃一切感情和现实生活,只为进入城堡,在此意义上,K可以说是卡夫卡心目中的写作者的元初形象;另一方面,K想方设法要进入城堡,是为了寻找意义,在此意义上,城堡是文本,K是读者的写照。种种解读,各有重点,各有所长,各有理论根据,有的能够相互补充,自然也有一些观点带着猜测的成分。①

《城堡》是一部充满魅力的小说。本文重点不在于探讨城堡到底象征什么、K到底追求什么这一类困扰人的问题,而在于细细审视《城堡》文本所展示的世界,审视其中描写的社会现象以及人与人、人与事之间的种种关系。主要审视城堡权力场中三组力量关系及其表现形式:城堡的无上权力;村庄百姓的奴仆心态;外来者K的孤独斗争。

一、权力的本质

"K到达的时候,天色已经很晚了。村子埋在深深的积雪里,城堡山笼罩在雾气和夜色中,不见踪影,一点可以显示城堡存在的灯光也没有。K久久站在由大路通往村子的木桥上,仰望着虚无缥缈的空间。"②这是《城堡》开宗明义第一段。这一段文字把《城堡》中的人群布局和权力结构清楚地呈现出来,从地理位置看,城堡在山上,它虚无缥渺,不可捉摸,带有神秘色彩;村庄在山下,它被积雪覆盖,在冰雪中

---

① 这些观点总结自以下专著:Peter F. Neumeyer, ed., *Twentieth Century Interpretations of The Castle*, London: Prentice - Hall International, 1969. Peter Beickon, *Franz Kafka: Eine kritische Einführung in die Forschung*, Frankfurt am Main, 1974. pp. 273 - 287. Hartmut Binder, ed, *Kafim Handbuch*. Bd. 2. Stuttgart, 1979. Stephen D. Dowden, *Kafi's castle and the Critical lmagination*, Columbia: Camden House, 1995. Christan Schärf, *Franz Kqfka. Poetischer Texte und Heilige Schrifi*. Göttingen: Vandenhoeck und Rupecht, 2000, pp. 179—188. Hartmut Bruns, *Letzter Versuch zu lachen*. Odenburg: Igel Verlag, 2003.

② 本文引用的《城堡》文本为 Franz Kafka, *Gesammelte Werke in zwölf Bänden. Bd. 4 Das Schloβ*. Frankfurt am Main: Fischer Verlag, 1994. 文章中给出的页码皆指此版本的页码。

静静忍受。从社会地位看,城堡里的人是管理者、统治者;村庄里的人是被管理者、被统治者,城堡有权势,村庄无地位。K作为外来者,突然冒出,在这儿形成第三种力量,干扰了村庄和城堡原有的稳定秩序。城堡和村庄各为不同的集体,相对于K则二者合成一个封闭而巩固的结构体,K是被叙述者抛入这个世界的孤独的人。从K进入村庄到他疲惫地近乎死亡地昏睡着,直至小说中断,前后一共有6天时间。这几天里,叙述者通过K的遭遇、经历和见闻为读者呈现出一个让人觉得既陌生而又熟悉的世界,这个世界的方方面面都在展现权力的形态和绝对权力的效应。

对于K,城堡咫尺天涯,可望而不可及,K无论如何走不到城堡,他仅仅感觉到城堡的力量,对城堡有某些想象。城堡权力由官员们体现,官员的代表人物是克拉姆。综合小说中关于克拉姆的种种描写和说法,这是一位集神权、君权、父权于一身的人物。从外表上看,他没有一定的形象,人们从来见不到他的真面目。奥尔加告诉K:"我从未见过克拉姆……不过他的模样村子里大家是熟悉的,有几个人见过他。大家都听说过他,从亲眼目睹、传闻以及种种别有用心的添油加醋揉合在一起就成了克拉姆的基本形象。这个形象大体上符合,但那只是基本符合,那是会变化的。"人们想象中的克拉姆的形象变化得十分厉害。"据说他到村里来时是一副模样,离开村子时又是一副模样,喝啤酒前不同,喝啤酒后又不同,醒时不同,睡时不同,独自一人时不同,和大家在一起时又不同,那么在城堡里是完全另外一副模样是可以理解的。"(215—216)根据奥尔加的说法,克拉姆的不确定的形象完全是由那些见到他的人的情绪激动程度和希望大小来决定的。村民奉他为神明,神是见不着的,人也不敢胆大妄为得想见神。K想见克拉姆,这样的想法在村里被认为异想天开、大逆不道。桥头客栈的老板娘知道K的想法后吓得直哆嗦,竭力劝说他放弃这样的想法。村人对克拉姆的恐惧和崇敬,赋予他神的尊严,被他叫到名字是莫大的荣耀。

见不着摸不到而无所不在的权力统治着村庄。这权力既是抽象又是具象的。就像克拉姆这个人既抽象又具象一样。他的名字是个抽象的权力符号,只要一提起,就能够慑住村里每一个人。弗丽达"以克拉姆之名"(53)挥鞭将仆役们赶去马圈;莫穆斯"以克拉姆之名"(138)让

K配合询问,回答问题,这与"以耶稣基督之名"或"以父之名"的表达方式可以相提并论。克拉姆的权力的实质无处不在,当K抢走他的情人弗丽达时,他不声不响,任他们两人在酒店吧台下面滚在满是啤酒潲和垃圾的地上做爱,他们的忘情使他们最后才注意到,原来城堡派来的两个助手就坐在柜台上观察着他们(这是个十分惊人的情节,完全体现了卡夫卡风格)。弗丽达甚至于认为,他和K在酒店柜台下的欢情也是克拉姆的安排。克拉姆的实质上的权力统治着村庄生活的方方面面。"谁也休想在克拉姆面前瞒过什么"(164),这句话指出卡拉姆权力的另一个特征,他像神一样无所不知。

权力发自城堡,权力来自克拉姆,然而权力又是匿名的、非个人化的。阿玛利亚因为撕掉城堡官员索提尼的召唤信而受到了惩罚。城堡没有颁发任何处罚的命令,可是阿玛利亚全家却从此陷于万劫不复之境地。当阿玛利亚的父亲为女儿恢复名誉而奔波时,他求告无门,没有任何部门或任何官员管这件事,因为没有罪名,没有人告状,没有立案。父亲失去了消防队员的资格,作为全村最好的鞋匠没有人再送生意来,全家被扫地出门。更有甚者,全家成为村人鄙视的对象,全村人像避开瘟疫般避开他们,奥尔加告诉K,要改变人们对她一家的鄙视难上加难,因为"一切都源于城堡"(245)。而城堡没有具体的人负责此事。匿名的权力产生了实质上的效应。

综上所说,这里的权力无所不在,权力的代表无所不知,匿名的权力自行运作,它维持着自身,通过宗教式的仪式发生作用。权力不容置疑,代表权力的官员永远正确。这就是城堡权力的面貌。

权力得以贯彻实施,部分得力于规训手段。教师是规训机制的代表,村里不需要土地测量员,K暂时被派去当校役,教师勉强接受了K。不过,教师有许多要求,强制K回答他的话,对K的衣着提出批评,对K的行为和工作做了许多规定,他还命令K放弃某些幻想。他说:"我们这里有严格的规章制度"(113),规章制度是维持体制和秩序的必备条件,只有服从规定的人才能够被纳入体制之内,否则就被排斥在外,这不需要福柯的理论也是自明的道理,对于教师而言,凡是不符合现有秩序标准的一切言行都必须纠正。教师作为规训力量,K小时候便有所体验。当他第一次爬上那道很不容易上去的墓园高墙,把小旗子插在上面庆祝自己的胜利时,老师刚好经过,狠狠瞪了他一眼,把他从墙头赶了下来(40)。这是《城堡》中唯一一次被完整描述的 K 过去的经历,可见这次经历的重要。K 抛家弃子到此地,并且决心留下,说明他决心和从前的生活完全切断,可是这次童年的经历,却在他走在村庄雪地时浮现在他的脑海里,这一规训的目光已经在 K 身上打上深深的烙印,对他日后的行为产生一定的影响,使他与权力以及权力者有着千丝万缕的关系。我们从中看出目光在权力运作中是多么重要的规训手段。

在《城堡》中,监视是权力运作的主要方式。K 作为外来者,他的一举一动都受到监视。克拉姆一共有两封信给 K,第一封信里有一句话"虽然如此,我也不会让您走出我的视线"(33);第二封信最后一句话是"我随时注视着您"(147)。两封信都突出眼睛的作用,都明明白白告诉 K,他的一切活动全在克拉姆的目光监视下。不但监视,一切还都得有记录。K 和村长的谈话,在 K 离开后由教师作了记录备案。不完备之处,克拉姆的村秘书莫穆斯还专门要求 K 到贵宾饭店应讯,提供情况。监视同样适用于村庄和城堡里的人们,"在城堡里,人们总是处于被监视中。至少人们相信情况是这样的。"(214)是否真被监视并不重要,重要的是人们相信自己是被监视着的。外在力量的控制转化为内在力量的控制后,效果更加有保证,借用福柯的话,就是臆想的话语警察控制着人们。不管城堡有没有措施,仅仅想象城堡会有某些措施,就足以让人们做他们认为符合城堡意愿的事。

黑格尔认为:"伟大人物身上具有一种特质,会使别人乐于称他为主人。他们违背自己的意愿服从他,违背自己的意愿将他的意愿作为自己的意愿。……他是他们的神。"[①] 卡夫卡对权力的观察与此既相同又不尽相同。《城堡》中的克拉姆是村民的神,但他以及其他官员都没有所谓的领袖气质和领导能力,不但缺乏个人魅力,还有许多弱点和不良品质。他们敏感、脆弱而且专横,大多数官员神情冷漠,他们喜欢在夜里办公,在酒柜台旁办公,不让村人接近他们。可是村民对他们的顺服,特别是对克拉姆的崇拜和爱戴,到了无以复加的地步。应该说,克拉姆的权力一方面得力于体制化了的规训力量,一方面来自于村人对他们的权力的顺服。

---

① Hegel, Jenaer systementwuerfe III. S. 235. 转引自 Torsten Hahn, *Fluchtlinien des Politischen*, Köln: Boehlau Verlag, 2003, p. 95.

二、权力的效应

城堡无处不在的统治权力造成村民社会的一些特性。

首先,它是个封闭而多禁忌的社会。在这封闭社会里,人人谨小慎微,生活在恐惧中。小说一开始我们就见到村民对陌生者的态度。他们排斥外来者,不愿意接待K,拉泽曼说:"我们这里没有好客的风俗,我们不需要客人";"我们小人物谨守法规,您不要见怪。"(22)可见与陌生人接触是禁忌之一,这是他们的共识,谁也不敢逾越禁忌界线。作者用"战战兢兢靠拢在一起窃窃私语"形容在客栈里喝酒的村民第一次看见自称是土地测量员的K时的态度(11);用"带着惶恐的棕色大眼睛始终盯着K看"(14)形容桥头客栈的老板。小说经常以惶恐的眼神、颤抖的声音、吃惊的表情来形容村民对K的反应。他们的排斥和恐惧多半来自法规。小说多次提到"为了法规"(22、113、141、142、143、223),巴拿巴斯在城堡当差,不敢对任何人说话,就是害怕无意中触犯了某一条法规(223)。不合理的法规和禁忌统治着村民社会,束缚他们的意识、行动和思想、感情。

其次,它又是个没有交流的社会。交流是社会生活必不可少的行为,可是在《城堡》里K与村人没有真正的交流,一切谈话内容不是信息不确定就是各说各的,K从来得不到任何关于城堡的确切信息。文字的交流也不畅通,克拉姆给K的两封信都令人费解,完全没有交换信息的意思;电话交流更是行不通,电话里只传来莫名其妙的声音。村民之间也缺少交流。他们像是失语的人,臣服于某种权力,遵守着一定的规章制度,有一定的行为模式,生活在孤独之中,彼此互不联系。他们的沉默代表无助、代表顺从。

同时,这也是个冷漠麻木而压抑的社会。村民的模样麻木冷漠,麻木似乎是必要的特性。弗丽达在认识K之前对任何事情都无动于衷,她对K说:"不单对你无动于衷,几乎对所有事情都无动于衷。……比如说,客人在酒吧间调戏我,那对我又算什么?"(69)从这样的叙述中,我们可以看出,受压迫者,不但对他人的痛苦漠不关心,就是对自己的痛苦也持一种漠然的态度。弗丽达借助于忘却来排除痛苦。她将眼前的痛苦当作是发生在许多年前的事,当作是别人的痛苦。在认识K之前,弗丽达精神恍惚,过的是一种失去知觉和认识能力的生活。[1]而弗丽达在村里算是一个特别自负的人,她尚且如此,其他人的心态可想而知。

生活在村里,丝毫没有私人空间。K在村里的生活处于全面监视下,无论他和弗丽达、住在桥头客栈或住在教室里,两个助手日日夜夜在身旁看着,当然谈不上有任何隐私。K觉得很讨厌,但是弗丽达却觉得毫无关系。这显示村里的人已经习惯于过没有私人空间的生活。村长就在床上办公,文件堆在家中的柜子里,什么都找不着。K觉得从未见过"像这里这样把公务和生活搅在一起的情况"。(74)

村庄还是一个主仆关系占统治地位的社会。在这里,所有人都适应和顺从一种权威,人与人的关系是一种主仆关系。村民不但谨守不合理的规定,而且当有人胆敢触犯法规时,他们的反应比主子更加强烈,他们以鄙视和排斥犯规者的方式表现对法统的维护。也就是说,这个社会的"群体控制操纵着其成员"[2]。阿玛利亚一家被排斥在村民社会之外就是很突出的例子。被施以权力者自动成为权力的代理人,并且认为这是他们的义务。地位越低的人越想借着维护法规接近权力。村民的奴仆心态使他们只能靠揣摩权势者的意志办事。阿玛利亚的父亲为了向官府请求宽恕,必须先寻找罪行,为了揣摩自家的罪行,他得先去贿赂。(258—262)当局的惩罚未到,而恐惧被惩罚的心理已经使村民群体作出惩罚的行动,受害人不得不自动寻找罪责。

这也是个权力当局被神化的社会。村民视克拉姆为神,制造许多关于他的神话,对其他官员也一样。权力当局不仅控制了村民的生活和行为,连思想感情也控制住了。村民膜拜顺服,竭力以权力者的思路去思想、去行动。他们揣摩权力者的意愿,随时听从召唤,或者预先为权力者排除可能的障碍。他们满以为忠心和迎合就可以接近官方话语的边缘,就有了跟着说话的权利,就参与了权力,这也是奴态心理的一种表现。

同时,对权力的奴态心理也造成一个精神上长不大的社会。以官僚

---

[1] 阿伦特说:"没有思想的生命完全可以存在,只是它不发展出自己的本质,这样的生命不但毫无意义,它根本就不是活生生的生命。不思考的人就像梦游者。"见:Hanna Arendt, *Vom Leben des Geistes*, I, München, 1989, p.190.

[2] Michel Foucault, *Die Wahrheit und die juristischen formen*, Frankfurt am Main: Suhrkamp, 2003, p.111.

为代表的权威统治的社会与父权专制统治的家庭无异,村民像长不大的孩子。贵宾饭店老板娘以一种孩童般的恶狠狠的目光瞪着 K(344)。桥头客栈老板显得幼稚无知,坐在客栈的庄稼人在 K 看来更是幼稚,K 认为"看来童騃在這里真是得其所哉"(37)。《城堡》描写的社会结构源于专制父权家庭结构,克拉姆既具备父权,也带着神性,他又是政治统治者,集父权、君权和神权于一身。神权、君权与父权无异,这一点中外相通,从前,中国孩子上私塾要拜天地君亲师的牌位,表示一生受教受管于神权、君权、父权(老师一日为师终身为父,教师也代表父权),中文里的一些表述如"臣民"、"子民"、"父母官"、"青天大老爷"、"爱民如子"等等,都指向父权、君权、神权的相通。在这种意识形态中成长的人,从对权力的恐惧逐渐转为依附权力的保护,仰仗权势的恩赐,目光对着权势,自己永远无法成熟,政治上就表现为渴望有救世主式的领袖,从小到老一直处于未成年阶段,是精神上的侏儒。

值得注意的是,这还是一个性化的社会:在村庄和城堡关系中,性关系是重要的一环,性是权力演示的重要场所。村庄的女性是城堡官员的欲望工具,女人们随时准备被选中,"如果当官的看上女人,女人就不能不爱他们。"(241)"克拉姆对女人发号施令,一会儿命令这个女人去,一会儿命令那个女人去。跟哪一个都长不了。他命令她们走,就像命令她们来一样快"(240),而女人还巴不得能被克拉姆召唤一次。从阿玛利亚一家的遭遇看,女人如果不从,后果不堪设想。妇女可说是被权力吸引而爱官员,崇拜官员就是崇拜权力。主奴关系中,妇女的角色比男人更加可悲。妇女是权势的依附品,也是牺牲品,某些妇女则成为帮凶。《城堡》以相当大的篇幅描写妇女的遭遇和命运,桥头客栈老板娘的自述,奥尔加叙述自己和阿玛利亚的故事,弗丽达的故事,培枇与 K 的谈话,各占了一整章甚至几章的篇幅,妇女的故事在一篇小说中占如此大的比例,在卡夫卡的作品中,是绝无仅有的。

弗丽达是克拉姆的情人,她在贵宾酒店掌管酒吧,小姑娘有"一种特别自负的眼神",作为克拉姆的情人在村里有一定的地位,敢于拿起鞭子驱赶胡闹的城堡仆役。见到外来者 K 之后,她可能意识到真正的爱情将会出现。后来她又要和 K 结婚,她向往远方,想和 K 一起离开村庄到国外去,但她却逃不出克拉姆的权力圈,她对克拉姆的服从"与生俱来"(55)。她从内心感受到克拉姆的权力,她追求新生活的勇气抵挡不了她对权力的恐惧和依附感。加上 K 和弗丽达在一起并非为了爱情,而是想借助弗丽达的帮助接近克拉姆,接近城堡。失望之余,弗丽达又回到贵宾酒店,回到了原先的生活形态。

阿玛利亚是小说中唯一表现了怀疑精神的人,"官老爷的话不必太相信"(246),这是她对她父亲说的话。她也是唯一不屈从于权力的人,她做了任何女人都不敢做的事,拒绝了官员的召唤,并且清清楚楚知道,做什么努力都无法挽回全村对她一家的排斥和鄙视,做什么都改变不了村庄的情况。于是她整日沉默,尽全力照料几年之内就衰老不堪的父母,让年轻的生命在低矮昏暗的茅屋里孤独地消磨。她虽然拒绝了性的服从,但仍然还是权力的牺牲品。

奥尔加,阿玛利亚的姐姐,走了一条和阿玛利亚相反的道路。她牺牲自己的色相,和城堡仆役接近,以便得到机会,把弟弟巴拿巴斯介绍到城堡当差。她知道权力的厉害,绝对不敢违背权力者的意志,如果受到召唤她是一定会应召的。但是,她在性上的顺服和屈从也没有能够使家人免于灾难。这些妇女的命运和遭遇突出反映出城堡和村庄的主仆关系。

三、K 徒劳的斗争

"您真特别,土地测量员先生。"(62)"您不是城堡的人,您不是村庄的人。您什么也不是。可惜您有还有点名堂,您是外乡人,一个多余而又到处碍手碍脚的人。"(63)"您对这儿的情况一无所知。"(70)这些是桥头客栈老板娘对 K 说的话,其实也代表了村人的意见,或许也是城堡官员的意见。这些话的背后隐藏着不满和不安,他们直觉这个不知天高地厚的外来者可能扰乱既有的社会秩序,有一定的危险性。正是由于他的外来身份,K 给城堡和村庄的封闭性同质社会带来了威胁。

更有甚者,K 一来就开始了对抗和斗争。如果说 K 一来就掠夺了克拉姆的情人弗丽达,还不如说他的出现使弗丽达看到一种过别样生活的可能性。外来者对于一个封闭社会来说是个窗口,引起人们对外面世界的想象,弗丽达委身于 K,正是想借助 K 离开村庄移居国外。K 也引起小汉斯对未来的憧憬,他长大后想成为像 K 一样的人,认为 K 现在虽然地位卑微,将来会超过所有的人(184)。小汉斯在 K 的身边,摸 K 的手杖,手杖是远行的象征物,表示小孩子通过 K 对远方广阔的世界有了某些模糊的憧憬。坐在客栈里无言地盯着 K 看的村民也想从他那儿听到点什么。这一切都显示出村民对一位外来者的寄望。外来者是他者，是窗口，也是镜子，人们能够从他者那里比较清楚地见到自己的状况。然而村庄积习太深，K 的作风对他们说来又太激进，村庄社会遵守一定的准则，K 无法跨越这个界限，就注定要孤独。

K 在村庄里的作为可称叛逆，他居然和阿玛利亚一家交往，同阿玛利亚交谈，听奥尔加详细讲述家中变故的经过，并且认为这是天大的不公平，这意味着 K 破坏了村里的社会行为规则，意味着他不可能被接纳为社会内部的一员。他胆敢要求与克拉姆直接见面，要问问他对 K 和弗丽达的结婚采取什么态度（107），这意味着要消除同克拉姆的距离，也意味着将可能撕掉克拉姆的神秘面纱，把克拉姆请下神坛。在与村长的谈话中，他说他不要城堡的恩赐，而是要讨回自己的权利（93）。他多次声称要捍卫自己的权利，并且批评城堡在处理土地测量员问题上的做法闻所未闻，是在滥用法律（88）。这是顺服惯了的村人想都不敢想的事情。

村人逆来顺受，而 K 要把事情看清楚，对什么事情都要追根究底，K 对奥尔加说，"眼睛被蒙住的人，你鼓励他透过蒙眼布去看东西，再鼓励都没有用，只有把蒙眼布拿掉，他才看得见。"（226）这样的人有可能揭穿谎言，对于统治者而言，他自然就成了危险人物。K 和村人完全不同的另一特点是他的自由意志。他多次强调他来这里是出于自由意志，并且决意不离开，顽固地坚持要见到克拉姆，要进入城堡，不达目的不罢休。

虽然 K 对权力的态度大大不同于村民，不过 K 也并非激进的反叛者，K 批评村人与生俱来的对官府的敬畏，不过他又认为"如果官府好，那为什么不该敬畏呢？"（224）这说明 K 对权力的双重标准，他一方面反对，一方面敬畏。K 到村庄是为了留下，他留下的目的不是见克拉姆（196），而是越过克拉姆直接进入城堡。可见与克拉姆见面是手段，城堡是他的目标。小说中 K 从近处或远处看到过城堡几次。看着城堡时的种种遐想和联想，显示出 K 内心世界的活动、K 的渴望和 K 的恐惧、矛盾，我们从中可以看出城堡对 K 意味着什么。

第 1 章开始时，他看城堡的塔顶的雉堞"参差不齐，断断续续，支离破碎，仿佛是一只孩童的手胆战心惊和马马虎虎地在蔚蓝的天空里画出来的。"(17)城堡像是他自己幼稚的手画出的理想,画得并不整齐完满,显示他幼稚未成熟的一面,他离开原先的生活环境来到这里,因为他有"隐隐约约的渴望"(26),K 的渴望就像 K 的心灵,正处于从幼稚到成熟的过程。在第一章结尾处,城堡在黄昏时刻的钟声在他听来是轻快的,"这钟声至少有一刹那使他的心颤动起来,仿佛在向他预示——因为钟声也使人痛苦——他内心隐隐约约渴望的东西有即将实现的危险。"(26)但是,K 为什么害怕自己的向往成为现实?他为什么如此矛盾?当一个人即将面临某种新的环境、新的关系、新的状态,而那种状态又只是朦朦胧胧地存在着,人并不确知那到底是什么样子,这时激动和害怕是难免的,"近乡情更怯"应是这种心理很好的描写,何况 K 即将面临的是全新生活的开始,而这是他以放弃家乡、家庭和工作为代价将要换来的,这就增加了"情怯"的程度。到了第 8 章《等待克拉姆》时,K 在暮色中望着城堡,觉得静静伫立着的城堡,"逍遥自在,旁若无人,好像他独自一人,好像并没有人在观察他,可是他肯定知道有人在观察他,但是他依然镇定自若,纹丝不动。"(123)这时 K 把自己心目中的自由自在的人的形象投射给城堡,即使处于被观察、被监视的状态下,还一样镇定而不局促。这是外在能够自主、内心享有安宁的人的形象,这是能够抗拒外来控制的人的形象,这应该就是 K 的追求。

但是,K 终于没有能够达到目的。在经历了一切打击和失败之后,K 在沉睡中错过了被城堡官员接见的机会。他的斗争是徒劳的斗争。

卡夫卡深谙权力的力量,他从各个方面感受权力,观察权力,从各个方面描写权力,他刻骨铭心经历的是专制父权(见卡夫卡《给父亲的信》),他想象源于父权的社会权力到了绝对程度时,社会将陷于何种状态。他的主人公渴望一种自由自主的生存,故而努力挑战这种绝对权力,但却力不从心。或许正是 K 做的斗争让人感受到些微改变现状的希望,这或许也是卡缪认为卡夫卡是个充满希望的作家的原因吧。

选自《外国文学评论》,2005 年第 2 期

茨威格

论茨威格的反战小说

张玉书

　　茨威格一向被人视为只善于描写香艳恋情,醉心风花雪月,从不关心政治。下面几篇小说可以证明这种论述的武断和荒谬。

　　《无形的压力》。1914至1918年的第一次世界大战是20世纪第一场最为惨烈的战争。战火遍及全欧及欧洲之外,千百万人在这场战争中死于非命。茨威格不去直接描写战火纷飞的战场,而是刻画境外德国人的心理活动,折射出这场战争的野蛮可怕。在小说里,作者让我们看到可怕的战争机器给人的心灵施加的压力,使人的性格扭曲,行为荒诞。战争机器疯狂地运转,像贪婪的噬人野兽,把无数精壮嚼成灰烬。于是兵源匮乏,需要补弃新的炮灰,于是向身在国外的适龄男子发出回国体检的通知。这是一份变相的入伍通知。谁若驯从地回国体检便是自投罗网,等待他的将是送上前线,无谓地为炮火吞噬,变成飞灰齑粉。然而即使像男主人公这样头脑清醒思维正常的艺术家,面对这强劲有力的战争机器,也会感到巨大的无形压力。多年的民族主义的思想教育,沙文主义的战争宣传,全都发生作用。爱妻的苦苦哀求,拼命阻拦,也无法改变他回国的决心。只有在血淋淋的事实面前,这个像着了魔似的艺术家才悬崖勒马。这不愧为一篇反对战争时期民众歇斯底里的力作。

　　短篇小说《日内瓦湖畔的一个插曲》也是一篇反战的作品。它以一个俄罗斯士兵在瑞士的遭遇来反映第一次世界大战的违背人性。一个在偏僻的俄罗斯草原上生活的农夫,莫名其妙地被卷进一场既与他无关、他也不明白的战争,竟然远离家乡,运送到异国他乡去充当炮灰,或屠杀无辜,或被人屠杀。他要摆脱这不幸的命运,重返家园,却不可能。前线和家园,相隔千山万水,无数国界,到处是陌生人,陌生的语言。故乡在朦朦胧胧的东方,可望而不可即,只存在于梦想和憧憬之中。难道这只是一个个人的悲剧?

　　《看不见的珍藏》。第一次世界大战后,德国百业萧条,通货膨胀,民不聊生,受苦受难的是黎民百姓。一夜之间,人们多年的储蓄化为乌有。茨威格用古董收藏家的珍贵藏品不翼而飞的故事,来展现这样一个千家万户都遭受到的命运的打击。更因为双目失明的老收藏家面对空空如也的珍藏,犹自眉飞色舞地描述这些不复存在的珍品,而使读者深受震撼。老人一生的心血已为一家人的生计化为乌有。他若知道实情,能不肝肠寸断?什么使他受到这样的打击?是谁造成这样的灾难?

《十字勋章》。拿破仑一生东征西讨,在海战中遇上英国的纳尔逊海军上将,法国舰队在特拉法尔加海战中全军覆没。在陆地上拿破仑可是连战皆捷,所向无敌。可是遇到人民战争,依然受挫。1812年的侵俄战争之前,在1808年拿破仑还有一次失利的征战,那便是侵略西班牙遭到挫败。他麾下百战百胜的大军,遇到西班牙人民的顽强抵抗,终于无功而返。《十字勋章》的背景便是这段历史。

法国侵略军在一位上校的率领下,浩浩荡荡地开进西班牙某地。这批久经沙场能征善战的法军官兵苦于找不到和他们正面交锋的敌人,却在树林里陷入西班牙人的埋伏之中。法军遭到伏击,伤亡惨重,只有这位因为骁勇善战荣获十字勋章的上校九死一生躲在树林里。饥渴难耐,他换上被他们打死的西班牙人的服装,冒着生命危险在附近的村子里乞讨食物,然后返回林中躲藏。翌日,法军增援部队赶到,上校忘乎所以奔向自己的同胞,却被他们在惊恐中用乱枪打死,因为他身上穿的是西班牙人的衣服。具有讽刺意味的是,把他击毙的法军士兵在他口袋里却找到了那枚十字勋章,十字勋章并非护身符。

这篇小说从这个侧面歌颂了西班牙人民为捍卫祖国抗击强敌而进行的这场无比英勇、极为惨烈的人民战争,为侵略者勾勒了这无谓的可悲的下场。难道茨威格仅仅想描写19世纪初在西班牙的一个无名树林里发生的这一小小的插曲?这个被人误认为和平主义者的优秀作家,纤细入微地描写了这位上校一天一夜,蛰伏在树林里经历的极度惊恐和难以忍受的饥饿,给读者留下了掩卷深思的巨大空间:战争究间是为了什么?谁举起利剑,必将死于剑下。这位上校的悲剧下场不是也预示了两次世界大战中德国侵略军的命运?雷马克的《西线无战事》是反战的名篇,茨威格的《十字勋章》也是一篇反战的佳作。

茨威格学习巴尔扎克,但是没有巴尔扎克的耐心和野心,他没有用自己的作品塑造一个小宇宙的雄心壮志。他的小说是以不同人物反映人生百态,所以他把自己的小说集统称为"链子"的各个环节。大战前发表了《埃丽卡·埃瓦尔德的恋爱》和《最初的经历》两个集子。1922年、1927年分别发表了第三、第四个小说集。

这些小说和巴尔扎克的作品的最大差异便是它们抛弃了许多外在的细节真实,把注意力集中到人物的内心世界,人物的性格,隐蔽的内在激情。读者注意到作者把一切在他看来可有可无之物悉数删去,无论马来狂人,还是陌生女人,全都无名无姓,既不知道他们的出身,也不知道他们的背景,只有能够反映人物内心激情的细节,衬托小说气氛的场景才得到着力渲染:骄阳下使人发疯的热带丛林,黑夜中鬼气森森的甲板一隅,干渴龟裂的大地,灯火昏暗的小巷,受虐狂狗样哀求的眼睛,怀春少女渴求雨露的嘴唇。这些小说中的描绘比现实更鲜明、更突出,读者心里留下的不是繁复的情节、瑰丽的画面,而是鲜活的人物,炽烈的激情,你会感到他们灵魂的颤抖,发自内心的呻吟。

茨威格并没有在表现方式上标新立异。他整个的倾向是写实的,离奇晦涩、怪异神秘的东西与他无缘。尽管他笔下的一些人物是被生活压成奇形怪状的畸形人,他们的心灵是扭曲的,但是对他们的表达和描述并不古怪亦不荒诞。他并不是把一些脓血污秽当作珍奇,颇有特色地展现在读者面前,而是在描写他们的伤痕和血迹的同时,对他们的不幸倾注了满腔同情。这就不同于自然主义。自然主义者兴致勃勃地去描写肮脏病态的东西,仿佛这不加选择的客观描写本身便是目的。同时也不同于日后的新写实主义,这些人早已心如槁木死灰,可能是哀极而心死,作品有一股冷峻肃杀之气,令人心悸颓丧悲观消沉,似乎业已看透人生,故而调子低沉。而茨威格的作品里有一股激情,在黑暗中有一线光明。在那些人类渣滓身上,他还要去寻找一丁点可以肯定的符合人性的东西。这样人们的失望之中还有一点希望,在颓丧之余还有丝毫慰藉。这就是他称之为理想主义的东西。

茨威格着重刻画内心,但也不忽视故事情节。他喜欢以第一人称叙述,而为了使人物能真的倾吐衷情,必须用特殊的环境。叙述者不可能无动于衷地叙述,再客观也难免有主观感情色彩。以《马来狂人》为例,这些情节实在也是心理分析所必需的。我们从茨威格得到的启示是:对任何技法不存偏见,不以个人爱憎决定取舍。现代派文学的手法当年对茨威格而言,是真正的新奇,真正的新颖。他吸取其中的滋养,可并未变成它们的奴隶。就题材而论,他并不限于施尼茨勒的"爱与死",就技法而论,他也没有写过一篇纯"内心独白"的小说。便是心理分析,他也是按照自己的方式,通过种种途径来进行。或描写历史画卷,或刻画内心活动,或用情景交融的手法。而且特别与众不同的是,他的小说总笼罩着一股或浓或淡的诗意气氛,这大概和他从写诗起家是密不可分的。

他的中短篇小说在塑造女性形象上达到令人惊叹的高度。他对女性心理的剖析,准确、深刻、细腻、真实,使人不禁发问,这些小说怎么可能出诸一个男士的手笔。作者对女性充满了爱和同情,充满了宽容和理解。对于女性的一些超乎常情却又在情理之中的行动,他做出了最好的辩护和解释,使人不由得对她们也表示同情、理解和尊重。而这一切来自作者对女性的基本态度。陌生女人的社会地位已降低到底层,可是人们不得不为她的自尊自爱表示钦佩,从她的纯情执著,自我奉献,自己掌握自己的命运,看出她胸襟的博大、境界的崇高。《一个女人一生中的二十四小时》中的C太太,对于年轻的赌徒从好生之德、慈母之情,派生出恋人的情愫,从而萌生新生的欲念,冒险的激情,最后由于赌瘾的阻力,使她玫瑰色的幻梦在灰色的现实中破灭,使她又万念皆灰地徜徉于人世之间,无所追求,无所希望,任时光老人抹白她的鬓发,揉皱她的面颊,在平静平淡的生活中追忆那惊心动魄的24小时,那使她留恋,又令人追悔的人生中短暂的插曲。读者随着她的行动感情激荡,绝不会为她这一日一夜的感情突变而对她进行谴责。《心惊胆战》中的那位不安于室的妻子,《火烧火燎的秘密》中的那个一度心猿意马的母亲,还有《马来狂人》中那位不安于室另寻慰藉、为挽救名声自觉地走向毁灭的女主人公,哪一个不是在作者的笔下,得到宽宥?更由于读者对那些使这些女性步入歧途的客观原因有明确认识,而减轻她们的责任。

心理分析是茨威格小说的一大特点,意识流也是茨威格经常采用的手法。人们往往把茨威格的作品当作弗洛伊德学说的注解,仿佛茨威格也是一个典型的意识流派小说家。可是罗曼·罗兰说:"能用一个定义全面概括的作品,都是毫无生命的死物。"茨威格的作品恰好充满生机,近一个世纪来,读者对之始终兴趣盎然。显然,茨威格学习了意识流派的手法,而没有亦步亦趋地模仿这一派的写作技巧。了解一下茨威格对意识流派小说的态度,有助于进一步了解茨威格。

意识流小说对传统的小说而言,是一个突破,是一种变革,有别于传统,开拓了新的天地,展现了新的有待开发的处女地,也就是茨威格在评价弗洛伊德时说的那些"显现在地上,又深埋在地下",被人"庄严地宣布为禁区"的"情欲世界"。照理这样的小说应该是人们喜闻乐见、百读不厌的读物才是,但是实际情况并不是这样。我们就举乔伊斯的《尤利西斯》为例,关于这部小说的艺术成就,很多学者在文学史和文学专著里面都有很多论述,我们就不在这里一一列举,只介绍一下茨威格自己对这部小说的评论。

茨威格以他独特的语言,对《尤利西斯》这本小说,对这样一种所谓纯意识流的小说进行了极为深刻的分析。既然我们写作是为了赢得读者,是为了让读者得到艺术的享受,那么我们就不能把我们的作品创造得和真正的意识流那样混杂。文学毕竟不是杂乱的人的意识的翻版,这样做就完全违背了文学的初衷,完全失去了文学的价值。所以尽管茨威格在他论述里也使用了相当多肯定和褒扬的言辞,但实际上他认为这种作品和文学史上大师们的名著是不能相提并论的。它不同于荷马史诗,也不同于陀思妥耶夫斯基的小说。它天马行空,独来独往,前无古人,后无来者,只能成为文学史上的一种异象,而不可能成为人们学习的范文。它注定是没有后代的。

事实上现代文学中涌现出来的脍炙人口的作品,几乎都采用了意识流的手法,但是没有一个作家会头脑发昏到去模仿《尤利西斯》的地步。我们也许可以这样说,意识流或者内心独白,作为表现人们内心世界的文学技巧和手段是成功的、有效的,但如通篇以再现人的意识的杂乱无章为目的,恐怕很难成功。

文艺毕竟不是哲学、政治,单单运用思维而不诉诸人的感情,很难发挥文艺的功效。席勒说悲剧能给人以快感,使人的心灵涤荡,起到净化的作用,就是建立在文艺有动人心魄之力这一前提之上。而要刻画人的感情,必须展现人们的内心世界。茨威格的长处,恰好在于表现人们心灵的深度。他是出于这方面的需要才采用心理分析、内心独白这些手法。他不是小说写作技巧的革新者,而是运用多种表现手法的成功者。不去追求形式的新,而是追求内容的新。内容的新颖和深邃,实际上互相补充,相辅相成。

文艺创作不可能不师法前辈,问题在于如何广采百家之精华,形成独特的风格。艺术的生命在于创新,创新绝不意味着割断历史,不要传统。茨威格的创作究竟算是哪一家哪一派？他认真学习过巴尔扎克、陀思妥耶夫斯基、托尔斯泰、司汤达，同时又热衷于翻译维尔哈伦、魏尔兰、保尔·瓦雷里。他研究过尼采的哲学，也接受了弗洛伊德的学说。他对现代派作家、艺术家的艺术创新，揭露社会的独特手法颇为赞赏。能说他是现代派？可是他对歌德推崇备至，他作品里有非常明显的古典文学烙印。能说他是古典文学的嫡传弟子？茨威格小说的题材并不局限于风花雪月，从第一次世界大战前充满诗情画意的和平年代到第二次世界大战爆发后杀声凄厉、炮声震耳的战乱时期，从法国大革命到法西斯统治，人类的命运都受到作家的关注，在他的作品里都有体现。但是题材不论是今是古，情节不论抒情还是揭露，手法不论古典还是现代，小说总是洋溢着人性，充满了诗意。展现在读者眼前的，主要是人的内心世界。有人称他是"心理"现实主义大师，也有人说他是根植于现实生活之中的现代派。我们于是想到海涅的一个具有真知灼见的论断："对每个天才都必须进行研究，都只能以他想干什么来评判他。这儿需要回答的问题只是：他有没有掌握表现自己思想的手段？他是否使用了正确的手段？这样做才算脚踏实地。我们不再以主观的愿望去框别人的形象，而是努力理解艺术家在体现自己的思想时所拥有的天赋的手段。"①

　　茨威格创作的传记也取得了突破性的成功。茨威格先是把精力放在写作作家传记上。如他所说，《三大师》取得了极大的成功。接着他就连续写了《罗曼·罗兰》、《与妖魔搏斗》、《描述自我的三诗人》等几部作家传记，全都得到好评。

　　茨威格反躬自问，他的作品究竟有什么特点？为什么会突然给他带来如此意外的成功？他对于这看似意料之外实乃意料之中的成功的原因作了如下的解释：

> 归根结底是由于一个个人的怪毛病，也就是：我作为读者缺乏耐心，脾气急躁。一部长篇小说、传记，或者一篇论证文章里，任何离题万里、繁复堆砌、夸张过分的文字，任何含糊不清、多余饶舌、徒使情节延宕的段落都叫我生气。只有一页页读过去，情节始终高涨不衰，一口气直到最后一页都激动人心，叫人喘不过气来的书，

---

① 参看《海涅文集》，张玉书选编，北京：人民文学出版社，1983年，第373页。

才给我以充分的享受。落到我手里的书十之八九我觉得都因为充满了多此一举的描写、喋喋不休的对话、毫无必要的次要人物而失之庞杂,因而不够紧张,不够生动活泼,甚至最著名的古典杰作里面,也有许多枯燥、拖沓的段落,我读起来很不舒服。"[1]"对别人作品里拖泥带水、冗长烦琐的东西深恶痛绝,势必在自己写作时也以此自儆,教育自己要特别警惕。"[2]茨威格写作起来轻松自如,毫不费力,任笔驰骋,下笔千言,心里想写什么全都诉诸笔端,可是写完之后,许多细节全都删除,"因为等形成雏形的第一稿一誉清,我的真正的工作就开始了。这就是浓缩凝练、巧妙布局的过程。这项工作我可以一做再做,无休无止,不断扬弃糟粕,不断使内部结构紧凑澄净,把知道的东西隐而不吐,别人大多下不了决心,一字一行,只要是得意之笔,他们对此都怀有某种偏爱,总想把自己表现得比实际情况更加博大精深,而我的雄心壮志却在于总使自己知道的东西远比流露在外的要多。这个提炼的过程,从而也是戏剧化的过程,便在校样上重复一次、两次、三次,最后变成一种充满乐趣的逐猎,再去找出可有可无的一句,或者一字,去掉它们,非但无损表达的精确,同时还能加快速度。我的工作中,我觉得最愉快的其实是删繁去冗。我记得有一次,我特别满意地干完活从桌旁站起,我的妻子对我说,我今天似乎成功地完成了一些极不寻常的工作,我便得意地对她说:'不错,我又成功地删去了整整一段,从而使情节的过渡更加迅速。'所以有时候人家称我的书节奏迅急,激动人心。这种特点绝不是来自我天然的热情或内心的激动,而完全是由于那种按部就班的方法,不断把可有可无的间歇和杂音全都摒除。如果说我深谙什么绝技,那么这个绝技就是善于割爱。因为如果我写了一千页结果八百页进了字纸篓,而只有两百页作为筛滤后的精华留下,我也绝不抱怨。要是说有什么东西可以在一定程度上向我解释,我的书所产生的效果,那就是我有一条严格的纪律:宁可形式狭小些,但是永远只局限在最本质的东西上。[3]

---

[1] 参看《昨日的世界》,第353页。
[2] 同上书,第355页。
[3] 同上书,第355—356页。

还有一点乃是作品的切合实际，联系现实。许多研究者都强调茨威格的不问政治，其根据是他的"言行"。他在纽约没有发表声明，反对纳粹。他也不参加左派的大会。甚至有人因为他小说中描写的男女恋情而想把他说成是个躲在象牙宝塔里的，不食不间烟火，不问民众疾苦，在云里雾里逍遥遨游的唯美主义者，属于颓废文人之类。可是再一看，又不敢深讲。且不说写于一战的《三大师》这一举动，便是对沙文主义的挑战。《耶利米》和《无形的压力》更是直接反战、反军国主义的炮弹。便是《一个陌生女人的来信》、《家庭女教师》，乃至《马来狂人》都含有深刻的社会批判。而他在《看不见的珍藏》里，对战后通货膨胀进行描写时，笔尖也饱蘸了对受害最深的普通民众的同情。他的历史人物传记似乎与现实无涉。仔细阅读一下，就会明白，他是借古讽今，用法国大革命来反衬现实，用历史中的独夫暴君来影射当前现实社会中的政治人物。

选自张玉书：《茨威格评传：伟大心灵的回声》
北京：高等教育出版社，2007年

黑塞

关于《荒原狼》

张佩芬

黑塞在《荒原狼》1941年瑞士版后记中写道：

理解或误解文学作品的方式各种各样。读者的理解到何处为止，他的误解从何处开始，多数情况下作者本人无从判定。有的作家发现有些读者比他自己更加清楚他的作品。何况，某些情况下误解还可能引出更多的理解。

我的作品中，《荒原狼》最常受到误解，所受的误解也最严重，而产生误解的常是那些对作者有好感、喜欢他的读者，不是那些持排斥态度的人。另一部分原因，只有部分原因，是因为这本小说的作者当时50岁，写的是这一年龄段的问题，而这本书常落在年轻人手里。

然而，与我年龄相仿佛的读者之中，也常有这样的人，他们对这本小说印象深刻，却只读出其中一半的内容。这些读者在荒原狼身上见到自己的影子，认同了他，与他一同受苦、一同做梦，因而忽略了其他内容，完全见不到小说讲述的除了哈勒尔的困境还有其他东西，荒原狼和他的成问题的生活之上有一个更高层次的不灭的世界，《小册子》和正文中谈到精神、艺术和"不朽者"的地方，描绘了荒原狼痛苦世界的对立面，那是一个正面的、愉悦的、超越个人和时间的有信仰的世界。这本书叙述的虽然是痛苦和困境，但它绝不是关于一个绝望者，而是关于一个有信心的人的书。

我自然不能也不愿规定读者该如何理解我的书，我愿每个人按照自己的性情去读，读出对他有益的部分！但是，如果可能，我愿有更多人能看出，荒原狼的故事描写的虽然是病痛和危机，但它并不导致沉沦而是引向救赎和痊愈。

这篇后记是74岁老人对已经历10多年"风刀霜剑"岁月的《荒原

狼》所作的总结,恰恰可以用为本节的导读,便全文译出放在前面。

《荒原狼》是继《席特哈尔塔》之后又一部在许多国家引起巨大思想反响的作品,尤其是60年代末在美国引起的青年运动热潮,就纯文学作品而言,其影响堪称空前。而让《荒原狼》获得成功的艺术特征,他的好友托马斯·曼和同时代文化人库尔特·品图斯[①]有过两段著名言论:

托马斯·曼在1948年为美国出版的《德米昂》英译本前言中说:"《荒原狼》作为一部长篇小说在大胆实验方面难道逊色于《尤利西斯》和《伪币制造者》吗?"

品图斯为祝黑塞50寿辰而写的文章中对《荒原狼》的评论,自1927年8月见报之后,几十年来,凡是涉及此书的评论文字,大都要援引这段话:"我读完了《荒原狼》,这部一切自白作品中最最残酷无情、最最精神紊乱的书籍,它比卢梭的《忏悔录》更为阴郁和野性十足,是一个诗人为庆祝自己的生日而举行的残酷可怖的生日宴会;一场由自我思索和自我毁灭创造出来的晚会;是记载一个过时的人、过时的时代衰亡的文献,这个过时的时代既无现在,也无将来,而是在两个时代之间发出隆隆的响声深深沉没下陷。黑塞指责我们社会的孤立、敌意和不公正,然而这种谴责并非满怀仇恨,而是某个支离破碎的怪人所发出的痛苦声音,他听任自己本质的破片碎块在它们自己形成的喧哗风暴中飘舞飞翔。这是一部真实的德国作品,既壮丽又深刻,坦率地披露心灵。它和大多数伟大的德国长篇小说,也和赫尔曼·黑塞本人大多数作品一样,是一部用浪漫主义技巧和浪漫主义紊乱精神所写的教育小说。如今我也看到,他的所有作品在本质上都与这部《荒原狼》同类,只是没有如此残忍可怖。一切都是自我透视,自我记述,对于自我所作的粉碎性解剖:绝非出于对分析解剖有兴趣,而是由于一种渴望,一种想让自己成为和谐的人的渴望;由于想寻找自己、最本质的自己的渴望。"

《荒原狼》的影响就像黑塞《咏书》一诗中所写:"世界上任何书本,/都不会带给你幸福。/但是书本会悄悄教育你,/让你成为你自己。"而这只荒原狼哈勒尔则是既从诺瓦利斯、荷尔德林、歌德诗句中,从莫扎特的旋律中受到教益,也从"世俗人"舞女海尔明内和爵士乐手巴勃罗

[①] 库尔特·品图斯(Kurt Pinthus),德国评论家,罗孚特出版社(Rowohlt Verlag)第一任社长。

处得到何谓"不朽者"的启示,如同他在致里贝(P. A. Riebe)信中所言:"《荒原狼》的内涵和目标并非时代批评和个人的神经官能症,而是莫扎特和不朽者们让他最终得以从高处俯视生活,得以看见生活的总体,走上了正确道路。"①

《荒原狼》正式始写于1925年冬天,那时黑塞与罗丝·文格尔结婚已近两年。从1924年1月结婚后,文格尔在蒙太格诺拉村黑塞租住的小套间里只住过几天,因为出身富裕家庭的她不适应简陋生活条件。夫妇俩只能经常租住公寓或旅馆,或者夫妇各住各地,迄至文格尔于1927年1月提出离婚,两人共同生活的日子屈指可数。《荒原狼》最早完成的诗歌部分1924年11月写于巴塞尔,那时黑塞租住在一套两居室公寓里,诗歌表露了与新婚不协调的痛苦之情。1927年早春,黑塞在劳特霍尔德夫妇提供的苏黎世公寓里努力写作《荒原狼》散文部分,竟然日以继夜地连续工作了6个星期,我们有理由揣测,这种奋不顾身的工作和文格尔当年1月1日提出离婚有关。《荒原狼》开头部分"出版者序"中描写主人公在他租住的公寓套间里挂着一张漂亮年轻女子的照片,这位女士不仅来访或者同他手挽手在街上闲逛,还与他"发疯似的大吵"。每次与她会见后,主人公总是痛苦悲伤,只能酒不离口,这也许是作品基调阴郁的原因之一。1927年1月下旬黑塞写完全书草稿,1月26日在《柏林日报》上发表了其中片断:《在一家小酒店的夜晚时刻》;2月28日在为他治疗精神疾病的荣格医生举办的"心理学俱乐部"会议上朗诵了作品片断;同年4月,柏林《文学世界》杂志刊载了一篇访谈录,讨论的主题:战争与报刊的关系,正是作者通过荒原狼向公众提出战争警告所反映的问题;接着,瑞士《新论坛》5月号发表了作品中穿插的文章《论荒原狼》。5月2日,黑塞和文格尔办妥离婚手续。紧接着,柏林的费希尔出版社于6月间同时出版了《荒原狼》和霍戈·巴尔的《黑塞评传》,7月2日,黑塞的朋友们在蒙太格诺拉为他举办了50岁生日庆祝会,参加者中有后来成为他第三任妻子的艺术史家妮侬·多宾。

《荒原狼》以书籍形式第一次出版时并未标明类别,似乎是一种诗歌、日记、散文的综合体,似乎只是写"一个50岁男人的危机"的书籍,直到1928年后的版本才定为"小说",在黑塞1928年12月写的文章《一

---

① 黑塞1931或1932年致P·A·里贝信,转引自《〈荒原狼〉研究资料集》。

个工作夜》中对这一做法有详细解释：

> 一部我已经写了两年的长篇①最近进入决定阶段。我清楚地记得几年前《荒原狼》处在这样一种紧张而危险的阶段时的情景（那也是现在这样的季节），我的写作并不是一种理性的、靠意志和勤奋就可以完成的工作。每当一个人物形象清晰可见，而他可以作为我一段时期的经历、思想与问题的象征和载体时，对我而言，一部新作便在这一瞬刻间形成了。这类神话般人物（彼得·卡门青德，克诺尔普，德米昂，席特哈尔塔，哈里·哈勒尔等）显现之时，便是创作开始的瞬间。我所写的散文作品几乎全是我的心灵传记，所有这些作品全都没有故事，没有错综复杂扣人心弦的情节，而基本上是独白，在这个独白中，一个独一无二的人与世界以及他与自我的关系，受到关注。人们称这种创作品为"小说"。事实上它们不是小说，就像它们的伟大典范，我自青少年时代就奉为神圣的作品，不是小说一样，譬如诺瓦利斯的《海因利希·封·奥夫特丁根》或者荷尔德林的《许佩里翁》。

1962年3月，距离黑塞逝世仅5个月之前，耄耋之年的黑塞又以诙谐语调谈到了几十年前的《荒原狼》，那是他给一位法国女大学生的回信。1961年时，德国柏林和达姆斯达特先后上演了法国戏剧家欧仁·尤内斯库的三幕剧《独角犀》(Die Nashörer)，颇有社会影响，同年瑞士《新苏黎世报》刊载了女作家阿妮·卡尔松(Anni Carlsson)的文章《荒原狼和独角犀》，强调两者间的同一性，荒原狼向往的"不朽者"也即是荒诞派戏剧的理想，而黑塞似乎更强调东方色调所形成的区别。全信如下：

亲爱的 H 小姐

> 我也只是从道听途说中略知独角犀。有趣的是如今它竟和荒原狼一起被接受，主要还在于我的书与之在语言和民族上颇有差异。通常情况下，您肯定也很清楚，古老的欧洲语言文化往往排外：英国、法国、意大利并无例外。日本最为贪食我的东西，已和那边的

---

① 指《纳尔齐斯与歌尔德蒙》。

文化完全溶解在一起。在德国,爱好文学的青年把我看成一个滑稽可笑的浪漫派老头,而在美国,若干年来,先锋派青年人成群结队朝拜荒原狼和德米昂。

　　我多年病痛导致的衰竭和贫血如今通过输血有所改善,却因而引来了其他无生命危险、然而折磨人的痛苦。——谢谢,您在信里还想到了鲜花!坚持到底吧!致以衷心问候!

　　您的赫尔曼·黑塞[①]

　　信中所说的"差异"指的是黑塞作品中的东方因素。早在《席特哈尔塔》问世初期,黑塞曾就此问题作过多次解释,如1925年1月18日给汉斯·罗多夫·施密特(Hans Rudolf Schmied)的复信里明确指出《席特哈尔塔》并非只写印度,最后也不是抛弃了印度,因为他事实上也最终并未抛弃印度思想。黑塞写道:"整整20年之久,我一直以印度方式思索,即或它们只是隐藏在我作品的字里行间。我在30岁那年成为了佛教徒,当然不是指出家为僧。我的解放之路指的是摆脱某种教条的束缚,包括印度思想,于是有了《席特哈尔塔》,当然我还在继续发展,只要我还活在世上。"[②]

　　20世纪20年代《荒原狼》刚问世时那些日子里的热烈反应与第二次世界大战后,尤其是六七十年代后,一波又一波黑塞浪潮所反映的问题尽管不同,却有着本质上的密切联系。对作者的看法,第一次大都是文化界同行的"同病相怜",而第二次则被广大青年奉为了"圣黑塞"。

　　瑞士《新论坛》杂志在1925—1926年冬春之际刊出了荒原狼撰写的诗歌,斯蒂芬·茨威格读后立即给黑塞写信表示"感谢",说道:"我向来不信奉古老基督教的忏悔之类,但是这些抒情诗句恰恰通过这类魅力鸣响出一种如此震撼人心的、有时像是故意敲击出白铁皮或者骨质物般的声音,缓缓地流过我全身。……我懂得,您如何——太长久太温顺了——同魔鬼打着交道,我懂得,您如何鲜血迸流地撕剥下自己细薄而苍白的外皮,以便感受自己血肉的鲜红和炽热。"他们两人自1903年

[①] 译自德国英塞尔出版社2000年出版的黑塞致年轻人的书信集《答复就是你自己》,米夏尔斯主编。

[②] 出处同上。

互相通讯,迄至写这封信之时,已有20多年友情,当年被黑塞称为"年轻人"的茨威格虽然已在"不知不觉中长出第一批灰发",在黑塞眼中仍属弟辈,而茨威格却执意用知音之言结束全信,"一封愚蠢的信,我明白!但是我必须告诉您什么东西,当我读过您的诗后,它们便立即向我发出呼唤。语言全然无关紧要。但愿您和我有相同的感受。"

另一位同时代作家库尔特·图柯尔斯基(Kurt Tucholsky)为黑塞的著作留下了许多流传至今的评语,《荒原狼》自不例外。图柯尔斯基替刚出版的《荒原狼》写的文章题目是《德国人》,为什么用这个题目,文章作者的解释让人震惊。图柯尔斯基认为黑塞"在战争时期①表现得十分清白正直",因而无需从"分裂"角度进行分析,文章写道:"黑塞始终善于游戏,简直谈不上有什么问题:他的自然描写几乎无人堪与匹敌,声调铿锵,色彩绚丽,文字干净,作品充满血肉、空气和气氛……在我看来,他从不能够极正确地塑造分裂,因为一个艺术家内心分裂的话,就很难让我们感觉愉快合宜。他只是想塑造这一点。但是他假设的是自己——这该怎么解释呢?我认为这该归咎于一个德国民族的错误,由于巨大的灵魂骚动,其结果是不再能够表现得像其他民族那样。我能够区别出一个不信仰神秘主义的美国人和一个信仰神秘主义的德国人之间的区别,美国人会声称萨柯和梵端蒂案件(Sacco und Vanzetti)让他们受辱,而德国人则是不太感情外露地忍受这一审判。"于是图柯尔斯基下结论说:如今世界上唯有法国人"才生活得较为轻松",因为他们比较"听其自然",而"德国人从不会耸耸肩就算了事",他们"内心永恒骚动不安"以致"总带着神经官能症症状","总经历着自己内在灵魂的战役",结果却总是被统治阶层所利用,使自己的言论"统统成了废话"。至于黑塞和他的《荒原狼》则不尽然,荒原狼虽然精神失常,他"无力建造人间天堂,但是至少起着阻止流血罪行的作用,建立着已被摧毁的正当感情,他不用蜂蜜面包去喂养自己的人民,而是提倡鼓起勇气,讲述真理。倘若你们想让自己的内心生活处于无止境的自豪之中,想让你们习惯的个性具有价值:那么这里便是你们的乐园。"

1927年与《荒原狼》同时出版的《黑塞传》是霍戈·巴尔最后一本著作,书籍问世刚两个月他就一病不起。巴尔对《荒原狼》的分析受到

---

① 指第一次世界大战。

作者本人的赞同。巴尔认为"神经官能症早就不是对某一部作品及其作者的一种否定了。恰恰相反 …… 显示出一部作品和一个人的真诚性和诚实性。人们已逐渐能够将它作为一种艺术天赋的独一无二、确实无疑的征象予以考察。某个人处于日益强大的残忍现实中,似乎越来越不可能既是完全实施自己职责的艺术家,同时还是合格的社会人。人们也早就不认为下列情况乃是偶然现象,也即是像尼采、斯特林堡、梵·高、陀思妥耶夫斯基这样的思想家,多多少少程度不同地具有神经官能症病状。人们也早就不认为他们的病痛是一种'器官'的毛病。…… 同时还得说明,这种类型的痛苦天才大都来自北方国家。在他们的小说中,奇迹现象非常罕见,或者竟完全没有,然而就连气候风土也可能具有一个角色的作用。神经官能症型作家从内在角度遣词造句,而这种语言却是恰恰拒绝了基督教的改良主义。内向性(Introversion),也就是一种个人的、私下的、纯粹自主的神秘主义(autonome Mystik),它们并不可能与社会建立联系,是的,它们正好置身于传统习俗的对立面 —— 沉潜于自我是浪漫主义艺术家的标记,还有怪僻、放纵、反传统和孤立,这个艺术家必须通过超常的成就,通过自己的魅力,也通过一种个人的技巧优势而使自己保持平衡。也许《唐璜》便是这类艺术家和艺术家族的典型范例。"

巴尔认为浪漫主义文学"在今天比以往任何时期都更为生动活跃","法国的后期浪漫主义已涌现出像勃洛埃(Bloy)、彼戈(Péguy)、苏阿雷斯(Suarès)、克劳代尔(Claudel)这样的思想家。在德国,浪漫主义通过尼采似乎会有了不起的结局。…… 在这样的环境中,一个'最后的浪漫主义者'[①]能够感受到一种非凡重要的使命:也即保卫这一遗产直至流尽最后一滴血,直至有一个和变态心理相对的全新世界发展形成。…… 而《荒原狼》便让今天的浪漫主义又重新看到了新的光芒。"

"新的光芒"诞生于痛苦,这是巴尔的分析:"苦涩和忧郁在这些诗歌里[②]逐渐发展,直至乐器碎裂。我知道唯有一本书籍,我在第一遍阅读时立即有过同样印象,那是尼采的 *Ecce Homo*[③]。诗句在一种无与伦比的激情和悲哀中移动,话语好似一颗星星的奇异光芒,孤零零地闪烁映现

---

① 指赫尔曼·黑塞。
② 指《荒原狼》中的诗歌。
③ 《瞧,这个人!》,尼采44岁所写,是他疯前的最后一部作品。

在腐臭的泉水之上。"巴尔援引了尼采的话"一部建筑在危机上的著作"以证实《荒原狼》的同一本质。巴尔接着引证了黑塞对诺瓦利斯和荷尔德林悲剧性命运所下的评语:"我看到了所有非同寻常天才人物的命运,这些人未能顺利适应'正常世界';这些天之骄子的命运是他们不能够忍受普通日常生活,这些英雄人物的命运是他们在一般人的生活气息中感觉窒息。"巴尔认为,"黑塞为诺瓦利斯作品集所写的后记也罢,为荷尔德林所写的文章也罢,只要是作者的朋友,人人都认识到它们所写的是作者自己的问题,反映了作者自己的痛苦,也即是向往更为纯洁和美好的理想精神之难以实践,如同黑塞自己所写:'人的尊严之得以存在并起作用于实践,因为他能够知其不可为而为之,而他的悲剧也存在于此,因为他将受到世道常情的反抗与阻挠。'"

关于《荒原狼》的艺术魅力,巴尔称之为黑塞的"魔术力量",是作者的标志性印记,是他的一种用以防止本能直觉的退化衰萎的保护性武器,并将之与莫扎特的音乐魅力相比拟。巴尔形容道:"这里有玫瑰色的帕帕吉诺童话,有唐·吉奥伐尼魔鬼般的深沉热情,懂得如何把一颗永恒嗤嗤笑着的童心完全彻底地缠绕和卷入对位旋律和声学花腔之中,因为这个魔鬼远远胜过闪电和雷鸣,能够毫无危险地制造出最具独创性的声学艺术。……并因而让自己的内心和灵魂保持光亮和纯洁。"

《荒原狼》问世30多年后,一位曾在希特勒统治时期获得黑塞资助的年轻人彼得·魏斯(Peter Weith)成了著名作家,他对《荒原狼》的评价曾触动无数人的心。他把它譬喻为作者派出去的秘密使者,以期与外部世界达到调和。魏斯在他1961年的《辞别双亲》一书中是如此分析《荒原狼》的:"为了寻找一个志同道合者,书籍便是作者派遣的秘密使者、抛入海中的通讯浮瓶。这类孤独者生活在全世界各处各地,在最遥远的城市里,在荒芜的港口,在森林的隐蔽处,而其中许多人还从亡者的王国同我交谈。一想到这种共同关系便让我获得慰藉……这本书是我的一个兄弟所写。阅读哈勒尔(小说主人公)的著作好似在我自己的痛楚上搔抓。这里描写的是我的境况,市民的境况,他很想成为革命者,而在古老的标准砝码下变成了残废。"

选自张佩芬:《黑塞研究》
上海外语教育出版社,2006年

海明威

20世纪20年代美国商业消费
文化与现代性的悖论

——重读海明威的《太阳照样升起》

于冬云

消费文化的理论研究是在20世纪60年代发展完善起来的,但作为一种社会生活现象,消费享乐的价值取向在20世纪20年代的美国就已蔚然成风。康马杰在《美国精神》一书中是这样说的:"20世纪20年代那十年是经济繁荣、讲究物质享受和玩世不恭之风盛行的十年。"① 文化史上更是把这个时期称作"爵士时代"。海明威的成名作《太阳照样升起》(1926)就是在这个时期问世并受到美国大众欢迎的一部小说。很多评论者认为,该小说之所以受到美国大众的欢迎,是因为它反映了一战给年轻人造成的精神创伤,以及他们在战后迷惘幻灭的生活。海明威因此被人们冠名为"迷惘的一代"的代表作家,《太阳照样升起》则是"迷惘的一代"的代表作。但是,如果我们对文本做一番仔细地阅读,并且对20年代美国社会现实与文化构成做更多层面的考察,就会发现,《太阳照样升起》与产生和接受它的20年代美国文化之间的关系,远非战后幻灭情绪这一简单的逻辑关联所能涵盖。事实上,在商业繁华如梦的20年代,消费享乐的价值取向与传统的清教文化积淀,共同构成了美国文化现代化过程中的现代性悖论。生活在上述文化结构中的年轻一代,一方面在日常生活实践中尽享消费文化带来的感性解放快乐,另一方面又面对着在转型空间中确认自我形象时的失意和伤感。笔者认为,在此意义上解读《太阳照样升起》,能够挖掘出其显在和隐含的多层次的文学、文化意蕴。

一

很多美国文学研究者把海明威及其他"迷惘的一代"作家在第一

---

① 唐马杰:《美国精神,》南木等译,北京:光明日报出版社,1988年,第634页。

次世界大战中的经历与他们战后的文学创作实践挂起钩来。他们认为,"迷惘的一代"青年是战争的受害者,帝国主义战争摧毁了他们信奉的传统价值观,他们对战后的现实感到失望,失去了生活的目标,陷入迷惘幻灭的生存状态中。毋庸置疑,一战给所有的参战青年都造成了不同程度的心理阴影,但他们在欧洲战场上的收获并非仅仅限于创伤。很多像海明威一样在战后成为作家的美国青年只是被编在救护车队中。海明威本人就经常抱怨他离战斗太远,等到有机会在看得到敌军阵地的战壕中分发巧克力时,他就光荣地负伤了。接下来,海明威在米兰的医院里开始学习爱情。马尔科姆·考利在《流放者的归来》一书中说,战争"为一代作家提供了大学补习课程"。"这些课程把我们带到一个外国,对我们中的大多数人来说,这是第一次见到的外国;这些课程教我们谈恋爱,用外国语言结结巴巴地谈恋爱。这些课程供给我们吃住,费用由一个与我们毫无干系的政府负担。这些课程使我们变得比以前更不负责任,因为生活不成问题;我们极少有选择的余地;我们可以不必为将来担忧,而觉得将来肯定会给我们带来新的奇遇。这些课程教给我们的是勇敢、浪费、宿命论,这些都是军人的美德;这些课程教我们把节约、谨慎、冷静等老百姓的美德看成是恶习;这些课程使我们害怕烦闷胜过害怕死亡。所有这些在军队的任何部门都能学到。"①

从考利的叙述来看,未来的年轻作家们在欧洲战场学会了一种追求现时的刺激、满足和快乐的新"美德"。这种新的生活美德正是战后美国工商业发展所需要的消费道德。一战结束后,从欧洲归来的美国年轻知识分子回首观望自己的祖国时,发现她不但没有直接遭受战争之害,反倒获利于战争工业,一跃成为世界经济格局中的第一强国,并因其快速膨胀的国力和商业成功而洋洋自得。工商业经济的飞速发展,使得商品的大众化成为可能。广告商在尊重吃苦耐劳的传统美德的同时,也在以越来越丰富的传播媒介向大众推销越来越丰富的消费用品,尽其所能地将大众培养成为消费者。他们将商品说成是"好日子"的象征,把汽车、家用电器、名目繁多的生活用品、旅游与新的生活方式,和成功人生、社会地位联系起来,使人们感到若不购买汽车、电器等商品,不去旅

---

① 马尔科姆·考利:《流放者的归来——二十年代的文学流浪生涯》,张承谟译,上海外语教育出版社,1996年,第33页。

游一次,生活就没有长进。分期付款的消费方式也在鼓励着人们去花钱消费,提前享受。总之,各种行业的企业法人想方设法地把讲究消费享乐的风气扩散到人们的日常生活实践中去。在此意义上,断言一战后美国大众中普遍存在着一种悲观迷惘的情绪,似与20年代的消费享乐气氛不尽相符。

20 年代的商业消费风尚导致包括文学艺术在内的美国文化也染上了商业化色彩。但尽管参战作家在欧洲培养起了与消费时尚相合的消费道德,他们却鄙视庸俗的、没有灵魂的商业文化,再加上他们快乐的消费自由总是要受到清教徒父母的束缚,于是,在失意和伤感中,他们做出了个性化反叛和艺术拯救的选择。海明威本人从战场上归来后,也一度生活在父母提供的好日子里,抽烟、喝酒、聚会、钓鱼……直到有一天,他的母亲给他写了一封信:"亲爱的厄内斯特,我的儿子,你如果还不醒悟过来,停止过那好吃懒做的浪荡生活,停止靠他人为生的生活,……或者你仍然对救世主上帝,耶稣基督不虔诚,不尽教职;一句话,你如果不自觉到自己已长大成人,应该有男子汉的堂堂气魄,那你将一事无成,招致自我毁灭……"①海明威的父亲也给他写了一封类似的信。结果是,海明威在与哈德莉结婚后,就带着自己的作家梦和妻子那每年大约有 3000 美元的生活费,于 1921 年底去了巴黎。

考利对 20 年代美国年轻一代的巴黎流放之旅做出了解释。他说,在那个时代,知识分子普遍认为"艺术家只要离开本国,去住在巴黎、卡普里岛和法国南部,就能打碎清教主义的枷锁,就能畅饮,就能自由地生活,就能充满创造力。"②事实上,对于 20 年代去巴黎寻求新生活和艺术拯救的知识分子来说,他们在巴黎首先找到的却是由祖国的经济强国地位决定的坚挺的美元兑换值。1925 年,1 美元可以兑换 25 法郎。在写作《太阳照样升起》的日子里,海明威声称,每年只需 2500 美元,一个人就可以在巴黎住舒适的旅馆,每周在很好的地方喝上二三次咖啡,去佛

---

① 贝克:《迷惘者的一生——海明威传》,林基海译,长沙:湖南文艺出版计,1992 年,第 125—126 页。

② 马尔科姆·考利《流放者的归来——二十年代的文学流浪生涯》,张承谟译,上海外语教育出版社,1996 年,第 54 页。

罗伦萨或四季如春的海滨过冬,到瑞士避暑。①以此为参照,虽然海明威在晚年写作的回忆录《不固定的圣节》中称自己贫穷,但靠着哈德莉每年3000美元的基金,他们在巴黎从不进肮脏的咖啡馆,巴黎坏天气的时候去瑞士滑雪,狂欢节期间去西班牙看斗牛。这样一种远离清教伦理约束的休闲、消费、娱乐的生活体验,是海明威创作《太阳照样升起》的生活源泉。反映在小说中,休闲、消费、娱乐也成为小说人物日常生活实践的基本内容。

二

消费文化渗透在《太阳照样升起》的不同结构层次中。首先,从小说中的叙事场景来看,除了杰克工作的写字间以外,皆是咖啡馆、餐馆、酒吧、舞厅、挤满游人的火车、汽车、海滨度假休闲胜地、山间垂钓的河流、狂欢节的街道、广场和斗牛场等休闲娱乐空间。杰克带比尔到位于塞纳河中央小岛上的一家餐馆吃饭,由于有人把这个餐厅写进了美国妇女俱乐部的导游小册子,称它是塞纳河边一家尚未被美国人光顾的古雅饭店,结果,杰克和比尔在这家挤满了美国旅游者的饭馆等了45分钟,才等到一张桌子。在前往西班牙看斗牛的火车上,也挤满了来自美国的新教徒旅游者。海明威的朋友内森·阿施第一次读到《太阳照样升起》时,对海明威说,他写的是一本旅游小说。②著名的海明威研究专家迈克尔·雷诺兹在《太阳照样升起:一部20年代的小说》中也指出,从地理和历史文化的角度来看,读者可以把海明威的《太阳照样升起》当作参观巴黎、观看西班牙斗牛的旅游指南来赏读,因为该小说提供了与旅游公司的旅游手册相似的信息。③细读文本,上述说法不无道理。如同乔伊斯在《尤利西斯》中详尽描绘了1904年6月16日这一天都柏林的都市生活风貌,以至于人们可以依照小说中所提供的种种细节还原一个真实的都柏林一样,读者也可以追随着杰克的脚步,按图索骥地游览巴黎。下面的描写就证明了这一点:

---

① Michael S. Reynolds, *The Sun Also Riess: A Novel of the Twenties*. Boston: Twayne Publishers. 1988, p.80.
② Ibid., p.46.
③ Ibid., p.59.

我们走上和皇家港大街相衔接的蒙帕纳斯大街,一直朝前走,经过"丁香园"、"拉维涅"、"达穆伊"和另外那些小咖啡馆,穿过马路到了对面的"洛东达",在灯光下经过它们门前的那些桌子,来到"雅士"。①

　　同样,海明威对杰克一行的西班牙之旅,描写也十分详尽。那远离都市喧嚣的寂静山谷,充满异教意味的斗牛竞技,服装绚丽的斗牛士,斗牛过程中每一个环节的引人入胜之处,质朴热烈的西班牙风情,口味独特的西班牙饭菜,这一切都是令人神往的旅游看点。伴随着《太阳照样升起》的畅销,西班牙斗牛也成为美国年轻人争相购买消费的旅游文化产品。

　　其次,从小说人物的日常生活实践来看,他们过的也是一种现代都市青年的消费生活方式。20年代,老一辈中产阶级创造的财富已足以为他们的子女提供一种与丰富的消费品同在的现代好日子:饮用美酒咖啡,享受美食,穿着个性化的服装,出入跳舞、赛马等有闲有钱阶层组成的俱乐部,到风景名胜地区度假,去山间垂钓,赴西班牙看斗牛。小说中来自英美的这一群青年人中,除了杰克是在巴黎工作的新闻记者外,勃莱特、科恩、迈克都生活在娱乐闲散的状态中,而比尔刚出版了一本书,赚了一大笔钱,也来到欧洲休闲度假。叙述人杰克对各方面的消费知识都十分在行。他通晓各种牌子的美酒,掌握海外旅游度假的相关知识,不仅是垂钓高手,还是欣赏斗牛艺术的内行,俨然一个海外旅游生活的专家。小说共19章,每一个章节都有青年男女喝酒的生活场景描写,他们在一个地点喝过后,再到下一个地点继续喝。而此时美国本土却在推行禁酒令,大众不得不伴随着违法的罪感、抵制的风险,去体验饮酒的快感。相比之下,杰克和科恩却坐在巴黎著名的那波利咖啡馆里,悠闲地喝着开胃酒,观看黄昏时分林荫大道上散步的人群,如此自由闲散的消费生活与老一辈新教徒节俭克制的生活形成了鲜明对比,自然令人神往。在此意义上,《太阳照样升起》吸引美国大众的不仅只是自由畅饮的快乐,更重要的是小说人物置身于其中的消费生活方式和价值取向。

---

　　① 海明威:《太阳照样升起》,赵静男译,上海译文出版社,2000年,第86页。

小说中的女主人公勃莱特更是现代女性消费生活的榜样。勃莱特是以个性化装扮出场的:"她穿着一件紧身套衫和一条苏格兰粗呢裙子,头发朝后梳,像个男孩子。这种打扮是她开的头。"①勃莱特还竭力追求舒适、优雅的生活:只能品美酒,不能忍受品质低劣的白兰地;像男子一样手夹香烟,吞云吐雾;出入乘坐汽车,"只要能想法不走路,我就不走。"②海明威借助勃莱特的装扮风格和行为方式,成功地打造出一个身体自由、生活舒适、举止优雅的现代女性形象。在《太阳照样升起》问世后,勃莱特的发型、服装、行为方式成为年轻女性效仿的典型。广告商最先捕捉到了女性现代生活方式的商业化价值。在20年代一则新奇大胆的香烟广告中,解放了的女性对衣着考究的男伴说:"吞吐任逍遥。"③这类广告的催眠作用就在于它让女性相信,只要像男人一样地喷云吐雾,生活就可以像男人一样逍遥自在。

法国社会学家让·鲍德里亚认为,追求差异的个性化表达方式实则是一种消费变体。他指出,"'您所梦想的,就是您自己的。'这种令人钦佩的反复叙事,其出处显然是这样或那样一种胸罩,它集中了个性化自恋的一切悖论。正是在您接近您的理想参照之时,在您'真正成为您自己'时,您最服从集体命令,也最与这样或那样一种'强加'的范例相吻合。"④依照鲍德里亚的消费变体逻辑,女性解放的诱惑和打造个性的自恋行为根本不是个人自由的自主选择,而是早有范例,而这些范例,就是由包括广告在内的大众传媒工业生产出来的,并由那些可以定向的符号组成。比如,美国的年轻女性之所以喜欢勃莱特,是因为她们以为她那与众不同的发型、装扮、行为方式,正是她们所需要的自我个性化表达方式。因此,在现代消费社会中,每个人都可以借助自己选择的某些范例兑现自己的所谓"个性"。正是通过这种符号化的个性表达,个人在生产消费的资本主义经济体制中发挥着消费者的功能。"把本属于女性的提供给女人们消费、把本属于青年的提供给年轻人消费,这种自

---

① 海明威:《太阳照样升起》,赵静男译,上海译文出版社,2000年,第24页。
② 同上书,第26页。
③ 迈克尔·埃默里、埃德温·埃默里:《美国新闻史》,展江、殷文等译,北京:新华出版社,2001年,第310页。
④ 让·波德里亚:《消费社会》,刘成富、全志钢译,南京大学出版社,2001年,第90—91页。

恋式解放成功地抹煞了他们的真正解放。或者还可以这样做:把青年规定为叛逆,这种做法可谓是一石二鸟:通过将青年规定为特殊范畴以避免叛逆向全社会扩散,并且此范畴由于被控制在一个特殊角色即叛逆之中而被中和。"①在此意义上,在欧洲的消费、休闲空间中打造自我的杰克、勃莱特们,在美国本土上模仿杰克、勃莱特们的另类穿着和谈吐的年轻人,还有后来的嬉皮士、雅皮士,不过是美国商业消费社会生产出来的、追逐时尚前卫的消费个性的象征代表而已。这些象征代表在现实的生产——消费的社会机制中,为资本主义经济发展推波助澜。

考利曾经指出,"流放在国外的艺术家也是贸易上的传教士,他们使国外对自来水笔、长统丝袜、柚子和手提打字机的需求增加。艺术家们引来接踵而至的旅游者入侵大军,这样就使轮船公司和旅行社赢利大增。所有这一切和这幅商业的画面接合得天衣无缝。"②因此,如果将《太阳照样升起》放回到它得以生产出来的消费文化语境中,我们也可以说,海明威自我流放到远离美国商业文化的巴黎去寻求艺术拯救,他的成名作却成了牵动20年代美国年轻人个性化消费行为的文化符码。

三

然而,笔者认为,海明威写作《太阳照样升起》的目的毕竟不是为美国的工商业发展促销消费伦理,他更关心的是在美国由传统的清教文化向现代的消费文化转型的历史进程中,年轻知识分子内心深处的矛盾冲突,以及由这种内部冲突而导致的现代性价值悖论。

20世纪60年代,美国激进的年轻人一度把《太阳照样升起》看作是一部拒绝一切传统虚伪价值观念的小说。迈克尔·雷诺兹指出,那些将这部小说看作是享乐主义者放纵的夜生活和两性关系的生活指南的年轻读者,如同海明威的母亲在1926年对小说中流露出来的不道德倾向进行指责一样,都是误读了这部小说。③实际上,仔细倾听小说中流露出来的多重声音就会发现,海明威在处理美国现代化进程中的劳动与

---

① 让·波德里亚:《消费社会》,刘成富、全志钢译,南京大学出版社,2001年,第151页。
② 马尔科姆·考利:《流放者的归来——二十年代的文学流浪生涯》,张承谟译,上海外语教育出版社,1996年,第55—56页。
③ Michael S. Reynolds, *The Sun Also Riess: A Novel of the Twenties*. Boston: Twayne Publishers. 1988, p.59.

消费、道德与责任等问题时,其价值取舍态度并不是简单地弃传统取现代,而是呈现出一种由传统向现代转型的矛盾复杂性。

在劳动与消费问题上,海明威在展示美国年轻人在欧洲的休闲、消费生活的同时,并没有完全抛弃老一辈新教徒所信奉的劳动美德。从小说的叙述者杰克认真敬业的工作态度中,我们可以看到传统的劳动美德在像杰克这样的年轻人身上得以保留下来。作为一名新闻记者,杰克总是在尽职尽责完成自己的工作任务后才去休闲、娱乐。小说中,杰克先后有四次叙述了自己的工作情况:第二章,杰克在编辑部紧张地工作了两个多小时,将所有的稿件都发走后,才与一直等候着他的科恩去喝酒;第四章,勃莱特在清晨四点半来找杰克一起去吃早饭,并倒上德国穆默名酒佐餐,杰克则说,"上午我还得工作","跟你比,我太落后了,追不上了,和你们玩不到一块去";第五章,清晨,杰克步行去编辑部上班。一路上,行人都是上班去的,杰克觉得"上班是件令人愉快的事情";第八章,勃莱特去圣塞瓦斯蒂安度假,科恩也不再来打搅,杰克为了能在六月末去西班牙度假旅游,每天勤奋工作,还经常到写字间加班。事实上,海明威本人也并不认同塞纳河左岸那些反传统、行为放荡的伪艺术家的生活方式。此时的他正处在为当一名作家而努力习艺的阶段。在小说第十二章,比尔模仿当时美国国内某些流行话语对杰克说:"你是一名流亡者。你已经和土地失去了联系。你变得矫揉造作。冒牌的欧洲道德观念把你毁了。你嗜酒如命。你头脑里摆脱不了性的问题。你不务实事,整天消磨在高谈阔论之中。你是一名流亡者,明白吗?你在各家咖啡馆来回转悠。"①有很多研究者引用这段话证明杰克是一个无所事事的"迷惘者"。但是,持这种观点的人却忽视了这段话在文本中的上下文语境。在小说中,杰克和比尔到西班牙的布尔戈特去钓鱼。清晨醒来,两个人互相说一些俏皮又怜悯的话。比尔发了上述议论后,杰克称这番话是一套胡言乱语,并回应他说,"照你这么说,这种生活到满舒服嘛,""那么我在什么时候工作?"②杰克的言外之意是他并不把自己归入无所事事的流放者之列。虽然海明威将叙述人杰克与无所事事的塞纳河左岸流放者区别开来,但是他所坚守的劳动伦理与老一辈新教徒的观念的

---

① 海明威:《太阳照样升起》,赵静男译,上海译文出版社,2000年,第125页。
② 同上书。

确也已明显不同。老一辈资产者的劳动观念与清教信仰密不可分,"一方面,他必须为了上帝的荣耀而竭力劳作,谦卑地接受从中获得的财富,然而在另一方面,他又继续将这个世界仅仅看作是一个痛苦和眼泪的峡谷,是每个走向天堂的获罪者的唯一必经之路。"①但是,20世纪初,工业化的高速发展已经把受苦流泪的现世峡谷变成了生活用品丰富多样的俗世温床。康马杰称,在这个时期,美国人"从曾经耗尽他们祖先精力的繁重体力劳动中解放了出来。工作时间从每周60小时减为40小时,年休假也从一周延长为一个月和一个多月"。"有史以来,如何安排空闲时间第一次成了大问题。"②在这样的历史语境中,一方面,在新教徒的劳动伦理中注入休闲、消费的现代性内容是美国的现代化生产发展所需要的,另一方面,个人的休闲消费生活又处处打上了商业化的烙印。杰克在欧洲的生活就是这种历史性变化的反映。小说中提到了杰克的银行结账单,其账户上余额为2432.60美元,扣除已经支出的费用,尚有存款1832.60美元。以前文提及的海明威本人所提供的数据为参照,一个人每年花2500美金就可以在巴黎过很舒适的生活,那么,杰克在巴黎过的正是舒适的中产阶级小康生活。而生活舒适的中产阶级,正是美国经济现代化的产物。作为中产阶级的一员,杰克在勤奋工作的同时,对个人的生活经济运营也十分在行。他已经悟出了一套现代商品交换社会中的生活哲学:"享受生活的乐趣就是学会把钱花得合算,而且明白什么时候正花得合算。…… 世界是个很好的市场,可供你购买。这似乎是一种很出色的哲学理论。"③在巴黎,杰克知道在哪家咖啡馆可以享用价格适宜的美酒美食。去西班牙旅游,他了解哪里可以找到舒适便宜的旅馆。甚至包括给不同服务行当的侍者付多少小费购买多少服务热情,杰克都应对自如。结构主义马克思主义理论家阿尔都塞曾经指出,"艺术之所以是艺术,是因为它脱离开意识形态,同时暗指着意识形态。"④在此意义上,海明威虽然鄙视商业主义,但我们从他的小说中还

---

① 罗德·霍顿、赫伯特·爱德华兹:《美国文学思想背景》,房炜、孟昭庆译,北京:人民文学出版社,1991年,第49页。
② 唐马杰:《美国精神,》南木等译,北京:光明日报出版社,1988年,第621页。
③ 海明威:《太阳照样升起》,赵静男译,上海译文出版社,2000年,第163页。
④ 拉曼·塞尔登编:《文学批评理论——从柏拉图到在》,刘象愚、陈永国等译,北京大学出版社,2000年,第498页。

是看到了20世纪20年代美国人生活的商业化表征。在处理道德与责任的关系问题时,《太阳照样升起》同样显示出一种社会转型时期的价值悖论。海明威在以保守的中产阶级为主的橡树园小镇上长大,清教徒严格的宗教意识和种种清规戒律在小镇上拥有绝对的权威地位。海明威的父母都是恪守清教规则的新教徒,完全按照清教徒的道德准则来管教孩子。海明威成年之后离开了橡树园,但是来自橡树园的宗教道德传统却在他的内心深处留下了深刻的烙印。在《太阳照样升起》中,他将美国青年杰克安排在欧洲,是为了在与橡树园拉开距离的现代生活场景中,重新审视其宗教道德传统的价值。这种审视集中在饮酒和两性关系上。

首先,在饮酒问题上,美国的中产阶级白人绝大多数把禁酒看作一场伟大的道德运动。早在19世纪末期,美国就成立了各种禁酒团体。其中,成立于1895年的反酒吧社提出,酒吧会助长社会的腐化之风,它使工人走向堕落,影响工作效率。然而,白人中产阶级一边在教堂和公共选举中向大众倡导禁酒节制,一边却在家里的私人酒吧中继续饮酒,而且并不认为这是假道学。同样的情形也出现在海明威的故乡橡树园镇。1919年,36个州通过了《第十八条宪法修正案》,使销售和批发含酒精饮料在全国范围内成为非法行为。但是,作为一场拯救道德的崇高试验,禁酒法案一开始实施,那些曾出于道德原因而拥护禁酒的人便后悔了,他们试图拯救美国人的道德,却丧失了喝酒的权利。事实上,美国的饮酒人数并没有因为一纸禁酒令而有所减少。相反,由于饮酒行为由中央政府裁决,各个州政府对私下里的饮酒行为视而不见,结果是,杂货商、药商、各种帮会专职代理人都来倒卖私酒,年轻人则以随身携带小酒壶饮酒酗酒为时髦。在菲茨杰拉德出版于1925年的小说《了不起的盖茨比》中,主人公盖茨比就是靠贩卖私酒发家致富的。在盖茨比府上,相识不相识的人们夜夜聚在一起饮酒作乐。到20年代末,即使是最坚定的理想主义者也开始承认,这一场伟大的禁酒运动已经失败。1933年,罗斯福上台后,美国国会废除了禁酒令。如果把《太阳照样升起》与这场旨在拯救道德的禁酒运动联系起来,我们就不难理解为什么美国国内的道德理想主义者,喜欢以小说人物的饮酒行为为把柄来质疑海明威的道德立场,也可以理解为什么社会上的放浪青年将模仿海明威的人物饮酒视作是时髦的叛逆自由举动。也就是说,20年代正处身在禁酒运动实施进程中的美国大众,对《太阳照样升起》的接受也存在着两种倾向,一种将饮酒看作年轻人道德上的堕落,另一种则将饮酒看作抵制不合理的清教束缚、追求自由的标志。

其次,在小说的整个叙事进程中,杰克和勃莱特始终摆脱不了自己的生理性别和社会性别角色困惑,他们的困惑折射出20年代美国中产阶级白人男性和女性在经历性别角色转换时的焦虑。在这个问题上,有的批评者只看到了杰克的召妓和勃莱特的性放纵行为,就由此断定小说中的青年一代在处理两性关系时放荡成性,没有道德责任感。比如说美国的海明威研究者马克·斯毕尔卡认为,在《太阳照样升起》中,两性间的传统爱情已经死亡。"所有这些男男女女都是飘零子弟,他们脱离了传统社会,把巴黎当成了永久的游乐场。"[1]英国批评家兰·乌斯比也指出:"全书充满玩世不恭和对固有价值幻灭的情调。"[2]国内与上述见解相类似的观点也十分普遍。该小说中文译者在中译本的序言里也表示了相似的看法:"(海明威)客观上讴歌的是醇酒和美女、狂欢和遁世,所肯定的是人生无常、及时行乐的思想。"[3]笔者认为,这些批评过于简单和武断,没有将20年代青年人正在经历的自我性别角色转换这一复杂的时代因素考虑在内。从小说中呈现出来的杰克和勃莱特的性别角色表征来看,两个人的性角色内涵皆趋向于复杂多样性。黛布拉在《阅读欲望:追寻海明威》一书中就指出,"海明威的小说将人物的生理性别和社会性别置于不断变换的状态中。……在《太阳照样升起》中,人物的行为、外表和欲望都已经超出了'正常的'身份和身份认同的边界,原有的男性和女性的生理性别和社会性别范畴被动摇,并且互相交织在一起。"[4]

1920年,美国的妇女获得了选举权,像勃莱特一样留短发、抽烟、喝酒、谈恋爱的"放浪女子"并非是个别现象。温迪·马丁从女权主义批评

---

[1] 马克·斯毕尔卡:《〈太阳照样升起〉中爱情的死亡》,引自董衡巽编:《海明威研究》,北京:中国社会科学出版社,1980年,第207页。

[2] 兰·乌斯比:《美国小说五十讲》,肖安溥、李郊译,成都:四川人民出版社,1985年,第275页。

[3] 海明威:《太阳照样升起》,赵静男译,上海译文出版社,2000年,前言第2页。

[4] Debra A. Moddelmog, *Reading Deire: In Pursuit of Ernest Hemingway*, Cornell University Press. 1999, p. 99.

的角度将勃莱特称作是20年代新女性的代表。①事实上,20年代的新女性都是从像娜拉一样没有自我的历史中离家出走的。在勃莱特已有的婚姻生活经验中,她的丈夫阿施利总是叫她睡在地板上,睡觉时身边总是放一把装有实弹的左轮手枪,总是说要杀死她。这样一种男性霸权的暴力压制,给勃莱特留下了痛苦的记忆。在她的历史经验中,长发、端庄、顺从的女性化气质是与被压制、丧失自我的痛苦与恐惧联系在一起的。因此,我们看到,走出阿施利的家门,以新女性姿态出现在现代生活中的勃莱特,在外表装束和行为方式上都偏离了传统的女性气质,并在某种程度上还跨越了传统的男女性的两分界限。她留着短发,戴着一顶男式毡帽,不穿长统袜,一手夹着香烟,一手端着酒杯,与不同类型的男子约会,出入各种公众休闲娱乐场所。通过这一系列偏离传统女性性别角色的表达方式,勃莱特独立的自我形象得以建构起来。笔者认为,在勃莱特"放浪"或"解放"的行为背后,其实深藏着一种越界后的自我性别身份确认的焦虑。这种自我身份焦虑表现在两个方面:其一,勃莱特虽然走出了阿施利的家门,但仍然生活在男权政治控制下的社会结构中。她那跨越传统淑女界限的个性化着装、饮酒、抽烟、看斗牛等时尚消费,仍然要由阿施利之外的某个男人为她付账。小说还提到,如果没有男人的陪伴,勃莱特一个人还是不能进入越界的自我表达空间。也就是说,在20年代的美国,像勃莱特这样的新女性,其叛逆和解放的触角只能在男权社会允准的空间中伸展;其二,勃莱特在追求性爱快乐的同时,又怀有一种异性恋恐惧心理。从勃莱特的性爱表达方式来看,她已经偏离了传统女性被动接受的性角色界定,她的性欲求也不再局限于唯一的性伴侣。为了满足自己的身体欲望,勃莱特可以与自己不爱的科恩去圣塞瓦斯蒂安约会。她与斗牛士罗梅罗的私奔事件也是由她本人的主体欲望牵动的。勃莱特一方面毫不掩饰地表达出自己对罗梅罗那富有阳刚魅力的身体的爱欲,但她又惧怕在罗梅罗的男性力量面前重新沦为没有自我的"女性化"角色。因此,当罗梅罗要求她为了自己留长发,变得更女性化一些时,她就离开了罗梅罗。勃莱特的异性恐惧还不限于此,在勃莱特那曾经被男性文化霸权殖民过的内心深处,仍有一

---

① Wendy Martin. "Brett Ashley as New Woman in The Sun Also Riss," in Linda Wanger-Martin ed., *Ernest Hemingway's The Sun Also Rises*. Oxford University Press. 2002.

种红颜祸水的道德负罪感。离开罗梅罗后,勃莱特对杰克说,"我不愿当一个糟蹋年轻人的坏女人。"①从勃莱特的这种异性恋恐惧心理中,我们可以看到20年代新女性在建构自我主体性时普遍存在的性别身份焦虑。也许,正是因为内心深处的异性恋恐惧,勃莱特才总是在最痛苦的时候选择与丧失了阳具霸权能力的杰克在一起,只有同杰克在一起的时候,勃莱特才有一种安全感。但是,在与杰克相拥的同时,对男性的爱欲又在她的体内涌动,在勃莱特看来,压制对异性的爱欲"是人间地狱般的痛苦"。据此来看,勃莱特的性别欲望取向实在是复杂多样,她的性别身份认同最终指向哪里,因为海明威的含蓄,依然是暧昧不明。迈克尔·雷诺兹仔细研究了保存在肯尼迪图书馆中的小说手稿,发现原稿中有这样一段在正式出版时被删掉了:"至于说以前发生的事情对勃莱特产生了怎样的影响,勃莱特感觉如何,我不是心理分析学家,我只是把她做的和说的记录下来,由你自己去思考这一切。"②这段话表明,作为一个正致力于建构自己小说技艺的年轻作家,海明威既不能算作是与传统两性道德彻底决裂的新道德斗士,也无意于对新女性的解放行为挥动主流文化的律令警棍,他只是为读者解读包括性别政治在内的20年代美国文化,提供了一幅着色不一的文化拼图。

如果说我们透过勃莱特的快乐、困惑、痛苦,可以洞察20年代新女性的性别身份焦虑,那么,我们同样也不能忽视杰克的性机能创伤所具有的时代文化符码隐喻意义。在此意义上,与其将杰克的性机能创伤看作第一次世界大战的灾难后果,倒不如说杰克的创伤传达出了工业化时代中产阶级白人男性权威衰落的危机感。其一,从工业化时代的两性关系来看,新女性的解放自由与新男性阳具霸权的受挫是相伴而行的。在小说中,科恩一心一意要扮演一个守护在美人身边的浪漫骑士,结果是,在新女性勃莱特面前,他那英雄救美的责任感连同他大学时代练就的一身好拳技,统统废于一旦。与科恩不同的是,杰克在小说的叙事进程中,自始至终都要直面自己丧失性能力的现实。杰克一方面为自己的男性权威丧失而感到痛苦,另一方面,正是由于白人男性文化霸权意识

---

① 海明威:《太阳照样升起》,赵静男译,上海译文出版社,2000年,第265页。
② Michael S. Reynolds, *The Sun Also Riess: A Novel of the Twenties*. Boston: Twayne Publishers. 1988, p.23.

的缺席,杰克对勃莱特的欲望、科恩的犹太身份才都能同情并包容。

其二,从中产阶级白人男性在美国文化现代化进程中的角色变化来看,杰克的创伤也传达出他们在社会转型时期追求自我认同时的失意和伤感情绪。在工业化、都市化的现代社会中,与经济生活中的组织化管理和整体性操控相一致的标准美国公民形象,是刘易斯塑造的只有商业头脑而没有个性的巴比特。在永远憧憬着未来的商业利益、但又永远木然平庸的巴比特们身上,我们可以看到美国现代社会生活的同一性、同质化发展趋向与个体自由、自我理想之间的矛盾。在此意义上,杰克无法恢复的性机能创伤,即来自主流社会的同一性操控对个体生命自由的压制和异化。

四

针对商业消费生活实践的同质化所造成的男性权威衰退,海明威试图寻求一种将男性身体的能量、个人意志与一门现实技艺结合起来的生存方式,即硬汉子生存方式。在《太阳照样升起》中,他的叙述人杰克在斗牛士罗梅罗身上找到了这种理想的人生形态。小说一开篇,杰克就对科恩说,"除了斗牛士,没有一个人的生活算得上是丰富多彩。"①在小说的第二部,海明威不厌其详地描绘了罗梅罗斗牛的每一个细节,让他的阳刚魅力在斗牛的一招一式中放电闪光。海明威还写到了罗梅罗拒绝美国大使的宴请,不在公众空间中说英语等细节。如此一来,罗梅罗就成了拒绝一切现代权力诱惑、坚守永不衰败的主体生命原则的化身。这个硬汉形象成了海明威心仪的表现对象,从此以后,他就越来越专注于建构自己不会被败坏的艺术话语——一种富有男性气质的文学话语模式:一个带着这样或那样现代伤痛的男人,在远离主流社会操控的边缘空间中,在打猎、斗牛、钓鱼、拳击、战争等行动中,以自己强有力的生命能量书写出一个又一个硬汉传奇。然而,由于海明威总是刻意打磨硬汉的男性光晕,以至于在他后来以硬汉为主人公的叙事文本中,硬汉身后原本复杂厚重的现实,在硬汉光晕的照耀下却越来越稀薄(詹姆逊称之为 downthin)了。相比之下,在他的成名作《太阳照样升起》中,人物的自我意义追问,与 20 年代美国文化现代化过程中出现的

---

① 海明威:《太阳照样升起》,赵静男译,上海译文出版社,2000 年,第 11 页。

一系列具体的现代性问题纠结在一起,因此引发了国外众多学者经久不衰的研究兴趣。据称,有些年份,在研究海明威的所有论文中,竟有一半是关于《太阳照样升起》的。①

詹姆逊在评价海明威时指出,"海明威对男性气概(machismo)的崇拜,正是同美国在第一次世界大战后巨大工业变革相妥协的那种企图:它既满足了新教的劳动伦理,同时又颂扬了闲暇;他使趋向于整体性的最深刻、最能赋予生命力的冲动,同只有运动才能使人感到生气勃勃、没有受到伤害的现状调和起来。"②在此意义上,《太阳照样升起》的成功意味着海明威已经找到了一种超越现代性的悖论、承载他的生命意义扩张冲动的艺术形式。在上帝不在场的现代商业消费社会中,撇开海明威及其小说人物生命扩张冲动的伦理指向的复杂性不谈,仅就他的艺术话语的独创性、他对自己独创的艺术话语的忠诚性而言,海明威是伟大的。但是,也正是因为他以新教徒般的宗教虔诚来坚守自己的艺术话语,在越来越趋向于变幻复杂的社会现实面前,海明威的艺术与现实世界的裂隙也越来越大。最后,在写作了一部寓言式的《老人与海》后,他就只有靠撰写回忆录《不固定的圣节》来修补完善自己的伟大艺术家形象了。当他再也无力从事他的艺术拯救事业时,一声响亮的告别,也许是海明威所能找到的最后的、唯一的艺术修辞。正如英国人保罗·约翰逊指出的,"海明威是一个被自己的艺术杀死的人,而他的一生所留下的教训,所有的知识分子都值得借鉴:仅有艺术是不够的。"③或许,还可以说,对于错综复杂的现代性、甚至后现代性而言,仅有一种艺术的话语、权力的话语、知识的话语、伦理的话语等等,或许都是不够的。

选自《外国文学评论》,2005 年第 3 期

---

① 参见邹溱:《近年国外海明威研究述评》,载《国外文学》1995 年第 1 期,第 27 页。
② 詹姆逊:《马克思主义与形式》,李自相修译,南昌:百花洲文艺出版社,1997 年,第 349—350 页。
③ 保罗·约翰逊:《知识分子》,杨正润等译,南京:江苏人民出版社,2000 年,第 219 页。

福克纳

《喧哗与骚动》新探

陶 洁

对于《喧哗与骚动》,福克纳有一种特别的偏爱,他在接受采访时一再强调这是他"最为心爱的"①、"最有感情的"②一本书,也是他"最出色的失败"③。他对这本书,感情就像"做娘的固然疼爱当上牧师的儿子,可是她更心疼的,却是做了盗贼或成了杀人犯的儿子"④。福克纳把自己偏爱《喧哗与骚动》的原因归之于这本书最使他"心烦……苦恼",因为他"总是撇不开,忘不了,尽管用足了功夫写,总是写不好"⑤。

在很长的一段时间里,评论家一直认为《喧哗与骚动》是一本描写南方大家庭和南方社会旧秩序衰落的小说。这种从小说看社会看历史的分析方法是完全正确的。因为《喧哗与骚动》确实通过凯蒂从天真烂漫到放荡堕落的变化反映了以康普生家族为代表的南方大家族的没落,又从康家只要地位荣誉、家庭成员之间没有感情温暖、迫使子女畸形发展、心理失去平衡等等现象说明南方社会的习俗与观念既毁灭人也毁灭自己。这一切福克纳在第四节里表现得很清楚。他在 1944 年为《袖珍本福克纳文集》写的附录里则不但进一步点明大家庭败落的主题,并且引导读者认识以此为象征的南方旧秩序崩溃的主题。他从历史角度描写白人在南方的发迹史,指出南方旧社会在腐蚀印第安人奴役

---

① 引自《福克纳访问记》,见梅里韦瑟与米尔盖特合编的《园中之狮》,内布拉斯加大学出版社,1968 年,第 245 页。
② 吉恩·斯太因:《福克纳谈创作》,见李文俊编选:《福克纳评论集》,中国社会科学出版社,1980 年,第 262 页。
③ 引自《福克纳访问记》,见梅里韦瑟与米尔盖特合编的《园中之狮》,内布拉斯加大学出版社,1968 年,第 180 页。
④ 吉恩·斯太因:《福克纳谈创作》,见李文俊编选:《福克纳评论集》,北京:中国社会科学出版社,1980 年,第 261 页。
⑤ 同上书,第 262 页。

黑人方面是有罪的，因而必然分崩离析，他还从康家破落和南方社会衰亡的角度来说明，康家每个人的性格特点，强调昆丁自杀是由于过分看重家庭的荣誉观念，过分看重妹妹的贞操。杰生虽然"是康普生家第一个心智健全的人"，却"不仅与康普生家划清界限独善其身"①，而且顺应时势，与新兴资产阶级——无情无义的斯诺普斯家族同流合污。对于凯蒂，福克纳充满同情，肯定她对命运"既不主动迎接，也不主动回避"（359页）的态度，但又指出她一旦被社会排斥便只能走堕落的道路。至于凯蒂的女儿小昆丁，她也被迫离家出走，而且她的下场比她母亲还要不如。

然而，这种分析只说明《喧哗与骚动》的社会性和社会意义，并未揭示决定作品主题思想和艺术手法的创作动机。此外，它们似乎也不能反映福克纳自己常提到的有关这部小说的创作过程，他是从一个爬在树上、屁股上都是泥，从窗子里偷看她奶奶的丧礼的小姑娘的画面出发写这部书的。为了动人，他先从小姑娘的白痴弟弟的角度来写这个小姑娘，但不满意；又从另外一个兄弟的角度来写，还是不满意；又从第三个兄弟的角度来描，可还是不理想，便用自己的口气写了第四部分。然而，一直到15年后他把故事再写了一遍才算了却了心事。②可见这个作为小说前三节中心的小姑娘是书中最重要的人物。所谓"最重要的人物"，是指她是作家创作本书的出发点和归宿，不同于原先评论家常说的"中心人物"——叙述的中心，可见福克纳虽然一再强调"这是两个迷途彷徨的妇女——凯蒂母女俩的悲剧"③，实际上最重要的还是凯蒂的悲剧。

1970年，有人在福克纳家里发现了一大堆手稿，包括他在1933年为蓝登书屋出版《喧哗与骚动》的印数有限版写过的、后来又高价收回来不让发表的一篇序言。在这篇序言里，福克纳解释说，他写《喧哗与骚动》、尤其是其第一部分即班吉一节不是为了出版。在《喧哗与骚动》之

---

① 福克纳：《喧哗与骚动》，李文俊译，上海译文出版社，1984年，第366页。以下本文中括号里所注的页码，均为该译本的页码。

② 吉恩·斯太因：《福克纳谈创作》，见李文俊编选：《福克纳评论集》，北京：中国社会科学出版社，1980年，第262页。

③ 引自《福克纳访问记》，见梅里韦瑟与米尔盖特合编的《园中之狮》，内布拉斯加大学出片社，1968年，第244页。

前,福克纳写过三本书,但都不理想,尤其第三本书《沙多里斯》,一直未能找到出版商。因此,"有一天,仿佛有一扇门轻轻地最后地关上了,隔断了我同出版商通讯录和售书单之间的联系,我似乎对自己说,现在我可以写了,我可以只管写了"①。

1972年及1973年,福学专家詹姆斯·梅里韦瑟把序言整理成长短两篇不同的文章分别发表在两本杂志上,引起人们重新评价《喧哗与骚动》的热潮。有人从序言的自传成分论证小说反映了福克纳对父亲的不满,康普生家其实是福家的缩影;有人从心理学的观点分析了小说隐含的乱伦意识乃至福克纳的恋母情结。对凯蒂的分析也多了起来,许多评论家认为凯蒂是个从感情到道德都为男性需要的母亲形象,当然也有人把她比作给男人带来不幸的夏娃。人们还纷纷讨论福克纳到底是仇视还是同情女人。这许多论点都有一定的道理。但是,在我看来,福克纳写这本小说主要有两个目的:他一方面通过凯蒂的悲剧批判南方社会及其摧残女人的错误的妇女观;另一方面则是通过三兄弟的回忆倾诉自己对女人既爱又恨的矛盾心理。

在美国南方,无论是在南北战争之前还是在福克纳的时代,女人都处在十分特殊的地位。南方社会强调种族、阶级和性别,信奉男尊女卑。白人优越论和有土地的贵族世家高人一等的思想。在白人社会里,妇女被看成是谦逊、贞节、虔诚、自我牺牲等一切美德的化身和家族荣誉及社会声望的代表;另一方面女人又是祸水,是一切罪恶的渊薮。在实际生活中,在这个以男人为中心的社会里,表面上男人对女人彬彬有礼,仿佛时时刻刻在保护女性。实际上妇女并不受人尊重,没有自己的身份权利和自我。社会要求她们对男人绝对服从,作男人的仆从、姐妹、朋友、妻子或情人,唯男人是听,作男人的驯服工具。②康普生家的男人都是南方妇女观的忠实拥护者。康普生先生表面上对妻子体贴关怀,说什么"我们康普生家的人是从来不让一位女士失望的"(201页)。为了满足妻子的愿望,他宁肯卖地也要把昆丁送到哈佛去上学。实际上,康普

---

① 福克纳:《喧哗与骚动》序言,见理查德·勃洛德赫德编:《福克纳,新的见解》,普伦特斯—霍尔出版社,1983年,第25页。

② 参见查尔斯·威尔逊与威廉·弗里斯编:《南方文化百科全书》,北卡罗莱纳大学出版社,1990年,第1519—1589页《妇女生活》一章。

生对妻子毫无感情,经常讽刺挖苦她,当着孩子的面嘲弄她及她的弟弟。他在同儿子关于女人的讨论中更表现出对女人的蔑视。他认为女人并不掌握男人"渴望熟谙的关于人的知识"(110页),"女人是互相之间都不尊重也是不尊重自己的"(109—110页)。他甚至把女人同罪恶联系在一起,认为"她们对罪恶有一种亲和力,罪恶缺什么她们就提供什么,她们本能地把罪恶往自己身上拉——她们给头脑施肥让头脑里犯罪的意识浓浓的,一直到罪恶达到了目的,不管罪恶本身到底是否在还是不存在"(110页)。康家的大儿子昆丁则坚信女人的贞操是家族荣誉的标志,他做了不少努力企图保持妹妹的清白。他驱赶妹妹的情人,劝说妹妹不要嫁人,不仅打算要杀死她,甚至想用乱伦手段来把自己和妹妹打入地狱,"永远监护她,让她在永恒的烈火中保持白璧无瑕"(358页)。然而他的一切努力都无济于事。他一直想弄清楚凯蒂究竟是贞女还是祸水,周围的人,从父母到包括凯蒂所爱的达尔顿·艾密斯在内,都一口咬定"女人全一样都是骚货"(182页)。最后他只好接受这个观点,只能郁郁寡欢地寻找死亡。至于杰生,他开门见山的第一句话——"天生是贱坯就永远都是贱坯"(203页),就充分暴露出他对女人的厌恶与蔑视。即使是没有思维能力的班吉都本能地知道用哭闹声阻挠凯蒂的成长。这种无意识的本能正好符合南方社会要求女人为男人作出牺牲的习俗。

  在这种社会习俗影响下,大多数妇女努力顺应时势,做一个不负众望的完美女性。为此,她必须扮演各种角色:会调情的少女、风度优雅的夫人、饱经风霜的老妇人等等。她时而柔弱可怜,寻求男人的保护;时而勇敢骄傲,为维护家族的荣誉毫无怨尤地牺牲自己。她需要在各种场合扮演各种角色,唯独不能表现自我,康普生太太便是南方社会对妇女的各种清规戒律的忠实执行者。她善于扮演角色,在未来的女婿面前调情撒娇,在丈夫面前哭哭啼啼用眼泪达到目的,在儿女面前时时称病用以博取同情,成为注意力的中心。她爱虚荣,好面子,十分注意地位和尊严,口口声声称自己是"大家闺秀"(328页),"出身高贵"(48页)。由于她一味在形式上下工夫,结果角色变成本性,失去了自我,失去女性应有的本色,成为无感情可言的冷血动物。她发现小儿子班吉生来痴呆,便坚决排斥他,拒绝让他继续使用她弟弟的名字,甚至连抱他一下都不乐意。她口口声声"女人没有什么中间道路,要么就是当个规规矩矩的女人,要么就不当"(117页)。她从未对女儿进行正确的正面引导,只是一味责备凯蒂同男孩在外面游玩是"像个黑女人那样……犯贱",说什么"做梦也没有想到她会让自己贱到这样的地步"(118页),甚至穿上黑衣服披上面纱,表示失去贞操的女儿跟死了一样。为了维护康普生家"高贵纯洁的血统"(118页),她派杰生去监视凯蒂的行动,并且不顾女儿的感情,为她找个有钱但无品德的男人当丈夫,推出去了事。为了所谓的名声,她不准被丈夫遗弃的女儿回家,甚至不准在凯蒂女儿小昆丁面前提起凯蒂的名字。由于康普生太太一心扮演角色,不承担做母亲的义务与责任,她使儿女们除了杰生以外都未能享受母爱,迫使昆丁与班吉转向凯蒂寻求爱抚与温暖。由于她一心顺从南方社会的习俗,她剥夺了两代人的爱与生存权利,把凯蒂母女赶上绝路,推向深渊。

当然,康普生太太这样的女人毕竟是少数。由于角色表演是外界社会对女性的压力,并不是女人出自内心本性的需要,不少南方妇女在扮演角色时必须压制内心的欲望和真实思想。她们在公共场合的表演往往同内心的自我有很大的差异,因而对自己扮演角色的虚伪性感到羞耻,为自己有常人的欲望而承受沉重的负罪感。这种无地自容的羞耻心与负罪感往往引起人格的分裂并导致悲剧。①《喧哗与骚动》中的凯蒂正是这样的悲剧人物。

在康普生家里,只有童年时代的凯蒂是个自然之女,完全不理会社会和家庭对女人的看法和要求。凯蒂生性善良,富有同情心。她像母亲似的照顾白痴弟弟班吉,对母亲叫他"可怜的宝贝儿"不以为然,说:"你不是可怜的宝贝儿。是不是啊。你有你的凯蒂呢。你不是有你的凯蒂姐吗。"(8页)为了弟弟,她放弃了香水,赶走男朋友。她同情多愁善感的哥哥,想方设法帮助他安慰他,甚至表示可以让他杀死自己。当然,她还讨厌自私自利爱告状的杰生,这一切都是天性的自然流露,而不是扮演社会的角色。不幸的是,凯蒂还具备不能见容于南方男性社会的"缺点"。她追求知识,有强烈的参与意识和反抗精神。凯蒂从小争强好胜,做游戏时要当国王、做将军。祖母去世的那一天,唯有她勇敢地爬上大树,窥探奶奶屋里的秘密。她坚持"男孩子干什么,她也要干"(289页),

---

① 参见查尔斯·威尔逊与威廉·弗里斯编:《南方文化百科全书》,北卡罗莱纳大学出版社,1990年,第1519—1589页《妇女生活》一章。

不到入学年龄就闹着要跟哥哥上学。不仅如此,她对于康普生太太的告诫,诸如"只有下等人才用小名"(71页),不要抱班吉免得影响脊背,"让自己的模样变得跟洗衣婆子一样"(70页),等等,一概置若罔闻。凯蒂的这种顽强表现自己个性的精神,随着年龄的增长,必然同社会习俗发生冲突,也必然会在她的心中引起矛盾与斗争,带来无限的痛苦。14岁时,她开始注意打扮。杰生看不上眼,骂她臭美,她毫不在意,叫他住嘴。她答应班吉不用香水时也没感到痛苦。然而,随着她对爱情的渴望日益增长,凯蒂愈来愈对哥哥弟弟对她的不理解、不同情感到痛苦。她虽然推开查利跟班吉回家,但在答应"我不会了,我永远也不会再那样了"以后却哭了起来(53页)。这哭声充分反应了她内心的痛苦,哥哥弟弟的不理解、母亲的嫌恶以及父亲的伤感,使她产生沉重的罪孽感。在班吉的吼叫声中,"她蜷缩在墙跟前变得越来越小只见到一张发白的脸她的眼珠鼓了出来好像有人用大拇指抠似的"(142页)。她不想压抑内心的欲望,便只好接受南方社会中女人是罪恶的观点。她告诉昆丁"我反正是个坏姑娘你拦也拦不住我了"(179页),她把内心的欲望比作魔鬼,对昆丁说"我身子里有一样可怕的东西,黑夜里有时我可以看到它露出牙齿对着我狞笑,我可以看到它透过人们的脸对我狞笑"(128页)。可以说,凯蒂是在家人的逼迫下,尤其是在昆丁及班吉的压力下,走上堕落的道路。正如17年后她女儿一针见血地对杰生说,"如果我坏,这是因为我没法不坏。是你们逼出来的。我但愿自己死了,愿意全家都死了"(287页)。由于昆丁的阻拦,凯蒂未能前去追赶达尔顿·艾密司并解释误会从而失去热恋中的情人。从此她心灰意冷"像死了一样"(141页)。她接受命运的安排,承认自己是邪恶的,开始自暴自弃,走上堕落的道路。她在家里得不到温暖,便到外边去寻找感情,结果怀上身孕。她不再抗争,不再为自己的幸福考虑,而是被动地听从母亲的安排,根据南方的习俗,嫁给一个她并不相爱的男人。婚前她一心只为自己伤害了父亲和哥哥、无法照顾弟弟而忧心。婚后她遭到丈夫的遗弃,但为了家门的声誉,她断绝同家庭的来往,浪迹天涯,靠变卖色相为生,只希望女儿小昆丁能过上正常的幸福生活。不幸的是她连做母亲的权利都被剥夺了,她的女儿小昆丁像她一样在没有温暖没有正确引导的环境中长大,跟她一样离开家庭走上堕落的道路。小昆丁的失踪使凯蒂对人生、家庭和家乡失去了最后的依恋,变得"冷漠、镇静一副什么都无所谓的样子"(362页),"她不需要别人的拯救她已经再也没有什么有价值的东西值得拯救的了"(366页)。就这样,一个有个性的女人被社会毁灭了。

综上所述,我们可以说,《喧哗与骚动》是一部描写女人争取个性解放的命运悲剧。作家以血和泪的控诉,倾吐了他对女人的爱。福克纳通过三兄弟的叙述,从侧面告诉我们,南方社会对女人的偏见和歧视以及康普生家庭的冷漠无情是造成凯蒂悲剧的根源。从这个主题去看这本小说,我们便会发现,福克纳使用C、A、B、D的时序颠倒的手法并不是为了故弄玄虚。实际上,在表面扑朔迷离的叙述里有着十分正常的时序。前三节描绘了凯蒂的童年、青少年和成年时期,展示了凯蒂的生活道路——从争强好胜、富有同情心的天真可爱的小女孩到渴求幸福与爱情的少女,从失去爱情自认有罪走堕落的道路,到为顾全父母名声而无可奈何地嫁人,从为了女儿委曲求全到因女儿失踪而对人生彻底绝望,终于接受命运的摆布。可以说,福克纳给我们讲了一个有头有尾,有开端、发展、高潮和结尾的故事。

既然这是一本写女人这个传统题材的小说,福克纳为什么要采用极不传统的手法,为什么不让凯蒂有自己的一节、可以亲自出场叙述故事?对此,福克纳的解释是:"她太美丽,太动人,不能降低她来亲自讲故事。"[1]这个说法符合福克纳对于创造理想女性的一贯思想。他认为对于心目中的理想女人"不能通过对她的头发的颜色,眼睛的颜色来描写她,因为这样一来,她就会消失,每个男人心目中的女人只能通过一个字,一句话,或她的手,她的手腕的形状来唤起(对她的遐想)"[2]。换句话说,女人不能正面描写。确实,雾里看花别有一番情趣与韵味,小说中三兄弟回忆有关凯蒂的一些场面,如她亲切地拥抱班吉,喂他吃饭,陪他睡觉,她勇敢大胆地爬上大树向祖母房间探看,她向昆丁表白对达尔顿的爱时的激动,她在昆丁阻拦下未能追上达尔顿解释误会时的绝望,以及结婚前夕同昆丁对话中流露的对父亲和弟弟难以割舍却又不得不

---

[1] 弗雷德里克·格温与约瑟夫·布洛特纳编:《福克纳在大学》,弗吉尼亚大学出版社,1959年,第1页。

[2] 引自《福克纳访问记》,见梅里韦瑟与米尔盖特合编:《园中之狮》,内布拉斯加大学出版社,1968年,第127—128页。

嫁人的痛苦心情,她向着杰生抱着小昆丁的马车扑过去拼命奔跑以便能多看一眼自己的女儿,以及在她意识到作为一个堕落女人不可能带走女儿给她以幸福时,"像一只发条拧得太紧眼看就要迸裂成碎片的玩具"(234页)那样苦苦哀求杰生善待小昆丁等场面,确实感人肺腑,甚至催人泪下,其艺术效果远远不是凯蒂的自述所能达到的。

即使如此,我们还是要问,福克纳为什么一定要通过三兄弟的意识流内心独白的方式来表现凯蒂?为什么他在第四节里完全不写凯蒂?为什么不能像托尔斯泰、福楼拜等其他男作家那样用第三人称的叙述法来塑造凯蒂,刻画她的内心世界?我认为,这跟福克纳的创作动机有关系,他要借三兄弟之口诉说自己对女人的看法。他一心刻画的是男人的内心世界。正因为他在小说的前三节里袒露了自己内心深处的真实思想,所以不肯发表1933年写的那篇序言。他在前三节,尤其是第一节里,基本上是为自己而不是为读者写作的,第四节才是为出版而写的。目的不同,内容也就不一样了。他在第四节里主要表现大家庭的败落,不再是以女人为中心,因而并不需要凯蒂作为主要人物。关于女人,福克纳在接受采访时总是恭维她们,说"描写她们要比写男人有意思得多,因为我认为女人很了不起,她们很神妙,我对她们了解得很少"[①]。他甚至说过,"我认为女人很了不起,她们比男人强"。[②]然而,他在谈其他问题时涉及的对女人的看法似乎更值得我们注意。1931年,他谈起现代美国生活时说,"游手好闲的女人是美国社会的一大特色。美国生活方式供养了这些女人,通常情况下,女人做些洗洗涮涮的工作。然而,在美国这个机会之国,她们不必做这些事。"[③]1955年福克纳劝告年轻的作家不要一味追求成功时说,"成功是阴性的,像个女人,你蔑视她,她会来追求你,奉承你,但你如果去追求她,她就看不起你。"[④]他在同一次采访中把这个观点先后说了两次。在接受吉思·斯泰恩的采访并亲自

[①] 弗雷德里克·格温与约瑟夫·布洛特纳编:《福克纳在大学》,弗吉尼亚大学出版社,1959年,第45页。

[②] 约瑟夫·布洛特纳:《威廉·福克纳:生活与艺术》,见多琳·福勒与安·区勃第编:《福克纳与女人》,密西西比大学出版社,1986年,第4页。

[③] 引自《福克纳访问记》,见梅里韦瑟与米尔盖特合编:《园中之狮》,内布拉斯加大学出版社,1968年,第18页。

[④] 同上书,第219页。

为她撰写的、被公认为最有权威的采访录里,福克纳再一次重复:"成功是阴性的,像个女人,你要是在她面前卑躬屈膝,她就会对你不理不睬,看不起你。因此,对待她的最好的办法是看不起她,叫她滚开。那样,她也许会匍匐前来巴结你"①福克纳还说过:"女人只要知道三件事:讲老实话,骑马和开支票。"而开支票又是"你最不愿意教给她的事情。"②由此可见,福克纳对女人是既欣赏又蔑视,并没有摆脱南方社会认为女人既是圣洁又是罪恶的传统观点。

　　在日常生活中,福克纳对女人总是彬彬有礼,很有绅士气派。他似乎特别喜欢童年时期的小女孩,不希望她们长大。他的女儿吉尔10岁时把头发铰了,福克纳从好莱坞写信告诉她,他不反对她改变发型,但他将永远记得她"生下来以后一寸都没铰过的黄头发"③。福克纳有一次去看望一直照顾他的布洛特纳教授,在布家他遇到了后者的女儿,福克纳亲切地摸摸她的脑袋,不胜感慨地说:"我也有过这样的一个小姑娘,可惜她长大了。"④福克纳对老年妇女很尊重,曾说:"我主张每个年轻男人应该认识一个老太太。她们讲的话更有道理,她们对任何年轻人都有好处,可以是个老姑妈,也可以是个老教员。"⑤对于年轻女人,他在爱慕之余总有猜疑;这种心理从福克纳的生活里可以找到根据。他同少年时的恋人艾斯苔尔从小青梅竹马,一直以为长大后会结成夫妻,没想到艾斯苔尔嫁给了别人,这件事给了福克纳很大的打击。福克纳第一次离别家乡就是为了逃避艾斯苔尔跟别人的婚礼。他对这位从前的女朋友始终不能忘怀,同她一直保持联系,还给她的孩子写故事,陪他们一起玩耍。与此同时,他还追求过别的女性,但也都没有成功。就在他写《喧哗与骚动》的前夕,艾斯苔尔跟丈夫离婚了,正要同福克纳结婚。我们完全有理由猜测,他在这本小说里回顾了他跟女人的关系,抒发了他对女人的爱慕与猜疑,也表达了他对是否应该同艾斯苔尔结婚的矛盾

---

　　① 引自《福克纳访问记》,见梅里韦瑟与米尔盖特合编:《园中之狮》,内布拉斯加大学出版社,1968年,第240页。
　　② 同上书,第45页。
　　③ 约瑟夫·布洛特纳编:《福克纳书信选》,蓝登书屋,1977年,第173页。
　　④ 约瑟夫·布洛特纳:《福克纳传》(两卷本),蓝登书屋,1974年,第1825页。
　　⑤ 引自《福克纳访问记》,见梅里韦瑟与米尔盖特合编:《园中之狮》,内布拉斯加大学出版社,1968年,第100页。

心理。事实上,他在《喧哗与骚动》以前所写的《士兵的报酬》和《蚊群》中已经以拒绝他的女人(主要是艾斯苔尔)为原型,塑造了一些轻佻却有魅力的年轻女性。① 只不过在《喧哗与骚动》中,他再次思索女人问题,在凯蒂身上塑造了一个更为成功的既是圣母又是淫妇、既叫人销魂荡魄又让人伤心绝望的女性形象。

　　福克纳心目中的理想女性是充满母性的温柔可爱、勇敢而富有同情心、善良而肯于自我牺牲的女人,这就是童年时代的凯蒂。然而,他认为,即使是理想的女人也可能给男人带来伤害。以《喧哗与骚动》为例,他让三位男人谈凯蒂给他们带来的痛苦。班吉虽然是个白痴,无法思维,但他像动物一样有知觉,能感受温情和爱意。从他的回忆中可以看到,他生活中最大的温暖来自姐姐凯蒂。然而凯蒂的成长及离去使他觉得出了问题,只落得剩下一片空虚,使他感到伤心。② 在班吉一节里,班吉紧追高尔夫球场上的人听他们喊类似"凯蒂"的声音,尤其是结尾处班吉躲在墙旮旯里企图以凯蒂的拖鞋来填补他无法表达的心灵上的空虚的场面确实凄凉悲惨,使读者不得不同情这位可怜的失去女人温情的男人。在昆丁一节里,女人给男人的伤害就写得更明确了。福克纳在一开始就把死亡比作"小妹妹",点明凯蒂是昆丁自杀的原因。这种伤害主要表现在女孩子长大后会变心,会抛弃一向喜爱的男人。昆丁在生命最后一天的回忆里充满了对无法占据凯蒂为一人所有的遗憾,对不能阻拦她跟别的男人来往的痛苦以及自己摆脱不了对她的眷恋的绝望心情。为了加强昆丁(男人)对凯蒂(女人)的这种既爱又恨、既无比依恋又一心想摆脱的矛盾心理,为了突出女人对男人的伤害,福克纳还精心安排了昆丁路遇意大利小姑娘的情节,用以说明女人纠缠男人(昆丁几次离开小姑娘,甚至逃跑,但小姑娘总是跟在他身边),需要男人的帮助(小姑娘找不到家),但最后总给男人带来烦恼(昆丁遭到小姑娘哥哥的指控)。到了杰生一节,福克纳则是用明确的语言表现了一个对女人抱有成见的男子在同女人竞争失败时的愤怒与报复。这两节从头到尾都描绘了杰生对"贱坯"也即凯蒂和她女儿的报复,是一场男人同女人的

---

① 弗雷德里克·卡尔:《威廉·福克纳:美国作家》,巴兰庭出版社,1989年,第210页。
② 吉恩·斯太因:《福克纳谈创作》,见李文俊编选:《福克纳评论集》,北京:中国社会科学出版社,1980年,第263页。

较量。令杰生愤慨的是,在每次较量中,他作为男人总是失败者。福克纳给小说起名《喧哗与骚动》,英文原文含有"声音与愤怒"的意思。可以说,福克纳通过班吉的呼喊声、杰生的愤怒和昆丁的控诉表达了对女人的抗议与谴责。男人必受女人伤害的观点其实就是把女人看成仆从和工具的观点的另一种表现形式。然而这种落后的观点对于全书的气氛与情调关系重大,因为为了深刻地表现男人受伤害的心理,福克纳才采用意识流手法,充分反映了三兄弟的痛苦、迷惘、绝望与愤怒。

福克纳在1933年写的序言里坦率地承认他对女人的爱慕、怨尤和忌恨:他写这本小说是为了给"我这个从来没有姐妹而且命中注定要失去襁褓中的女儿的人创造一个美丽而不幸的小姑娘"①。他还说,"这个美丽而不幸的小姑娘就是凯蒂。她得是命中注定要遭劫难的。作为背景,我给她一个由破败的房屋象征的注定要败落的家庭。我也可能就在其中,既是兄弟又是父亲。不过,一个兄弟不能包含我对她的所有的感情。我给了她三个兄弟:像情人似的爱她的昆丁,怀着父亲一样的仇恨、妒忌和受伤害的骄傲爱着她的杰生和以儿童的纯粹的无知热爱她的班吉。"②可见福克纳在小说里写进了自己作为男人对各种女人(母亲、情人、女儿)的看法。而且,他认为,无论是姐妹还是女儿,女人长大了都是不幸的,因为她们情窦一开便会走上堕落的道路。

福克纳还把自己和其他南方作家相提并论,他指出:"南方人写的是自己,不是他的环境……我们似乎在一个人的简短而愤怒的呼吸(或写作)的短暂时刻里或者对当代生活进行激烈的抨击或是努力逃避,躲到一个也许不存在的虚假的有着刀剑、玉兰花和模仿鸟的地区里。他……不管选哪一条道路,都是一种强烈的参与。在参与过程中,他不自觉地在每一行、每一个短语里都写进了自己的强烈的绝望、强烈的愤懑和强烈的沮丧以及对更为强烈的希望的强烈的预言。"③换句话说,福克纳承认他写书是为了抒发感情表达自己跟女人的情结,既有美

---

① 福克纳:《喧哗与骚动》序言,见理查德·勃洛德赫德编:《福克纳,新的见解》,普伦特斯—霍尔出版社,1983年,第23页。
② 菲立普·科恩、多琳·福勒:《关于福克纳给〈喧哗与骚动〉写的序言》,见《美国文学》,1990年第2期,第277页。
③ 福克纳:《喧哗与骚动》序言,见理查德·勃洛德赫德编:《福克纳,新的见解》,普伦特斯—霍尔出版社,1983年,第24—25页。

化女性的一面,又有批判女性的另一面。同时,他还在小说里审视了南方社会,既通过一女人的悲剧批判南方社会,预言它的衰亡,又为它寻找出路。福克纳把希望寄托在迪尔西身上,希望她既是女人的榜样又是南方的未来。因为迪尔西信仰并身体力行基督教所颂扬的博爱与同情精神,顽强地支撑着日益败落的康普生家庭,尽其所能给班吉与小昆丁以保护和温暖。实际上,迪尔西的"勇敢、大胆、宽宏大量、温柔和诚实"①等品德就是凯蒂所具备而为福克纳所赞赏的品德。迪尔西是个黑人妇女,所以有人认为福克纳把希望寄托在黑人身上具有进步意义,这种看法似乎以现象代替了本质。其实福克纳对黑人迪尔西的赞美就是对幼年小女孩的赞美,因为她们都没有独立人格,不会对男人带来伤害。迪尔西作为仆人对主人忠心耿耿,正符合福克纳对妇女的要求。可以说,福克纳妇女观的核心就在于女人要安分守己,为男人服务。

　　根据福克纳的自叙,他写完班吉一节以后发现这故事有可能发表。于是他又写了昆丁和杰生的那两节。但他发现,他还是过多沉湎在两兄弟的内心世界,而要把书写好,他"必须完全跳出来",也就是说,他不能再沉湎于跟女人的纠葛之中,必须跳出感情的漩涡。他足足考虑了一个多月才拿起笔来写第四节,即通常称作迪尔西的那一节。福克纳在这一节里采用了比较客观的态度,不再着力于倾诉自己内心深处对女人的思想感情,而是认真思索南方大家庭和南方社会衰落的原因,并企图为之寻找出路。②由于他现在是在为出版、为读者写书了,他得用读者能够接受的技巧手法。当然,也可能因为他无法由里到外、从内心世界来描写女性,于是,福克纳在这一节里采用了比较传统的叙述方法而不用时序颠倒意识流等现代派手法。他不再把凯蒂作为叙述的中心,甚至不让她出现,以便从反面说明她对家庭、对男人的重要性。另一方面他又用小昆丁的出走再一次突出女人悲剧的主题。

　　福克纳还自称,他在《喧哗与骚动》里写进了自己。他在写班吉一节时感到"一种明确实在而又难以描绘的激情——一种热切而欢乐的

---

① 引自《福克纳访问记》,见梅里韦瑟与米尔盖特合编:《园中之狮》,内布拉斯加大学出片社,1968年,第224页。
② 福克纳:《喧哗与骚动》序言,见理查德·勃洛德赫德编《福克纳,新的见解》,普伦特斯—霍尔出版社,1983年,第27页。

信念,一种对惊奇的期望"。他认为这种激情与冲动是不会再出现的。①"我不可能再度捕捉到凯蒂;就像我无法找回死去的女儿。"②这种难以描绘却又确实感受到的激情恐怕一方面是由于他大胆革新,采用了当时一般人还不大采用的现代派手法,使内容与形式达到了最完美的统一;另一方面,这种快感恐怕还因为他淋漓尽致地描绘了他对女人的爱和恨,塑造了他"心中的宝贝"③——凯蒂这个"美丽而不幸"的小姑娘。然而,福克纳没有把凯蒂塑造成为完美的正面形象,反而让她放荡堕落,甚至在1944年的附录里把她变成了法西斯军官的情妇,使读者在同情之余对凯蒂究竟是否值得同情产生了怀疑。这种写法说明,福克纳虽然在手法技巧方面是个无可非议的激进的革新家,但他的妇女观、他的女人情结却是保守落后的。有意思的是,他的妇女观和女人情结却又成了决定《喧哗与骚动》全书的结构、叙述方法、情调、气氛乃至动人效果的主要因素,使这部小说成为传世杰作。

选自《外国文学评论》,1992 年第 4 期

---

① 福克纳:《喧哗与骚动》序言,见理查德·勃洛德赫德编:《福克纳,新的见解》,普伦特斯—霍尔出版社,1983 年,第 21 页。

② 菲立普·科恩、多琳·福勒:《关于福克纳给〈喧哗与骚动〉写的序言》,见《美国文学》,1990 年第 2 期,第 282 页。

③ 弗雷德里克·格温、约瑟夫·布洛特纳编:《福克纳在大学》,弗吉尼亚大学出版社,1959 年,第 6 页。

|曼斯菲尔德|

深层对表层的颠覆和反讽对象的置换
——曼斯菲尔德《启示》之重新阐释

申 丹

曼斯菲尔德(1888—1923)是我国读者相当熟悉的英国小说家,以其观察的敏锐、描写的细腻、氛围的营造而著称。她的作品一直受到批评界的关注,但有一个现象颇值得注意:尽管曼斯菲尔德是一个女性作者,又以描写女性人物为特点,却很少有人从女性主义的角度阐释她的作品。诚然,曼斯菲尔德的很多作品并不涉及性别政治,但她的部分作品却具有不同程度的女性主义意识,《启示》(1920) 就是其中之一。在阐释这类作品时,批评界也经常从"中性"角度欣赏其精湛的写作技巧,或从"中性"立场解读其作品的象征意义。国内外为数不多的从女性主义的角度解读曼斯菲尔德的论著,一般也未关注《启示》这一短篇。专著《有关女性自我的小说》(1991) 和《激进的曼斯菲尔德》(1997)[①]所涉及的曼斯菲尔德作品均多达数十篇,依然未见《启示》的踪影。本文认为,这一被女性主义阅读视界所忽略的作品实际上具有较强的女性主义意识,揭露了父权制社会的婚姻对妇女善良宽容的本来面目的扭曲。曼斯菲尔德在另一作品《序曲》中,通过人物的自我剖析,更为直截了当地揭露了父权制社会对妇女性格和行为的扭曲。相对于《序曲》而言,《启示》对这种扭曲的揭露更具情节上的戏剧性,手法也相当隐蔽。曼斯菲尔德深受易卜生的影响,就某些方面而言,《启示》可谓英国现代版的《玩偶之家》,但就其他一些方面来说,其女性主义意识则呈现一种不同的走向,着力于揭示玩偶型妇女的社会生存悲剧。

---

① Ruth Parkin - Gounelas, *Fictions of the Female Self*, Hampshire:Macmillan,1991; Pamela Dunbar, *Radical Mansfield:Double Discourse in Katherine Masticld's Short Stories*, Basingstoke:Macmillan,1997.

一

西尔维亚·伯克曼在《凯瑟琳·曼斯菲尔德》的"灵魂绝望的选择"一章中,将《启示》界定为"对神经质的妇女严厉无情的研究",揭露出一个"贪婪、自私","急躁易怒、神经过敏"的女人。①伯克曼将故事女主人公与曼斯菲尔德自身绝望易怒的经历相连,认为曼斯菲尔德对女主人公性格缺陷和精神病态的揭露在某种意义上是"将刀子刺向了她自己"②。看到这样的评论,就不难理解女性主义阅读为何会将这一作品排除在外了。作品开篇几句话是:

> 从早上8点到11点半左右,莫妮卡·泰瑞都神经紧张,她如坐针毡,这几个小时她真是太难受了,简直无法控制住自己。"假如我年轻10岁,也许……"她老爱这样说。因为她已经33岁了,在所有场合提到自己的年龄时,她都有点怪怪的,她会严肃而孩子气地盯着朋友说:"是啊,我还记得20年前……"在饭店吃饭时,她会把拉尔夫的注意力吸引到坐在附近的女孩们身上——真正的女孩——那些手臂和脖子柔嫩可爱,动作欲进又止的女孩。"假如我年轻10岁……"③

从时间安排来说,这里采用的是概述模式;从叙述视角来说,采用的是全知模式。这两种模式交互作用,拉开了读者与人物的距离。在第一句话中,没有日期限定的(即暗示天天如此的)"从早上8点到11点半左右",让人觉得是一种反讽性的叙述夸张。这句话中出现了微妙的视角转换:"简直是太难受了"(——agonizing, simply)显然是莫妮卡自己的话语,也就是说叙述者暗暗地转而采用人物的眼光和语气来叙事,这两种话语交互作用,突出揭示了人物神经质和爱抱怨的特点。接下来读

---

① Sylvia Berkman, *Katherine Mansfield: A Critical Study*, New Haven: Yale University Press, 1951, p. 121.
② Ibid.
③ 本文中《启示》的译文参考了《曼斯菲尔德短篇小说选》,杨向荣译,北京:外文出版社,1999年,第103—113页。原文则引自 Katherine Mansfield, *Collected Stories of Katherine Mansfield*, London: Constable, reprinted 1980, pp. 190 – 196.

者看到的是：莫妮卡"在所有场合""老爱"叹老憾老。由于直接引语前面没有引导句，突然出现的"假如我年轻10岁……"在读者的阅读心理中显得相当突出，后面出现的叙述评论又不无反讽，于是产生了一种张力。而在寥寥数行中，从"假如我年轻10岁……"到"是啊，我还记得20年前……"的递进，再到"假如我年轻10岁……"的循环，近乎漫画式地勾勒出人物无聊琐碎、神经过敏的性格缺陷。

接下来叙述者主要采用莫妮卡的有限视角，叙事随着她的意识跳跃式地向前发展。尽管主要通过莫妮卡的意识来感知，但其意识本身的不近情理，加上第一段已经拉开了读者与人物的距离，因此读者一直感受到一种反讽性张力，更加强烈地感受到莫妮卡性格的乖戾。无论是用直接式或自由间接式表达的人物话语，还是对人物行为的描述，都突出了莫妮卡的性格缺陷或精神病态。读者可以从她丈夫的一句问话看到莫妮卡是多么的偏执多疑："你为什么不让玛丽坐在你的门外，而且除非你按铃，你绝对禁止（absolutely forbid）任何人靠近你的房间？"而且当丈夫打来电话，约她在王子饭店共进午餐，佣人来通报电话时，

> 她躺在床上一动不动半闭着眼睛。"告诉先生我去不了。"她轻声说。可是门一关上，愤怒——愤怒突然紧紧地、紧紧地、强烈地控制了她，几乎让她窒息。他胆子也够大了。他明知她早上神经痛苦得要命，还胆敢做这种事情！……让他明白这是不可饶恕的。而且还选择这么一个可怕的刮起了大风的早晨。难道他以为这仅仅是她一时的怪念头，只是女性的小小的胡闹，嘲笑一番就可以置之不理吗？……

先生的善意相邀，却莫名其妙地引起了莫妮卡的强烈反感，且没完没了，让人觉得她实在是偏执多疑，不可理喻。然而，在用各种手法突出了莫妮卡的缺陷之后，我们却看到了这样的描述：

> 一个狂野的白色早晨，一场呼啸狂舞的大风。莫妮卡在镜子前面坐下来。她脸色苍白。女佣将她的头发往后梳——全都梳到后面——她的脸就像一个面具，眼睑突出，嘴唇黑红。她盯着幽蓝、暗淡的镜子里的自己，突然感到——啊，一种最为奇异、最为强烈的兴

奋感慢慢地、慢慢地注满了她(she suddenly felt—oh, the strangest, most tremendous excitement filling her slowly, slowly),最后她想张开双臂,想大笑,想驱散一切,想震动玛丽,想喊叫:"我自由了,我自由了。我像风一样自由了。"而现在这个震颤、晃动、兴奋、飘飞的世界属于她了。这是她的王国。不,不,她只属于生活,不属于任何人。

曼斯菲尔德综合采用了多种手法,将莫妮卡的自由感描写为一种外来的启示。我们知道,"最为强烈"的兴奋感在现实生活中是一种顿时即有的感受,而不会"慢慢地"作用于人。曼斯菲尔德通过这种偏离规约、偏离现实的描写手法,特别是通过对"慢慢地"这一副词的重复,将比喻性的描写在很大程度上"实写化",仿佛真的是一种外来的力量缓慢地作用于莫妮卡。这种感受突如其来,给人一种"从天而降"的感觉;"the strangest"("最为奇异"或"最为陌生")这一修饰语加强了"外来"的印象。这一片段以"一个狂野的白色早晨,一场呼啸狂舞的大风(A wild white morning, a tearing, rocking wind)"开头,其中的不确定指涉"一个"、"一场"(试比较"这个"、"这场")与修饰无雪天气的"白色"交互作用,带来了某种神秘色彩,为启示的"从天而降"作了一种铺垫。此外,作品的标题为复数的"启示"(Revelations),这一标题引导读者将这种作用于莫妮卡的"外来的"感受理解为一种外来的启示。这是莫妮卡得到的第一个启示,引她发出了自由的呐喊。在这段文字的后半部分,七次重复表达了同一概念,对莫尼卡的自由呼声予以突出和强化。首先,用直接引语三次重复表达莫妮卡"我自由了"的呐喊,然后又换用自由间接引语①,用叙述者和莫妮卡互为加强的双声,从两个不同角度四次重复表达了同样的概念:莫妮卡自由了,她不属于任何人。在强烈自由感的驱动下,莫妮卡冲出了家门,上了出租车:"她冲着生气、表情冷漠的司机灿然微笑着,告诉他带她去理发店……这位气哼哼、态度冷漠的司机把车开得飞快,她听任司机把自己颠来颠去。"这里的莫妮卡与前文中判若两人。由于采用了莫妮卡的有限视角来叙述,仅仅描

---

① 有关自由间接引语,参见申丹:《叙述学与小说文体学研究》(第十章),北京大学出版社,2005年。

写了司机的生气和冷漠,没有交待其原因,因此司机显得不近情理。与此相对照,莫妮卡则显得热情友善和宽容大度。在莫妮卡获得自由启示之前,整个世界都通情达理,只有她一人偏执多疑。但在她获得自由启示之后,读者看到的却是一个不可理喻的出租车司机和一个通情达理、完全正常的莫妮卡。

莫妮卡到了理发店后,发现店里的气氛怪异反常,充满死亡气息。一贯对她热情和尊重的店里的人态度冰冷,死气沉沉。莫妮卡心里产生了"一种苦苦挣扎的感觉——好像她的幸福感——那种美妙的幸福感——要极力脱她而去"。理发师乔治过了好一会才来为她做头发,且行为反常。莫妮卡觉得店里肯定出了可怕的事情,但乔治却故作轻松地说只是"小事一桩",依然坚持为她服务。莫妮卡感到受了骗,产生了深深的自怜:"啊,生活是多么可怕,莫妮卡想。多么恐怖,孤独太恐怖了。我们就像树叶一样飞旋,没有人知道——没人关心我们会落在哪里,落在哪条把我们漂向远方的黑色河流中。"也就是说,第一个启示产生的效果十分短暂,莫妮卡又回到了偏执多疑、自怨自艾的状态。乔治认真为莫妮卡做完了头发,才向莫妮卡这位"老主顾"吐露真情:他的小女儿、他的第一个孩子这天早上死了。当得知乔治是忍着丧女的悲伤为自己服务时,莫妮卡受到了极大的震撼,这是莫妮卡得到的第二个启示。她立刻哭叫起来,跑出理发店钻进出租车,让司机送她到王子饭店去和丈夫一起共进午餐。和第一个启示之后一样,在这个启示之后,再次出现了不可理喻的司机和通情达理的莫妮卡。那位出租车司机"看上去满脸愤怒",重重地"摔上门"。这里依然采用莫妮卡的有限视角,仅仅描写了司机更为生气的表现,没有交待原因,司机的愤怒因而显得更无道理。在司机更加"乖戾"的表现的反衬下,莫妮卡显得尤其善良和宽容:

> 一路上她眼里只有一个插着一根金羽毛的蜡制小玩偶,它温顺地躺在那里,小手和小脚交叉着。快到王子饭店时她看见一家花店,里面全是白花。啊,真是一个很好的主意。山谷百合、白色堇、白罗兰、白色天鹅绒丝带……一个不知名的朋友送的……一个善解人意的人送的……送给一个小女孩……她敲窗让司机停车,但司机没有听见;不管怎么说,他们已经到了王子饭店。

这是作品的最后一段文字。与故事开头偏执多疑、脾气乖戾的莫妮卡相对照，结尾处的莫妮卡表现正常。莫妮卡获得的两个"启示"在性质上互为对照——自由的幸福感和人间悲剧的震撼，但殊途同归，都帮助莫妮卡恢复了善良和宽容，并且都由司机的反衬加强了这一效果。

为了更好地理解曼斯菲尔德为何要通过两个启示的递进作用，戏剧性地制造一个女人从病态到恢复正常的变化，我们不妨考察一下曼斯菲尔德另一篇具有类似主题的小说《序曲》(1917)。《序曲》中的贝里尔同样是一位上中层社会的女性，当时这一阶层的女性外出工作是不体面的，只有嫁为人妻这一条出路。①待嫁的贝里尔寄居于姐姐家中，靠姐夫斯坦利养活。在故事的开头和中部，贝里尔显得浅薄虚荣，但在故事的结局处，我们却通过贝里尔自己的反思，看到这只是一种面具：

……"唉，"她哭道，"我真苦哇——苦极了。我知道自己老是无聊、爱虚荣、跟人过不去，我总是在扮演一个角色。从来也不是我自己真正的自我。"她清清楚楚、清清楚楚地看见那个虚假的她，在楼梯上跑上跑下，来客时就那么轻佻地放声大笑；碰到有个男人来吃饭，她就站在灯下，好让人家看见她闪亮的头发；人家请她弹吉他，她噘起嘴，装出一副小姑娘的样子。这都是为什么啊？她甚至于还一直做出这副样子来讨好斯坦利。……多么卑鄙！卑鄙！她感到心寒，感到愤怒。"真奇怪，你怎么会做出这种事来，"她对那个虚假的贝里尔说。不过，这只是因为她实在太苦了——太苦了。如果她能够快快活活，能够过她自己的日子，她那虚假的生活也就不存在了。……②

在父权制社会中，没有独立经济地位的女人只能靠取悦男人生存。为了求得男性的欢心，贝里尔变得虚荣浅薄，举止轻浮。曼斯菲尔德通过贝里尔的反思告诉我们，这种种典型的"女性缺陷"实际上是父权制

---

① 参见 Kate Fullbrook, *Katherine Mansfield*, Bloornington: Indiana UP, 1986, p. 111; Kim Denise Runkle, *Persona and Patriarchy in the Fiction of Katherine Mansfield*, unpublished MA dissertation, California State University, 2002, pp. 7 - 8.

② 刘文澜译《序曲》,《曼斯菲尔德短篇小说选》,上海译文出版社,1983,第328页,笔者对个别文字做了改动。

社会对女性的扭曲,是女性被迫迎合父权制社会规范的虚假行为。如果说贝里尔的"性格缺陷"源于她只有嫁为人妻这一条出路,那么,又是什么原因导致了莫妮卡在获得启示之前表现出来的性格缺陷或精神病态呢?曼斯菲尔德同样通过人物的反思作了揭示:

> 自从几个月前那次宴会后,他送她回家,到家时他问是否可以来拜访她,"再次见到那恬静的阿拉伯式的微笑,"随后几个月她究竟干了些什么啊?……她一定要出去,她一定要让车开得飞快——去任何地方,任何地方……开快些、再开快些。啊,可以摆脱王子饭店的午餐,用不着去扮作天鹅绒篮子里的小小猫咪,不用扮作阿拉伯人,以及大胆、欢乐的小孩和小野家伙……"再也不用了,"她紧紧握着小拳头大声喊道。

莫妮卡和贝里尔的反思可谓异曲同工。先生娶她是为了观赏她那"阿拉伯式的微笑"。莫妮卡不仅被丈夫当作了玩物,而且还不得不真正地扮演这些玩物。莫妮卡和贝里尔都依靠男人生活,讨好男人是她们唯一的生存途径。曼斯菲尔德对贝里尔的刻画,突出了她如何为了待下去(现在靠姐夫养活)和嫁出去(将来靠丈夫养活),而变得虚荣浅薄、举止轻浮。与此相比,曼斯菲尔德对莫妮卡的刻画,则突出了她在变成丈夫的玩偶之后,生活的空虚和丈夫的轻视如何导致了她的性格缺陷和精神病态。

若仔细考察,可发现《启示》与《序曲》之间更多的是互为呼应、互为加强的关系。首先,贝里尔的反思聚焦于"真实自我"与"虚假自我"的对立。曼斯菲尔德在刻画莫妮卡时,不仅通过两个启示的作用展示了这一对立,而且直接提及了这一对立:"莫妮卡总感觉理发店里的人远比她许多朋友更喜欢和理解她——真实的她。在这里她才是真实的自我。她常常和女主人一起聊天——很奇怪。"在理发店中,莫妮卡受到尊重,并得到交流机会,因此可以暂时摆脱神经质的病态。她这次进理发店,只是出于误会,才重新陷入自怨自艾的病态。就在理发店中,莫妮卡通过她喜欢的、焕发着"新鲜"气息的乔治获得了第二个启示,消除了误会,再度回归正常状态。此外,在《序曲》中,贝里尔对自己虚假面具的反思出现在照镜子的时候,而莫妮卡的第一个启示也是在她照镜子时降临。《序曲》中的贝里尔对自己的外貌过于关注和挑剔,莫妮卡也对自己的青春不再神经过敏并哀叹不已——两个女人都是父权制社会中男人的玩偶,青春美丽是她们的全部价值所在。

二

曼斯菲尔德受易卜生的影响甚深,曾在日记中写下阅读易卜生、托尔斯泰等人作品之后的感想:"世世代代的妇女被硬性灌输这么一种呆板乏味的教条:爱情是世上唯一重要的东西,这种教条极其残酷地阻碍我们的发展。我们必须摆脱这一妖魔,摆脱之后就会得到获取幸福和自由的机会。"① 我们不妨比较一下《启示》和易卜生的《玩偶之家》的异同。

在《玩偶之家》的第三幕中,海尔茂对妻子娜拉信誓旦旦:"……(搂着她)亲爱的宝贝!我总是觉得把你搂得不够紧。娜拉,你知道不知道,我常常盼望有桩危险事情威胁你,好让我拼着命,牺牲一切去救你。"(115页)② 但刚说完这番话,在需要他与妻子同舟共济的关键时刻,海尔茂却决定抛弃妻子,一心只想着如何保全自己。当娜拉想以自杀来挽救他的声誉时,他竟然说:"你就是死了,我有什么好处?一点儿好处都没有……",充分暴露出其虚伪本质。海尔茂还从心底里看不起娜拉,认为她只不过是一个"不懂事的小孩子"(5页)。他对娜拉说:"你只要一心一意依赖我,我会指点你、教导你。正因为你自己没办法,所以我格外爱你,要不然我还算什么男子汉大丈夫?"(121页)在《启示》中,曼斯菲尔德同样揭示了莫妮卡的先生的虚伪和对她的轻视,但手法相当微妙和隐蔽:

> 难道他以为这仅仅是她一时的怪念头,只是女性小小的胡闹,嘲笑一番就可以置之不理吗?而且,就在昨晚她都还说过:"唉,你一定得把我当回事。"他还回答:"亲爱的,你不会相信,可我不知

---

① J. Middleton Marry, ed. *Journal of Katherine Mansfield*, definitive edition, London: Constable, 1954, p.37.

② 本文中《玩偶》的译文引自易卜生:《玩偶之家》,潘家洵译,北京:人民文学出版社,1978年。

道比你自己要了解你多少倍。我服从和珍惜你的每一个细微想法和情感。对了,笑!我喜欢你的嘴唇往上翘的样子"——他俯过身子,中间隔着桌子——"我崇拜/喜欢你的一切,谁瞧见我也不在乎。我要和你站在高山之巅,让世上所有的探照灯都集中在我们俩身上。""天哪!"莫妮卡几乎紧紧抱住自己的脑袋。他有可能真的那么说了吗?男人们多么不可信赖啊!……

先生的一句评论"可我不知道比你自己要了解你多少倍"点出了莫妮卡在他心中的地位:一个远不及他聪明,连自己都不了解自己的愚蠢的小玩偶。但紧跟着,先生说出的却是"我服从(bow to)和珍惜你的每一个细微的想法和情感"。"bow to"具有"甘拜下风"的涵义,与前一句中的"I know you infinitely better"构成了一种语义和逻辑上的直接矛盾。在曼斯菲尔德天才的笔下,一个副词"infinitely"和一个动词"bow"之间所产生的近距离张力,惟妙惟肖地刻画出了先生的虚伪。先生的评论所蕴含的对莫妮卡的轻视从不同渠道得到证实。先生那带有命令性的:"对了,笑!我喜欢你的嘴唇往上翘的样子"(请注意这家长对孩子般的命令口吻与"bow to"的反讽性对照)和莫妮卡内心的质问"难道他以为这仅仅是她一时的怪念头,只是女性小小的胡闹,嘲笑一番就可以置之不理吗?"以及莫妮卡对先生的恳求"唉,你一定得把我当回事"构成了一种相互印证、相互加强的关系。一方面突出了先生的虚伪,另一方面也增加了莫妮卡言词的可信度。先生话语本身的自相矛盾也在莫妮卡的话语与先生话语的对照中得到加强(譬如,莫妮卡的"小小的"与先生的"细微的"之间的反讽性关系;莫妮卡的"嘲笑一番就可以置之不理"与先生的"服从和珍惜"之间的直接对立)。既然莫妮卡在先生的眼里是没有头脑的小玩偶,先生的比喻"我要和你站在高山之巅,让世上所有的探照灯都集中在我们俩身上"就具有了明显的屈尊的意味,似乎他能够在公众面前跟莫妮卡站在一起都构成了一种大无畏的壮举。与传统全知叙述深层对表层的颠覆和反讽对象的置换相对照,曼斯菲尔德采用人物视角和戏剧性的"展示"手法,让读者直接观察人物的言行和内心活动,而不是通过叙述者来"讲述"和发表评论,这与《玩偶之家》的戏剧表达有本质上的相似。

在《玩偶之家》中,娜拉是一个并不富裕的家庭的主妇,在正常年龄结婚,是三个孩子的母亲,具有相当的谋生能力,为了挽救先生的性命,也为了给垂危的父亲省却烦恼,她曾瞒着丈夫,冒充父亲的签名借了一大笔钱来给先生治病。为了还清债务,娜拉跟丈夫一样劳作,不仅要编织、绣花,而且有时还要抄写到后半夜。娜拉对朋友说:"……可是能这么做事挣钱,心里很痛快。我几乎觉得自己像一个男人。"(26页)倘若曼斯菲尔德也选择了这么一个有能力的女性,并以她的出走结束故事,那么就只会生产出《玩偶之家》的英国版。曼斯菲尔德深受易卜生的影响,但并非仅仅步其后尘。在《序曲》和《启示》中,曼斯菲尔德聚焦于另一类女性,她们在更为富有的家庭中,完全依靠男人生活,没有独立谋生的能力。

与易卜生相比,曼斯菲尔德的女性主义意识呈现不同走向。曼斯菲尔德戏剧性地选择了一个已经33岁但结婚仅几个月的女性作为女主人公。先生娶她只是为了欣赏她那"阿拉伯式的微笑",真正喜欢的是她的"嘴唇往上翘的样子"。父权制社会让莫妮卡失去除青春美貌之外的所有价值,而33岁的年龄又不饶人,因此她难免对自己的青春不再和年轻姑娘的外貌有了一种神经质的关注,还不得不靠"作小"来讨先生的欢心。这种女人的确没有出息,但正如波伏娃在《第二性》中所论述的,是父权制社会将她们扭曲成这样的女人。① 可以说,曼斯菲尔德的反讽对象有两个层次,一个是表层的莫妮卡的弱点和局限性,另一个是深层的父权制的社会规范和经济结构,后者实际上是前者的成因。作为男人的玩偶,莫妮卡唯一的任务就是先生下班后,装扮成各种小玩意儿供先生消遣。如此空虚无聊的生活,也难怪她会"无法控制"地神经紧张。

回过头来看,莫妮卡"绝对禁止"佣人玛丽坐在她的门外这一细节也有了另一番含义。莫妮卡对此这样解释:"不过主要问题是玛丽坐在那里我会感到很不自在,玛丽对鲁德和穆恩太太招手,既像是照看精神病人的护士,又像是管制精神病人的女看守!……"初读这段文字,觉得作者是在用直接引语来反讽性地揭示莫妮卡的偏执多疑。现在来看,没有工作机会,被禁锢于家中的莫妮卡不让佣人守在门外,是为了摆脱"女看守"的束缚,求得一点自由。《玩偶之家》中的娜拉与佣人安娜亲如母女(57页),也能从朋友那儿得到比丈夫那儿更多的理解(60页)。

---

① Simon de Beauvoir, *The Second Sex*. Trans. E. M. Parshaley. New York : Vintage, 1973.

莫妮卡面对的则是作为男权禁锢之帮手的"女看守"。玛丽,她的所谓朋友也不能像理发店的人那样理解她。曼斯菲尔德通过这样的选择,来突出这一玩偶的困境。

在得到了两个"启示"给我们带来的顿悟之后,回过头来再读文本,曼斯菲尔德反讽的笔锋依然锐利,但反讽的对象在潜文本中变成了使莫妮卡丧失自由和自我的父权制社会。我们对上面曾引用过的这段文字也有了一种新的理解:"她躺在床上一动不动半闭着眼睛。'告诉先生我去不了。'她轻声说。可是门一关上,愤怒——愤怒突然紧紧地、紧紧地、强暴地控制了她,把她扼个半死。"(But as the door shut, anger—anger suddenly gripped her close, close, violent, half strangling her)。在英文中,"anger gripped somebody"(充满愤怒)是一个"死了的隐喻"。然而,曼斯菲尔德偏离常规的强化式细节表达"But as the door shut, anger—anger suddenly gripped her close, close, violent, half strangling her"却使之转化为一个崭新的富有生命力的隐喻,让人联想到男人关上门对女人施暴的情形。曼斯菲尔德似乎在利用"violent"("强烈"或"强暴")、"half strangling"("几乎让人窒息"或"扼个半死")的模棱两可来制造表面(莫妮卡莫名其妙地发怒)和潜藏(莫妮卡被男人强暴)的双重意义。

曼斯菲尔德小说的另一突出特点是气氛的渲染。她用了大量笔墨来描绘理发店死气沉沉的反常气氛,这为莫妮卡对店里人的误解和重新陷入精神病态作了很好的铺垫。曼斯菲尔德渲染气氛的一个重要手段是对大风的描述。《启示》中的大风是几乎贯穿始终的突出背景因素,它一方面为莫妮卡的言行作了戏剧性的铺垫,另一方面也服务于主题意义的表达。当第一个启示降临时,莫妮卡"想张开双臂,想大笑,想驱散一切(scatter everything),想震动玛丽,想喊叫:'……我像风一样自由了。'而现在这个震颤、晃动、兴奋、飘飞的[狂风飞舞的]世界属于她了"。英文中的"scatter"是一个经常与大风搭配的动词,如"the wind scattered the clouds"(风将云驱散)。曼斯菲尔德不仅将这一动词用于莫妮卡,而且让她喊出"我像风一样自由了",从而让莫妮卡和大风相互交融,相互等同,以此增强她的自由呐喊的力量(这也为结局处的无法自由增添了悲剧色彩)。

此外,曼斯菲尔德很注重色彩的应用。帮助揭示莫妮卡"真实自我"

的第一个启示降临在一个"白色"的早晨;她在获得第二个启示之前,"看着自己穿着白色围衣盯着乔治的样子就像一个修女";她想献给小姑娘(其实也是献给她自己)的花全部都是"白色"的花。同样,《序曲》中的贝里尔在对自己的虚假自我和真实自我进行反思时,"穿了一身白——白哔叽裙子,白绸衬衫"。曼斯菲尔德心目中的"真实自我"是未受到社会影响和扭曲的纯洁无瑕的自我。①她可能在用"白色"来象征妇女纯洁善良的本真天性。"修女"一词既指向不受男权影响的纯洁,又带有明显的宗教色彩。曼斯菲尔德对宗教信仰持一种矛盾的态度。她未皈依宗教,但曾说她"知道有上帝",她"将会成为罗马天主教徒";她反对宗教的个人崇拜,但"希望有一个上帝来分享我的眼光"②。《启示》这一标题让我们想到"天启"(the divine revelations of God);该标题与《圣经·新约》的末卷《启示录》的标题也构成了一种直接呼应的互文关系。曼斯菲尔德很可能是在借用神性来加强帮助揭示莫妮卡"真实自我"的"启示"的分量。

  这一作品表面上只是生活的一个片断,但实际上有颇具匠心的结构安排。不仅对司机的描述是如此,对莫妮卡先生的描述也是如此。莫妮卡开始没有接受先生约吃午饭的邀请,这时先生回话说他"会在前厅等着,没准夫人会改变主意"。从表面上看,这说明先生非常体贴大度,但实际上是作者为故事的结局所作的一个铺垫。曼斯菲尔德用了大量的笔墨来描写莫妮卡进入理发店之后,从正常状态到精神病态的变化。这至少起了三方面的作用:首先为莫妮卡在第二个启示之后再度回归正常的突变作了很好的铺垫;其次,增强了作品的戏剧性,也构成了一种"障眼法";再次,莫妮卡之所以陷入病态是因为她误以为今天理发店的人不尊重她,甚至欺骗她,这进一步说明了她开始时的精神病态源于先生的轻视("唉,你一定得把我当回事")和甜言蜜语地哄着她("男人多么不可信赖啊!")。值得注意的是,莫妮卡受到轻视就陷入病态的脆

---

① J. Middleton Marry, ed. *Journal of Katherine Mansfield*, definitive edition, London: Constable, 1954, p.205.

② J. Middleton Marry, ed. *Journal of Katherine Mansfield*, p.192; Alpers, The life of Katherine Mansfield, p.312; Ken Aridson, "Dancing on the Hand of God: Katherine Mansfield's Religious Sensibility," in The Critical Responses to Kathering Mansfield, edited by Jan Pilditch, Westport, Connecticut: Greenwood, 1996, pp. 211 – 212.

弱与理发师乔治默默承受着生活重负的坚忍形成了鲜明对照。这种脆弱显然是上层社会养尊处优、未经风雨的生活造成的。莫妮卡的弱点和局限性不仅源于父权制的性别歧视和压迫（沦为价值仅仅在于外貌的玩偶），而且也源于她上层社会的教养（养成了她的虚荣心和思想感情上的脆弱和浅薄——当然，这也与她的玩偶身份相关），两者都构成曼斯菲尔德的深层反讽对象。也就是说，在以《玩偶之家》为参照的《启示》中，曼斯菲尔德通过对莫妮卡这种更富有家庭的玩偶型人物的选择，一方面突出了父权制社会对妇女的扭曲，另一方面也对富有阶层的生活方式进行了抨击。

三

在《启示》和《序曲》这类作品中，曼斯菲尔德刻意制造了女性的虚假自我和真实自我的对立。女性主义阅读十分关注《序曲》，却基本忽略了《启示》。历代读者向来用中性的眼光来看这一作品，我们不妨考察一下20世纪90年代以来在美国发表的一些中性解读。

J·F·科布勒在《凯瑟琳·曼斯菲尔德》一书中，将莫妮卡界定为"神经质的人物"的一个"极好的实例"[1]：

> 莫妮卡的先生拉尔夫打电话，问她是否"可以一点半在王子饭店共进午餐"（KM, 426）。因为当时只有九点半，莫妮卡在心里咒骂先生："他明知她早上神经痛苦得要命，还胆敢做这种事情！"（KM, 428）然而，她还是设法冷静下来，出了家门……这个无足轻重（slight）的故事的结尾，莫妮卡未能完成一个无私的行为。故事的暗含意义是：倘若她真的送了花，她的丈夫就有可能可以把她当回事。但既然她没有做成这件事，她的丈夫也就无法认真对待她了。……或许大多数读者也无法把莫妮卡当回事。她看上去真的是那样的自私自利，根本不值得加以重视。曼斯菲尔德暗示我们，自私自利可能是"真实"的莫妮卡的性格本质所在，但那并非是这位女

---

[1] J. F. Kobler, *Katherine Mansfield: A study of the Short Fiction*, Boston: Hall, 1990, p. 87.

人自己的看法。①

莫妮卡在强烈自由感的驱动下,为了摆脱男权压迫而冲出家门,但科布勒却认为她是"设法冷静下来",按照先生的意志出了家门。这一解读不仅局限于表层文本,而且还遮掩了表层有关性别政治的提示。科布勒认为女主人公的价值仅仅在于丈夫究竟是否可以把她当回事,这是以父权制社会规范为依据的衡量标准,体现出典型的男权眼光。科布勒聚焦于前面的文字展现出来的莫妮卡的自私自利,并将之视为莫妮卡的"真实自我"。这完全扭曲了作品通过两个"启示"来揭示莫妮卡真实自我的发展脉络,消解了作品对父权制社会的抨击,进而将父权制社会对莫妮卡的禁锢和压迫合理化。

美国学者P·D·莫罗曾两次赴新西兰从事曼斯菲尔德研究。他对莫妮卡持同情态度,认为"莫妮卡受到财富的压迫"②。尽管莫罗意识到了莫妮卡是受害者,但没有意识到迫害她的是父权制社会。莫罗注意到了莫妮卡对自由的向往,但却消解乃至颠覆了其中蕴含的性别政治:

> 叙述者说莫妮卡拥有世界,但也许是为了纠正错误,接着补了一句:"不,不,她只属于生活,不属于任何人"。对莫妮卡来说,拥有与被拥有之间没有差别。既然她生活中的一切都属于她,她也就无法属于生活。这为在曼斯菲尔德之前早就有了的一个教义提供了例证:"你们要谨慎自守,免去一切的贪心,因为人的生命不在乎家道丰富。"(引自《圣经·新约》)③

这段文字聚焦于莫妮卡的财富——其实是她先生的财富。莫妮卡因为一无所有而不得不充当先生的玩物,但在莫罗的眼中,莫妮卡却成了拥有"生活中的一切"的人。从这一角度来看,莫妮卡的迫害者是她自己的物质富有和财产占有欲。初看这段文字,笔者怀疑这是男权眼光

---

① J. F. Kobler, *Katherine Mansfield: A study of the Short Fiction*, Boston: Hall, 1990, pp. 87 - 88.

② Patrick D. Morrow, *Katherine Mansfield's Fiction*, Bowling Green: Bowling Green State University Popular Press, 1993, p. 68.

③ Ibid.

对莫妮卡自由呐喊的"对抗式"阅读,但仔细考察,却发现这种解读在一定程度上源于对原文叙述形式的误解。作品中出现的是自由间接引语:"而现在这个震颤、晃动、兴奋、飘飞的世界属于她了。这是她的王国。不,不,她只属于生活,不属于任何人"。这是莫妮卡内心的自由呐喊,却被莫罗误解为叙述者的议论。文中冲动的否定词"不,不"是莫妮卡的反抗性呼声,是对父权制婚姻之禁锢的否定,而莫罗却将之误解为叙述者对自己判断的更正。当然,从根本上说,这种解读源于忽视或无视文中的性别政治。莫罗注意到莫妮卡一再错失良机,无法摆脱自己既定的富家生活轨道,但他一直用一种中性眼光来观察这种"财富"的禁锢。①

在《凯瑟琳·曼斯菲尔德和现代派小说的起源》一书中,S·J·卡普兰将《启示》用于说明曼斯菲尔德对现代城市生活的向往。顺着这一思路,她想当然地认为莫妮卡是在性躁动(sexual restlessness)的作用下,逃出了公寓房的禁锢,投入了"伦敦街头快速运动的生活"②。卡普兰还将《启示》与曼斯菲尔德的《苍蝇》和乔伊斯的《都柏林人》等作品相提并论,认为这些作品超出了"女性的受害",关注的是"个人的受害"或"人类的苦难"③。W·H·纽以另一种中性眼光来考察这一作品,仅仅看到对自由生活的向往与家庭安全之间的对照,忽略了作品中的性别政治。④同样持中性眼光的萨拉·桑德利将《启示》与《幸福》、《布里尔小姐》等曼斯菲尔德的其他作品相提并论,仅仅看到女主人公"逃避现实",用想象"来填补情感的真空,给她们关于自身的故事输入虚假的意义"⑤。

---

① Patrick D. Morrow, *Katherine Mansfield's Fiction*, Bow ling Green: Bowling Green State University Popular Press, 1993, pp. 68 – 69.

② Sydney Janet Kaplan, *Katherine Mansfield and the origins of Modernist Fiction*, Ithaca: Comell University Press, 1991, pp. 69 – 70.

③ Ibid., pp. 191 – 192.

④ W. H. New, "Reading The Escape," in *Katherine Mansfield – in form the Margin*, edited by Roger Robinson, Louisiana State University Press, 1994, p. 93.

⑤ Sarah Sandler, "Katherine Mansfield's Composes," in *Katherine Mansfield – in frow the Margin*, p. 88; 参见 Susan Leslie Pratt, *Reading the Feminine in the Major Stories of Katherine Mansfield* (New Zealand), unpublished Ph. D. dissertation, University of Illoinis at Urbana – Champaign, 1922.

当然,文学作品的解读是仁者见仁、智者见智的问题。可以从不同的角度切入同一作品,作品的丰富意义也呼唤不同的解读角度。从女性主义批评这一新的角度切入《启示》,可以看到它与《玩偶之家》的多重互文性联系,看到它与《序曲》相互加强的关系,看到潜文本中反讽对象的置换和其他深层意义,构成对以往的解读的一种有益的补充。

　　可以说,《启示》本身具有假面具和真面目的对立:表面上是揭露女主人公的性格缺陷或错失良机或逃避现实,实际上以《玩偶之家》为参照,在很大程度上涉及的是性别政治,反讽性地抨击父权制的性别歧视。阅读曼斯菲尔德的这一类作品,我们看到的不仅仅是曼斯菲尔德对女性世界的描述①,不仅仅是家庭和事业的冲突对女性才能的抑制②;我们或许还会反思这样的结论:曼斯菲尔德"从来就不是一个早期的女性主义者"③,"曼斯菲尔德的作品仅仅存在于历史的边缘"④。曼斯菲尔德这篇看上去"无足轻重"的作品,实际上直指历史上"玩偶"型妇女的社会生存悲剧,具有深刻的思想内涵,给我们带来了发聋振聩的"启示"。

选自《外国文学评论》,2005 年第 3 期

---

① 参见 Emily Paige Game, *The Anxiety of Gender in Katherine Mansfield's Fiction*, unpublished Ph. D. dissertation, The University of Alabama, 1998.
② Ibid.
③ Alpers, *The Life of Katherine Mansfield*. pp. 315 – 316.
④ Dunbar, *Radical Mansfield*, Basingstoke:Macmillan,1997, p. x.

厄普代克

道德、真实、神学：厄普代克小说中的宗教

金衡山

在当代美国作家中，厄普代克以出色描写中产阶级生活而闻名。而就主题来说，宗教则是其小说中一个永恒的主题之一，从1958年发表的第一部长篇小说《贫民院集会》到1997年问世的第十九部小说《走向时间的结束》，他的大多数重要作品都在一定程度上涉及宗教，具体地说是基督教。这当然与他的生活背景、信仰和作为一个作家对世界的看法有关。厄普代克曾多次提到宗教与他出身的关系。他祖父曾做过牧师，他自己早年的宗教背景是新教中的路德教派，晚年改为圣公会教派。教堂与他的生活密切相关，一直到晚年都是他经常去的地方。他也多次自称是一个基督徒，经常提到自己作品中的宗教因素。但是另一方面，他并不承认自己的作品属于基督教艺术范围。在1976年的一次采访中，当被问到他的写作与基督教艺术的关系时，他这样说道："我从来没有把我的作品看成是基督教艺术。我的作品有基督教因素，仅仅是因为我的信仰促使我说出真实的东西，不管这有多么痛苦，多么不便，同时这也让我坚信这样一个希望，那就是，真实——现实——是好的。不管是好的还是不好，只有真实才是有用的。"[①]

这段话说出了作家厄普代克对写作的看法，可以说是他的创作观的体现。在长达几十年的文学生涯中，他曾尝试过各种写作手法，但总的来说，厄普代克仍属于现实主义作家，而且他的现实观与宗教信仰有很深的关系，可以说他对现实的看法是建立在其宗教信仰基础上的，就像他所说的那样，如果说他的作品讲述了真实的东西，那是因为他的信仰促使他去这么做。在1978年进行的一次访谈中，他重申了他眼中作家的"道德观"与表现现实的关系："我认为作为一个作家，最重要的道德

---

① James Plath ed., *Conversations with John Updike*, Jackson: University Press of Mississippi, 1994, p. 104.

观是尽量要写得确切,要讲述你所知道的事实,而不是像牧师在教坛上布道那样。"① 这可以看成是他对那种充满"道德教义"的作品的反感。之所以会引出"道德观"的话题是因为厄普代克的小说往往充满很多性场面的描写,有些描述非常详尽,以致招来了色情描写的嫌疑。自然,在一些读者和评论者看来,这似乎有悖于一个作家的社会道德责任。但在厄普代克看来,他只是在讲述真实而已,这样的讲述同样是其信仰驱使的结果,当然应是"道德"的。实际上,这里涉及的问题的本质是,"道德观"和"真实观"在厄普代克笔下是如何共生共在,相互依承,甚至是合二为一的。而这同样源于厄普代克的宗教观念。

宗教观念形成自然与他的家庭背景有关,但更是来自他对神学理论的兴趣和有意识地吸收。厄普代克是一个学者型作家,在创作小说、诗歌、散文等文学作品的同时,他还写了大量的评论、书评、杂记等。他的创作不仅基于他对生活的观察、思考,而且还来源于大量阅读引发的灵感。对于神学著作的兴趣和阅读则对其宗教观念的形成以及对现实世界的看法有着至关重要的影响。对厄普代克影响最大的是20世纪神学家卡尔·巴特的新正统主义神学思想。厄普代克曾一再提到巴特对他思想和创作的影响。我们不仅可以从他的宗教观念、而且也可以从他笔下人物的言行中看到巴特的影子。甚至可以说没有巴特的影响,他的作品也许就完全是另一种样子。

在20世纪的60年代初,厄普代克开始大量阅读巴特的神学著作。在1989年出版的自传体散文著作《自我意识》一书中,他讲述了倾心巴特的缘由。他是在1960年写作《兔子,跑吧》时接触到巴特的。那个时候,他被诊断出可能患有肺气肿,尽管复诊表明情况良好,但这次小小的身体不适却让他感到了"死亡"阴影的存在,以后的一些日子里,情绪也变得郁闷、压抑起来。阅读巴特给"他带来了清新空气"②,让他看到了"光明",看到了"被拯救的"希望。在一次访谈中,他这么提到巴特给他的感觉:"巴特的思想非常确定,很有学识,说出了我想要听的东西,确实如此,那就是,我们中有些东西是不会死的,我们是靠信仰活

---

① James Plath ed., *Conversations with John Updike*, Jackson: University Press of Mississippi, 1994, p. 120.

② John Updike, *Self-Consciousness*, New York: Alfred A. Knopf, 1989, p. 98.

着,信仰是我们生活的唯一依赖——或多或少是这样的,他当然不光是说了这些东西,但是他提到的与我的路德教背景是一致的,他让我继续往前走。"① 巴特从精神上给予了厄普代克克服"死亡"阴影的勇气。厄普代克尽管不像那些虔诚的基督徒那样笃信死后进天堂,但是,人生的意义,尤其是人的一生不管怎样,不管做什么,最终是以死亡结束,这样一种"必死性"(mortality)的人生逻辑是他不能接受的。要超越"必死性"就需要一种信仰,能够指向生活的终极意义。厄普代克从巴特的神学中找到了这样的信仰。巴特"信仰是生活唯一依赖"的神学观念自60年代开始深刻地影响了厄普代克的宗教观、世界观以及创作观,在一段时间里,巴特似乎成为了他写作的重要内容之一,作品中的一些人物也成为了"巴特式的人物"。

　　巴特神学思想的主要内容是什么?厄普代克又从巴特的思想里吸收了哪些有用的东西?卡尔·巴特是20世纪最重要的神学家之一。巴特1886年出生在瑞士西北部城市巴塞尔,父亲是牧师和神学教授。巴特年轻时曾在伯尔尼、柏林、图宾根等地学习神学,后在哥廷根、波恩等处当神学教授。30年代初因反对纳粹、拒绝向希特勒效忠而被驱逐出德国,回到瑞士老家。此后一直在那儿教书、写作,1968年逝世。巴特的神学被称为新正统主义神学。其主要旨趣是恢复神学中的圣保罗和路德的虔信传统。在巴特看来,自19世纪以来,神学已脱离了上帝和耶稣基督的中心,变成了人手中的一个使用工具,人类学成为神学研究的重要手段和主要内容,其结果是神学成为了像哲学一样的学科。巴特反对的是自然神学和自由主义神学,前者宣称的是人与上帝结合的教②,后者宣扬的是依赖于哲学、科学和文化的神学③。两者的共同之处在于以人的作用来替代上帝的作用,在讲述上帝的同时更多地讲述人自己。用巴特自

---

① James Plath ed. ,*Conversations with John*,*Updike*, Jackson:University Press of Mississippi,1994,p. 102.

② Karl Barth,*Church Dogmatics*,ed. Helmut Gollwitzer ,Lousville,Kentucky, Westiminster John Knox Press,1994,p. 51

③ Derek Michaud, "The Theology of Karl Barth", in *Boston Collaborative Encyclopedia of Western Theology*,p. 2,people. bu. edu/wwild man/ Weird Wild Web/ courses/ mwt/ dictionary/ mwt-themes. htm-43k ,2006. 2. 15.

己的话来说:"我们不能只是通过大声地宣扬人自己而讲述上帝"①。巴特着重强调的是向着人类自我启示的、给予人恩典的、但同时不为人所接近的、不可知的上帝,这也就是很多学者所说的巴特的"辩证神学"。厄普代克在1962年为巴特的一本神学著作写的书评中也谈到了这种"辩证神学":

> 他的神学有两种面孔——"不"和"是"两个部分。"不"部分于1919年为世人所知,其时,巴特那本充满激情的关于《圣经·罗马人书》的著作刚刚出版,"不"部分的思想针对的是基督教中那些自然的、人文主义的、去神话的和伦理为主的内容,这些都是德国新教从19世纪继承下来的传统。在巴特看来,自由派的教会笃信的是:"我们试图通过在绝望和自大中树立起通天塔以便能够接近的上帝,是那个充斥了人的正当性、道德、国家、文明,或者个人的或非个人的、神秘的、哲学的上帝,一个如圣人般帮助人的上帝……但是,这样的上帝完全是一个非正当的上帝,对我们而言,现在正是揭开我们的真实面貌的时候了,我们其实完完全全是一些怀疑者、不确定者、嘲讽者以及无神论者。"真正的上帝,那个不是由人所发明的上帝,是一个他者——完全的他者。我们不能够及到他,只有他能够及到我们,通过《圣经》所讲的耶稣基督的启示他做到了这一点。巴特的"是"部分是对传统基督教教义的充分肯定,有时甚至是以非常激进的形式出现的(比如,他的唯信仰论中的无所不包的关于上帝恩典的教义)。②

从引文可以看出,厄普代克对巴特的研究还是很深的,其结论也与很多学者的理解是一致的,尽管他的表述有点过于简单。我们现在要说明的是,巴特的"辩证神学"究竟给了厄普代克什么样的影响?诚然,正如厄普代克自己所言,巴特的思想与他自己路德教的宗教背景有相应

---

① Karl Barth, *The World of God and the Word of Man*, trans. Douglas Horton, London: Hodder & Stoughton, 1935, p. 19.

② John Updike, "Faith in Search of Understanding", in *Assorted Prose*, New York, Alfred A. Knopf, 1965, p. 274.

的地方。从本质上说,巴特的"上帝是完全的他者"的信条是路德虔信原则的延续,是唯信仰论在现代条件下的翻版。从这个意义上说,厄普代克对巴特一见倾心也是自然的。但是让厄普代克对巴特爱不释手的一个原因则在于他认为巴特的"辩证哲学"使人们(至少他自己)获得了一种自由的感觉。

  这需要从巴特神学与社会伦理准则的关系谈起。正如上文提到的,巴特反对的是自然神学和自由主义神学,而实际上,这不仅仅是出于神学研究的不同态度和取向,更是针对社会现实的有感而发。宗教是道德的基石,基督教更是与西方道德的建立与维持息息相关。但是,到底在多大程度上,宗教教义与道德达到了一致,道德又在多大程度上体现了宗教的精神?从一个神学家的角度,巴特看到了道德的虚伪以及宗教的无能。他发出了这样的感言:"这个世界充满了道德,但是我们从它那儿到底得到了什么?……我们生活中发生的最大的罪行——我是说资本主义的秩序和这场战争——却可以在纯粹道德原则的基础上证明它们是正确的,这难道不是值得关注的事情吗?"[①] 巴特指的是第一次世界大战,这场规模空前的人类残杀,在巴特看来正是在维护人类道德的名义下进行的,这样的道德事实上是对宗教精神的极大讽刺。而之所以会产生这种结果,是因为宗教包括神学远离了上帝及其旨意,不是人听从上帝的话,顺从上帝旨意,而是利用上帝为自己说话,为自己树立权威,其必然结果之一便是人类社会的道德只是为着人自己的目的,与上帝的旨意有很多出入,甚至格格不入。有鉴于此,巴特提出了上帝是"完全的他者"的概念,目的是把上帝与人自己区分开来,"上帝就是上帝"[②],上帝并不是人想象中的上帝,也不是人可以想象的,更不是人可以企及到的。上帝向人启示自己,而不是反之。用通俗的话说就是,上帝是不可理喻的,是极其严厉的,也就是厄普代克所说的一个说"不"的上帝。巴特提出这个概念是想要确立上帝的独立性和唯一性,确定人类世界以外的上帝的世界,改变人的狂妄自大,恢复其在上帝面前的卑微和谦恭,重新确立上帝和人自己的关系。巴特这个概念的一个实际效果则是

---

  ① Karl Barth,*The World of God and the Word of Man*,trans. Douglas Horton,London:Hodder & Stoughton,1935,p. 17.

  ② Ibid.,p. 48.

唯信论的重新确定,即信仰高于一切,惟有信仰才支撑我们的生活。唯信论出自基督教早期保罗宣扬的信仰高于律法的教义①,后在宗教改革中得到路德的再次肯定和张扬,路德所谓的信仰高于善事与保罗的思想是一致的②。巴特的上帝是"完全的他者"的提法在很多人看来显得更为激进,这当然也是因为他面临的宗教的困境以及与道德的矛盾更为突出。对巴特而言,道德问题的实质是人的永生问题。道德仅仅是人自己制定的涉及人的存在的东西,其起始点是人,终极点仍是人。他指出:"当面临道德问题时,我们开始觉察到完善的生活会是什么样的,但是,就我们而言,除了死亡以外,这又能指什么?我们开始营造那种生活,但是最终的结果除了一步一步走向死亡又会是什么?"③在某种意义上说,道德可以给予的只是指向人的生活的"不可能",用巴特自己的话说就是:"道德问题包含的一个秘密,就是我们所知道的人在这个世界里的生活只是一种不可能。在上帝的眼里,人最终要灭亡。"④巴特讲的当然不只是人的物质身体的灭亡,而是人生意义的虚幻和短暂。要超越生命意义的虚幻惟有信仰,对上帝的绝对信仰。信仰只涉及与上帝的关系,而非其他(包括道德)。在谈到信仰是什么时,巴特引用《圣经》中使徒们经常说的话加以说明:"主啊,我相信,请助我相信。"⑤简而言之,信仰就是相信上帝,相信上帝的自我启示,相信耶稣的复活。信仰帮助信仰的人获得永生。

与此同时,巴特并不是说人因此不会死亡,恰恰相反,只有在死亡中人才能看到永生,看到上帝的恩典⑥,而这同样只有通过信仰才能达

---

① 见 Romans 1:17(义人必因信得生),参见 Wayne A. Meeks ed. ,*The Writings of St. Paul*, New York & London:W. W. Norton & Company,1972,p. 215.
② Martin Luther,"The Freedom of A Christian", in Wayne A. Meeks ed. ,*The Writings of St. Paul* New York & London:W. W. Norton & Company,1972,pp. 119 – 129.
③ Karl Barth,*The World of God and the Word of Man*,trans. Douglas Horton London:Hodder & Stoughton,1935,p. 139.
④ Ibid. ,p. 140.
⑤ Ibid. ,p. 179.
⑥ Ibid. ,p. 169.

到。由此,我们涉及了巴特辩证神学的另一面,即上帝的"人性"①,用厄普代克的话说就是巴特神学中上帝说"是"的那一部分思想。巴特讨论其神学的一个出发点是上帝的自我启示,上帝的自我启示给人类带来福音。这里包含两个方面的内容,一方面,如前所述,上帝的启示是自我启示,不由人的意志所支配,这种启示是上帝向着人类,而不是反之,也就是说并不是因为人类有了这个欲望于是就有了上帝。这也是上帝是"完全的他者"的意思;另一方面,上帝是这个世界的造物主,上帝给予人无限的爱,上帝并不会因为人有这样那样的在上帝眼中是罪的行为就抛弃人,相反,只要有信仰,所有的人都能得到拯救。这就是巴特神学中上帝显示的"人性",它尤其体现在巴特对耶稣的推崇上。在巴特看来,没有耶稣,上帝就无法理解,而如果没有耶稣的人性,耶稣也就无法理解。巴特所说的耶稣的人性,主要是指上帝让耶稣通过自己的死亡而肩负人类的罪恶从而使人类获得拯救的希望,从中得出的一个"好的消息"便是"上帝是和人在一起的"②。有些学者认为巴特神学实际上就是激进的耶稣中心主义,这在晚期巴特身上表现得尤其明显,这是因为巴特要在早期上帝的"他性"的基础上做一个侧重点的转移,但其辩证统一的精神并没有改变。

那么,巴特的"辩证神学"又是如何给予人们一种自由的感觉呢?换言之,我们如何能够把巴特的神学思想和现实生活联系在一起,或者说巴特的"辩证"思想何以影响我们对周围世界和生活的看法(至少从厄普代克的角度来看)?首先,巴特关于上帝的"他性"的陈述以及由此引出的唯信论使个人获得了行动自由的可能。一方面,上帝不为人所接近,另一方面,只要有信仰就能得救,这样一个看似矛盾的思想却隐含着一种内在逻辑,那就是,在信仰的前提下,人是自由的,人的行为是自己选择的,同时,每一个人要为自己行为的结果负责,上帝并不为其行为负责;而另一方面,信仰的基础是对上帝创造这个世界的相信,是来源于上帝对人的无限热爱,这种"上帝之爱"或者说"恩典"更是给予了

---

① Derek Michaud, "The Theology of Karl Barth", in *Boston Collaborative Encyclopedia of Western Theology*, p. 4, people. bu. edu/wwild man/Weird Wild Web/courses/mwt/dictionary/mwt – themes. htm – 43k,2006. 2. 15.

② Paul E. Capetz, *God:A Brief History*, Minneapolis:Fortress,2003, p. 137.

人自由行动的信心。尽管上帝并不为人的行为负责,但因为有信仰,不管其行为如何,人不会被上帝所抛弃。因此,信仰不仅确认了个人的自由意志,而且也提升了个人的自主意识,从与现实的关系来说,这种自由意志和自主意识成为个人在与现实的冲突中认识并维持自我身份意识的一种重要后盾。

厄普代克在谈到巴特与自己的宗教观念的关系时说过一段非常值得我们注意的话:"我的宗教情感主要建立在上帝是造物主这个层面上,这对于我来说是非常真切的,其次就是人的自我身份,那种神秘的不能被抹去的感觉,与之同时,害怕成为虚幻或者是被压制。"[①] 显然,厄普代克是在套用巴特的"不"和"是"的神学思想来说明他的宗教观念。如果说相信上帝是造物主让他获得了对上帝的信仰,那么这种信仰的一个落脚点则在于对自我的关注。信仰使得自我获得了存在的可能和意义。

信仰与自我存在的关系是厄普代克从巴特神学中得到的一个重要启示。如果说这种启示涉及的是人与上帝间的关系以及由此引出的人与社会的关系,那么厄普代克获得的另一个启示则表现在对这个世界的接受上。巴特的唯信论,尤其是他对作为造物主的上帝的阐释,在阐明人与上帝关系的同时,也表明了对周围世界的一种看法,一种乐观的、积极的、肯定的世界观。在厄普代克而言,这样的信仰观也是对上帝的感恩,表明我们对上帝创造这个世界的接受。他曾多次发表过"生命是一种赐福"、"活着是多么美好"、"世界多么美好"这样的具有强烈宗教情绪的感言。[②]

当然,接受这个上帝创造的世界并不表明这个世界就完美无缺。既"接受"上帝的恩典,也"接受"上帝在创造世界的同时产生的邪恶,这就是厄普代克从巴特那儿得到的又一个启示。关于邪恶,用巴特的话来说就是"虚无"(nothingness)的概念。巴特在强调上帝用爱创造世界的同时也指出"虚无"在这个世界的存在;"虚无"的存在并不是上帝的意

---

① James Plath ed., *Conversations with John, Updike*, Jackson: University Press of Mississippi,1994, p. 103.

② JohnUpdike, *Self-Consciousness*, NewYork: AlfredA. Knopf,1989, p. 247, p. 230, p. 231.

愿，也不是由上帝造出（就像上帝创造世界一样），但它确实存在。"虚无"是上帝的对立面，是对恩典的否定，因此也就是邪恶。厄普代克曾在一篇题为"崇拜撒旦的声音"的评论中讨论过巴特的"虚无"概念，言简意赅，足以说明其宗教观念的一个部分。"虚无"是随着上帝创造世界的同时产生的，这种同时性也说明了人选择邪恶的潜在可能。对这一点厄普代克尤其敏感，他援引巴特的原话加以说明：

> 没有这种缺陷或者邪恶的可能，世界的创造在于上帝就不会那么显然，也就不会是真正的他的创造。人会离开上帝并且会最终灭亡这个事实并不说明造物主的不完善……一个人如果没有会离开上帝的可能，那这个人也就不会成其为一个真正的人，而只可能会是第二个上帝——但因为不存在第二个上帝，因此只能是上帝本身。①

厄普代克引用此话是为了说明人和这个世界的两重性，用他自己的话说就是"作为一种形而上的魔鬼（存在）的可能性，如果不是一种必要性的话。"② 他自问道："在我们的个人心理中，难道没有肯定这些说法的倾向存在？在我们的心中，难道不存在一种肯定贪欲和仇恨的心理？……哪个孩子不着迷于折磨他人？在表现纯粹的性爱激情和骑士风度的同时，哪个男人没有摧毁鲜花的冲动……"③"虚无"或邪恶的存在是客观事实，是这个世界的一部分。在厄普代克看来，我们不能因为世界是上帝创造的，上帝是尽善尽美的，因而就对邪恶的存在视而不见。接受上帝，接受这个世界的存在同时也需接受与此同在的"虚无"，因为只有通过"恶"才能更真切地感受到上帝的存在。

厄普代克从巴特这里得到的当然不仅仅是"恶"与"善"共存这种基督教的传统启示，更为重要的是，他从中获得了观察这个世界的一个角度，从而能够全面地、复杂地表现周围的人物和场景。这也成为他看

---

① John Updike, "To Soundings in Satanism", *Picked-up Pieces*, New York: Alfred A. Knopf, 1975, p. 89.

② Ibid., p. 88.

③ Ibid., p. 89.

待世界的现实观,在此基础上形成了他的创作观。如果说写作在某种意义上说是表述这个世界,那么这种表述本身也是表明对这个世界的接受,而这种接受则应是全面的,它本身就是感恩。这种看起来简单甚至有点天真的观念对于厄普代克而言却是真诚的,因为整个世界在他眼里其实都是神圣的①,即使有"虚无"的存在也不会在任何意义上减少世界的神圣性,这也是为什么他会由衷地说出:"模仿就是赞扬。"②"模仿"指的就是对世界的表述,赞扬当然说的是上帝的赞扬和感恩。模仿是按照世界本来样子的表述,因为上帝是全知全能的,惟有真实才能不至于欺骗上帝。从这里我们可以看出,一方面这样的写作真实观是一个现实主义作家所必然遵循的,另一方面,就厄普代克而言,这又与其宗教观念是密不可分的。

上文分析了巴特对厄普代克的影响。这种影响自 60 年代以来一直存在于厄普代克的小说创作中,尽管他提到过自 70 年代后他已不再读巴特了,但巴特的影响显然是潜移默化地融合在他本人的宗教观念中了。然而,就像有些评论者指出的那样,不能将巴特对厄普代克的影响扩大化。毕竟,厄普代克是小说家,不是神学家,他对巴特神学的吸收是有限的,主要为了故事情节的构造,完善人物的塑造,当然也为了表达他对现实的理解。厄普代克自己也曾说过,他不是一个很好的巴特学者,他只是从巴特那里汲取他觉得有用的东西③。这种多少有点实用主义的态度是我们理解厄普代克与巴特间的关系的一把钥匙。

如果我们把巴特对厄普代克的影响放在美国文化和当代美国社会特征的背景下进行考察,我们或许能看到这种影响背后的真正成因。厄普代克对巴特的接受是因为他个人的知识背景,也是其所处的文化因素使然。从厄普代克关于巴特的表述中我们很容易看出个体主义(individualism)这个美国文化的核心的影子。这可以从他所理解的巴特神学和爱默生超验主义的对比中管窥一斑。从巴特的视角出发,厄普

---

① Darrel Jocdock,"What Is Goodness?—The Influence of Updike's Lutheran Roots", in James Yerkes ed. ,*John Updike and Religion:The Sense of the Sacred and the Motions of Grace*, William B. Erdam ans Publishing Company,1999, p. 133.

② John Updike,*Self-Consciousness*,New York:Alfred A. Knopf,1989,p. 218.

③ James Plath ed. ,*Conversations with John Updike*,Jackson:University Press of Mississippi,1994,p. 254.

代克发现,一方面上帝不是依据我们的想象而存在的,另一方面上帝存在于他所创造的事物中①。"上帝是透射到现实中的自我","有自我出现的时候,上帝的概念就会出现。"② 显然,这里表述的是上帝与个人间的关系,在很大程度上,这是一种近乎于爱默生提倡的个人与上帝同在的关系。厄普代克在他做的一篇题为"爱默生主义"的长篇演讲中把爱默生主义总结为上帝与自我的统一体:"爱默生给予我们的启示是上帝与自我是统一体。"③ 如果说超验主义强调是人性中的神性,人与上帝的同在,其结果是极大地提升了个人意识,那么就像上文已经提到的那样,巴特神学的核心 —— 唯信论同样也在很大程度上确认了个人自我意识的存在。厄普代克那篇长篇演讲的主要内容是要说明爱默生的超验主义思想对美国文化中的个体主义的形成起了至关重要的作用,而这种个体主义也正是他从巴特的神学中体察到的主要内容之一。巴特神学在个人与上帝关系这个层面上与美国文化中的传统的契合可以说是厄普代克接近巴特的一个文化背景成因。

但是,另一方面,厄普代克所理解的个体主义,或者说通过他的人物表达的与自我意识有关的故事与超验主义所指向的个体主义的不同更值得我们的注意,因为正是在这种不同之中,我们可以看出厄普代克对巴特的取舍,他对当代美国文化特征的洞察。

爱默生的超验主义不仅赋予了人神性,同时也充分肯定了人的人性,是"对受到上帝激励的人的信仰",以及对"人的无限性"的认定④,而这样的"人"同时也是一个具有完全道德的人,是道德和信仰的结合。从这个角度来看巴特,我们发现尽管其唯信论建立在上帝是"完全的他者"的基础上,尽管信仰是可以超越现实道德的,但拥有信仰的人本身也拥有道德,因为上帝是道德的化身。爱默生和巴特所说的"道德"都是指超验意义上的道德,也就是从上帝的神学角度来厘定的道德;但这并不等于说与现实道德没有关系,建立在上帝神性基础上的超验的

---

① John Updike, "Faith in Search of Understanding", in *Assorted Prose*, New York, Alfred A. Knopf, 1965, p. 282.

② John Updike, *Self-Consciousness*, New York: Alfred A. Knopf, 1989, p. 232.

③ John Updike, "Emersonism", *Hugging the Shore: Essays and Criticism*, New York: Alfred A. Knopf, 1983, p. 168.

④ Ibid., p. 157.

"道德"更应是现实道德的范式。换言之,个人与上帝同在的前提是个人朝向上帝,而不是反之。

正是在这个方面,我们从厄普代克的作品中看到了不同的表述。厄普代克笔下的人物(如《兔子四部曲》中的兔子哈里、"《红字》三部曲"中的各个主要人物、《夫妇们》中的皮特等)演绎的故事虽尽不同,但都有一个共同点:一方面他们都与社会规范和道德准则发生冲撞或背离,另一方面他们都是信仰者,无论在何种情况下,他们似乎都不会放弃对上帝的信仰,同时他们也都是自我中心主义者,而且在很多情况下,自我甚至超越了信仰,尽管并未失去信仰。我们可以用厄普代克曾经提到过的"正当的自私"[①] 这个概念来描述这种状况。如果说传统的道德教义是"像爱你自己一样爱你的邻居",那么现在变成了"爱你自己"[②]。在爱默生眼中,这是个体主义最重要的内容之一,它与爱上帝并不对立,但在厄普代克笔下,"爱你自己"成为了上帝不在场(区别于上帝不存在)的情况下的"爱我自己",是自我的极端凸现。用一位厄普代克评论者的话说,这里体现的是关于上帝问题的不同问法,传统的问法:"上帝存在吗?"现在的问法:"我相信上帝存在吗?"[③] 如果在前一个问题中,上帝是放在中心位置,那么在后一个问题中,处在中心位置的是"我",上帝的存在与否在于我的体验,这种体验有可能成为信仰,但依旧是"我"的信仰,换个角度看,我相信上帝的存在是因为我要相信,我需要相信,我需要被拯救,而不是因为上帝的确切存在与否。在这种情况下,"我"是自由的,是个体的独裁者。同时,因为信仰始终不离自我,所以自我的极端凸现也就有了正当的理由。显然,这与巴特的上帝是"完全的他者"是背道而驰的,用文学批评术语来说是一种对巴特的反讽。

这方面一个典型的例子是写作时间跨越了 30 年的《兔子四部曲》中兔子哈里的形象。在第一部作品《兔子,跑吧》中,哈里是一个不负责任、只顾自己感受的丈夫和父亲,因为不能忍受家里乱糟糟的样子而抛下怀孕的妻子离家出走。他给自己这种行为找到了一个理由,那就是他

[①] John Updike, "Emersonism", *Hugging the Shore: Essays and Criticism*, New York: Alfred A. Knopf, 1983, p. 159.

[②] Ibid.

[③] Bernard A. Schopen, "Faith, Morality and the Novels of John Updike", in William R. Macnaughton ed., *Critical Essays on John Updike*, Boston: G. K. Hall & Company, 1982, p. 196.

要去寻找自我和自由,家庭和社会在他眼里都成为了他自我寻找过程中的障碍,而促使他做出这种选择的一个重要内因是他心中怀有的一种憧憬,一种对生活之意义的憧憬。他始终认为生活不应该就那么平平静静地过去,在生活的表象背后应该有一种意义存在,这种对意义的憧憬实际上就是一种宗教意义上的信仰。兔子是一个相信上帝的人,在小说中他是为数不多的虔诚的信仰者之一,与一般人不同的是,他不是太关注信仰的仪式,而是关注意义,用他的话说上帝存在于一切事物的背后,因此去教堂对他而言并不是一件必须做的事情,而更重要的是,这样一种信仰成为他挣脱社会道德规范约束的理由和工具,给予了他找寻自我和自由的内在动力,换言之,这种信仰为他显然是有违社会道德规范的行为披上了正当合理的外套。从厄普代克的角度来看,兔子的信仰是真诚的,在一定程度上也体现了宗教的精神(在小说中,通过路德教会的老牧师克伦本巴赫与圣公会年轻牧师埃克斯形象的对比,厄普代克道明了宗教精神的内核,即对耶稣基督和作为造物主的上帝的信仰和感恩)。但不能否认的是,兔子的行为给社会和家庭都造成了损害,根本原因就在于自我的极端凸现,他实际上是一个不折不扣的自我中心主义者。在这种状况下,建立在信仰基础上的对意义的憧憬往往会变样,成为一种虚幻,从而也丢失了真正的宗教精神。厄普代克在谈到这部发表在1960年的小说的意义时指出:"《兔子,跑吧》有意试图从神学的角度来审察人的困境……"① 这种矛盾或多或少也出现在日后每隔大约十年出版的四部曲的其他三部作品中。在《兔子归来》(1971)里,处在60年代社会动荡时期中的兔子已没有了十年前曾经有过的寻求意义的虔诚,他仍旧会向上帝祈祷,但只是为了现实生活中非常实际的目的。这种信仰的式微延续到了《兔子富了》(1981)中,在这本充满日常生活细节和弥漫金钱和性的氤氲的小说中,厄普代克用了一种象征的手法表现出兔子在寻找自我的名义下追求物质和身体欲望的同时在潜意识中感到的意义的缺失和死亡的临近。在《兔子安息》(1990)这四部曲的最后一部作品中,自我的极端凸现与信仰的矛盾则通过兔子与儿媳普鲁间的一夜风流以一种委婉曲折的手法表现了出来,在与普鲁的

---

① James Plath ed.,*Conversations with John, Updike*,Jackson:University Press of Mississippi,1994,p. 246.

身体接触中,因家庭经济危机和心脏病发作而处于焦头烂额状态的兔子又一次体会到了自我的存在,更重要的是,这样一种几近乱伦的行为在他看来却是自然的,是对这个世界的热爱的表现(兔子虽没有直接表示过,但我们可以从厄普代克通过兔子的视角对这个事件充满象征意味的描写中读出这个意义),显然,这种思想的潜台词来自巴特神学中对作为造物主的上帝创造的世界的信仰和接受,当然这是一种掺和过多自我意识的信仰,成为了证明自己行为的正当的手段,其结果是对巴特神学思想的反讽,同时这样一个主题也回到了《兔子,跑吧》中阐发的信仰与自我矛盾的主题。可以说在这个意义上,《兔子四部曲》构成了一个整体,也在很大程度上表明了厄普代克对于现实和宗教的看法。

这种自我的膨胀正是当代美国文化和社会生活的一个显著特征。当代最有名望的社会学家之一丹尼尔·贝尔在描述当代美国社会的文化特性时用了两个颇具用意的词:"自我实现"(self-realization)[1] 和"自我满足"(gratification)。[2]前者是指个人意识的充分释放,后者是个人欲望的充分实现,两者都是自我极度膨胀的表现,造成的结果是,在个人品德上,从传统的新教伦理意义上的自我抑制和之后的满足走向即时满足,在社会生活中从"工作伦理"走向"生活方式",也即享乐主义[3]。在这种文化思潮中,上帝依然会存在,但更多的只是因为"我"的存在而存在。这正是厄普代克在诸多描写当代社会小说中反映的一个重要主题,具体地说则是从宗教情怀(religious sensibility)到欲望冲动(erotic impulse)的过程以及结合。对厄普代克笔下的人物而言,两者是维护其心理平衡的要素,前者给予活着的意义,后者确保个人的存在,前者指向超越的永生的希望,后者面向生活的当下的快乐。这两者共同存在,但并不总是平衡的,在很多情况下,后者要多于前者,如果不是压倒前者的话,其原因正是"自我实现"和"自我满足"。在这种情况下,上帝即使存在,也只是形式而已,尽管这种形式本身是需要的(在这个方面,厄普代克的另一系列小说"《红字》三部曲"是一个很好的例子)。

---

[1] Daniel Bell, *The Cultural Contradictions of Capitalism*, New York: Basic Books, Inc., 1978, p. xvi.

[2] Ibid., p. xvii.

[3] Ibid., p. xx.

很显然,我们由此可以看出上文提到的"我们只靠信仰活着"和"虚无"与上帝同在这种巴特神学的踪影。如果说巴特的神学是辩证的,那么厄普代克对巴特神学的汲取也是辩证的。这种汲取一方面基于其宗教背景,另一方面基于他所不能脱离的文化传统和现实状况,一方面是他的宗教观,另一方面是作为一个作家的现实观,而两者的结合则体现了一个优秀作家的深刻思想和对生活的深邃洞察。

选自《国外文学》,2007年第1期

海勒

海勒的神话
——评《第二十二条军规》

钱满素

一

约瑟夫·海勒(Joseph Heller,1923—1999),美国当代著名作家,1961年发表《第二十二条军规》(Catch—22)后一举成名。这部富于独创性的小说被誉为美国当代文学的经典著作,黑色幽默的代表作。据说,它不仅为小说创作树立了一种新的风格,甚至为美国青年的行为方式提供了新样板。

二

海勒出生于纽约一个俄裔犹太家庭,早年丧父,生活颇为艰辛。二次大战时,他在美国空军当轰炸手,曾赴意大利作战。战后,他就读于纽约大学、哥伦比亚大学和英国牛津大学,之后在大学任教两年。1954年,他回到纽约,先后在《时代》、《展望》等几家杂志任广告作家等职,直至《第二十二条军规》问世。海勒现在兼任大学的小说戏剧写作课教授。

海勒的文学生涯始于战后。最初,他在杂志上发表一些短篇小说,其中《雪堡》一篇曾被选入1949年最佳短篇集。与其他同辈的美国作家相比,海勒的写作速度相当慢。据说他为人既不虚荣,也不假谦虚。他坦白地对记者说:"我并不认为写得慢是个优点,我就是写不快。"①《第二十二条军规》花了他七八年的时间,在此后将近二十年的时间中,他只发表了四部作品:小说《出了毛病》*Something Happened*,1974 和《像戈尔德一样好》*Good as Gold*,1979;剧本《我们轰炸纽黑文》*We Bombed in New Haven*,1967 和《克莱文杰的审判》*Clevinger's Trial*,1974。毫无疑

---

① 杰克·施内德勒:《海勒谈自己》,《作家新闻》英文版。

问,三部长篇小说是海勒的主要成就,其中《第二十二条军规》仍然是他对美国当代文学所作的最大贡献。

二次大战后,西方世界在铲除战争残迹、重建物质文明方面取得了令人目眩的进展,然而精神领域内却危机四伏。不少人对人类的处境和未来惶惶不安,以至认为人类存在本身就是荒诞的。表现在文艺思潮上,以萨特、加缪为首的存在主义文学在50年代红极一时,以贝克特、尤奈斯库为代表的荒诞派戏剧也应运而生。美国所受到的战争创伤远不及西欧,可是在抒发对战争的恐惧和厌恶上却一点也不亚于西欧。一次大战中,美国涉足并不很深,便已出现了彷徨失措的"迷惘一代"。二次大战末,是美国扔了原子弹,可是美国人对核威胁所感到的恐慌似乎比日本人还有过之而无不及。冷战的结果,美国在50年代出现了反共的麦卡锡时期,这是美国人至今引以为耻的"顺从的年代",文学界自然也噤若寒蝉。进入动荡的60年代后,美国文坛上涌现出一股新的潮流——黑色幽默。它像是一种长期受压后的迸发,一阵悲愤交加的狂笑。它势不可挡,把一大批有才华的作家都卷了进去。评论界大都认为黑色幽默是二次大战后美国小说的主要新发展。

任何文学都本能地追求内容与形式的统一。古典主义文学崇尚理性,在形式上便追求明晰匀称。法国的布瓦洛作为其理论上的代表人物,在《诗的艺术》中一再重申理性的原则:

  切不可乱开玩笑,损害着常情常理:
  ……
  并专以情理娱人,永远不稍涉荒诞。

黑色幽默小说也被称为荒诞派小说,因为它和荒诞派戏剧一样,以世界本质之荒诞为其出发点。在形式上,它也必然对理性原则背其道而行之;乱开玩笑,张扬无度,运用一切非理性、反逻辑的手段来渲染荒诞。《第二十二条军规》在这点上可谓楷模。如果说,黑色幽默小说仍然像传统小说一样平铺直叙、井然有序,一切安排都在读者的情理之中,那么,这种形式本身显然就违背了它所要表达的荒诞主题。黑色幽默小说和其他现代主义作品一样,也是以表现观念为宗旨的,它自然不能容忍传统小说的形式中所隐含的传统观念。英国的福斯特在《小说面面观》一书中说:"小说的发展是人性的发展。"黑色幽默小说的产生绝非标新立异的花样翻新,而是当代美国人观念变革的必然反映。他们正在努力寻找最贴切的文学形式,把自己思考和认识的结果表达出来。《第二十二条军规》所制造的歇斯底里气氛就从整体上体现了一个病态社会中人们的精神变态。

海勒就是在这股新潮流中崛起的代表性作家。他的作品始终表现出强烈关注社会问题的倾向,无论针砭时事,思考人生,其本质莫不犀利愤激。然而艺术手法却始终不离黑色幽默:冷眼烛世,不动声色,绝无感伤的流露,最讨厌顾影自怜。他把绝望藏在幽默的背后,在荒诞不经中表现深沉的悲哀。正如他自己所说:"我的作品只在一定程度上是可笑的。其实,我是一个非常病态的、忧心忡忡的人,我总是想着死亡、疾病和不幸。"① 悲观绝望是海勒的基调,他老是"对快活疑虑重重",即使开些可怕的玩笑,那也不过是他面对痛苦,在心理上筑起的一道围墙而已。

某些评论家②认为,《第二十二条军规》是美国反映二次大战的最佳小说,但是这部作品的意义显然超出了战争的范畴。海勒的着眼点并不仅仅在于战争,在这里,战争的荒诞只是世界荒诞的一种极端形式。海勒对自己的创作意图说得很明白:"尤索林的情感并非我在战时的情感,我是战后才体会到的。这本书在更大程度上是对 50 年代的反应,对麦卡锡时期的反应。在《第二十二条军规》中,我写下了自己对一个处于混乱中的国家的感受,我们至今仍在忍受这种混乱,二次大战时暂时的举国一致分崩离析了。你们会注意到,《第二十二条军规》的背景是大战的最后几个月,当时这种分崩离析已经开始了。"③ 海勒所指的崩溃就是在法西斯行将粉碎时的矛盾转化:打倒法西斯的共同业绩看来已唾手可得,于是,当官的想升官发财,士兵想活着回家,各阶层各阶级的利害冲突重又显现出来。结果是思想混乱,士气瓦解,团结精神普遍削弱。对一部分人说来,胜利带来的是真正的幻灭。不是有很多黑人战士刚从战场胜利归来,转眼便成了种族歧视的牺牲品吗?战争可能结

---

① 杰克·施内德勒:《海勒谈自己》。
② 如纳尔逊·艾尔格伦。
③ 杰克·施内德勒:《海勒谈自己》。

束,社会不公正却并不随之结束,战后美国公民所受到的来自政府的明目张胆的怀疑、迫害,更以历史事实证明了这种对混乱、崩溃的担忧和恐惧并不是毫无根据的。

三

《第二十二条军规》从内容到形式都着力于体现一个主题,战争及其官僚机器的荒诞、疯狂,不可理喻;并且通过"第二十二条军规"的象征,创造了一种基于现实而又高于现实的形而上的艺术境界,表达了西方人对人类处境所感到的困惑。

二次大战末,在地中海的一个美国空军基地——皮亚诺扎小岛上,轰炸手尤索林像只惊弓之鸟,在一片混乱、喧嚣与恐怖中,置一切权威、信条于不顾,为保存自己进行近于疯狂的努力。对他说来,"死还是不死,这就是要考虑的问题。"① 最后,他下决心逃往瑞典——理想中的乐土。

这是一部黑色幽默的狂想曲,迷宫般的小说。其中人物众多,情节颠三倒四,反反复复,乍看之下,不免觉得支离破碎。传统小说中通用的物理时间程序已被心理时间所取代或干扰。为了表现尤索林的内心恐惧,书中涉及的为数不多的几次事件——弗拉拉战役、围攻波洛尼亚、阿维尼翁轰炸以及医院和罗马的插曲——大都贯穿在尤索林下意识的回忆中,所以前一章里死去的人物很可能在后面的章节中又重新活动起来。小说试图表现的层次相当丰富,布局上的难度很大,稍一过分便有失去控制的危险。海勒的安排很成功,全书的结构犹如一块石子扔进水里所激起的一连串同心圆,其中最小的圆圈便已经包含了以后发展的所有方向。在开头几章中,主要的人物和情节就有所交代,以后每提一次,便进一步加以发挥。斯诺登的死提了不下五六次,只是到结尾,作者才把它交代清楚并点出意义。这种放射式结构使整本小说呈现一种动态,那带动全书浑然一体地旋转起来的圆心就是第二十二条军规,同时,只有这个漩涡的中心是固定不变的。

什么是第二十二条军规呢?它是一种高度的抽象和集中,象征着冥冥中统治世界的神秘力量,变幻无常,令人莫测高深。它虽无条文,却又

---

① 《第二十二条军规》,英国 Lowe&Brydone 公司,1963 年重印本,下同,第 67 页。

无处不在,无人清楚它,却又无人不感到它的存在。当它化为具体内容时则诡诈多变,无所不包。它的本质就在于它是一个圈套,任你怎样努力也休想逃出它的掌心。尤索林想弄明白为什么丹尼卡医生不能让一个疯子停止飞行,他问道:

"奥尔是不是疯子?"

"他当然是疯子罗,"丹尼卡医生说。

"你能不能让他停止飞行呢?"

"当然能。可是首先他得向我提出要求。军规中有这一条。"

"那么他为什么不向你提出要求呢?"

"因为他是疯子嘛,"丹尼卡医生说。"他几次三番死里逃生,可是他还在执行飞行任务,只有疯子才会这样。……"

"只要他向你提出要求,你就可以让他停止飞行,是吗?"

……

"不行。这样我就不能让他停止飞行了。"

"你意思是说这里面有个圈套吗?"

"当然有圈套,"丹尼卡医生说。"就是第二十二条军规。凡是想逃避战斗任务的人,不会真是疯子。"①

这个圈套的奥妙在于,第一,作为一条军规,它是强制性的;第二,它运用了自相矛盾的推理逻辑,在似是而非中包藏祸心。结果是不论飞行员提出与否,一概必须执行任务。卡思卡特上校可以擅自增加飞行次数,尤索林却不能拒不接受:因为军规又规定,凡是上级的命令必须服从,所以受处分的还将是尤索林。

尤索林觉得,"第二十二条军规订得真是简单明了至极"②,深受感动,肃然起敬。他感到这条军规的各部分配合得好极了,甚至"还具有椭圆形的精确"③。它像优秀的现代艺术一样优美惊人,也像现代艺术一样深奥晦涩,使人不敢相信自己是否真的搞懂了。第二十二条军规是一个

---

① 《第二十二条军规》,第45页。
② 同上书,第46页。
③ 同上书。

放之四海而皆准的圈套,陷人于无法摆脱的困境。

人,常常会陷入一种尴尬绝望的境地而无法自拔,这是人类很早就具有的生活经验。自古以来,人们就寻找各种形象试图加以表现。在希腊神话中,宇宙之子坦塔罗斯由于触犯天规给打入地狱,被罚站在齐脖的湖水中央,头上就是诱人的果树。可是每当他俯身去喝水,水就退了下去;每当他伸手去摘果,大风就把树枝吹开。还有一块巨石悬在他头顶,使他无时无刻不处于对死亡的恐惧之中。在万神之父宙斯的威严下,坦塔罗斯永远摆脱不了这种在饥渴中受愚弄的悲惨状态。

在基督教的观念里,人为自己的受难感设计了一个新的解释方案,这就是所谓的原罪说。人活着不得不受苦,为的是犯了莫须有的原罪。受苦即赎罪,希望只能寄托在子虚乌有的来世。可笑的是,原罪说和上帝造人的神话本身就构成了一个上帝捉弄人的圈套。然而,无论神话还是宗教,把人置于这种圈套的,总不外是宙斯或上帝这样一个超人的权威。它们代表至高无上的真理,并且作为人类的原动力来赋予人类存在的理由及意义。因此,这类故事丝毫不显荒诞,反而极其严肃,具有强烈的惩戒意味。它们是人类对于无法解释的现象所作的符合理性的解释。

到了当代,任何一种人格化的超人力量都不能令人信服了。然而人们发现,自己却还是处于一种被愚弄和受钳制的困窘中。联想起人类在驾驭自然方面所取得的成就,这种情况简直是对人类智慧的嘲弄。

尤索林被世事的反复无常折磨成一个怀疑狂,一个不可知论者和虚无主义者。他在神圣的感恩节对上帝大发不敬之词,把上帝贬为一个不称职的小丑:"考虑到他有充分的机会和权力可以办事,再看看他把事情弄得这样乱七八糟,他的不称职真够叫人大吃一惊了。"[①] 尤索林愤愤不平地发誓,要在世界末日去伸手抓住上帝的脖子。时至今日,已不再是上帝惩罚人,而是人惩罚上帝。鉴于上帝和人的传统关系,这倒颇把上帝陷于可笑的境界中。尤索林怕的不是上帝,他之所以惶惶不可终日,怕的就是那条能把他置于死地,而他又不得不服从的军规。第二十二条军规是死亡的阴影,它像巨石一样悬挂在人们的头顶上,时刻威胁着要往下落;它又像一个张开的网,任何人也别想逃脱。它不是宙斯或上帝的创造,而是人自己的产物。但是它已经凌驾于任何个人之

---

① 《第二十二条军规》,第178页。

上,肆无忌惮地把人拖进种种荒诞可怕的陷阱中去。

在西方近代理论上,"神话隐约象征人类的生存中以及超于人的存在中所包含的某些秘密"①。在海勒的世界里,第二十二条军规就象征了这种操纵人类的神秘力量,具有超自然的神话性质。在最直接的方面,它象征着现代官僚机器这个异己力量;同时,它也包括了其他海勒所感到的不可捉摸、无力把握的异己力量。与很多西方现代派作家一样,海勒的悲观也是超出现实世界的。在最后一章中,理想主义的丹比少校希望像一株黄瓜那样地生活。可是尤索林提醒他,如果你是株好黄瓜,别人就把你剁碎吃了,如果是坏黄瓜,就把你拿去当肥料,所以这种悲惨的结局是万物共有的,你无论如何也摆脱不掉。第二十二条军规所造成的意境无疑带有超验的、永恒的色彩,否则就无法理解为什么它能由一个专有名词变为普通名词而进入美国人的日常语言。

四

战争是全书的背景。海勒不遗余力地渲染战争的残忍,对之深恶痛绝。与一般厌战作品不同的是,海勒强调战争的荒诞,刻意嘲讽这种制度化了的疯狂和有组织的混乱。小说自始至终沿用了第二十二条军规的悖理(paradox),充分运用逻辑上的错乱,向读者暗示一个没有理性的世界。这里,任何认真的思考最后都引向毫无结果的悖理。在所有人的命运中,似乎都有某种无法违拗的荒诞因素在起作用。由于它的恶作剧,出现了一片非理性的混乱局面,诸如名不符实、因果颠倒、事与愿违等等。海勒才思敏捷,妙语惊人,反话连篇,以循环逻辑、偷换命题、答非所问、似是而非等手段夸大事物中的不协调,使全书呈现出一付滑稽可笑的外貌。这本书看来胡搅蛮缠,其实充满哲学推理,因为只有具有高度理性的人才能充分注意到事物中隐含的非理性成分。读这种作品不能不诉诸理性,仔细品味。

在战争中,"人们变成了疯子,然后被授予勋章,作为酬劳"②。在作为战争缩影的皮亚诺扎小岛上,人们都已经跟疯子差别不大了。一个个行为怪僻,性情乖张,像牵线木偶似的各受一种意志的支配。少数几个

---

① 李达三:《比较文学研究之新方向》,第326页。
② 《第二十二条军规》,第16页。

理智清晰的人由于在这样的环境中居然没有发疯,反而成了公认的疯子。死神把飞行员放在掌心玩弄够了,再让他们横死在异乡。奇怪的是,每个人的悲剧里都含有某种荒唐的意味。

热衷于信仰原则的克莱文杰消失在虚无飘渺的云端里,似乎他过于崇高,世界是容不得他了。麦克沃特总是喜欢超低空飞行,结果把站在海边的萨姆逊拦腰截断,留下血淋淋的下肢在海滩上吓人,自己则驾机撞山自杀。出身豪富的奈特雷天真万分,硬是要把满腔热情奉献给一个冷若冰霜的妓女,不惜为她送了命。邓巴为了延长生命,尽量锻炼自己在厌烦中的涵养功夫,因此叫他讨厌的人便成了最使他喜欢的人,他的结局是莫名其妙地被自己人"弄失踪"了。亨格利·乔惧怕飞行次数增加,天天做恶梦,愁容满面。只有当卡思卡特正式宣布提高飞行次数后,他才觉得心里落下一块石头,露出了笑脸。对恐惧的恐惧已经超出了对死亡的恐惧,乔终于在恶梦中死去。马德刚到基地两小时,还没来得及到中队报到,便死于空中,成了一名不被承认的死人。丹尼卡医生则恰恰相反,由于他的名字正好列在坠机人员名单上,竟从此成了一名不被承认的活人。僵化的形式主义居然达到了否认现实经验,否认活人的程度。在海勒的笔下,战争机器和官僚机器的荒诞愚顽真是昭然若揭。

在烈日炎炎的夏天,斯诺登腹穿肠流,冻死在机舱里。临死时他口中不住地呻吟:"我冷,我冷。"他的死把尤索林带到了顿悟的境界:"人是物质,这就是斯诺登内脏的寓意。你把他从窗口扔出去,他就会摔下。你把他点着了,他就会燃烧。你埋了他,他就会腐烂,和其他的垃圾一样。一旦失去灵魂,人就成了废物。"① 战争使尤索林感到自己不可名状的脆弱、卑微、可悲。看上去如此一本正经的战争,其实不过是人类互相残杀的怪物,在本质上有什么理性可言!战争把整个世界变成一个屠场,一个陈尸所,到处散发出腐败的气味。尤索林目睹无辜百姓和同伴的惨死,不禁由衷地赞美起医院的太平间来,因为那儿很少发生不必要的死亡,而且死者的样子要端庄多了。这种赞美难道不是比咒骂更令人感到辛酸和愤慨吗?尤索林真巴不得跟这个野蛮的文明世界一刀两断。他脱下被斯诺登的鲜血玷污了的衣服——战争的象征,赤身露体地接

---

① 《第二十二条军规》,第429、430页。

受一枚上司为了遮丑而发给他的奖章。随后,他又赤身露体地蹲在树上,呆呆地望着埋葬斯诺登的虚伪仪式。兔死狐悲,他沉浸在无限的凄迷之中。

士兵们被号召为国捐躯,然而祖国到底代表着什么,他们却不大在意。只有卡思卡特们清楚这些年轻人是为谁去送死的。科恩中校恬不知耻地对尤索林以祖国自居:"难道你不愿意为你的祖国作战吗?……难道你不愿意为卡思卡特上校和我献出你的生命吗?"① 象征着勇敢、力量、正义、真理、自由、博爱、荣誉、爱国精神等抽象教义的队徽被迈洛涂改成象征唯利是图的"迈－明水果土产联合公司"的字样。战争由于一批人对它的利用而变得愈加荒诞了。海勒以极其夸张的变形手法塑造了这批心怀鬼胎、头脑僵化的官僚权威人物。

20 世纪初,立体派绘画震惊世界。从此,由毕加索首创的变形手法成为西方现代艺术的标志和特点之一。变形的手法在绘画上主要是去掉视觉上不必要的部分,使留下的部分产生出比现实更为真实的效果。毕加索自称"我是依我所想来画对象,而不是依我所见来画的。"这就道出了现代艺术表现观念的普遍特点。《第二十二条军规》在狂想、变形、综合、立体、象征等方面使人想起毕加索描绘战争的名画《格尔尼卡》,它们都成功地传达了战争梦魇般的气氛。《第二十二条军规》中所描写的人和事并不可能真正存在或发生,它们是经过变形的漫画,极端的类型化,但是却具有某种本质的真实,把人类的悲剧、官僚的痼疾暴露无遗。现代官僚机器已经发展到相当完备的程度,足以独立于人,凌驾于人,使卡思卡特们感到为所欲为的强大,使尤索林们感到莫名其妙的孱弱。在海勒的官僚人物画廊中,这些掌握别人命运的人同样是变化莫测的官僚机器的可笑工具,只是他们更自以为是,更没人性,更鄙顽可恶。

中队长卡思卡特上校是个权欲狂,喜怒无常,既诡诈又愚蠢。他为自己才三十六岁就当上上校而自负,又为自己已经三十六岁却不过是名上校而沮丧。他不屈不挠,一心想当将军,并为之动用一切手段,包括宗教途径。他对上司察言观色,对下属专横武断,甚至不顾飞行员的死活,无休止地把飞行次数一升再升,以显示自己独一无二的才能。二次

---

① 《第二十二条军规》,第 413 页。

大战期间，美国空军规定，飞行员只要完成一定的飞行次数就可以回国。一般说来，这时间不会超过一年。这个规定对飞行员的心理造成了不良影响，由于神经紧张，他们往往死于最后几次飞行。[①]海勒选择这样一个敏感的问题作为矛盾的交叉点，说明了他对飞行员的深切了解。

卡思卡特代表的是官僚机器可怕的滥用权力。作为一个操纵生杀大权的人，卡思卡特所占据的要位与他本人的人格力量是极不相称的，从这种不协调与权力使用的不合理中便产生出叫人痛心疾首的滑稽效果来。卡思卡特感到尤索林这个善于思索、并且决心保护自己的小人物是匹害群之马，将对他构成威胁，于是软硬兼施，企图拉他入伙。他们同意把尤索林送回美国，条件是要为他们说好话。意味深长的是，海勒把描写这笔丑恶交易的一章取名为"第二十二条军规"，这就点出了这条军规的一个极为重要的内容：权力恣意妄为、翻云覆雨的作用。它既能把尤索林捧为英雄，也能马上把他送上军事法庭，真理已经降为权力的顺从的婢女。

谢司科普夫少尉升官速度之快使人不胜惊讶，他代表的是官僚机器的另一本质——僵固。他唯一的军事才能就是指挥机械性的队列操练。为了一鸣惊人，他甚至想用镍合金做的钉子和铜丝把学生的股骨和手腕连接起来，只可惜时间和材料都不允许他这样做。他以队伍行进时不摆动双手的新花招在检阅中大获全胜，一跃而为众口交誉的军事天才，从此平步青云，直至荣升将军。遗憾的是，即使到了战火纷飞的前线，他所能胜任的事情也还是检阅。马克思在《路易·波拿巴的雾月十八日》序中说："我则是说明法国阶级斗争怎样造成了一种条件和局势，使得平庸而可笑的人物有可能扮演了英雄的角色。"[②]谢司科普夫之流也就是由官僚化的环境可笑地捧为天才的傻瓜。

布莱克上尉的官儿虽然不大，地位却非同一般。作为一个情报官，他是官僚机器的耳目，可以补足权力所达不到的某些方面。他靠整人起家，专门造谣生事，危言耸听，以诬陷不实之词去击败政治上的对手。他的主要业绩就是发起了一个忠诚宣誓运动。很明显，这是麦卡锡时期在海勒笔下的反映。布莱克要求每个人在做任何事情之前都要进行忠诚

---

① 见欧尼·派尔：《大战随军记》。
② 《马克思恩格斯选集》，第1卷，第599页。

宣誓，不论吃饭、买东西、领东西全得来一套，于是整个中队便忙于签名、宣誓、唱《星条旗》。发誓赌咒本来是最认真不过的事了，可是这个所谓忠诚运动的特点恰恰就是虚情假意。发起人布莱克自己说："重要的事就是，要不断让他们宣誓，至于他们是否真心实意，那倒没有关系。"①他不过是拉大旗作虎皮，借此整整梅杰少校。其余人则迫于淫威，不得不装模作样地扮演小丑的角色：

>   在食品柜台的那一头，来得早的那些人一手托着一盘菜，正在向国旗宣誓，以便可以获准坐下吃饭。还有一批来得更早的人，已经围着餐桌坐了下来，这时正在唱《星条旗》，为的是唱完后好用桌上的盐、胡椒粉和番茄酱。②

正是这些自命最最忠诚的人，为了争名夺利可以把国旗国歌的威严糟蹋到不如胡椒粉的地位。黑色幽默小说根本不追求逼真，可是这种夸张却完全符合艺术的真实，揭示了事物发展的内在规律，奇迹般地向人们预言了生活的真实。在如此庄重的名义下，把人愚弄和丑化到这般地步，叫人怎么还能认真对待呢？海勒冷嘲热讽，写得一派嗷嘈喧闹，最后科弗利少校一声怒吼："给我吃的！"闹剧便戛然而止，事情的结束原来如此简单。

迈洛中尉堪称资本主义社会真正的英雄。他看准时机，自告奋勇当了食堂管理员，然后以改善伙食为诱饵，掌握了一个飞行队，穿梭于世界各地，大搞投机买卖。他建立了一个出色的联营公司，一个国际卡特尔。在资本主义社会里，一切都被物化，只有资本才具有人格，迈洛就是人格化了的资本。"总得有个市场"——这是他的愿望；"赚钱是不犯法的"——就是他的原则。因此，只要是赚钱的买卖，他都毫不犹豫地去干。在他看来，这是无可非议的，是最公正、最诚实不过的事情了。无怪乎他的脸上总是带着极为单纯忠厚的表情，并且常常由于高尚的冲动而义愤填膺。他套购了全埃及的棉花，苦于脱不了手，便来请教尤索林。尤索林劝他行贿：

---

① 《第二十二条军规》，第112页。
② 同上书，第114,115页。

"行贿!"迈洛大发雷霆,险些儿又失却平衡,跌折自己的脖子。"你这么说真可耻!"他声色俱厉地说,好像从起伏的鼻孔和拘谨的嘴唇中喷出来似的,气得连干枯的口髭也抖动了。"行贿是违法的,这你该知道。可是做买卖赚钱是合法的,对吧?因此,为了赚点正当的利润去行贿,不能算违法,对吗?不,当然不算违法!"①

迈洛妙不可言的逻辑正与第二十二条军规的逻辑一脉相承,因此在这条军规统治的世界里,迈洛能通行无阻,左右逢源,大有作为。他每干一件有损于国家的事,便抛出一张标签,上面写着"凡有利于迈－明联合公司的就有利于国家"②。即使与德军签订合同轰炸了自己的基地,他也能拿出巨额赔款来说明国家并不吃亏。迈洛可以和德国联合,却绝不与苏联做生意,因为他敏感到这是与他的基本原则相违背的。联营企业中的德国飞机被美军扣押时,迈洛暴跳如雷地斥责道:"这里是俄国吗?……请问从哪一天起美国政府的政策是要没收公民的私有财产的!真可耻!"③转眼间,飞机上的卐字徽便换上了"迈－明水果土产联合公司"的字样。这暗示了哪怕在二次大战中,财产私有和利润的原则在西方世界仍然高出于反法西斯的事业。

迈洛所代表的是超越道德正义、没有良心的贸易自由。对每一个做生意赚钱的机会,他会像机器人一样反应灵敏。他以不可遏制的冲动与活力去开拓世界市场,利用商品的低廉价格,"把一切民族甚至最野蛮的民族都卷到文明中来了"④。他征服了东方与西方,成为巴勒莫市长,马耳他副总督,少校爵士,奥兰王储,巴格达的哈里发,大马士革的教长,阿拉伯的酋长,乃至非洲丛林中的神灵,所到之处无不受到凯旋式的欢迎。一句话,迈洛所代表的资本就是所有这些社会的崇拜偶像。世界进入资本主义时代后,只有金钱是真正的主宰,连卡思卡特也不得不投靠迈洛。迈洛呢,也正需要一个形式主义、漏洞百出的官僚机构来为

---

① 《第二十二条军规》,第 260 页。
② 同上书,第 426 页。据说这是套用一位美国总统关于汽车公司的话。
③ 同上书,第 248 页。
④ 《马克思恩格斯选集》,第 1 卷,第 255 页。

他服务,于是他们完成了资本与权力的结合。

海勒也描绘了一个官场中的畸零人——梅杰少校,他的特点是以平淡无奇给人留下深刻印象。梅杰一出娘胎便不吉利,命运以种种荒唐的原因跟他过不去,使他在坎坷中养成一副驯服的性格。他平生唯一的愿望就是希望别人拿他当自己人看待,可是偏偏被提拔为中队长,受尽下属的孤立和欺侮。他只好把自己关在办公室里,在文牍中虚度时光。他是一个对官场一窍不通却误入其中的可怜虫,是官僚机器把他变成了一个与世隔绝的隐居者。梅杰的遭遇说明官僚机器其实并不完全掌握在官僚的手中,而是一种非个人所能左右的社会构成。

尤索林是个无足轻重的小人物,——当代小说中惯见的主人公——但是他有足够的智力进行独立思考。亲眼目睹的一切使他感到怀疑、懊丧、愤懑。对这个疯狂的世界他一直在进行道义上的评判。不朽城罗马在战争中成了一片废墟,在暴力、罪恶和死亡的阴影下呻吟。被饥寒逼进妓院的姑娘们又被赶得不知去向。尤索林在那些昏暗阴沉的街道上穿行时,"联想到世界上所有令人震惊的苦难。在这个世界上,除了擅长钻营奔竞、无所顾忌的一小撮外,大多数人都还得不到温饱和正义。"① 海勒的视线越过满目疮痍的罗马城,俯瞰着全人类。在这颇有启示录意味的"不朽城"一章中,全书那种嬉闹戏谑的气氛一扫而空,只留下深沉的悲恸与愤恨。不朽城的惨状是世界的缩影,战争的恶果也是人类内心黑暗的陈列。然而,形形色色的卡思卡特们却还在趁火打劫,加重人民的苦难。正是他们,把反法西斯的战场变成了升官发财的交易所,以战士的流血牺牲换取自己的功成名就。他们的所作所为足以把一切高尚的理想变得可笑而无意义。众所周知,在正义的事业中,不是经常有人摆出一付替天行道的架式,利用人们的天真,暗中干着不可告人的勾当吗?上级的贪污腐化起着敌人所起不到的腐蚀斗志、挫伤士气、瓦解人心的恶劣作用,致使"多少诚实的人变成了骗子,勇敢的人变成了懦夫,赤胆忠心的人变成了叛徒?"②

尤索林畏缩了,他觉得死就是为卡思卡特去死。他从来不掩饰自己的贪生怕死,似乎隐隐感到其中包含着某种正义。尤索林发现自己丧失

---

① 《第二十二条军规》,第 403 页。
② 同上书。

了爱国心,因为他看不到正义的力量:"我看不见上帝,看不见圣人,也看不见天使。我只看见人们利用每一种正当的冲动,每一出人类的悲剧,拼命捞钱。"① 他再也不相信什么善有善报、恶有恶报的原则了,对理想他满腹疑虑。他痛苦地感到:"在我和我的所有理想之间,我总碰上一些谢司科普夫、佩克姆、科恩和卡思卡特之流的人物。而这种人又多少改变了我的理想。"② 要越过这批人继续为理想奋斗需要什么样的高度责任感啊! 尤索林自然是不具备的。他也做不到像丹比少校那样采取驼鸟政策,忠守职责。他只是认定一点:"谁让你去送死,谁就是敌人。"③

海勒曾经说过:"对尤索林的威胁来自外部,确实有人要搞他,不再是那些德国人,而是他自己这边的卡思卡特们,德里德尔们和佩克姆们。"④ 他们不仅能在肉体上消灭他,也能在精神上胁迫他。卡思卡特给他三种选择:要么入伙跟他们一起掠夺人民,要么去为他们送死,要么送他上军事法庭。尤索林进退维谷,但无论如何他是决不愿再卷入这场"卑鄙龌龊的战争"⑤ 中去了。此时,牧师兴奋地传来奥尔逃跑成功的消息,使尤索林大受鼓舞。奥尔一直装傻,有意识地为逃跑作准备,海勒称他是全书中最聪明的人。尤索林把他的成功赞为"人类坚韧不拔的意志创造的奇迹"⑥。他决心效法奥尔,逃往瑞典,离开这充满敌意的世界。

每个时代都塑造自己的英雄。19 世纪的俄国贵族社会孕育了毕巧林这样高度智慧而百无聊赖的"当代英雄",20 世纪的西方荒原社会则产生了尤索林这样意识丰富而贪生怕死的小人物。历史的发展已经使资产阶级无法提供产生英雄所必需的信仰、理想和道德力量,再也激发不起神圣的牺牲精神。尤索林是时代造就的人物,他有智力却没有目标,有为理想奋斗的愿望,却没有活动的舞台。他的贪生怕死乃至临阵逃脱,是整个环境的合理产物。无政府主义历来是对官僚主义的惩罚,尤索林无力抗拒整个社会,他只能消极抵抗,"用开小差来难难卡思卡

---

① 《第二十二条军规》,第 435 页。
② 同上书,第 435 页。
③ 同上书,第 122 页。
④ 杰克·施内德勒:《海勒谈自己》。
⑤ 《第二十二条军规》,第 67 页。
⑥ 同上书,第 439,441 页。

特们。"① 信仰的丧失、理想的落空正是尤索林这一代美国人的特色,资产阶级的英雄已经随着这一阶级的日趋衰败而走向消亡了。尤索林把逃跑视为勇敢、尽职,这种争取个人生存的行为带着明显的存在主义烙印。尤索林是传统意义上的反英雄。然而,一个贪生怕死的尤索林不是比一个勇敢的尤索林更忠实地反映了资产阶级的社会现实吗?因此对我们不是具有更多的认识价值吗?

五

在当代美国这样一个盛产小说的国家里,能像《第二十二条军规》那样产生广泛影响的作品还是不多的。尽管其中夹杂着一些在我们看来是毫无必要的色情描写,这本书仍然作为严肃文学而长期跻于最热门的畅销书之列,十余年内仅国内销售量便达八百万册之多。"大学生哪怕别的书一本不读,也无一例外看过海勒的这本书。"② 在整个动乱的 60 年代,这本小说渗进了美国的社会生活和文化生活。很多人在《第二十二条军规》中发现了美国插手越南的困境,反战的尤索林成了一代青年在小说中找到的法宝和仿效的对象。他们逃避服兵役,焚毁征兵卡,有的索性逃往加拿大。"第二十二条军规"的比喻差不多出现在所有美国描写越战的小说中。这个词越过战争背景,进入美国语言,显示出小说具有随历史发展的生命力。

海勒的神话在美国如此受欢迎,可见它传达的信息与大部分人的内心体验是吻合的。神话是一种集体潜意识的反映,表达某一部分人所共有的经验或者超验的感受。这个当代神话充分表明了二次大战后在美国泛滥成灾的幻灭感和恐惧感。它的功劳就在于为这种模糊不清的感觉找到了"第二十二条军规"这样一个贴切的形象。

当人类的理智不能解决宇宙之谜时,便常常求助于神。人类在儿童时期由于对世界,特别是对自然界无法解释,便臆想出万能的神祇来解决一切难题,创造了天真而优美的神话。在今日科学技术高度发展的美国,居然也出现了这种把外力神秘化的现象,并且被广泛接受,这又是什么道理呢?

---

① 《第二十二条军规》,第 439,441 页。
② 约翰·麦克考密克语,见《当代小说家》,英文版第 624 页。

看来,在大自然不可制服的神话破灭后,取而代之的是人类社会不可思议的神话,两者都暴露了人对现实的无力把握。但是除了这一点外,海勒的神话与古代神话的性质是完全不同的。古代人对神的存在深信不疑,可是有谁会相信第二十二条军规的存在呢?这个神话不是对神的膜拜,而是对人的嘲讽,它不是理性不足的产物,而是对理性专制的反讥。启蒙时代以来,西方在理论上一直鼓吹建立理性和永恒正义的王国。可是在理性的名义下,社会却充塞着诸如世界大战之类非理性的现实。在高度官僚化的当代,人们对周围世界和自身命运越来越感到无从捉摸,于是产生这种受愚弄受摆布和神力不可抗拒的异化感。社会危机以及由此而来的精神危机——这就是海勒神话的来源。

一部分认真思索的美国人对当代生活感到捉摸不透的愤怒,以至愤世嫉俗,满怀反社会的挑衅心理。他们目光锐利,却无力改变,甚至不相信能改变已经成型的社会现实。这种对世事的洞悉加上对自己无能的洞悉,使他们感到双倍受刺激。因此,在无可奈何之余,他们采取一种局外人的嘲解态度,既嘲弄别人又挖苦自己。黑色幽默可以说是对荒诞的现实进行认真思考后产生的扭曲的笑。尤索林就是海勒塑造的这样一个典型人物:他虽然生活在混乱和麻木的环境中,却仍然在神经质地进行一系列的探索:战争的意义,反抗的形式,奋斗的目标,人类的价值等等。

神秘是无知的产物,可是我们当然不能说当代神秘倾向是当代人智慧衰退的表现。人类的认识史从来就是唯心主义与唯物主义的交错和交战。当人们在现实面前无能为力的时候,唯心主义便容易抬头。黑色幽默派作家看到了事物中存在的不符合理性的那一面,不再满足于对世界简单化的解释,这应该说是对世界认识的复杂化,多面化,代表了更深一层的困惑。例如海勒在作品中对语言、逻辑表示不信任,把关于善恶的奖惩原则彻底撇开,这里面便包含了对社会虚假和不公正的抗议。

可是,理性毕竟是人区别于其他动物的主要标志,人类的发展正是"人类对个人的非理性的一贯有把握的胜利"[①]。否定理性,也就等于否定人,有关人类的一切活动也就失去了评判的标准。黑色幽默派作家无

[①] 《马克思恩格斯全集》,第 1 卷,第 650 页。

限夸大非理性,把世界的本质视为荒诞,这就只能走向绝境。看妓院的坏老头对奈特雷发表了一番关于战争、国家、个人的谬论。在他看来,国家迟早会灭亡,胜负并没有什么差别,谁来就拥护谁,只要活命就行。这种观点是彻头彻尾的相对主义,是无原则非理性的极端。奈特雷听了气得昏头昏脑,却无力驳倒他。海勒的世界始终未能超越第二十二条军规统治的非理性世界,这也就是他悲观的根源。虽然他试图给尤索林寻条出路,找点生存的意义,但可惜连他自己对此也没有充分的信心。人们不禁要问:既然第二十二条军规带有形而上的普遍意义,那么尤索林逃到瑞典去又有什么用呢?

恩格斯在论述"神就是人"的时候说:"不应当到虚幻的彼岸,到时间空间以外,到似乎置身于世界的深处或与世界对立的什么'神'那里去找真理,而应当到近在咫尺的人的胸膛里去找真理。"[1] 只有理性的人,才是"围绕自身旋转"的自觉的人,才能对人类历史充满信心。

约翰·巴思——另一位著名的黑色幽默作家——已经看到了他们这种认识上的片面性。他在《后现代派小说》一文中说:"如果说举着浪漫主义火炬的现代派曾教导我们直线性、理性、意识、因果、天真的物质世界幻觉说、晓畅的语言、无邪的轶事以及中产阶级的道德观并非事物的全部,那么我们从这个世纪的后几十年看,我们可能会赞同:这些事物的反面也并非事物的全部。分裂、同时性、反理性、反物质世界幻觉说、自我反省、媒介即主题、政治奥林匹克主义,以及一种接近于道德熵的道德多元论——这些也并非事物的全部。"[2]

这段话使我们感到庆幸:人类终究是会回到理性上来的。

选自《外国文学研究集列》,第 7 辑
北京:中国社会科学出版社,1983 年

---

[1] 《马克思恩格斯全集》,第 1 卷,第 651 页。
[2] 《外国文学报道》,1980 年第 3 期,第 3,4 页。

索尔·贝娄

试论索尔·贝娄的创作(节选)

刘象愚

提笔论贝娄,不禁想到他的赫佐格和赛姆勒:一个在无限的痛苦中反复沉吟、咀嚼着痛苦的滋味;一个在深深的绝望中认真探索着人类的未来。他们究竟为什么痛苦和绝望?他们又何以如此关心人类的命运?在我默想中,他们那痛苦绝望的面孔渐渐化成了贝娄的形象:一张饱经沧桑和忧患的脸,生动而富有表现力;一双能看穿生活的眼睛,幽默而深邃。他有巨大的悲哀,但哀而不谤;他有深沉的怨恨,但怨而不怒……

50年代初,贝娄以《奥吉·马琪历险记》的发表在当代美国文坛崭露头角,随着《赫佐格》、《赛姆勒先生的行星》的问世声誉日隆,1976年获得诺贝尔文学奖金便立即蜚声世界。自然,在对他的一片赞扬声中不可避免地夹杂着从不同角度提出的批评,而有些批评也不见得没有道理,但多数评论家却倾向于承认他在当代美国作家中领袖群伦的地位,这一点是颇有意义的。① 当然,一个作家在文学史上究竟能否占有一个举足轻重的位置,决非当时一时的评论可以盖棺论定,而是要由后人和历史作出裁决。但是批评界的意见却也不可忽视。对于一个作家的批评恐怕大多数评论家还是严肃的、公允的。言不及义、人云亦云的浅薄之徒毕竟还是少数。我认为批评界对于贝娄比较一致的肯定与推崇是恰当的。批评家们对于他的看法自有其道理。换句话说,他的创作必有其独到之处。探讨贝娄的创作思想和特色以及他的作品在思想上、艺术上所达到的深度与广度是本文的主要目的。

那么,贝娄的特色究竟是什么呢?我想大体可以做如下的归纳:贝

---

① 参见厄尔·罗维特所编《索尔·贝娄》一书的序言。罗维特谈到了对于贝娄的不同意见,但本人却将贝娄与当代美国著名诗人罗伯特·洛威尔并列,称他们少数人是美国文学界的后起之秀,继承了20年代海明威等大师的传统,使美国文学获得了世界意义。此外,马克·谢希纳、伊哈布·哈桑等人也把贝娄置于很高的位置上。

娄既受到传统的现实主义文学的影响,又受到各种现代派文学的影响,在哲学思想上他既受到了人道主义的滋养和熏陶,又受到了存在主义的冲击和影响。现实主义与现代主义的交互影响贯穿在他的全部创作中。在他的身上既有传统文学的影子,又有新的流派的特征。新旧结合,相辅相成。因此我们很难把他列入现实主义的文学队伍中,也无法把他归入现代哪个具体的流派。从总体来看,他身上的新东西似乎更多些,他离现代派作家似乎更近些。在德莱塞与卡夫卡之间,似乎可以说他更接近卡夫卡,而不是德莱塞。①

贝娄的父母是俄国犹太移民,他出生在加拿大的魁北克,不久便移居芝加哥。犹太文化、俄国文化、法国文化以及英美文化都对他发生过影响。他在大学时期攻读过人类学、社会学,并曾在若干大学执教。他是那种兼有学者气质的作家,具有渊博的知识和富于思辨的头脑,对现代西方社会能够做敏锐的观察和深刻的思考。这就使他的作品获得了一定的深度和复杂性。

贝娄的作品具有多层次的含义。他不仅强调现代人的痛苦,着力写他们空虚、惶惑、崩溃的精神状态,反映了当代西方世界普遍存在的精神危机,还为我们展现了一个各种关系颠倒错乱的异化世界,他的作品既充满了对于理想境界的向往与追求,又在现实与理想不可克服的矛盾面前流露出悲观、绝望的情绪;既有对形而上的现实的沉思与观照,又有在存在主义立场上的选择和无可奈何地接受现状的情形。这种多层次的复杂含义是现实主义和现代主义这两种不同的创作思想和方法交互影响的结果,也在一定程度上反映了作者本人的矛盾。因此,我们应力避简单化之嫌,从不同角度、不同层次去理解和把握贝娄,只有这样,才能抓住他创作的实质,更深刻地理解他作品的意义。

存在 — 选择 — 绝望

存在主义哲学思潮对当今西方文学影响甚大。当代美国文学中从存在主义的观点出发无休止地探讨自我的作品就不在少数。存在主义的思想影响也明显地表现在贝娄的创作中。因此,贝娄的悲观既来自现

---

① 贝娄对德莱塞评价较高。有人说他受了德莱塞的影响。参见戈登·罗伊德·哈泼:《索尔·贝娄》。

实与理想之间矛盾的不可调和性,也来自存在主义哲学中的悲观思想。

存在主义大体可以分作为两派:以克尔恺郭尔和雅斯贝斯为代表的有神论存在主义和以萨特为代表的无神论存在主义。有神论存在主义认为只有拥抱上帝、拥抱死亡,才能克服恐惧和绝望,实现自我,因而带有神秘主义和浓重的悲观绝望色彩;无神论存在主义强调自由选择,强调主动行动,强调选择所承担的责任,因此具有一定的积极性。但是从总体看,存在主义的整个倾向似乎还是消极的成分多一些。存在主义的这两个流派都对贝娄有影响。

贝娄作品中存在主义的影响大致可用存在——选择——绝望这样一个三位一体的公式来表达。

人的存在究竟是怎么回事?人的本质究竟是什么?贝娄的含义是不明确的、含混的、复杂的。正如前面谈到的,贝娄一方面从人道主义出发,认为人有向善的愿望,人有崇高的追求,奥吉关于"生命轴线"(也即理性、仁爱、和谐等观念)的遐想正是贝娄人道主义思想的核心,也是贝娄对于人的存在从人道主义立场上的一个解释;但是从存在主义立场出发,贝娄对人的存在和本质就说不清了。战后的当代文学普遍接受了"世界是荒诞的,无意义的,人的存在也是荒诞的、无意义的"这一存在主义的观点。作家或一味沉湎于对古老文明的景仰和怀恋,发着物是人非、沧海桑田式的哀叹,或以一种极端虚无、激进的态度来对待自我,表现了一种极端绝望的疯狂和狂暴。贝娄对这两种态度都是不赞成的。同代作家威廉·巴勒斯在《赤裸的午餐》中以自己几十年的吸毒经历,写出了人和世界的荒诞和病态;垮掉派以极端虚无的态度,把吸毒、狂饮、裸体等,作为一种反叛正统的特殊方式。贝娄向巴勒斯和金斯堡提出的问题是:"裸体之后,又是什么呢?荒诞之后,又是什么呢?"① 在同一篇文章中贝娄又说:"我们那样彻底地打碎了陈旧的'自我'观念;我们再也不能这么继续干了。既然旧的错误观念已经被打倒,也许我们内在的某种力量会告诉我们,我们究竟是什么。不可否认,人已经不是一个世

---

① 索尔·贝娄:《读美国近来小说札记》,见马尔科姆·布莱德伯里编:《今日小说》,第62页,芳达那·科林斯出版社,1977年。

纪前的样子了。但无论如何问题是存在的。人是某种存在,他是什么?"①贝娄认为现代派作家对这一问题回答得不好。然而,他自己回答得好吗?检查他的全部作品,我们发现,他的回答也不好,其中有相当一部分是存在主义的。

存在主义认为"存在先于本质"。这一观点的实质是什么呢?萨特解释说:"首先有人;人碰上自己,在世界上涌现出来——然后才给自己下定义。如果人在存在主义者眼中是不能下定义的,那是因为在一开头人是什么都说不上的。他所以说得上是往后的事,那时候他就会是他认为的那种人了。所以人性是没有的。因为没有一个上帝提供一个人的概念。人就是人。这不仅仅说他是自己认为的那样,而且也是他愿意成为的那样——是他(从无到有)从不存在到存在之后愿意成为的那样。"② 这段话就是存在先于本质的基本含义。它的核心就是人最初既是一种存在,又是一种"说不上是什么"的存在,这个存在是第一位的,而人的本质是"以后的事",是第二位的。进一层说,人的本质是不确定的,因为人是在不断的变化(Becoming)之中,是一个从无到有、不断地把自己推向未来的存在。"人的本质的确定永远不是一个答案,而是一个根本性的问题。"③ 海德格尔认为人的本质是不可知的,只有在永不间断的"提问"(Questioning)中理解它。贝娄无疑接受了这一存在主义观点。贝娄认为语言具有相当的力量,而真理就存在于不断地"提问"中。因此,他的创作就是"用语言来探索现实"④,探索人的本质,追求真理。在贝娄作品里,人是一个不确定的存在,"每个人都晃来晃去"⑤。赫佐格、赛姆勒都是那种对人生和自我不断"提问"的人,而约瑟夫、奥吉、韦尔海姆、汉德森则是那种"晃来晃去的人"、"不断变化的人"(Becomer)。这种认为人的本质不可认识的唯心主义观点必然走向神秘主义。贝娄在谈到象征主义、现实主义或感伤文学正在走下坡路时

---

① 索尔·贝娄:《读美国近来小说札记》,见马尔科姆·布莱德伯里编:《今日小说》,第69页,芳达那·科林斯出版社,1977年版。
② 萨特:《存在主义是一种人道主义》,《外国文艺》,1980年,第5期,第121页。
③ 马丁·海德格尔:《形而上学·序言》,转引自悉德尼·芬克尔斯坦:《存在主义和美国文学中的异化》,第89页,国际出版社,1965年版。
④ 《赫佐格》,第332页。
⑤ 《晃来晃去的人》,第13页

说"人类的神秘在增加"①。他作品中的神秘因素正是这种观点的反映。汉德森要学的"狮子精神"、西特林崇尚的"灵魂不死"、约瑟夫与"选择的精灵"的谈话……这种神秘的色彩,追本溯源,仍来自存在主义。

存在主义还认为,存在不是固定不变的、静止的。人的本质是通过选择来实现的。因为现实世界充满了各种"可能性",因此,人可以按照自己的意愿进行"自由选择",而选择就是行动。人在选择的过程中不断发生变化,成为他想成为的那种东西。奥吉和汉德森就是这样的"行动主义者"(Activist),也是那种"变化的人"(Becomer)②。奥吉的选择(或曰行动)表现在他对任何外力采取抵制的态度。他的行动就是不断地逃避、躲闪。他是那种有着强烈自我意识的人。他的自我意识表现在他的精神追求上,也就是要保持自我的绝对自由,并且期望实现一种理想的境界。但是现实却总是阻扰他实现理想的自我,最后的结局是他经过"变化"之后仍旧成了自己并不愿意成为的那种"稳定的人"(Be-er)③,这一点是不无讽刺意味的。

贝娄人物的选择总是违反自己的初衷,选来选去,既不能保持个人的自由,又无法实现理想。这种事与愿违的情形在贝娄作品里俯拾皆是。这种选择其所以没有结果,原因主要是:存在主义既认为人的本质是无法认识的,那么选择就只能是一个永无止境的过程,选择者既希望看到选择的中止,但又害怕选择的中止,因为每次选择的结果都不是自己所要选择的。因此,这种选择(对于贝娄的人物来说,包含着追求人道主义的理想)表现了一种超验的性质,一种形而上的性质;从现实的角度看,资本主义的全面异化使社会在各个方面呈现畸形和变态,自我异化则是整个社会异化的必然结果;再说,贝娄式的躲闪表现为一种与社会、历史切断了联系的选择,因此,只能引出悲观的结果。奥吉、约瑟夫等的选择都属于这个类型。事实上,现实所能提供的选择极为有限。奥尔比就看清了这一点。"我们没有多少可选择的,我们不能选择生。除非

---

① 索尔·贝娄:《读美国近来小说札记》,见《今日小说》,第69页。
② 汉德森曾与达夫国论及两种人,即"稳定的人"(Be-er)与"变化的人"(Becomer),并表明自己属于后者。见《雨王汉德森》,第150页。
③ 汉德森曾与达夫国王论及两种人,即"稳定的人"(Be-er)与"变化的人"(Becomer),并表明自己属于后者。见《雨王汉德森》,第150页。

自杀,我们也不能选择死。"① 可见所谓"选择",在资本主义的现实中并没有多少实际内容。贝娄深知客观现实的限制,在一次访问谈话中,他说:"我常常表现那些期望获得良好品质但总好像无法取得有意义的结果的人。为此我责备自己。但我发现这是一种局限。"② 这"局限"就是来自社会现实的制约因素。因此,贝娄人物的选择总是一种"晃来晃去"的选择。他们没有稳定的立足点,晃动在理想和现实之间,晃动在"可能性"之间。他们的每一步选择都包含着痛苦,包含着错误。"如果行动(选择)你就会迷失,如果静止,你就会腐烂。"③ 这是一种进退两难的处境。贝娄的人物总是从"选择"开始,经过不断的"迷失",再以停止选择,成为不符合本人意愿的、不断"变质"、"腐烂"④ 的"稳定的人"而告终。他们在选择的过程中时刻感受到痛苦的折磨,而选择的结果又不能不使他们感到绝望。贝娄对于自己的人物选择的这一哲理性概括,也是对那个异化社会中存在主义选择的概括。

存在主义的绝望表现为对死亡的意识和恐惧感。在克尔恺郭尔看来,不论人怎样生活,他必然要死亡,那么意识到死亡,就会产生恐惧感。海德格尔说:"存在越是认真地下决心,越是毫不暧昧地出自内心的抉择坚决去就死,那么它的存在的选择就越是鲜明而非偶然。只有死才排除任何偶然的和暂时的选择,只有自由地去死才能赋予存在以至上目标。"⑤ 存在主义不仅渲染对死亡的恐惧,而且把"死"作为实现人的最高本质的唯一途径。萨特和加缪都曾一度把"自杀"作为解决问题的唯一出路。贝娄作品也有这种对死亡的意识和恐惧感。汉德森指出成年人所以害怕世界,就在于成年人清楚地意识到死亡的威胁。他与狮子朝夕为伍正是要"以爱来克服对死亡的恐惧"。赫佐格的朋友动物学家阿斯法尔特则提出以"面对死亡"(即"假定你已死了")来克服精神灾难。贝娄的人物不少经历了二次大战的灾难。赛姆勒清楚地记得在法西斯匪徒的逼迫下,被剥得赤身裸体,自己为自己掘墓随后侥幸逃脱,从死

---

① 《受害者》,第 193—194 页。
② 罗维特编:《索尔·贝娄》,第 15 页。
③ 《奥吉·马琪的历险》,第 485 页。
④ 约瑟夫说:"我正在变质,郁结的痛苦和怨恨像酸一样腐蚀掉我慷慨、善良的天性。"见《晃来晃去的人》,第 10 页。
⑤ 转引自邢贲思:《欧洲哲学上的人道主义》,第 224 页,上海人民出版社,1979 年版

尸堆中爬出的情景;布加勒斯特或康斯坦萨大屠杀时,人被用钩子挂在屠宰场里杀死的恐怖景象悄然进入了约瑟夫的梦乡。对于现实中死亡梦魇般的记忆和只有死亡才能圆满地找到人的自我本质的存在主义观念纠结在一起,给人的精神带来了无名的压力和恐惧。约瑟夫引证了歌德的话:"生存下去意味着期望,死勾销了一切选择。"① 在赛姆勒的眼中,人类已经"在恐怖中失了理性"②。他召唤人类清醒过来,看到地球既是"生育人类的母亲",又是"埋葬人类的坟墓"。③因此,人类只有到其他星球去寻找自己的前途,此外没有别的"选择"。贝娄在绝望中表现出冷静,在冷静中又流露出绝望。这种绝望既是对现实世界的绝望,又是一种形而上的绝望。

存在主义对贝娄的影响仅仅是一个方面。贝娄思想中的主流仍然是人道主义。正是这两种思想的交错影响形成了贝娄笔下的两个世界、两种人及其两种追求:一个是充满矛盾、充满邪恶、充满危机的异化世界,这是资本主义的现实世界;另一个是包含着人道主义理想和存在主义神秘的精神世界,这是一个存在于贝娄理智中的、处在现实之上的超验世界。生活在这一世界上的,一个是在现实和具体的理想矛盾面前感受着苦难、流露了绝望,但又仍在不断追求的人,这是一个现实的人,另一个是在现实与形而上的追求不可调和的情形下,经受着形而上的痛苦,表现了绝望,最后放弃选择的人,这是一个超验的人。当然,这两个世界、两种人很难截然分开,它构成一个界限不清、互相补充、互相矛盾又互相转化的混合体。

现实主义与现代派相结合的创作方法

贝娄对自己早期的两部作品(《晃来晃去的人》、《受害者》)并不满意,因为他认为那两部作品没有形成属于他自己的风格。贝娄初登文坛,像一位乍上舞台的演员,在众目睽睽之下,觉得处处都有无形的外力,为了今后能够在艺术上站稳脚跟,他不得不瞻前顾后,左思右想,因

---

① 《晃来晃去的人》,第122页。
② 《赛姆勒先生的行星》,第167页。
③ 同上书。

而过多地受到了创作中流行的程式和俗套的影响①。从这一点看,这两部小说尽管已引起了大家的注意,总的来说,不能算成功。

如果说贝娄有一定特色的话,那是在《奥吉·马琪历险记》发表之后逐渐形成的。但成熟的贝娄式作品恐怕还是要从《赫佐格》算起。贝娄的创作特色是把现实主义手法和某些现代派的手法有机地结合起来。他既不轻视传统,又不拒绝接受新的有益的尝试,他把写作的重点放在对现代人内心世界的开掘上。

贝娄把人物心理描写和一定的情节、事件紧密联系起来。他重视从不同的角度探索人物的心理,无论是采取第一人称(《奥吉·马琪》、《汉德森》)或第三人称(《赛姆勒》),他都尽力要把人物丰富复杂的内心世界再现出来。特别是在《赫佐格》中,贝娄创造了一种别致的艺术形式,即一种与众不同的书信体。赫佐格的"信"是并不准备投寄、在心灵深处写出来的,它忽而开始、忽而打住、忽而给生人,忽而给死者,几乎都是不完整的零篇碎简。这就为赫佐格舒畅地抒发自己的积郁和见解找到了一种理想的形式,同时也恰当地表现了一个深受精神折磨的知识分子紊乱的心理状态。此外,贝娄在小说中把第一和第三人称混用,更加深了这种心理开掘的深度。贝娄的心理描写并不是那种纯心理描写,他比较注意情节和事件的重要性。人物的情绪、感受以及更深的意识和人物的观察、行动以及具体事件结合起来,但贝娄不是在行动和事件的进行中穿插人物的心理描写,而是把一些情节和事件穿插在对人物的心理刻画中。也就是采用意识流和传统相结合的手法。既不是无视情节和事件的纯意识的表述,也不是传统的情节和事件的精心剪裁和构筑。《赛姆勒》和《赫佐格》就采用了这一方法。人物的心理思考由于有一定的情节作为依据而显得更真实,更深刻。如《赫佐格》法庭审判室一节可说是"戏中戏"(当然它与传统作品中的"戏中戏"是有区别的)。赫佐格目睹了几个案子的审判,对于社会的观察所引起的联想与他对个人痛苦的思索结合在一起,这样就产生了更大的感染力。一个被控用玩具手枪进行抢劫的男孩在审判过程中幽默而又严肃的回答,以及他那滑稽而又纯朴的态度使赫佐格认定这个孩子比那些法官老爷更高尚。他从个人的痛苦推想到社会的堕落,从而得出"人人皆妓女"的结论。这

---

① 贝娄自己承认《受害者》主要是受福楼拜的影响。

样的心理过程与判断因为有了几个具体事件(案情)的衬托而显得更有说服力。

由于采用了意识流手法,作品中时间的次序、空间的界限打破了。人物的回忆、穿插、倒叙等造成了较大的心理跌宕和意识波澜,比那种一目了然的平铺直叙能够更好地展示人物不平静的内心世界。

贝娄是比较注意环境描写的。他曾说:"没有环境描写的文学叫做什么文学?"① 环境描写创造一种气氛,人物的行动与事件的展开只有在具体的环境中才有意义。贝娄熟悉都市生活,他的背景一般是芝加哥和纽约。一些评论家指出,他的芝加哥与狄更斯的伦敦、乔伊斯的都柏林相仿佛,是"一种典型的环境。他笔下的芝加哥和纽约代表了典型的美国式的文明。那里既有阔佬,又有赤贫,既有风度翩翩的高雅之士,又有庸俗下流的顽劣之徒。三教九流,无所不包,资本主义现代文明的各种奇闻轶事应有尽有。贝娄强调的是这些城市那种怪诞的面貌、阴沉的流动、灰暗、冷落的气氛。《赛姆勒》中有这样一段对纽约的描写:

> 这就是赛姆勒向东看到的景象,一个柔软的柏油肚子涨起,上面横着几条喷着汽的排污脐带。铺着碎石的人行道上放着一排排垃圾罐。棕色的石头。装有电梯的楼房的黄砖和他自己住宅的砖一样。顶上满是电视天线的矮小灌木丛,鞭子似的、斯文地震颤着的金属枝从空气中吸进了形象,把友情和联系带给公寓中闭塞的人们。向西望去,哈德逊河在赛姆勒和新泽西区庞大的斯普莱工业公司之间流过。这些公司通过介入它们的夜,向外闪闪发射着电的消息。斯普莱。可是那时他是个半盲人。②

这里贝娄完全是在用形象写环境的怪诞。东区的纽约肮脏破败,凄凉不堪,西区的纽约光怪陆离,灯光彻夜不息。它仿佛是一个上体衣金裹银、下体赤裸、溃烂的怪物。贝娄的笔法是现实主义的,但又带有象征的色彩。表明"大城市都是妓女"③,西方文明行将溃败的现实。

---

① 罗维特编:《索尔·贝娄》,第13页。
② 《赛姆勒先生的行星》,第12、151页。
③ 同上书。

贝娄的环境一方面是写实的，另一方面又带上了一种超验的色彩。它既是人物不断行动和追求的现实背景，同时又是一种高于现实的形而上的背景。它部分是主观、部分是客观，或者说是一种客观化了的主观，又是一种主观化了的客观。约瑟夫眼中的芝加哥的景象就是这种兼有两层意义上的环境描写：

> 太阳被遮没了，雪开始下了起来。它洒落在路上石子的黑色孔洞里，嵌进倾斜屋顶上的细缝里。从这三楼的高度上我可以看出去很远。不远的地方耸立着烟囱。烟囱里的烟比天空的灰暗颜色还要淡些；在我的眼前，有一排排贫穷的住宅、仓库、广告栏、排水沟……我把前额紧贴在玻璃上浏览着这一切。有一种痛苦的责任感促使我观察并向自己提出这个老问题：在什么地方，或者在以往任何时候何曾有过一丁点什么东西对人表示了垂怜和友爱？毫无疑问，这些又丑陋又黑暗的广告栏、街道、电车轨道、房舍和人的内心生活联系在一起。①

这里的景象不仅是客观环境，也在一定程度上是约瑟夫那种阴冷凄惨的内心情绪的投射，带有一种主观色彩。贝娄还善于写一种象征性的气氛，完全是形而上的环境：

> 当我进入宾夕法尼亚的伊利时，我感觉到一种黑暗。这是一种人人都能感到的黑暗。②

这里的"黑暗"并非是自然界的黑暗，它完全是一种形而上的内心反映，是一种纯主观的东西。它所渲染的完全是一种心理气氛。这个"黑暗"与《城堡》中"雪"的描写十分相似。《城堡》中的雪是一种永远存在、毫无变化、与季节无关的、漫无边际的阴冷的氛围，它的象征意味是极其强烈的。它暗示这个世界是一个沉寂、冷漠、毫无意义的存在，为卡夫卡的小人物寻找自我的努力提供了一个相宜的形而上的背景。贝娄

---

① 《晃来晃去的人》，第19—20页。
② 《奥吉·马琪的历险》，第175页。

的"黑暗"也同样为奥吉的追求提供了相宜的心理环境。

贝娄在后期作品中逐渐形成了一种喜剧风格。他曾经明确表示"如果作家必须在抱怨和喜剧之间作出选择的话,我宁肯选择后者。"① 他的喜剧风格包括了两个方面,一是滑稽,二是自我嘲讽。他的嘲讽是一种比较温和的嘲讽。

汉德森的整个历险过程都充满了幻想色彩,主人公的行动处处流露出滑稽;奥吉的乌托邦破产了,他清楚地意识到这种理想的虚幻性质,于是用满含自嘲的口吻说:"我要建立养育院和学校的梦并非痴迷的设想,它是一个愚蠢的、实现造福社会的念头,或者是夏天的蝴蝶,这种蝴蝶是无论如何不能在猪油里煎的。"② 这就是说,这种梦是实现不了的,它只能是一只供观赏的蝴蝶。徒有美丽的外表,并没有什么实际意义。这里奥吉无情地嘲笑了自己的愚蠢。

赫佐格是那种"吉姆佩尔式的傻瓜"③,他诚实、善良、书生气十足。他的行为又直率又滑稽。当他最后醒悟过来明白:"这些信把他搞垮了"④,因此便连一句话、一个字也不想说的时候,他那种自怜自嘲的情绪达到了顶点。贝娄的结尾都有这种嘲讽的味道。

怀有美好的人道主义理想无法实现,看出了当代美国社会病魔缠身、行将崩溃的症候而无法为它开出一张起死回生的良方,这是索尔·贝娄的痛苦所在,是他创作思想中矛盾的最终表现。评论家维多利亚·苏里汶对这一点看得很透彻:"贝娄的天才在于他能够准确地描述失败与痛苦。他能够找出受伤的部位,但却无法治愈它。"⑤

为什么面对着全面异化的当代美国社会,贝娄只能长吁短叹,束手无策呢?究其原因,主要有以下几方面:

从客观上讲,两次大战的惨无人道,大大打击了贝娄这一代知识分子的信念;战后一度甚嚣尘上的麦卡锡主义恐共、反共的宣传和对左翼人士以及广大知识分子的迫害,造成人人自危的白色恐怖局面;哲学上存在主义思潮对许多作家影响很大。在这样的背景下,许多过去信仰马

---

① 外维特编:《索尔·贝娄》,第 12 页
② 《奥吉·马琪的历险》,第 516 页。
③ 辛格的一个短篇。贝娄曾将其从意第绪文译为英文。
④ 《赫佐格》,第 340 页。
⑤ 罗维特编:《索尔·贝娄》,第 114 页。

克思主义的艺术家纷纷向右转;在思想上大都放弃了马克思主义而接受了存在主义。《晃来晃去的人》中的约瑟夫、《莫斯比的回忆》中的路斯特格腾早年都曾是激进的共产主义者,赛姆勒早年也接受过马克思主义的影响,但他们后来都放弃了自己的信仰。这些人物政治立场上的变化或多或少地闪现着贝娄本人的影子。

从主观上讲,贝娄是当代美国作家中思想最锐利、知识最渊博的一个。对于人类学与社会学的研读大大加深了他对社会的洞察力和分析力,培植了他对人类未来的信念。同时他又深受犹太民族以及欧美文学传统的影响。这就更进一步坚定了他人道主义的理想;另一方面,战后西方社会迅速畸变、文明倾颓、道德沉沦的局面使他更多地接受了存在主义的悲观情绪。这样就阻塞了他探索克服异化、建立富于人性的社会关系的正确道路,造成了他思想中矛盾痛苦的状态。

从根源上看,当代许多作家都来自社会的中层。"他们的生活十分阔绰。他们有钱、有地位、有特权和权力,他们送子女进私立学校。他们付得起精心护理牙齿、乘喷气机到欧洲度假的费用。他们拥有股票、债券、房产甚至游艇。"[1] 中产阶级的特殊地位决定了当代美国作家的两面性。贝娄在一篇文章[2]中就曾谈到过中产阶级对自己的作家进行的这种两面性教育。它既教育作家接受所有时代的激进思想,又教育他们忍让和屈从;教育他们既做文化官僚,又做极端自由的波希米亚人;教育他们既遵纪守法,又做无政府主义者;教育他们既自私自利,又要善良、宽容。从这种固有的阶级性出发,他们对资本主义既爱又恨,他们的态度既激进又保守,他们既欣赏资本主义的物质文明,又嫌弃资产阶级的精神颓废。贝娄既然看到了中产阶级的思想对当代作家的影响,以他的智力和敏感,也一定会意识到自己也不无遗憾地属于这个队伍的一员。正是这种两重性使他既坚持人道主义的理想和信念,同时又对共产主义抱有某种程度的偏见和敌视。正是这种两重性使他看到了社会的危机和弊端,但又无法救治。洪堡和西特林正是具有这样两重性的当代作家的代表形象,他们从不同角度表现了贝娄本人的痛苦与危机。

贝娄的矛盾也是社会危机的一种表现。如果说贝娄的创作表现了

---

[1] 索尔·贝娄:《1966年笔会上的谈话》,转引自罗维特编《索尔·贝娄》,第82页。
[2] 索尔·贝娄:《读近来美国小说札记》。

某种程度的局限性的话,那么这种局限性是社会的局限,时代的局限。正是资本主义的现实使贝娄找不到一个合理的思考角度,因此他陷入了苦闷与彷徨之中,但他毕竟不是那种甘愿接受这种巨大的痛苦、在痛苦中消沉的人。他感受着这种痛苦,从不同的角度,从不同的含义和层次上去思考这种痛苦,因而他的作品对资本主义世界的异化和现代人精神危机的描写就揭示了"更多的政治与社会真理"。从这一点来说,他不愧为"当代的一位典范作家"①。

至于说到解决异化问题的出路,贝娄是不可能做到的。正因为如此,他对西方文明的绝望是深重的,也是自然的。但贝娄的人道主义信念是坚定的,他总期望能够找到一条克服异化的有效途径。在这方面,汉德森透露了一丝信息。和他的难兄难弟们比较起来,汉德森是在自己的精神追求中唯一获得了一些成功的人。尽管他也曾屡遭失败,但他毕竟帮助当地人民做成了一些好事,和淳朴的人民友好相处,从他们那里学到了一些高尚的东西,心灵得到一定程度的净化。然而他的精神旅程只能在远离美国文明的古老民族中实现,这就不能不令人深思,这样的布局究竟是作家的偶然之笔,还是有意安排?我以为即使小说的背景带有一定的虚幻性质,它无疑是贝娄有意安排的。贝娄的用意是,一者把古朴的民俗民风与当代美国的文明加以对照,从中见出美国文明的不可救药;二者暗示出自己仍对克服异化存有一丝希望。它表明贝娄总是希望在世上能够找到救民于倒悬的出路,进一步说,只要这条出路存在,不管它在什么地方,贝娄都会"上天入地求之遍"的。既能对当代美国社会普遍存在的问题作深入的思考,又能对解决问题的出路作顽强的探索,这正是贝娄的可贵处。

选自《外国文学研究辑刊》,第 6 辑
北京:中国社会科学出版社,1982 年

---

① 赫伯特·高尔德编:《50 年代的小说》,第 11 页。

辛格

辛格"民族忧煎情结"探析

傅晓微

在很长的时间里，国内外研究者关于美国犹太作家艾萨克·巴什维克·辛格（1904—1991）确切的哲学思想、创作思想似无定论。有人说他是"遵守传统的作家"，有人说他是"以色列的叛徒"；有人说他是现代派作家，有人说他是存在主义作家；有人说他"既怀疑上帝，又相信上帝"；有人说他"具有犹太人的正统观念，却对这一观念毫无信仰"①……作者自己呢，他既不对作品承载的思想内涵作任何解释，又嘲笑"当今批评家""任意曲解"作家，在作品中寻找"连作家做梦也没有想到"的东西。②这样一来，这位诺贝尔文学奖得主的真实面目及其作品的思想旨趣就愈发扑朔迷离。

不过，从辛格对批评界的态度来看，辛格研究众说纷坛、莫衷一是的现象显然与作者所谓"我们的时代创立了错误的写作"③，即轻视作者思想分析而"绝对关心作品"不无关系。为此，弄清作者思想精髓及作品深层底蕴就对驱散辛格研究的迷雾至关重要。本文拟以辛格在诺贝尔文学奖颁奖典礼中的演说辞以及他与朋友理查德·伯金的谈话——《辛格访谈录》为主要材料，对作家的哲学思想、创作思想的形成流变及其在作品中的表现，尤其是对揭示辛格作品的旨趣，作一初步探析。

探索辛格的思想，决不能忽视他在诺贝尔文学奖颁奖典礼上的《受奖演说》。因为《受奖演说》以罕见的坦诚，庄严地公开了作者鲜为人知

---

① 鹿金：《艾·巴·辛格创作简论》，见钱满素编《美国当代小说家论》，中国社会科学出版社，1987年，第354页。又见冯亦代：《卡静论辛格》，《读书》，1979年第1期，第114页。
② 理查德·伯金：《辛格访谈录》，陆煜泰译，见《魔术师·原野王》附录，漓江出版社，1992年，第501页。
③ 黄育馥：《艾萨克·辛格谈文学》，《外国文学研究》，1979年第3期，第121页。

的深层思想,是作者敞开心扉、倾诉思想的最庄重、最全面的文献。在演说中,他宣称自己是犹太民族的儿子。心中汹涌着拯救人类的一腔热血,终生锲而不舍地探寻永恒的真理和生命的真谛,对苦难深重的犹太民族处在"即将到来的危险"中有不敢掉以轻心的强烈关怀。他坦露了对民族解放"多次努力始终找不到真正的出路"的忧愁悲苦和永不放弃的决心,自信"当社会的所有学说不复存在,而战争和革命又使人类处于暗无天日的境地之时,被柏拉图逐出文坛的那个诗人也许会起来拯救我们所有的人"。

不言而喻,辛格在《受奖演说》中把自己内心郁积已久的情结痛快淋漓地抖露出来。这是一组扭结缠绕的复杂情绪,是辛格及其作品的精神内核,也是一种沉疴般的情结。其主要精神归结到一点则是:作为犹太民族的儿子,辛格自始至终为民族的前途和出路上下求索、左冲右突却总是难以如愿,因而长期处在"忧思如煎熬"的苦境。根据这一归纳,也为论述的方便,姑且把这组情绪称之为"民族忧煎情结"(以下简称"忧煎情结")。我以为,忧煎情结既是促使辛格走上文坛的根本动力,又是辛格创作的思想源泉,在辛格的创作中具有举足轻重的作用。甚至可以说,它是辛格全部作品的出发点和归宿,是辛格研究不可忽视的前提和关键。

一、"忧煎情结"的孕生

辛格出身于波兰一个恪守传统的犹太拉比(犹太教教士和法学博士)世家,祖父、外祖父、父亲都是体面的拉比。他们为了让辛格也成为拉比,从小把他禁锢在"上帝的世界"里,甚至隔离辛格与世俗世界的关系。他们"一听见街头被糟蹋妇女的呼救声,便把书斋的窗户扃起来"[1],怕世俗世界的"不洁"玷污了辛格精神上的"净土"。这样,被宗教教义等正统文化的乳汁哺育的辛格,头脑充塞着上帝崇拜、求索精神、子民自豪、拯救意识等强烈的犹太民族精神完全是顺理成章的。正如卡静所说:"这种宗教熏陶成为辛格内在的'真实存在',似乎已深入到辛格连篇累牍的作品中去,变成了他的一种精神实体。"[2]

---

[1] 冯亦代:《卡静论辛格》,载《读书》1978年第1期,第116页。
[2] 同上书。

辛格自幼年起就对普通犹太人在悲伤屈辱中自得其乐的生活态度极为关注和同情,这种同情甚至发展到连犹太罪犯也可以"原谅":"我通常憎恶罪犯,但不知为什么,我能原谅我年轻时认得的那些犯罪的人。因为我目睹过他们出身和长大的环境。"① 的确,在辛格耳濡目染的"环境"中,"犹太人在火刑架上被烧死,教会学校的孩子们被拉向绞架,处女被强奸,婴儿被虐待,哥萨克士兵刺穿儿童的肚子,并把他们活埋,将一个女人的肚皮剖开,装一只猫进去,然后缝上……"② 这种种惨状必然会刺激、煽动辛格强烈的民族主义情绪,它使小小年纪的辛格被一种无形的痛苦所咬噬,也激发了辛格初始的民族使命感,只是这种思想雏形仅限于盼望救世主弥赛亚降临人世,拯救苦难中的犹太人民。

可悲的是,信仰和现实的矛盾使他陷入痛苦的怪圈:他愈企盼上帝的拯救,就愈对上帝寄予厚望;愈寄予厚望,就愈对上帝失望,这种周而复始的困惑对幼年辛格的折磨是不难想见的,它终于使辛格想通了"果真有上帝的话,为什么那些祈祷又忍辱负重、恪守人为的法规的人们常常是贫病交加,在苦水中挣扎,而那些不信教的人反而过得愉快呢?"③ 这种想法进而诱发了他对上帝的怨恨。这时候,忧煎情结已初现端倪,在他的作品中,则表现为对上帝的责骂:

> 上帝是个聋子。而且他憎恨犹太人。在克迈尔尼斯基把孩子活活烧死的时候,上帝拯救过他的人民吗?在基什尼奥夫他拯救过他们吗?——《渎神者》
>
> 你们笔下瞎写的那个上帝在哪儿?他是杀人犯,不是上帝。——《皮包》
>
> 老百姓已经祈祷了两千年了,可救世主还是没有骑着白毛驴

---

① 理查德·伯金:《辛格访谈录》,陆煜泰译,见《魔术师·原野王》附录,漓江出版社,1992年,第499页。

② 戴侃译《那里是有点什么》,见《辛格短篇小说集》,外国文学出版社,1980年,第206页。

③ 理查德·伯金:《辛格访谈录》,陆煜泰译,见《魔术师·原野王》附录,漓江出版社,1992年,第501页。

到人间来。——《外公和外孙》①

从辛格成长环境及其早期思想流程来看,辛格忧煎情结的初步形成既符合这位民族之子的思想轨迹,也与环境的熏染密切相关。也就是说,辛格民族忧煎情结的产生不是偶然的,它是辛格作为"民族的儿子"与独特环境相结合的必然产物。忧煎情结的形成,也是作者思想走向成熟的里程碑。由于它的关系,辛格带着对上帝神力的怀疑,背弃了父辈"想得快发疯了"的愿望②,不做拉比而把文学作为"自己的方式",踏上了"探索永恒的真理、生命的真谛"③,争取民族解放的求索之路。辛格始终如一地使用意第绪语——一种非犹太人和得到了解放的犹太人都瞧不起的语言——进行创作,这标志着他寻求民族和人类"真正的出路"的"自己的方式"。

二、"忧煎情结"的求解与发展

我的民族承受过人世间疯狂到无以复加的沉重打击,作为这个民族的儿子,我对即将到来的危险岂可掉以轻心。无奈多次努力始终找不到真正的出路……

富有创造力的人的悲观并不是颓废,而是一种拯救人类的强烈情感。他不屑于诗人的消遣娱乐之道,而是锲而不舍地探索永恒的真理、生命的真谛。

《受奖演说》中的这段剖白正是辛格忧煎情结的写照,概括了作者解忧煎情结的拳拳之心。事实上,综观辛格的全部作品,不管是描写现实人生还是妖魔世界,不管是描写19世纪的东欧犹太人还是20世纪的美国犹太人,不管描写信仰上帝的信徒还是耍弄上帝的痞子……其原动力均来自忧煎情结,思想内容也受忧煎情结的统摄。以写鬼神题材的《魔鬼的婚礼》为例,作品通过犹太民族的代表阿龙·纳弗塔里拉比终

---

① 以上三段引文译者分别为:《渎神者》,杨怡;《皮包》,宗云;《外公和外孙》,诸葛霖。见《辛格短篇小说集》,第330、277、378页。

② 理查德·伯金:《辛格访谈录》,陆煜泰译,见《魔术师·原野王》附录,漓江出版社,1992年,第500页。

③ 辛格:《受奖演说》,段传勇译,见《魔术师·原野王》,第486页。

生与鬼魂恶魔孤军奋战,终因势单力薄而失败,女儿也在魔鬼的迫害凌辱之后彻底毁灭的故事,寄托了作者作为苦难深重的民族面临毁灭而忧心如煎的感情。小说在人鬼大战惊心动魄的情节和场面中渲染了"即将到来的危险"的恐怖,通过齐甫凯夫村教徒们被魔鬼利用而不自知,从抱怨阿龙·纳弗塔里拉比到合伙迫害拉比的女儿辛戴尔,揭示了大祸临头却浑然不觉的犹太教徒的麻木不仁,含蓄地表述了忧煎情结,同时说明了求解忧煎情结征途的漫长与艰难。

当然辛格并不因忧煎情结的折磨而放弃,他坚定地认为:"必然有一条路,这条路使人们获得可能得到的所有的快乐",并且能"获得自然界所能给予的所有力量和知识"①。这条"路",就是辛格毕生求索的救亡图存之"路",也就是化解忧煎情结之"路"。辛格的各种题材、主题的小说,无不承载着作者对各种主义和观念的思考、比较和求证;无不承载着他在各种"出路"之间的试探、挫折和失败后的忧伤。这一系列寻求出路的努力,主要表现于在上帝与科学、传统与现实、东方与西方三个方向的求索与彷徨。这种"无奈多次努力始终找不到真正的出路"的苦恼,在辛格各阶段小说的主题和人物形象上都有所表现。

(一) 上帝(宗教) 与科学

辛格从小受宗教熏陶,对上帝的情感总是难以割舍,寻找上帝拯救之"路"的幻想,在他的小说中时不时流露出来,常有上帝派天使把犹太子民救出苦海,送往天堂的情节。试看《短暂的星期五》的结尾:

> 是呀,那些混乱与诱惑的短促年头已经终结。施穆尔—莱贝尔和苏雪终于到达极乐世界。夫妻早已缄默无声。在沉寂中,他们听到天使翅膀的扇动和宁静的歌声。上帝差来的天使引导施穆尔—莱贝尔裁缝和他的妻子苏雪进入天堂。

在这里,作者把一对虔诚的犹太教徒因煤气中毒的死写得神圣而美妙,读者稍不留神,便会产生上帝把子民引入天堂的幻觉,这种效果无疑是辛格上帝崇拜意识的生动写照。不过,辛格在上帝那儿找"出路",祈请上帝拯救苦海中挣扎的子民,首先是要证明上帝"真实的存

---

① 辛格:《受奖演说》,段传勇译,见《魔术师·原野王》,第485页。

在"。这种偏执在《渎神者》《那里是有点什么》等中短篇小说中都有不同程度的表现,而在《卢布林的魔术师》主人公雅夏身上表现得尤为突出。

雅夏作为"我想成为的人"①,集中反映了作者对上帝的祈望、追求与失望。这位卢布林省赫赫有名的魔术师,聪慧过人、技艺高超,既熟读犹太经典又饱览科学知识。表面上看,雅夏常常调侃上帝,不去教堂祈祷,"摆出一副无神论者的架势",动辄以"你什么时候去过天堂,上帝是什么模样"的话来讥刺劝他皈依上帝的邻居,他骂"那些以上帝的名义说话的人都是骗子",公然干"上帝不许"的罪恶勾当——与各种女人明来暗往,但雅夏内心"处处可以看到上帝在插手……每一块鹅卵石,每一颗沙子都证明上帝的存在","每分钟,每秒钟在他身内身外,上帝无不显示他存在的征兆"②。雅夏内心和表象的南辕北辙看似矛盾,但它恰恰说明雅夏比"以上帝名义说话的人"更虔信、更忠于上帝。他那些看似亵渎上帝的言行,与其说是否定上帝或挑衅上帝的恶作剧,倒不如说是太虔信上帝,企图以激怒上帝、让上帝惩罚自己来呼唤上帝、求证上帝的一种极端行为。小说末尾,雅夏一改他的异教徒形象,变成了公认的虔诚的圣徒,其实质也是以相反的极端行为求证上帝。不过,无论他先前亵渎上帝还是后来皈依上帝,都不能换来他所渴望的上帝的反应。如果说雅夏求证上帝的毕生追求证明了什么,那就是作者祈求上帝拯救幻想的彻底破灭。

除了对上帝拯救之路的探求,辛格也曾寄望于科学拯救,这一点在自传体小说《庄园》的爱兹列尔身上表现得尤其充分。爱兹列尔是个聪敏好学、目光敏锐、熟读犹太经典的热血青年。与雅夏不同,他追求进步,不迷信宗教而热爱科学。他很早就认识到,"波兰犹太人狂热迷信是十分荒谬的,简直难以用语言形容。当欧洲其余部分的人正在学习、创造,取得进步的时候,他们依旧深陷于愚昧无知之中。"③爱兹列尔立志走现代自然科学的道路,想用现代科技成果帮助犹太人"脱离黑暗",但

---

① 理查德·伯金:《辛格访谈录》,陆煜泰译,见《魔术师·原野王》附录,桂林:漓江出版社,1992年,第512页。
② 辛格:《卢布林的魔术师》,鹿金、吴劳译,上海译文出版社,1979年,第5、258页。
③ 辛格:《庄园》,陈冠商译,济南:山东人民出版社,1981年,第40页。

是,当他长期投身自然科学且学有所成时,却蓦然发现,科学既不能阻止战争与暴力,也不能解决精神上的空虚与迷惘。于是在他看来,"科学救亡"之"路"也不能帮助犹太人"脱离黑暗"。也就是说,"科学救亡"之路也不能帮爱兹列尔——辛格的代言人——解开为民族出路而忧伤的愁绪,最后他不得不回到巴勒斯坦去重新寻找民族的出路。爱兹列尔最终的选择,无疑宣告了辛格关于以"科学救亡"的方式拯救民族、求解忧煎情结的探索的失败。

(二)西方与东方

二次大战以后,西方物质文明和东方意识形态两条不同的发展道路使许多国家和民族面临抉择,辛格当然也不例外。但他对物质丰富精神空虚的西方文明似乎从无好感,在他描写西方生活的作品中,找不到一部作品说西方文明的好话。他好像毫不思索就否定了红红火火的西方之"路",并且常常告诫读者不要受物质和金钱的诱惑。《迈阿密海滩的聚会》用原东欧犹太人、美国"超级富翁"麦克斯·弗莱德布什的话,毫不留情地否定了人与金钱高度异化的西方文明之"路":

> 啊,不错,我过着令人瞩目的豪华生活,但这豪华中隐藏着悲哀。这所房子虽然富丽雅致,但它无疑也是地狱。告诉你吧,在某种程度上说,它比集中营更糟。在那儿,大伙儿至少怀着希望,每天总是不住地安慰自己:希特勒的疯狂行径不会长久了。一听到飞机声,我们就想象盟军已开始进入德国了。很少有人自杀。而这儿,上百人坐着等死。一个礼拜不到就有人魂归西天,全是有钱人哪。他们积攒了家产,把整个世界翻了个个儿,也许还是用欺骗手段谋得的呢,而如今揣着钱却不知道怎么办。他们都忌食,衣服也不知穿给谁看。至于报纸,除了金融栏他们什么也不看。一吃好早饭他们就开始打牌。你能无休无止地打牌吗?但他们只好这样干,不然要憋死了……①

弗莱德布什的这段话深刻揭露了与西方文明伴生的人与金钱的异化,人类的孤独、冷漠和狂躁,它告诫羡慕西方生活的人们:没有信仰的

---

① 辛格:《迈阿密海滩聚会》,黄源深译,见《外国文学报道》,1982年第1期,第33页。

金钱世界决不是人类的出路!正是辛格对西方文明的深刻认识和揭露,使 80 年代一批美国批评家愤愤不平地说:"直到最近人们才意识到他(辛格)的创作对美国的尊严构成了多么大的伤害⋯⋯"①

相对于西方,20 世纪中期的东欧和亚洲正在以种种"主义"寻求民族解放和人类的出路。这种形势对于辛格的求索应不无启迪。可惜在犹太文化浸润中长大的辛格,既想寻求民族出路又惧怕暴力的破坏,顽固地坚持"只可医治,不可伤害"的希波克拉底誓言,对东方意识形态不予认可。他认为犹太复国主义的暴力解放会牺牲无辜,自由主义则会导致放弃无度,而"战争和革命将使人类处于暗无天日"的境地。在短篇代表作《傻瓜吉姆佩尔》中,辛格塑造了一个宁肯在屈辱悲伤中艰难度日,也绝不使用暴力反抗的圣徒吉姆佩尔,表达了他的改良主义理想。在《外公与外孙》里,辛格把暴力革命描绘成"他们杀人又遭杀害"的儿戏,革命者傅力为正义、理想而献身,换来的不仅是自己暴尸街头,连反对暴力的外公也遭到连累⋯⋯这样一来,东方的种种"主义"和民族解放之路又被辛格否定了。

(三)古老传统与现代文明

辛格对犹太传统文化充满留恋和推崇,希望古朴温馨的犹太文化为世人接受。因此,在《游子归来》中,辛格把伦特欣村写成"伟大的谋求和平、自治和人道主义的尝试"②。在那里,人们恪守祖训,信仰上帝,笃守教义教规;没有贪欲,没有欺诈,没有偷盗;金钱在村里只是多余的负担。村民们在祥和、温馨的世外桃源安宁度日,其乐融融。但作者也不无遗憾地看到年轻一代的塞缪尔们先后西去美国,伦特欣村仅存的村民均七老八十,后继无人⋯⋯这种描述无疑说明,活化石般的伦特欣村虽然美好但难免衰亡,以回归传统为民族出路也是不切实际的幻想。

如果说辛格在《迈阿密海滩的聚会》中借弗莱德布什之口诉说了西方精神生活的孤寂和冷漠,那么,《第三者》则通过一对东欧犹太青年的堕落,控诉了具有高度物质文明的现代生活方式对人的毒害。小说中的热力格·芬格宾和吉丽娅是一对传统的犹太夫妻,30 年代初从东

---

① Daniel G. Marowski, ed., *Contemporary Literature Critucism*, vol. 38, Detroit: Michigan Gale Research Company, 1986, p. 407.

② 辛格:《受奖演说》,段传勇译,见《魔术师·原野王》,第 487 页。

欧流亡美国,在贫困中拼搏多年,过上了"像样的日子"。但由于被象征现代文明的、幽灵般的麦克斯所诱惑,不知不觉地背叛犹太传统,终于堕入家庭破裂、迷失自我的苦海。令人惊心的是,圣女般纯洁的吉丽娅就是从向往"摩登妇女"的生活方式,追求"现代人"纵欲无度的生活开始堕落并逐渐走向深渊、葬送了家庭幸福的。小说警告年轻的犹太人,切莫被现代文明的海市蜃楼所迷惑,从而陷入万劫不复的境地。小说末尾,热力格被迫流落街头,面对四层楼高拿着手枪的半裸女郎广告,"他的脸一半红,一半绿;他的眼一只在笑,一只在哭"①。人们仿佛看到凶恶的"摩登"裸女和主人公的怪相组成了一块此路不通的骷髅牌。

从以上三方面不难看出辛格这个犹太"民族的儿子"为"探寻永恒的真理和生命的真谛"所做的终生不渝的努力。作为救亡图存的具象,上述作品相应地构成三大主题系列,它们记载了辛格在宗教(上帝)与科学、东方与西方、传统与现代的三方面的探索和失望。我们不能说上述三方面涵盖了辛格作品的全部,但是可以说辛格的每一个作品,不是渲染"即将到来的危险",便是映现着重新萌生的求解忧煎情结的激情与希望,而每部作品的主题几无例外地记录了新一轮探索的希望与失望。辛格从小郁结于心的忧伤烦躁的愁绪和以拯救民族为己任的热情,便在这一轮又一轮"不断萌生新的希望"又不断遭受新的失望的循环中,变得愈来愈具体。这样,更深沉的民族忧煎情结又成为下一轮探索的动力,制约乃至规定着下一个作品的主题。

三、"忧煎情结"的隐藏

既然忧煎情结在辛格创作中如此重要,那么,从50年代初辛格蜚声美国文坛到1978年获得诺贝尔文学奖为止近30年的文坛生涯中,他为什么从不谈及自己把文学作为拯救民族的方式,想通过文学创作寻找人类真正的出路的心结,即创作的原动力"忧煎情结"呢?我们认为,至少有以下三个方面的理由:

(一)辛格极其推崇19世纪文学的,可以说他的艺术观、文学观来自托尔斯泰、陀思妥耶夫斯基等19世纪的文学大师,而19世纪的文学

---

① Isaac Bashevis Singer. "The Third One", in *A Crown of Feathers and Other Stories*. New York: Pengu in Book, 1980, p. 199.

理论本来就讲究艺术地再现生活,主张作者的思想倾向在作品中隐藏着愈深愈好。举世公认的辛格"炉火纯青的叙事艺术"本身也说明,像他这样的叙事大师,在小说中着力掩藏思想情结首先是其文学观、艺术观的反映。

(二)辛格不仅仅在作品中掩藏"情结",在 1978 年获诺贝尔奖前,他在任何公开场合都不愿披露其"忧煎情结",好像故意和批评家们捉迷藏。辛格这样做的原因也是因为他有难言之隐:辛格认为,20 世纪文学创立了"错误的理论",他对"当今批评家""绝对关心作品"从而"任意曲解"作家思想的作法大不以为然,他讥讽批评家连篇累牍地大写特写作家"做梦也没有想过来表达的东西"[1]。他甚至公开声明,自己"为孩子写作"的第一条理由就是"孩子只读书不看评论,他们根本不理睬评论家"[2]。这样一来,辛格就把自己摆在与当今批评家敌对的立场,批评家们群起而攻之的可能性对于辛格来说,也就理所当然地成了"即将到来的危险"。所以,辛格不愿意主动把思想症结暴露给批评家,让他们"任意曲解"和"吹毛求疵",也是顺理成章的事。

(三)"忧煎情结"是辛格深藏于心、头绪纷繁的情绪。它涉及哲学观、创作观、宗教观、科学观、伦理观、自然观、民族观……每种观念本身又非常复杂,充满多面性、摇摆性和矛盾性。以宗教观为例,作者对上帝的信仰经历了"信——不信——信"之间的彷徨与反复……而作者最终信奉的"上帝",是以宇宙为词汇的、冥冥之中一种神秘的规律。[3]这个"上帝"与其说是犹太教人格化的"神",毋宁说更像中国道教的"道",它和宗教信徒所谓"上帝"的内涵相去甚远。其他各种构成"忧煎情结"的观念,其复杂性、摇摆性、多面性,也同宗教观一样都不是很容易说明白的。与其说不清楚,不如干脆不说。这,恐怕也是辛格不愿暴露其思想情结的一个重要原因。

辛格不便暴露真实思想的处境,使他不得不在叙事和文体艺术上花大力气,以增强作品的含蓄性,从而巧妙地躲避文敌的攻击,这样一

---

[1] 理查德·伯金:《辛格访谈录》,陆煜泰译,见《魔术师·原野王》附录,漓江出版社,1992 年,第 501 页。

[2] 辛格 1970 年获国家图书馆声明:《我为何为孩子写作》,黑鸟译,见《魔术师·原野王》,第 489 页。

[3] 辛格:《受奖演说》,段传勇译,见《魔术师·原野王》,第 485 页。

来,困境反而成了作者苦练"叙事艺术"的绝好动力,迫使他在叙述艺术上下功夫,达到更高的境界。但作者这种"将真事隐去,用假语存言"的手法,也在一定程度上给作品披上了迷彩,为评论界正确解读和评价他的作品造成了如本文开头所述的迷魂阵。仅以其长、短篇代表作《卢布林的魔术师》和《傻瓜吉姆佩尔》的主人公为例,奋不顾身地"探索心灵的人"雅夏,被批评界误解为流氓、恶棍;恪守犹太教规、坚守传统道德规范的圣徒吉姆佩尔也被误解为生性懦弱、逆来顺受的愚民。所以,隐藏忧煎情结对于辛格的创作来讲,有正面影响,也有负面影响。

四、倾吐"忧煎情结"

平心而论,辛辛苦苦地掩藏"忧煎情结"对作者来说,实在是一种痛苦的折磨,是一种违心的、不得已的自我保护。就辛格的本意而言,他何尝不想大大方方、堂而皇之地宣示忧煎情结呢?事实上,辛格无时无刻不在为创造"倾吐情结"的时机而苦苦奋斗和等待。正因为这样,他在诺贝尔颁奖典礼的《受奖演说》中抓住时机,一改多年神秘、深沉的面孔,像表白、像倾诉且不无唠叨地叙说了"忧煎情结"的方方面面,从而向世人敞开了为拯救民族终生不渝的痴心和上下求索锲而不舍的情怀。

值得注意的是,当辛格登上世界文坛最高领奖台,扬眉吐气地宣泄了郁积多年的心结的时候,"情结"虽未因"奖"而"解",但既然吐露于外,他就无须再为"掩藏"所苦,煎熬也因之缓减。这种变化对辛格的创作产生的影响是:他的小说减少了若干束缚,也减少了精湛的叙事,增加了伦理说教的分量。《迈阿密海滩的聚会》和《第三者》已经呈现了这种苗头。晚年的长篇《忏悔者》更是受到西方批评家尖锐的批评,说人们"再也看不到那位可爱的富于幻想的或轻松幽默的诺贝尔文学奖得主的影子,相反,辛格先生倒像一个被人遗忘的老祖父,对他的孙子、重孙子们喋喋不休地唠叨抱怨。"[①]这说明当"忧煎情结"作为创造出发点和归宿的意义一旦减弱,他的小说便减少了原有的魅力,变得平庸、平淡起来。

---

① Isaac Bashevis Singer. "The Third One", in *A Crown of Feathers and Other Stories*. New York: Penguin Book, 1980, p. 199.

综上所述,不难得出以下结论:

辛格既有从"一种死了的语言"中开掘出鲜为人知的"奇珍异宝"的眼光,又能从斑斓炫目的现代西方世界揭示出纸醉金迷背后精神空虚、人性堕落的衰败趋向,这种敏锐的艺术洞察力无疑得到忧煎情结的滋养。他的以传统语言、传统手法来写传统题材以挽救犹太传统、建造犹太文化方舟的艺术风格,无疑受到了忧煎情结的浸润。辛格通过描写犹太民族在放弃与坚守传统时的激烈冲突中寻求一个古老民族的新出路的漫长与艰难,揭示出一个现代人类共同关心的话题,是忧煎情结作用的必然结果。从这些意义上说,辛格的创作思想、艺术风格、作品内容,无不刻有忧煎情结的烙印,受到忧煎情结的统摄。

可见,"民族忧煎情结"是辛格全部作品的出发点和归宿,也是作者创作的根本动力。虽然它不无偏执,不无幼稚,甚至不无缺陷,但确是一种称得上伟大的民族之子的激情,一种凝集在作家身上的救亡图存的民族使命感。这种崇高的情怀似是文学大师的一种基本要素,在托尔斯泰、契诃夫、屈原、鲁迅……的作品中都不乏民族使命感,这也从一个侧面说明辛格从人才济济、成果骄人的当代犹太作家群脱颖而出绝非偶然。而辛格立足于自己用意第绪语建造的"犹太文化的方舟",在现代派文学理论喧嚷的20世纪世界文坛上,吹进了一股来自19世纪的祥和清风,赢得20世纪文坛上傲视群雄的一席之地,不妨说也是忧煎情结的功效。

因此,当我们面对辛格时,不能只看到一个举世闻名的作家,而首先要看到一个思想家,一个犹太民族忠诚的儿子。因为作者全部的动力和源泉都与"忧煎情结"密切相关。找到了这一点就找到了解读辛格的文化密码,辛格作品的诸多谜团也便迎刃而解;相反,如果忽视了对作者思想内涵的整体把握和深刻认识,那就只能看到一个幻觉、局部或扭曲的辛格,一个不为辛格所认可的辛格。

选自《外国文学评论》,1998年第3期

托妮·莫里森

保持"手中之鸟"的生命活力(节选)
——托妮·莫里森的小说对传统的超越

王守仁　吴新云

莫里森的小说与传统的西方小说有一脉相承之处,同时又实现了对传统的超越。有人称莫里森为"最近的美国古典主义小说家,恰恰合乎坡、梅尔维尔、马克·吐温和福克纳的传统"①。莫里森熟练而又巧妙地使用英语,其作品体现了西方的传统:情节,人物,主题,象征等。她曾经满怀深情地描述自己同历代文学大师的亲密关联,声称:"我并不打算过一种没有埃斯库罗斯、莎士比亚、詹姆斯、马克·吐温、霍桑、梅尔维尔等人的生活。"②但莫里森的小说与先期文本的关系是"不再重演既定的程序,而是被综合成了新形式"③。对于西方文学的传统,她的超越表现在:语言上,她以黑人音乐为范本,以女性特有的感性知识为凭借,使自己的作品"诗意"化;文学形式上,她拒绝把现实主义和寓言、神话、传说分开,设计出让人难以预料的情节;价值观念上,她质疑西方社会的某些正统准则,开启新的思路。

早在1981年的一次访谈中,当问到她认为自己作品的独到之处时,莫里森回答说:"语言,只有语言。"④她在接受诺贝尔文学奖时的演说中把语言比作是"手中之鸟",认为:"语言易于死亡,易于磨灭,当然是岌岌可危,唯有意志的努力方可挽救它。""语言的活力在于能够描述其讲话者、读者、作者现实的、想象的及可能的种种生活。"作为一名作家,莫里森对语言的功用有深刻的认识:"文字工作是崇高的,因为它具备

---

① 盖茨(David Gates):《评〈爵士乐〉》,《新闻周刊》,1992年4月27日,第66页。
② 莫里森:《美国文学中美国黑人的存在》,第5页。
③ 霍克斯(Terence Hawkes):《结构主义与符号学》,伯克利:加州大学出版社,1977年,第105—106页。
④ 泰勒—格思里:《托妮·莫里森访谈录》,第123页。

生成性;它生成的意义保障了我们的差异,我们人类的差异——这使我们区别于其他生物。"①

莫里森的实际写作过程既有感情的激动又有理智的控制。她先花很多时间看书,思考要写的题材和风格。在这期间,她或许做点笔记,或对故事的进展作些评论,但从来不列提纲。一旦故事在脑中成形,她并不急于动笔,而是反复地想啊想,"我也许想上两年才在纸上写下一个成形的句子"②。这句子也许是要完成的新书的最后一句话,但一般都不是该书的第一句话。莫里森认为:"要是开头开得不好,会让人怎么也写不下去。"③一旦写开了,她就开始设计满意的场景,拟定合适的句子和比喻。莫里森特别善于讲故事,承袭了非洲歌舞艺人的"格里奥"传统:"黑人有故事,而这故事必须让人听。先有口头文学,再有书面文学。以前有格里奥。他们熟记故事。人们听讲故事。我的书有声音,这一点非常重要——这声音你能听到,我能听到。"④黑人的故事可以被一再重复,被一再增添新的生活韵味。莫里森在成长的过程中曾多次听这类故事,视它们为她的"生命维持系统"⑤。莫里森后来决定自己也做一名讲故事的人,成为文学界的格里奥。她相信通过书面语言她也许会实现口头讲故事的人所取得的效果。莫里森强调在自己的作品里力图捕捉口语效果。她曾声称:"你听到的,是你记住的。我书中的口语性是有意为之。"⑥

也许莫里森的语言被比作"诗歌"更合适,评论家对她的诗意般的语言赞不绝口,我国《人民日报》曾用《诗意璀璨》为题报道过荣获诺贝尔文学奖的莫里森。⑦ 莫里森反对人们把她视作诗人,因为该词容易让人误以为她爱用华丽的辞藻,但如果人们这样说只是因为她像诗人那样擅长运用语言,她倒可以接受。哈里斯指出:"正是语言的力量使莫里

---

① 莫里森:《1993年接受诺贝尔文学奖时的演说》,第5、6、7页。
② 米切尔(Monice Mitchell):《托妮·莫里森对'角色模型'的标签深表不满》,《夏洛特观察家》,1990年2期,第6c页。
③ 泰勒—格思里:《托妮·莫里森访谈录》,第32页。
④ 同上书,第152页。
⑤ 同上书,第153页。
⑥ 同上书,第152页。
⑦ 温宪:《诗意璀璨:记诺贝尔文学奖得主美国黑人女作家莫里森》,《人民日报》,1993年10月23日。

森得以跨越种族、文化和国界。"①莫里森将自己的"诗意"用语的功劳首先归结于自己的黑人性。她说:"我想显示我们语言的美丽:它的韵律,它的比喻,它的诗意。我们的民众说着美丽的话,带着圣经弥撒的节奏。但他们被告知说他们不得开口,这就是通常文化如何被边缘化了的。"②她在写作中不过是要"恢复黑人运用语言的初始力量"而已。③作品中,她刻意"净化语言,归还词的原义,不用它们被长久使用所败坏了的意思。"她发现:"如果你认真工作,你可以净化普通用语,润饰它们,使寓言般的语言又活转过来。"④

莫里森让她的语言模仿黑人的音乐并做音乐曾经对黑人所做的一切。黑人集体曾经常使用音乐来表达他们独特的信仰、愿望和个性。在商业驱动媒体的时代,文化特色不断迷失在流行的同化过程中。新一代的黑人得到了更好的教育,但他们也更不了解自己独特的文化,他们对黑人音乐的知识不会超过他们收集的唱片。莫里森希望她的小说能起到黑人音乐曾经拥有的社会功能,同时,她想在叙事中留下一个空间,采用音乐原理作为风格的一个特点,以便使之得以流传。她在黑人音乐中要寻觅的是音乐那种省略的、开放的性质。与西方古典音乐正式、封闭的圆满的不同之处是,黑人音乐故意留下一些意犹未尽的东西,激起人们自由的感情反应。莫里森在小说的结尾处也往往余音绕梁,让人回味无穷。读者总有一种想知道得更多的感觉,而她的作品"决不会完完全全地去满足 —— 决不会完完全全"⑤。

莫里森尝试各种写作手法,其结果是她的作品在形式上别具特色。许多评论者注意到莫里森作品中现实与非现实因素的结合,称她的风格为"奇幻现实主义。深深地根植在历史与神话之中,她的作品充满了喜悦与苦痛、精妙与恐惧的混合。她的人物有种原始性,他们带着喷泉

---

① 哈里斯:《托妮·莫里森:通过文学独自飞向历史》,第 14 页。
② 莫里森:《希尔 — 托马斯听证及建构社会现实文集》,伦敦:查图 — 温德斯出版社,1993,第 18 页。
③ 泰勒 — 格思里:《托妮·莫里森访谈录》,第 121 页。
④ 同上书,第 164 页。
⑤ 同上书,第 155 页。

的力和美来到你面前,看来奇幻但却像他们脚下的土地一样坚实"①。莫里森承认她的作品与拉丁美洲的魔幻现实主义有相似之处,认为自己是在表现与传统西方文学的界定不同的"现实"。她说:"如果我的作品是去面对一个与西方既成现实不同的现实,它一定得集中并活化西方不屑的信息——不屑并非是因为它不真实、无用或没有什么种族价值,而是因为它是被描写成'传说'、'魔幻'和'感伤'的信息。"②

  莫里森经常汲取非洲的神话、传说、智慧用语,她的很多角色都直接、间接地受这些东西的影响。同时,莫里森也把西方的神话、传说、经典的童话、寓言及儿歌融入了文本。她综合地运用这一切,并把各部分融成一个有机的整体。她认为人类的真理就寓含在相互抵触的神话和故事之中,每个人的举动和文化行为都被各种各样的张力所影响。她最感兴趣的是这些张力怎样从潜意识层面作用于美国黑人。她致力于在作品中表达出一种精神的"真实",因为"看不见的东西未必'不在那里',虚空也许是空了,但不是真空"③。没说的和已说的一样重要;感受的和亲历的一样有意义;梦和现实一样"可靠"。她相信人们的梦境和幻想,对集体的传奇和倚仗很着迷,因为这些东西在一块可以表现出人物性格上最丰满的部分,即"无处不在的问题:是什么使黑人有那样的行动?"④

  莫里森小说创作的超现实的倾向可以从故事中鬼魂的多次出现及人们对其信仰上看出来。秀拉在去世二十多年后曾在树间向内儿显形;彼拉多和梅肯童年时曾多次看见父亲的幽灵;骑士岛上的人们认为岛上栖息着百年前盲人骑士的魂魄;爱娃干脆就是化为人形、要补过人间生活的屈死鬼。鬼魂表现的是一种实在和比喻。鬼魂从历史与神话的过去中走来,显示了一种特定的时间观:时间是随意的,螺旋式的而非线性的,甚至死亡都可以超越。时间是虚空,因为记忆和史前史都没有时

---

① 克里斯琴(Barbara Christian):《黑人女性主义批评》,纽约:帕加蒙出版社,1985,第24—25页。
② 埃文斯(Marie Evans):《黑人女性作家:1950—1980》,纽约:道布尔迪出版公司,1984,第388页。
③ 莫里森:《美国文学中美国黑人的存在》,第210页。
④ 布拉克斯顿(Joanne M. Braxton)、麦克劳夫林(Andre Nicola McLaughlin)编:《旋风中的野女人》,新不伦瑞克:拉特格斯大学出版社,1990,第323页。

间的分别。塞丝曾告诉女儿时间的性质：历史并不重演，而是存在于某一处，存在于集体无意识的某一处；"有的事情你会忘记，但有些事你怎么也不会忘……地方，地方都还在那里。如果房子烧掉，它就消失了。但地点——它的形象——还在，它不仅留在我的记忆里，而且还留在那里，留在世界上"(36页)。爱娃不记事时便死去了，但她仍拥有一份被捕获、被运装的民族记忆。从生命流逝和生生不息的流动过程看，人们无法抗拒时间对个体生命的销蚀，无法抗拒时间的碎片遮掩住个人的声音，但过去的历史却可以以梦的图式和追忆对个人进行"非时间的占有"，以摆脱由时间的侵蚀所造成的记忆的消解。

莫里森小说创作超现实主义的另一个形式是对梦境的描摹。小说中似梦非梦的场景频繁出现。汉娜被火烧的前几天，她梦见自己穿着红色礼服举行婚礼；奶人仿佛看见母亲被她周围的花朵吞噬；雅丹心中念念不忘她在埃罗的黑房子中梦见的"夜幕中的女人"，如此等等。莫里森的家里人，尤其她的祖母和母亲是相信梦的，受她们影响，莫里森强调了梦的意义。梦是"第二生命"，是可触及的、单独的部分，可以在某些方面起作用。女权主义理论家伊里戈莱曾说过：女性文本大多有一种梦的特质，这反映了女性很少能用占统治地位的"象征秩序"来解读自身，她们便以梦的方式延展、"分解自身"[①]。传统现实主义强调的是对物体、人物和外部环境的摹仿。莫里森采用梦幻的手法，表现一种她所追求的独特的真实。

像古希腊悲剧一样，莫里森的故事往往情节简单，她对传统价值观念的超越体现在故事中复杂的角色上。塑造这些人物时，她坚持每个角色都说"他或她自己的语言，有个性化的一套比喻，观察某些事物时与他人不同。"[②]同时，她又在主要的角色上注入她的重要观念。应该注意到，这些观念多是被思想家、艺术家反复讨论的问题，用莫里森自己的话来说，是些"陈词滥调"。但她又说，"陈词滥调之所以成了陈词滥调是因为它值得一再提及"，它没有被人丢弃不用的原因在于"它仍然是个

---

① 伊里戈莱(Lucelrigaray)：《并非一个的性别》，伊萨卡：康奈尔大学出版社，1985年，第106页。
② 泰勒—格思里：《托妮·莫里森访谈录》，第149页。

谜"①。她的作品触及美与丑、爱与死等古老的话题,而她要做的是"进入它们之下,看看它们的意蕴,并了解它们对人类行为的影响"②。她知道自己有时会力不从心,但她认为自己在做重要的事。莫里森对传统文学中的"美德"及这些美德的体现者不以为然,她偏爱的是一种"危险的自由人",他们做事极端,常引起争议。莫里森认为这些人"表达了一种意志的努力或意志的自由。这都与抉择有关。尽管得承认有大量的事情是无从选择,但如果你拥有你自己,你可以作几种选择,冒几种险。他们做了,他们被人误解。他们是世上被人误解的人。他们有一种野性,很好的野性"③。在她的叙事之末,在典型的模糊性下面隐藏着矢志不移的、严肃的生活观。她似乎不相信人类的天真是通往救赎的必要步骤,相反,当人类存在着焦虑的痛苦并产生某种"顿悟"时,天真必然会随之消失。莫里森的这种悲剧感与她在古典文学上所受的教育不无关系。

莫里森深知,小说人物并不是由作者操纵的木偶。虽然她希望他们经历过个人生活和社会生活的艰难困苦后不要失去自己的本真之心,可以寻找到道德的安全感,但她感兴趣的是"人们在胁迫之下如何行动的复杂性"④。不管这些角色最后的命运是什么,莫里森不想让他们带着对人类困难问题的简单答案走下舞台,她知道没有这样的答案。比如,她的角色常常发现:如果想要找到真正意义上的完整自我,他们就得回归到他们的非洲传统。其实,莫里森并不全然教导人们逃避到原始之根上去;她在《柏油娃》《乐园》中也要人以开放的心态面对我们生活其中的社会,唯如此才表现出真正的勇敢和毅力。她不愿作为黑人领袖式的作家,黑人比别人更需要领袖的暗示让她不安。她不想人们以为她是圣贤,以为她的书中包含了人生问题的答案。"你写作,不是因为你有答案……因为你没有。你真正有的唯一的答案是你正在做的工作。"⑤

莫里森的小说要求读者的参与,以便对人生进行深入的思考。她想

---

① 泰勒—格思里:《托妮·莫里森访谈录》,第159、160页。
② 同上书,第160页。
③ 同上书,第164、165页。
④ 同上书,第145页。
⑤ 米切尔:《托妮·莫里森对'角色模型'的标签深表不满》,第6c页。

要一个非常强烈、发自肺腑的感情反应,就像一个爵士乐演奏者那样,更确切地说,像一个在集会上演讲的黑人牧师那样,她要听众或赞同或反对或插话。在她看来,读者必须深入到读书过程并有所感触,就像她在诺贝尔受奖致辞最后所言,捕捉到"语言之鸟"的工作是作家和读者"一块儿做的"①。通过语言,她与黑人大众相连。她认为自己与黑人牧师相像,他会让人们从座位上站起,让人们爱自身,倾听自身。

莫里森从20世纪60年代起就在著名的蓝登书屋担任编辑,熟悉美国主流文化的操作规则。她从一个黑人单身母亲、业余作者成长为当今美国乃至世界最重要的大作家,并进军好莱坞。从这个意义上讲,莫里森已经成为主流文化体系的一分子。她的作品被广泛接受,这反映了美国朝多元文化社会迈进取得的进步,同时也揭示了莫里森作品多少有迎合主流文化、甚至强化主流价值观念的一面。了解这一点绝非是贬低莫里森。正是在美国的制度下,莫里森才取得了今日的成功。但是,她与一般成功者的不同之处在于她对让她取得成功的制度本身还心存疑虑。她对现存价值观念的超越正说明了她的敏锐性:她能把个人的成就置于一隅而去考察光芒背后的灰烬。她不能忘怀童年的贫困和一生不断的种族主义。作为一名以写作为"思考方式"的艺术家,莫里森对美国黑人的历史和生存状况进行了深刻的反思和全方位的展示。

从《最蓝的眼睛》到《乐园》,莫里森的写作没有发生"革命性"的巨变,而是一个顺乎自然的逐渐成熟、明晰的过程。每一部小说都指向一个新的关注点,但又决不把前面的关注点置之度外;因此,前进的过程既是线性的又是循环的。在这多年的探索中,她进一步了解了语言的力量,在锤炼其技艺的同时也得到了长者的智慧。她曾说:"我知道我无法改变未来,但我可以改变过去。是过去而非将来才是无限的。我们的过去被窃取了,我是想把它拿回来的人之一。"②作为一名用发自内心的真诚来发掘本民族故事的作家,她似乎低估了自己改造未来的力量。可以说,莫里森和其他黑人女性作家的不懈努力已把黑人和黑人妇女

---

① 莫里森:《1993 年接受诺贝尔文学奖时的演说》,第 8 页。
② 泰勒 — 格思里:《托妮·莫里森访谈录》,第 xiii—xiv 页。

置入了人类体验、艺术、意识的中心,而不是边缘。

选自王守仁、吴新云:《性别·种族·文化:托妮·莫里森,
与 20 世纪美国黑人文学》
北京大学出版社,1999 年

> 高尔基

从"生活的散文"中提取"生活的诗"
——高尔基中期创作的艺术特色

汪介之

也许由于早期的高尔基所吟唱的高昂激越的旋律给两世纪之交的俄罗斯文坛造成的冲击的确是巨大的,批评家们曾不吝笔墨地对此做过大量精彩的评述,因而众多的读者都熟知那个作为《海燕之歌》和流浪汉小说作者的高尔基。但是,作家在其创作的前16年(1892—1907)中所形成的那种犷悍泼辣、刚健明快、以力度与气势取胜的基本风格,是否同样也是他中后期近三十年创作的风格特色?对此,历来的评论者们似乎都很少注意。其实,这倒是一个不容忽略的问题。

考察一下高尔基在民族文化心态批判时期(1908—1925)的创作,已可见出作家艺术风格的显著变化。思维热点的更换,探索重点的转移,迫使作家在寻找新的、相应的艺术表现形式。在作家致力于揭示俄罗斯民族性格的基本特征,特别是它的精神心理弱点,企盼着、呼唤着民族文化心理素质的提高时,他的浪漫主义手法、赞歌笔调和慷慨激昂的情感表现,便渐趋淡化以至隐逝不见了。现实主义成为他观照现实、把握生活的根本艺术法则。透过作家以清醒的写实笔法所绘制的一幅幅俄罗斯民族风情和心理素描,可以明晰地看到创作主体的悲剧意识,发现笼罩这一时期全部创作的总体美感特征:沉郁和悲凉。前一时期的作品中那种热情洋溢、犀利刚健的特色,已被一种冷峻凝重的风格所替代。作家似乎已不再借重于高亢激越的音调和色彩浓烈的画幅,力求从情绪上感染读者、惊醒读者,而是把自己的各种印象、感受和思考溶入日常生活画面的真切描绘中,让读者发现自己,特别是窥见自己的各种病灶与陋习,引发读者心灵深处的长久思索。中国古典文论有所谓"和平之音淡薄,而愁思之声要妙,欢愉之辞难工,而穷苦之言易好"① 之说;近人也称:"绝壮的音乐,多是悲凉的韵调。"② 当高尔基全身心地感受着民族的苦痛与悲凉,以浸透着忧患与愁思的笔触,用对于日常生活和民族心理的忠实描绘来震撼国民灵魂的时候,从他的笔端倾泻的竟也是要妙之声、绝壮的音乐!那是从苦难的俄罗斯"生活的散文"中提取的幽婉动人的"生活的诗"。

在研究俄罗斯民族文化心态、揭示民族性格特征这一主导意向的统辖下,高尔基在这个时期推出的作品,引人注目的特征是它们的系列性和回忆录性质。奥库罗夫系列小说集中考察俄国外省小市民的精神文化特点;《罗斯记游》29 篇着力勾画"俄罗斯心理的若干特征和俄罗斯人的某些最典型的情绪";自传体系列作品在文明与愚昧、理性与兽性的冲突中,表现人民群众精神生活的复杂性和丰富性;16 篇《俄罗斯童话》则为国民劣根性及其在斯托雷平反动年代的显现,提供了一组绝妙的讽刺性写照;《日记片断》27 篇更是对于民族生活和文化心态的"直接的研究"和"如实的写生"……每一系列的内容各有侧重,却并不截然分开,而是在总体上彼此呼应,互为补充,共同构成一部表现俄罗斯民情风俗、世态人心的百科全书式的巨著,具有不可低估的文化史价值。作家对于俄罗斯社会各阶层日常生活的丰富知识和对于民族文化心理的谙熟,他的惊人的观察能力和对"人"、"人的心灵"的浓厚兴趣,使得他的这些同一思想指向的作品虽以若干系列连连推出,却并不令人感到繁冗单调,而是始终保持着各自的思想分量和艺术新鲜感。于是,系列作品的系列性,便不仅不是阅读障碍,反而成为吸引读者的一种外在形式。目光如炬的批评家卢卡契曾经把高尔基的创作同巴尔扎克的《人间喜剧》相比③。也许高尔基并不像后者那样,事先就有一个明确的总体构思和创作计划;然而,当他在某一主导思想的作用下产生创作冲动时,从他笔下的确涌出了其内涵和价值可同《人间喜剧》相媲美的一部部俄罗斯"人间的悲剧、喜剧和悲喜剧"④。

---

① 韩愈:《荆谭唱和诗序》,见《韩昌黎文集校注》,上海:古典文学出版社,1957 年,第 153 页。
② 李大钊:《牺牲》,载《新生活》第 12 期,1919 年 11 月 9 日。
③ 《卢卡契文学论文集(2)》,北京:中国社会科学出版社,1981 年,第 266 页。
④ 同上书,第 276 页。

如果说,凝视"当前的现实"、力求捉摸到时代的脉搏,及时地对当代生活做出自己的艺术反映,是某些现实主义作家获得成功的原因之一,也是高尔基在社会批判时期的创作的重要特色;那么,在作家转入民族文化心态批判时期以后,情况就很不相同了。民族文化心态研究要求不能仅仅着眼于当代现实。正如一个民族的文化心理结构的形成总有着一个较长的积淀过程那样,对它的系统考察也应当是一种远距离的、全方位的观照。这也许就在一定程度上说明了:为什么高尔基在完成《母亲》、《夏天》等作品之后,便似乎是突然地匆匆告别了"当前的现实",转而向记忆、向过去的俄罗斯生活吸取自己的诗情。于是,我们看到,那些保留在作家心底的自童年时代起的无数生活图景,那些在作家生活的各个阶段出现的形形色色的人物,那些曾经引起作家兴趣和思索的种种问题,便在他的笔下一起活了起来。回忆因素、自传因素,在作家这一整个时期的创作中明显地增多,"回忆录——自传体小说"(мемуарно-автобиографические повесть, рассказы)连篇出现。但是,沉湎于回忆绝不是高尔基的任务,他也根本无意于诸如树立"俄苏自传体小说的新的里程碑"之类的努力。不容忽视的倒是:作家的目光所注向的时代,正是俄罗斯从漫长的农奴制度下挣脱出来,背负着因袭的重载向现代艰难行进的时代。俄罗斯民族的力量与弱点,它的文化心理特质,在这一历史转换时期的日常生活中一览无余地显现出来。高尔基正好在自己的生活历程中感受到了本民族文化心态的形象外现及其与民族历史发展滞缓之间的内在关联。这一感受过程(以及它的方式)本身也是极富民族文化心理特色的。因此,对于高尔基来说,考察民族文化心态的最好途径与形式,莫过于回首亲身所经历的往事,用一种文化眼光予以观照了。又因为日常生活、凡人小事往往最能表现出一个民族的精神文化特征,所以高尔基在他这一时期的作品中,主要不是作为重大历史事件的见证人,而是作为日常生活的参加者出现的。回忆性、自传性作品所特有的亲切语气,以日常生活为基本素材所决定的浓郁生活气息,丰富多彩的民族文化心理解剖学内容,使高尔基这一时期的带有自传、回忆录性质的作品赢得了包括时常带有偏见的西方批评家在内的广大读书界的好评。如法国《拉罗斯大百科全书》认为高尔基的几部自传体小说是"俄罗斯文学的杰作之一"。英国《大英百科全书》,称《我的大学》"是俄文中最好的自传作品之一"。意大利都灵 1956

年版《俄国文学史》认为自传体三部曲和《回忆列夫·托尔斯泰》构成作家全部创作中"卓越的阶段"。瑞典的托·柴特霍姆和英国的彼得·昆内尔合编的《彩色插图世界文学史》则说高尔基的自传体三部曲是"他最伟大的文学贡献",等等。

从艺术结构上看,高尔基这个时期的作品,一般很难把它们说成是"以动作或情节为纲"或者是"以人物性格为纲"的。在他笔下,不仅很少主要以情节取胜的作品,而且出现了一些故事性明显弱化的小说。在这类作品里,常常没有统领全篇的几次重要的矛盾冲突,甚至缺乏贯穿作品始终的明晰可辨的情节线索,更难寻得紧张激烈的戏剧性场面;占据作品主要篇幅的,往往是一幅幅平凡无奇的生活画面。这一特色,在《罗斯记游》和《日记片断》的一些篇章中表现得尤为明显。一篇《公墓》,不过是三组镜头的结合:关于墓地景色的描写,"我"与出现在公墓附近的退役中尉的谈话,"我"对于房东威鲁鲍夫及其邻居的印象。全篇几乎没有"情节"可言,却是关于俄罗斯人心态的一份可感可闻的写照。《小城》与《公墓》相近:城中日常生活的片断录影,几位不无特点的居民肖像的简扼勾勒,观察者"我"的点滴感受与联想,即已构成全篇。该作可能不会引起任何冲动性情绪,却能唤起读者一种难言的惆怅与忧伤。《尼卢什卡》或许稍有些"情节",但同样是仅由几幅画面组接而成,却又为读者提供了一个足以透视俄国外省城镇精神文化特征的有效视角。

上述特点同样体现在高尔基的一系列自传体作品中。《童年》、《在人间》和《我的大学》三部曲中,没有一般小说的那种序幕、开端、发展、高潮和结局,全部作品似乎就是无数镜头的精心剪辑与有机组合。作家只是从无穷无尽、无始无终的生活之流中截取了一个段落,这个段落的起点是幼年的阿辽沙开始记事之时,终点是他青年时代来到里海岸边卡尔梅克人的一个肮脏的渔场。在此之前,生活之流早已奔泻了无数个日月;在此之后,它仍将不息地流逝。但作家所注目的仅仅是他从这条巨流中所截取的那一段,并且他还不是着意描写生活之流本身,而是偏重表现对于它的印象与感受。当读者被作家带进这段生活之流的时候,也会看到五光十色的场景,形形色色的事件,生动有趣的生活故事。但所有这一切,都好像是"偶然地"被作者摄入作品中来的,它们彼此独立,并不作为一个主要事件的部分或分支出现,并不在总体上构成一个完整的故事。它们只是同自身所由出现的背景,同常常带有抒情色彩和思索性质的叙述有机融合在一起,交织成一幅幅映现出民族精神风貌的生活剪影。当读者被作家带出这段生活之流时,他可能会感到自己没有因任何"情节"、"故事"而激动过,但他一定获得了关于俄罗斯人生活与心理的一系列深刻印象。这种独特的艺术效果,或许正是作家所希望达到的。看来,作品故事性的弱化,情节结构上的开放性、剪辑性特色,也是为作家创作的思想动因制约的。

不以情节为纲的作品,往往是"以人物性格为纲"的。但高尔基在民族文化心态批判时期的创作却是例外。他的一些作品,常常并没有通常意义上的那种"中心主人公",即没有作家在该作品中所全力塑造的典型形象,如自传体三部曲;作品中的情节,往往并不经由某一主要形象而展开,众多的事件,也并不围绕某一人物而发生,如《奥库罗夫镇》、《守夜人》和《罗斯记游》中的一些作品。过去有不少评论者,都认定自传体三部曲着力刻画了阿辽沙这一新人形象。其实,阿辽沙在全部作品中自始至终主要是以一个观察者的身份出现的,并起着串联故事的作用。他察看着周围万花筒般的生活和各色人等,获得种种强烈的印象和深切的感受;他同时也参与他所描述的生活,又对这一生活中的人和事发出自己的感慨和议论。作品没有铺叙阿辽沙这一形象的性格发展史,因为它的中心任务并不在于描画这一人物,而主要是通过他的目光观照俄罗斯人的生活,透视俄罗斯人的精神心理特征。如果不以高尔基在其创作的第二阶段思维热点的变动为参照,拿一般现实主义小说的结构形式、以人物为中心的框架来看待他的自传体三部曲,就难免得出不符合作家创作实际的结论。在《奥库罗夫镇》中,小市民瓦维拉固然是一个重要人物,但也同样不是作品的"中心主人公"。这部小说的四分之三的篇幅所描写的,是与瓦维拉并无关系的事。这一形象与小说中的其他重要人物(如季乌诺夫、西马·杰武什金、洛特卡等)一样,也只是作为奥库罗夫镇上有特点的居民之一,从一个侧面显示出俄国小市民的生活方式与心理面貌。若将瓦维拉视为"中心主人公",很可能导致对于作品的整体意义的忽略。

检视高尔基这一时期的主要创作的形象体系,我们还会发现,作家并不注意各个形象的"完整性"。在一些作品里,往往是一个人物出现了,又消逝了,另一个人物再出现、再消逝,犹如一条长长的活动的形象画廊在我们眼前缓缓移过。作家并不一一交代这些人物的来龙去脉,他的兴趣显然不在于描述他们各自的命运,而在于通过透视他们的灵魂,逐步达到对于俄罗斯民族的精神文化特点的完整的艺术把握与表现。在长篇小说《马特维·科热米亚金的一生》中,科热米亚金家的看院人索宗特,教堂读经员科列涅夫,流浪者马尔库沙及另一个看院人阿列克谢等,都是一些来去匆匆的人物,即便是政治流浪者曼苏罗娃与马克这两个形象,也没有完整的性格发展史,也都是一度出现旋又消失了。然而所有这些人物,又都是作品的整个形象体系所不可或缺的组成部分。对于《童年》中的"好事情",《在人间》中的轮船厨师斯穆雷,司炉雅科夫·舒莫夫,《我的大学》中的民粹主义者罗马斯,进步青年知识分子费多谢耶夫等形象,也应当这样看待。国内有的评论者说,在《我的大学》中,费多谢耶夫"出现后没有作任何交代,就在书上消逝了",这是作家的一个"疏漏之处"①。这一评判显然有些武断。或许评论者自己没有很好地理解高尔基的自传体三部曲在人物设置上的一个重要特点。

在高尔基第二时期的创作中,景物描写也有了显著的变化。这种变化首先表现在:他已渐渐放弃了先前那种使用浓墨重彩、尽情泼染的手法,不再致力于描绘出色彩浓烈的图画,而逐步转向运用较经济的笔墨,勾勒出线条简洁、色彩恬淡的画面。在《忏悔》和《夏天》等作品中,我们还可以看到作家第一时期所惯用的景物描写手法的某些余痕。《忏悔》中的马特维在寻找信仰的漫游途中所见到的大自然景色,似乎还散发着某种神圣的光辉(从中可以窥见作家对人民力量的崇拜与赞美之情)。《夏天》中特罗菲莫夫眼中的高家村,也还是一派生机勃勃、五彩缤纷的夏日图景(那许是作家历史乐观主义意识的一种表露)。而当作家转入系统研究民族精神文化特征之后,这一类景色描写就难以寻见了。在《奥库罗夫镇》中,景色描写用笔已经不多,除作品开头有关小镇自然地理状况的介绍外,小说出现的几处景色描写,都不过是寥寥数笔,如:"被贫穷所腐蚀、吞噬和被粗野行为所破坏的后河区的那些黑压压的小木屋痛苦地沉睡着……";或者:"天空像一顶沉重的灰帽子扣住镇子,挡住了远方的景物,同时撒下灰蒙蒙、亮晶晶的细雾。"即便是《罗斯记游》这样的在题材上极为接近早期流浪汉小说的短篇作品集

---

① 王远泽:《高尔基研究》,长沙:湖南教育出版社,1988年,第149页。

中,色彩浓烈的风景画面也已为数不多。

然而,更重要的变化尚不在此。在民族文化心态批判时期,高尔基作品中的风景描写、环境描写,已经不只是为人物活动提供相应的场所,或只是为了烘托气氛、间接地表现人物情绪。在很多作品中,风景描写、环境描写本身就是"内容",成为揭示作品主题的不可缺少的部分;它们在作品中的地位,已从人物形象和情节展开的背景,提高到与人物、情节并驾齐驱的高度。在长篇小说《马特维·科热米亚金的一生》中,关于奥库罗夫镇自然风光、街头景物和小镇居民日常活动场面的描写,往往彼此交融,构成一幅幅凸现出俄国小市民迂缓、停滞的生活特点的风情画。在短篇小说《公墓》中,城市的龌龊、杂乱、喧嚣和到处弥漫的恶浊的空气,墓地一带的秋风、阴云、老树、寒鸦、落叶和丧家犬等富有特征的景物,以及出没在这里的一些幽暗的无声息的身影,同这里的人们那种污秽、无聊的生活,也是有机融合、浑然一体的。在自传体三部曲中,街头即景、环境写生、自然画面,更带有直接揭示作品主题的意义——周围景物既构成彼时彼地的人们活动于其间的特有的条件与氛围,又是人们的生活和心理的某种外现,透过它可以看到人们的生活方式、习俗与情绪。在一些短篇作品中,同样可以看到这一类画面。如小说《火灾》中写道:

我们那条小忙街从陡峭的山坡上一泻而下,顺着斜谷两侧直达河边。……由于住人过多而显得臃肿的旧房子,或是隔着斜谷,用它们淡色眼珠似的小窗互不信任地对望着,或是紧紧挤在一起,不知是要小心翼翼地往下走,走向那宽阔的河面,还是要吃力地向上爬,爬向富商和豪门的幽静的城市。

再看《罗斯记游·尼卢什卡》中的一段文字:

山谷里自上而下地点缀着一些小屋,它们只开着一两个窗子,矮矮地蹲伏在地面上,这就是托尔马奇哈村。……从每一间房子里,从颜色杂乱的玻璃窗上,从用树皮板修理过的长满绿苔的屋顶上,处处都无情地透露出俄罗斯式的贫困——这情景实在叫人沮丧。……在村里,从生活的一切声息中,最常听到的是啼哭和粗野的谩骂,然而一般说来,这里的生活是安静的,只是显得有点凄凉……

这几幅画面,也已不单是景物描摹、风光写照,而是一帧帧现实主义的风俗录影。在这里,一切都带着生活于其中的人们精神心理的投影,一切都显示出一种文化意蕴、文化的选择与水准,一切都是某种人生态度、情感方式、价值观念和传统习惯的折射。透过这一类表征出民族风情的画面,可以明显地体察到作家在看待日常生活、看待周围事物时的那种历史、土地、环境和人相统一的文化目光,那种深深的忧患意识。

同第一时期的创作相对照,高尔基着意表现民族精神风貌的作品,呈现出另一种叙述风格。读着《老板》、《初恋》、《蟑螂的故事》和《肯斯科伊家的大娘》等中短篇作品,读着奥库罗夫三部曲和自传体三部曲,我们着实会感到,这是具有另一种审美特色的作品。洗练代替了繁复,平易代替了铺张,恬淡代替了浓烈,冷峻代替了激昂。笔锋所及,舒展自如,恰似行云流水,而绝少斧凿之痕。这是高尔基的小说艺术达到炉火纯青的高度、驾驭文学语言臻于成熟的标志。但是,新的风格绝不是作家早期风格的自然延伸与发展,而是他在民族文化心态批判时期的思想探索与新的美学追求的一种综合体现。题材上偏重于对往事的回忆与沉思,力求从生活本身所提供的大量印象中揭示国民灵魂的主要特征,不得不触及民族文化心理上的各种病灶,难以摆脱在思索民族命运时而产生的那种沉重感,决定了高尔基这一时期的作品的清醒的现实主义笔法和凝重冷峻的基本语言风格。他以冷色调为主色绘制出逼真的、暗淡的生活图画,他以忧愤沉洪的音调哼唱着引发灵魂震颤的旋律,虽然他仍然注意发现人们心灵中的亮色,也并不排斥激动人心的乐章。中篇《奥库罗夫镇》和长篇《马特维·科热米亚金的一生》,从一横一纵的两个不同角度详尽展示了俄罗斯外省小市民的文化心理特征及其历史延续性,通篇笔调沉重,只有曼苏罗娃、马克和柳芭等形象程度不同地闪现着某些文明与爱的光彩。自传体三部曲的主要篇幅,是在一种民族自我批判精神的统摄下,透视俄罗斯人的落后文化心理特征,作品在显示出阿辽沙等渴求知识、文化、理性和美的人们,能够得以摆脱民族精神心理网索羁绊的同时,也表现了这一历程的苦痛与艰辛。《罗斯记游》、《俄罗斯童话》、《日记片断》及一系列中短篇小说,同样以民族文化心态批判为主旨,其中虽有《一个人的诞生》、《流冰》、《初恋》等色彩较为明朗、热情洋溢之作,但大多数作品却是意在暴露国民弱点,忧郁、低沉的基调清晰可辨。从总体上看,渗透于高尔基第二时期主要作品中的,已不是那种奔涌而出、一泻千里的激情,而是一种融和着痛心与挚爱、厌恶与同情、失望与希望的复杂感情,一种为民族精神文化现状而忧心的不安和愁思。这种复杂感情与内心意识的表露,又造成了一种独特的诗意氛围。作家以一个足迹踏遍俄罗斯大地的漫游者的眼光,用一种带有浓厚抒情色彩的笔调,向人们讲述着他的见闻、印象、感受与思索,引起人们的无限遐想。我国著名作家茅盾先生早就指出:在自传体三部曲和《日记片断》等"精妙的艺术品"中,再显明不过地表现了"诗人的高尔基"① 形象。这是极有艺术见地的公正评价。

"一切出色的东西都是朴素的,它们之令人倾倒,正是由于自己的富有智慧的朴素。"② 这是高尔基在20年代的一封信中所说的话。此时,他显然早已摈弃了当年列夫·托尔斯泰和契诃夫所中肯地指出过的那些缺点(如"缺乏节制"、"卖弄技巧"等),转而追求写得更为简洁、凝练和素朴了。这种追求,不仅体现于高尔基第二时期的创作在景物描写方面的由浓到淡、由繁到简的变化上,同时也显示在肖像描写、事件交代、场面铺叙诸方面。作家早期创作中所常见的那种施以浓墨的详尽的人物肖像画,到《奥库罗夫镇》、《童年》及《罗斯记游》的起首诸篇,已始见减少,而愈接近晚期则愈不多见。在《我的大学》中,作家对中学生古里·普列特尼奥夫、警长尼基福雷奇、民粹派活动家杰连科夫和罗马斯等人的肖像描绘,都不过是寥寥数笔,一带而过。然而所有这些形象给读者的印象又都是深刻的。在这个时期,高尔基更为注重的首先是人物的精神心理特点,而且他能够成功地通过人物言行将这些特点勾勒出来,因此对于众多的人物,尽管他均着墨不多,却仍使形象跃然纸上。

写于20年代中期的中篇小说《蟑螂的故事》,尤其可以使我们一窥高尔基成熟洗练的叙述风格。在这篇作品里,自主人公叶列明父子的形象出现以后,景色描写的文字便很难见到,肖像描写也极为简洁,甚至

---

① 茅盾:《关于高尔基》,载《中学生》杂志创刊号,1930年。
② Горький М. Собрание сочинений в 30 томах, Т. 29, Москва: Государственное издательство художественной литературы. 1955, с. 446.

对于中心人物普拉东·叶列明,作家也未给予更多的照顾,不过是在他长到16岁时对他的相貌作了几笔勾画。更引人注目的是,通篇作品几乎看不到心理分析,亦无"内心独白"之类的文字。主人公的心理、个性、精神面貌,完全经由人物言论和行动表现出来,却依然鲜明清晰。整个作品的语言风格是看似轻松而不乏幽默,实则深沉而严峻。作家把对于那种彼此仇恨、互相折磨的人际关系的反感和痛心,隐藏在含蓄、凝练的叙述中,把关于人的价值、人的命运等问题的深邃思考融入日常生活图景的实录中,使人感到这个中篇涵纳着极大的内在思想力量。这部作品的开头部分,即引出叶列明父子形象之前的那段伴有景色描写的夹叙夹议的文字,博引旁征,如数家珍,风格老道而稳健,带有耐人寻味的哲理意蕴和人世沧桑的感叹,已经开始呈现出作家晚期创作的某些新特色。

选自汪介之:《俄罗斯命运的回声》
桂林:漓江出版社,1993年

布宁

对已逝年华的深情回望

——读布宁的《阿尔谢尼耶夫的一生》

汪介之

提起获得诺贝尔文学奖的俄罗斯作家，人们立即会想到肖洛霍夫的名字。诚然，肖洛霍夫是1965年诺贝尔文学奖的获得者，但获得这一奖项的俄罗斯作家远不止他一人；他不过是苏联官方承认并给予极高礼遇的唯一获奖者。除了肖洛霍夫之外，俄罗斯作家中获得过诺贝尔文学奖的，还有布宁(1933)①、帕斯捷尔纳克(1958)、索尔仁尼琴(1970)、布罗茨基(1987)等人。其中，布宁是第一位获得该奖的俄罗斯作家，而摆在我们面前的这本书《阿尔谢尼耶夫的一生》正是他的获奖作品。长期以来，由于文学以外的种种原因，无论是对于布宁还是对于他的这部作品，我国读者都还是相对陌生的。因此，译林出版社推出靳戈先生翻译的这部作品的新译本，无疑将受到读书界的关注和欢迎。

俄罗斯中部美丽辽阔的奥廖尔草原，曾先后为俄罗斯文学孕育了屠格涅夫、列斯科夫、安德列耶夫、普里什文、扎伊采夫等一大批优秀作家。伊万·布宁(1870—1953)同样是在这片神奇的土地上成长起来的。他的创作起步于白银时代。在那个文化密集型高涨、文学长足进展的大时代，他曾与高尔基一起，作为"星期三"文学小组和知识出版社的同仁活跃于文坛，被公认为当时俄国现实主义流派的两大杰出代表。但后来布宁的创作倾向与艺术风格却日渐明显地区别于高尔基。尽管如此，高尔基依然称布宁为"现代俄罗斯最杰出的语言艺术家"，并多次号召文学青年要像学习19世纪古典小说家那样以布宁为师。

与许多作家一样，布宁也是以诗歌创作进入文学之林的，但是，只有在他的一系列散文作品陆续问世后，他的艺术才华才开始清楚地显露出来。在发表于19世纪90年代的短篇小说中，布宁以"严峻的真实"

---

① 括号中所注为获奖年份，下同。

描写了俄国农村和农民的世界，叙说着知识分子 —— 无产者的生活和他们的精神骚动，揭示了许多无家可归的人们那种苟且偷安的生活的可怕。这些短篇小说大都呈现出情节弱化的特点，近似随笔或特写，往往采用照相式的写法，并体现了作家的美学信条：随着生活的"美"的丧失，生活"意义"的丧失将不可避免。由此，俄罗斯读者很快就发现：一位新的优秀作家已经出现。

20世纪最初十年，是布宁小说创作的一个新阶段。标志着这个阶段之开端的，是他的短篇小说《安东诺夫卡苹果》(1900)。这篇小说的抒情诗般优美的文笔，通篇散发出的浓烈的乡愁气息，精雅考究的语言和印象主义色彩，被批评界认为是布宁作品的风格特征。这种风格同样体现在他的《秋天》(1901)、《松树》(1902)和《孤独》(1903)中。这些作品不追求引人入胜的情节，也无意于典型人物的塑造，而是注重于传达瞬间的主观印象，表现人物情感情绪的细微变化，往往具有一种音乐般的韵味和魅力。由于这些小说大都是哀悼处于衰微中的"贵族之家"，似乎是在为贵族阶级黄金时代的消逝吟唱一曲曲挽歌，带有浓厚的感伤情调，所以当时的批评界把布宁称为屠格涅夫的追随者。另外，布宁的创作和他的思想一样，都显示出某种形而上性质，如追问"生命之源"、"祖辈之根"等；对于文学反映"当前社会政治迫切问题"，作家则持一种怀疑主义态度。

布宁写于1910至1917年间的小说，如《乡村》(1910)、《苏霍多尔》(1912)、《败草》(1913)、《从旧金山来的绅士》(1915)等，构成他在白银时代创作的高峰。其中，《乡村》是布宁的第一部大型作品，它的发表成为当时俄国文学生活中的一件大事。这部小说不仅真实地勾画出第一次革命时期俄国乡村的暗淡图景，而且显示出观照乡村和农民生活的一种新目光。在布宁之前，俄国知识分子和俄国文学对庄稼汉的看法往往带有理想化色彩。在"爱人民"的口号下，俄国农民似乎被神圣化了。布宁的《乡村》却大胆地超越这一传统，逼真地描写了众多具有泥土气息的农民个性，提供了关于俄国乡村和农民的真实写照。笼罩在俄罗斯乡村之上的田园诗般美好的色彩被剥离了，人们看到了它的活生生的面貌。高尔基曾给这部小说以高度评价，他说：在《乡村》之前，"谁也没有如此深刻、如此历史地描写过农村……这部作品所告诉我们的,恰恰是历史地考虑整个国家的必要性。"①高尔基后来还写道:"在20世纪初期,出现了现代俄罗斯最杰出的语言艺术家伊万·布宁的小说。他的《夜话》②和另一部就其语言的精美和严峻的真实性而言都是卓越的中篇《乡村》,确立了对于俄国农民的新的、批判的态度。"③可见,《乡村》在现代俄罗斯文学史上具有开风气之先的意义。

　　统观布宁在20世纪第二个十年中的创作,可以看出他创造了一种把"叙事体"时间和"抒情体"空间结合起来的新的小说类型。这个时期他的作品所描写的往往是生活片断、日常琐事、平凡的瞬间或偶遇,故事大都发生在庄园、别墅、旅馆、公寓、火车包厢或轮船客舱内,且都具有一种浓郁的抒情氛围。从作品结构和叙事风格上,不难发现布宁对于普希金式的简洁、准确和深刻性的追求。这些作品所揭示的尖锐冲突,归根结底都是悲剧性的、不可解决的,最终往往只能以人物的死亡作结,这也正是作家悲剧意识的体现。在他的许多小说中出现的无边无际的海洋、神秘莫测的天空、一望无垠的草原和田野以及遥远的旅途,大都是作为生活中的神秘因素的象征性场景而存在的;作家同时认为,对这些宽阔、巨大、永恒的事物的静观直感,对俄罗斯人的心理和世界观起着重要的制约作用。虽然这个时期是俄罗斯历史上的大变动时代,但布宁的小说依旧是疏离当代具体现实的。他的目光所注向的,主要是生与死、命运与爱情、大自然与美等"永恒主题"。但是布宁并没有成为完全脱离现实的小说家,如他的作品所显示的对当代人的某些意识的彻底怀疑,便表现了对现实的一种严峻审视。

　　1920年,布宁迁居法国。在此后30余年间,他不断有新作问世。如果说,20年代前半期,他曾在《疯狂的画家》(1921)、《遥远的事情》(1922)和《晚来的春天》(1923)等短篇小说中,曲折地表达了自己对刚刚过去的战争和革命的沉思,对已然逝去的旧俄罗斯的追念;那么,从20年代中期起,他便越来越偏重于表现爱情主题。他的《米佳的爱情》(1925)、《叶拉京骑兵少尉案件》(1925)和《中暑》(1927)等中短

---

① Бунин И. А. Собрание сочинении: В 3 т. Москва: Издательство "Художественная литература", Т. 1, 1982, с. 557.

② 布宁写于1911年的一部短篇小说。

③ Горький М. О русском крестьянстве. Берлин: Издательство И. П. Ладыжникова. 1922. с. 25.

篇小说,均通过带有悲剧色彩的男女悲欢离合的故事,传达出关于爱情的某些独特见解:真正的爱情必然是灵与肉的美好而和谐的结合,也是命运所能给予人的最高的恩惠;然而,这种恩惠越充分,往往就越短暂;美好的爱情常常由于种种原因无法持续下去而带有悲剧性。作家以清丽流畅的语言将男女主人公的爱情经历娓娓道来,且程度不同地穿插使用了梦境、幻觉、意识流等表现手法,使得这些作品有如一篇篇倾诉爱情幸福与痛苦的抒情长诗。

短篇小说集《幽暗的林间小径》(1937—1944),是布宁继《阿尔谢尼耶夫的一生》之后贡献给读者的最重要的作品。在这部收有38篇爱情题材小说的集子中,作家成功地刻画了一系列个性鲜明的女性形象,她们有的心地单纯,对恋人一往情深(《塔尼雅》、《斯捷潘》);也有的大胆泼辣,娇纵任性(《缪斯》、《安提戈涅》);有的情思专注,一旦涉足爱河便全身心地投入其中(《露霞》等);也有的变化莫测,令人难以捉摸(《纯真的星期一》等)。作家善于以细节描写来揭示人物的性格,往往通过女主人公的一颦一笑、一举手一投足,便生动地传达出她们的内心隐秘。经由她们的爱情故事,布宁进一步深化了自己以往同类题材小说的主题,以充满诗意的笔触表现了自己对于爱情之谜的思索。他不赞同列夫·托尔斯泰晚年把男女之爱归结为"魔鬼的诱惑"、"道德的堕落"甚至是"罪孽"的偏激观点,而是着力描写了美好崇高的爱情,同时并不讳言它和悲剧乃至死亡的关联。爱情是人间真情的自然流露,本应是一种巨大的幸福,但是在现实中,它却可能昙花一现,瞬间即逝;也可能无限美好,却可望而不可即;还可能好事多磨,痛苦往往多于欢乐。无数人为追求爱情幸福而耗尽心血,最终饮得的不过是一杯苦酒。尽管如此,人们却始终没有放弃对于美好爱情的向往和追求,情感经历也总是人们心中最刻骨铭心的记忆。《寒冷的秋天》、《在巴黎》、《幽暗的林间小径》和《晚间》等,都是这部小说集中脍炙人口的名篇。整部小说集以"幽暗的林间小径"为名,意在以这一具有俄罗斯乡间特色的景观作为祖国的象征,同时还传达出久离故土的布宁在晚年的一种深深的乡愁。

《阿尔谢尼耶夫的一生》是布宁在国外完成的最重要的作品,也是他创作的唯一的一部长篇小说。作品开始创作于1927年夏,当年秋天就有一些片断在巴黎报纸上刊出。1930年,小说的单行本出版,但只包括前4卷。作品的第5卷是1939年以《阿尔谢尼耶夫的一生·长篇小说·第2部·莉卡》为书名在布鲁塞尔首次单独面世的。直到1952年,也即作家去世的前一年,纽约的契诃夫出版社才以《阿尔谢尼耶夫的一生·青春年华》为书名,第一次出版了这部作品的完全本。1933年11月,瑞典皇家科学院授予布宁诺贝尔文学奖的消息宣布后,巴黎一家报纸的记者曾经问布宁:"您荣获诺贝尔文学奖是因为您的整个文学活动吗?"作家回答说:"我想是的,但我深信瑞典科学院首先想要褒奖我的是最近的一部小说《阿尔谢尼耶夫的一生》。"毫无疑问,这部小说是布宁的获奖作品。

作品以主人公阿列克谢·阿尔谢尼耶夫童年、少年和青年时代的生活经历为基本线索,以第一人称展开叙述,着重表达"我"对大自然、故乡、亲人、爱情和周围世界的感受。因此,关于这部作品的体裁,评论界一度众说纷纭。作品发表之初,就有人认定这是作家个人的"自传",但布宁本人却断然否定了这一说法,强调它首先是一部文学作品。后来,确认这是一部小说的意见逐渐占了上风,但称它为"艺术性自传"或回忆录的,仍然大有人在。一些作家评传和文学史著作将这部作品视为长篇小说,崇拜布宁的作家帕乌斯托夫斯基却把它称作中篇小说,但又认为它和一般的中篇小说有所不同。帕乌斯托夫斯基写道:"我依旧把《阿尔谢尼耶夫的一生》称为中篇小说,尽管我同样有权把它称为史诗或者是传记。……在这一部叹为奇观的书中,诗歌与散文融为一体,它们有机地、不可分割地融合在一起,创立了一种新颖的、绝妙的体裁。"[1]当代的一位俄罗斯评论家则说:这部作品"有点儿像哲理性的长诗,又有点儿像交响乐式的图画。"[2]更值得注意的是,布宁自己在《阿尔谢尼耶夫的一生》中,称这部作品为"笔记"。

如果我们不限于概念的界定和辨析,而是进入文本内部,就会发现上述种种说法都似乎不无理由。《阿尔谢尼耶夫的一生》的自传性是十分明显的。作品中含有作家本人的大量传记材料。例如,主人公阿列克

---

[1] [苏]康·帕乌斯托夫斯基:《伊万·布宁》,见[俄]布宁:《阿尔谢尼耶夫的一生》,武汉:长江文艺出版社,1984年,第16页。

[2] Бунин И.А. Собраниесочнении: В 9т. Москва: Издательство "Художественная литература", т. 6, 1966, с. 306.

谢度过童年的卡缅卡庄园的远景是:"荒漠的田野,那里有一座孤零零的庄园……冬天是一望无际的雪海,夏天则到处是庄稼、野草和鲜花……还有这些田野永远的宁静,它们的神秘的沉默……"这分明就是布宁童年时代生活过的叶列茨县布特尔卡庄园的景象。透过作品中关于阿列克谢的外婆家巴图林诺庄园的描写,则不难见出布宁的外婆家奥泽尔基庄园的轮廓。阿列克谢的幼年和童年岁月,考入贵族中学后的学习生活以及寄宿于一个市民之家的情景,中途辍学后重返巴图林诺、不久后即得悉自己的诗作和文章首次发表时的喜悦,他前往奥廖尔市、哈尔科夫和克里米亚的最初几次旅行,他在奥廖尔一家报纸当编辑的经历,他那难以忘怀的浪漫史,等等,无一不映现出布宁本人早年生活的踪迹。阿列克谢周围的一些主要人物,从目睹家道中落而无力回天的父亲亚历山大,曾因参加民粹派活动而被捕的哥哥格奥尔基,到性情古怪的家庭教师巴斯卡科夫,他寄宿其中的那一家之主罗斯托夫采夫,再到他倾心和爱恋的莉卡等,所有这些形象都可以在布宁青少年时代的生活中寻得与之对应的原型。

然而,《阿尔谢尼耶夫的一生》决不是布宁早年生活的简单复现。作家的生活历程,仅仅是为他撰写这部作品提供了丰富的素材。他曾特别指出:这本书同任何一部文学作品一样,只有就其反映了作者自身的生活经验和内心感受这一点而言,才可以算是"自传性"的;他本人更愿意把这部作品看作是"虚构人物的自传"。如果说,作品中的许多人物、场景和事件,都可以在作家的过往生活中找到它们的影子,那么,作品的内容和作者实际经历之间的差距就更为明显。仿佛正是为了证明这一点,布宁夫人维拉·穆罗姆采娃后来才编写了《布宁的一生》(巴黎,1958年版)一书。书中所提供的大量资料显示:《阿尔谢尼耶夫的一生》体现了作家本人的生活经历和艺术虚构的奇妙结合。因此,显然不能把这部作品等同于布宁的自传,而只能认为这是一部反映了包括布宁在内的19世纪晚期俄罗斯部分青年知识者的成长和心路历程的自传体小说;同时,它又是一部充分呈现出布宁早年的生活印象、感受和体验的艺术作品,是作家以小说的形式对已逝年华的一种深情回望。

作为一部自传体小说,《阿尔谢尼耶夫的一生》和其他作家撰写的同类体裁作品的最大区别,在于整部作品不是以记述主人公的经历和事件为主,占据作品主要篇幅的,是主人公的印象与感受。关于这一点,作者其实已通过作品主人公暗示给了读者。小说中写道：早在少年时代，阿列克谢"对事关心灵和生命的诗歌"创作的天赋就已经被父辈确认了。对于"生活"，他的理解也是独特的："它是一些不连贯的感觉和思考，关于过去的杂乱回忆和对未来的模糊猜测的不停顿的流淌。"当他在痛苦地思考着如何写作时，曾在大街上侦探似的尾随着一个个行人，盯着他们的背影，努力想在他们身上捕获点什么，努力深入到他们的内心。他确认，自己的写作决不是为了"同专制和暴力进行斗争，保卫被压迫者和贫穷的人们，提供新鲜的典型，描绘社会生活、现代生活及其情绪和潮流的广阔图景！"他还曾这样自问："为什么我非得要完全彻底地知道某一个人和某一件事，而不写我现在所知道和感觉到的人和事呢？"这一切既是阿列克谢的创作思想形成过程中闪现的火花，也是布宁创作宗旨的表露。整个作品正是将主人公心灵的感受放在第一位的；读者所读到的，也主要是主人公的"不连贯的感觉和思考"、"关于过去的杂乱回忆和对未来的模糊猜测的不停顿的流淌"。

  人们历来认为，布宁在描写大自然景色方面的功力，可以和屠格涅夫相媲美。此言不虚。在《阿尔谢尼耶夫的一生》中，经由作家的天才描绘，俄罗斯中部原野那"永远的宁静"、"山坡上空的冷峭的光辉"以及落日西沉时"那悲伤的无言之美"，都被读者领略到了。然而，作者并未停留于以艺术语言提供一幅幅美不胜收的油画，而是真切地传达出主人公对于大自然的多重感受。例如，面对卡缅卡庄园的景色，阿列克谢感到："天空的深处、田野的远方都向我讲到了仿佛存在于它们之外的另一个天地，唤起了我的幻想，并使我为不知道的那个天地感到苦恼，促使我以一种莫名的爱和温柔去对待任何一个人和任何一件事……"夜间，窗外的一轮秋月，在空旷的庄园院子上空，苍白、忧伤而孤独，充满超凡脱俗的美，"以至我的一颗心都因为感觉到说不出的甜蜜和忧伤而紧紧地收缩起来，仿佛这苍白的秋月也经受着同样的感觉。"如果说，这里所表达的还只是童年的主人公对大自然之神秘的揣测，那么，在他离家上中学前夕，周围的一切就变得令人无比留恋了：在森林边缘，"开阔的田野干燥地闪闪发光和变黄，从那里随风吹来夏季最后几天的温暖、明亮和幸福。"历尽沧桑的巴图林诺庄园，由于哥哥格奥尔基的突然归来，似乎一下子显得生机盎然，"院子里已经散发出一股变冷的青草气息，我们这幢带灰色木头圆柱和高房顶的老房子，矗立在引人幽思、犹如一幅古老田园风景画的黄昏美景之中。"但是,这幅回光返照式的晚景中却寄寓着主人公的预感:这个"最最幸福的傍晚",毕竟已是这个贵族之家最后的"和睦与平安"了。当阿列克谢初入社会后返回故乡时,展现在他面前的是这样一幅图景:

> 熟悉的一切又出现在我周围了:沿窗户西边一片丘岗般倾斜的田野,还是光秃秃的,所以特别难看;光秃秃的小桦树林,正悄悄地等候着春天的来临,还有远处那些贫瘠的开阔地带……这是一个同样贫乏的傍晚,带着春天的凉意,天空显得苍白而低矮。

入世不深的年轻主人公在事业和爱情两个方面的最初尝试都并不成功,于是,在这幅冷峻的图画中,他所感受到的便只能是压抑、忧虑、失望和期待。作品中写道:"我对土地和天空,对天空色彩的真正神奇的内涵和意义,永远地怀有最深刻的感情。"这显然可读为布宁本人的君子自道。

爱情经历无疑是作品主人公最重要的生活体验。从阿列克谢少年时代对德国小姑娘安海茵的带孩子气的初恋,对邻居家的亲戚丽莎的"符合古老情调"的富有诗意的钟情,到他对女仆托妮卡的贵族少爷式的冲动,再到他与奥廖尔《呼声报》编辑阿维诺娃的亲近,最后是他和女主人公莉卡的充满幸福与痛苦、欢乐与悲伤的恋情,等等,这一切构成了他青春时代最难忘的生活篇章。但是,所有这些爱情的过程、行为和细节,都被作者模糊和淡化了。作品所注重传达的,仅仅是主人公的爱情感受和体验。如关于和安海茵的初恋,作品中写道:"对我来说,这种忧伤而幸福的日子很快一晃就过去了。每天傍晚和安海茵分手以后,我总是要经受那种没完没了的和她告别的甜蜜的煎熬……""我"对于丽莎,也许只能说是一种单恋,但是他的感受却是如此深刻:"我想象中看到那里,在这个房间里,丽莎正睡在敞开着的窗户外边轻轻流淌的雨水声和树叶的簌簌声中,从田野里吹来的暖风不时地进入窗户里,爱抚着她孩子般的梦,整个大地上似乎没有比这样的梦更纯洁、更美好的了!"丽莎离去后,整个世界"竟变得如此空虚和寂寞无聊"。在和托妮卡有了突如其来的私情后的那个晚上,"夜里,在令人不安的睡梦中,一种要命的苦恼不时地折磨着我,一种可怕、犯罪和羞耻的感觉突然害得我要死。……这是一种真正的障碍,它完全吞噬了我的心灵与肉体的力量,生活变成了只是情欲和等待情欲的时刻,变成了最残酷地忍受妒忌和吃醋的痛苦。"与阿维诺娃相处时,"我"则有一种"压倒一切的感觉——一种特别幸福的收获的感觉"。"她长时间地为我弹钢琴,我则半躺在长沙发上,一直一边闭着噙满泪水的眼睛享受这音乐的幸福,一边也总感受到一种特别剧烈的爱情的痛苦与宽恕一切的温柔。"后来,他一直后悔曾"谢绝"阿维诺娃关于"一起去莫斯科"的建议:"时至今日,回想起那一刻,我总是痛苦地感到那是一个重大的损失。"

相比而言,莉卡是与阿列克谢关系最深的女性。整个作品的第 5 卷写的就是他们俩的恋爱史。但即便在这里,"我"的感受仍旧被摆在首尾。在热恋中,"除了愉快的相会带来的满足,仿佛什么事儿也没有。"但在莉卡单独外出的晚间,一切都变了:"这个晚上显得特别漫长,窗外马路上的路灯显得忧郁和谁也不需要的样子。行人的脚步渐渐走近过来又渐渐地远离而去,他们踩在雪地上的吱吱声仿佛把什么东西从我身上夺下、拿走似的;苦闷、屈辱、妒忌折磨着我的心。"几次波折后,"理想与现实之间永远的不一致","充实完美的爱情永远不可实现,在这个冬天我是充分地感受到了"。在彼此离别一段时间后莉卡再度归来时,"我"感到"她身上有那种令人感动、招人爱怜的东西,这种东西在一些亲密的人分别后重逢时总是那么使我们惊讶。"这对恋人最终还是分手了。几十年以后,"我"写下了这样的文字:"不久前我在梦中见到了她——这是失去她以后我全部漫长生活中惟一的一次。……我只是朦朦胧胧地看见她,但却充满了如此强烈的爱和欢悦,感觉到肉体和心灵都那么接近、亲密,那是我在任何另外一个人那里都不曾经受过的。"

读完全书,读者印象最深刻的,不是人物缠绵悱恻的爱情故事,而是主人公的复杂体验,原因就在于作者所注重传达的始终是"我"的感受。这一特色同样显示于作品对"我"的浓厚亲情的表现。对于母亲,阿列克谢感到:"和母亲联系在一起的,有我整个一生最痛苦的爱","她的整个心灵就是由爱组成的,她的心是哀伤的化身";而"在回忆父亲的时候,我总有一种悔恨的感觉——总觉得不够尊重他,爱戴他"。当父亲在穷困潦倒的晚年弹着吉他低吟时,"我"似乎感到这吉他正含着凄然的微笑诉说着已经失去的珍贵的东西,诉说着生活中的一切反正都要过去,不值得流泪。离开故乡时,"我"觉得自己"思绪是紊乱的,其中充满着对自己刚与之告别的一切的异常忧愁和温柔的感情;我把它们也都抛弃在巴图林诺的宁静和孤寂之中了。"若干年后,返回故乡前,主人公感叹道:"在巴图林诺等着我的是一座什么样的坟墓啊!父母已经年迈,不幸的妹妹容颜渐减,破败的庄园,破旧的房屋,凋落的花园,只有寒风在那里呼啸,冬日的犬吠声在这寒风中显得特别多余和凄凉……"字里行间,处处可以体味出主人公对亲人、对家庭、对故园的沦肌浃髓的关爱和留恋之情。

当然,布宁并没有把自己的艺术激情全部倾注到对于男女爱情和亲情的卓越表现上,他还同时吟唱出对俄罗斯的爱恋和忧思,表达了和祖国忧喜与共、休戚相关的情感。在作品中我们读到:刚刚离家上中学时,走在契尔纳夫斯基大道上,阿列克谢第一次感到那些已被遗忘的大道的诗意,第一次感到行将消逝的俄罗斯的古风。作者借阿列克谢之口自问:"我当时感觉到了什么?是因为感觉到了俄罗斯,感觉到她是我的祖国?还是因为感觉到了自己与过去遥远的、一直在扩展我的心灵和我的个人存在,并提醒我们去参与的那种共同的事业?"到了斯坦诺夫车站以后,"我"的"俄罗斯意识"进一步苏醒了:"毫无疑问,正是这天傍晚,关于我是个俄罗斯人并生长在俄罗斯,而不单单是在卡缅卡及那里的某个县、某个省的意识,第一次触及到了我。于是,我突然感觉到了这个俄罗斯,感到了她的过去和现在,她的粗野、可怕和一切令人陶醉的特点以及我与她的血肉联系……"远眺处于过去的"蛮荒之境"的边塞城市,"我"不禁想起往昔"阴云带来风暴、尘埃和寒流的侵袭时"它所发挥过的历史作用。作品描写了俄罗斯那些僻静而又美丽的边区,一望无垠的庄稼的海洋,过着原始简朴生活的村民,展示出遍布各地的大小教堂的奇特建筑风格和做弥撒的神秘场面,再现了奥廖尔、哈尔科夫、斯摩棱斯克、维捷布斯克、彼得堡、莫斯科、库尔斯克、克里米亚、别尔哥罗德等城市的不同风貌,提供了无数酒馆、客栈、"贵族俱乐部"、车夫茶馆、理发店、马戏团、游艺会、舞会的活生生的图景,刻画了包括庄稼汉、牧童、保姆、医生、家庭教师、中学校长、报纸编辑、粮食收购商、皮革商、小市民、哥萨克人和茨冈人等在内的人物众生相。捧读这部作品,你就会感到浓烈的俄罗斯生活气息扑面而来,就会领略到纯粹俄罗斯的风情。

透过俄罗斯日常生活的生动画幅,布宁还对"谜一般的俄罗斯灵魂"进行了探究,力图发现民族性格的某些基本特征。作品主人公很小就注意到:俄罗斯心灵不知为什么对于"荒芜、偏僻和衰落"感到特别亲切。在他所寄宿的那家房主罗斯托夫采夫的话语中,他则发现有一种自豪感经常表现出来:自豪自己一家是"真正的俄罗斯人",过着"真正的俄罗斯生活,一种没有也不可能有比它更好的生活……任何地方都有俄罗斯固有精神的合理产物,而俄罗斯则要比世界上所有的国家都更加富裕、强大、公正和光荣。""我"后来发现,许许多多的俄罗斯人都具有这种自豪感,它甚至已成为"时代的象征"了。在自己的嫂嫂、一位民粹派革命者身上,"我"还看到了有教养的俄罗斯人的另一些美好特征:在她整个和蔼与朴实的待人接物的态度中,透露出她出身于高贵的门第,受过良好的教育,而且含有一颗善良的心,一种腼腆的、忠厚的、落落大方的美。这位女英雄为自己在全体苦难的人民大众中过着幸福的生活而万分痛苦,甚至为自己长得美而感到羞愧。"有一次她曾试图给自己毁容,用硫酸烧伤自己那双倍受人们赞赏的手"。这一特点令人联想到车尔尼雪夫斯基《怎么办?》中那个有意折磨自己的"新人"拉赫美托夫。当然,布宁同时也揭示了俄罗斯民族性格的弱点,如普遍的酗酒现象。作品中写道:"'俄罗斯就是饮酒作乐'这句名言完全不像想象的那么简单。疯疯癫癫,漂泊流浪,宗教般的热忱,自焚和形形色色的叛乱,甚至俄罗斯文学如此引以为荣的那种惊人的表现力和语言上的感染力,是否也同这种'作乐'有着血缘的联系?"对于那些"一心要从活人和死人身上剥下一层皮来"的"买卖人",布宁同样进行了无情的抨击。作品中纵横俄国城乡的广阔生活画幅,五光十色的民族历史和民情风俗内容,几乎囊括社会各阶层的鲜明人物形象,使得这部以表现个人思绪和情感历程为主的自传体小说同时具备了一种史诗风范。

作为作家晚年的一部作品,《阿尔谢尼耶夫的一生》的整个叙述,几乎全由主人公阿列克谢在其晚年对自己早年生活的回溯构成。小说开篇就把读者带入回忆录的语境中:"我最初的回忆,是一种有点让人莫名其妙的微不足道的东西";"我回忆时,总是带着忧伤的感情"。在全部作品的行文中,不时出现这样的文字:"半个世纪以前……","时光流逝,日复一日……";更常见这类引起叙事的开头:"我记得……","我也清楚地记得……","我迄今还看到……";还有这样的感叹:"这是多么遥远的日子呵!"然而,作品中的回忆并不都是主人公对半个世纪前往事的追述,而是"回忆之中有回忆"。这种现象,使作品中往往同时出现三重时间。其一是"叙述时间",即主人公在半个世纪后对往事进行回忆的时间;其二是"情节演进时间",即他所回忆的事情发生的时间。由于主人公在"情节演进时间"内也常常回忆往事,于是便出现了第三种时间,可称为"往事发生时间"。如青年时代的"我",曾一度和莉卡一起居住在一座偏远的小俄罗斯城市中。作品写道:在这里,"我们时常回忆我们在奥廖尔度过的冬天,回忆我们在那里怎样分手,我又怎样动身去维捷布斯克的情景。"与莉卡分手后,"我"决定暂回巴图林诺。火车路过哈尔科夫和库尔斯克时,"我"都忆起原先和莉卡在一起的日子:

  一夜就到哈尔科夫……而那另一个夜晚——是两年前从哈尔科夫出发的:春天,黎明,她在渐渐明亮的车厢里酣睡……

  后来到了库尔斯克,也是个让人回忆的地方:一个春天的中午,和她一起在火车站上吃早点,她很开心:"生平头一次在火车站里吃早餐!"

在这里,作品中便出现了三重时间,其关系是:
叙述时间 —— → 情节演进时间 —— → 往事发生时间
  另外,作品中还有些"回忆中的回忆",不是在"情节演进时间"内回忆往事,而是在"叙述时间"内想起主人公在"情节"发生后的某一时间中曾回忆过"情节演进"。如:

  我一生中曾经多少次回忆起这些眼泪呵!我记得,二十年后的一天我就回忆起那个晚上。那是在比萨拉比的一幢海滨别墅里。我游泳回来,躺在书房里。时间在中午……我看着、听着这一切,突然想起:二十年前,在那个早已被忘却的小俄罗斯的一个偏僻地方,我和她刚开始共同生活,在那里,也是这样的中午……房间里,那无比幸福的风自由自在地来回穿梭……一回忆起这一切,一回忆起自己失去她以后的半辈子生活,我就看到了整个世界……

这里,作品中同样出现了三重时间,但其关系已有所变化。如果可

以把上述所谓"'情节'发生后的某一时间"称为"回忆时间",那么,其关系便如下所示:

叙述时间(50年后)————→回忆时间(20年后)————→情节演进时间

整个作品鲜明的回忆录色彩,特别是其中"回忆之中有回忆"的现象以及三重时间的出现,使人们看到了它和普鲁斯特的《追忆似水年华》的相似性。布宁本人后来也承认他的这部作品确实"有不少地方完全是普鲁斯特那样的"①,尽管他同时又声明:他在创作《阿尔谢尼耶夫的一生》时,既没有读过普鲁斯特的书,也没有见过作家本人。

如同一般自传体小说一样,《阿尔谢尼耶夫的一生》中的"我"既是作品情节的主体,又是故事叙述者。作品中对过往时代的无数场景的回忆,对一系列人物的追怀,对众多事件的讲述,以及对这一切的感受与体验的表达,都是从"我"的角度来进行的。但作品并非全是"我"的直接叙述,而是同时插入了其他形式,如"我"的笔记、诗作、沉思、自言自语,还引用了诸多文学作品中的片断。在作品中我们看到:早在少年时代,"我"就以稚嫩的诗作抒发了自己对大自然的热爱和初恋的体验。在和莉卡相处的日子里,给她读诗成为他们俩对话和交流的一种独特方式。书中还提到:在担任报纸编辑期间,"我"曾特地购买了一本厚厚的笔记本,并把它命名为"阿列克谢·阿尔谢尼耶夫:札记",为的是记下各种思想、感受和见闻。作品的许多内容,如"我"在奥廖尔期间的所见所闻,"我"对自己最初发表的两篇小说的介绍,等等,就是从这本笔记所记载的文字中"摘录"下来的。主人公在烦恼和忧郁中离开奥廖尔作长途旅行,以及后来由那个小俄罗斯城市乘马车去米尔戈罗德、亚诺夫希纳等地,沿铁路从克列缅楚克到尼古拉耶夫,也都在这本笔记上写下了沿途的印象和感受:

波洛茨克冬雨绵绵,街道全是湿漉漉的……在以后的旅途中,我这样写道:"没有尽头的白天。没有尽头的林海雪原……"

我趁马车颠簸的间隙,在笔记本上写道:"晌午,羊圈。天空因

---

① Мещерский А. Неизвестные письма Ивана Бунина. // Русская литература, № 4, 1961 г.

炎热而成了灰色……我十分幸福！"在亚诺夫希纳，我对小酒店做了这样的笔记："亚诺夫希纳。一家小小的老酒店……

我是乘火车去的，沿途写下了这样的笔记："我们是在傍晚的时候才乘火车离开克列缅楚克的。克列缅楚克火车站上，月台上和小卖部里，人都很多……"

笔记里所记载的内容和作品讲述的内容融为一体，以至读者觉得全部作品仿佛就是笔记内容的展现。作家本人也确曾把这部作品称为"我"的笔记。作品中写道："在着手写这些笔记的时候，我总是怀着特别亲近的感情想到他们，并不知为什么总试图把某个人遥远的青年时代的形象再现出来。""笔记"内容的摘引和"我"的诗作、沉思（如："我大致是这样思考的……"）、自言自语（如："我仿佛对自己说……"）的插入，使作品在叙述方式上获得了多样性。

同样造成这种多样性的，是作品对文学名著的大量引用。主人公童年时代就为《堂吉诃德》而神魂颠倒，为普希金的《鲁斯兰与柳德米拉》拍案叫绝；少年时代便确认莱蒙托夫与自己密不可分，"普希金是我当时生活的真正的一部分"，感到自己和一系列大诗人有着血缘关系；在中学时期就遍览从荷马、维吉尔到拜伦、雪莱的经典诗作，熟知哈姆雷特、唐·卡洛斯、奥涅金和巴扎罗夫等艺术形象；进入社会后更迫不及待地阅读契诃夫的新作。这种深厚的文学素养决定了"我"的意识、思维和谈吐都离不开文学。因此，我们才看到作品中"我"摘引普希金、莱蒙托夫和《浮士德》中的诗句来倾诉少年时代对大自然的依恋和忧伤，联系普希金、莱蒙托夫和托尔斯泰的时代与命运思考自己的前程，在和莉卡父亲的交谈中引用歌德和托尔斯泰的言论说明自己的志向和追求，援引拉季谢夫的名句"我举目四望，人类的苦难挫疼着我的心"表达自己类似的情感，引用果戈理、谢甫琴科的作品畅谈对于小俄罗斯的印象，还大段大段地吟诵《伊戈尔远征记》中的诗句来抒发自己漫游波洛威茨草原、顿涅茨河、第聂伯河、基辅、赫尔松和整个南部俄罗斯的舒阔胸怀。这些涉及面颇宽的引文，使《阿尔谢尼耶夫的一生》不仅具备了现代作品所常有的"互文性"，而且呈现出帕乌斯托夫斯基所说的"诗歌与散文融为一体"的特色，这一特色当然同时也是由作品浓郁的诗意和抒情诗般优美的语言所决定的。

伴随着作品主人公心路历程的呈露,"我"对自然景物、社会现象、命运之谜、人生意义等问题的沉思,常常以探问的形式表现出来,这也是布宁这部小说的特色之一。作品中有很多问句,如:"为什么遥远、开阔、深邃、高峻以及陌生、危险的东西……从童年时代起就吸引一个人?"这是童年的"我"对未知世界和未来命运的一种独特追问。青年时代面对光怪陆离的社会现实,他更时时产生一些困惑和迷惘:"在维捷布斯克车站上,当开往波洛茨克的火车久等不到的时候,我经受了与周围的一切相隔绝的可怕感觉。我感到惊愕,感到不理解:我面前的一切都是些什么?目的何在?我为什么在这一切之中?"此外,在"我"生活的不同时期,还发出过"什么叫生活、爱情、离别、损失、回忆和希望","我的生活到底是什么","应该从哪儿开始写我的生活"等疑问。透过这些探问,可以一窥作品对主人公内心生活表现的深度。

和这些问句相映成趣的,是作品中一些的议论。它们显示出警句、铭文般的睿智和精湛:

所有人的命运都是偶然形成的,都取决于他们周围人的命运……

生活就是一种永恒的等待。

一个黄金般幸福的时代!不,那是个不幸的、多愁善感到病态的可怜的时代。

我们所爱的一切,所爱的人,就是我们的苦难——光是为失去一个亲爱的人这种没完没了的恐惧,就够受的了!

在这个不可思议的世界上,虽然是那么痛苦,那么悲伤,但它毕竟是美好的,我们都热切地希望自己成为幸福的人,互相爱护……

这些议论从主人公的经历、感受和体验中提炼而来,几乎是诗化了"我"对生活的沉思果实,给这部以浓郁的诗意见长的作品造成了一种哲理色彩。抒情性与哲理性的统一,诗歌与散文的融汇,自传因素与艺术虚构的共存,个人感受的表达与民族精神风貌勾画的并重,思虑具体问题与探究"永恒主题"的结合,古典语言艺术与现代表现手法的兼用,以及在栩栩如生的生活画面中始终伴有的历史感、命运感和沧桑感,使得《阿尔谢尼耶夫的一生》同时具备了自传体小说、诗化散文、哲理性长诗和史诗等多种文体品格,成为一部在雄浑壮阔的乐声中不乏柔和细腻的抒情旋律的大型交响曲。布宁以这部作品而摘取诺贝尔文学奖桂冠,应当说是当之无愧的。

原载《名作欣赏》,2004年第10期

帕斯捷尔纳克

《日瓦戈医生》：我心目中的经典

董 晓

今天再谈论《日瓦戈医生》，显然是捡了一个陈旧的话题，全然没有了十多年前的轰动效应。我们大概不会忘记，当这部小说十几年前在苏联文学的"回归热"中终于同故土的亲人见了面，并随后在中国这块古老的东方邻邦里再度掀起热潮时，人们是以怎样的目光惊诧于作品中所浸透的悖世之论，又是以怎样的一种心情为帕斯捷尔纳克的不幸遭遇掬一把同情之泪的。如今，那种因猛然看到了神秘面纱被掀开后的一切而产生的狂喜、惊讶乃至困惑的心情都已随着时光的流逝而烟消云散了。倘若这部作品对于我们依旧魅力不减当年，那只能是它的经典性的缘故了。

《日瓦戈医生》是部经典，是20世纪俄罗斯文学留给世人的一部经典。就其诞生的年代而言，它无疑是苏联文学的经典之一，而且是一部真正的、严格意义上的经典，是无须添加任何定语的经典。苏联文学中的许多所谓"主旋律"作品被冠以"红色经典"的称谓。其实，真正的文学经典是不能添加任何"色素"的，在那些所谓"红色经典"之中，确实有许多优秀之作，而在笔者看来，那些具有真正艺术价值的"红色经典"其实就是"经典"，那些够不上"经典"的"红色经典"，也许恰恰是因为无法承受"经典"二字沉重的分量，才无奈地躲进了"红色"二字的保护伞下。

经典要求作家有一种宏大的历史视野，人们要求经典具有史诗的风采。记得帕斯捷尔纳克曾说过，"《日瓦戈医生》是我第一部真正的作品，我想在其中刻画出俄罗斯近四十五年的历史"[①]，不错，1905年革命、一次世界大战、二月革命、十月革命、新经济政策……《日瓦戈医生》里所涵盖的这一切历史事件似乎都可以满足企图领略历史沧桑的

---

① 《新世界》，1988年第6期，第226页，莫斯科。

人们的渴求。难怪美国人埃德蒙·威尔逊会喜不自禁地把它同《战争与和平》这部巨作相提并论。

不过,对于在历史震荡与变迁中滋养出艺术创作灵感的苏联作家们,这种宏大的叙事眼光是共同的,在苏联文学中,几乎每一部卷帙浩繁的长篇巨著都包含了广阔的历史与现实的画卷。然而,远非每一部这样的巨作都可被视为传世之经典。经典毕竟是寥若晨星的,能够踏入经典之殿堂的,恐怕只有那些对现实与历史充满了强烈的批判意识,实现了对现实生活的超越的作品。文学的本质就是对现实的审美化地否定与超越。如果没有了对现实生活的否定与超越精神,艺术的生命也就不复存在。这是艺术的基本价值所在,艺术的天性使然。

品读《日瓦戈医生》,可以发现,在其字里行间浸透着强烈的批判意识。记得在十多年前的那场"《日瓦戈医生》热"中,许多人都在饶有兴趣地反复琢磨:这部小说究竟是否反对十月革命?帕斯捷尔纳克对苏联近三十年的历史变迁到底持何种态度?一时间,对这个问题的不同回答似乎也就决定了对该小说的不同的价值判断。于是,一种颇滑稽的局面形成了:那些实在难以割舍对《日瓦戈医生》这部杰作的青睐的人,只好千方百计地竭力否认作家心中存有哪怕半点儿对历史与现实的否定性。当年评论家沃兹德维任斯基说:"无论日瓦戈,还是帕斯捷尔纳克本人,都谈不上是反对革命的人,谈不上对抗革命。"[①] 他的说法恐怕体现了大多数喜爱这部作品的人的心态。但是,笔者以为,在这个问题上,似乎在四十五年以前反对刊登这部小说的《新世界》杂志那五名编委的感受更实在些。他们确确实实觉察出了蕴涵在小说中的对历史和现实的批判。的确,《日瓦戈医生》充满了批判的锋芒,正如一切我们时常津津乐道的那些西欧19世纪的名著、20世纪西方现代主义杰作乃至后现代主义之作都充满了对新兴资本主义社会、工业化社会乃至后工业化社会的尖锐而深刻的批判与否定一样,《日瓦戈医生》也同样闪烁着批判的锋芒,倘若现在还把批判与否定的精神只赋予伟大的19世纪俄罗斯文学;倘若现在还以为新生的苏联文学只能为新生的苏维埃社会献上甜美的赞歌,那就未免太滑稽了。

但是,虽然当年那五个编委嗅出了小说的批判味儿,但这并不意味

[①] 《文学问题》,1988年第9期,莫斯科。

着他们对小说的否定精神有正确的理解。帕斯捷尔纳克完全是从艺术与文化的角度审视历史的。毋庸置疑,帕斯捷尔纳克当然是以否定的眼光来看待他所描述的那段历史的。但倘若以此就断言他对十月革命有着天生的反感,那就错了。他并不是带着一种与生俱来的仇恨去批判历史与现实的,他丝毫没有存心要与十月革命过不去。他批判的锋芒只是源自他身上那种天然的艺术家的本性,即对现实的批判眼光。诚如美国学者罗伯特·佩恩所言,"有些西方评论家把日瓦戈医生看成是对抗苏维埃政权的人物。这种看法并不正确,因为他们没能够发现,这部作品其实是对一切存在着的政权的反抗"①。这说到了点子上。虽然我们很难驳倒英国人海伍德的说法,即"帕斯捷尔纳克1946年开始写的《日瓦戈医生》,是存心构思出来针对斯大林及其政体所维护的一切的一种挑战"②,但我们必须把这种"挑战"理解为对既定现实的一种形而上的否定。"多么出色的手术啊!拿过来就巧妙地一下子把发臭的多年的溃疡切掉了!既简单又开门见山,对习惯于让人们顶礼膜拜的几百年来的非正义作出了判决。"出自小说主人公日瓦戈之口的这句名言不知多少次被人们引用,想以此作为主人公日瓦戈对降临到俄国大地上的革命风暴的向往。其实,这句话与其说是表现了日瓦戈对革命风暴的赞赏,倒不如说是对他所生活过的俄国社会的批判,这句名言同主人公后来对十月革命的种种使我们心中颇存不安的反思在实质上是相通的,即都体现了小说主人公日瓦戈作为一个典型的知识分子所理应具有的精神独立的气质和批判意识。帕斯捷尔纳克赋予小说主人公乃至整部作品的这种对现实与历史的批判和超越意识,使这部作品具有了成为经典的可能。毕竟,真正的艺术怎么能没有对现实的批判与超越呢?正如波兰作家贡布罗维奇所说,"我觉得任何一个尊重自己的艺术家都应当是,而且在每一种意义上都必然是名副其实的流亡者"③。这样的艺术家才会真正不为历史所遗忘,因为只有这样的艺术家才会真正获得当年陈寅恪先生所云的摆脱了"俗谛"的"独立之精神"。

经典之所以为经典,往往在于它能站在思考人的存在意义、生命价

---

① 罗伯特·佩恩著:《鲍里斯·帕斯捷尔纳克的三个世界》,纽约,1961年,第171页。
② 《俄苏文学》,1990年第1期,第77页。
③ 帕斯捷尔纳克著:《追寻》,安然、高韧译,广州:花城出版社,1998年,第3页。

值的精神高度对历史进程予以文化的批判。四十多年前，当《日瓦戈医生》被封杀在《新世界》杂志编辑部里时，包括帕斯捷尔纳克及其妻子季纳依达在内的许多人都纳闷，为什么杜金采夫的《不是单靠面包》尽管遭到部分人的围攻，却可以出版问世。在他们眼里，似乎这部小说才是真正揭露了社会的阴暗面。倘若帕斯捷尔纳克本人果真是这么想的话，那么显然，这位伟大的诗人倒是由于自己天真单纯的诗人气质而没能意识到，自己的小说虽不像杜金采夫的成名作那样直接地针砭时弊，却在另一个更高的意义上触及了当权者的神经。日瓦戈医生身上的叛逆性，是洛巴特金所无法比拟的，这种叛逆性不是指向具体的某种官僚习气，不是指向显在的体制问题，而是以文化批判的高度指向了人的精神的内在层面。对于文学来说，只有这种意义上的文化批判才会真正超越时代的局限。能否站在文化批判的高度审视现实，对于一个艺术家来讲是至关重要的。当年高尔基就俄国革命所阐发的种种"不合时宜的思想"，这位"革命文豪"对俄国革命的深刻反思，充分显示了一个坚持文化操守的文化人在激烈的政治动荡岁月中的冷静与深远的头脑。对俄国革命中滋生的俄罗斯人蛮性与奴性，无论是"革命文豪"高尔基，还是"旧俄式知识分子"帕斯捷尔纳克，都做出了深刻的反省。虽然帕斯捷尔纳克头上永远也不会有"革命"二字的光环，但这种站在人类文化精神立场对历史与现实的审视和批判，是两位艺术家的共通之处。在政治动荡的年代里，对文化操守的坚持是最可贵的，它对人类一切功利的思维与行动都具有一种透彻的批判意识。这种坚持文化操守的批判意识往往会被人扣上"保守"的高帽。狄更斯在《双城记》里对法国大革命的描写可谓是充满了"感伤的保守主义情绪"，高尔基这只呼唤暴风雨的海燕也在暴风雨真正到来之际又突然变得顾虑重重；还有我们的鲁迅，亦曾被年轻一代斥为"封建余孽"。然而，当我们后辈人经历了历史的荒诞性的"洗礼"之后，难道没有理由钦佩这些文化先哲们深远的目光吗？对鲁迅，甚至对高尔基的那些指责如今似乎都成为我们的笑谈了，难道四十多年前对帕斯捷尔纳克的非难就不是荒唐的吗？

这种对历史与现实的超越了普通政治层面的思考，这种克服了狭隘的民族主义情绪和政治功利主义情绪，以人类最广泛的永恒的、共同的情感为旨归的批判与超越意识，是文学经典的重要特质。美国人威尔逊把《日瓦戈医生》概括提炼为"革命 — 历史 — 生命哲学 — 文化恋母情结"这十四个字,颇为精当。人们常说这部小说浸透了对基督教教义的评论、关于生命和死亡的思考、关于自由与真理的思考、关于历史与自然和艺术的联系的思考;人们常说帕斯捷尔纳克是以某种不朽的人性,以某种先验的善和正义等宗教人本主义观念作为参照系来审视革命运动和社会历史变迁的。由此,人们自然将日瓦戈医生这个高度自我中心的人物视为远离人民大众、远离时代前进步伐的旧式贵族知识分子,并进而把小说视为一个站在历史潮流之外的知识分子对历史进程的"病态的"感伤,从而怀疑小说的思想的"正确性"。然而,这种以个性的、自主性的对当时的集体意识的批判性思考,这种从哲学上对社会历史变迁的透视,正是知识分子以其独立的理性精神审视世界的可贵方式,《日瓦戈医生》对俄国历史的思考的非政治性,恰恰是这部小说的价值所在,一百年前政治上异常"反动"的老托尔斯泰依然作为文学经典大师永存于历史的长河中,这已是无可置疑的事实了,那么,帕斯捷尔纳克的这部以哲学与文化的反思超越了当下社会意识形态层面,揭示了"人的存在"的意义,揭示了人的存在的悲剧性色彩等广泛的形而上问题的小说《日瓦戈医生》呢,这不也是一部永恒的经典吗?帕斯捷尔纳克曾经说过,"艺术家是与上帝交谈的"。这是对艺术家提出的颇高的要求,这就要求艺术家以探寻历史的真谛、人性的真谛,倾听生活最深处的声响的精神面对浮躁的现实人生,揭示出现实与历史的洪流巨变中人的存在的悲剧性,揭示出历史进程的荒诞性。《日瓦戈医生》正是这样的精神产品,难怪威尔逊称赞它是"人类文学史和道德史上的重要事件,是与20世纪最伟大的革命相辉映的诗化小说",而帕斯捷尔纳克,作为现代苏联文学谜一般的巨人,正是人们"开启俄国文化宝库和知识分子心扉的专门钥匙"①。

20世纪发生在俄国的这场革命被历史的实践赋予了悲壮的色彩。苏联人民所经历的从精神上到肉体上的一切痛苦,都与这场革命的矛盾的两重性有内在的联系。20世纪俄罗斯文学的经典,是应当能够深刻地表现这具有悲剧性色彩的两种精神特质的。文学经典之所以为经典,就在于能在对人的精神层面的把握中深刻地洞察时代的本质精神内涵。在《日瓦戈医生》中,安季波夫(斯特列尼科夫)的形象正是俄国革

---

① 赵一凡:《埃德蒙·威尔逊的俄国之恋》,见《读书》1987年第4期,第35页。

命深刻的矛盾性的体现。他不是一个纯粹的"政治动物",他既是"纯洁的体现",又是一个被时代和政治异化了的工具;他虽然铁石心肠,但仍有"一星半点不朽的东西"。精神的这种两重性不正是预示着20世纪俄罗斯人所面临的坎坷经历吗?

文学经典不是无根的浮萍,经典之花是深深地扎根在文学传统的精神土壤里的。《日瓦戈医生》是20世纪的史诗,但我们显然能于其间感受到"影响的焦虑"的:帕斯捷尔纳克这位渴望描绘当代历史的诗人却无时不让我们体验到传统的力量。也许,企图在日瓦戈医生身上找寻罗亭、李特维诺夫、伊凡诺夫、特里戈林亦或特里波列夫的影子;在拉拉身上寻觅塔吉娅娜亦或娜斯塔西娅·菲里波芙娜的痕迹;在冬尼娅身上寻找娜达莎·罗斯托娃亦或吉提的身影;在安季波夫身上嗅出拉赫梅托夫、巴扎洛夫甚至历史真人涅恰耶夫的气味,均是徒劳的,但有一点不可否认,那就是从《日瓦戈医生》里我们清晰地体会到了那种只有俄罗斯的知识分子才具有的对世界、对生命的体悟方式。日瓦戈也好,帕斯捷尔纳克也罢,都是以俄国知识分子典型的生活方式生活着,他们思考着只有俄国知识分子才会去琢磨的问题。上帝——死亡之谜——俄罗斯母亲的命运,这曾萦绕在果戈理、老托尔斯泰、陀思妥耶夫斯基等俄罗斯文化巨匠们心头的永恒的疑虑,正是帕斯捷尔纳克以及他所心爱的主人公日瓦戈最关切的纯粹俄罗斯式的问题。日瓦戈,以及他的创造者作家帕斯捷尔纳克身上所体现出来的对生活真谛、对真理的独立的精神探寻,抗争对人的精神奴役,使他们成为了别尔嘉耶夫所说的俄国独有的интеллигенция(知识分子)中的一员。在苏联,保持这种俄罗斯知识分子的精神传统更需要有极大的勇气,正因为此,这种精神传统在苏联文学中,才显得尤为珍贵,也只有在艰难的岁月中坚守这个精神资源的苏联作家,才会在历史的长河中写下自己的名字。帕斯捷尔纳克是有这样的资格的。

不过,一切的思想与精神探寻倘若不能以诗的意蕴呈现出来,那么就不可能诞生文学的经典。我们永远不该忘却别林斯基在他那篇著名的《1847年俄国文学一瞥》里所阐明的朴素道理:"不管一首诗充满着怎样美好的思想,不管它多么强烈地反映着现代问题,可是如果里面没有诗歌,那么它就不能够包含美好的思想和任何问题,我们所能看到的,充其量不过是执行得很坏的美好的企图而已。"苏联文学中有多少

"光辉思想"正因为没有了诗性的融注而黯然失色,而《日瓦戈医生》,这部因为涉及十月革命而使我们不得不谨小慎微待之的小说,却因为它首先是一首诗,一首爱情诗,从而使它所包含的一切关于社会、宗教、历史的思考真正地具有了震撼力。西班牙作家略萨称这部小说是"抒情诗般的创作"①;利哈乔夫把它看做是"对现实的抒情态度"②,都是精辟之见。的确,《日瓦戈医生》最大的独特性就在于它以诗的韵味审视了俄国革命的历史。这首"拉拉之歌"所表达的"革命—历史—生命哲学—文化恋母情结"的主题,是那些充斥着激昂的政治说教的伪文学作品所无法替代的。作家对人生的探索,对历史的沉思,他的一切追求与苦闷,均是从日瓦戈与拉拉的爱情曲的闪光中折射出来的。作家幻想出了一个只属于日瓦戈与拉拉这两个充满真正人性之光芒的人物的世界。在这个世界里,他们懂得生命之谜、死亡之谜、天才之魅力和袒露之魅力;在这个世界里,他们可以与"像重新剪裁地球那样卑微的世界争吵"毫不相干;在这个世界里,心灵、艺术、美、大自然可以浑然一体,人与大地和宇宙紧紧相连,"艺术为美而服务",人,充满理性与情感的人,沉浸在艺术创造的神秘的幸福中,沉浸在爱情的甜蜜中,沉浸在宁静的生活的温馨中,沉浸在夜的庄严的寂静中,永远真诚地生活、思考,"不会为真理感到害羞",不必去"出卖最珍贵的东西,夸奖令人感到厌恶的东西,附和无法理解的东西"。然而,这个美丽的童话般的世界,日瓦戈与拉拉的世界,在诗人笔下被无情地摧毁了,这个迷人的世界无法与现实的、充满功利色彩的世界相对抗,等待他的只能是悲剧性的毁灭。人的正直与善良在特定的历史时间面前变得软弱无力,注定要被毁灭,这种悲剧性的历史悖论仿佛是文学经典向我们提出的永恒的疑惑。也许,感受这份无奈与遗憾才是最"经典的"美。人们或许会因此而珍重苏联文学,珍重这创造了葛里戈里·麦列霍夫的悲剧、日瓦戈的悲剧等等这些"经典之美"的苏联文学。

  立足于时代又超越那个时代;超越现实的桎梏牢笼又回归传统的精神家园,当这一切发生在一位只会以抒情诗人的眼光走进生活的艺术家身上时,我们可以说,经典的产生为期不远了。《日瓦戈医生》正是

---

① 见《外国文学》,1994 年第 4 期,第 214 页。
② 见《外国问题研究》,1990 年第 2 期,第 35 页。

这样的文学经典。它的经典性,远不是每一部被写进苏联文学史教科书的作品都具备的。有些作品将永远被文学史所记忆,因为它们标志着文学发展历程的特定阶段(如《解冻》、《一个人的遭遇》等),或者本身就是特定历史时期的典型代表(如《钢铁是怎样炼成的》),但它们并不能成为严格意义上的文学经典。能够跨入经典的行列的唯有那些表达了人类共通的、永恒的情感的作品。在20世纪俄罗斯文学中,《日瓦戈医生》是能够与《静静的顿河》、《大师与玛格丽特》等屈指可数的作品一道跨入经典之门的。

选自《俄罗斯文艺》,2000年第4期

肖洛霍夫

《静静的顿河》:成人童话的消解

刘亚丁

《静静的顿河》被苏联的文学史家列为社会主义现实主义的经典作品。然而对这部作品的"纯洁性"的质疑,从它的第一部问世起就开始了。不管是肯定《静静的顿河》,还是否它的人,仿佛都能在作品之中为自己找到论据。所有这些争论都是按照某种现成的流行的观念,对这部作品生吞活剥地剖析,在如何理解作家这一问题上,他们都陷入了无可救药的"历史迷误"。一切只从政治的角度去阅读、阐释这部作品的企图,都会导致对这部作品的严重误读和曲解。我们不妨另作尝试,首先进入到这部宏大的作品的话语之中,读懂人物,体会作家的良苦用心,再去为作品定位。

《静静的顿河》中,肖洛霍夫使用了两套既对立又统一的话语。

A. 关于真理的话语。

作品有一个预设的任务就是展现哥萨克人如何通过战争、痛苦和流血,走向社会主义。作品把拥护苏维埃、迈进社会主义称为"伟大的人类真理"[1]。对此,肖洛霍夫自己有过明确的说明:"写作《静静的顿河》的主要任务,是表现顿河边疆区的人们的生活。许多人问我,像葛利高里·麦列霍夫这一类人的前途如何?苏维埃政权已经把这种类型的人从他们所处的死胡同里解脱出来。他们中间的某些人选择了同苏联实行彻底决裂的道路,但多数人则靠近了苏维埃政权。"[2] 这一套话语有它自身的价值标准,它应该从历史伦理的角度,来为作品的人物定性,就是说,以是否顺应历史的发展趋势,来确定人物是善的,还是恶的。

B. 关于"人的魅力"的话语。

《静静的顿河》中描写了数百个人物形象,如何表现这些人物呢?

---

[1]　肖洛霍夫:《静静的顿河》(第2部),金人译,北京:人民文学出版社,1980年,第548页。
[2]　孙美玲编选:《肖洛霍夫研究》,北京:外语教学与研究出版社,1982年,第470页。

在谈及《静静的顿河》的创作时,肖洛霍夫说了另一段话:"对于作家来说,他本身首先需要的是把人的心灵的运动表达出来。我在葛利高里·麦列霍夫的身上就想表现出这种魅力。"① 肖洛霍夫在这里又为作品提出了另一个任务。在这一套话语中,叙述者服从审美的价值体系,即着眼于人物是美还是丑的。在他看来,选择人物,确定同情的倾向的标准是:该人物是否富于人性,是否显示出了性格特点中某种优于他人的品质。因此,他将视点聚焦于所有体现人性的魅力(哪怕是某一方面的魅力)的人物,或关注人物人性的泯灭,而不太在乎人物是属于赤卫军的阵营,还是白卫军的或叛军的阵营,因此,这一套话与上述的 A 话语就构成了冲突。

指出《静静的顿河》中存在这样两套话语,并不是我的功劳。关键在于,如何理解这两套话语的运作机制及其相互关系。这是迄今尚未解决的问题,而评论者那些相持不下的争论,就是只看到了其中的一种话语而忽视了另一种话语。

假如《静静的顿河》只有 A 话语,我们会看到一部完全不同的《静静的顿河》。按照 A 话语所服从的历史伦理标准,这部作品中的主要人物应该分成这样两组:

米哈伊尔·珂晒沃依 —— 施托克曼 —— 贾兰沙 —— 伊万·阿列克塞耶维奇 —— 彭楚克 —— 波得捷尔珂夫;

葛利高里·麦列霍夫 —— 彼得罗·麦列霍夫 —— 小李斯特尼茨基 —— 佛明。

前一组人物是布尔什维克,或是拥护苏维埃政权的进步群众;后一组人物则是白卫军官和参加暴动的普通哥萨克。按照 A 话语的要求,本来应该表现这两个不同阵营你死我活的斗争,着力展现前一组人物如何战胜后一组人物。居于作品中心的应该是前一组人物,因为他们体现了俄国发展的进步趋势。然而,现实的作品恰恰与之相反。在《静静的顿河》中,居于中心的是后一组人物,第一组人物,除珂晒沃伊外,在作品中都稍纵即逝,时隐时现。

---

① 孙美玲编选:《肖洛霍夫研究》,北京:外语教学与研究出版社,1982 年,第 470 页。

那么，A话语在《静静的顿河》中究竟是如何发挥其功能的呢？A话语在作品中被推到了背景之中，就像希腊悲剧《俄狄浦斯王》中的日神福波斯一样，对主人公及其他主要人物的命运形成了压力，确定、修正着他们的生活道路。在当时流行的小说中，A话语不仅在"前台"，而且几乎没有B话语的位置。A话语所本照的价值观念并未成为叙述者对待作品人物的标准，这些观念因为受到B话语的价值观念的挑战，而被悬置起来。作家对珂晒沃依与葛利高里争执的描写很能说明问题。第11卷第6章末尾，担任鞑靼村革命军事委员会主席的珂晒沃依要自己的内兄葛利高里立即去区上登记，后者不去，两人吵得不欢而散。按照A话语的历史伦理价值观，这一段本应该颂扬珂晒沃依大义灭亲，贬斥葛利高里百般无赖。而作品的叙事方式则正好相反。这些对话尽管主要是"戏剧呈现"，但凡是用叙述者语言的地方，都能看出叙述者将视点聚焦于葛利高里。就情感的距离而言，叙述者距葛利高里较近，距珂晒沃依较远。这显然违背了A话语的历史伦理价值观念。对话结束后的第一段，可以看成是关于葛利高里心理活动的自由间接引语。在这里叙述者仿佛是无意中倾注了对葛利高里的更深切的同情。接下来是对葛利高里梦境的描述。梦境中葛利高里落马掉队，分明透露出戎马半生的军人离开军队的落寞和无奈，更折射出了"好人转入厄运"的悲凉，由此带出了作品的凄美意境。B话语的审美价值标准完全取代了A话语的历史伦理价值标准。这个场面的情感控制是由人物总的行为决定的。作品处处展示了葛利高里·麦列霍夫的"人的魅力"。

这个场面是说明B话语取代A话语的典型个案。整部作品中，叙述者对主要人物的情感控制也大至如此。当红色阵营中的人们代表正义力量的同时，闪现出人性的光芒的时候，叙述者倾注了一腔同情，比如对贾兰沙、彭楚克、施托克曼等人。在这些人物的身上，A话语的历史伦理价值和B话语的审美价值才得到了统一。至于波得捷尔珂夫，叙述者对他的展示和描写的情感倾向，是对比鲜明的，既有倾注同情的场面，又有加以否定的场面。在波得捷尔珂夫不经审判，砍死柴尔涅曹夫并下令杀死其他俘虏的场面，通过葛利高里的眼睛的折射，波得捷尔珂夫就变成了一个丧失人性、失去理智的疯子。当波得捷尔珂夫被绞死时，他不愧为视死如归、慷慨就义的英雄，震憾了刽子手和围观者的心灵。叙述者情感的强烈反差，完全取决于被叙述者的行为是否合乎人性。

在现实世界中存在着各种各样的话语,作家在小说世界中可以容纳某些话语,拒斥另一些话语,也可以创造自己的话语。《静静的顿河》中的 A 话语,就是对现实世界中居于中心地位的意识形态话语的应答。这种话语的经典形式,往往是通过讨论社会主义现实主义的一些理论文章和一些作品来表达的。我们看到,在个别经典的社会主义现实主义作品中,作家衡量人物的最高尺度,就是历史伦理价值观。因而也把现实世界中多维度活生生的人,压缩成小说中的单面人,即"好人"和"坏人"。在列昂诺夫的《俄罗斯森林》中,格拉齐安斯基身为林学教授,为了自己的私利不惜打击同行,甚至不惜毁坏掉俄罗斯森林。格拉齐安斯基满怀野心和阴谋,干着损人利己背叛祖国的勾当。他的每一句话,每一行动都露出狐狸尾巴:他是一个坏人。某些描写战争的作品中更是泾渭分明;红军中除极个别的动摇分子,都是好人。敌军中则无一例外,都是坏人。他们的一言一行都在证实这种阶级属性。因为在这类作品中,人物人格的单面性,西方批评界将其称为"新古典主义",这是不无道理的。实际上是一种写给成人看的政治童话或寓言,其中的"好人"和"坏人"是被明确标示出来的,有强制阅读者接受的意图。

　　在《静静的顿河》中,肖洛霍夫接受了处于中心地位的意识形态话语并且真诚地肯定它是真理。十月革命的伟大意义和哥萨克人最终拥护苏维埃政权这是 A 话语的要旨。肖洛霍夫把这个真理作为贯穿作品的一条红线。但是他又将由此引入的衡量人的价值的历史伦理悬置起来,代之以审美的价值观,就避免了将人物单面化和童话化的流弊。就这样,《静静的顿河》才从那个时期的众多作品中脱颖而出,以卓然不群的面貌,证实了艺术家个性形成的秘密:"成为个体的过程基本上是这样的过程,学会一种我们自己的语言,不再盲目重复我们从小接受的语言和说法,从各种有用的话语中选择指示各物的方式(因为只有通过使用成规,我们才能进行语言交流),但是将这些方式与我们自己的意向结合起来,以便用我们自己的声音说话。"[①]

　　在那个时期文学对主流意识形态话语有三种态度。像梅列日科夫斯基等人就完全否定;像肖洛霍夫、布尔加科夫、拉夫列尼约夫,就把它作为真理接受下来,又用自己的话语加以补充。实际上布尔加科夫在

---

① 华莱士·马丁:《当代叙事文学》,北京大学出版社,1990 年,第 184 页。

《白卫军》中,拉夫列尼约夫在《第四十一》中,都在白卫军军官身上,发现了"人的魅力"。第三种作家占大多数,他们接受它,有时可能用它来代替自己的文学话语。由于接受主流话语,《静静的顿河》就取得了进入主流文学的资格,尽管几经周折,终究得到认可。又由于 B 话语的"人的魅力"观念,对整部作品的叙事的控制,对叙述者的情感选择的左右,使这部作品产生了其他主流文学所缺乏的特殊的艺术魅力,在苏联及苏联之外的读者中得到广泛的阅读和认同。《静静的顿河》是居于主流与边缘之间的过渡地带的。由此,引发了评论界对它的属性的多次争论。也正因为如此,那种仅仅基于主流话语对它作出的批评总是那么隔膜和肤浅。

与《静静的顿河》的话语系统相一致,这部史诗性的长篇小说的事件(叙事学意义上的)也可分为两类:与 A 话语相应的历史性事件,与 B 话语相应的虚构事件。历史性事件在《静静的顿河》中的作用,有很多论者都谈到过。安·赫瓦托夫说:"在肖洛霍夫的这一长篇小说中,历史成了推动情节发展的内容的最活跃的因素;在历史中主人公们找到了自己行动的动机,思想情感的根源。"[①] 诚然,主人公们行动的最终动机可以在小说展开的历史性事件中去寻找,但是非虚构的史实与主人公的命运也有脱节的地方。《静静的顿河》中的历史性事件是由下列三种要素构成的:历史性人物、档案材料、历史性事件。由这些构成的非虚构事件从总体上说影响到每一个人物的内心世界,左右了他们的生活道路。作品的个别场合中虚构的主人公成了某些事件的参与者或旁观者。比如,叶·李斯特尼茨基目击了皇宫广场撤军的过程。但是,虚构人物,即作品中的主要人物是普通哥萨克,小说中没有设置将普通哥萨克与历史人物相衔接的人物,所以很多历史事件的展开与虚构人物有脱节之嫌。很多历史性事件,只是以档案等的原生性的本事形式出现在作品中,并没有成为融合于作品整体的情节。比如科尔尼诺夫等帝俄时代的将军被临时关押旋即又被释放的事件,对后来的国内战争有重要影响。小说中用了两小节来叙述该事件,但仅限于对史实的复述,完全没有表现出肖洛霍夫塑造人物的艺术功力。这是因为在引入

---

① 赫瓦托夫:《肖诺霍夫的艺术世界》,莫斯科:苏维埃俄罗斯出版社,1970 年,第 66—67 页。

历史人物的时候，肖洛霍夫无意用历史伦理标准来简化他们；同时，要把审美标准用在历史人物身上，又是很难把握的。因此，叙述者就让史实性事件保留了档案式的情节，只是在个别场合中，对历史的叙述才成了情节，比如，由于藩苔莱·普罗珂菲耶维奇参加军人联合会的选举，对克拉斯诺夫的描写就变得有声有色了。但总的说，史实性事件是"本事"，而不是"情节"。

既然如此，肖洛霍夫为什么非要引入这些史实性的事件呢？这是为了给 A 话语表达的真理提供注脚，给虚构的主人公的命运提供最终的压力，也就是说，把 A 话语从背景搬到前台来。同时，这也是由于肖洛霍夫受到了列·托尔斯泰开创的长篇小说的史诗传统的诱惑。但是在虚构的事件中，肖洛霍夫的艺术功力得到充分展示。限于篇幅，这里就暂不分析了。

选自李明滨、陈东主编：《文学史重构与名著重读》
北京大学出版社，1996 年

布罗茨基

论布罗茨基的诗

刘文飞

1987年12月10日,俄裔美籍犹太人约瑟夫·布罗茨基从瑞典国王手中接过了诺贝尔文学奖。一夜之间,他扬名全球,成了一个"熟悉的陌生人",全世界的文学界都通过新闻媒介见到或听说了他,但大多还不甚了解其人其诗。几年过后,布罗茨基在我国也成了一位知名度极高的大诗人,但其诗的译作和关于其诗的论文仍旧不多见,他似乎仍旧是一个"陌生的熟人"。有感于此,笔者便试着对布罗茨基的诗作了一番理解、体味和认识。

生命的主题及其变奏

一位美国学者曾将布罗茨基"常见的"主题合理、细致地归纳为以下这些:1)疾病的主题;2)衰老的主题;3)死亡的主题;4)地狱和天堂的主题;5)上帝与人的主题;6)时间与空间的主题;7)不存在(虚无)的主题;8)别离和孤独的主题;9)自由的主题;10)帝国的主题;11)语言的部分(创作)的主题;12)人与物的主题。①

在文学创作者中,诗人较少有很确定的主题。他们大多不会像肖洛霍夫和福克纳那样只写顿河流域的哥萨克和"邮票般大小"的杰弗生镇,也不能像托尔斯泰和萨特那样在自己的作品中反复表述某一种思想。诗人的创作主题往往是宽泛而非具体的,是伸缩而非不变的。正因为如此,诗的主题往往又是最自然的,最普遍的。如果说,布罗茨基的整个创作也有着某个总的主题,那就是生命本身。布罗茨基曾说,艺术"是一种寻找肉体却发展了语言的精神"②,换句话说,艺术就是一个包裹着语言外壳的生命的精灵。

---

① M·克列普斯:《论布罗茨基的诗歌》,密歇根州安阿伯 Ardis 出版社,1984年,第194页。
② 布罗茨基:《少于一》(论文集),纽约,Farrar Straus Giroux 出版社,1987年,第124页。

在对生命存在之本质的认识上,布罗茨基接近于存在主义。环境是令人恶心的,别人是陌生的,生命是迷惘的,这类情感在他的诗中、尤其在他早期的诗中有诸多流露。他曲折的生活经历,很容易使他与存在主义哲学产生共鸣。他在流放中和流放后几年里写的诗,大多以孤独为题,表达了"他人就是地狱"那样的感受。在《致北部边疆》(1966)一诗中,他宣称愿做翅膀上落满羽毛似的一页页日历的耳聋的"松鸡",愿做"躲开人的脸庞,躲开狗的合唱,躲开双筒的眼窝"的"狐狸"。在另一首诗中他进而写道:"学会了人与人隔绝,我不想与自己隔绝。"(《学会了人与人隔绝……》)

谈到"孤独主题",会使人想到从浪漫主义诗歌开始出现的"诗人与群众"的命题。在俄国诗歌中,普希金、莱蒙托夫等追随拜伦,将群众视为天才的陪衬或铺垫。到了涅克拉索夫时代,诗人与群众之间被锲入"公民"的中介并有所沟通。但是,面对群众而有的优越以及随之而来的孤独,却是众多诗人传统的感受。布罗茨基的孤独还另有一个层次,即同仁中超前者的孤独,也许正是基于这种感受他曾认定曼德尔什塔姆"是俄国诗歌中一个极其孤独的身影"[①]。此外,布罗茨基的孤独是一种主动的孤独,是一种精神上的自我流放。我们感到,布罗茨基诗歌中的生命孤独的主题,其基础和内涵是多面的。

写生命,就必然要写到生命的对立面和终结——死亡。死亡是布罗茨基诗歌中的中心主题之一。米沃什曾说,布罗茨基的诗歌主题就是"爱与死"[②]。在世界诗史上,写死亡的诗太多了。诗人写死亡的心理起因,就是面对死亡的恐惧。他可能直接表露这种恐惧,也可能表达对这一恐惧的克制,还可能憧憬克服恐惧后的超脱。面对死亡的恐惧,在布罗茨基处表现得比较自然。《丘陵》一诗中,有一串形容死亡的排比句:

> 死亡,不是露水中
> 拖着长辫的可怕的白骨。
> 死亡,就是我们全都

[①] 布罗茨基:《少于一》(论文集),纽约,Farrar Straus Giroux 出版社,1987年,第124页。
[②] 转引自 M·洛曼特:《获诺贝尔奖的俄罗斯诗人》,苏联《民族友谊》杂志,1988年第8期,第185页。

站在其中的一丛灌木。

　　……

　　死亡,是我们的力量
　　我们的劳动和汗滴。
　　死亡,是我们的血管,
　　我们的灵魂和肉体。

　　在这首诗的末尾,布罗茨基推出了"生命"与"死亡"的两个意象:"死亡,这只是平原。/生命,是丘陵,丘陵。"

　　布罗茨基对死亡的理解,有其独特之处。他不把死亡当成个体的终结,而将它当成所有的人所面临的"命运的剪刀";他不把死亡当成一种意外和突然,而将其视为一种时刻与生命纠缠在一起的渐变;他不把生命与死亡当作截然的相对,而将它们视为一种相互的依存和自然的转换。"丘陵"是起伏,是变化;"平原"是单调,是空旷。通过这两个意象,布罗茨基进而把生命与死亡转化为存在与虚无,转化为时间与空间。从而,在对生命过程的观察上,布罗茨基获得了某种泰然和超然。

　　或许,死亡本不可怕,因为人活着时看不到自己的死亡,死亡来时人又已不存在了。更可怕的,是作为死神叩门声的疾病,是死亡迫近的物化标记——衰老。人与动物的重要区别之一就是他能预知自己的死亡,这也正是人生悲剧性的总根源。疾病与衰老一次次地提醒我们,生命就是朝向死亡的不止运动。注视生命的过程,就不可能对疾病和衰老无睹。疾病与衰老作为诗的主题,也一直贯穿在布罗茨基的创作中。而且,在他成熟期的诗作,如《美好时代的结终》、《语言的部分》等诗集中,这类主题的诗作所占的比重越来越大。西方评论界议论说,布罗茨基的诗越写越悲观,原因恐怕就在这里。在《致一位女诗人》(1965)一诗中,诗人自称,如今让他心虚的不是去做贼,而是"秃顶的闪亮"。在《科德角摇篮曲》(1975)中,诗人感到:"衰老躯体的气息,比它的轮廓更尖细。"最集中描写衰老的,是《1972年》。诗中写道:

　　心脏像松鼠,在肋骨的枯枝间

跳跃。喉咙歌唱年龄。
这——已经是衰老。

衰老！你好，我的衰老！
血液滞缓的流动。
双腿匀称的构造时而
折磨视力。脱下鞋子，
我提前用棉絮拯救
我感觉的第五区域。
每个扛锹走过的人，
如今都成为注意的对象。

……

衰老！躯体中越来越多死亡。
就是说，无用的生命越来越多。
从青铜脑门上消褪局部世界的
闪光。黑色探照灯在正午
淹没我的眼窝，
我肌肉中的力被盗走。

衰老和死亡都是时间对人的"赠与"。"时间"一词以大写字母开头出现在布罗茨基的诗中，被当作宇宙一切的主人、敌人和刽子手。时间摧毁一切，如布罗茨基形容，"废墟是时间的节日"，"灰烬是时间的肉体"。在这里，布罗茨基把他的死亡主题与时间主题对接，形成他的又一新的主题，并由此扩展开去，在人、物、时、空的复杂交叉关系中继续他对生命的探究。《科德角摇篮曲》是诗人这类思考的集中体现。诗中认为"空间是物"，时间是"关于物的思想"，"时间大于空间"，它的形式是生命。

空间，作为永恒的、不朽的时间的对应体，是物质的。但它和时间一样，都是人的依赖。人在本质上属于时间，在形式上属于空间，人是"空间的肉体"。生命的人与静止的物相对立，但时间却能将两者调和。作为时间之一种手段的死亡,把人变成物,同时在人身上实现着时间与空间的分裂。人被时间杀害,却又通过时间脱离了空间。这样,布罗茨基的生命诗题就有了某种形而上的意味。

对生命过程进行考察后,随之而来的就是对生命结局的设想。布罗茨基似乎对约定的生命彼岸兴趣不大,虽然他在诗中也时常写到天堂、地狱、上帝、信仰、神等等。对地狱和天堂,布罗茨基都抱着无所谓的态度,因为他认为那些去处都是"空旷"。布罗茨基对生命结局的考虑,集中在如何超越生命这一点上。他一般是排斥宗教手段的。就此而言,他是一个无神论者,那些说他的创作有宗教色彩,他是一个宗教诗人的意见,大约是受了一些表面现象的迷惑。布罗茨基选中创作作为对死亡的超越。他认为,创作是与时间抗争的唯一手段,因为创作是以语言为媒介的。在人类所有的创造物中,只有语言不会消失,它是过去和未来的联系。而创作,作为语言的结晶、"语言的部分",就可以抗衡时间。在组诗《语言的部分》中,布罗茨基表达过这样的思想。在另一个场合,他对此有过更直接的表述:"当撰写者早就化作一尘土之后很久,那些书籍还常常布满尘土地呆在书架上……正是对这种死后未来世界的追求,才驱使一个人拿起笔来写些什么。"[①] 诗人能活在自己的诗中,并通过诗活在后代之中。只有诗、只有创作,才能帮助人在时间的长城上凿出一眼面向未来的洞口。布罗茨基对生命结局的洞察,对诗的抬举,同源于此。

读了布罗茨基之后,笔者有一个感觉:布罗茨基似乎精制了一个悲剧性的黑色的生命雕像,却又将它置于一个暖色调的摆满盛开鲜花的硕大底座上。细读布罗茨基的某一首诗,会感到莫名的压抑和悲观;概览布罗茨基的创作,却有着远睹那座组合雕塑所产生的浑然的安详和天然的达观。

传统的现代派

布罗茨基的诗是传统的,同时又是先锋的,现代的。这不仅是就其对某些诗歌传统的直接继承和大胆革新而言,他的艺术观念和艺术手

[①] 《约瑟夫·布罗茨基谈怎样读书》,杨绍伟译,载《外国文学动态》1988 年第 11 期,第 19 页。

法就体现着"新"、"旧"两重因素的交融。奥登说,布罗茨基是"一个具有各个时代抒情诗人情趣"的"传统主义者"①。苏联学者洛特曼写道:"在布罗茨基的创作中我们可以发现试验性与传统性反差式的结合。"②

生在苏联长在苏联并在苏联学会了写诗,布罗茨基注定是俄罗斯诗歌传统的承载者。他的诗所表达出的对世界的责任感,对现实的忧患意识,是俄国诗歌"公民精神"的遗传。作为阿赫马托娃的学生,给布罗茨基以直接影响的是19世纪末20世纪初俄国诗史上"白银时代"的现代主义诗歌,尤其是阿赫马托娃、茨维塔耶娃、曼德尔什塔姆等人的创作。以阿赫马托娃等为代表的阿克梅诗派,和以马雅可夫斯基等为代表的未来主义诗派,分别是本世纪初俄国现代主义诗歌运动中的两极,后者主张直面生活和未来的豪放诗风,前者则倾向于细究艺术和个人感情的唯美主义诗艺。布罗茨基继承更多的是阿克梅派的诗歌遗产。在阿赫马托娃、茨维塔耶娃、曼德尔什塔姆那儿,他学到了严谨的形式、精确的韵律和真诚大胆的感情表达。同时,他又综合性地吸收了导师们各自的长处,如阿赫马托娃的安详的深邃思考,茨维塔耶娃的复杂句式、移行等诗体构造方式,曼德尔什塔姆对古代文明的深厚眷念,等等。由于多种原因,阿克梅诗派没能在俄国得到充分的发展,但布罗茨基在新的时期将阿克梅派诗歌试验的一些宝贵经验通过自己的创作介绍给了世界。

布罗茨基也注重从外民族的诗歌中吸收营养。他很早就开始阅读并翻译波兰、英国、西班牙及欧洲其他国家的诗歌,从中得到借鉴,这在他创作中也留有痕迹。他的《墨西哥套曲》带有西班牙语诗歌中的谣曲风格,接近加西亚·洛尔卡的"罗曼采罗体"。他的《罗马哀歌》与他翻译过的波兰诗人诺尔维德的《怀念贝姆的悲歌》基调相近。他的《佛罗伦萨的十二月》带有但丁遗风。然而,被布罗茨基真正视为知音的,还是与他远隔三个世纪的英国玄学派诗人。

---

① 转引自万宁:《1987年诺贝尔文学奖得主约瑟夫·布罗茨基》,《现代世界诗坛》1988年第1辑,第75—76页。

② 转引自M·洛曼特:《获诺贝尔奖的俄罗斯诗人》,苏联《民族友谊》杂志1988年第8期,第186页。

布罗茨基在西方引起广泛注意的第一首诗,就是他那首《献给约翰·多恩的大哀歌》,这并非偶然。多恩作为17世纪英国玄学派诗歌的主要代表,很受布罗茨基的推崇。布罗茨基精读并翻译过他和G·赫伯特、A·马韦尔、R·克拉肖等其他玄学派诗人的作品。玄学派诗歌受了两个世纪的冷落之后,在本世纪初因艾略特等人的张扬和"新批评"运动的兴起而声名大振,但它在60年代的苏联还传播不广。布罗茨基辛苦地把它发掘出来,实在是因为那种诗太合他的口味了。如今我们回过头来将布罗茨基的诗和玄学派诗歌作比较,就可以发现许多一致的地方,如学究气的思辨、冷静的"奇喻"、艾略特所言的"思想和情感的统一"以及浓郁的怀疑氛围等。布罗茨基对玄学派诗歌的注重,不仅使他的诗有了为西方读者所理解所接受的可能,更为重要的是,这使他得以在英美和俄苏两大诗歌传统上嫁接自己的诗歌之树。

正是就布罗茨基对多种诗歌遗产综合的积极的继承而言,我们称他为"传统的"。但同时,他又是一位具有现代意识和创新精神的诗人。他的长诗《戈尔布诺夫和戈尔恰科夫》写两个精神病人在疯人院中的交谈,主人公的情绪、感受和理念,都是通过非逻辑的意识流式的叙述表达出来的。评论者常把他的这种长诗与现代派鼻祖陀思妥耶夫斯基的《死屋手记》等作品相互对比。在布罗茨基的许多诗作中,还能看到某些现代诗歌技巧的具体运用。试以《"房中的一切……"》(1962)和《蝴蝶》(1972)两诗为例。

> 房中的一切让新房客陌生。
> 匆匆的目光滑过所有的物品。
> 物品的阴影与来人不配,
> 深受折磨的甚至是阴影。
> 但房子不想空旷下去。
> 似乎缺少那样的勇气,
> 锁,无力前去相识,
> 独自在昏暗中抗拒。
> 是的,这位与那位并无相同,
> 那位搬进书橱书桌,感到
> 他再也不会离开这四壁,

> 但他被迫走了;走去死掉。
> 没什么能让他俩结合:
> 无论是长相是沮丧是脾气。
> 但他俩之间有一条线,
> 即通常称为家的东西。

这首诗是布罗茨基的早期作品。从这首并不显得出奇的作品中,可以发现青年布罗茨基在诗歌技巧上所作的努力。开头两句,写一位房客对新家的陌生感。接下来,由人格化了的房子(物)来观察、评价物化了的新房客(人);以物取代人成为抒情主人公,它(他?)将新房客与老房客做比较,表达出了诗人想要表达的意思:匆匆过客的人(老房客,接着将是新房客),较之于世界(房子、四壁)、较之于物质或精神的遗产(书橱、书桌),是短暂、易逝乃至虚妄的。最后四句,是诗人出面作的结论。在诗中,除了那条将新、老房客联系起来的"线"外,我们还感觉到了另一条线,它串连起新房客、老房客、房子(家)和诗作者这四个人物,还串连起三个视点:新房客的视点 → 房子的视点 → 诗人的视点。在这里,我们看到了视点的变化。而多视点,正是以毕加索、乔伊斯等为代表人物的现代艺术的重要特征之一。

《蝴蝶》属布罗茨基成熟期的诗作,这首将蝴蝶与人比拟、探究生命意义的诗共有 14 小节,形式十分严谨:每小节 12 行,各节行数、音步相等,押严格的韵,前七节提出问题,后七节作思考和回答。但是,诗中复杂的复合句式、独特的断句移行和排列形式又很新奇。这是其中的两节:

> XI
> 笔这样做着,
> 在画了格的
> 笔记本的表面滑动
> 它不知道
> 自己诗行的命运,
> 在那智慧与邪说
> 混淆处,但它相信

手的跳动，
在那指间跳跃着
聋哑的口语，
取下的不是花上的尘，
是肩的重负。

XII
那般的美丽，
如此的短暂
联合起，撒嘴抛出
一个谜底：
不能说得更清楚，
归根结底，世界
被创造得并无目的，
如果真有，
目的也不是我们。
昆虫友人呵，
没有钉住光明的尖针，
对黑暗同样。

　　参差不齐的诗句，造成一种轻盈的飞翔感觉。在原文诗集中，每页只排两节，两边空出的书页，恰好形成一蝴蝶状。布罗茨基的这番苦心排列，很有具体诗的味道。
　　在传统与现代的交接处，布罗茨基找到了自己的立足点。或许，既传统又先锋，才是有机的现代艺术？

综合的诗

　　一位苏联诗歌评论家说："当代诗歌中的综合倾向如今在我国、在国外都是显而易见的。"① 把这一论断应用在作为当代世界诗歌重要现象的布罗茨基的创作上，倒是合适的。在布罗茨基70年代后半期写的一

---

① В·奥格廖夫：《诗歌地平线》，第1卷，莫斯科：文学出版社，1982年，第315页。

首无题诗中,出现了"语言的部分"这个字眼,作者用这个字眼作了一组诗的总题,又用它作了一部诗集的名字,甚至也用它来暗指其整个创作。作者这里用的"语言"一词,不是他认为已定型化了的 язык、language,而是他认定是富有活力、不断变化着的 речь、speech。布罗茨基从活的语言中挖掘出各种富有诗的潜能的部分,将它们综合地加以利用,从而形成一个富有特色的艺术整体。

在诗的词汇选择上,布罗茨基几乎是无所顾忌的。从最古老的圣经语言到最现代化的科学技术词汇,从传统的诗词雅语到当代大众口语,从学究才用的冷僻字到街头脏话,只要需要,他无所不取。在对词汇的选择上,他表现出一种现代民主精神。他认为,所有的词在诗中都是平等的,没有高雅与低俗之区别,高低之分只在于怎样运用它们。布罗茨基讨厌习见的诗语,他总想通过他采蜜似的得来的词汇,不时地给读者一个意外。在《献给玛丽娅·斯图尔特的20首十四行诗》(之五)中,有这样一句:"那时的一只白乌鸦,/对当代人你却是婊子。"这样的"脏话"在布罗茨基的诗中并不罕见。他的诗中也有一些性的字眼。

布罗茨基用奇字,并非为了标新、哗众。他有时是为了追求某种感觉,有时则是为了营造某种意象。

> ……
> 在一张
> 比他还古老的小沙发上,
> 一个三角形被熟人们
> 在汇合两个点上
> 做成一条垂直线。
>
> (《七年过后》)

在上引的这段诗中,若将垂直线理解为成熟了的稳固的爱,将三角形视为恋爱上的三角关系,那些枯燥的几何术语便会产生出一个意味深长的形象。当然,布罗茨基独特的诗歌意象,更多地还是通过他丰富的修辞手段而获得的。

古老的"迂回形容法"在布罗茨基的诗中得到了频繁的运用。所谓"迂回形容",类似中国的谜语,如用"兽中之王"称狮子,用"沙漠之舟"指骆驼。布罗茨基推陈出新,常用这种方法在诗中布下一些暗指,似在对读者进行智力测验。他将耳朵称为"感觉的第五区域"(《1972 年》),说轮船是"没有轮子的交通"(《切尔西的泰晤士河》),用"丢失背面的通红的圆"指太阳,用"女人放进口红中的部位"指嘴唇(《立陶宛套曲》)。这样的"谜语"在布罗茨基的诗中随处可见,它们使布罗茨基的诗多了些兴味,也多了些费解之处。

布罗茨基的诗中,很少有一般形容词,也少见形容词与名词的常见组合。他更爱用由动词变化而来的形动词,因为这样的修饰语中包含着动作,语义场更宽。他更爱用新奇的形容词、名词搭配,"矛盾修辞"就是其中的一种,如"聋哑的口语","嚣喧的静谧"等。除了奇化修饰语外,布罗茨基的比喻体系中还有其他多种方式。在他早期的《有个黑色的苍穹……》一诗中,他曾用一连串近 20 个排比短句来形容一匹"黑马"之黑:像煤,像夜,像空旷,像体内的针,像远处的森林,像胸肋的间隔,像地下种子安卧的穴……这种递进比喻布罗茨基后来很少再用,因为这只是名词间的比喻,是事物外在形式上的互比。之后,布罗茨基在不同的动作间也发现了可比性。将两个不同的行为作比,这是布罗茨基的一大特长。如这几句诗:"微笑滑过如乌鸦的身影滑过参差的栅栏。"(《"从空气的观点看……"》)"金色的眉毛扬起,如晚霞在屋檐上爬升。"(《罗马哀歌》)由此发展下去,便出现了布罗茨基的组合比喻,即将两个独立的复杂过程对应作比。这种比喻方式已不是简单的一对一,而是一对对一对:"人思考着自己的生活,就像黑夜思考着灯。"(《科德角摇篮曲》之九)"六月的末尾躲在雨中,就像交谈者躲进自己的思维。"(《墨西哥套曲》还有更为复杂一些的例子:

> 在宫殿的白柱脚边,
> 在大理石的台阶上,一群黑脸的
> 身穿揉皱的彩衣的头领
> 正等着他们的皇帝出现,
> 就像扔在台布上的一束花
> 正等着装满清水的玻璃花瓶。
> (《我们的纪元之后》)

布罗茨基的组合比喻,使其诗的句法结构复杂化了。加之他还有一个意见,认为诗中的语句愈长,留给"空旷"的位置就愈少,语言克服空旷也正是创作克服死亡的一个方面。他的诗句是冗长的,一句话往往跨数行,且常有大量的各式从句。读懂他的诗,往往是在推敲了半天语法之后。然而,在他繁琐的诗句中也不乏干净的格言。"警句化"亦可视为布罗茨基诗歌的另一特征。他诗中的那些突如其来的"怪论",有的无疑是作者的捻须若思,有的则仿佛是作者的信手拈来:

  爱是离别的序言。

          (《戈尔布诺夫和戈尔恰科夫》)

  死亡,就是别人身上时常发生的事。

              (《悼 T. P.》)

  证明了的真理
  其实已非真理,而
  只是一堆论证。

              (《致雅尔塔》)

  布罗茨基对诗歌语言的综合,还体现在他的"用典"上。他的诗中常有别的诗人用出名的字眼,他敢于重复别人写绝的诗题,甚至还直接引用别人的诗句。他的大胆来源于他的自信,因为他善于将别人的砖石天衣无缝地砌进自己的创作。有人将他的这种举动称为"用他人的乐器演奏"[1]自己的曲子。和欧洲大多数诗人一样,布罗茨基也从古希腊神话和圣经故事中汲取素材。长诗《以撒和亚伯拉罕》将上帝对亚伯拉罕的信仰进行考验的故事引申入现代,对犹太民族的命运作了思考。布罗茨基利用神话写成的诗作有《埃涅阿斯和狄多》、《俄底修斯与忒勒玛科依说》等。

  布罗茨基具有"综合倾向"的诗歌是琳琅满目的。读着他的诗集,我们似步入一个语言博览会。徜徉之余,我们感到,布罗茨基的诗歌特

---

[1] M·克列普斯:《论布罗茨基的诗歌》,密歇根州安阿伯:Ardis 出版社,1984 年,第 125 页。

色、诗歌成就的重要根源之一,也许正是他在语言运用上的现代意识和诗歌创作中的民主精神。

选自刘文飞:《墙里墙外:俄语文学论集》
北京:中央编译出版社,1997年

加西亚·马尔克斯

《百年孤独》及其艺术形态

陈众议

哥伦比亚作家加西亚·马尔克斯的《百年孤独》是当前中国读书界、文学界的热门话题，"幻想加现实"已经成为人们评论它时常用的套话。诚然，窃以为"幻想加现实"的说法过于笼统，何况《百年孤独》的幻想决非传统意义上的幻想，也不是阳伞加缝纫机加解剖桌或老博尔赫斯的 A 人乃 B 人所梦，又似乎是 C 人梦中之梦的没完没了的梦的游戏。它基于现实，最终又导向现实，简而言之，它是一种艺术夸张，一种艺术手法，即拉丁美洲作家在专制统治的重压下所采取的避实求虚、以虚喻实的表现现实的曲折手段；同时它更是一种描写对象，是内容——不然，作品也就无别于幻想小说了——，即拉丁美洲的神奇现实、拉丁美洲的民族特性、文化特性及拉丁美洲人的心理结构。正因为这个，对于加西亚·马尔克斯，"魔幻现实主义"只是评论家的发明；他本人始终不相信这个词儿，倒喜欢用"真正的写实主义"。

一

是无意印证了原型批评理论，还是有意偏袒诺恩罗普·弗莱①？《百年孤独》似是一部神话。

霍·阿·布恩蒂亚和表妹乌苏娜自幼青梅竹马，长大后被比爱情更牢固的关系——"共同的良心谴责"联系在一起，但慑于"猪尾儿"的预言，婚事一再受阻。最后冲动战胜了理智，他们结合了。然而预言的阴影仍然笼罩着新婚夫妇的生活。乌苏娜知道丈夫是个有血性的男子，担心他在她睡着的时候强迫她，所以，上床之前，她都穿上母亲拿厚帆布给

---

① 原型批评派代表人物弗莱认为，过去西方文学恰好依神话——传奇——悲剧——喜剧——讽刺的秩序，经历了由神话到事实的发展，而今天它又趋向于回归到神话。卡夫卡的《变形记》和乔伊斯的《尤利西斯》是他的有力佐证，方兴未艾的科幻小说亦然。

她缝制的"防卫裤"。时间长了,人们见她总也不孕,就奚落布恩蒂亚。布恩蒂亚忍无可忍,拿标枪刺死了侮辱他的人;然后气冲冲地回到家里,恰好碰见妻子在穿"防卫裤",于是用标枪对准她,命令道:"脱掉!"为了逃避预言一旦灵验时的羞辱和死者灵魂的骚扰,布恩蒂亚带着怀孕的妻子背井离乡,探寻寥无人烟的僻静去处。他们和同行的十几个探险者在漫无边际的沼泽地里流浪了无数个月,竟没有遇见一个人。有一天夜晚,"霍·阿·布恩蒂亚做了个梦,营地上仿佛矗立起一座热闹的城市,房屋的墙壁都是用晶莹夺目的透明材料砌成。他打听这是什么城市,听到的回答是一个陌生的、毫无意义的名字,可是这个名字在梦里却异常响亮动听:马孔多。"①

他们在这神奇的地方建立起自己的家园。乌苏娜生下了两个孩子,并未发现任何异常。布恩蒂亚这才放下心来,打算同外界建立联系。他率领马孔多人进行了长时间的努力,结果却发现"这个潮湿和寂寥的境地犹如'原罪'以前的蛮荒世界",周围都是沼泽,最向外就是浩瀚的大海。他们绝望地用大砍刀乱劈着血红色的百合和金黄色的蝾螈,"远古的回忆使他们受到压抑"。他们的一切幻想都破灭了。"'真他妈的!'霍·阿·布恩蒂亚叫道。马孔多四面八方都给海水围住啦!"然而,多年以后,奥雷连诺上校在远离大海的内陆看见了他父亲也曾见到过的那堆船骸,"于是向自己提出个问题:帆船怎会深入陆地这么远呢?"⋯⋯

不是吗,既可以看到古希腊神话传说的鲜明影子,又有古代希伯来民族的丰富想象。预言、乱伦、凶杀令人追忆回肠荡气的古希腊神话传说,"原罪"、迁徙、内陆船骸、男人的汗水、女人的痛苦令人迁思动魄惊心的《圣经·旧约》。而且马孔多是一块"福地"。它四面是海,俨然是神力所致,遂兀然出现在布恩蒂亚梦中。细细回味,那梦仿佛是耶和华的神谕,布恩蒂亚又何尝不像是率领以色列子孙逃出埃及的摩西。

当初,马孔多确乎是个安宁幸福的村落,总共只有20户人家,过着田园诗般的生活。但好景不长,不同肤色的移民、居心叵测的洋人慕名而来,各种名目的跨国公司接踵而至;马孔多人四分五裂,开始向外出击。布恩蒂亚的孤僻子孙无奇不有,从此失去"神"的庇护。财富同他们

---

① 引自加西亚·马尔克斯:《百年孤独》,高长荣译,北京:十月文艺出版社,1984年。下同。

无缘，爱情的天使也披着床单飞上天去。最后的时刻终于来到：霍·阿·布恩蒂亚的第六代子孙奥雷连诺·布恩蒂亚发现他的情妇阿玛兰塔·乌苏娜并非他姐姐，而是他姑姑，而且发现弗兰西斯·德拉克爵士围攻列奥阿察，只是为了搅乱这里的家族的血缘关系，直到这里的家族生出神话中的怪物，而这个怪物注定要使这个家族彻底毁灭。此时《圣经》所说的那种洪水变成了猛烈的飓风，连同四年十一个月零两天的暴雨，团团围住了马孔多。按照吉卜赛术士梅尔加德斯的羊皮纸手稿的预言——他于100年前用本族的梵文记下这个家族的历史，然后把这些梵文译成密码诗，诗的偶数行列用的是奥古斯都皇帝的私人密码，奇数行列用的是古斯巴达的军用密码。在马孔多濒临毁灭的时候被奥雷连诺·布恩蒂亚破译——"马孔多这个镜子似的（或者蜃景似的）城镇，将被飓风从地面上一扫而光，将从人们的记忆中彻底抹掉，羊皮纸手稿所记载的一切将永远不会重现，遭受百年孤独的家族，注定不会在大地上第二次出现了。"

多么可怕的场面。它是"世界末日"的神话，还是"世界末日"的预言？正因为这可怕的"世界末日"般的场景，国内外贬责《百年孤独》宣扬宿命论和悲观主义。

然而，《百年孤独》既不是"世界末日"的神话，亦非"世界末日"的预言。

这是因为，《百年孤独》是加西亚·马尔克斯对包括神话——尤其是神话！——在内的古往今来的各种具有神话色彩的文学作品的诙谐摹拟。且不说广为人知的洪水、方舟——那堆船骸、乱伦的悲剧、世界末日和权作飞毯的床单等等来自希伯来神话、古希腊神话、《天方夜谭》甚至纳斯特拉达马斯的《世纪》，就连许多人物或人物名字也都是从各种文学作品尤其是拉丁美洲当代作家的作品中直接搬用和援引的。例如梅尔加德斯来自加列戈斯的《堂娜芭芭拉》(1929)，维克托·雨果来自卡彭铁尔的《启蒙世纪》(1962)，阿尔特米奥·克鲁斯本是富恩特斯的长篇小说《阿尔特米奥·克鲁斯之死》(1962)中的主人公，罗卡马杜尔则是科塔萨尔笔下的人物。而所谓《百年孤独》实系吉卜赛人的手稿，显然是对塞万提斯的诙谐摹拟。此外，作品中大量的"死人国"描写，有的源自古印第安神话传说，有的则是对但丁的摹拟。

凡此种种，使作品成为一部"类神话"、"似神话"，并且有强烈的

"魔幻"色彩。无独有偶,近半个世纪以来,"原型的显现"也好,神话的摹拟也好,类似旨在表述真实的"神话"时有出现。从卡夫卡的《变形记》到乔伊斯的《尤利西斯》、阿斯图里亚斯的《玉米人》,似乎真有"神话复归"的兆头。虽然它们在20世纪世界文坛犹如在气象万千的大世界里的沧海一粟,但影响之大出乎人们的意料,借荣格的话说,能给人"酣畅淋漓"的感受,"排山倒海的力量"。因为它们是"集体无意识"的显泄,是原型即"基本上是神话形象"的显现。一旦置身其境,"我们就不再是个人,而是人类;全人类的声音都在我们心中共鸣"。

即便如此,从宏观的角度看,无论是神话的"复归"还是"原型"的显现,均非20世纪的奇迹。神话是艺术的土壤,是宝贵的、不可再造的文化遗产,对后来的文学一直产生着巨大的影响。尤其是在"上帝已经死亡"、悲观主义者们惊世骇俗地吁请人们注意"世界末日"即将来临的时代,在人类经历了世界末日般战争的20世纪,在核恐慌、核军备竞赛不断升级的时候,西方社会理性沦丧已非哗众取宠之词。神灵死亡,理想泯灭。在虚无中,信仰和虔诚才显得格外珍贵也格外显眼。"相信一切的寓言创造者们"唏嘘叹息,黯然神伤,回到上古时代,借助神话或神话想象,"天真"地、虔诚地幻化现实,表现现实,揭露时弊,鞭笞时政,在形式上自我作古,也是合情合理,大可不必因之担心人类"老到了"、"回光返照"了。

从微观的角度看,《百年孤独》远不仅仅是为了摹拟神话而摹拟神话,为了回到"洪荒"而回到"洪荒",甚至绝不仅仅是为了借古喻今、增加深度、扩充容量或追求神奇效果,当然更不是为了附和"人类末日"的说法。诚如加西亚·马尔克斯1982年在瑞典皇家科学院讲台上表示的那样,"我的导师威廉·福克纳曾在和今天一样的日子里一样的场合下说过;'我拒绝人类末日的说法。'如果我没有完全意识到32年前福克纳就拒不接受的人类毁灭的灾难……那么我现在站在他站过的这个位置上就会感到极不相称。"他完全意识到了,而且坚信人类末日的说法是没有充分根据的。假如真有什么世界末日的凶兆,他说,"我们这些相信一切的寓言创造者们感到,我们有权利认为,着手建造一个与之抗衡的乌托邦还为时不晚。"①可见,加西亚·马尔克斯创作《百年孤独》并不旨在创造一个新的、意味着人类童心复发的和行将灭亡的神话世界。恰恰相反,它是历史的艺术再现,而且它已经判处一个注定灭亡的、腐朽透顶的世界死刑。这不是预言,而是历史的使然,是愿望的袒露,其意义远比建造一个"乌托邦"深远。

二

《百年孤独》包罗万象,它既是一部人类社会史,又是一部新大陆"文明"史,更是一部拉丁美洲和哥伦比亚民族文化史和民俗史,或者说,是对这些"史"的高度的、形象的、象征的概括。

在原始社会时期,随着氏族的解体,男子在一夫一妻的家庭中占了统治地位。部落或农村公社内部实行族外婚,禁止同一血缘亲族集团内部通婚;实行生产资料公有,共同劳动,平均分配,没有剥削,也没有阶级。所以这个时期又叫原始共产主义社会。原始部落经常进行大规模的迁徙,迁徙原因很多,其中常见的有战争、自然灾害等,总之,是为了寻找更适合于生存的自然条件。如中国古代周人迁居周原、古希腊人迁入巴尔干半岛以及古代玛雅人都有过大规模的迁徙。

马孔多产生之前,布恩蒂亚家和乌苏娜家居住的地方,"几百年来,两族的人都是杂配的",因为他们生怕两族的血缘关系会使两族联姻可能丢脸地生出有尾巴的后代。但是,布恩蒂亚和乌苏娜为了爱情,打破了两族不得通婚的约定俗成的禁习,带领20来户人家迁移到荒无人烟的马孔多。"霍·阿·布恩蒂亚好像一个年轻的族长,经常告诉大家如何播种,如何教养孩子,如何饲养家畜;他跟大伙儿一起劳动,为全村造福。""他指挥建筑的房屋,每家的主人到河边去取水都同样方便;他合理设计的街道,每座住房白天最热的时候都能得到同样的阳光。建村之后过了几年,马孔多已经成了一个最整洁的村子,这是跟全村三百个居民过去住过的其他一切村庄都不同的。这是一个真正幸福的村子……",体现了无阶级社会、共同劳动、平均分配的原则。

"山中方一日,世上已千年"。马孔多创建后不久,吉卜赛人居然找

---

① 《加西亚·马尔克斯在诺贝尔文学奖金授奖仪式的讲话》,转引自张国培《加西亚·马尔克斯研究资料》,1984年,第155页。

到了这个地方,并且用他们的见识和法术驱散了马孔多的宁寂。他们带来了人类的"最新发明",推动了马孔多社会生产力的发展。布恩蒂亚对吉卜赛人带来的金属产生了特别浓厚的兴趣。这种兴趣逐渐发展到狂热的地步。他对家人说:"即使你不害怕上帝,你也会害怕金属。"人类历史上,正是因为生产力的不断发展,特别是金属工具的使用,出现了剩余产品,出现了生产个体化和私有财产,生产资料公有制才转变为私有制。社会便逐步分裂为奴隶主阶级、奴隶阶级和自由民。"这时,马孔多事业兴旺,布恩蒂亚家中一片忙碌,孩子们的照顾就降到了次要地位。负责照拂他们的是古阿吉洛部族的一个印第安女人,她是和弟弟一块儿来到马孔多的……姐弟俩都是驯良、勤劳的人……"村庄很快变成一个热闹的市镇,开设了手工业作坊,修筑了永久的商道。新来的居民仍十分尊敬霍·阿·布恩蒂亚,"甚至请他划分土地。没有征得他的同意,就不放下一块基石,也不砌上一道墙垣。"马孔多出现了三个社会阶层:以布恩蒂亚家族为代表的"奴隶主"贵族阶层,这个阶层主要由参加马孔多初建的家庭组成;以阿拉伯人、吉卜赛人等新迁移来的居民为主要成分而组成的"自由民"阶层,这些人大都属于手工业者、小店主或艺人;和处于社会最低层的"奴隶"阶层,属这个阶层的多为印第安人,因为他们扮演的基本上是奴仆的角色。

岁月不居,霍·阿·布恩蒂亚的两个儿子相继长大成人;乌苏娜家大业大,不断翻修和建造房舍;马孔多也越来越兴旺发达。其时,"朝廷"派来了第一位命官——阿·摩斯柯特镇长,教区调来了第一位神父——尼康诺·莱茵纳。他们一见到马孔多居民一切无所顾忌的样子就感到惊愕。为了使马孔多人相信上帝的存在,神父煞费了一番苦心。马孔多终于有了第一座教堂。

与此同时,小镇的阶级关系发生了深刻的变化。以地主占有土地、残酷剥削农民为基础的社会制度——"封建主义"从"奴隶社会"脱胎而出。布恩蒂亚的长子霍·阿卡蒂奥"强占了周围最好的耕地。那些没有遭到他掠夺的农民——他不需要他们的土地——他就向他们收税。每逢星期六,他都肩挎双筒枪,带着一群狗去强征税款。""地主阶级"就这样巧取豪夺并依靠封建土地所有制和地租形式等占有农民的剩余劳动。

然后便是自由党和保守党之间的旷日持久的战争。自由党人"出于人道主义精神",立志革命,为此他们在奥雷连诺上校的领导下,"发动了32次武装起义";保守党人则"直接从上帝那儿接受权力,维护稳定的社会秩序和家庭道德,保护基督——政权的基础"。这场惊天地、泣鬼神、令马孔多人回肠九转的战争俨然是对充满了戏剧性变化的英国资产阶级革命和法国大革命的艺术表现。

紧接着是兴建工厂和铺设铁路。"马孔多居民被许多奇异的发明弄得眼花缭乱,简直来不及表示惊讶。"火车,轮船,电灯,电话,电影以及洪水般涌来的各类人,如背负各种新式"武器"的工程师、勘测员,使马孔多人整天处于极度兴奋状态之中。不久,跨国公司及随之而来的法国艺妓、西印度黑人等稀奇古怪的角色充塞了马孔多。弹指一挥间,马孔多发生了如此重大的变化,以致老资格的居民都蓦然觉得自己成了同生于斯、长于斯的镇子格格不入的生人。外国人花天酒地,钱多得花不了;红灯区一天天扩大;巴比伦女人、法兰西女郎一批批增加;"上帝似乎决定试验一下马孔多居民们惊愕的限度"。终于,马孔多由惊愕转为愤怒,爆发了工人大罢工。结果当然不妙,独裁政府对工人毫不手软:数千名手无寸铁的工人倒在血泊之中。这难道不正是垄断资本主义时代怵目惊心的现实?!

同时,《百年孤独》又是新大陆"文明"史、尤其是拉丁美洲和哥伦比亚民族历史的缩影。它甚至是对古代美洲文明衰败原因的艺术想象:孤独——各民族闭关自守,老死不相往来;自然灾害——洪水、飓风、酷热;病魔——如迫使印第安人来到马孔多的"传染性失眠症"和"传染性健忘症"等。

拉丁美洲疯狂的历史在这里再现。漫长的战争,永无休止的党派争端,残酷的帝国主义侵略,封建统治的白色恐怖,勾勒出了20多个国家的百年沧桑。

哥伦比亚民族的悲剧在这里再现。狂暴的飓风、骄灼的太阳、自由党、保守党、"香蕉热"、大罢工、大屠杀,像一排排无情的浪涛击打着加勒比海岸上这个以哥伦布的名字命名的国度——哥伦比亚。

《百年孤独》中也毋庸置疑地具有作者故乡阿拉卡塔卡的化身;蕴含着加西亚·马尔克斯童年的回忆,少年的怀念和青年的思索。"多年以后,奥雷连诺上校站在行刑队前,准会想起父亲带他去参观冰块的那个遥远的下午……",分明是加西亚·马尔克斯面对冷酷人生,脑海里浮现出两个毫不相干却又紧密相连的难忘形象:外祖父和冰块。多年以后,作者在追忆创作经过时说:"我记得,我们住在阿拉卡塔卡时,我年纪还很小,外祖父带我去马戏团看过单峰骆驼。一天我对外祖父说,我还没有看见过冰呢——听曾经见过的人说,冰是马戏团的一种怪物——他于是带我去香蕉公司的储运仓库了,让人打开一个冰冻鲜鱼的冷库,并叫我把手伸进去。《百年孤独》全书就始于这一细节。"①而且小说的主要人物和地理环境无不是以阿拉卡塔卡的外祖父一家和阿拉卡塔卡为蓝本的。

三

《百年孤独》,顾名思义,自然也是写孤独的。

孤独作为一种现象,一种心境,一种描写对象,在浩如烟海的文学史上算不得罕见,尤其是在20世纪西方,上帝死亡,理性泯灭,孤独,已成为一个泛世界性题材。但是把它当作一个民族、一个国家甚而一个包括20多个国家的广袤地区的历史来表述,恐怕就不再是常事了。而《百年孤独》展现在我们眼前的正是这后一种历史性孤独。可以说,孤独是加西亚·马尔克斯青年时代就开始捕捉的创作对象。青年加西亚·马尔克斯经历了时代的精神危机,而且,身为拉丁美洲作家,他的危机感尤为深重。他表现孤独的作品因之丝毫没有无病呻吟的矫揉造作。

20世纪中叶,拉丁美洲经济危机严酷,专制制度肆虐,各民族前途暗淡。贫穷、落后和野蛮几乎成为拉美丁洲国家的代名词。这便是我们这位作家面临的现实。"这一异乎寻常的现实中的各色人等,无论是诗人还是乞丐,音乐家还是预言家,战士还是心术不正的小人,都很少求助于想象,因为,对我们来说,最大的挑战是缺乏为了使生活变得令人可信而必需的财富。朋友们,这就是我们孤独的症结所在。"②

这使青年加西亚·马尔克斯同卡夫卡、乔伊斯、福克纳等欧美作家产生共鸣。他效法卡夫卡,倾诉出了小人物无可奈何的苦闷、彷徨、等待与孤寂。20世纪50年代末,他又被迫亡命国外,孤独、贫困、忧国忧民和

---

① 加西亚·马尔克斯、门多萨:《番石榴飘香》,黑绵羊出版社,1982年,第77页。
② 《加西亚·马尔·克斯在诺贝尔文学奖金授奖仪式的讲话》,转引自张国培《加西亚·马尔克斯研究资料》,1984年,第153页。

遥远的距离,促使他对哥伦比亚和拉丁美洲历史作冷静、深沉的反思。

由于马孔多的孤独和落后,马孔多人对现实的感知产生了奇异的效果:现实发生突变,最离奇的幻想化为现实,最纯粹的现实变作幻想。

鬼魂和"死人国"的描述虽然在古今中外的文学作品中甚多——远至初民的神话,近到志怪小说,可谓汗牛充栋——但是,在当代小说中,像《百年孤独》那样大肆铺陈地描写鬼魂和死人国的可谓绝无仅有。普鲁登希奥多次还魂,梅尔加德斯死后复生,阿玛兰塔赴死人国送信……仿佛把我们带进了《聊斋志异》的天地。毋怪乎一些气盛的读者不客气地拿起批判的武器给《百年孤独》扣上迷信的帽子。然而,如果说蒲松龄用幻境隐喻现实,从而客观上反映了中国古人的传统信仰,如佛教的生死轮回说,道教的阴阳无二说,等等;那么,加西亚·马尔克斯分明是试图通过马孔多人的陈腐的宗教信仰鞭笞马孔多的孤独和落后。须知,生活在死亡中延续是多少年来这里的人们不可移易的信念。①

由于孤独和落后,马孔多人相信鬼神,相信天命,相信预感,甚至对吉卜赛人变成沥青、变成毒蛇也信以为真。

但是,反过来,磁石却使所有的马孔多人大为震惊,他们为它的魔力所慑服,幻想用它吸出地下的金子。冰块更使他们着迷,被称为"世界上最大的钻石",并指望用它建造房子:"马孔多好像一个赤热的火炉,门臼和窗子的铰链都热得变了形;用冰砖修盖房子,马孔多就会变成一座永远凉爽的市镇了。"照相机也令马孔多人望而生畏,他们生怕人像移到金属板上,人会逐渐消瘦,但却用它否定上帝无处不在的神话。意大利人的自动钢琴自然又引起了他们的惊异:他们为它美妙的声音而倾倒,恨不得拆开来看一看究竟是哪个魔鬼在里面歌唱。火车对于他们简直是一件怪物,是一个安了轮子的厨房拖着的一个村镇。他们被可怕的汽笛声和噗哧哧的喷气声吓得战栗起来。随着"香蕉热"的蔓延,马孔多居民被越来越多的奇异发明弄得眼花缭乱,"简直来不及表示惊讶"。"他们望着淡白的电灯,整夜都不睡觉。"还有电影,搞得马孔多人恼火已极,"因为他们为之痛哭的人物,在一部影片里死亡和埋葬了,却在另一部影片里活得挺好,而且变成了阿拉伯人。花了两分钱去跟影片

---

① 帕斯:《孤独的迷宫》,墨西哥,1959年。

人物共命运的观众,忍受不了这种空前的欺骗,把座椅都砸得稀烂。"

这是问题的另一方面,同上述传统信仰相反相成。它运用什克洛夫斯基所说的"陌生法"——当代作家谓之"距离感"——,从另一侧面表述了马孔多人的孤独与落后。通过马孔多人的感觉知觉,作品变习见为新知,化腐朽为神奇:外界早已习以为常的事物无一不成了"世界奇观",相反那些早被科学及"文明人"唾弃的观念、陋习在马孔多肆意泛滥;其形态或急剧或舒缓,无不给人以强烈的感观刺激。

总之,《百年孤独》无所羁绊的想象,完全插上了最原始的神话和最先进的科幻小说、最古老的传说和最纯真的童话的翅膀,一旦进入它的境界,我们就会感到自己久已麻木的童心之弦被重重地弹拨了一下。我们仿佛从马孔多人对冰、对磁铁、对火车、电影等曾激荡过我们童心但已淡忘的或惊讶或恐惧或愤慨中,重新体味童年的感受。然而,马孔多人毕竟不尽是儿童。这又不禁使我们在愉悦和兴奋的审美感受中意味到他们的孤独、愚昧和落后。这种强烈的感性的和精神的内容——而且是隐含的、需要回味的,不是直接的、浅尝辄止的——,恰恰是需要卡西列所说的大诗人的"神话的洞识力量"才能得以艺术结合的。①

透过多侧面的叙述、观照和多层次的审美感受,马孔多世界便更加溢发出生物在孤寂中死亡、腐烂的气味:霍·阿·布恩蒂亚几乎是在大栗树下活活烂死的,就像他年轻时预言的那样。奥雷连诺上校身经百战,到头来不知道为谁而战,为什么而战。自由党和保守党原是一路货色,唯一的区别是"自由党人举行早祷;保守党人举行晚祷"。他终于绝望地把自己关在小屋里制作小金鱼,他做了又毁,毁了又做,以此消磨时光,最后像小鸡儿似的、无声无息地死去。阿玛兰塔深知哥哥制作小金鱼的意义,于是也学着他的样子缝制自己的寿衣。荷马的佩涅洛佩日织夜拆是为了争取时间,而阿玛兰塔却是为了打发时间,等待死神的到来。同样,布恩蒂亚的养女雷贝卡也不可避免地染上了孤独症,丈夫一死,她便闩上房门,与世隔绝了。奥雷连诺第二不断拆卸门窗,他妻子思忖丈夫准是染上了上校那反复营造的恶习。老寿星乌苏娜晚年双目失明,童心复发,全然生活在对过去的回忆之中……转到了如此地步,连

---

① 卡西列:《语言与神话》转引自张隆溪:《20世纪西方文论述评》,北京:生活·读书·新知三联书店,1986年,第57页。

人物的名字和秉性也不断重复,父子、祖孙不仅名字、秉性相同,而且语言、外貌也会如出一辙,造成前后呼应、始终轮回的局面,同自然时序、变迁世界造成强烈反差,以致乌苏娜自己也常常发出这样的慨叹:时间像是在画圈圈,又回到了刚刚开始的那个时候;或者说,世界像是在打转转,又回到了过去的那个时候。无论是马孔多还是布恩蒂亚家族的历史,都像是兜圈子的玩具车,只要轴承和机关不遭损坏,将永远地兜着圈子。

孤独还使马孔多人缺乏正常的情感交流,人们全然凭存在的本能和本能的欲望生活。早在马孔多诞生之前,乌苏娜和布恩蒂亚就并非一对因为真正的爱情而结合的夫妻。后来由于马孔多的孤独与落后,爱情便越发成为同马孔多人无缘的陌生词儿。霍·阿卡蒂奥一生有过不少女人,却从未对谁产生过爱情。奥雷连诺上校亦然,他想同被迫卖身的混血小姑娘结婚是出于怜悯,同雷麦黛丝结婚是因为她还是个尿床的顽童,同许许多多连姓名都不知道的姑娘同床共枕是为了替她们"改良品种"。同样,阿玛兰塔纠缠意大利人是为了发泄对雷贝卡的妒忌。然而雷贝卡抛弃了未婚夫意大利人,投入了他人的怀抱。仿佛纯粹是为了争回意大利人对雷贝卡的一番情意,阿玛兰塔成了意大利人的未婚妻,然后又存心报复似的拒绝了他的求婚。意大利人柔肠寸断,愤然自尽。阿玛兰塔丝毫没有感到不安,她转眼成了格林列尔的未婚妻。就在他准备同她结婚时,她却冷冷地说:"我永远也不会和你结婚。"俏姑娘雷麦黛丝本是爱情的天使,她拥有置人死地的美貌和纯洁,但是"要博得她的欢心,又不会受到她的致命伤害,只要有一种原始的、朴素的感情——爱情就够了,然而这一点正是谁也没有想到的"。

不宁惟是,马孔多这个孤独、落后、野蛮的"洪荒世界"不但体现了弱肉强食的森林法规,而且滋长着动物的原始本能和变态情欲。妻不忠夫、夫不忠妻在马孔多司空见惯,上丞下极也不为偶然,而且常常是公开的,被社会认可的。如霍·阿卡蒂奥和奥雷连诺对乌苏娜(子与母)、阿卡蒂奥对皮拉·苔列娜(子与母)、阿玛兰塔对奥雷连诺·何塞(姑与侄)、阿玛兰塔·乌苏娜对奥雷连诺·布恩蒂亚(姑与侄)都不同程度地发生乱伦或产生了乱伦的欲望,最后终于导致了猪尾儿的诞生。然而,这个畸形儿——乱伦的产物——居然"是百年里诞生的所有的布恩蒂亚当中唯一由于爱情而受胎的婴儿"!

与此同时，马孔多又不乏为了"圣洁"而不愿出嫁和为了生一个教皇或神父而结婚的宗教狂和禁欲主义者。多么矛盾而又神奇的腐朽！加西亚·马尔克斯为它安排了一个果敢得令人快慰的结局——连根拔掉。

加西亚·马尔克斯在他着手构思表现民族历史和拉美历史的《百年孤独》时，孤独的形态常在紊乱中流失，直至他大胆采取魔幻现实主义即作者所说的"真正的写实主义"手法。

什么是"真正的写实主义"？自古以来，各国文学在一定程度上一直具有写实主义（或谓现实主义）的因素和特色，源远流长。从大的方面看，古希腊的"摹拟法"、文艺复兴时期的现实主义、19世纪的批判现实主义，自然主义等都属于广义的、自觉的写实主义。

加西亚·马尔克斯是这样回答这个问题的："以他人的图表来表现我们的现实只会使我们越来越不为世人所知，越来越不自由，越来越孤独。"言下之意是拉美作家必须寻找自己表现自己的方法。然而，他又说："这一方法就在我们手中，而且历来有人运用。""这些人中间有我们的父母、兄弟姐妹，还有我们自己。""从孩提时代起，我外祖母便将这种表述方法教给了我。对我外祖母来说，神话、传说、预感以及宗教迷信等无不是现实的组成部分。这就是拉丁美洲，这就是我们自己，也是我们试图表现的对象……"①

换言之，加西亚·马尔克斯所谓的"真正的写实主义"无非是用拉丁美洲人的认识方式去表现拉丁美洲的客观现实。而在拉丁美洲客观现实被对象化的同时，拉丁美洲人的意识形态也就被相应地对象化了。

选自《外国文学评论》，1988年第1期

---

① 加西亚·马尔克斯、门多萨：《番石榴飘香》，黑绵羊出版社，1982年，第61—62页。

米兰·昆德拉

流亡之梦与回归之幻
——论昆德拉的新作《无知》

许 钧

1999年，昆德拉用法语完成了被法国读书界称为"遗忘三部曲"的最后一部小说《无知》的创作。面对法国文学评论界的质疑和"语言疲劳"、"形式生硬"、"风格贫乏"等刺耳的批评，昆德拉把书稿交给了西班牙，并于2000年以西班牙语与广大读者见面。《无知》首印十万册，引起了广泛的关注、强烈的反响和普遍的好评，从某种意义上以事实给法国文学评论界一次有力的回击。法语读者苦苦期待，直至2003年4月才盼来了法文本。

坚持拓展小说可能性的昆德拉在这部小说中给读者是否带来了新的东西？他的叙述形式有否新的变化？他的写作风格是否有新的突破？翻开《无知》，读者便面临着一个带有怒气的发问："你还在这儿干什么？"

"你还在这儿干什么？"——《无知》就在这个并无恶意但也并不客气的提问中展开，由此生发了一个带有根本性的问题：何处为家？并由此演绎出小说所探讨的回归主题。这一看似平常的主题，在昆德拉的笔下，却发聋振聩，令人耳目一新。昆德拉大胆开拓创新，采用复调、变奏、反讽等手法揭示了回归究竟意味着什么，从而引发了对人之存在的深层次思考。

一、流亡之梦

从某种意义上说，昆德拉的《无知》是借主人公的遭遇，针对作者特殊的"身份"对自己灵魂的一次拷问，也是对来自他人种种疑问甚至指责的一份作答，抑或是一种自辩。我们知道，昆德拉于1929年生于捷克第二大城市布尔诺。良好的家庭教育、聪慧的天资，尤其是对艺术的向往为他打通了导向文学创作的道路。他在年轻时就进行了多方面的文学尝试:写诗,写剧本,写小说,写评论,"在许多不同的方面发展着自己",以寻找他"自己的声音",他"自己的风格"和他"自己"。①在1967年,身为捷克斯洛伐克第四次作家代表大会主席团成员的昆德拉在会上率先讲真话,与一大批知识分子针对"现实生活和意识形态中的方方面面,呼吁国家的民主、改革、独立、自治。"②昆德拉的激烈批判,招来的是被开除捷共党籍的结果,丢了在布拉格高级电影艺术学院的教职,甚至连文学创作的自由也被剥夺了。1975年,他离开了布拉格,流亡法国。在法国,昆德拉先是在法国西部的雷恩大学教授比较文学课,后来到了巴黎,一边创作,一边在巴黎高级研究学校授课。从他创作的作品看,昆德拉似乎人在法国,但却与故土有说不清、切不断的联系。他的小说、故事基本上都以故土为根。小说主人公的梦境也常常以此为背景,而且做的常是噩梦。《无知》中就有这样的描述:

> 自流亡生活的最初几周起,伊莱娜就常做一些奇怪的梦:人在飞机上,飞机改变航线,降落在一个陌生的机场;一些人身穿制服,全副武装,在舷梯下等着她;她额头上顿时渗出冷汗,认出那是一帮捷克警察。另一次,她正在法国的一座小城里闲逛,忽见一群奇怪的女人,每人手上端着一大杯啤酒向她奔来,用捷克语冲她说话,嬉笑中带着阴险的热忱。伊莱娜惊恐不已,发现自己竟然还在布拉格,她一声惊叫,醒了过来。③

梦在文学作品中的作用,我们在此无意加以探讨。在此,我们所关心的,是昆德拉的《无知》中对流亡之梦的这段描述,至少在以下两个方面有助于我们把握或阐释小说所涉及的回归主题。

首先是"流亡之梦"的普遍性。在小说中,伊莱娜离开布拉格已经有几周时间了,但她却常常做着还没有逃脱故乡,人还在布拉格这样的噩梦,而且她丈夫马丁也常被这样的梦境困扰,似乎"凡流亡者,都会做

---

① 李凤亮、李艳编:《对话的灵光——米兰·昆德拉研究资料辑要》,北京:中国友谊出版公司,1999年,第459—466页。
② 同上书,第16页。
③ 昆德拉:《无知》,许钧译,上海译文出版社,2004年,第14页。

这样的梦,所有的人,没有例外。"①与《无知》的作者昆德拉经历相仿的兹维坦·托多洛夫,在《失却家园的人》这部思考人类存在之命运的著作中,也在开篇给我们讲述了他类似的惊梦:

> 很长一段时间里,我都是从梦中惊醒。虽然细节各异,梦境大致是相同的。我不在巴黎,而在故乡索菲亚;由于某种原因我回到了那里,咀嚼着重见旧友、亲人以及重返家园的快乐。接着,离别、返回巴黎的时刻来了,情况开始变糟。我已登上有轨电车,它应当载我驶向火车站(多年前,就是这列东方快车,带我从索菲亚启程,两天后,在四月的一个凄冷的早上,将我投放在里昂站),就在这时,我发现车票不在口袋,大概落在了家里,可是,假如我回去拿票就会误车。或者,有轨电车遇到不知为何而闹事的人群,突然停下,乘客们纷纷下车,我也一样,我拎着一个沉重的手提箱,试图挤出一条路,但那是不可能的:人群牢不可破,那样淡漠,无法穿透。甚或,有轨电车到了车站,我已迟到,朝大门冲去;然而,刚刚跨过门槛,我发现这个车站只是个布景:另一边没有候车厅,没有乘客,没有铁轨,没有列车;不,我独自立在一个场景前,无边无际的是枯黄的草在风中折腰翻舞。或者,我乘坐由朋友驾驶的汽车从家里出发;由于时间紧迫,他决定抄近路;可是他走迷了,路越来越窄,越来越荒凉,直至消失在模糊不清的旷野中。②

比较托多洛夫和伊莱娜的梦,如托多洛夫所说,虽然细节各异,但梦境大致相同,这是"流亡者之梦"。确切地说,这是东欧流亡者的噩梦。小说中的伊莱娜如此,她的丈夫也如此;现实中的昆德拉如此,托多洛夫也如此;"流亡之梦"似乎具有了某种普遍性,以至于成了"20世纪下半叶最奇怪的现象之一"③。在小说中,伊莱娜说,每天早晨,她和丈夫都在互相倾诉梦中回到故乡的恐怖经历。后来,伊莱娜在跟一个波兰的朋

---

① 昆德拉:《无知》,许钧译,上海译文出版社,2004年,第14页。
② 托多洛夫:《失却家园的人》,许钧、侯永胜译,台湾:桂冠图书股份有限公司,2004年,第3页。
③ 昆德拉:《无知》,许钧译,上海译文出版社,2004年,第15页。

友闲聊时,听说这位流亡女也同样被"流亡之梦"所困扰。梦本质上是私密的,是纯个人的,是每个人潜意识的一种反映,是人的意识中最为真切的所在。问题是,为什么一群素不相识的人会毫无例外地做大同小异的同一种梦。"如此私密的梦中经历怎么能集体感受得到呢?那独一无二的灵魂何在?"①看来,作者是由梦入手,以梦的普遍性揭示流亡之痛楚的普遍性,由普遍性而进一步追问梦中所系那一个"独一无二的灵魂何在"。"流亡",是 20 世纪下半叶东欧历史中难言的痛楚。痛苦的存在,沉淀为伤心的集体记忆,而伤心的集体记忆又幻化为毫无例外的可悲的"流亡之梦"。由残酷的存在到深刻的集体意识,再到小说中所描写的梦境所反映的潜意识,构成了一条环环相扣的记忆之链。

其次是"流亡之梦"的怪诞性。《无知》的叙述者不同于现代小说中一般的叙述者。在《无知》中,他颇有点像 19 世纪巴尔扎克作品的叙述者。在第三人称的叙述中,叙述者经常会在文中现形,进行一番与诗意的叙述形成鲜明对照的哲学思考或者社会批判。对小说中伊莱娜所作的梦,叙述者认为是"20 世纪下半叶最奇怪的现象之一"。流亡之梦到底怪在哪里?请看小说中这样的一段思考:

> 这种可怕的噩梦在伊莱娜看来,简直太不可思议了,因为她感到自己同时还饱受着不可抑制的思乡之情的煎熬,有着另一番体验,那是完全不同的体验:明明在白天,她脑海中却常常闪现故乡的景色。不,那不是梦,不是那种长久不断,有感觉、有意识的梦,完全是另一番模样:一些景色在脑海中一闪,突然,出乎意料,随即又飞快消失。有时,她正在和上司交谈,忽然,像划过一道闪电,她看见田野中出现一条小路。有时在拥挤的地铁车厢里,一条布拉格绿地中的小径也会突然浮现在她眼前,转瞬即逝。整个白天,这些景象闪闪灭灭,在她的脑中浮现,以缓解她对那失去的波希米亚的思念。②

若孤立地去释读伊莱娜在流亡开始后常做的"流亡之梦",我们或

---

① 昆德拉:《无知》,许钧译,上海译文出版社,2004 年,第 14—15 页。
② 同上书,第 15 页。

许难以真正窥探到她的灵魂,我们所感觉到的,仅仅是她对故土的深深的恐惧。然而,伊莱娜的梦远比这复杂。在这可怕的噩梦之外,她像其他流亡者一样,还饱受着不可抑制的思乡之情的煎熬。于是,黑夜里噩梦的缠绕与白日里思乡之情的煎熬构成了她灵魂深处的两极,也构成了她生存的某种悖论:在潜意识,在梦境里,伊莱娜担心自己没有逃离布拉格,仍心存余悸。然而在白天,脑海中却又不时闪现出故乡的景物,那些景象闪闪灭灭,慰藉着她对波希米亚的思念。既恐惧故乡,又思念故乡:"同一个潜意识导演在白天给她送来故土的景色,那是一个个幸福的片断,而在夜晚则给她安排了回归故土的恐怖经历。白天闪现的是被抛弃的故土的美丽,夜晚则是回归故土的恐惧。白天向她展现的是她失去的天堂,而夜晚则是她逃离的地狱。"①需要注意的是,小说中明确地用了"潜意识"一词。也就是说,无论是噩梦中的恐惧,还是白昼闪现的故乡的美丽,都是来自某种潜意识。在这段不长的文字中,我们不无震惊地看到了女主人公极为矛盾的心理:一方面是地狱般的恐怖,另一方面是天堂般的幸福;一方面指向回归,另一方面指向逃离。普遍的流亡者之梦,看似怪诞的流亡者之梦,实际上折射的是流亡者矛盾的心境和分裂的灵魂。残酷的事实是,那逃离的地狱,也是伊莱娜失去的天堂;而那失去的天堂,一回归便又成了地狱。

二、回归之幻

伊莱娜当初逃离了地狱,但同时也失去了天堂。这是流亡的悲剧。读昆德拉的《无知》,由流亡女伊莱娜的悲剧,想起了余秋雨的那篇《流放者的土地》。在余秋雨的那篇文章中,有对"流放"的历史与道德的思考,有对"流放者"命运的扼腕叹息,有对流放者生存状态的分析,更有对流放者在文化意义上的贡献的赞颂。"流放",与当局的"惩罚"联系在一起,尽管"流放者"承载着罪恶之重,但因是"被流放",给人以"弱者"的感觉,因此,往往又可能得到某种同情与怜悯。在余秋雨所关注的那个语境里,流放者离故乡越远,精神上的回归意识便越强烈。而回归之希望越小,其灵魂所受的煎熬则越深重。灵魂的回归和安定,于是成了"流放者"对存在的唯一信念。

---

① 昆德拉:《无知》,许钧译,上海译文出版社,2004年,第15—16页。

如果说"流放"是由惩罚而致,流放者的离去是一种被迫,那么"流亡"则是人在惩罚临头时的一次无奈的"出走"。虽说无奈,但本质上却是主动地"离去",于是,"流亡"在很大程度上往往被视作一种"背叛",流亡者与流放者相比,不仅得不到怜悯与同情,反而会因他们的出走与背叛而遭受精神上的唾弃。他们一旦选择了出走和所谓的背叛,便割断了自己的空间意义上的退路,有可能永远回归不了故乡。因而,无论对于流放者还是流亡者而言,一般都具有强烈的回归意识。

昆德拉的《无知》一开始便将主人公置于了这种"回归"的两难选择中:伊莱娜流亡20年后,在法国有了住房,有了工作,有了儿女,自己的生活已经不在故乡,但是,一旦得知故乡面临新的命运选择,埋葬心底的"回归"意识便在突然间苏醒,变得那么激烈,她看见在自己的心底刻着三个大字:大回归。"此时,她已被眼前的景象迷惑,突然间闪现出旧时读过的书,看过的电影,闪现出自己的记忆,也许也是祖先的记忆,那是与母亲重逢的游子;是被残酷的命运分离而又回到心爱的人身旁的男人;是每人心中都始终耸立的故宅;是印着儿时足迹而今重又展现的乡间小道;是多少年流离颠沛后重见故乡之岛的尤利西斯。回归,回归,回归的神奇魔力。"①然而,20年的流亡生涯,20年的离家出走,伊莱娜对故土的一切已经陌生,她不知遥远的故乡到底发生了什么,不知当初被视为"背叛"的"离家出走"能否得到祖国的宽恕,不知自己的回归之路最终迎来的是灵魂的安定,还是精神的绝路。于是,何为家?何为归处?一个个痛苦的问号,缠绕着她所有的牵挂、恐惑和绝望。

面对痛苦的拷问,面对两难的选择,伊莱娜是需要勇气的。而对《无知》的作者昆德拉来说,则需要双重的勇气。

首先,昆德拉要有勇气面对"真"的拷问。昆德拉是以流亡者的身份来勇敢地面对来自寄寓国和祖国的拷问。法国评论家雅克-皮埃尔·阿梅特认为,《无知》这本书说的全是痛苦和流亡。"什么是流亡?一种痛苦。在流亡中,世界变成'动荡的黑暗',另一位流亡者雨果如是说。"②《无知》实际上要回答的是"一个流亡者能否回到自己的故乡"

---

① 昆德拉:《无知》,许钧译,上海译文出版社,2004年,第2—3页。
② Jacques‐Pierre Amette, *L'ignorance de Kundera*, in Le Point, NO.1549, le 4 avril, 2003.

这一根本问题。① 笔者认为,昆德拉之所以在这部小说中选择"回归"为主题,是要回答人们对其"流亡不归"的种种疑问和拷问,因而这首先是从思想的层面展开的。其次昆德拉要有勇气面对"美"的挑战,也就是要在小说创作的艺术层面勇敢地面对挑战。邵建曾写过一篇有关昆德拉小说创作的文章,题目为《人的可能性与文的可能性——米兰·昆德拉的小说"革命"》,其中有这么一个观点:

> 叙事是小说最古老的一根神经,当它走到新小说和叙述学时,几乎已经完成了对小说的全部垄断,这时昆德拉面前的任务十分艰巨,小说下一步该怎么走?昆德拉的高明之处正在于,他不是彻底地抛弃叙事,逃离叙事,乃是把叙事当作小说的一种可能性,而非唯一的可能性,并试图在它既有的可能之外,追询小说是否还有其他的可能。②

如果说寻找小说既有可能性之外的其他可能是昆德拉小说革命的根本精神,那么在《无知》中,昆德拉确实依然在坚定不移地实践这一精神。对昆德拉来说,人的存在的可能性是小说存在的可能的根,所以,他要"在叙事的基础上动用所有理性的和非理性的、叙述和沉思的、可以揭示人的存在的手段,使小说成为精神的最高综合。"③从艺术创作的角度看,回归是个永恒的主题,要有所开拓,实在不易。昆德拉以非凡的勇气,大胆开拓创新,调遣复调、变奏、反讽等手法,辅之以哲学探讨和词源追踪,从以下四个方面描述了一个令人心碎的回归即幻灭的故事世界,直指人之存在之本质:

1. 以复调与变奏的方式,揭示回归之幻。

关于流亡,有人说这是人类的古老经验,在20世纪成了思想者观察和把握世界的一种特殊方式。诚然,昆德拉本人是流亡者,他的个人经历是人类古老经验的一部分。但如果说他要面对有关"流亡"的拷问,

---

① Jacques-Pierre Amette, *L'ignorance de Kundera*, in Le Point, NO.1549, le 4 avril, 2003.
② 李凤亮、李艳编:《对话的灵光——米兰·昆德拉研究资料辑要》,北京:中国友谊出版公司,1999年,第247页。
③ 同上书。

仅仅从个人经历出发,仅仅以个人的经历为依据,他的回答恐怕会是软弱无力的,他对流亡的思考恐怕也不足以成为他观察和把握世界,探讨人的存在之本质的有效入径。昆德拉到底还是昆德拉,他的笔触伸向了整个西方的记忆深处,伸向了西方文化之源。他借荷马之口,用《奥德塞》这部宏伟的史诗来回答不仅仅属于伊莱娜,不仅仅属于昆德拉个人的问题。

《奥德赛》中的尤利西斯在征战历险多年之后,放弃了爱,离开了卡吕普索,克服了千难万险,回到了伊塔克:他看见了儿时熟悉的锚地,看到了眼前高耸的大山,他抚摸着古老的橄榄树,让自己确信"自己一直像在20年前一样"。昆德拉以这一古老的英雄史诗为引子,以自己的经历为底色,为我们编织了一个有关伊莱娜回归的动人而令人心碎的故事。

昆德拉在《无知》中巧妙地以他惯用的复调手法,大胆地将尤利西斯和伊莱娜这两个相对独立而且完整的故事,在小说中并行地展开了两条叙述线。尤利西斯和伊莱娜都是漂流在外20年之后返回故里,每一个故事都包含着丰富的传统小说的元素:有时间,有人物,有场景,有情节,还有任何一个时代的读者都不会漠然处之的"爱情"这个元素。而有趣的是,昆德拉讲叙这两个故事所采取的手法明显带有变奏的形式。其一,尤利西斯的故事较之伊莱娜的故事,只是一种铺垫,一个引子。其二,昆德拉是用理来讲述尤利西斯的故事,而伊莱娜的故事叙述中却注入了情。由理而在小说中有了近乎哲思的对人的存在本质的揭示,由情而触发了人类脆弱的情感神经。然而,无论是沉思还是叙述,是理性的揭示,还是感性的表露,昆德拉都没有忘记他的使命:揭示人的存在,使小说成为精神的最高综合。于是,从尤利西斯的故事中,昆德拉让我们认识到:20年里尤利西斯一心想着回归故乡。但一回到家,在惊诧中,他突然明白,他的生命,他的生命之精华、重心、财富,其实并不在伊塔克,而是存在于他20年的漂泊之中。这笔财富,他已然失去,只有通过讲述才能再找回来。"①而在伊莱娜的故事中,昆德拉则让读者渐渐地被一种悲苦的情绪所笼罩:要用悲苦建造一间小屋,把自己关在里边300年。流亡至少还有对故土的思念,对回归的渴望,可回归之后,却是双重地

---

① 昆德拉:《无知》,许钧译,上海译文出版社,2004年,第35页。

丢失了自己,换来的是失忆,是幻灭,是永恒的虚无。

2. 从哲学的高度,揭示回归之不可能。

回归究竟意味着什么,昆德拉在哲理的层面上作出了明确的回答。在小岛上,尤利西斯有卡吕普索的爱,过的是真正的 dolce vita,即安逸、快乐的生活。但是,在异乡的安乐生活和返回故里的回归两者之间,尤利西斯选择的还是回归。对此,昆德拉在哲学的层次上将之界定为:"他舍弃对未知(冒险)的激情探索而选择了对已知(回归)的赞颂。较之无限(因为冒险永远都不想结束),他宁要有限(因为回归是与生命之有限性的一种妥协)。"①昆德拉是处心积虑的,他通过尤利西斯和伊莱娜这两个故事,将古代的回归与当代的回归、英雄的回归与凡人的回归并置,适成对照。而两者殊途同归,小说中展开的两条并行线,实际上指向的是一个目标:回归的幻灭。生与死,构成了人的存在的两极,生是无限的,死是有限的。如果说尤利西斯选择回归,选择了有限,那么,他选择的便是幻灭与死亡。与之相对,生则代表着无限,代表着未知,谁选择冒险的激情,选择伟大的流亡,则选择了生。然而,无论是伟大的英雄尤利西斯,还是流亡女伊莱娜,都不可避免地与生命之有限性达成了妥协:选择了回归。其结果是,尤利西斯失去了他生命的精华、重心和财富;伊莱娜则是遭受了双重的毁灭。由此,从回归之魂到回归之幻,再到回归之幻灭,昆德拉以其冷隽而巧妙的笔触点出了回归的不可能。

3. 以词语之源,揭示回归之苦。

昆德拉在借用《奥德赛》这部宏伟的史诗来揭示回归之幻的同时,从词源学的角度,直指回归的本义。在《不能承受的生命之轻》中,昆德拉曾对 compassion(同情)一词进行了一番词源学的探源,发现从拉丁语派生的所有语言里,compassion 一词的词根原本表示"苦"的意思,"这个词的意思是说人们对遭受痛苦的人具有同情心。"②经过考据,他发现"该词的词源包含的神秘力量给该词投上了另一层光晕,使其意义更为广泛:有同情心(同一感),即能够与他人共甘苦,同时与他人分享其他任何情感:快乐、忧愁、幸福、痛苦。因此这种同情是指最高境界的情感想象力,指情感的心灵感应艺术。在情感的各个境界中,这是最高

---

① 昆德拉:《无知》,许钧译,上海译文出版社,2004 年,第 7 页。
② 昆德拉:《不能承受的生命之轻》,许钧译,上海译文出版社,2003 年,第 23 页。

级的情感。"① 具有特殊意味的是,在《无知》的第二章中,昆德拉又从词源学的角度考察了 le retour(回归)一词的希腊词源,发现希腊文为"nostos",与表示痛苦的"algos"一词有关,也就是说"回归"一词本身就意味着痛苦。这是幻灭的彻心之痛,是失去生命精华之痛。

4. 以反讽与反衬的手法,揭示回归之必然结果。

《无知》的叙述者说,荷马以桂冠来颂扬思乡之情,从而划定了情感的道德等级,尤利西斯的妻子珀涅罗珀占据了等级之巅,远远高于卡吕普索。初读有关尤利西斯回归的有关叙述,我们也许会感觉到叙述者似乎是认同荷马对情感道德等级的划定的,对思乡与回归这一人类普遍的情感也是抱着赞颂态度的。但透过文字的层面,对作品细加领悟,我们还可品味出昆德拉借助尤利西斯的故事所揭示的另一层意义。从小说的叙述来看,昆德拉采取的是明显反讽的手法。读到尤利西斯回归的结果,再回过头来看"有史以来最伟大的冒险家也是最伟大的思乡者","他去参加(并不太乐意)特洛伊战争……迫不及待要回到故乡伊塔克"②这样的描述,我们会感到"最伟大的冒险家"是发自心底的赞颂,而"最伟大的思乡者"、"并不太乐意"、"迫不及待"等词语则具有了明显的反讽意味。尤利西斯返家之后,尽管让自己确信"自己一直像在20年前一样",而实际上他的"生命之精华、重心、财富"均已消失殆尽。是的,世人"赞颂珀涅罗珀的痛苦,而不在乎卡吕普索的泪水"③。但在昆德拉看来,更有意义的显然是后者,因为尤利西斯生命的精华存在于"他20年的漂泊之中",卡吕普索的泪水表达的不仅仅是失去爱情之痛,在象征意义上,也是对尤利西斯"生命的精华"之逝去的一种哀悼。

在对伊莱娜的叙述中,反讽更是随处可见。"回归,回归,回归的神奇魔力",一再重复的"回归"呼唤,其落脚点竟是"神奇魔力"。神奇也好,魔力也罢,与之相关的是虚无,是空幻。由此一来,回归之呼声等同于虚幻的呼声。而所谓的"大回归",也就成了"大虚幻"。正因为如此,白天里在伊莱娜的眼前突然闪现的故乡的景色,才会如同虚幻一般,闪闪灭灭。

---

① 昆德拉:《不能承受的生命之轻》,许钧译,上海译文出版社,2003年,第24页。
② 昆德拉:《无知》,许钧译,上海译文出版社,2004年,第6页。
③ 同上书,第8页。

与尤利西斯不同，伊莱娜是个凡人，而凡人纵然有崇高的思想，有伟大的追求，即便自己能够免俗，也无法摆脱其生活的那个凡人的世界。当代道德沦丧的西方世界更是无法与古希腊的英雄世界相提并论。于是，伊莱娜所期待的大回归最终在"粗俗下流的爆发中"①结束了，留给读者最后的一个形象是那个承担着"刺激、交媾、生殖、排尿"四大功能的、魅力不再的可怜处。这真是一个莫大的讽刺，打着明显的昆德拉印记的讽刺！

昆德拉式的讽刺，是刻薄的，残忍的。他的残忍在于无情地剥去真理外面裹着的那些闪亮的、迷人的外衣，把真理赤裸裸地直陈在你的眼前，直逼你的心底，刺激着你的神经。他的残忍更在于他善于调遣各种可能的小说手段，在对位与错位、变奏与暗示、反讽与反衬中让虚幻的景象与美丽的记忆精心维系着，一直持续着，但刹那间，笔锋一转，美丽不见了，取而代之的是丑陋；幸福不在了，取而代之的是痛苦。读者自以为置身于天堂，转眼间发现自己明明是在地狱。这种一而再，再而三被巧妙地蒙骗的感觉，让读者在阅读中平添了一种紧张感，因紧张而不得不放慢阅读的速度，因害怕被欺骗，而又经常会重读已经读过的章节，生怕掉入叙述者设下的陷阱。于是，当叙述者以理而直指偶然中的必然时，读者往往会聚焦于那些构成必然的偶然的细节；而当叙述者以情来麻痹或刺激读者的神经时，读者则会警觉地试着穿透情感之网，思考美丽的故事后面暗藏着怎样残酷的真相。《无知》中，跟随伊莱娜流亡了20年的那只烟灰缸，承载了20年的爱情，可最终伊莱娜发现，那纯粹是单相思的所指过剩，是虚幻一场；伊莱娜满心欢喜从法国带回来的12瓶波尔多陈酿，代表着法兰西文化，代表着她想重续友情的心，可她昔日的好友碰也不碰，而钟情于能让"饮者清清白白地撒尿，老老实实地发胖"，"驱除所有虚伪"的布拉格啤酒；而那附加了天然的感情价值、印着文化的标记和记忆中美妙无比的母语（捷克语），竟然伴着糟糕的英语，促成了伊莱娜的情人古斯塔夫与伊莱娜的母亲之间的一场淫荡的性事，而这场近乎乱伦的性事所暗示的，超越了性的本身，指向了世界一体化所引发的沉重的话题："布拉格成了古斯塔夫的布拉格，一个新兴的、肤浅的、蠢蠢欲动的、急于割断历史的布拉格。这个漂泊世界的北

---

① 昆德拉：《无知》，许钧译，上海译文出版社，2004年，第184页。

欧人在法国爱上了布拉格的女儿,又在布拉格得到了女儿的母亲。所有的一切都像是一个玩笑,是人类跟自己的命运开出来的玩笑。"[①]就这样,在《无知》中,记忆中或者期待中的美丽在昆德拉残忍的笔触下一一幻灭了;记忆中或渴望中的幸福被一片片撕碎了。昆德拉以反讽、反衬的手法把追寻失去的天堂的美梦彻底粉碎了:如果当初逃离的地狱也是伊莱娜失去的天堂,那么最终追寻失去的天堂,必定就是回归已逃脱的地狱。对这一残酷的真理,伊莱娜不知,世人也不知,如是才有了《无知》这一书名。而昆德拉却是清醒的,如是他才拒绝回归,同时也避免了幻灭。

选自《外国文学评论》,2004 年第 4 期

[①] 黄蓓佳:《无知背后的深渊》,《北京青年报》,2004 年 8 月 6 日。

卡尔维诺

历史·童话·现实
——卡尔维诺小说剖示

吕同六

1979年初冬,我去意大利,恰值卡尔维诺(Italo Calvino, 1923—1985)的新作《如果一个冬夜,一个旅行者……》①问世不久。尽管出版业颇不景气,这部小说却在畅销书目中持续地名列前茅;打开报刊,书评、照片、采访记接连映入眼帘;在社交场合,人们饶有兴味的谈论着它;一些大学文学系还特地开设了研讨这本小说的专题讲座。一股"卡尔维诺热潮",给刚刚踏上意大利国土的我,留下了深刻的印象。

执教于美国加利福尼亚大学的意大利诗人、文学批评家丰塔内拉教授,在罗马的一次聚会中告诉我,现今最受美国读者欢迎、最得批评界赏识的意大利作家,首推卡尔维诺;就影响来说,他足以同著名老作家莫拉维亚并驾齐驱,如果说不超过的话。法国、苏联和欧洲、拉美许多国家,对卡尔维诺也表现了深厚的兴趣。

说也有趣,几乎是同时,卡尔维诺在中国也引起了文学界的注意。上海《外国文艺》译载了他的小说《分成两半的子爵》,一家很有影响的杂志发表一篇旅居海外学人的文章,大力推荐卡尔维诺。

我用心阅读了《如果一个冬夜,一个旅行者……》,蒐集和翻阅了有关评论资料,并在罗马大学文学院院长阿卓尔·罗萨教授的介绍下,访问了卡尔维诺。

应当说,这是一部不那么容易读懂的作品,如果不得要领,很可能读毕全书仍然丈二和尚摸不着头脑,无法领略其奥妙。说实话,小说变幻奇谲的技巧使我吃了一惊,我惊奇这样一位知名作家在小说的结构、形式上竟作了如此大胆、独特、诡奇的试验。小说虽然博得舆论的一致好评,但对它的理解和分析却众说纷纭。

---

① 即《寒冬夜行人》。

这本小说并不是一部孤立的作品。应该把它跟卡尔维诺的创作整体联系起来加以考察。这是一部由十篇小说合成的长篇小说。这十篇小说具有共同的因素,但它们之间没有贯穿的情节线索,在某种意义上,它们又是各自独立的。每一篇的开局,都各个不同,但是,这十篇小说的力量,全部蕴含于它们的开局之中。卡尔维诺在笔者采访他时,直截了当地说:"在这本小说中,我想研究一下,小说的开局能够具有怎样特殊的力量,研究一下小说吸引读者的艺术技巧,形象地说,研究使读者成为戏剧性事件的'俘虏'的技巧。"

此书的开局确实异乎寻常,具有先声夺人的特殊的力量。读者不由自主地成为迷离惝恍的事件的俘虏。

一位"读者",正在阅读卡尔维诺的新作《如果一个冬夜,一个旅行者……》。

一个严寒的冬夜,一个拎皮箱的旅行者,从巴黎乘火车前往意大利。火车在一个小站停下。旅行者应当在这里把皮箱交给前来接应的同伙。他走进车站酒吧间。同伴失约。陌生的环境,不协调的气氛,警官的举止行动,使他隐约觉得,他的处境很不安全……

突然,"读者"发现,小说页码错乱,内容走样。"读者"找书店老板询问,老板几经查核,发现小说装订过程中发生了事故,把卡尔维诺的小说同波兰作家巴萨克瓦的小说《马波克村外》搅混在一起了。于是,第二章成为另一篇小说的开局,而不是上一章的继续。

《马波克村外》里的主人公忙得不可开交,登门拜访的客人川流不息。他明天将第一次离开家庭,到一位朋友家里客住一个星期,学习如何掌握从比利时进口的新式干燥机……

"读者"正读得津津有味,小说页码忽然又乱了套。在查询事情原委的过程中,"读者"认识了一位跟他一样寻求答案的"女读者"柳德米拉。他们终于得知,他们读的根本不是波兰小说,而是希美里族作家乌柯的小说《险峻的河岸》。

第三章于是又变成另一部小说《险峻的河岸》的开局。主人公寄居在康德尔教授家。每天清晨,康德尔教授到气象台工作,搜集科学数据。主人公闲来无事,不时离开教授的庄园到港口散步。附近有一座充当监狱,关押犯人的古堡。一天,他跟一位名叫茨薇塔的小姐邂逅相遇……

故事波澜横生地展开。不料小说又告中断。据研究希美里文学的专家称,作者乌柯写到中途,精神病突然发作,自杀身亡。希美里语遂成为死的语言。二次大战后,希美里成为琴伯里共和国的一部分。"读者"和"女读者"便借来琴伯里作家写的《不怕狂风和晕眩》。

于是,《不怕狂风和晕眩》构成小说第四章的开局。主人公瓦莱里安诺和伊琳娜,都是革命者;城市里形势动乱,爆发了罢工和革命。主人公的秘密使命是侦察清楚,瓦莱里安诺和伊琳娜当中,谁是混进革命队伍,想把城市拱手交给白匪的奸细……

"读者"和"女读者"满以为可以顺利读下去,殊不知小说内容又发生了阴差阳错。出版社答复说,现已查明,译者对琴伯里语一窍不通,他施用移花接木之计,塞进了比利时一个末流作家的小说《注视黑影凝聚的地方》。

……

在"读者"和"女读者"不断阅读、不断寻求答案的过程中,书中的人物、情节、环境和节奏,也走马灯似的不断交换,十篇小说像连环套似的依次展开。

在这令人眼花缭乱的马拉松式的阅读中,"读者"与"女读者"柳德米拉成为知心,喜结良缘。洞房花烛之夜,"女读者"要熄灯就寝,"读者"说道:

"稍等片刻,我马上就要读完卡尔维诺的小说《如果一个冬夜,一个旅行者……》了。"

表面看来,这部小说只是在一个大框架下,叙述了十件互不相干、各自独立的事件,它们之间没有情节上的递进发展关系,也缺少矛盾冲突的联系机制,小说的整体结构似乎十分松散。然而,细加考究,不难发现,这部小说的结构形态,不只奇特,而且异常严谨,它有着紧密的内在凝聚力,有着沟通全书的同一指向的意识倾向。

有的评论家把这部小说称作"连环套小说",不只因为它包含的每一篇小说的结尾与下一篇的开局互相连环,而且全书的开局与结尾彼此勾连。小说的末尾,对于读者来说,是结局;对于作者而言,又意味着新的开头。

卡尔维诺本人更乐意把自己的作品称作"封闭式小说"。"读者"的阅读经历构成小说的内容。书的开局与结束首尾呼应,互相衔接。"读者"在小说开局登场,在小说结尾离去,又引出作者,推出小说。作者重新出台,势必又诱导读者以阅读过程中获取的审美经验,站在新的起点上,继续着自己的思考。因此,这是一部环环相扣,步步深入,形为封闭,实质结构开放的小说。

同这种奇特的结构形态相呼应的,是作家精心造作的人物形象。在小说的十篇故事中,卡尔维诺无意去塑造一个或数个明确的、典型化的形象性格。在这十篇故事中走马灯似的登场的人物,像匆匆的过客,幻入幻出,只留印着淡淡的身影。作家一反传统,施用奇兵,把读者牵进书中,使之成为串连全部作品的人物。他把读者的形象融入于"读者"和"女读者"柳德米拉两个人物之中,给他们注入了生命的精灵和个性。男"读者"没有姓名,他执著于阅读,注视每篇小说中发生的事件,寻求小说的答案。"女读者"柳德米拉隽智聪慧,她有点儿任性,在每一篇小说中都改变自己的阅读的趣味,但其实是更富有进取精神,她的渴望与追求是基于对文学的充分信任。

卡尔维诺把这部小说称作"关于阅读小说的小说"。由此不妨说,"阅读小说"的"读者"和"女读者"柳德米拉,不只是接受的主体,而且更主要的是作品的主体,是小说的真正的主人公。在全书的建构上起着穿针引线的作用,便是他们的使命之一。这是一个方面。另一方面,他们既是阅读小说的读者的代言人,在某种意义上,他们的追寻,又体现着创作小说的作家的思想、情感。这样,他们就集作家、人物和读者这三者的主体性于一身。作为小说真正的主人公,"读者"和"女读者"把多元的、开放性的叙述材料组合成一个有机的整体,给这部几乎完全由十个片断组成的小说注入了完整、统一的情绪力量。难怪卡尔维诺本人说:"倘说贝娅特丽采是《神曲》中但丁幻游天堂的向导,那么,柳德米拉就是我这本小说的贝娅特丽采。"

卡尔维诺是怀着强烈的愿望来破除旧有的小说模式的。对小说的结构形态所作的富有想象力的探索,对小说主人公的别出心裁的设计,都是一种尝试。他把小说这架机器拆卸下来,尔后采用别一种方式,予以重新组装。拆散,表示一种破坏;而组合,又意味着在新的层面上的一种创造。这是卡尔维诺对小说固有的艺术模式的挑战,开拓,是对表现现代社会与现代人的艺术新形式的孜孜追寻。

自然,卡尔维诺作为一位严肃的作家,他在艺术形式上的追求,还有着更深一层的旨趣。只要浏览一下他的每一部作品,就可发现,它们的形式都很新奇,都有开拓,但新奇之中又蕴含着深邃的哲理。那么,《如果一个冬夜,一个旅行者……》这部别出心裁的小说又包含着什么寓意呢?

意大利权威的文学史杂志《贝法哥尔》的一篇评论说,卡尔维诺旨在表现艰难的现世生活中,作为文学创作主体的作家和作为文学接受主体的读者,都是"软弱无能"的。

确实,在现今这个世界上,要理解周围发生的一切是异常困难的。在现世的人生中,有多少事件是那么错综复杂,不可捉摸。正如卡尔维诺所说,在力求反映这纷繁混乱的现实时,"小说总是描写相对地来说比较明确的事件"。就这一点而言,《贝法哥尔》杂志的观点不无道理。但具体到《如果一个冬夜,一个旅行者……》,就很难苟同这一观点。

卡尔维诺的小说触及了现实生活中人与人之间沟通思想、情感的困难这样一个敏感的问题。在当代西方文学中,这是很流行的主题。但这部小说与众不同。它不是借助合乎常规的叙事因素、文学手段和艺术形式来表达的。卡尔维诺采用新奇的小说形态,通过"读者"与"女读者"阅读的经历,通过他们寻求小说的答案,渴望认识自己的需要,来表现这一主题。"形式一旦达到圆满的境地,内容也随之改变了。"[①] 因此,表现现实生活中人与人之间沟通思想、情感的困难的主题,升华为对文学的信任,小说获得了更高层次上的思想内涵。

在这里,不能不提及卡尔维诺在他主编的《梅那波》杂志上发表的一篇论文。他认为,今日的外在世界混乱、荒唐,不啻是一座座迷宫。面对这一严酷的情势,不同思想、审美立场的艺术家采取迥然不同的态度。一部分艺术家追求强有力地表现主观精神和内心激情,把整个的客观世界纳入、消融于"我"的主观世界,如绘画领域的康定斯基,文学领域的乔伊斯、表现主义、超现实主义。另一部分艺术家正好相反,把主观精神、"我"统统淹没于混乱、荒唐的客观世界,如意大利新先锋派。而法国新小说派则认定,艺术家只能在作品中客观地记录、模拟外在现实,而无法予以理性的表现。卡尔维诺自有主见。他十分强调作家意识的作用,理性的作用,他明白无误地宣称,外在世界诚然是一座座迷宫,但作家不可沉浸于客观地记叙外在世界,从而迷失于迷宫之中;艺术家应该寻求出路,尽管需要突破一座又一座迷宫;应该向迷宫

[①] 《葛兰西论文学》,北京:人民文学出版社,1983年,第24页。

宣战!①这是颇有点振聋发聩的见解,其核心恐怕就是对文学的巨大信任。这也可算是《如果一个冬夜,一个旅行者……》的题解吧。

诡奇的艺术形式,蕴含着作家对迷乱的现实的沉思和挑战,蕴含着对文学的信任和希望。这或许就是这部小说深受读者的青睐的缘由吧。

卡尔维诺在艺术上的独特追求,他对文学的信任,并不自《如果一个冬夜,一个旅行者……》始。不妨说,在他的处女作《通向蜘蛛巢的小路》中已初显端倪。

《通向蜘蛛巢的小路》发表于 1947 年,当时卡尔维诺年方二十四岁,刚刚步入文学殿堂。卡尔维诺的父母亲都是科学家,他在科学气氛浓郁的环境里成长,却偏偏爱上了文学。但法西斯专政和战争的烽火,粉碎了他成为文学家的理想。他投奔了游击队。战争刚结束,他从硝烟弥漫的战场直接跨进了高等学府。从都灵大学文学系毕业之后,他走上了文学创作的道路。"我的创作是从写战争和人民的生活开始起步的。"卡尔维诺这么说。《通向蜘蛛巢的小路》,就是一部反映抵抗运动的小说。

读者如果希冀在这本书中看到轰轰烈烈的斗争场面,英雄人物的形象,可能会感到失望。它跟当时盛行的同一题材的新现实主义小说比较,大相径庭。因此,一些批评家把它视为新现实主义小说,是很勉强的。意大利学者古利埃米诺就指出:"乍一看,卡尔维诺的处女作无论就题材(游击队的斗争)而言,还是就发表时间而言,都理应属于新现实主义小说的范畴;而实际情形恰恰相反,把《通向蜘蛛巢的小路》列为新现实主义小说,是非常不适宜的。"②

人们熟悉的反映抵抗运动的小说,大抵都是描述从事反法西斯斗争的英雄人物的业绩。但卡尔维诺笔下的主人公皮恩,原先却是一个在邪恶中生活,并被邪恶腐蚀的少年。他的姐姐是向德寇卖笑的妓女,他干的是给姐姐拉皮条的营生。皮恩仇恨那个蹂躏姐姐的德国人,偷了他的一支手枪,参加了游击队。这支游击队由流浪汉、兵痞、小偷、投机倒把分子组成,他们觉悟不高,纪律涣散,酗酒,调情。从社会学的角度看,皮恩和游击队里的同伴们都属于生活在社会底层的流氓无产者;从生

---

① 卡尔维诺:《茫茫的客观世界》,载《梅那波》,1960 年第 2 期。
② 古利埃米诺:《20 世纪文学导论》,米兰:1978 年,第 318 页。

物学的角度看,大凡人的各种动物性的原始本能,在他们身上统统得到表现;从意识形态的角度看,他们是无政府主义者,既反对资产阶级,也反对法西斯主义。卡尔维诺就通过生活在这样的集体里的少年皮恩的感受、困惑和成熟,来反映抵抗运动。

卡尔维诺独特的历史观、审美观,在《通向蜘蛛巢的小路》中开始体现出来。

皮恩和游击队员们沾染了一身恶习,但他们毕竟不是堕落的一群。他们以各自不同的经历、不同的方式参加了游击队。抵抗运动把他们卷进了历史的进程。他们不是英雄,也没有做出什么惊天动地的行动。但历史既是由一些惊天动地的英雄业绩构成,也是由一些渺小的行动构成的。他们也许明天就会牺牲,他们在牺牲以前做的一切,他们的死亡本身,却将成为历史的一部分,并将对明天的历史发生影响。

历史,对于皮恩来说,不是遥远、伟大的理想。历史于他是具体的、亲切的,历史跟那支从德国鬼子那里偷来的手枪联系在一起;他把手枪隐藏在一条布满蜘蛛巢的偏僻小路上。手枪于他是向德国人报复的武器,是力量的象征。历史还跟美丽的大自然,跟宁静、神秘的蛛巢世界,跟游击队员"表兄"、政委吉姆这些真正的朋友联系在一起。"通向蜘蛛巢的小路",是皮恩逐渐成熟,走上了通向历史的未来的道路,走上了获得人性的道路的标志。

小说出版十五年后,卡尔维诺仿佛为了回答某些批评家的责难,申明道,他在书中没有写抵抗运动的优秀代表,回避表现英雄主义、献身精神,因为他需要在两条战线上作战:既反对对抵抗运动的诋毁,批驳把社会的罪恶归咎于抵抗运动的言论,又反对把抵抗运动神圣化,描写使徒行传式的正面人物[①]。他在笔者采访他时,更进一步阐释道,在他看来,塑造抵抗运动英雄形象的小说,已经为数很多,例如《安妮丝之死》。他认为,英雄人物没有必要再去表现,因为他们已经是英雄人物了。还没有成为英雄人物,而又正在作出努力的那些人,反倒值得我们去描写。英雄主义将是毫无意义的,倘使不明白它从什么地方,在什么土壤上诞生。为了论证自己的看法,卡尔维诺还提到,即使在革命年代遵循社会主义现实主义原则创作的某些苏联作家,也采用过跟《通向蜘蛛巢

[①] 卡尔维诺:《〈通向蜘蛛巢的小路〉序》,米兰:蒙达多里出版社,1964年。

的小路》相近的手法写战争题材,如卡达耶夫和巴别尔,前者在《雾海孤帆》中依照生活中实实在在的样子展示那个时代的游击队员,后者在小说中则客观地反映出了斗争双方的残忍。

显然,卡尔维诺在《通向蜘蛛巢的小路》这部小说中,是以抵抗运动为背景,着意写"非英雄人物"。他力图避免和克服某些反映抵抗运动的小说塑造人物性格简单化、单纯化的毛病。这些非英雄人物,不好亦不坏,在他们身上,既有着善良,又有着邪恶,两者交织在一起。但他们正在历史的进程中逐步地认识自我,不断地恢复被扭曲的人性。他们正在作出努力,他们中的一些人或迟或早可能成为英雄人物。因此,描绘出成功的非英雄人物,也就从一个方面写出了抵抗运动的艰巨性、复杂性;描绘出有血有肉的非英雄人物,也跟描绘出可亲可信的英雄人物一样,可以传达出时代的信息,一样可以折射出历史前进的轨迹来。意大利当代小说家、诗人帕韦泽称赞这部小说是描写抵抗运动的最佳之作,不是没有道理的。

在《通向蜘蛛巢的小路》中,洋溢着一种抒情的、童话式的氛围。小说中发生的一切,都是通过少年皮恩的感受来表现的,那些充满惊险性的事件,那些涂抹上童话色彩的日常生活,那条跟童话里的世界相近的通向蜘蛛巢的小路,还有那些几乎都以童话里的人物命名的人物,简直构成了一个民间故事的世界。主人公皮恩(Pin),实际是科洛迪的著名童话小说《木偶奇遇记》的主人公匹诺曹(Pino cchio)的简化。政委吉姆取名于吉卜林小说《吉姆》的同名主人公。其他人物也充满象征意味,如"红狼"、"长颈鹿",等等。在任何时代、任何民族的童话中,武器,都是作为一种力量的象征、权威的象征来予以描绘的。[①]在《通向蜘蛛巢的小路》中,就有一支神秘的手枪,贯串情节的始终,作为力量的象征,"历史"的象征。

卡尔维诺对童话有着精湛的研究。他竭精殚力编纂的巨著《意大利童话》[②],在世界民间文学史上占有突出的位置。因此,卡尔维诺熟悉童

---

① 普洛普:《童话形态学》,转引自博努拉《卡尔维诺》,米兰:摩西亚出版社,1985年,第49页。

② 卡尔维诺:《意大利童话》,1959年。中译本1985年问世后,引起我国读书界重视,已再版多次。

话的特性与手法,他偏爱在小说中用童话的手法来写现实中的人与事。他认为,童话既渲染一种幻境,又是生活的真实的艺术再现;童话既富于诗意,又富于寓意。①童话作为一种艺术样式,能使作家抽象的思想意识获得最形象、灵动的阐发。在卡尔维诺后来的作品中,这种用童话的手法来写现实的人和事的倾向,愈发变得鲜明起来。《我们的先人》三部曲,便是这一倾向占据主导地位的标志。

《我们的先人》三部曲由《分成两半的子爵》(1952)、《树上的男爵》(1957)、《不存在的骑士》(1959)三部小说组成。同许多当代意大利长篇小说一样,它们的篇幅都不长,每部约合中文七、八万字,实际上相当于我们所说的中篇小说。三部曲没有一个共同的人物或情节脉络把它们缀连;共同的思想内涵,共同的艺术探索,把它们合成一个有机的整体,即这三部小说都采用童话的形式,来表现当代社会里人被摧残,苦苦追寻自身的完整性的遭际。

小说中描叙的故事全发生在远离我们的年代。

17世纪末,奥地利皇帝统率基督教大军,讨伐土耳其异教军。风华正茂的梅达尔多子爵参军来到前线。不幸,他在第一次战斗中便被敌方的炮火击中,一颗炮弹不偏不倚,正好把他从头到脚炸裂成整整齐齐的两半。子爵从此成了两个半拉的人。右边的半拉,是邪恶的子爵;左边的半拉,是善良的子爵。邪恶的子爵返回故乡,以疯狂的残忍干着种种伤天害理的事情;他杀人(连自己的生身父亲也下毒手害死),放火(连自家的庄园也不放过,竟然纵火付之一炬),他以一种虐待狂的冲动,把他所遇见的任何东西(树木、花朵、蝙蝠、青蛙、蘑菇、水螅)统统扯裂成两半。随后,善良的子爵也重归家乡。他的行为同邪恶的子爵针锋相对。他处处行善积德,救济贫困,为乡民排难解忧。说也有趣,两个半拉的子爵同时爱上了一位美丽的牧羊姑娘帕美拉。于是,发生了一场不可避免的决斗。他们在格斗中互相劈开了对方原先的伤口,鲜血顿时喷涌不止。抢救的医生把他们缝合。这样,善良的子爵与邪恶的子爵的血肉又粘连成一体,合二为一。当子爵从昏迷中苏醒过来时,他已成为一个完整的人。

乍一看来,卡尔维诺在小说中触及了善与恶的对立这样一个在文

---

① 卡尔维诺:《〈意大利童话〉序》,都灵:埃依纳乌迪出版社,1956年。

学创作中古老而又古老的命题。然而,卡尔维诺摒弃了俗见的扬善抑恶的路子。在小说中,被邪恶主宰的子爵做出的种种反常、疯狂的行动,卡尔维诺并不把它们视为纯粹的恶的表现,而予以谴责。他的旨趣在于借这些看似失去理性的恶行败德,来表现人的自我遭到肢解、分裂,丧失完整性以后的愤怒的挣扎,绝望的反抗,表现现代人遭到异化时的惨烈的痛楚。同样,善良的子爵的种种义举,卡尔维诺也没有把它们视为纯粹的善的表现,而予以讴歌。卡尔维诺的用心在于写出善与恶在现代人身上的并存,善与恶在现代人身上的对立与冲突,写出现代人的人性的破碎。

卡尔维诺用梅达尔多子爵自我分裂的手法,即用善良的子爵和邪恶的子爵这两个人物的两种视角,来分别审视和表现人物的自我。这种自我的分裂,自我的完整性的复归的构思与手法,诡奇独特,富于非凡的想象力,使得现代人的"分裂,残缺,不完整,与己为敌"的本质特征[①],使得现代人被异化的状态,以极其深刻的真实性与形象性,跃然纸上。这种人物自我分裂与自我合成的手法,也提供了审视生活的多种视角。现代人身上古老的和谐性与完整性已消失殆尽;作为人的不完整性的映照,现代社会也是丧失和谐的、不完整的。现代人,现代社会,都需要新的完整。

卡尔维诺并不止于以奇特的笔法对现代人的异化状态进行刻画。他有着更深一层的旨趣。人一旦被异化,被分裂,沦落于非人的困境,他立时比自我完整时更能痛切而深刻地理解周围的现实的真实面貌,理解他作为一个正常的人时完全忽略或无法理解的事物。失去了自我的一半,意味着抛弃了原先那愚蠢的完整观念的桎梏,摆脱了把一切都看成空气一样自然、简单、单纯的思维定势。自我分裂的代价,是换得了一种新的眼光,一种新的价值观念。

> 倘使你将变成只有你自己的一半,孩子,我祝福你将如此,你便会理解用完整的头脑的一般悟性所不能理解的东西。诚然,你失去自我和世界的一半,但留下的这一半将千百倍更深刻、更宝贵。

---

① 卡尔维诺:《〈我们的先人〉后记》,都灵:埃依纳迪出版社,1978年。

邪恶的梅达尔多子爵对他的侄子这样说。无独有偶,善良的梅达尔多子爵也对心爱的姑娘帕梅拉说道:

> 如今,我怀有以前完整时从来不曾有过的仁爱之心,对人世间的一切残缺与不足都深感同情。

善的子爵和恶的子爵不约而同地发自肺腑的这一番自白,道明了潜在小说深层的思想底蕴。

恶的子爵处处为非作歹,进行破坏,真不啻是个"野兽"。善的子爵扶危济困,其使命是进行"疗救",他真不愧是位"天使"。"野兽"与"天使",破坏与疗救,自然是截然对立的,水火不相容的。而实际上,他们是殊途同归,因为他们都在分析,都在思考,都在探究。他们由对立而决斗,而合二为一,看似荒唐,其实是合乎逻辑的必然。他们的合成,便是理想的现代人。小说的尾声,子爵的侄子有这样一番话:

> 我的叔叔梅达尔多就这样恢复成了一个完整的人,既不坏,也不好,好坏相兼,看来跟不曾分成两半时毫无区别。不过,他具有了而今重新合在一起的两个半身的经历,更加明智了。他安度幸福的生活,儿女满堂,治理公正。我们的生活也变好了。子爵复归完整,我们可望有个奇迹般的幸福时代。

子爵的畸形、分裂,是一场痛楚的劫难,但又是一次炼狱之火的洗礼。子爵趋向完善了。他成为更加健康、更加明智的人。社会也变得幸福、公正。这是希望,是信念,虽然不免朦胧,并难脱虚假之嫌,但它毕竟是对人类和世界的美好未来的乐观而执著的追求。

《我们的先人》三部曲的第二部小说,《树上的男爵》的故事发生在18世纪。

十二岁的科西莫进餐时跟父亲发生争执,拒绝吃一道蜗牛菜,一气之下离家出走,爬上了树。从此,他在树上定居下来。他营造了一个耸立于树枝的颇为舒适的位所。在那里,他可以洗澡,打猎,甚至谈情说爱。在那里,他潜心读书,结交朋友,甚至参与时政。法国资产阶级革命的风暴席卷大陆。继承了男爵爵位的科西莫,热情地宣传启蒙思想,还领导乡民发动武装起义,建立革命政权,制定宪法。但封建复辟的逆流,粉碎了他的一切努力。一只英国热气球飘然而至,把衰落唐颓的科西莫男爵带走,在大海上空消失。一阵狂风刮来,树木纷纷倾倒,乡村黯然失色……

科西莫在树上过着传奇般的生活,仿佛是一个古老童话里的主人公。他又很像一个具有特异功能的怪人。他能够像松鼠一样灵活、自在地在树上生活、行动。不过,科西莫愤然上树的缘故自然不是跟父亲为一道蜗牛菜而发生的争吵,而是有着更深刻的动因。他面对的是严酷、腐败的社会。在那个世界里,他是无可奈何,无能为力的。他只能选择一个超脱世俗污浊与纷争的角落,作为对这个社会的不满、厌恶和反叛。所以,科西莫男爵上树,是在现实世界里被异化的结果。

然而,科西莫绝不是逃遁于世外桃源的隐士。他始终是一个社会的人,现实的人。他的上树并不意味着脱离人类社会。他只是在树上选择了一个绝佳的高视点,居高临下,审视周围现实复杂的社会、政治、道德关系,俯视人生。同时,他又身不由己地参与现实的斗争,时时同自然作较量。小说第八章有一段科西莫同野猫做你死我活的搏斗,他被迫杀死野猫的描写。这一情节是意味深长的。它表明,人必须用强力反抗现实与自然,排除种种艰难险阻,才能理解人是什么。科西莫在现实社会中丧失了立足点,只是在回归大自然中,在大自然的种种历险中,才找到了安身立命之地,寻找到了自我,英雄有了用武之地。但一阵狂风,一只热气球,终于把科西莫带走了,把生机盎然的自然摧毁了。理想、希望……一切都一经风吹,消失了。

卡尔维诺的童话破灭了。人争取生存,争取完整的自我,争取自由的人格的目标,仍然有待付诸实现。

那树上的世界,是现实社会里的童话;而树下的世界,则是童话里的现实世界。童话与现实在这里水乳交融,浑然一体。小说超脱了现实,超脱了时代,但又是在更高的层次上把握了现实,把握了时代。

比起《一个分成两半的子爵》里的梅达尔多和《树上的男爵》里的科西莫,《我们的先人》三部曲的第三部小说《不存在的骑士》里的主人公阿吉卢尔福,距离我们的时代更为遥远,但又是最彻底地被异化了。梅达尔多子爵失去了自我的一半,又重归完整。科西莫男爵逃奔到树上,找到了立足点。而骑士阿吉卢尔福则完全失去了自我的躯体,失去了自我的身分。

阿吉卢尔福是法兰克国王查理大帝麾下效力的骑士,他凭借坚强的意志和过人的英勇,对神圣事业的忠诚,指挥一支帝国的军队,南征北战,屡建赫赫战功;不愧是全体军官中的佼佼者。然而,他没有血肉,没有面容,没有生活,没有爱情。他终究是个不存在的骑士。只有他所穿的一副雪白锃亮、威武雄壮,然而空空洞洞、紧紧闭锁的铠甲,代表着他的身分,其实只是他的自我的"影子"。

《不存在的骑士》的故事充溢着传奇的情调,使人不由想起文艺复兴时期诗人阿里奥斯托的传奇叙事长诗《疯狂的罗兰》。卡尔维诺本人在《意大利长篇小说的三种倾向》一文中就写道,他曾毫不倦怠地、反复地研读阿里奥斯托的作品,在意大利诸诗人中,阿里奥斯托是他最感亲切的一位。[①]《不存在的骑士》明显地继承了阿里奥斯托《疯狂的罗兰》的传统。这表现于作家对故事的传奇性的浓厚兴趣,对曲折、惊奇的情节的精心编织,表现于内容也都是写基督教大军对回教徒的征战,骑士的惊险遭遇,男女青年的爱情,大自然的绚丽景象。而在结构上,这两部作品都采用围绕一条情节主线,平行展开多条线索的样式。《不存在的骑士》对《疯狂的罗兰》传统的继承还表现于作者借古喻今,以古代传奇表达现代人的意识、情感的用心。阿里奥斯托采用骑士传奇的体裁,是为着批判中世纪宗教偏见和禁欲主义,赞美现世生活,讴歌爱情与英勇行为,体现了文艺复兴时代人文主义的理想。卡尔维诺则是借古代骑士故事的传奇性,表达失落自我的现代人对生存的争取,对人格的追求,对泯灭的理想的憧憬。

阿吉卢尔福丧失了人的特质,但他时时处处竭尽全力维护自己的人格、尊严。他不具备进餐所必需的嘴巴、喉管、胃囊,他却要郑重其事地赴宴,风度十足地做出用餐的样子,因为他不甘心情愿让自己沦落为纯粹的幻影。他没有能力去爱异性,但他巧妙地跟一名贵妇人一起度过整整一夜,而没有暴露自己的性无能,因为他希冀众人把他看作一个有名有实的人。尽管如此,他依旧只是虚无,影子。他不得不离开帝国的军队,策马飞奔,去寻找他曾经拯救过的索福罗妮亚公主,希望公主作为

[①] 卡尔维诺:《意大利长篇小说的三种倾向》,载《岩石下》,都灵:埃依纳乌迪出版社,1980年。

他的骑士身分的证人,证实他的自我的存在。历尽艰险,阿吉卢尔福终于找到索福罗妮亚公主。当他陪同查理大帝来接公主时,不料公主已跟骑士托里斯蒙多结合。阿吉卢尔福寻找自我的努力最终失败了。他留下了代表自己的一副铠甲,愤然出走,消失得无影无踪。

阿吉卢尔福是一个"机器人"的象征。他出色地同时又是绝对机械地完成查理大帝下达的一切指令,模范地同时又是绝对机械地严守纪律。那副银光锃亮的铠甲,原本是他战斗的武器,护身的工具,但他实际上完全等同于他的工具,沦落为他的工具。作为一个"人",一个自然的人,阿吉卢尔福从来不曾存在过。所以,他的消失是不可避免的、顺理成章的。

围绕阿吉卢尔福骑士追寻自我的历险这根主线,书中又平行展开几条情节线索:骑士拉姆巴尔多跟女骑士布拉达曼苔的爱情与历险,骑士托里斯蒙多跟索福罗妮亚公主的爱情纠葛。这些人物的经历、性格、志向各个不同,但他们也无一不在孜孜不倦地追求。布拉姆巴尔多一心欲为父亲复仇,同时热烈爱慕布拉达曼苔,他希冀战胜敌人,赢得爱情,以确认自我的价值。布拉达曼苔钟情于阿吉卢尔福,后来跟拉姆巴尔多结合,她追求爱情是为着追寻完美、和谐,在实践中完善自己。托时斯蒙多是个私生子,他去荒无人烟的地方寻根,以期获得对自我的认识与肯定。

骑士阿吉卢尔福消失了,再也"不存在"了。一群朝气勃勃的青年骑士为了爱情、荣誉和人的价值而搏击着。他们当中有的人实现了自己的目标,有的正在不懈地向着既定的目标奋进。小说的这一结尾,意味深长,余韵袅袅。

《分成两半的子爵》、《树上的男爵》、《不存在的骑士》的故事都发生在遥远的年代。但读者在阅读过程中却分明看到,卡尔维诺笔下的主人公们其实只是穿戴上了古代服饰的现代人,他们的全部情感、意识、行为,无不打烙着现代的印痕。意大利著名批评家潘帕隆尼说得好:"这是现代人的三部曲"[1]。

卡尔维诺让子爵、男爵、骑士三个人物,从三种角度分别表现现代人,暴露现代人;而从三个不同角度投来的三束光,全聚光在现代人

---

[1] 转引自古利埃米诺:《20世纪文学导论》,米兰,1978年,第319页。

的异化这一焦点上。子爵被肢解、分裂,男爵被迫逃遁于大自然,骑士沦落为生活的幻影,他们代表了异化的三种特性,三种形态;而集合这三部小说的《我们的先人》三部曲,正好勾画了现代人异化的总体形态、总体特征。子爵渴望完整人性的复归,男爵建构区别于人世社会的理想境界,男女骑士孜孜不倦地追求人的价值,《我们的先人》三部曲的主人公们,又正好集中体现了现代人的自主意识和追索精神。

三部曲里的主人公们的命运是迥然有别的。梅达尔多子爵实现人性完整性的复归,获得了幸福的生活;科西莫男爵乘热气球飘然而去;骑士阿吉卢尔福丢下一副盔甲,销声匿迹了,骑士的同伴们继续执着地追寻。这些人物的不同遭际,互相映衬,形成某种反差。这是合乎情理的。一方面,人遭到摧残,失去人性,一方面又竭尽全力争取恢复完整的人性;一方面人失去在生活中的立足点,失去存在的可能,一方面又毫不懈怠地追求;这两方面相辅相成,不正构成现实生活的本质倾向吗?不正勾画出人同异化的社会、同横逆的命运作斗争的艰难性、复杂性吗?这里没有阴暗的悲观,也没有虚假的高调;没有过度的失望,也没有盲目的希望。卡尔维诺只是着意在为同时代人塑造一种新的、理想的人格特征。

《我们的先人》三部曲,都放弃了写实的手法。同《通向蜘蛛巢的小路》比较,卡尔维诺转换了视点,从一个超现实的角度,逼近现实之上,来审视现实,但又保持距离,游离于现实的真实情态之外。卡尔维诺认为,童话是实现这一构想的最好的形式。如果说,莫拉维亚偏爱写梦幻,在梦幻中把隐藏于潜意识深层的现代人的异化心理与异化意识原形毕露地展现出来,那么,卡尔维诺的童话,同莫拉维亚的梦幻有着异曲同工之妙。卡尔维诺采用童话体,把客观现实化入幻想世界,把被肢解、被异化的现代人的灵魂的挣扎与追求这样很难装进写实的故事里去的东西,给予鲜活多姿、淋漓尽致地描绘。一个用传统的写实手法很难表现的思想意蕴,在现实与童话的交织中显得游刃有余。人生主题在写意风格中获得升华,虚拟性更充分地体现出思想的普遍性。因此,三部曲诚然涂抹上幻想、传奇的色彩,但时代的阴影仍然构成画面的底色。不妨说,《我们的先人》三部曲,既具有现实的童话意义,又具有童话的现实意义。

卡尔维诺在三部曲中出色地运用了变形的艺术手段。他描绘了各式各样的变形,他笔下的主要人物,被炮弹劈成两个半拉人的梅达尔多子爵,像松鼠一样栖身树枝的科西莫男爵,蜕变为御身的盔甲的阿吉卢尔福骑士,都是变形的艺术形象。作家对人物作艺术上的变形,不是随心所欲,任意所为,其目的也不在于对人物作客观的描摹,而是在掌握人物的质的规定性的前提下进行的,变形始终紧紧扣住陷入异化困境的现代人自身固有的精神特征。换言之,人物的变形只是一种符号,是变态的灵魂的外化,是人们调整自我价值和自我意识时"阵痛"的具象化。因此,变形成作家透过怪诞的物境来感喻人的心境,表现主体对现实的一种独特的审美感受的手段,作家通过变形的人物来暗示小说的象征意蕴。

有些评论家把《我们的先人》三部曲称作哲理小说。这有一定的道理,但并不完全确切。卡尔维诺把童话作为小说故事的载体,以对紊乱的现实进行严肃、深沉的哲理思考。深邃的哲理性,是小说的内核。童话与哲理的融合,形成三部曲的重要特色。但卡尔维诺的小说又毫无一般哲理小说那种充斥篇幅的理性的分析,毫无滞重、说教的气息。这或许是因为如作家本人所说,"我不是一个地地道道的哲学家,因为我没有非常明确的哲学思想体系需要表述。"但更重要的,恐怕是作者在充满活力的想象、幻想的有趣故事中,建立起了对当今资本主义社会生活的现代哲理思考意识。

这三篇富于传奇性的故事,读来亲切、有趣。读者犹如置身无限的大海,蔚蓝、温馨、激荡闪光的大海,显得异常可爱。而你一旦潜入水中,沉下海底,你就会惊奇地发现碧森森的沟壑,阴暗的隧道,嶙峋的巉岩,可怕的怪鱼,更有那浮动飘游的海藻,煞像焦躁不安的、活动的人形。当你合上书卷的时候,将会不胜感叹道:这是一个多么神奇浩瀚的世界!一个多么奇形怪状而又真实可信的世界!

选自吕同六:《地中海的灵魂 —— 意大利文学透视》
北京:社会科学文献出版社,1993 年

后　　记

　　呈献给读者的这套三卷本《欧美文学评论选》，从孕育到问世，走过了约莫四年的路途。它的编选缘起，可以追溯到2006年的一次小型工作茶会。

　　那年秋季新学期刚开始，南京师范大学比较文学与世界文学专业诸位同仁曾举行一次专题座谈，从如何提高研究生的培养质量说起，渐渐将话题集中到怎样帮助研究生提高论文写作水平上来。大家都注意到的一个普遍现象是：不少学生在本科阶段系统地学习过一部上起古希腊、下至后现代的外国（欧美）文学史，研究生入学考试往往能得高分；进入研究生阶段，又学习了多门专业学位课，课程考试成绩也不低，但是一涉及毕业论文写作，却似乎还是困难重重，无论是论文选题的确定，基本论点的提出，还是文章结构的安排，材料的搜寻与论述的展开，好像都不知从何处着手。针对这一情况，有的老师曾做过本科段"写作"课回笼的尝试，重新深入讲解其中的"文学评论写作"，甚或由各专业教师联手讲授一门新课"论文阅读与写作"；有的老师则开设了"欧美文学经典选读"之类的课程，意在引导学生在细读作品文本的基础上，逐渐学会对作品的赏析、品评、解读和阐释。大家感到，这些努力都取得了一定的成效，但现在迫切需要增添的，是为学生提供具有系列性的评论欧美文学、特别是评论经典作家作品的一整套范例，使他们能够在由另一角度走近欧美文学发展史的同时，获得论文写作方面的一种实实在在的借鉴与参照。于是，编选一套从古希腊到20世纪末欧美文学评论文集的意向，便在那次座谈中萌生。

　　经过近一年时间的酝酿，到2007年暑假之初，我们再次围坐在一起，集中讨论这套文集的编选原则和方法，大致框定了全书的规模和构架，并根据各位同仁的专业背景和研究方向进行了初步分工。随后，大家便开始分头查找资料，提出初选目录。接下来的一项颇费周折的工作，是从远大于最终选文篇目的初选目录中确定选目。这一过程中有着反复的斟酌、推敲和衡量，当然也免不了一次又一次的忍痛割爱，因为在以往漫长的岁月里,研究者们写下的出色文章实在太多,而本书的篇幅毕竟有限,而许多精彩译文的版权问题更难以解决。经过几轮磋商、删削、置换和重选,尘埃终于大致落定,共得选文80余篇。为了避免一个学校、一个专业编选人员视野的局限性,我们又先后郑重邀请了国内多所院校的专家担任本书的编委,参与编选工作,他们是:华中师范大学教授、《外国文学研究》主编聂珍钊先生,南开大学教授王志耕先生,四川大学教授刘亚丁先生,浙江大学教授张德明先生,北京师范大学教授张冰先生,南京大学教授董晓先生等。他们既是长期从事外国文学教学和研究的专业教师,研究成果显著的学者,也是我们的同行学长和朋友。他们的积极参与和有效工作,不仅加速了本书的编选进程,也进一步保证了编选质量。

我们还十分荣幸地邀请到我国老一辈外国文学专家智量教授(俄罗斯文学)、钱林森教授(法国文学及中法文学关系)和刘意青教授(英美文学)担任本书的学术顾问。他们高屋建瓴的眼光,常常是一语中的的意见和建议,更使本书的编选避免了一些疏漏,书里书外,都让我们受益匪浅。巧合的是,这三位顾问都是北京大学出身。这种巧合也许成为北大出版社张冰女士乐于接纳我们的这一选题并义无反顾的原由之一,当然更主要的因素还在于她的睿智与视界。

与本书的三位学术顾问、编委会中各兄弟院校的成员一样,各篇选文的作者或译者,也多为国内外国文学界享有学术威望的前辈专家、年富力强的中年学者或才华初露的年轻学人,他们都对我们的编选工作给予了热心的支持。特别令我们感动的是中国社会科学院外国文学研究所的黄梅研究员。她在今年夏天最炎热的日子里曾字斟句酌地校阅、修订她的被选文章,对文中的注释、标点符号等都做了精心校正。她的敬业精神、高度的责任感和一丝不苟的态度,让我们感叹不已。在本书即将付梓之际,编选者谨向所收选文的作者和译者们一一表示由衷的敬意与感谢!在此书编辑过程中,我们曾以各种方式和大部分作者、译者(或其亲属)取得了联系,并得到了他们的认可,但由于种种原因,仍有部分作者和译者至今未能联系上。我们谨对这些作者和译者深表歉意,同时诚恳地希望他们各位直接和我们(jzhwa@tom.com; yanglixin307@sina.com)联系。

本书作为江苏省优秀研究生课程、南京师范大学研究生核心课程

"西方文学批评史"的建设成果之一,在立项、筹划、编选和出版的整个过程中,曾得到江苏省教育厅研究生教育处、南京师范大学研究生部、南京师范大学文学院各位领导的鼓励和资助,在此,我们也向他们表达衷心的谢意!

　　流水般逝去的四年光阴,不仅见证了我们专业诸位同仁一如既往的携手合作,也见证了我们和国内几代外国文学研究者的友好交往与密切联系。我们从各位学者那里感受到的理解、关爱和无私的支持,以及他们的论文或译文所显示出来的学养、操守和风范,皆已成为激励我们在事业上继续追求的可贵精神资源。凝聚着几代学者的部分研究成果的这套文集,如果能够经由我们的编选而有助于新一代学子在治学道路上前行,那么,我们的这一番耗时颇多而"不算成果"的努力也就没有白费。

编选者
2010年夏于南京